DIE NACHBARN VON UNTEN

WEITERE TITEL VON HELEN COOPER

In deutscher Sprache

Die Nachbarn von unten

In englischer Sprache

My Darling Boy

The Couple In The Photo

The Other Guest

The Downstairs Neighbour

HELEN COOPER

DIE NACHBARN VON UNTEN

Übersetzt von Julia Berlin

bookouture

Die Originalausgabe erschien 2021 unter dem Titel
„The Downstairs Neighbour"
bei Hodder & Stoughton.

Deutsche Erstausgabe herausgegeben von Bookouture, 2024
1. Auflage Dezember 2024

Ein Imprint von Storyfire Ltd.
Carmelite House
50 Victoria Embankment
London EC4Y 0DZ

deutschland.bookouture.com

Der gesetzliche Vertreter in der EEA is Hachette Ireland
8 Castlecourt Centre
Dublin 15 D15 XTP3
Ireland
(email: info@hbgi.ie)

ISBN: 978-1-83618-459-1
eBook ISBN: 978-1-83618-458-4

Für Mum und Dad

PROLOG

Es fühlt sich intim an – falsch –, in ihrem Zimmer zu sein, wenn sie nicht da ist. Die zerwühlte Bettdecke gibt den Blick auf die zerknitterte Ecke des Bettlakens frei. Das Armband aus Falschgold, das ich ihr gekauft habe, liegt zusammengerollt ganz hinten auf ihrem Nachttisch und ist längst nicht mehr untrennbar mit ihrem Handgelenk verbunden. In diesem Licht sieht es billig aus, kindisch und schäbig, und die Scham darüber brennt auf meiner Haut.

Ich drehe mich auf der Stelle um, lasse meinen Blick über Fotos und Möbel wandern, die neuerdings so fremdartig aussehen. Ich weiß, was ich suche und gleichzeitig weiß ich es nicht. Dieses Zimmer fühlt sich auf einmal an wie ein fremdes Land. Zutritt verboten. Ich erinnere mich noch daran, wie es war, als es zwischen uns keine Grenzen gegeben hatte.

So sollte es doch sein zwischen Kindern und ihren Eltern, oder?

Als ich die Nachttischschublade öffne, keimen in mir Schuldgefühle auf. Darin befinden sich: eine schwarze Haarbürste, eine Packung Paracetamol, ein altes Magazin. Ich drehe mich zum Kleiderschrank um und lasse meine Finger über die

Kleider und die hübschen Röcke gleiten, die sie nicht mehr trägt. Ich rieche am weichen Stoff, der ihren Geruch wie eine Erinnerung gefangen hält.

Gerade, als ich mich zurückziehen will, fällt mein Blick auf ein hellblaues Stoffbündel am Schrankboden. Achtlos zusammengeknüllt liegt es im Dunkel der hinteren Ecke. Ich greife nach unten und will es aufheben, doch als es sich entfaltet, schmeiße ich es erschrocken von mir. Es klatscht gegen den Spiegel und fällt zu Boden und da sehe ich es wieder: Es ist ein T-Shirt mit einem dunkelrot verkrusteten Fleck auf der Vorderseite.

Benommen stehe ich da und mir schlägt das Herz bis zum Hals. Ich breite das Oberteil vor mir auf dem Boden aus, starre das getrocknete Blut an und fahre langsam mit meinen Fingerspitzen darüber.

Das ist der Moment, in dem mir klar wird, dass ich etwas unternehmen muss. Der Moment, der alles ins Rollen bringt.

TEIL 1

EINS

EMMA

Ohne den nervtötenden Hamster und drei schlaflose Nächte in Folge hätte sich Emma in dieser Nacht vielleicht nicht im Wandschrank unter der Treppe zusammengekauert. Und vielleicht hätte sie dann auch die vor Angst verzerrte Stimme von oben nicht gehört.

Was hatte sie überhaupt geritten, sich einen Hamster zuzulegen? Nagetiere waren etwas für Achtjährige, die ihre Eltern um ein Haustier anbettelten, und nichts für blauhaarige, abgebrannte Frauen in ihren Dreißigern. Hatte sie wirklich gedacht, dieses schneeweiße Wesen mit seinen Knopfaugen würde ihr Trost spenden? Tagsüber verkroch sich der Hamster in einem Nest aus Papierschnipseln, doch wenn Emma ins Bett ging, drehte er auf und polterte auf seinem Laufrad herum, sodass der Lärm unbarmherzig ihre kleine Wohnung füllte.

Als wäre es der Soundtrack ihrer Gedanken. Ein unaufhörliches Kreisen. Letzte Nacht hatte sie den Käfig ins Wohnzimmer verfrachtet, doch das Geräusch hatte sie bis in ihr Bett verfolgt. Sie hatte es auch mit der Küche versucht – immer noch hörbar. Und so wurde dieser düstere Wandschrank unter der

Treppe Gilberts neues Zuhause. Zwischen Designbüchern mit Eselsohren und unverkauften Vintagehüten.

Es war jetzt achtzehn Uhr – fast Frühstückszeit für ihren nachtaktiven Tyrannenmitbewohner. Emmas Wohnung gab die vertrauten Klick- und Brummgeräusche von sich, die sie jedes Mal machte, wenn sie sich aufwärmte und für die Nacht vorbereitete. Für Mitte März war es ungewöhnlich kalt. Der Winter hielt sich noch hartnäckig, daher hatte sie die Vorhänge zugezogen und sich – sogar für ihre Verhältnisse – besonders früh ihren Schlafanzug angezogen. Sie kippte gerade Sonnenblumenkerne in Gilberts Napf, als eine Stimme sie erstarren ließ. Sie klang so klar und nah, als befände sie sich mit ihr unter der Treppe oder als spielte Gilbert Bauchredner.

»Wo *bist* du?«, fragte die Stimme.

Emma richtete sich an Ort und Stelle auf und stieß sich den Kopf an der Schräge. Sie kannte diese wohlklingende Stimme – noch viel besser als die Person, zu der sie gehörte. Es war ihre Nachbarin von oben, Steph Harlow. Ihre Familie besaß die oberen zwei Stockwerke des umgebauten georgianischen Hauses, während Emma zur Miete in der kleinen Erdgeschosswohnung lebte, eingezwängt neben ihrem gemeinsamen Flur. Die Kellerwohnung, in der das Ehepaar Chris und Vicky lebte, hatte einen gesonderten Eingang, und Emma hörte und sah nicht viel von ihnen. Was sie jedoch wahrnahm, war der Lärm von oben: die Schritte der Harlows, die Spülung ihrer Toilette, die vibrierenden, lauten Stimmen am Morgen – *FREYA, es wird Zeit, Liebes!* oder *MUM, wo hast du meine ganzen Sachen hingetan?* Jetzt fühlte es sich so an, als wäre Stephs Stimme genau über ihr, als würde sie nichts mehr voneinander trennen. Vielleicht hatte es etwas mit der Art und Weise zu tun, wie der Schall durch die Treppe zwischen den Stockwerken geleitet wurde, genau in dieses Kabuff.

»Warum ist dein Handy aus?«, fragte Steph. »Ich fange an,

mir Sorgen zu machen, Freya. Ruf mich *sofort* an, wenn du das hörst.«

Emmas Herz klopfte und sie spürte einen Stich in der Bauchgegend. Mitgefühl. Sie wusste nur zu gut, wie es sich anfühlte, jemanden nicht erreichen zu können. Sie malte sich aus, wie Steph mit dem Handy, eingeklemmt zwischen Ohr und Schulter, dastand, wie ihr das blondierte Haar über den zur Seite geneigten Kopf fiel und sie mit der anderen Hand geistesabwesend über ihren taubengrauen Anzug strich. Denn genau so traf Emma sie manchmal im Hausflur an, vertieft in ihre Post oder eine Nachricht auf dem Handy. Steph erwachte dann aus ihrer Trance, sobald sie merkte, dass sie nicht allein war, rang sich ein Lächeln oder ein kleines Kompliment für Emmas neueste Zusammenstellung von experimenteller Frisur/handgemachter Ohrringe/aufgemotzter Secondhand-Schuhe ab. Sie sagte dann so etwas wie *Ich könnte das nie tragen!*

Emma plapperte dann los: *Sie brauchen das gar nicht! Sie sind die klassische Eleganz in Person!*

Und das war beneidenswerterweise die Wahrheit. Steph brauchte das ganze Trara aus Accessoires nicht, um ein modisches Statement zu setzen: Ihre Körpergröße, ihre Wangenknochen und ihre Ausstrahlung im Allgemeinen erledigten diesen Job mühelos allein. Steph wies jedoch jeden Versuch, ihr ein Kompliment zu machen, zurück, und machte sich dann auf den Weg zur Arbeit oder zurück nach oben zu ihrer Familie, bevor sich überhaupt ein Gespräch entwickeln konnte. Was Emma blieb, war der Duft ihres Parfüms im leeren Flur und eine anhaltende Neugier auf die Frau, mit der sie sich seit fast zehn Monaten eine Haustür teilte. Sie wusste nicht, womit Steph ihr Geld verdiente, stellte sich aber vor, dass sie erfolgreich war. Sie wusste nicht, wie alt sie war, schätzte sie aber auf Anfang vierzig, und sie fragte sich, ob mit vierzig der Punkt erreicht war, an dem man aufhörte, lächerliche Dinge zu tun wie antisoziale Hamster zu kaufen oder sich das Leben zu vermasseln.

Steph war nun still geworden. Ein Trommeln ließ die staubige Luft vibrieren, und Emma stellte sich vor, wie ihre Nachbarin mit ihren hundert Pfund teuren Absätzen über den Boden steppte. Sie streckte ihren Arm nach oben aus, als wollte sie das Klopfen an der niedrigen Decke spüren, zuckte dann aber zurück, als sie erneut Stephs Stimme hörte: »Paul, geh ran! Hast du was von Frey gehört?«

Jetzt war es Paul Harlows Bild, das ihr durch den Kopf ging. Groß und athletisch, vielleicht Mitte fünfzig, sein sandfarbenes Haar etwas dunkler als die Strähnchen seiner Frau und der weißblonde Pferdeschwanz seiner Tochter. Morgens, wenn sie beide an der Themse joggen gingen, schoss er meistens an Emma vorbei, sein ernstes, entschlossenes Gesicht in den Schraubstock aus klobigen Kopfhörern gespannt. Wenn er sie aus der entgegengesetzten Richtung überrundete, nickte er ihr zum Gruß kurz zu, und Emma straffte dann ihren Körper, damit sie nicht so angestrengt aussah, wie sie in Wirklichkeit war.

Und dann war da noch Freya. Ein Teenagermädchen, das anscheinend nicht zur üblichen Zeit nach Hause gekommen war und damit die allabendliche Familienroutine durcheinandergebracht hatte. Wenn Emma einen flüchtigen Blick auf Freya erhaschen konnte, war sie meistens in Eile: Entweder versuchte sie, auf ihren langen Gazellenbeinen den Bus noch zu erwischen, oder sie forderte ihren Dad zu einem Rennen am Fluss heraus und überholte Emma dabei ebenfalls mit Leichtigkeit. Dieses Mädchen strotzte nur so vor Energie, mit ihrem schwingenden Pferdeschwanz, der die Sonne einfing, und ihrem Fred-Perry-Rucksack, der auf ihren Schultern auf und ab hüpfte. Emma konnte ihren Gang auf der Treppe heraushören: Sie nahm entweder mehrere Stufen auf einmal oder lief sie im Galopp hinunter, während der liebevolle Ruf eines Elternteils hinter ihr her hallte: »Keine Sorge, Freya, ich schaffe das alles …«

Emma musste zugeben, dass sie es sich zur Gewohnheit gemacht hatte, aus dem Fenster zu spähen, wenn sie die Harlows kommen oder gehen hörte. Sie hatte angefangen, die verschiedenen Kombinationen zu bemerken, in denen sie das Haus betraten oder verließen: Freya und Paul, Steph und Freya, Paul und Steph, oder alle drei zusammen. Mit oder ohne Jutebeutel von Waitrose, Take-Away-Kartons (als Freitags-Belohnung) oder frischem Brot, dessen Geruch sich im ganzen Haus ausbreitete.

Offensichtlich hatte Emma zu wenig zu tun. Ihre ehemals vollen Tage wurden jetzt von gähnender Leere beherrscht, während die der Harlows anscheinend zum Bersten gefüllt waren.

War das der Grund, warum ihr Puls jetzt raste? Warum sie so gespannt auf Stephs nächste Worte lauschte und die Nervosität ihrer Nachbarin wie eine elektrische Spannung in der Luft spürte? Mit einem Papierrascheln tauchte Gilberts kleine rosafarbene Nase aus seinem Nest auf, als hätte er das Flirren ebenso wahrgenommen. Emma überlegte, ob sie nach oben gehen und ihre Hilfe anbieten sollte. Ihre Wangen brannten bei der Vorstellung, erklären zu müssen, dass sie im Wandschrank gehockt und Stephs Telefonate belauscht hatte.

Mit krummem Rücken kauerte sie da in ihrem Morgenmantel. Es war nichts zu hören, nur ein paar sich entfernende Schritte und dann ein dumpfes Geräusch, als wäre Steph ans andere Ende der Wohnung gelaufen und hätte dort eine Tür ins Schloss fallen lassen.

ZWEI

STEPH

Wie immer nach einer langen Schicht haftete der Geruch der Premium-Lounge des Flughafens in Heathrow an Steph. An manchen Tagen waren es das hartnäckige Parfüm eines charmanten Urlaubers oder der süße Vanilleduft einer teuren Sonnencreme, der an ihr hängen blieb. An stressigeren Tagen waren es ihr eigener Schweißgeruch unter dem Anzug oder der Champagneratem eines arroganten Gastes, der ihr zu nahe gekommen war. Heute war die Lounge brechend voll gewesen, viele ungeduldige VIPs, und Steph hatte sich als Managerin dazu verpflichtet gefühlt, die Verantwortung für sie zu übernehmen. Ihr professionelles Lächeln hatte Risse bekommen, als sie neben Flugupdates Single Malt Whiskey und dunklen Espresso serviert hatte. Der Heimweg war eine reine Tortur gewesen – ein Stau nach dem anderen. Ihr Make-up war wie eine schmelzende Maske auf ihrer Haut zerflossen, während sich der Kopfschmerz in ihrem Schädel immer weiter ausgebreitet hatte.

Und jetzt war Freya nicht zu Hause.

Steph war sich sicher, dass sie nichts von einer Verabredung nach Schulschluss gesagt hatte, und sie hatte heute weder Volleyball- noch Lauftraining. Sie kannte Freyas Zeitplan fast so gut wie ihren eigenen und hatte sie immer wieder gedrängt, ihr zu sagen, falls sich etwas änderte. Es war eine Abmachung, die sie erst kürzlich getroffen hatten: Steph würde sich (zumindest theoretisch) weniger überfürsorglich zeigen, solange Freya versprach, ihr zumindest eine kurze Nachricht zu schicken, wenn sie länger wegblieb. Sie war siebzehn. Ein Energiebündel aus langen Beinen und Hormonen. Nicht mehr das kleine Mädchen, das bei ihren Sportwettkämpfen in der Menge nach den Gesichtern ihrer Eltern Ausschau hielt, um sich danach zwischen ihnen auf dem Sofa einzukuscheln und Stephs heiße Schokolade (Geheimrezept) zu löffeln. Heute musste Steph sich daran erinnern, ihrer Tochter Freiraum zu geben – sie ihr eigenes Leben leben zu lassen.

Reagierte sie übertrieben? War es wirklich so außergewöhnlich, dass Freyas Handy ausgeschaltet war? Steph schaute erneut auf die Uhr – achtzehn Uhr zwanzig, fast zwei Stunden nach der vereinbarten Zeit. Sie konnte nicht aufhören, Freya Nachrichten zu hinterlassen, während ihr Angst die Kehle zuschnürte: *Schick mir eine Nachricht, Frey* ... Sie atmete langsam ein und hielt die Luft an. Wenn sie bei der Arbeit wieder zur Ruhe kommen musste, half es ihr oft, durch das riesige Fenster einem startenden Flugzeug nachzuschauen, wie es in den Himmel aufstieg und mit ihm auch ein Teil ihres Frusts. Dann verankerte sie sich wieder auf dem Boden unter ihren Füßen.

Sie ging zu den hohen Schiebefenstern im Wohnzimmer und suchte nach etwas Beruhigendem. Die Sonne löste sich am Vorstadthorizont in Rosa auf. Die Umrisse der Dächer, die Reihenhäuser, die Einfahrten, die sich mit Licht füllten, während die Menschen nach Hause kamen, ihr kleines Fleckchen Kingston-upon-Thames, das zwischen Winter und Frühling schwankte, boten ihr einen kurzen Trost. Als Steph sich jedoch vorbeugte und auf die Straße hinuntersah, in der Hoffnung, Freya zu entdecken, wie sie mit ihrem missmutigen der-

Bus-kam-nicht-und-ich-hatte-keinen-Akku-mehr-Blick durch die Straße eilte, krampfte sich ihr Magen zusammen. Der Wind frischte auf und rüttelte an den Bäumen, die die Straße auf beiden Seiten säumten. In ein paar Wochen würden sie in voller Blüte stehen, aber jetzt wirkten sie noch dürr und skelettartig.

Auch Paul ging nicht ans Telefon. Seine Trainingsabende im Fitnessstudio hatten sich schleichend von drei- auf viermal die Woche erhöht. Sie halfen ihm, nach der Arbeit im Büro wieder runterzukommen. In dieser Hinsicht war er wie Freya, wie ein Kind, das ausgelastet werden musste, bevor es zur Ruhe kommen konnte. Auch wenn Steph nicht so sportlich war wie ihr Mann und ihre Tochter, verstand sie, wie sehr Paul es hasste, den ganzen Tag an seinen Schreibtisch gefesselt zu sein. Sie war bei der Arbeit ständig in Bewegung und versuchte den Eindruck zu erwecken, sie würde gelassen durch den Tag gleiten, während sie in Wirklichkeit Warenlieferungen, Personalmangel und Cateringkrisen jonglierte.

Nun traf sie eine Vereinbarung mit sich selbst und ihrem hämmernden Herzen: Sie würde sich jetzt umziehen, sich einen Drink genehmigen, Gemüse schneiden, und wenn sie dann immer noch nichts von ihr gehört hätte, würde sie Freyas Freundinnen anrufen.

Der Wind zerrte nun an den Fensterrahmen und pfiff durch das Dach über Freyas ausgebautem Dachbodenzimmer – ihre »Penthouse Suite«, wie sie es scherzhaft nannten. Steph zog hastig alle Vorhänge zu, kurzzeitig getröstet von dem schweren weichen Stoff, der über die dunkler werdenden Scheiben glitt. Auf die Küchentheke tropfte wässriges Blut aus den Steaks, die sie heute Morgen aus dem Gefrierschrank genommen hatte. Die Uhr am Backofen zeigte achtzehn Uhr fünfzig. Steph nahm einen Schluck Wein und holte Spargel und eine grüne Paprika aus dem Kühlschrank. Dann warf sie ihren Plan über den Haufen, ließ das Gemüse liegen, ohne es geschnitten zu haben, und griff stattdessen nach ihrem Handy, um eine Nummer zu wählen.

Die naheliegendste Wahl war Jess, auch wenn es kräftezehrend sein konnte, mit Freyas bester Freundin zu sprechen. Jess war ganz anders als Freya, viel flatterhafter, und die beiden Mädchen schienen ständig aneinander vorbeizureden, wenn sie versuchten, miteinander zu sprechen. Steph beschloss, direkt zur Sache zu kommen, während sie die Nummer von Jess' Festnetzanschluss wählte. Ihr Vater bellte ins Telefon: »McKENZIE!« Er klang enttäuscht, dass Steph keine seiner Mandanten war, deren Anruf er erwartet hatte, und gab das Telefon an Jess weiter, nicht ohne eine Ermahnung, die Leitung nicht zu lange zu blockieren.

Das Gespräch verlief in stockenden Echos, bei denen Jess die letzten zwei Wörter jedes Satzes von Steph fragend wiederholte.

»Nicht *zu Hause*?«

»Keine *Antwort*?«

»Handy *aus*?«

Schließlich fand Steph heraus, dass Jess heute keine Kurse mit Freya gehabt hatte und sie seit der morgendlichen Anwesenheitskontrolle nicht mehr gesehen hatte. Sie hatten nur einen gemeinsamen Oberstufenkurs, Wirtschaft, der montags und mittwochs stattfand. Heute – am Donnerstag – hatte Freya Psychologie und Sport.

Jess schaute auf Snapchat nach. Freya war seit neun Uhr siebzehn nicht mehr online gewesen, als sie gepostet hatte: *Weiß nicht, worüber ich mich mehr freue … Überraschungstest oder die knallgrüne Proteinshake-Explosion in meinem Rucksack!*

»Ihr Standort war den ganzen Tag über deaktiviert«, sagte Jess, als würde Steph auch nur im Ansatz wissen, wie Snapchat funktionierte.

»Echt?«, sprang Steph darauf an. »Was heißt das?«

»Ach, wir haben das eigentlich alle immer aus. Ich kann ja Bescheid sagen, wenn sie wieder online ist?«

»Ja, ja, bitte, mach das!« Steph beendete das Gespräch und wählte eilig die nächste Nummer. Keine von Freyas Freundinnen hatte etwas von ihr gehört – zumindest keine, deren Nummer Steph hatte. Niemand konnte sich daran erinnern, dass Freya die Schule verlassen hatte, aber eine Mitspielerin aus ihrem Volleyballteam, Zadie, erzählte, dass sich Freya oft beeilte, den 3.45er-Bus zu erwischen, um sich nicht in den volleren 4.05er quetschen zu müssen.

Wo könnte Freya nur hingegangen sein, ganz allein und ohne ihre Freunde? Eine kurze Nachricht – *Bin um 8 zurück* – hätte Steph schon genügt. Sie wäre nicht einmal verärgert gewesen, wenn am Ende der Nachricht kein Kuss-Emoji gestanden hätte. Steph beendete ihre Nachrichten an Freya immer noch mit *Hab dich lieb* oder *hdl*, aber Freya erwiderte diese Liebesbekundungen in letzter Zeit immer seltener. Sie wurde erwachsen, und das war auf so viele kleine Arten schwierig, wie Steph es niemals erwartet hätte.

Als Nächstes rief Steph Freyas Schule an, betete, dass noch jemand da sein würde, und verfluchte sich gleichzeitig dafür, nicht schon früher dort angerufen zu haben. Ein Sicherheitsmann reagierte mit mitleidigen Geräuschen auf Stephs verwirrte Erklärungsversuche, schaffte es aber schließlich, sie an eine Verwaltungsangestellte weiterzuleiten, die gerade im Begriff war Feierabend zu machen. Nachdem Steph die Mitarbeiterin mehrmals angefleht hatte, ging diese zurück ins Büro und überprüfte die Anwesenheitsliste. Freya war zu all ihren üblichen Stunden erschienen. Steph bedankte sich überschwänglich, wusste aber nach dem Auflegen nicht, ob sie nun beruhigt sein konnte oder nicht. Sie starrte auf ihren geliebten Familienplaner (über den sich Freya gerne lustig machte), als würde darin eine Erleuchtung auf sie warten, die das ersetzte, was sie bereits wusste: *Freya Fahrstunde* (*Mittagspause*) und

Paul Fitnessstudio. Unter ihre Fahrstunde hatte Freya einen Mini Cooper gekritzelt, ein weiterer, sehr offensichtlicher Hinweis auf ihr Wunschauto. Steph hatte ebenfalls angefangen, die kleinen Autos in die Ecken von Geldscheinen zu zeichnen, die sie ihrer Tochter zu den Fahrstunden mitgab. Das war ihre Art, Freya zu sagen: Vielleicht, wenn du ganz viel Glück hast, kaufen wir dir eins zum Achtzehnten.

Vielleicht konnte ihr Fahrlehrer Licht ins Dunkel bringen. Vielleicht hatte Freya etwas erwähnt, was sie nach der Schule vorhatte. Chris wohnte zwei Stockwerke tiefer in der Kellerwohnung. Steph erinnerte sich daran, wie er und seine Frau vor etwas mehr als einem Jahr dort eingezogen waren, und sie nur halb im Scherz bemerkt hatte, wie praktisch es wäre, einen Fahrlehrer im selben Haus zu haben, wenn Freya mit dem Führerschein anfangen würde. Als Freya dann siebzehn geworden war, hatten sich Steph und Paul verpflichtet gefühlt, Chris für die Fahrstunden zu engagieren. Er hatte sich zu diesem Zeitpunkt bereits einen respektablen Ruf als Fahrlehrer aufgebaut und unterrichtete viele Kinder aus der Nachbarschaft.

Dennoch hatte es in letzter Zeit einige Spannungen gegeben. Steph schauderte bei dem Gedanken an ihr letztes richtiges Gespräch mit Chris. Die Aussicht, ihn jetzt um Hilfe zu bitten, ließ ihre alte Schüchternheit wieder aufleben – ihre Neigung, eher antisozial zu sein, die sie sich jahrelang abtrainiert hatte. Sie schluckte den Rest ihres Weins hastig hinunter und straffte ihre Schultern. Ein bisschen Unbehagen war egal, solange es ihr half, Freya zu finden.

Sie zog den nächstbesten Mantel an, der sich als Pauls schwere Wachsjacke herausstellte, schloss die Wohnungstür ab und stürmte die Treppe hinunter. Im Flur verspürte sie erneut ein Nervenflattern und sie blieb neben Emmas Tür zu ihrer Rechten und der Haustür vor ihr stehen. Durch den Kalksteinboden war der Flur immer kühl. Steph stellte einen Fuß auf eine Platte, die seit Jahren lose war und die vertraute Neigung beruhigte sie kurz. Dann schüttelte sie sich und verließ das Haus.

Durch die Straße zog der Geruch von Abendessen, das hinter den dutzenden leuchtenden, zugezogenen Fenstern zubereitet wurde. Steph schwang sich durch das eiserne Tor, das zu Chris und Vickys separatem Eingang führte. *Dienstboteneingang*, hatte Chris gescherzt, als sie sich zum ersten Mal begegnet waren und er eine Matratze die schmale Steintreppe hinuntergeschleppt hatte. Jetzt wirkte es dort unten besonders dunkel, als ob sich das Schwarz der Nacht in dem kleinen mit Unkraut bewachsenen Raum vor der Kellertür sammelte. Der Geruch von verstopftem Abfluss würde bei den stolzen Bewohnern der Straße für hochgezogene Augenbrauen sorgen.

Steph läutete die stotternde Klingel. Während sie wartete, drang leise Musik aus der Wohnung – vielleicht Pink Floyd. Als sie gerade überlegte, noch einmal zu läuten, öffnete sich die Tür und Chris stand in Jeans und einem grauen Kapuzenpullover vor ihr. Er war etwas jünger als Steph, mit kurzen schwarzen Haaren, attraktiven Augen und fast immer einem leichten Bartschatten im Gesicht. Wenn sie ihn einmal frisch rasiert sah, rätselte sie immer, was sich verändert hatte. Jetzt schimmerten sein Haar und seine Haut sanft, als wären sie noch feucht.

Er wich ein oder zwei Schritte zurück, als machte er sich auf eine weitere Standpauke gefasst. Die Erinnerung an ihr letztes Gespräch brodelte zwischen ihnen.

Es musste vor etwa einem Monat gewesen sein. Sie waren sich eines Morgens auf der Straße begegnet und hatten beide nach einer frostigen Februarnacht ihre Autos freigekratzt. Steph hatte nicht vorgehabt, ihn zu konfrontieren, aber irgendetwas hatte sie bedrückt. Sie hatte eine schlaflose Nacht gehabt, ihre Finger waren kalt und ihre Laune ungewohnt getrübt gewesen.

Freya scheint ziemlich viele Fahrstunden zu brauchen, hatte sie sich sagen gehört, ihre Stimme scharf durch die Kälte der Morgenluft. Sie hatte versucht, ihren Tonfall etwas zu lockern, indem sie hinzugefügt hatte: *Fühlt sich an, als würde ich ihr schon monatelang Geld in die Hand drücken! Bitte sag mir, dass sie bereit ist für die Prüfung.*

Chris hatte innegehalten, als er das Eis vom Emblem seines marineblauen Autos gekratzt hatte. Weiße Atemwölkchen waren aus seinem Mund gestiegen, jedoch waren keine Worte gefolgt. Stattdessen schien er bedeutungsvoll auf Stephs BMW zu blicken, der unter seiner Frostschicht hervorkam.

Schließlich hatte er gesagt: *Sie ist auf dem besten Weg.*

Steph konnte das Knirschen seiner Zähne hören und spürte, wie jegliche Unbeschwertheit zerbrach.

Ich finde, sie kann schon ziemlich gut fahren, hatte sie gesagt. *Ich hoffe, Sie ziehen das nicht absichtlich in die Länge.*

Chris' Ausdruck verhärtete sich und Steph bereute es augenblicklich, so direkt gewesen zu sein. Seit Wochen hatte sie darüber gegrübelt, ob Chris sie möglicherweise ausnutzte und ihnen unnötige Stunden berechnete. Paul hatte ihr auf seine eigene, halbabwesende Art zugestimmt. Doch in dem Moment, in dem sie es ausgesprochen hatte, begann sie an sich selbst zu zweifeln.

So arbeite ich nicht, hatte Chris gesagt, und in seiner Stimme lag mehr Zorn, als Steph erwartet hatte. Sie hatte ihn immer für einen ruhigen Kerl gehalten, wie er sie stets mit seinem stillen Lächeln begrüßte. Warum machte er es jetzt so unangenehm? Warum hatte er die Sache nicht einfach ruhen lassen?

Irgendetwas hatte sie jedoch davon abgehalten, ihre Worte zurückzunehmen. Sie verharrten in diesem Moment, während der Frost beim Auftauen leise auf den Windschutzscheiben knackte. Dann war Chris in sein Auto gestiegen – hatte er die Tür zugeschlagen, oder hatte die eisige Stille der Straße das Geräusch nur verstärkt?

Jetzt versuchte Steph, ihm ein Lächeln zu schenken, um die Meinungsverschiedenheit beiseitezuschieben. »Tut mir leid, dass ich störe, Chris. Sie haben Freya heute gesehen, oder?«

»In der Mittagspause. Gab es ein Problem mit … der Fahrstunde?«

Sie spürte, wie sie rot wurde. »Nein, nein. Ich wollte nur wissen, ob sie erwähnt hat, was sie heute Abend noch vorhat. Sie …« Ihre Kehle schnürte sich zu, »… sie ist noch nicht nach Hause gekommen.«

»Oh.« Er fuhr mit einer Hand über sein kurzgeschnittenes Haar. »Nein, sie hat nichts gesagt.«

»Ging es ihr gut? Ist sie danach wieder zurück zur Schule gegangen?«

»Es schien ihr gut zu gehen. Und ja, ich habe sie zurückgebracht.«

Steph zögerte. Sie hatte das Gefühl, dass sie noch mehr Fragen stellen sollte, aber ihre Gedanken waren durcheinander. »Danke«, sagte sie schließlich. »Und tut mir leid, dass ich die warme Luft aus Ihrer Wohnung lasse …«

Als sie die Stufen hinaufstieg, rief er ihr hinterher: »Ich könnte ein bisschen rumfahren und sie suchen? Wenn Sie wollen?«

Steph hielt inne, sie war schon fast wieder oben auf der Straße angekommen. Sie warf einen Blick auf sein Auto, das hinter ihrem geparkt war – FAHRSCHULE CHRIS WATSON – und stellte sich vor, wie es durch Kingston schlich und auf der Suche nach ihrer Tochter die Dunkelheit mit seinen Scheinwerfern durchstreifte. Es war eine Szene wie aus einer Fernsehserie, die ihr einen kalten Schauer über den Rücken jagte.

»Nein«, sagte sie, während sie auf ihn hinabblickte. »Danke, das ist lieb. Aber sie wird … Sie wird sicher bald zurück sein.«

»Sicher.« Chris nickte. Seine Stirn legte sich in Falten, während er ihr nachsah.

Steph eilte zur Haustür, eine plötzliche Sehnsucht nach Paul durchdrang sie. Er stand vermutlich gerade im Fitnessstudio unter der Dusche und versuchte, in den Entspannungsmodus zu gleiten, völlig ahnungslos, dass ihre Angst immer stärker wurde. Sie fummelte nervös an ihrem Schlüsselbund herum. Sie wollte so schnell wie möglich wieder zu ihrem Handy. Etwas, das sich wie Spinnenweben anfühlte, strich über ihre Wirbelsäule und ließ sie herumfahren.

Doch da war nichts. Nur die stille, vertraute Straße, die sie schon ihr Zuhause nannten, seit Freya auf die »große Schule« gekommen war. Die halben Sechsecke der Erkerfenster, die eine geometrische Welle entlang der Terrasse formten, und die schwarzen Eisenzaunspitzen, die normalerweise nicht so gezackt wirkten.

DREI

PAUL

Paul hatte nicht vorgehabt, so lange zu bleiben. Seine Muskeln protestierten, als das warme Wasser über seinen Kopf und seine Schultern rann. Statt eines befriedigenden Brennens nach einem guten Training fühlte es sich eher wie Krampf und mittelalter Mann an. Hoffentlich würde sich die Erschöpfung nachher, nach einem guten Glas Wein, wie eine schwere Decke um ihn legen. Oder er würde sich in einem Zustand wiederfinden, in dem sein Körper erschöpft, sein Geist aber unterfordert war. An Tagen wie diesen kam die widerspenstige Dusche einer geistigen Herausforderung am nächsten: Abwechselnd spuckte sie kalt und heiß auf ihn hinunter und erforderte geschicktes Drehen am Temperaturregler. Paul stellte sich vor, wie er die Dusche austrickste, indem er ihren nächsten Temperatursprung voraussagte und ihm zuvorkam.

Als er aus dem Fitnessstudio trat, fiel sein Blick auf das Bürogebäude auf der anderen Straßenseite. Vor dem schwarzen Nachthimmel sah es passenderweise zweidimensional aus. ANALYTICS SOLUTIONS leuchtete in Neonfarben über den Fensterreihen. Wie konnte ein Gebäude mit so vielen Fenstern von innen so wenig natürliches Licht haben? Paul schaute weg, bemerkte aber zu spät, dass einer seiner jüngeren Kollegen geradewegs auf ihn zukam, die Hand zu einem steifen Gruß gehoben. Als sie gemeinsam zum Parkplatz gingen, erwähnte Ollie mehrmals, dass er Überstunden gemacht hatte (»Ich kann einfach nicht gehen, wenn eine Kalkulation noch nicht fertig ist, du etwa?«). Paul zählte die Phrasen, die Ollie in seinen Monolog einstreute. Seine liebste war anscheinend »in Zukunft«. *In Zukunft*, meinte er, sollten sie in allen Sitzungen einen festen Platz für »Blue Sky Thinking« haben, und *in Zukunft* wollte er sehen, was die neue »Ressource« im Team »mitbringt«.

Paul vermutete, dass er seinen Kollegen ein Rätsel war – und ein Teil von ihm genoss das. Selbst die Kollegen, die er schätzte, sahen in ihm nur eine flache Silhouette: Paul, Datenanalyst auf der mittleren Führungsebene, ein Mann weniger Worte mit aufgeräumtem Schreibtisch, in dessen Schublade Familienfotos lagen. In Besprechungen schaute er oft aus dem Fenster, mischte sich nie in Büropolitik ein und zeigte kein Interesse an den neuesten Formularlayouts oder der neuen Aktenvernichtungsrichtlinie. Dennoch ließ er sich von keiner Aufgabe aus der Ruhe bringen, und er bemerkte, wie sich alle aufmerksam nach vorne lehnten, wenn er schließlich doch seine Meinung äußerte. Vielleicht war das der Grund, warum er in zehn Jahren dreimal befördert worden war, obwohl er nie einen besonderen Ehrgeiz zur Schau stellte. Er wusste, dass sie sich alle fragten, wo er vor Analytics Solutions gearbeitet hatte und wie er außerhalb des Großraumbüros, das nach Mikrowellenessen und Druckertinte stank, so war.

»Hast du heute Abend noch was vor?«, fragte Ollie, als ihre Wege im Begriff waren sich zu trennen.

»Ach, das Übliche …« Er wollte noch weiterreden, sah aber in Gedanken schon Steph in ihrer Schlafanzughose vor sich, wie sie im Schein einer Lampe las, Freya, wie sie sich ein Kühlpack auf ihr Knie drückte und dabei Tauwasser aufs Sofa tropfen ließ, und sich selbst, wie er neben ihnen saß und versuchte, den Moment und die Wärme seines Zuhauses zu genießen.

Stattdessen deutete er nur ein Lächeln an und wünschte Ollie einen schönen Abend.

Lass sie ruhig rätseln.

Im Auto warf Paul einen Blick auf sein Handy. Steph hatte drei Nachrichten auf dem Anrufbeantworter hinterlassen. Er erwartete, dass er vielleicht noch Milch oder Brot mitbringen sollte, vielleicht auch Limonade mit Kirschgeschmack – ein Grundnahrungsmittel für Freya. Überraschenderweise klang Stephs Stimme höher als gewöhnlich und sie fragte, ob er etwas von Freya gehört hatte. Paul versuchte, sie zurückzurufen, aber die Leitung war besetzt. Er steckte sein Handy in den Becherhalter und sah stirnrunzelnd auf die Uhr: zwanzig Uhr zehn. Er musste so schnell wie möglich nach Hause. Wahrscheinlich war Freya längst wieder da und hatte sich durch das Brechen einer der Grundregeln Ärger eingehandelt.

Der Verkehr in Londons Randbezirken erschien ihm wie eine persönliche Beleidigung. Unabhängig davon, wie spät er von der Arbeit kam, war jeder Abend ein Kampf um den besten Fahrstreifen und ein Glücksspiel, wer eine Abkürzung fand. Manchmal gefiel ihm diese Herausforderung. Wenn Freya im Auto saß, erzählte er ihr von seinen Verkehrsprognosen und genialen Umgehungslösungen – nicht, dass sie das auch nur im Geringsten beeindrucken würde. Jetzt jedoch wünschte er sich, mit heulender Sirene durch den Stau rasen zu können. Als er endlich in seiner Straße ankam, sah er Stephs vertraute Silhouette hinter den Vorhängen. Wenn sie am Fenster stand, hieß das, dass Freya noch nicht zurückgekommen war? Er parkte hinter dem Fahrschulauto und eilte ins Haus.

Drinnen empfing ihn eine bedrückende Stille. Kein Kochgeruch, kein Fernsehgemurmel, keine Geräusche von Steph und Freya, die sich unterhielten oder Spotify fragwürdige Songwünsche zuriefen. Die Wohnung lag still und schummrig da: All die Lampen, die Steph normalerweis abends einschaltete, waren dunkel.

Sie drehte sich um, ihr Mascara verschmiert. »Sie ist eigentlich schon erwachsen, ich weiß, aber …«

Paul zog sie an sich, ihr Kopf schmiegte sich an seinen Hals, ihr Haar sonderte eine merkwürdige Hitze ab. Normalerweise verschmolzen sie in solchen Momenten der Ruhe nach einem langen Tag, doch jetzt war Stephs Körper angespannt und starr.

»Auf ihrem Handy geht direkt die Mailbox ran«, murmelte sie in seine Brust. »Keine ihrer Freundinnen hat etwas von ihr gehört – jedenfalls keine, mit der ich gesprochen habe.«

Paul schluckte. »Wann ist sie von der Schule weggegangen?«

»Wie immer, soweit ich weiß. Ich konnte niemanden erreichen, der mit in ihrer letzten Stunde war. Aber laut Anwesenheitsliste war sie da, und ihre anderen Freundinnen haben gesagt, dass sie sonst immer überpünktlich losgeht, um den Bus zu erwischen. Ich habe auch mit Chris gesprochen – in der Fahrstunde war auch alles normal. Und sie hat auch nichts erwähnt, was sie nach der Schule vorhatte.«

»Snapchat? Instagram? Oder was auch immer man heutzutage benutzt?«

»Nichts.«

»Hast du nach anderen Leuten gesucht, mit denen sie da verbunden ist oder die sie verlinkt haben, oder wie das heißt? Sie könnte bei einem Freund sein, den wir nicht kennen.«

Steph schüttelte den Kopf. »Ich kann ihre Profile nicht mehr einsehen! Noch eine Bedingung von Freyas berüchtigtem Privatsphäre-und-Unabhängigkeits-Gesetz. Deshalb fühle ich mich so schlecht, wenn ich versuche herumzuschnüffeln. Ich habe Jess und ein paar andere gebeten, für mich nachzuschauen. Sie haben gesagt, dass sie heute Abend gar nicht online war.«

»Dann rufen wir sie nochmal an.«

»Regen wir uns auf wegen nichts?«

Paul schaute auf seine Uhr. Es war fast 21 Uhr. »Na ja, wenn sie uns Funkstille verordnet, ist es unser gutes Recht, ein bisschen rumzuschnüffeln.«

Er hatte große Mühe, seine Stimme ruhig zu halten, als Gegengewicht zu Stephs ängstlicher Körperhaltung und ihren Händen, die sich an seinem Rücken in sein T-Shirt krallten.

Paul telefonierte ein zweites Mal mit Freyas Freunden und fügte noch weitere hinzu, die Steph nach und nach einfielen. Er versuchte, seine Sorgen hinter einer albernen Vaterrolle zu verbergen, die seiner Tochter sicherlich peinlich gewesen wäre. Er telefonierte das gesamte Volleyball- und Laufteam ab und bat Jess, jeden einzelnen Post auf Freyas Social-Media-Profilen des letzten Monats vorzulesen. Die meisten Posts drehten sich darum, wie sehr sie Autofahren liebte, wie sehr sie den Statistikteil ihres Wirtschaftskurses hasste (»aber auf eine komische Weise liebe ich es, ihn zu hassen«), und um die »Zerstörung« rivalisierender Volleyballteams. Manche Posts waren witzig und wortgewandt – Paul wäre für dieses Kompliment sicher mit ihrem besten Interessiert-mich-nicht-Blick belohnt worden. Überraschenderweise war sie bei allem – außer ihren sportlichen Fähigkeiten – unsicher, besonders in Bezug auf ihre Intelligenz.

Als ihnen die Ideen ausgingen, schaute Paul zu Steph. Es war viertel vor elf. Die Heizung hatte sich bereits abgeschaltet und in der Wohnung war die Kälte spürbar geworden. Es war ihnen bislang nicht aufgefallen, aber jetzt schauderten sie, als sie sich über die Gänsehaut auf ihren Armen rieben. Paul musste es nicht laut aussprechen. Steph nickte grimmig und er griff erneut nach seinem Handy.

Die diensthabenden Polizisten, ein Mann und eine Frau, die wenig später eintrafen, waren jung und einer der beiden schien Pauls Vermutung nach noch in der Ausbildung zu sein. Er sagte all die Standard-Phrasen – solche Situationen lösten sich meist von selbst auf, Freya galt offiziell noch nicht als vermisst –, doch seine Art war unbeholfen, als wäre er noch dabei, seinen Text zu lernen. Die Frau sah sich in der Wohnung um, als würde sie das Leben der Harlows bewerten. An den Wänden hingen gerahmte Fotos von Freya, die jede freie Stelle schmückten: eine Galerie unterschiedlicher Altersstufen und Frisuren – von verschwindendem Babyspeck und hervortretenden Wangenknochen bis zu den Sommersprossen, die mit der Sonne kamen und wieder verschwanden. Sie grinste von den blaugrauen Wänden, mal mit geschlossenem Mund, als sie gerade ihre feste Zahnspange bekommen hatte, mal mit ihrem strahlendsten Lächeln, nachdem sie entfernt worden war.

Paul führte die Beamten nach oben in Freyas Dachbodenzimmer. Der Raum wirkte wie ein Stillleben, eingefroren in einem Moment ihres Alltags. Ihr schwarzer Adidas-Beutel hing über ihrem Lieblings-Drehstuhl. Neben ihrem Bett verströmte ein Glas Limonade mit Kirschgeschmack seinen kräftigen Geruch im Raum. In der Schublade lag ein Paar schneeweiße Sportsocken, sorgfältig zusammengefaltet. Ihr Make-up war wild auf dem Schminktisch verteilt, und ihr Bad glich einem Schlachtfeld aus zusammengeknüllten Handtüchern. Das Zimmer bot eine Szenerie der Widersprüche: einerseits penibel aufgeräumt, anderseits chaotisch; gleichzeitig erwachsen und kindlich. Dicke Psychologie-Wälzer lagen neben abgewetzten Stofftieren, die sie schon seit Ewigkeiten hatte. Auf den ersten Blick schien nichts zu fehlen, abgesehen von ihrer Handtasche und ihrer marineblauen Daunenjacke. Natürlich erinnerte

Steph sich daran, dass sie diese Jacke getragen hatte, während Paul sich schuldig fühlte, sich nicht daran erinnern zu können.

Zurück im Wohnzimmer begann die Befragung.

Wer hat Freya heute schon gesehen?

Hat sie einen festen Freund? (Paul und Steph schüttelten die Köpfe im Gleichtakt, dann warfen sie sich gegenseitig einen flüchtigen Blick zu und ergänzten im Stillen »Nicht, dass wir wüssten.«)

Trinkt sie Alkohol? (»Sie interessiert sich mehr für Fitness …«)

Nimmt sie Drogen? (Stephs empörtes »Nein!« richtete sich direkt gegen die Hand der weiblichen Polizistin, die eifrig Notizen machte.)

Und Sie sind sicher, dass dies für ihre Tochter ein ungewöhnliches Verhalten ist? (Schließlich erhob auch Paul seine Stimme, stahlhart: »Wir hätten Sie ja wohl nicht angerufen, wenn es nicht so wäre.«)

Kurz vor Ende des Gesprächs stellte die Frau eine unerwartete Frage: »Ich weiß, das hört sich extrem an, aber wir müssen uns ein Gesamtbild verschaffen … Hat einer von Ihnen Feinde? Jemanden, der sie bedrohen oder Ihnen aus irgendeinem Grund Schaden zufügen will?«

Paul zuckte zusammen und erstarrte dann. Steph, die neben ihm saß, musste die plötzliche Anspannung gespürt haben, denn ihr Kopf drehte sich rasch in seine Richtung. Die Polizistin gegenüber auf dem Sofa schien die Reaktion bemerkt zu haben und beobachtete sie nun aufmerksam. Die meisten Eltern hätten diese Frage vermutlich in Sekundenschnelle abgewiesen: *Lächerlich, natürlich nicht.*

Doch Stephs Blick war, wie auch die Blicke der anderen, immer noch auf ihn gerichtet. Er schüttelte den Kopf und die Polizisten wirkten, als hätten sie im Stillen die Entscheidung getroffen, die Befragung fortzusetzen und sich nach Freyas psychischem Zustand zu erkundigen. Paul starrte auf die Fotos an der Wand und versuchte die Furcht zu verdrängen, die sich in seinem Magen ausbreitete.

Zieh keine voreiligen Schlüsse. Sie ist bei einer Freundin, hat vergessen, ihr Handy aufzuladen. Sie wird morgen früh zurück sein und dann wird sie uns versprechen, uns nie wieder solche Angst einzujagen.

Doch eine weitere Stimme mischte sich in seine Gedanken: *Du selbstgefälliger Idiot, Paul. Natürlich musste so etwas passieren.*

VIER
KATE

Fünfundzwanzig Jahre zuvor

In meinen Schuhen rutschen die Socken herunter. Die Tasche schlägt gegen meine Hüfte, während ich mit Vollgas den Hügel hinaufrenne, der die Schule von zu Hause trennt. Ich versuche gar nicht erst, den grauen Kaugummiflecken auf dem Gehweg auszuweichen. Wenn ich es nur rechtzeitig zurückschaffe, kann ich mir Mum vielleicht noch für zehn Minuten schnappen, bevor *er* da ist. Zehn Minuten sind besser als nichts.

Der Mammuthügel schafft mich ganz schön und die Treppenstufen in unserem Hochhaus geben mir den Rest – der Aufzug ist mal wieder kaputt. Ich ducke mich unter den Wäscheleinen hindurch, die Joan aus der 310 immer quer durch den Flur spannt, wobei mir feuchte Ärmel ins Gesicht klatschen. Dann springe ich über ein Skateboard, das am Fuß des letzten Treppenabsatzes liegt, und stürme in unsere Wohnung, in der Hoffnung, dass er nicht früh dran ist.

»Mum?« Ich lasse meine Tasche fallen, werfe meinen Mantel in Richtung Kleiderhaken und eile in die Küche. Sie steht am Fenster und starrt hinaus auf unsere miese Aussicht, das Fenster so fleckig, dass es immer so aussieht, als würde es regnen. Vielleicht guckt sie auch nicht wirklich irgendwohin. In letzter Zeit schaut sie viel ins Leere. Meine Cousine Becca meint, das sei Verliebtheit, ganz schwermütig und verträumt, aber für mich sieht es eher so aus, als würde sie sich Sorgen machen. Becca sagt, ich will einfach nicht wahrhaben, dass ihr Herz von einem Toyboy aus der Etage unter uns erobert wurde.

Mum dreht sich um und die Art, wie sich mich anlächelt, so glücklich, mich zu sehen, beruhigt mich so sehr, dass ich zu ihr renne und sie heftig umarme. Sie fühlt sich dünn an unter ihrer Postuniform. Nimmt sie ab, um ihren Freund zu beeindrucken? Das Wort *liebeskrank* schleicht sich in meine Gedanken. Es ist seltsam, so über sie nachzudenken.

Ich fülle den Wasserkessel auf. Sobald ich von der Schule nach Hause komme, mache ich Tee, und jede von uns isst einen Schokokeks. Dabei sitzen wir immer auf denselben Plätzen – Mum am Tischende Richtung Tür und ich zu ihrer Rechten, wo der Wärmespeicher vor sich hin tuckert und einen Hauch von Wärme freigibt. Das ist unser Ritual. Ich hoffe, wir haben heute Zeit dafür, bevor der Toyboy kommt. Der Kessel ist langsam. Ich presse meine Finger gegen die scharfen Splitter am Rand der Zuckerdose und spüre, wie der Dampf meine Nase küsst.

Endlich sitzen wir am Tisch, zwischen uns die Keksdose. Mums schmale Finger umschließen ihren Becher, ihr dunkles Haar fällt ihr über die Schulter. Und mir fällt nichts ein, was ich sagen könnte. Früher hätte mir das nichts ausgemacht: Ich hätte meinen Tee geschlürft und wäre in einen Tagtraum versunken. Aber jetzt muss ich dafür sorgen, dass diese zehn Minuten am Tag mehr wert sind als die ganzen Abende, die sie mit ihm verbringt.

»Wie war es in der Schule, Liebes?«, fragt sie und scheint sich aus ihrer Trance zu lösen. Ich verteile Kekskrümel auf mir, als ich eilig antworte. »Hab 'ne zwei in Erdkunde bekommen.«

Plötzlich erscheint mir das nicht mehr gut genug, auch wenn ich mich vorhin noch darüber gefreut habe. Landkarten geben mir immer das Gefühl, winzig zu sein, und lösen ein Schwindelgefühl in mir aus. Die Welt ist so riesig und ich habe noch nie auch nur die Midlands verlassen. Wenn der Wetterbericht das ganze Land abbildet, verschlägt es mir peinlicherweise den Atem. Dann bin ich entmutigt und gleichzeitig fasziniert von den verstreuten Städten und dem kleinen Zipfel Europa, der aus der unteren rechten Ecke der Leinwand hervorlugt.

»Das ist mein Mädchen«, sagt Mum, und ich strahle. Trotzdem wirkt sie noch immer abgelenkt. Sie hat nur an einem halben Keks herumgeknabbert und nicht mal eine Augenbraue gehoben, als ich vor dem Abendessen schon zwei Kekse verschlungen habe.

»Amy muss nachsitzen«, erzähle ich ihr, und um es besonders dramatisch zu machen, füge ich hinzu: »Zum dritten Mal diese Woche!«

Mum macht ein Oh-oh-Gesicht und ich kichere.

»Was hat sie diesmal angestellt?«, fragt sie.

»Miss Stone hat Kippen in ihrer Tasche gefunden. Aber es waren eigentlich die von ihrer Oma.«

»Hat Miss Stone ihr nicht geglaubt?«

»Du kennst doch Scary Stoney.«

Mum lacht, während sie abbeißt, und ich fühle mich, als hätte ich einen Preis gewonnen. »Serious Stoney.«

»Shouty Stoney.« Ich grinse.

Wir werden gerade erst warm, finden immer neue S-Wörter, bis ich die Haustür höre und mein Herz einen Satz macht. Schon allein das Geräusch, wenn er hereinkommt und sich die Schuhe auszieht, bringt mich zur Weißglut. Er klopft nicht mal mehr an. Stellt seine Schuhe einfach neben unsere, als wäre er ein Teil der Familie.

»Hi, Mädels«, ruft er mit seinem vornehmen Akzent – na ja, zumindest vornehm im Vergleich zu unserem. Er kommt irgendwo aus dem Süden. Ich glaube, er ist wegen der Arbeit hierhergezogen. Auch wenn er jetzt seit sieben Monaten Mums Freund und seit ein paar Monaten davor unser Nachbar von unten ist, weiß ich so gut wie nichts über ihn.

Er schlendert zu Mum hinüber und gibt ihr einen Kuss. Ich muss einfach hinsehen und werde dabei das Gefühl nicht los, dass er sie zu fest an sich drückt. Als sie sich wieder voneinander lösen, tätschelt er ihr über die Haare.

»Trinken wir eine Tasse Tee?«, fragt er, auch wenn er sehen kann, dass wir gerade genau das tun.

Zu meiner Überraschung sagt Mum: »Ich nehme noch eine, danke, Liebling.« Es nervt mich, dass sie »Liebling« zu ihm sagt, während sie die meisten anderen Menschen »Schatz« nennt. Und dass sie noch eine Tasse Tee trinkt, nur weil er sie angeboten hat.

»Dich kann ich nicht in Versuchung führen?«, fragt er mich und wackelt mit der Teekanne. Er benutzt immer die Kanne, statt einfach Beutel in die Tassen zu werfen. Vielleicht mag es Mum so lieber, sagt es mir aber nicht, um meine Gefühle nicht zu verletzen. Vielleicht kippt sie die zweite Hälfte von dem Tee, den ich gemacht habe, einfach weg.

Ich schüttele den Kopf und murmele etwas von wegen Hausaufgaben. Mum schenkt mir ein Lächeln, als ich aus dem Raum fliehe, aber er würdigt mich keines Blickes. Sein Blick bleibt auf Mum gerichtet, wie immer.

FÜNF

EMMA

In jener Nacht war es nicht Gilberts Trainingsprogramm, das Emmas Schlaf störte, und auch nicht das Phantompiepsen langersehnter Nachrichten auf ihrem Handy. Stattdessen waren es die Bewegungen und Stimmen von oben – ein unruhiger Tanz, der darauf hindeutete, dass die Welt der Harlows noch nicht zur Normalität zurückgekehrt war.

Emma hätte wahrscheinlich ohnehin nicht schlafen können. In letzter Zeit waren ihre Gedanken nachts ebenso aktiv wie ihr Hamster. Bilder wirbelten durch ihren Kopf und sie griff nach dem Notizbuch neben ihrem Bett, um sie darin festzuhalten und sie mit dicken Strichen aus ihrem Kopf aufs Papier zu kriegen. Sie war schon immer eine zwanghafte Kritzlerin gewesen. Eine Kritzelei in der Ecke ihres Schulheftes konnte sich schnell zu einem Figurenkarneval oder einem Designkatalog entwickeln. Doch genauso wie damals zeugten die Figuren und Formen, die sie nun zeichnete, von einer stachelartigen Ängstlichkeit.

Sie strampelte ihre Bettdecke von sich und zog ihren Morgenmantel von seinem Haken. Ihr Handy zeigte zehn nach Mitternacht. Als sie durch ihre Wohnung tapste, verwandelte die Nacht ihre Möbel in zusammengekauerte Lumpen, ihre gerahmten Fotos in farblose Rechtecke und Quadrate. Das Rattern von Gilberts Laufrad vermischte sich mit den Geräuschen von oben und erzeugte den Eindruck, dass er die Kontrolle über die Gespräche der Nachbarn hatte, sie lauter stellen konnte, als wäre er ein kleiner Leierkastenmann.

Sie hastete zum Treppenschrank und redete sich ein, dass sie nur nach ihrem Haustier sehen wollte. Als sie den Käfig öffnete, stoppte Gilbert nicht einmal kurz, sondern rannte weiter, als hätte er ein Ziel zu erreichen. Mehr als seinen Wassernapf zu befüllen (und seine völlige Gleichgültigkeit ihr gegenüber zu bestaunen) gab es nichts zu tun, aber sie rührte sich dennoch nicht vom Fleck.

Hier konnte sie die Stimmen hören. So deutlich, wie Stephs Stimme es vorhin gewesen war. Jetzt waren es allerdings vier Stimmen: Steph und Paul, deren vertraute Stimmen heute Nacht so anders klangen, verzerrt vor Angst, und es dauerte nicht lange, bis die anderen beiden sich als Polizeibeamte herausstellten. Ein Schauder lief Emma über den Rücken. Sie hatte nicht mitbekommen, dass die Polizei angekommen war: Sie musste anscheinend doch eine ganze Weile geschlafen haben. Sie hatte gehört, wie Paul ungefähr um halb neun nach Hause gekommen war – das Zuschlagen einer Autotür, bebende Schritte auf der Treppe – und war wieder vom Wandschrank angezogen worden: Hatte er Neuigkeiten zu Freya? Was würden er und Steph zueinander sagen? Würden sie sich pragmatisch verhalten oder in Panik verfallen, sich streiten oder einig sein? Dann hatte ihr Handy gepiepst und sie hatte auf dieses Geräusch reagiert, war wieder in ihr eigenes Leben zurückkatapultiert worden.

Nur um enttäuscht zu werden. Es war nicht die Nachricht, auf die sie gehofft hatte. Stattdessen war es eine E-Mail von einer von Emmas Lieblingslieferantinnen, Mimi, die ihren Lebensunterhalt damit verdiente, auf Antiquitätenmärkten zu stöbern und Emma schon einige unglaubliche Fundstücke verkauft hatte. Wie das jadegrüne Barret mit dem flammend goldenen Seidenfutter. Oder das authentische Charleston-Kleid mit in den schwarzen Stoff eingearbeiteten Perlen, die wie Sterne in der Nacht schimmerten. Emma hatte Mimi noch nicht gestanden, dass sie ihren Laden würde schließen müssen – oder dass es möglicherweise zu einer Verzögerung bei der Bezahlung ihrer letzten Rechnung kommen könnte. Also bot Mimi ihr immer noch Dinge an, diesmal eine Sammlung von Bakelit-Armreifen aus den 1940er-Jahren in Zitrusfarben. Emma hatte ihre Handgelenke berührt und sich vorgestellt, wie sie an ihrem Arm aneinanderschlagen würden – Limettengrün neben verbranntem Orange und Sonnengelb. Sie wusste genau, wie man sie polieren und asymmetrisch zur Schau stellen konnte. Doch dann war sie plötzlich in die Realität zurückgekehrt, hatte das Foto, das Mimi ihr geschickt hatte, geschlossen. Plötzlich fühlte sie sich kalt und erschöpft und schleppte sich ins Bett, ohne sich noch die Zähne zu putzen.

Als sie das nächste Mal wach wurde, spürte sie die Veränderung im Gebäude. Sie spürte, dass der obere Teil des Hauses lebhaft wach war. Normalerweise gab es um diese Uhrzeit nur ihre Sorgen in der tiefen Nacht und das Jaulen der Nachbarskatzen. Doch jetzt spielte sich oben ein Drama ab, eine willkommene Ablenkung von ihren Gedanken.

»Ich meine, sie war in letzter Zeit etwas … *kurz angebunden*«, sagte Steph. »Aber sie war so gestresst wegen der Prüfungen und diesem großen Turnier …«

»Haben Sie bemerkt, dass sie sich ungewöhnlich verhalten hat, Mr Harlow?«

»Nicht wirklich.« Pauls Stimme klang gepresst. »Aber ich gebe zu, dass ich selbst etwas abgelenkt war.«

»Aus einem bestimmten Grund?«

»Sie wissen schon … Arbeit … Leben …«

Emma dachte daran, wie in sich gekehrt Paul oft wirkte,

wenn er allein am Fluss joggte, die Arme fest an den Seiten. So anders, als wenn er locker mit Freya lief oder lachend ins Auto stieg. Aber das Gleiche galt auch für Steph, wenn man sie unbeobachtet erwischte. Mehrmals hatte Emma sie tief in Gedanken versunken gesehen, wie sie aus einer Träumerei aufschreckte, sobald ihre Tochter oder ihr Mann auftauchten.

Emmas Kinn zuckte, als sie hörte, wie Paul hinzufügte: »Schatz ... kann ich kurz allein mit den Beamten sprechen?«

Er hatte so schnell gesprochen, dass Emma sich nicht sicher war, ob sie richtig gehört hatte. Die Stille, die als Antwort darauffolgte, fühlte sich bleischwer an, selbst eine Etage tiefer.

»Was?« Steph klang schockiert. »Warum?«

»Es gibt da etwas, das ich mit ihnen besprechen muss.«

»Dann besprich es doch auch mit mir!«

»Steph –«

»Ich bin deine Frau! Freya ist unsere Tochter! Jetzt ist nicht der Zeitpunkt, um –«

»Ich weiß.« Pauls Stimme wurde noch fester. »Nur ... ich muss.«

Emma stellte sich vor, was in der darauffolgenden Stille passierte. Ging Paul auf Steph zu, um sie zu beschwichtigen? Starrte Steph ihn verwirrt an? Sie konnte sich nur Steph in ihrem Anzug und Paul in seiner schwarzen Laufausrüstung vorstellen.

»Würden Sie uns für einen kleinen Moment entschuldigen?« Plötzlich war Stephs gewohnt ruhiger Tonfall zurück.

Einer der Beamten sagte: »Natürlich.« Dann waren Schritte zu hören, gefolgt von noch mehr Stille. Emma strengte sich an, zu verstehen, ob die Polizisten etwas sagten, während Steph und Paul nicht im Raum waren. Die Beamten unterhielten sich mit gesenkten Stimmen darüber, wie sie weiter verfahren sollten, da sie Freya in den nächsten sechzehn Stunden nicht als vermisst melden konnten. »Aber mit den

Eltern«, zischte einer der beiden kaum hörbar, »stimmt doch etwas nicht, oder?«

Bevor sie mehr sagen konnten, näherten sich die Schritte wieder. Nur ein Paar bewegte sich, direkt über Emma, bis das Zuschlagen einer Tür das Haus erzittern ließ. Ein noch lauteres Krachen und ein entsetzter Schrei ließen sie aufspringen, sodass sie sich den Kopf stieß. Das Geräusch schien von der Treppe oder aus dem Flur gekommen zu sein. Sie krabbelte aus dem Kabuff und stürzte zur Haustür. Steph lag am Fuß der Treppe, eine Hand gegen die Wand gestützt, ihre Finger so weiß wie der Putz darunter.

»O Gott – ist alles in Ordnung?«

Steph lag einfach da, Körper und Kopf in einem seltsamen Winkel zueinander. *Sie hat sich das Genick gebrochen*, dachte Emma in blanker Panik. Erleichterung durchströmte sie (gepaart mit der leisen Stimme ihrer Mutter, die ihr eine dramatische Fantasie vorwarf), als Steph sich aufsetzte und ihr Gesicht befühlte. Emma erkannte, dass ihre Nachbarin kurz davor war, in Tränen auszubrechen – die Art von Tränen, die durch einen Ausrutscher oder einen Schock ausgelöst werden, deren Wurzel aber eigentlich woanders liegt. Ihre Strickjacke hatte sich von ihrer Schulter gelöst und eine große Haarklammer mit Schildplattzeichnung lag auf den Stufen hinter ihr, die schwarzen Zähne nach oben gerichtet.

Emma kam einen Schritt näher. »Sind Sie verletzt?«

Steph schien benommen zu sein. Die Glühbirne der Flurlampe flackerte und verlieh der Szene eine geradezu surreale Atmosphäre. »Ich glaube nicht.« Sie befühlte ihr Ohr mit einem Finger, der blutverschmiert wieder zum Vorschein kam. Emma durchzuckte ein seltsames Déjà-vu, doch bevor sie es einordnen konnte, öffnete sich die Tür der Obergeschosswohnung.

»Steph?«, erklang Pauls Stimme. Sein Schatten erstreckte sich über die gesamte Länge der Treppe, durch das Licht künstlich in die Länge gezogen. »Scheiße, geht's dir gut?«

Steph starrte nach oben, ihre Augen rot. »Ich bin ausgerutscht.«

»Du blutest!« Paul eilte zu ihr. Er trug noch seine Arbeitskleidung, an den Füßen jedoch keine Schuhe und sein Hemd war zerknittert. Er zögerte, als er bemerkte, dass sie Gesellschaft hatten. Emma spürte, wie er ihr blaues, plattgelegenes Haar und das tätowierte Z auf ihrem Knöchel betrachtete. Ihr Morgenmantel fühlte sich plötzlich winzig und durchsichtig an, wie in einem Albtraum, in dem man in der Öffentlichkeit nackt war.

Pauls Augenbrauen zogen sich zusammen, aber er wandte sich von ihr ab und griff nach Stephs Schultern. »Liebling –«

Steph machte eine Bewegung, die seine Hand ins Leere greifen ließ. »Lass es, Paul. Geh zurück zu deinem *vertraulichen Gespräch*.«

»Steph, bitte. Ich weiß, dass es schlimm aussieht …« Während Paul seine Frau anflehte, warf er Emma erneut einen Blick zu. Einen Blick, der ihr das Gefühl gab, ein Eindringling zu sein. Sie zog sich wieder in ihre Wohnung zurück. Bevor sich die Tür schloss, sah sie Paul, wie er sich zu Steph beugte, und diese ruckartig zurückwich und die Knie an sich zog wie ein bedrohtes Wesen, das sich zu einer Kugel einrollt.

In Emma flammte etwas auf. Eine Art Erkennen. Ihr Herz hämmerte, während sie sich an die Innenseite der Tür lehnte, ohne die murmelnden Stimmen der beiden zu verstehen. Nach ein paar Minuten drückte sie die Klinke hinunter und öffnete die Tür einen Spalt breit. Doch das Treppenhaus war leer, die Glühbirne flackerte immer noch, und Stephs Haarklammer lag auf den Stufen, in ihrem Maul blonde Haarbüschel.

SECHS

CHRIS

Chris kannte diese Route wie seine Westentasche. Normalerweise saß er auf dem Beifahrersitz, die Füße auf dem Extrapaar Pedale, während die Vorstadt im Schneckentempo an ihm vorbeizog, weil sein Fahrschüler quälend langsam fuhr. Die immer selben Straßen, gesäumt von Baumreihen und angeschlossenen Fahrrädern. Die immer selben Autos in den immer selben Auffahrten. Die immer selben selbstgefälligen Jogger und Paare, die ihre komplizierten Kinderwägen durch die Gegend schoben.

Zudem verbrachte Chris in seinem geparkten Auto viel Zeit an den verschiedensten Orten in Kingston und bekam dort beim Warten auf seine Schüler flüchtige Einblicke in das Leben anderer Menschen. Manchmal sah er beispielsweise einen Mann im Designeranzug, der heimlich kräftige Schlucke aus einem Flachmann trank und ihn dann wieder versteckte, wenn seine Bilderbuchfamilie – Frau und Sohn – aus dem tadellosen Haus hinter ihm trat. Oder einen Obdachlosen, der die Abfallcontainer von Waitrose durchwühlte, eine matschige Avocado zutage förderte und schließlich von einem aufgeblasenen Filialleiter weggescheucht wurde. Die Trennlinie zwischen Arm und

Reich, Glück und Elend, Aufrichtigkeit und Verlogenheit schien hier hauchdünn zu sein. Und Chris fand sich immer genau auf der falschen Seite dieser Linie wieder.

Heute schien Kingston besonders wachsam zu sein. Mit ziemlicher Sicherheit bildete sich Chris das ein oder es lag vielleicht an seiner Laune, aber er hatte es gespürt, seit er vor ein paar Stunden von zu Hause aufgebrochen war. Die Nachbarn, die ihre Kinder in riesige Volvos pferchten, sahen aus, als würden sie sein Haus beobachten – vielleicht hatten sie die Nacht zuvor die Polizei vor dem Haus stehen sehen und wussten nicht, wem der Besuch gegolten hatte. Auch jetzt noch schien Chris die Blicke aller Fußgänger auf sich zu ziehen, während sein Schüler Dylan sie planlos durch die Straßen lenkte. Chris kürzte die Fahrstunde ein wenig ab, damit er seine Gedanken sammeln konnte, bevor die nächste begann.

»Gut gemacht, Kumpel«, sagte er, als sie anhielten und Dylan erst gegen den Bordstein fuhr und dann auch noch den Motor abwürgte. Dylan studierte an der Kingston Uni und war einer der ängstlichsten Schüler, die Chris je unterrichtet hatte. »Du musst nur ein bisschen an deiner Zögerlichkeit an den Kreuzungen arbeiten. Das Abwürgen wird aber immer seltener, oder?«

Dylan bezahlte ihn und stieg aus dem Auto, und Chris sah ihm nach, wie er in Richtung Studentenwohnheim stapfte. Er ging so zaghaft und unsicher, wie er Auto fuhr. Chris wollte ihn schütteln: *Du hast verdammtes Glück, weißt du das eigentlich? Jung, frei, privilegiert. Warum versteckst du dich hinter deinem schlaffen Pony?* Gleichzeitig verspürte er eine Art Beschützerinstinkt – vielleicht aber auch Traurigkeit? Chris schaute zum Studentenwohnheim und sah Menschen hinter den kahlen Fenstern, die kochten, sich unterhielten und mit Bier auf den Freitagabend anstießen. Plötzlich durchzuckte ihn die Einsamkeit wie ein Reflex.

Er rutschte auf den Fahrersitz und klappte die Sonnenblende zum Schutz vor der tiefstehenden Märzsonne herunter. Dann machte er sich auf den Weg zur Chantry High School. Kinder aller Altersstufen strömten aus den Toren und machten sich auf ins Wochenende. Normalerweise war er froh, dass sich sein Auto durch das aufgedruckte Logo von den allradbetriebenen Wagen der anderen Eltern unterschied, ohne den Eindruck eines Spinners zu erwecken, der vor der Schule herumlungerte. Doch heute kam ihm sein Auto auffällig vor. Er war erleichtert, als er Jess' kurze Beine in ihren schwarzen Strumpfhosen sah. Sie kramte in ihrer Handtasche herum, blickte kurz auf ihr Handy, während ihr die übergroße Sonnenbrille von der Nase rutschte. Irgendwann sah sie hoch und ihr Blick suchte nach seinem Auto. Er winkte und rutschte wieder auf den Beifahrersitz. Er fragte sich, wie oft er dieses Hin und Her, diesen Verzicht auf Kontrolle wohl jede Woche durchführte.

Als Jess einstieg, war ihre Unruhe sofort spürbar. Sie nahm ihre Sonnenbrille ab und zog ihren rotbraunen Blazer aus, tat sonst aber nichts weiter. Sie saß nur da und starrte in ihren Schoß.

»Jess? Alles okay?«

Sie nickte, schnallte sich aber noch nicht an.

»Bist du bereit, loszufahren? Wollen wir heute nochmal Rückwärtsparken üben?«

Endlich schob sie ihren Sitz so weit nach vorne, dass sie fast mit der Nase ans Lenkrad stieß, schnallte sich an und fuhr los. Jess war normalerweise eine ziemlich lautstarke Fahrerin, die regelmäßig »Oooh, rote Ampel!« oder »Wo ist der zweite Gang hin?« kreischte. Wenn er sie bat, die Spur zu wechseln oder auf einem Hügel anzuhalten, tat sie entsetzt: »Chris, *echt jetzt*?« Heute war sie jedoch still, und als sie versuchte, rückwärts einzuparken, ragte der Wagen am Ende fast im rechten Winkel zum Bürgersteig auf die Straße und stieß gegen den glänzenden Audi dahinter. Das war der Tropfen, der das Fass zum Überlaufen brachte: Sie warf die Hände in die Luft und brach in Tränen aus. »Ich kann das nicht!«

Chris sah nach hinten, um zu prüfen, ob die Stoßstange des anderen Autos sichtbar Schaden genommen hatte. Er betete, dass keine teure Reparatur nötig sein würde. »Ach komm, ist schon in Ordnung. Fahr da mal links ran und mach den Motor aus.«

Sie beruhigte sich ein wenig und tat, was er sagte. Sie saßen einen Moment lang schweigend nebeneinander, während das Auto abkühlte.

»Was ist los?« Er streckte seine Hand nach ihrer Schulter aus, überlegte es sich dann aber anders und zog sie auf seltsame Weise wieder zurück. Jess presste ihre Fingerspitzen gegen ihre Wangenknochen und hinterließ dabei ovale Abdrücke auf ihrem Make-up. »Falls du dir Gedanken über den angefahrenen Audi machst: Das ist eh ein Angeberauto.«

Einer ihrer Mundwinkel zog nach oben. Langsam ließ sie ihre Hände sinken. »Hast du es nicht gehört?«, sagte sie.

»Gehört?«

»Wegen Freya. Seit gestern hat sie niemand mehr gesehen.«

Freyas Bild tauchte vor Chris' Augen auf. Ihre selbstsichere Haltung beim Fahren. Der gesunde Glanz ihrer Haut, der ihm immer das Gefühl gab, selbst zu wenig Tageslicht zu sehen. Er sah sie für einen Moment lebhaft vor sich, wie sie Jess in den Schatten stellte, fünf Zentimeter größer, entspannte Schultern, der blonde Pferdeschwanz über die Kopfstütze gefächert. Manchmal aufreizend selbstbewusst, als wäre Autofahren keine große Sache für sie.

»Sie ist nicht aufgetaucht?«, fragte er. »Ich habe ihre Mum letzte Nacht getroffen …« Er erinnerte sich an Steph vor seiner Tür, eingehüllt in die übergroße Jacke eines Mannes, die sie winzig wirken ließ. Eine ganz andere Frau als die, die die Frechheit besessen hatte, ihn auf offener Straße wegen des Unterrichts ihrer Tochter zur Rede zu stellen.

»Es sieht Frey gar nicht ähnlich, einfach so zu verschwinden«, sagte Jess. »Sie ist so hinterher mit ihrem Training. Selbst mit ihren Schulaufgaben, auch wenn sie das nicht zugibt. Sie kriegt immer bessere Noten als ich, weißt du. Am Montag haben wir die Abgabe für eine total wichtige Wirtschaftskursarbeit ...«

Als Chris sah, dass sich in ihren Augen erneut Tränen sammelten, tätschelte er ihren Arm. Sie wurde steif, und er wünschte sich, er wäre bei seiner ersten Entscheidung, sie nicht zu berühren, geblieben. Es war nicht einfach, ja, geradezu unmöglich, ein siebzehnjähriges weinendes Mädchen zu trösten, ohne übergriffig zu wirken. Nächsten Monat würde er vierzig werden, obwohl er sich manchmal fühlte, als wäre er in Jess' Alter. Nur die Dinge und Menschen um ihn herum hatten sich verändert. Die Umstände. Das Leben.

»Ihre Eltern rufen mich ständig an«, schniefte Jess. »Aber ich weiß wirklich nicht, wo sie sein könnte.«

»Erzählt sie dir denn alles?«, fragte Chris und überlegte dann, ob die Frage merkwürdig war. Ihm wurde auf einmal die Intimität der Situation bewusst, wie sie zu zweit in einem parkenden Auto saßen, ohne die üblichen Konventionen einer Fahrstunde. Er drückte auf den Knopf, um das Fenster herunterzulassen, und der Lärm der Straße und der Geruch von Benzin strömten in den Wagen.

»Dachte ich eigentlich. Vielleicht in letzter Zeit nicht so sehr. Sie war ein bisschen ...« Jess machte eine rätselhafte Handbewegung, dann drehte sie sich zu ihm um. »Hat sie dir irgendwas erzählt?«

»Mir? Was denn?«

Jess blinzelte, ihre Augen waren fast blind vor zurückgehaltenen Tränen. »Ich weiß nicht. *Irgendwas.*«

»Nein, ich ... Sie wirkte ... normal.«

»In einer Stunde gilt sie offiziell als vermisst. Frey! Das kann doch nicht wahr sein, oder?« Sie schüttelte den Kopf und sackte nach vorne, die Stirn gegen das Lenkrad gelehnt. Ihr rotes Haar fiel zu beiden Seiten.

Es fühlte sich falsch an, sie einfach nur anzusehen, während sie weinte. Sie hatte sich ihm letzten Endes *doch* anvertraut. Fahrstunden waren so oft von todlangweiligem Smalltalk geprägt, unterbrochen von Ansagen wie »Hier links … Schau in den Rückspiegel … Versuch, den Fußgänger da nicht umzumähen …« Und Vicky war in letzter Zeit so verschlossen. Manchmal stellte Chris sich vor, wie er einen seiner Schüler in einen Bus fahren ließ, nur um ein bisschen Leben in die Bude zu bringen. Dann könnte er Vicky vom Krankenhaus aus anrufen und sowas sagen wie: *Du musst herkommen. Ich hatte einen Unfall.*

Seine Hand schwebte über den Höckern von Jess' Wirbelsäule, die er durch ihr dünnes weißes Schuloberteil sehen konnte. Als sie den Kopf hob, zog er seine Hand schnell zurück.

»Ich … Ich fahr dich nach Hause«, sagte er. »Wenn dir gerade nicht nach Weitermachen ist.«

Sie schniefte erneut. »Danke, dass du so nett bist.«

»Kein Problem.« Er zwang sich zu lächeln. »Und mach dir nicht so viele Sorgen. Freya ist im Handumdrehen wieder zu Hause.«

Sie tauschten Plätze und er fuhr zurück durch Kingston, vorbei an eleganten Pubs in Schiefergrau und Olivgrün, vor denen sich Feierabendtrinker sammelten, als wäre es ein unbeschwerter Sommertag. Während Jess in ihr Handy vertieft war, kam es Chris vor, als würde er überall Polizeisirenen hören und Blaulicht sehen. Tatsächlich war es nur ein aufblitzender Sonnenstrahl auf einem saphirblauen Roller, das Heulen einer Autoalarmanlage, die leuchtend blauen Haare einer Frau, die sich später als seine Nachbarin Emma entpuppte. Sie stand mit einem Schild, auf dem ZU VERKAUFEN stand, vor einem Vintage-Klamottenladen.

SIEBEN

EMMA

Die Feuerwelle der Wut erwischte sie unerwartet. Die Nacktheit ihres leeren Ladens brachte sie zur Weißglut. Bis hierhin war sie ruhig geblieben und hatte Unmengen hauchdünne Schals, handgenähte Geldbörsen und Kleider, die alle den erdigen Geruch von Vintageklamotten verströmten, eingepackt. Selbst als ein Geländer umgekippt war und sie unter einem Haufen Kunstfellmänteln begraben wurde, hatte sie bloß blinzelnd dort gelegen. Jetzt aber, wo ihr Laden leer war und auf seine neuen Besitzer und seinen neuen Zweck wartete, fühlte sie, wie die Luft aus ihren Lungen entwich.

»Jesus«, murmelte sie und presste eine Faust gegen ihr Brustbein. Diesmal schnürte ihr statt müder Traurigkeit die Wut die Luft ab. Sie stürzte nach draußen an die frische Luft, wo sie von den hübsch zusammengepackten und zugeklebten Kartons auf dem Bürgersteig empfangen wurde, die ihr einst den Lebensunterhalt gesichert hatten.

Während sie ihren Miettransporter belud und den ganzen Vorgang umkehrte, den sie vor sechs Jahren voller Vorfreude durchlaufen hatte, klingelte das Türglöckchen des Cafés nebenan und die Besitzerin, Lina, trat heraus. An zahllosen

Abenden hatte Emma Lina beim Wegräumen ihres kleinen Außentisches und ihres Schildes (»Die besten veganen Scones auf dieser Seite der Themse!«) beobachtet. Auch heute beobachtete sie diese Routine und wie Lina mit ihrem in einen Schal hochgesteckten Haar die Schleife ihrer Schürze löste. Als Lina herüberschaute, lächelte Emma sie an. »Hey!«

Die Reaktion war unmissverständlich. Lina erstarrte und auf ihrem Gesicht erschien ein skeptischer Ausdruck. Als ihre Geschäftsnachbarin dünn lächelte und zurück nach drinnen eilte, um ihr GESCHLOSSEN-Schild zu befestigen, spürte Emma, wie sich ein Loch in ihrem Magen auftat. Von innen wurde ratternd das Rollo heruntergelassen, bis es sich verkeilte und Lina anscheinend rabiat an der Schnur riss.

Konnte Emma es ihr verübeln? Sie hatte sich an ihrem letzten Arbeitstag vor über einem Monat so mies verhalten. Hatte ihre Professionalität vergessen und ihr Privatleben auf der Straße zur Schau gestellt. Vielleicht hatten Linas Kunden sich über das Drama nebenan beschwert. Heutzutage versuchte Emma, das Drama auf ihre Outfits und Frisuren zu beschränken und stellte sich gern vor, dass beides als Dämpfer dafür wirkte. Ihre Rüstung war jedoch anscheinend zu schwach.

Ihr Blick wanderte zu ihrem Laden und zu dem Namen (Threads), der über der Tür prangte. Er löste nicht mehr dieses stolze Kitzeln in ihr aus. Vielleicht sollte sie sich bei ihrem selbst entworfenen Schild entschuldigen, und bei den unverkauften Schätzen, die zusammengequetscht in den Boxen lagen, und bei ihren extravaganten Stammkunden, die sie über Wasser gehalten und ihre Arbeit belebt hatten. Es war nie einfach gewesen, im Geschäft zu bleiben; es hatte sie fast sämtliche Energie, Konzentration und ihr ganzes Selbstvertrauen gekostet, doch bis vor Kurzem schien sie von all diesen Dingen gerade noch genug zu haben.

Emma lenkte den Wagen durch die engen Straßen von Kingston, genoss die überraschten Blicke der Leute, wenn sie erkannten, dass statt einem Kerl eigentlich eine blauhaarige Frau am Steuer saß. Das Fahrzeug gab ihr ein flüchtiges Gefühl von Größe und Breite, als würde sie einen Festzugswagen steuern. Diese feierliche Stimmung verließ sie jedoch, als sie den Inhalt des Lieferwagens ausräumte und versuchte, ihn in ihre winzige Wohnung zu stopfen, die aus Protest mürrische Staubwolken aushustete.

Wie konnte ein Ort sich gleichzeitig vollgestopft und leer anfühlen? Je mehr sie von Zebs Sachen zur Seite schieben musste, um Platz für ihre Waren zu schaffen, desto mehr wurde ihr bewusst, dass seine zurückgelassenen Turnschuhe und Toilettenartikel seit einem Monat am selben Fleck standen.

Suhl dich nicht darin. Es gibt viel Schlimmeres in diesem Haus. Ihre Gedanken sprangen zurück zu Freya, und ihr drehte sich der Magen um. Das Mädchen war nun seit mehr als vierundzwanzig Stunden verschwunden. Oben regte sich nichts. Normalerweise hätte sie jetzt das Abendessen der Harlows gerochen (immer etwas super Nährstoffreiches, stellte sie sich vor, und versuchte, die Zutaten anhand des Geruchs zu erraten), und gehört, wie sie sich bewegten, zu ihrem Abend übergingen, und die Rohre durch Duschen oder Baden zum Brummen gebracht wurden. Aus der Kellerwohnung spürte sie diese Art von Trubel nie, auch bei sich nicht mehr. Es war, als würden die gesamte Wärme und Energie dieses Gebäudes in die oberen zwei Etagen steigen. Zumindest war es vor Freyas Verschwinden so gewesen.

Emma ging zu ihrer Küchennische und goss sich Aldi-Gin mit genug Eis darin ein, um ihr Gehirn zu betäuben. Während sie die Eiswürfel mit den Zähnen zermalmte, ließ sie sich aufs Sofa nieder und spürte dann die Stille über sich hereinbrechen.

Sie hatte ihre Möbel umstellen müssen, damit mehr Kisten in ihrem Wohnzimmer Platz hatten. Licht und Schatten bündelten sich daher an anderen Stellen, was das Gefühl, dass alles aus dem Gleichgewicht geraten war, noch verstärkte.

Dann erregte ein Motorengeräusch draußen ihre Aufmerksamkeit. Sie eilte zum Fenster und sah, wie Steph vom Rücksitz eines Polizeiautos krabbelte und mit der Hand über dem Mund zur Eingangstür rannte. So zerzaust hatte Emma sie noch nie gesehen. Paul folgte ihr, hielt kurz an, um dem Polizeibeamten auf dem Fahrersitz etwas zu sagen, und beeilte sich dann, um seine Frau einzuholen. Der Knoten in Emmas Magen zog sich fester zusammen. Es war sinnlos, weiter zuzuschauen und zu hoffen, dass Freya aus demselben Auto hüpfen und an ihren Eltern vorbei die Treppe hinaufrennen würde, doch sie merkte, dass es genau das war, was sie gerade tat: Ihre Hände klammerten sich an der Fensterbank fest und ihr Gesicht näherte sich langsam der Scheibe.

Erst beim Klingeln eines Videoanrufs wich sie vom Fenster zurück. Hoffnungsvoll hechtete sie zu ihrem Laptop. Als sie sah, dass es kein Skype-Anruf von Zeb war, verließ ihre Entschlossenheit sie wieder. Statt Zeb füllte das Abbild ihrer Mutter den Bildschirm aus, in der einen Hand ein nächtliches Glas Wein, während sie mit der anderen übertrieben winkte, als würde sie versuchen, die Aufmerksamkeit von jemandem zu erregen, der hundert Meter entfernt war.

»Hi, Mum.« Sie versuchte, nicht allzu ernüchtert zu klingen.

»Wie geht's dir?« Seit Neustem legte Julie, wann immer sie diese Frage stellte, den Kopf schief. »Ich dachte, ich ruf dich mal kurz an, während unser Essen in der Tajine ist.«

»Was gibt es heute bei euch?«, fragte Emma pflichtbewusst. Ihre Mutter hatte Kochkurse zu jeder Landesküche besucht.

»*Kefta Mkaouara*, dazu marokkanisches Brot«, spulte Julie ihr Programm ab. »Warst du beim Friseur?«

Emma berührte ihren ziemlich frisch geschnittenen Pony. »Vor einer Woche ungefähr.«

»Veränderung ist immer gut«, sagte Julie und Emma fühlte sich dadurch wie ein wandelndes Klischee, auch wenn der neue Haarschnitt nicht wirklich der Startschuss für einen Neustart gewesen war. Sie hatte eigentlich einen Pony gewollt, der ihre Augen beschattete, und Stufen auf Wangen- und Kieferhöhe, um so viel wie möglich von ihrem Gesicht zu verstecken.

Emma wusste, dass ihre Mutter wollte, dass sie sich mehr öffnete, aber sie hatte Angst vor dem, was dann zum Vorschein kommen würde. Emmas Taktik war es, ihrer Mutter am Anfang des Gesprächs *etwas Kleines* anzubieten: etwas, wobei ihre Mutter ihr helfen und über das zu reden Emma ertragen konnte.

»Denkst du, du könntest ein bisschen was für mich einlagern?«

»Klar, Darling. Hast du den Laden ausgeräumt?«

Emma nickte. »Am Freitag unterzeichnen wir den Vertrag.«

Julie legte erneut den Kopf schief. Emma kannte sie gut genug, um zu ahnen, dass sie sich gerade entschied, nicht zu kommentieren, wie viel einfacher es gewesen wäre, wenn Emma den Laden nur gemietet hätte, anstatt ihn gleich zu kaufen. Etwas, das ihr selbst nur allzu bewusst war.

»Hast du was von Zeb gehört?«, fragte ihre Mutter.

Noch immer hatte Emma das Gefühl, als würde sich eine Falltür unter ihren Füßen öffnen, wenn sie von ihm sprach. »Schon länger nicht.«

»Du machst aber nicht immer noch Dummheiten, oder?«

»Ich habe nie Dummheiten gemacht!«

»Du hast dich fast erstickt, als du sein Deo bei dir rumgesprüht hast.«

»Ich mag den Geruch einfach.« Sie sah ihren eigenen finstereren Blick, der in dem winzigen Kamerabild am Bildschirmrand gefangen war.

»Das muss gefährlich sein in diesen Mengen.«

»Alles klar, Mum!« Emma versuchte es mit einem Ablenkungsmanöver. Sie nahm ihren Laptop hoch und drehte ihn nach draußen, ging zum Treppenschrank, um Gilberts Lager zwischen einer Kiste Kimonos und einem Eimer Vintage-Gehstöcke zu präsentieren. Sie hielt inne, als ein Schrei von oben widerhallte: »Mach mir nicht so einen Druck, Steph!«

»Was war *das* denn?«

»Die Nachbarn … Ihre Tochter …« Aber ihr Bildschirm lud noch und zerstückelte so ihre Worte.

»Hört sich an, als hätten sie einen Streit«, sagte Julie nichtsahnend, als die Verbindung wieder da war. »Erinnerst du dich an unsere Nachbarn in Clapham? Die haben sich immer angeschrien. Und hatten sie nicht einen Leguan als Haustier?«

»Eine Schlange …« Emma konnte sich nicht auf das Geplapper ihrer Mutter konzentrieren, während sich über ihr ein Sturm zusammenbraute. »Vielleicht rufe ich später nochmal an, ich kann dich ganz schlecht verstehen.«

Julie musste ihrem marokkanischen Festmahl sowieso noch den letzten Schliff geben, also verabschiedete sie sich in einer nicht identifizierbaren Sprache – hatte sie wieder mit dem Mandarin-Unterricht angefangen? – und der Bildschirm wurde dunkel.

Ohne das blaue Licht des Laptops war es im Zimmer dunkel. Es war mucksmäuschenstill, bis Steph wieder in Hörweite kam: »Verstehst du nicht, wie ernst die Sache ist, Paul?«

Emma konnte Pauls Antwort nicht verstehen. Schwere Schritte gingen auf und ab. Sie stellte sich vor, wie Paul von einem Ende der Wohnung zum anderen stapfte und wie Steph mit dem Rücken zur Wand stand, ebenso blass, wie am Abend, als sie auf der Treppe gelegen hatte. Emma schlüpfte in den Abstellraum, ohne darüber nachzudenken, was sie tat oder warum sie es tat. Sie schlang ihre Finger um die Stäbe von Gilberts Käfig und hörte, wie das Tier sich regte.

»Ich habe dich nie danach gefragt«, sagte Steph. »Aber jetzt …«

»Ich bringe das in Ordnung.«

»Freya –«

»Ich weiß! Mein Gott, ich weiß, Steph.«

»Wenn sie *irgendwie* in Gefahr ist –«

»Wie gesagt, ICH WEISS –«

Ein Knall. Das Klirren von Glas. Ehe Emma sich versah, hatte sie sich auf den Boden geworfen, die Hände über dem Kopf. Eine Sekunde später stand sie wieder auf. Ihre Wangen glühten vor Scham über ihre Schreckhaftigkeit, obwohl sie seit Jahren versuchte, furchtlos zu sein. Sie sah, dass sie Gilberts Käfig umgeworfen hatte und er sie nun wach anblitzte. Die Geräusche von oben waren unterbrochen. Dann sagte Paul: »Scheiße …«, dann waren Bewegungen zu hören, Schritte.

Steph sagte nichts, bis sie weinend mit zugeschnürter Kehle fragte: »Wo gehst du hin?«

Noch ein Türknallen. Noch ein Zittern, das durch das Rückgrat des Gebäudes ging. Emma kroch aus dem Kabuff und zum Fenster. Paul war gegangen. Sie sah ihm zu, wie er mit großen Schritten die dunkle Straße entlangging, im Mantel mit hochgeschlagener Kapuze, und das fahle Licht der Straßenlaternen über ihn hinwegglitt.

Weitere Schritte trampelten die Außentreppe hinunter. Emma sah, wie Steph aus der Haustür hinausstürzte, nach links und rechts schaute, und Paul dann etwas hinterherrief. Sie stürmte vorwärts, als wollte sie ihrem Mann nachjagen, blieb aber plötzlich stehen und taumelte auf die Straße wie eine entstellte Version der Nachbarin, die Emma beobachtet und beneidet hatte. Steph sackte zusammen und schleppte sich zurück ins Haus. Emma musterte sie und versuchte zu erkennen, ob sie von dem, was auch immer zu Bruch gegangen war, verletzt worden war. Steph war vornübergebeugt und weinte, doch Emma konnte nicht ausmachen, ob sie körperlich verletzt war.

Sie fragte sich erneut, ob sie ihre Nachbarin kontaktieren sollte. Wie konnte sie einfach hier herumsitzen in dem Wissen, dass sie da oben war. Was für ein Mensch beobachtete und lauschte, aber versuchte nicht zu helfen?

Als sie ein unerwartetes Klopfen hörte, schob sie sich nervös zur Tür.

ACHT

STEPH

Steph hatte nicht mehr das Gefühl, Herrin ihres Körpers zu sein. Die schlaflose Nacht und dieser Albtraumtag hatten sie in Stücke gerissen. Ein Teil von ihr stand noch auf der Straße und schrie »Wohin gehst du?«, während Paul in der Nacht verschwand. Ein anderer Teil war in dem surrealen Vorgang gefangen, bei dem sie ihre Tochter als vermisst gemeldet hatte. Als sie ihr Geburtsdatum und ihre Blutgruppe genannt und ihr lächelndes Foto übergeben hatte, das in durchsichtige Plastikfolie eingeschweißt werden sollte.

Jetzt stand sie vor Emmas Tür und es war, als würde sie schwanken und hätte jeglichen Halt verloren. Nichts hiervon sollte passieren. Sie sollte mit Freya vor dem Fernseher sitzen und *The Apprentice* schauen, sollte mit ihr darüber diskutieren, wie nervig alle Kandidaten waren, die Füße ihrer Tochter auf dem Schoß.

Panik überrollte sie, als sie versuchte sich zu erinnern, wann sie tatsächlich das letzte Mal so auf dem Sofa gesessen und eine Folge zusammen gesehen hatten. Einst war es ein festes Ritual gewesen, das sie niemals versäumt hatten, aber in den letzten Wochen hatte Freya Hausaufgaben vorgeschoben und war in ihr Zimmer verschwunden, sodass Steph die Sendung nur aufgezeichnet und sich allein gefühlt hatte. Sie stellte sich vor, wie sich die Folgen auf der Sky Box stapelten und auf Freyas Rückkehr warteten, und wollte bei diesem Gedanken laut aufheulen.

Die Tür vor ihr öffnete sich und sie hatte Mühe, ihr Gesicht wieder zurechtzurücken.

Emmas Outfit war dezenter als sonst: ein knielanger grauer Pullover über einer senffarbenen Strumpfhose. Bei genauerer Betrachtung fiel auf, dass winzige Juwelen in Ananasform ihren Kragen und ihre Ärmel zierten. Steph war sich nie sicher gewesen, wie alt Emma eigentlich war. Sie war zierlich, hatte ein jugendliches Gesicht und ein Gespür für Mode, aber manchmal schimmerte auch Reife durch. Einmal hatten sie sich beispielsweise auf der Straße getroffen, als Freya gerade zum Bus gerannt war. Steph hatte an den Knöpfen ihres langen Mantels herumgenestelt und Emma hatte in Polyethylen verpackte Kleider im Kofferraum ihres verbeulten Autos gefaltet. Emma und Steph hatten die üblichen Nettigkeiten ausgetauscht. Dann hatte Emma mit einem Kopfnicken Richtung Freya gedeutet, die mit ihrem Handy am Ohr die Straße entlangsauste, und gesagt: *Sie ist das pure Leben, was?* Steph erinnerte sich, wie es sie innehalten ließ, überrascht und erfreut darüber, was andere Menschen in ihrer Tochter sahen. Steph ordnete sie anhand dieser Beobachtung eher in ihrer eigenen als in Freyas Altersgruppe ein.

»Steph«, sagte Emma jetzt, »ich … Freya …«

»Sie wird vermisst«, sagte Steph, und die Worte erfüllten sie mit Schrecken.

Emma nickte blinzelnd. »Es tut mir so leid. Sie müssen sich schreckliche Sorgen machen.«

Sie haben ja keine Ahnung, wollte Steph sagen. Sie war sich nicht sicher, warum sie an Emmas Tür geklopft hatte. Sie hatte überlegt, ob ihre Nachbarin vielleicht etwas gesehen hatte.

Steph hatte den Eindruck, dass sie in letzter Zeit häufiger tagsüber zu Hause war als früher: Ihr Corsa parkte die ganze Zeit auf der Straße. Die Polizei hatte vor, mit allen Anwohnern zu sprechen, aber Steph konnte schneller agieren, um *sie zu finden sie zu finden sie zu finden.*

Vor allem konnte sie es nicht ertragen, allein zu sein. Sie konnte nicht darüber nachdenken, wie Paul reagiert hatte, wo er hingegangen sein könnte, und wie all die Dinge, über die sie nie richtig gesprochen hatten, irgendwie mit dem schlimmsten Tag ihres bisher so verwöhnten Familienlebens verbunden sein könnten.

Emma winkte sie herein. Ihre Wohnung war nur halb so groß wie die von Stephs Familie, schien aber doppelt so viel Kram zu beinhalten. Steph sehnte sich oft nach mehr Stauraum für Freyas Sportausrüstung, Pauls Platten, die er nie hörte, und ihre eigenen Bücher, von denen sie sich nicht trennen konnte. Emmas Wohnzimmer hingegen war zugestellt mit Kisten, als hätte sie nie die Umzugskartons ausgepackt oder würde sich gerade auf einen Umzug vorbereiten. Außerdem stand noch eine alte Nähmaschine herum, Stoffhaufen und Nähgarn lagen verstreut auf dem Boden, und außerdem etwas, was wie ein riesiges Weinregal aussah, nur befüllt mit Schuhen. Im Hintergrund war ein Geräusch von so etwas wie einem Laufrad zu hören ... *ein Hamster?*

Steph war sich sicher, dass hier ein Mann mit Emma gelebt hatte. Oder immer noch lebte? Sie hatte ihn tatsächlich nie getroffen, nur das gedämpfte Hin und Her ihrer Stimmen gehört oder sie manchmal flüchtig auf der Straße gesehen.

»Waren Sie gestern zu Hause?«, fragte sie.

»Ja ...« Emma ließ sich auf ihr Sofa fallen und fummelte an den türkisfarbenen Troddeln eines Überwurfs herum. Sie bedeutete Steph, sich auch hinzusetzen. »Ich erinnere mich, dass ich dachte, die Straße fühlt sich still an. Der Tag hat sich irgendwie gezogen.«

»Und davor? Haben Sie jemanden gesehen, der hier herumgehangen hat? Haben Sie Freya jemals mit irgendwem gesehen, der …?« Sie schloss angesichts der schrecklichen Fragen und dem unausweichlichen Gedankenstrom die Augen.

»Nein, nichts in der Art.« Auch Emma klang schmerzerfüllt. Steph fragte sich, was Emma wohl über sie dachte. Wer konnte zulassen, dass dem eigenen Kind so etwas passierte? Was für eine Mutter musste ihre Nachbarin, eine im Grunde Fremde, fragen, ob sie etwas über ihre Tochter wusste?

»Wer hat sie zuletzt gesehen?«, fragte Emma.

»Das wissen wir nicht genau«, gab Steph zu, und es versetzte ihr einen weiteren Stich. »Sie war in ihrer letzten Schulstunde, aber die Polizei kann den Lehrer nicht vor morgen früh befragen.« Es war unerträglich, sich nach den Zeitplänen anderer Leute richten zu müssen, seit sie in dieses neue Zeitgefühl katapultiert worden war. Selbst die Polizeifahndung, die eine halbe Stunde nach Eingang der Vermisstenmeldung in die Wege geleitet wurde, war abhängig vom Tageslicht. Soweit Steph wusste, durchkämmte das Team jetzt gerade die spärlichen Aufnahmen der Sicherheitskameras rund um Freyas Schule und die Bushaltestelle.

»Und ihr Handy ist aus?«

»Ja. Normalerweise klebt sie an dem Ding.«

Wie aufs Stichwort, piepte ein Handy. Stephs Herz machte einen Satz und sie griff in ihre Tasche, bevor ihr Gehirn registrierte, dass es nicht ihr Handy war, das geklingelt hatte. Sie öffnete dennoch ihre Nachrichten, ihr WhatsApp, ihre Mails. Verlegen griff Emma nach ihrem eigenen Handy.

»Entschuldigung, das war ich.« Sie wollte ihr Handy schon weglegen, ohne die Nachricht zu lesen, entschied sich dann aber dagegen, tippte auf dem Bildschirm herum und runzelte abgelenkt die Stirn. Steph spürte ein boshaftes Ziehen der Eifersucht in sich. *Was gibt's, Emma? Wurde dein Friseurtermin abgesagt? Will sich deine Freundin in einem Pub treffen, den du nicht magst? Ärger mit dem Freund?* Sie wusste, dass das unfair war, aber gerade war sie selbst auf die schlimmsten Probleme anderer Leute neidisch.

Sie sprang auf. Sie vergeudete ihre Zeit mit einer abgelenkten Frau, deren Freitagsverabredung vielleicht flachfiel.

Emma sprang ebenfalls auf. »Sie müssen nicht gehen!«

»Ich sollte sie suchen gehen …« Steph schaute zu Emmas offenen Vorhängen. Die Nacht war wie schwarzes Wasser, schien zu glitzern und bauschte sich auf. Normalerweise liebte sie den Nachthimmel, je weiter und klarer, desto besser, aber jetzt konnte sie den Gedanken an die Dunkelheit und die unermessliche Tiefe nicht ertragen.

Sie wurden von einem weiteren, diesmal etwas altmodischeren Klingeln unterbrochen: das Festnetztelefon. Emma schaute sichtbar überrascht zu dem Telefonhörer in der Ecke des Raumes. Vermutlich klingelte ihr Festnetztelefon heutzutage genau so selten wie Stephs.

»Gehen Sie ruhig ran«, sagte Steph. »Sicher ist sicher?«

Emma zögerte, ging dann aber hinüber und griff zum Hörer. »Hallo?«

Es gab eine Pause, bevor sie wiederholte: »Hallo?«

Ein kalter Schauer lief Steph über den Rücken. Sie wurde sich wieder des rumpelnden Hamsterrads bewusst, das jetzt an Fahrt aufnahm.

»Ist da jemand?« Emma klang jetzt beunruhigt. »*Hallo?*« Sie legte auf, schaute den Hörer aber weiterhin stirnrunzelnd an. Sie rieb die Lippen aneinander, auf denen noch Spuren von rotem Lipgloss zu sehen waren. »Verwählt, schätze ich.«

Steph musterte sie noch einen Moment lang. Emmas Gesicht schien erblasst zu sein. Ein Traumfänger hing von der Decke und warf Schatten auf ihre Wange. Wollte sie etwas von dem Anruf verheimlichen? *Nein, sicherlich nicht. Warum sollte sie?* Und selbst, wenn es so war, warum sollte es etwas mit Freya zu tun haben? Schon jetzt war es beinahe unmöglich, zwischen bedeutungslosen Dingen und Spuren, denen sie folgen sollte, zu unterscheiden.

Und dann gab es noch Dinge, die ihr Gehirn zum Aufgeben brachten, wenn sie an sie dachte.

Wie Paul die Polizisten gebeten hatte, allein mit ihnen sprechen zu dürfen.

Wie Paul sein Wasserglas auf den Küchenboden geschleudert hatte, anstatt ihre Fragen zu beantworten.

»Ich muss gehen«, sagte sie nochmal zu Emma.

»Bitte, lassen Sie mich –«

»Ich musss wirklich los.« Steph stolperte zur Tür. Der Flur hatte die Form einer Gabelung: Sollte sie zurück nach oben gehen? Aber um was zu tun? Oder sollte sie zurück nach draußen gehen? Aber wohin? Sie wankte in Richtung Treppe in der Hoffnung, ihre Gedanken ordnen zu können, wenn sie erst einmal wieder in ihrer Wohnung war.

»Falls Sie etwas brauchen«, sagte Emma hinter ihr. »Ich bin – Ich bin hier unten.«

Steph blieb stehen und drehte sich um. Emma wirkte nun wieder jung, wie sie da in der Tür stand mit ihren blauen Ponyfransen in der Stirn.

»Schauen Sie einfach weiter aus dem Fenster«, platzte es aus Steph heraus. »Halten Sie Ausschau nach … Ich weiß nicht. Irgendetwas. Irgendwem.« *Sagen Sie mir, wie Pauls Gesicht aussieht, wenn er nach Hause kommt*, wollte sie hinzufügen, *bevor er sich vorbereitet hat, wieder nach oben zu kommen.*

Sagen Sie mir, was Sie von dieser Straße und von unseren Nachbarn halten. Dieser Ort hätte sicher sein sollen.

Sagen Sie mir, ob Sie je das Gefühl hatten, dass unser Haus beobachtet wird?

NEUN

PAUL

Paul hatte solche Angst, dass Sterne vor seinen Augen tanzten, als er durch die hell erleuchteten Straßen von Kingston rannte. Seine Füße hämmerten stumpf das Mantra seines schwammigen Versprechens an Steph in den Boden: *Ich bringe das in Ordnung, Ich bringe das in Ordnung, Ich bringe das in Ordnung*. Er kam keuchend und schweißgetränkt unter Mantel und Jeans am Bahnhof von Kingston, Surbiton Station, an, gerade rechtzeitig für den letzten Zug.

Andere Passagiere warfen ihm argwöhnische Blicke zu, als er in den Zug stolperte. Er nahm an, dass sein Blick wild und sein Gesicht scharlachrot aussahen, doch sein Abbild in der schwarzen Fensterscheibe war durchscheinend und gesichtslos.

Er bemerkte, dass noch immer Blut von seiner Hand tropfte, und presste seinen Mund an die Wunde. Er konnte Stephs Gesichtsausdruck nicht vergessen, als er das Glas auf den Boden geschmissen hatte. Er hatte einfach nur das endlose Rattern ihrer Fragen, das schrille Klingeln, dass sie in seinem Kopf verursachten, beenden wollen. Ihre Augen waren leer vor Panik gewesen, und sie hatte ihn angestarrt wie einen Fremden, als könnte sie nicht voraussagen, was er als Nächstes tun würde.

Sie kannte seine Lieblingskaffeesorte, seine nervtötende Angewohnheit, völlig geistesabwesend ein anderes Lied als das zu singen, was sie gerade hörten, wusste, an welchen Stellen er angefasst werden wollte, und welche Politiker ihn dazu brachten, den Fernseher zu beschimpfen. Doch hinter dieser Vertrautheit lauerte ein schwarzes Loch, dessen Anwesenheit er selten zugab, und schon gar nicht im Beisein von Freya, die er immer von seinen dunklen Seiten versucht hatte abzuschirmen.

Bring das in Ordnung, skandierte der Rhythmus des Zuges. *Bring das in Ordnung.*

An Waterloo Station stieg Paul aus und eilte durch die nächtlichen Straßen. Obwohl es draußen kühl war, saßen die Leute draußen vor den Bars oder aßen späte Mahlzeiten an kleinen, überfüllten Tischen. Er spähte zu jeder jungen blonden Frau hinüber, was ihm empörte Blicke einbrachte, aber keine von ihnen war seine Tochter – keine von ihnen wippte unter dem Tisch mit dem Bein auf und ab, mit einer Unruhe, die sie von ihm geerbt hatte.

Vor der Polizeiwache blieb Paul ruckartig stehen. Das Schild über ihm warf kaltes blaues Licht auf ihn.

Konnte er das tun?

Er *musste* es tun.

Sein Körper wehrte und versteifte sich, als er sich den Automatiktüren näherte. Seufzend öffneten sie sich im letzten Moment und schienen ihn einzusaugen.

Die Empfangshalle war still. Der Geruch von Reinigungsmitteln und ein Schwall heißer Luft von den Deckenventilatoren hingen in der Luft. Paul näherte sich dem Schalter mit schweißnasser Stirn, derer er sich nur allzu bewusst war. Der Polizist hinter dem Tresen hatte den Körperbau eines Rugbyspielers, sein Gesicht jedoch war teigig, fast babyhaft.

»Ich will zu DI Glover.« Zumindest war Paul sich sicher, dass er noch immer hier arbeitete. Glover schickte Weihnachtskarten und ab und zu eine E-Mail, doch die Karten warf Paul meistens weg und die E-Mails löschte er.

Der Beamte am Schalter legte den Kopf schief. »Darf ich fragen, worum es geht?«

»Sagen Sie ihm, Paul Harlow will ihn sprechen. Er kennt mich.«

»Können Sie sich ausweisen?«

Er holte seine Brieftasche hervor und zeigte seinen Führerschein vor. Der Beamte nahm den Hörer in die Hand. »Ich versuche es bei ihm. Vielleicht ist er schon nach Hause gegangen.«

Paul schaute sich um, während er wartete, um sich von der Vorstellung abzulenken, wie Tom Glover am anderen Ende reagierte, konnte aber nicht anders, als dem einseitigen Gespräch zuzuhören. *Hat er nicht genau gesagt ... Soll ich ihn fragen? ... Oh ... Oh, verstehe ... tut mir leid, Inspector. Soll ich ihm sagen, er soll wann anders wiederkommen?* Paul dachte darüber nach, zu ihm zu stürmen und ihm den Hörer aus der Hand zu reißen, um Glover zu zwingen, ihm zu antworten, anstatt ihm Nachrichten von seinem ahnungslosen Kollegen überbringen zu lassen. Doch der Beamte legte bereits auf.

»DI Glover sagt, er will sie sehen.«

Paul fuhr sich mit einer Hand durch sein feuchtes Haar, während er einen vertrauten Weg entlanggeführt wurde. Es hatte sich nur wenig verändert: neue glänzende Namensschilder an den Türen, ein neuer Teppich. Die vertrauteren Details traten dadurch stärker hervor: das glatte Holz des Geländers, die blendenden Neonröhren, die knarrende schwere Tür zu Glovers Büro.

Als Paul den Raum betrat, stand Tom Glover hinter seinem Schreibtisch auf und riss sich die Brille herunter. Seine Augen sahen gealtert und zweifelsohne vorsichtig aus, doch sein Anzug sah ebenso gut auf seine schlanke Statur zugeschnitten aus wie immer. Im Gegensatz dazu wirkte Paul wie betäubt und klamm, mit Blutflecken auf seiner Jeans. Es war, als wäre er immer noch der Mann, dessen Leben auseinanderfiel, und der vor zwanzig Jahren praktisch aus dieser Polizeiwache gekrochen war.

»Paul.« Glovers Tonfall war fragend. Er hatte anscheinend noch nichts von Freyas Verschwinden mitbekommen, trotz allem, was Paul den beiden Polizeibeamten mitgeteilt hatte, als er Steph gebeten hatte, einen Moment allein mit ihnen zu sprechen.

Es sei denn, Glover tat nur so, als wüsste er nichts davon. Als Pauls Abteilung ihn für »unbestimmte Zeit beurlaubt« hatte und er Monate damit verbracht hat, sich selbst zu zerstören und sich gehen zu lassen, bis er sich schließlich wieder erholt hatte, hatte er oft den Eindruck gehabt, sein ehemaliger Boss behielte ihn im Auge. Dass er viel mehr über sein Leben wusste, als er zugeben würde, wenn er anrief, um zu »hören, wie es meinem alten Freund geht«. Doch dieses Gefühl war verflogen, als Paul sich zusammengerissen, die langweilige Sicherheit eines Bürojobs gefunden, Steph geheiratet und Freya bekommen hatte. Als er sich endlich erlaubt hatte, glücklich zu sein.

Jetzt jedoch wieder zurück in Glovers Büro zu sein und dabei zuzusehen, wie er von einem verstörend kalten Gesichtsausdruck zu einem übertrieben warmen wechselte, fragte Paul sich, ob die Annahme, er hätte das Interesse an ihm verloren, vielleicht töricht gewesen war.

»Lang ist's her!« Glover umklammerte seine Hand und entschied sich offensichtlich für den warmen Gesichtsausdruck. »Wie geht es dir?«

»Nicht gut. Also, mir ging es gut. Es ist nicht, was du denkst …« Paul schüttelte sich. *Komm zum Punkt.* »Meine Tochter ist verschwunden.«

Glover setzte seine Brille wieder auf. Er sah aufrichtig bestürzt aus. »Herrgott, Paul. Wenn du sagst ›verschwunden‹ …?«

»Mehr als vierundzwanzig Stunden. Sie hat weder ihr Handy noch ihre Bankkarte benutzt. Ihre Freundinnen haben nichts von ihr gehört. Sie war nicht aktiv in den sozialen Medien oder …« Er konnte den Satz nicht beenden. Die Tatsachen waren wie brutale Tritte in seine Magengegend. Wenn es die Tochter von jemand anderem gewesen wäre, ein Fall ohne eine persönliche Verbindung, wäre er vom Schlimmsten ausgegangen. Er sah, wie Glover einen Blick auf das gerahmte Foto auf seinem Schreibtisch warf. Paul vermutete, dass es ein Bild seiner zwei Kinder war. Sie waren noch Babys gewesen, als sie beide zusammengearbeitet hatten. Er hoffte, er würde an Glovers väterliche Seite appellieren können, um zu bekommen, was er brauchte. Seine alten Instinkte für die Beweggründe anderer Menschen regten sich, die subtile Überzeugungskraft, die er einst Teil seines Werkzeugkoffers gewesen war.

»Wie alt ist Freya jetzt?«, fragte Clover.

»Siebzehn.« Paul hörte, wie seine eigene Stimme brach. Freya war temperamentvoll und klug, doch manchmal, wenn es nicht um Sport ging oder es keine klaren Ziele gab, konnte sie eine gewisse Naivität an den Tag legen. Sie konnte einen Volleyball so spielen, dass Paul dachte: *Das ist mein Mädchen*, und sie hatte ihn und Steph mit ihrer witzigen, charmanten Dankesrede verblüfft, als sie letztes Jahr zur besten Spielerin ihrer Schule gewählt worden war. Gleichzeitig verlegte sie ständig Dinge, schloss die Augen bei verstörenden Tierschutzwerbespots, wurde nachdenklich oder wild entrüstet, wenn sie die Nachrichten sah, als könnte sie die Dinge, die außerhalb ihrer Sicherheitszone geschahen, kaum glauben. Der Gedanke daran, dass sie da draußen in dieser Welt war – in den Teilen, die er kennengelernt hatte – war entsetzlich für Paul.

»Ich muss die Sanderson-Fallakte sehen.« Er zuckte innerlich zusammen, als er den Namen ihrer ehemaligen Zielperson aussprach. »Vor allem, was … neue Erkenntnisse betrifft.«

Glover lehnte sich in seinem Ledersessel zurück. Er

schätzte etwas ab, auch wenn Paul nicht sicher war, was. Immer das Risiko kalkulieren.

»Ich mache keine Dummheiten«, drängte Paul. »Ich halte dich über alles auf dem Laufenden, was ich weiterverfolge.«

»Weiterverfolge?« Glover hob ruckartig seine Augenbrauen. »Jetzt mache ich mir Sorgen.«

»Ich wäre nicht hier, wenn es nicht um ... Es ist meine *Tochter*, Tom.«

Glover stand auf, ging zum Fenster und schaute auf den flutlichtbeschienenen Innenhof hinter dem Gebäude. Diese Bewegung war so vertraut – zum Fenster gehen, sich eine Auszeit nehmen, den Körper nur so lange abgewandt, bis es beinahe unangenehm wurde –, dass Paul bei der Erinnerung erschauderte.

Heikel war der Ausdruck, den Glover gern verwendete, wenn er davon sprach, was damals passiert war. Er beschwor Bilder herauf, von dünnem Glas kurz vor dem Zersplittern, fragilen Knochen kurz vor dem Brechen.

Tom drehte sich wieder um. »Ich kann dir keinen Zugang geben, Paul. Du bist kein Polizeibeamter mehr. Es gibt sowieso keine neuen Erkenntnisse. Du wirst nichts in den Akten finden, was du nicht auch aus deiner Erinnerung ziehen kannst ..., wenn du das denn willst.«

Paul schluckte. Etwas kribbelte an seinem Nackenansatz – sein Instinkt ... eine Warnung? Glover stand nun aufgerichtet vor ihm, die Hände in den Taschen.

»Du musst doch wissen, wo Sanderson ist«, sagte Paul. »Ob er –«

Glover hob eine Hand. »Paul. Du bist völlig durcheinander. Das ist der schlimmste Scheißalbtraum aller Eltern. Aber du musst die Suche nach Freya der Vermisstenabteilung überlassen. Es gibt keinen Grund, es selbst in die Hand zu nehmen und in Angelegenheiten rumzuwühlen, die damit wahrscheinlich nichts zu tun haben, ... Angelegenheiten, von denen ich weiß, dass du sie sicher nicht ausgraben willst.«

Paul spürte die Wut nur für einen Bruchteil einer Sekunde in sich aufsteigen, bevor sie aus ihm herausplatzte. »Ja, und was verdammt nochmal würdest du tun?« Er schlug gegen den Tisch, sodass einige Blätter hinunterfielen. »Würdest du nicht dasselbe annehmen wie ich, wenn es eins deiner Kinder wäre?« Er griff nach dem gerahmten Kinderfoto auf Glovers Schreibtisch und hielt es ihm vors Gesicht. Er weigerte sich jedoch mit verschlossener Miene, das Bild auch nur eines Blickes zu würdigen. »Würdest du nicht auch alles in deiner Macht Stehende tun, damit sie nicht mehr in Gefahr sind, wegen dem, was wir getan habe?«

Es herrschte eine aufgeheizte Stille. Paul streckte Glover noch immer das Foto entgegen, hielt es so fest, dass er davon überzeugt war, dass gleich entweder seine Fingerknöchel oder der Rahmen brechen würden.

Schließlich riss Glover es ihm aus der Hand. »Was *wir* getan haben?«

Paul starrte ihn an, noch immer zitternd vor Wut, die ihm den Hals hinaufstieg. Er konnte nicht fassen, dass er Hilfe von seinem ehemaligen Boss erwartet hatte. Er hatte vergessen, wie leicht Glover sein Mitgefühl an- und abschalten konnte.

Glover rief ihm hinterher, während Paul zur Tür stampfte. Paul stürmte die Treppe hinunter, ohne die Wände oder das Geländer zu streifen. Er wollte in diesem Gebäude nichts mehr berühren. Dann war er wieder draußen in der Nacht. Die Dämpfe Londons waren weniger giftig als die in der Polizeiwache. Er wollte zurück zu Steph, doch er konnte die Verletztheit und Verwirrtheit in ihrem Gesicht nicht ertragen. Freyas Verschwinden hatte etwas aufgerissen. Was, wenn es dafür keine Heilung gab? Was, wenn das erst der Anfang war?

Er ließ sich auf eine Bank fallen und blätterte vor seinem geistigen Auge in der Fallakte, zu der Glover ihm keinen

Zugang gewähren wollte. Die Seiten würden in seinem Kopf Gestalt annehmen, wenn er sie nur ließ, wie Fotos, die sich in einer Dunkelkammer entwickelten. Er kam nicht besonders weit, bevor die Atemlosigkeit ihn mit eisernem Griff packte. Seine Kehle wurde eng, sodass er nach Luft schnappte und an seinem Kragen zerrte. Es war Jahre her, seit er das letzte Mal eine Panikattacke gehabt hatte. Nun war es so weit, er hatte Mühe zu atmen, atmen, atmen, nach vorne übergebeugt auf der Bank, während Leute an ihm vorbeigingen und ihm kaum Beachtung schenkten.

Der Angststrudel blieb, selbst als die Attacke wieder abklang. Damals, an diesem Ort ... Er hatte es geschafft sich davon zu befreien und zu heilen. Doch was, wenn es zurückgekommen war, um sich stattdessen sein kleines Mädchen zu holen?

Er malte sich Freyas Bild hinter seinen Augenlidern aus, prüfte, ob er sich an alle Details erinnern konnte. Er musste daran denken, dass Leute häufig sagten, sie habe seine Augen, und wie dieses Klischee ihn insgeheim erfreute, ob es nun ernstgemeint war oder nicht. Ein flaues Gefühl durchfuhr ihn, als ihr Gesicht sich langsam auflöste und in ein anderes verwandelte. In das Gesicht des Mädchens aus der Fallakte. Aus den Tiefen seiner Erinnerung tauchten dieses Mädchen, das er im Stich gelassen hatte, und die Mutter mit den dunklen Haaren und der blassen Haut auf.

ZEHN

KATE

Fünfundzwanzig Jahre zuvor

Ein Klopfen an meiner Tür, dann die Stimme meiner Mutter: »Kate, hast du kurz Zeit? Können wir reden?«

Eine Sekunde lang glaube ich, dass mit »wir« ich, sie und *er* gemeint sind. Dann erinnere ich mich, dass es Samstagmorgen ist und sie in einer Stunde auf der Arbeit sein muss. Er kommt also erst später her. Ich habe den Tag für mich, aber habe keine Lust, in die Stadt zu gehen oder zu schauen, wer auf dem Sportplatz ist. Ich will mich einfach hier drinnen verkriechen und mein Buch aus der Bücherei lesen.

»Komm rein«, rufe ich.

»Kannst du mir mit meinen Haaren für die Arbeit helfen?«, fragt sie, während sie den Raum betritt. »Ich kann das selbst nicht.«

Sie setzt sich vor meinen kleinen Schminktisch mit dem zersprungenen Spiegel, der laut Becca Unglück bringt. Ich stehe hinter ihr und kämme ihre dunklen, strohigen Locken, die ich nur halb geerbt habe – meine Haare haben ein helles Mausbraun und sind nur halbherzig gewellt. Mum schließt ihre Augen. Sie liebt es, wenn ich mit ihren Haaren herumspiele, auch wenn ich nicht besonders gut darin bin, sie zu stylen. Am Ende ist es ihr sowieso egal, wie die Frisur aussieht. Becca ist viel besser darin. Natürlich ist sie das, gerade jetzt, wo sie ihre Ausbildung abgeschlossen hat. Tante Rach wollte, dass sie studiert und Lehrerin wird, aber Becca hat ihren eigenen Traum: ein eigener Salon mit glänzenden Oberflächen und einer Galaxie aus Deckenstrahlern. »Du bist nicht die Chefin meiner Gehirnzellen, Mutter!«, sagt sie immer. »Ich kann sie benutzen, wie ich will!«

Ich stecke mir eine Reihe von Haarklammern in den Mund, nur um sie direkt wieder auszuspucken, als Mum sagt: »Ich weiß, dass du nicht begeistert bist von Nick.«

Als ich versuche zu protestieren, studiert sie meinen Gesichtsausdruck im Spiegel. »Ist schon okay, Liebes.« Sie streckt ihre kühle Hand nach hinten aus und legt sie auf meine. »Es muss hart für dich sein, jetzt einen Mann um dich zu haben, nach den Jahren, in denen wir nur zu zweit waren.«

Ich zucke mit den Achseln und werde rot, während ich versuche, all ihre wilden Haare über ihrem Kopf zusammenzuhalten. Einzelne Strähnen befreien sich und fallen ihr in den Nacken. Wieder fällt mir auf, wie schmal ihr Rücken und ihre Schultern aussehen.

»Ich hatte keine Beziehung, seit dein Vater weg ist. Ich weiß, dass sich das für dich seltsam anfühlen muss.«

Nun zucke ich zusammen. Ich mag es nicht, wenn sie über meinen Vater – oder im besten Fall seine Abwesenheit – redet. Dass sie jetzt das Wort »Beziehung« benutzt, schmälert meine Hoffnungen, dass Toyboy Nick nur eine vorübergehende Erscheinung in unserem Leben ist. Mit Mühe binde ich ein Haargummi um den dicken Zopf und fange ihren nachdenklichen Blick auf.

»Kannst du dir etwas Mühe geben, nett zu sein?«, fragt sie. »Für mich?«

»Ich *gebe* mir Mühe.«

»Ein bisschen mehr als das? Ich will wirklich, dass ihr miteinander auskommt.« Sie lächelt in den Spiegel, der Riss durchschneidet ihr Abbild. Irgendetwas in ihrem Gesicht lässt mich erschaudern. Für den Bruchteil einer Sekunde sieht sie nicht aus wie sie selbst; das Licht, das vom Spiegel zurückgeworfen wird, gräbt Vertiefungen in ihre blassen Wangen.

Sie zwingt ihr Lächeln noch etwas breiter. »Ihr seid doch meine zwei Lieblingsmenschen.«

Meine Hand zuckt ruckartig zurück und der Zopf fällt auseinander. Jetzt sind er und ich in ihrem Herzen also auf dem gleichen Level. Es fühlt sich an, als hätte sie mir ihren Ellbogen in den Magen gerammt.

Nachdem sie gegangen ist, lasse ich mich durch die Wohnung treiben, sehe schwarzgeflügelten Vögeln zu, wie sie sich auf unserem winzigen Balkon sammeln und dann losflattern, über die Dächer der Stadt. Becca ruft an und erzählt mir die Neuigkeiten von ihrer Seite der Familie, dem Derby-Clan. Sie fragt, wie es bei uns läuft, und ich kann mich nicht dazu durchringen, ihr von Mum und Nick zu erzählen. Es sitzt in meiner Brust wie ein Schmerz, den ich nicht abschütteln kann, den ich nicht ganz verstehe.

Als Mum nach Hause kommt, sich die Schuhe abstreift und ihre Blasen massiert, verkündet sie, dass Nick vorbeikommt und wir Chinesisch zu Abend essen. Essen bestellen wäre normalerweise ein Monatshighlight, aber ich ertappe mich dabei, wie ich mich total negativ verhalte, sie frage, ob wir uns das überhaupt leisten können, und behaupte, ich sei auf Diät. Sie erwidert, dass Nick uns einlade und ich eine Diät genauso nötig habe, wie Mrs Chalmers aus 307 noch mehr Katzen braucht. Ich versuche zu lachen und zumindest ein bisschen Begeisterung für das Mahl zu zeigen, das Nick uns auftischt.

»Bestellt alles, worauf ihr Lust habt, Mädels«, sagt er immer wieder. »Frühlingsrollen? Pommes?« Er holt sein Portemonnaie heraus und wedelt damit herum, obwohl wir die Bestellung noch nicht mal aufgegeben haben. Er steht die ganze Zeit nah bei Mum, auch wenn er mit mir spricht, so als wären die beiden mit unsichtbaren Handschellen aneinandergefesselt. Neben ihm sieht sie klein aus. Er schlägt ihr vor, was sie bestellen könnte, und sie steht daneben und zuckt mit den Achseln, als wäre es zu anstrengend für sie, eine eigene Entscheidung zu treffen.

Als das Essen ankommt, muss ich zugeben, dass es unglaublich riecht. Glänzende rote Soßen, klebriges paniertes Hühnchen und fluffiger Eierreis. Mum scheint sich zu freuen, dass ich es hinunterschlinge. Als wäre es dasselbe, Nicks Essen und ihn als Person zu mögen. Mit dem warmen Essen in meinem Bauch und dem Tropfen Cider, den Mum mir erlaubt, werde ich langsam lockerer. Ein paarmal lache ich sogar über seine Witze.

Als ich bemerke, dass Mum kaum etwas gegessen hat, bleibt mir das Lachen jedoch im Hals stecken. Auch Nick schaut auf ihren Teller: »Keinen Hunger, Babe?« Ich frage mich, ob er genervt ist, weil sie das Festmahl kaum angerührt hat. Mum meint, sie habe Bauchschmerzen, und er schlägt vor, sie solle ein bisschen Reis ohne alles essen. Also kaut sie langsam, während Nick jeden Bissen beobachtet. Ich merke, wie mein eigener Appetit im Sturzflug abnimmt.

Nach dem Tee schlage ich vor, den Abwasch zu übernehmen, weil ich samstags immer dafür zuständig bin, während Mum dann abtrocknet. Heute Abend jedoch greift Nick sich ein Handtuch und weist Mum an, die Füße hochzulegen. Sie schaut unsicher zwischen uns hin und her. »Na ja … ich bin schon ein wenig erledigt …«

Sie zögert noch immer und ich frage mich, ob sie glaubt, dass meine Freundlichkeit verschwindet, sobald sie den Raum verlässt. Ich sehne mich danach, den Abwasch mit ihr zu machen, Seite an Seite am Spülbecken, bis wir in einen Rhythmus aus Waschen und Abtrocknen verfallen.

Doch Nick macht eine abwehrende Geste und sie gibt nach. »Wenn du darauf bestehst …« Sie verlässt das Zimmer und ich höre das Knistern des Fernsehers, als er anspringt, während ich die Teller in das zitronige Spülwasser tauche.

Für eine Weile sind die einzigen Geräusche das Klirren des Geschirrs, das leise Plätschern des Wassers und Nicks monotones, unmelodisches Summen. Wir sind fast nie allein, nur er und ich. Ein Unbehagen kommt in mir hoch, genau wie jedes Mal, wenn ich sehe, wie er seine Hand um Mums Nacken legt. Ich versuche mich zu entspannen, mir die witzigen Dinge ins Gedächtnis zu rufen, die er vorhin gesagt hat und die mich fast dazu gebracht haben, mein Schweinefleisch mit schwarzen Bohnen zu verschlucken.

»Du brauchst dir keine Sorgen um deine Mum zu machen, weißt du.«

Eine Tasse gleitet aus meinen Händen und plumpst zurück ins Wasser.

»Sie hat sich immer noch nicht von diesem Infekt erholt«, fügt er hinzu. »Das ist alles.«

Ich schaue stirnrunzelnd zu ihm rüber. »Welcher Infekt?«

»Sie war letzte Woche etwas angeschlagen.«

»Ich … Davon wusste ich gar nichts.«

»Na ja, sie weiß, dass du dir Sorgen machst. Wahrscheinlich wollte sie keine große Sache draus machen. Aber deshalb wirkt sie ein bisschen müde.«

Ich wische ein Glas mit dem Spüllappen aus und es

quietscht auf der Oberfläche, während ich versuche, meine Gedanken wegzuschieben.

»Ich meine ja nur«, fährt Nick fort und lehnt sich lässig gegen die Kante des Abtropfbretts, »dass du dir wirklich keine Sorgen machen musst. Ich bin hier. Ich kümmere mich darum, dass es euch beiden gut geht.«

Ein saurer Geschmack breitet sich in meinem Mund aus, als hätte ich Sodbrennen von dem reichhaltigen Essen. Ich ziehe den Stöpsel aus dem Spülbecken und sehe zu, wie das trübe Wasser abfließt.

Als unser zusammengewürfeltes Geschirr dann trocken ist, geht Nick zurück ins Wohnzimmer. Ich bleibe in der Küche und starre aus dem kleinen Fenster. Der Anblick gibt mir das Gefühl, im schwarzen Himmel zu schweben. Nur wenn ich mich weit nach vorne über die Spüle beuge, kann ich das Funkeln der Stadt darunter erkennen.

Mum und Nick unterhalten sich mit gedämpften Stimmen im Wohnzimmer. Ich schlurfe näher an die Wand, kann jedoch nichts verstehen, also schleiche ich mich aus der Küche näher an sie heran. Sie sind aufgestanden und schieben jetzt die Tür zu dem winzigen Balkon auf. Ich warte und beobachte, wie sie hindurchgehen und sich Zigaretten anzünden. Die glimmenden Enden schweben in der Luft wie Glühwürmchen. Ein Anflug von Genugtuung überkommt mich, als ich merke, dass Nick sich genau dort anlehnt, wo die Vögel immer ihre weißen Hinterlassenschaften absondern.

Dann sehe ich, wie er meine Mutter am Arm packt. Wie sie einen Schritt zurück macht und den Kopf schüttelt. Er kommt ihr näher und gestikuliert, sie wendet ihr Gesicht von ihm ab. Ich stehe still und schaue mir das Streit-Schattentheater hinter ihnen an, dann spüre ich erneut das Sodbrennen, das mir in die Kehle steigt.

Zwei Tage später machen Mum und ich uns fertig für die Arbeit und die Schule, wirbeln und hetzen herum. Morgens fühlt sich die Wohnung noch beengter an als sonst. Wir sind beide schlecht organisiert und in Eile, deshalb stoßen wir dauernd aneinander.

Ich weiß, dass es nicht der richtige Augenblick ist, um es anzusprechen, aber Nick ist das ganze Wochenende hier gewesen und wir sind seitdem das erste Mal allein. Während Mum Sachen in ihre Handtasche wirft, frage ich: »Warst du krank letzte Woche?«

»Was?« Sie überprüft, ob sie ihre Zigaretten und den schäbigen Regenschirm eingesteckt hat, den sie überallhin mitnimmt.

»Nick hat gesagt, du hattest einen Infekt. Davon wusste ich gar nichts.«

»Da gibt es auch nichts zu wissen, ehrlich. Hast du deine Sportsachen?«

»Ja, ich kann nur meine neuen Shorts nicht finden. Die blauen sind zu klein …« Ich bücke mich nach vorn und wühle in der Waschmaschine herum. Die neuen Shorts liegen zusammengeknüllt und noch feucht darin.

Mums Miene verändert sich abrupt. »Tut mir leid, Liebes, ich habe gestern total vergessen, sie auszuleeren.«

Ich stopfe sie dennoch in meine Tasche und hoffe, dass sie vor der zweiten Stunde noch trocknen. Dann mustere ich Mum von der Seite, wie sie ihren Kopf schüttelt, verärgert über sich selbst. »Nick hat gesagt, du bist neben der Spur, weil du krank bist«, sage ich vorsichtig.

Sie schnappt nach Luft und wendet sich dann ihrer Handtasche zu, die seitlich umgefallen ist und jetzt Kleingeld ausspuckt. »Ich bin nicht neben der Spur. Mir geht's gut.«

Sie greift nach ihrer Teeflasche im Regal, und dann sehe ich es. Ich erstarre, als das Oberteil ihrer Postuniform hochrutscht und ihren unteren Rücken freigibt. Ein glänzender, pflaumenblauer Bluterguss erstreckt sich über die gesamte Breite.

ELF

CHRIS

Am Samstagmorgen öffnete Chris zwei in Neon gekleideten Polizeibeamten, die auf den regennassen Stufen der Treppe zu seiner Wohnung standen, seine Tür.

Er war sich sicher gewesen, dass sie es sein würden, als er das forsche Klingeln gehört hatte. Währenddessen war er gerade daran gescheitert, eine Scheibe Toast herunterzubekommen. Er hatte nur dagesessen, mit den verbrannten Krümeln herumgespielt, bis er Vicky gehört hatte, die sich in ihrem Schlafzimmer bewegte. Er war aufgesprungen, um ihr zuvorzukommen und selbst die Tür aufzumachen.

»Mr Watson?«

»Soweit ich weiß.« Er ertappte sich dabei, wie er in dem jovialen Tonfall sprach, den er sonst bei Klempnern oder Elektrikern benutzte und der sein Unbehagen darüber verbarg, ein Hausbesitzer zu sein, ein echtes Mitglied der Vorstadt. Dennoch fühlte es sich für ihn immer so an, als würde er anderen etwas vorspielen.

Er verkrampfte sich, als Vickys Stimme aus dem hinteren Teil der Wohnung erklang: »Wer ist da?«

»Einen Moment …«, sagte er zu den Polizisten und ließ sie

für einen Moment vor der Tür stehen, während er zurück durch den Flur eilte. »Nur ein Schüler!«, rief er Vicky zu, als er außer Hörweite der Beamten war.

Er hoffte, dass Vicky das beruhigen würde, doch sie erschien im Türrahmen ihres Schlafzimmers. Chris legte eine Hand auf ihre Schulter und versuchte sie davon abzuhalten, weiterzugehen. Sie sah alarmiert aus – er hatte sie zu hart angefasst. Er lockerte seinen Griff und versuchte zu lächeln. »Welche Schicht hast du heute?«

»Du merkst es dir nie.« Früher hätte sie dies in liebevollem Ton gesagt, doch nun kam es ausdruckslos aus ihr heraus. »Ich arbeite heute nur von acht bis eins, weil jemand ausgefallen ist. Ich sollte zum Mittagessen bei Di wieder zurück sein. Wir treffen uns da.«

Sie warf einen Blick auf die Uhr, die an der Vorderseite ihres Kittels befestigt war, und Chris erinnerte sich daran, wie ihn das früher irgendwie amüsiert hatte – obwohl er wusste, dass sie Teil der Standardausrüstung einer Krankenschwester war. Eine Taschenuhr wirkte so förmlich und altmodisch, so gar nicht wie Vicky. Viele Dinge an ihrer Ausrüstung als Krankenschwester hatte er früher witzig gefunden. Nicht zuletzt das Bristol-Stuhl-Diagramm, das sie oft mit sich herumtrug.

Als er an ihr vorbeischaute, sah er drei neue Hochglanzmagazine auf ihrem Bett liegen. Vicky war eigentlich keine Frau, die sich für Promi-Tratsch interessierte, aber sie hatte die Angewohnheit, Bilder aus Magazinen auszuschneiden und sie in ihrer Schminktischschublade aufzubewahren wie kleine Andenken. Einmal hatte er sie danach gefragt und sie war sofort in die Defensive gegangen, hatte gesagt, er würde das nicht verstehen.

Vielleicht würde er das doch, wenn sie ihm eine Chance gäbe. Wann hatten sie aufgehört, die Dinge anzuerkennen, die sie am Anfang zusammengebracht hatten? Die Vertraulichkeiten, die sie einander zugeflüstert hatten, als sie sich in ihrem schäbigen Studentenwohnheim in das Einzelbett gequetscht hatten, kichernd und aneinandergeklammert, während sie versucht hatten, eine bequeme Position zu finden.

Fünfzehn Jahre später gehörte ihnen eine Wohnung in Surrey (an der zugegebenermaßen noch viel zu tun war), Vicky war zur Oberschwester befördert worden, und er hatte sein eigenes (nicht gerade florierendes) Geschäft. Dennoch fühlte es sich nach viel weniger an. Manchmal sehnte er sich nach dem klapprigen Einzelbett, nach den Flecken an der Decke, über die sie gesprochen hatten, als wären sie Sternbilder.

»Wartet dein Schüler nicht?«

Vicky ging bereits zurück zu ihrem Schminktisch. Er sah ihr dabei zu, wie sie einen Klecks Ekzem-Salbe in die Hände gab und sie einmassierte. Dieses Ritual nahm ihre ganze Aufmerksamkeit ein. Sie war in letzter Zeit so in sich gekehrt, dass sie gar nicht mitbekommen hatte, dass das Mädchen von oben vermisst wurde. Sechsunddreißig Stunden waren es jetzt. Und Chris hatte es nicht erwähnt. Er hatte keine große Sache daraus machen wollen, dass er sie am Tag ihres Verschwindens zu einer Fahrstunde abgeholt hatte. Mit etwas Glück konnte er den Besuch der Polizei draußen vor der Tür kurzhalten.

Er wappnete sich dafür, wieder rauszugehen. Das ungute Gefühl, das ihn fast die ganze Nacht wachgehalten hatte, machte sich erneut bemerkbar. Die Polizisten tuschelten miteinander und spähten zu den oberen Etagen, doch als Chris zur Tür zurückkam, richtete sich ihre Aufmerksamkeit wieder auf ihn.

»Würden Sie mit zum Revier kommen, Mr Watson? Wir müssen Ihnen ein paar Fragen zu ihrer Nachbarin und Schülerin, Freya Harlow, stellen.«

Das Polizeirevier. Das hatte Chris nicht erwartet. Die Beamten deuteten auf ihren Wagen, der im Nieselregen hinter den beiden BMWs der Harlows schimmerte. Leise griff Chris nach seinem Mantel. Draußen auf der Straße war es ruhig, nur die Frau von gegenüber mit den Zwillingen kam aus ihrem Haus und starrte ihn an, während sie Windeln in ihre Mülltonne warf. Weiter unten bewegte sich eine hölzerne Jalousie in einem Erkerfenster. Er hoffte, dass Steph und Paul nicht aus ihrer Wohnung zu ihm nach unten starrten – und er wagte es nicht, seinen Kopf zu heben, um nachzusehen.

Als er an seinem eigenen Auto vorbeilief, schaute er kurz hinein. Chris' Blick blieb einen Moment lang am Handschuhfach hängen, bevor er der Polizei folgte.

Die Beamten bestanden darauf, dass es sich nicht um ein Verhör handelte. Doch der einsame Tisch in dem nüchternen weißen Befragungsraum schrie nicht gerade »gemütlicher Plausch«. Die Frau und der Mann, die ihm gegenübersaßen, waren nicht die beiden, die ihn abgeholt hatten. Sie trugen schwarze Anzüge und stellten sich als Detective Ford und Detective Johnson vor. Ford hatte schnelle Katzenaugen und ein ausgeprägtes Schlüsselbein, so als wäre dort etwas unter ihrer Haut gefangen. Johnsons Gesicht wirkte aufmerksam, er sah gut aus, doch seine Mundwinkel zogen einen verdrießlichen Bogen nach unten.

»Wie gut kennen Sie Freya Harlow?«, begann Ford.

Chris konnte spüren, wie er in einen ihm vertrauten Zustand fiel. Er zensierte seine eigenen Worte, bevor er sie aussprach. So wie er es zurzeit auch mit Vicky machte, wie er unglücklich feststellte. Er umging bestimmte Themen und erzählte ihr nicht mehr alles, was ihn umtrieb.

»Ich bin seit sechs Monaten ihr Fahrlehrer«, sagte er. »Und ihr Nachbar seit etwas über einem Jahr.«

»Haben Sie beide ein freundschaftliches Verhältnis?«

Chris rutschte auf seinem Stuhl herum. »Wie meinen Sie das?«

»Über was reden Sie während der Fahrstunden?«

»Meist übers Fahren. Wie zu erwarten.«

»Ihre letzte Stunde mit ihr war vorgestern.« Ford schaute ihn direkt an. »An dem Tag, als Freya verschwunden ist.«

Sie machte eine Pause in Erwartung seiner Antwort, hatte es jedoch nicht als Frage formuliert. Chris war sich bewusst, dass er zu schwer atmete. Er nickte und sie notierte sich etwas, obwohl er kein Wort gesagt hatte.

»Ist irgendetwas Ungewöhnliches passiert?«

»Nicht, dass ich wüsste.«

»Wo haben Sie sie abgesetzt?«

»Wieder an der Schule. Sie hatte Mittagspause.«

»Haben Sie gesehen, wie sie reingegangen ist?«

Chris hielt inne, stellte sich Freyas lange Schritte vor, die selbst dann beschwingt wirkten, wenn sie langsam ging, als würde sie jeden Schritt bewusst mit aufgestauter Energie aufladen. »Nicht wirklich, wie sie reingegangen ist, aber ich habe gesehen, wie sie die Auffahrt hinaufgegangen ist.«

»Zum Hauptgebäude? Oder die separate Auffahrt zum Oberstufengebäude?«

Es war, als hätte all sein Speichel seinen Mund verlassen. »Ähm, zum Oberstufengebäude, glaube ich. Könnte ich ein Glas Wasser bekommen?«

Johnson verließ den Raum. Er war jetzt mit Detective Ford allein, konnte spüren, wie sich ihre Blicke in ihn bohrten. Er rutschte erneut auf dem Plastikstuhl herum. Als Johnson zurückkam, trank Chris das Wasser so hastig, dass es ihm noch mehr Übelkeit bereitete.

»Wie gut kennen Sie Freyas Eltern?«, fragte Ford weiter.

Chris dachte an die gepflegte Steph mit ihrem polierten Lächeln und an Paul mit seinen sandfarbenen Haaren, der ständig eine Leder-Sporttasche über der Schulter trug. Er dachte daran, wie Steph aus dem Fenster winkte, wenn er und Freya zu einer Abendstunde aufbrachen, und wie sie oft aus derselben Position nach unten guckte, wenn sie zurückkamen, als hätte sie sich in der Zwischenzeit nicht bewegt.

Hatten die Harlows von dem Streit erzählt, den sie wegen Freyas Fahrstunden gehabt hatten? Würde es schlecht für Chris aussehen, wenn er ihn nicht erwähnen würde? Würde er überhaupt darüber sprechen können, ohne sich in Rage zu reden?

Er räusperte sich. »Natürlich sieht man sich hin und wieder. Ich würde nicht sagen, dass wir uns gut kennen.«

Er fügte nicht hinzu *Meine Frau und ich haben sie immer die Hochglanz-Harlows genannt, als wir eingezogen sind. Oder die Blonde Brigade.* Chris sah sie nicht mehr auf diese Weise, nicht, seit er Freyas Fahrlehrer und alles so viel komplizierter geworden war.

Ford blätterte eine Seite ihres Notizheftes um. »Wen haben Sie nach Freya unterrichtet?«

Er hatte versucht, sich auf diese Frage vorzubereiten. Auf dem Weg hierher hatte er darüber nachgedacht, wie wichtig es war, diese Frage locker zu beantworten. Die Realität war allerdings schwierig, besonders, weil sein Mund mittlerweile einem Vakuum glich.

»Sie war meine letzte Schülerin an dem Tag.«

Ford zögerte, den Stift in der Hand. Wie ein Schatten legte sich die veränderte Stimmung über den Raum. »Machen Sie immer so früh Feierabend?«

»Kommt drauf an, wie ich gebucht bin.«

»Was haben Sie nachmittags gemacht?«

»Ich bin nach Hause gegangen, habe ein paar Sachen erledigt.«

»War jemand bei Ihnen?«

»Nein, meine Frau war arbeiten.«

Es folgte eine lange Pause. Chris war sich sicher, dass er sich selbst und seine eigene Angst riechen konnte.

»Also haben Sie den ganzen Nachmittag niemanden getroffen?«

»Nicht, bis Vicky nach Hause gekommen ist.«

»Und das war wann?«

»Gegen elf Uhr abends.«

Ford tauschte einen flackernden Blick mit Johnson aus und notierte sich dann etwas. Sie wartete ab, dann kritzelte sie etwas anderes und spitzte gedankenverloren die Lippen.

Plötzlich schnellte sie nach vorne. »Mr Watson.« Ihr Ton war kühl, doch etwas stachelte sein Unbehagen an. »Sind Sie sich darüber im Klaren, dass sie die letzte Person sind, die Freya gesehen hat?«

Sein Gesicht entgleiste. »War sie nachmittags nicht in der Schule?«

»Das dachten wir«, sagte Johnson und lenkte Chris' Aufmerksamkeit auf sich. War das jetzt ihre Taktik? Wechselten sie sich ab, sodass Chris seinen Kopf hin und her drehen musste? »Nach der Mittagspause hatte Freya eine Freistunde und dann Psychologie. Die Anwesenheitsliste sagt, dass sie zu Psychologie da war, aber der Lehrer hat mittlerweile zugegeben, dass er die Anwesenheit nicht wie vorgeschrieben vor der Stunde kontrolliert hat. Er hat das Formular anhand seiner Erinnerung ausgefüllt, als die Schüler schon fort waren und recherchiert haben. Er kann nicht sagen, ob Freya wirklich da war. Es scheint so, als habe er seine Schüler nicht im Auge behalten, als sie diese ›selbstständige Schularbeit‹ machten. Viele der Schüler haben zugegeben, dass dieses Fach …«, Johnson machte mit seinen Fingern Anführungszeichen in der Luft, »›zum Einpennen‹ ist.«

»Sieht so aus, als müssten Sie diesen Lehrer befragen«, platzte es aus Chris heraus.

»Haben wir.« Jetzt sprach wieder Ford. »Aber da niemand bestätigen kann, dass Freya von der Stunde mit *Ihnen* zurückgekommen ist …« Sie ließ den Satz unfertig in der Luft hängen.

Schweiß sammelte sich im Ausschnitt von Chris' T-Shirt. Eine verwirrende Sekunde lang spürte er eine Präsenz auf dem leeren Stuhl rechts neben sich. Seine Füße pressten sich gegen den Boden, so als würde er ein Bremspedal treten.

»Ich habe sie abgesetzt.« Er zog an seinem Kragen. »Sie ist die Auffahrt hochgegangen. Vielleicht ist sie umgekehrt, ich weiß es nicht …«

»Wir brauchen die exakte Strecke, die Sie mit ihr an dem Tag gefahren sind. Und wo Sie noch waren, nachdem sich Ihre Wege getrennt haben.«

»Ich weiß nicht, ob ich mich an die exakte Strecke erinnern kann.«

»Sie werden es versuchen müssen.«

Ford starrte ihn noch einen Moment lang an. Chris versuchte, unter dem Blickkontakt mit ihr nicht zu schrumpfen, während er sich fragte, ob sie noch mehr zu sagen hatte. Er spürte, dass es da noch eine Frage gab, die sie ihm nicht gestellt hatte, einen Ansatz, den sie sich noch offengelassen hatte. Doch sie schlug ihr Notizbuch zu.

»Danke, Mr Watson. Ich werde jemanden schicken, der Ihre Aussage aufnimmt, bevor Sie gehen. Falls Ihnen noch etwas einfällt, melden Sie sich bitte. Besonders irgendwelche … *Unregelmäßigkeiten* in ihren Fahrstunden mit Freya. Egal, was es ist.«

Er mochte es nicht, wie sie die Silben bei »Unregelmäßigkeiten« herauskitzelte. Er musste dabei an zwielichtige Football-Trainer denken oder an Politiker, gegen die ermittelt wurde. Es war eine dieser Umschreibungen, die bedeuteten, dass jemandes Geheimnisse kurz davor waren, gelüftet zu werden.

ZWÖLF

PAUL

Es war zwei Tage her, dass er seine Tochter das letzte Mal gesehen hatte. Seit er sie eilig und abgelenkt verabschiedet hatte, während er Donnerstagmorgen zur Arbeit aufgebrochen war. Wahrscheinlich nicht eiliger oder abgelenkter als an den anderen Wochentagen, aber es schmerzte ihn trotzdem, daran zu denken. Er musste ihr einen Kuss auf den Kopf gedrückt haben, während sie mit einer Schüssel milchiger Frühstücksflocken in der einen und ihrem Handy in der anderen Hand auf dem Sofa gesessen hatte. Hatte er ihr einen guten Tag in der Schule gewünscht? Hatte er einen subtilen »Dad-Check« gemacht und auf den Bildschirm ihres Handys geschielt? Er konnte sich nicht erinnern. Er hatte nicht gewusst, dass er sich würde erinnern müssen.

Jetzt saß er auf seinem Lieblingsplatz auf dem Sofa, nicht in der Lage, auch nur an Frühstück zu denken, und starrte auf sein Handy. Gerade kam eine Antwort auf eine der Nachrichten, die er während der schlaflosen frühen Morgenstunden rausgeschickt hatte. Sein Herzschlag beschleunigte sich.

Falls Yvette schockiert war, von ihm zu hören, ließ sie es sich nicht anmerken. Ihre Antwort war bezeichnend ruhig und so prägnant, wie seine ursprüngliche Nachricht es auch gewesen war.

Ja, wir können uns treffen, stand in der Nachricht. *Wo und wann?*

Paul schaute hinüber zu Steph, die auf einem Stuhl hockte, den sie irgendwann in den letzten vierundzwanzig Stunden zum Wohnzimmerfenster geschoben und dort stehen gelassen hatte, wie einen dauerhaften Beobachtungsposten. In ihren Leggings und mit dem hochgebundenen Haar sah sie schmerzhafterweise aus wie Freya. Stephs Ohren schauten ein kleines bisschen zwischen den Haaren hervor. Normalerweise kämmte sie ihre Haare darüber, während Freya immer einen Zopf trug, der ein Eigenleben zu führen schien. War das auch Freyas grüner Schal, den Steph sich um den Hals geschlungen hatte?

Er neigte seinen Körper nach vorn, sodass Steph unmöglich sein Handy sehen konnte, und kam sich dabei schuldig vor. Er spürte, wie sich die Kluft zwischen ihnen weitete, die sich geöffnet hatte, als er die Polizisten gebeten hatte, allein mit ihnen zu sprechen. Sie war größer geworden, als er gestern Abend zu Glover gegangen war, und er war nicht in der Lage gewesen, diese Kluft zu schließen oder sie auch nur anzusprechen, als er wieder nach Hause gekommen war. Dort war Steph gerade dabei gewesen, endlos viele VERMISST-Plakate mit dem Gesicht ihrer Tochter darauf auszudrucken.

So schnell wie möglich?, tippte er. *Kingston Bridge?*

Zu seiner Überraschung und Erleichterung antwortete Yvette sofort: *Ich kann in einer halben Stunde da sein.*

Wusste sie bereits von Freya? Oder war ihr nur klargeworden, dass es wichtig für ihn sein musste, wenn er sie so aus dem Nichts heraus kontaktierte?

Paul ging ins Badezimmer und spritzte sich kaltes Wasser ins Gesicht. Er schüttelte seine Arme und Beine aus, die vor nervöser Energie nur so prickelten. Allein der Gedanke daran,

Yvette wiederzusehen, setzte Dinge in seinem Gehirn in Bewegung, die er bis jetzt verdrängt hatte.

Als er zurück ins Wohnzimmer kam, sagte er: »Ich ... Ich gehe kurz raus.«

Steph sah stirnrunzelnd auf: »Wohin?«

»Freya suchen.«

»Aber wo?«

Er antwortete nicht. Er griff nach seinen Turnschuhen, doch die Schnürsenkel ließen sich nicht binden: Seine Finger bewegten sich zu schnell für sein Gehirn.

»Ich komme mit«, sagte Steph und stand auf.

Er hob den Kopf. »Nein! Nein, du solltest hierbleiben, bis der Familienbetreuer kommt.«

Steph starrte ihn aus blutunterlaufenen Augen an und drückte sich den Schal an den Hals. Ihre Wangenknochen waren durch den Mangel an Schlaf und Nahrung bereits spitz geworden. Er erinnerte sich an ihre erste Begegnung vor fast zwanzig Jahren: Die Linie dieser Wangenknochen hatte etwas in ihm ausgelöst, auch wenn in seinem Kopf damals ein dunkles und wütendes Durcheinander geherrscht hatte. Er war in einen Urlaub gefahren, zu dem Glover ihn gedrängt hatte, eine Freistellung, aus der er niemals zurückkehren würde. Er hatte ein Gespräch mit der fleißigen Kellnerin in der Premium-Lounge angefangen, um sein anstrengendes Gedankenkreisen zu unterbrechen. Bei einem Bier hatte er sie beobachtet, wie sie sich gekonnt durch den Raum bewegte und Tische und Stühle umschlich, ohne hinsehen zu müssen. Sie hatte sich von ihm ablenken lassen und schüchtern, aber ohne offensichtliche Ungeduld, mit ihm geplaudert. Als er sie gefragt hatte, wie es sei, im Flughafen zu arbeiten, erzählte sie, es sei wie in einer Blase zu sein. Das hatte Paul gefallen. Er hatte in dieser klimatisierten Blase bleiben und so tun wollen, als würde der Rest der Welt nicht existieren.

Als sie sich später wieder ihrer Arbeit zugewandt hatte,

hatte er gehört, wie sie über die Lautsprecheranlage Ansagen zu Vielfliegerkarten gemacht hatte. Mittendrin hatte sie plötzlich innegehalten. Als sie dann weitergesprochen hatte, hatte er ein unterdrücktes Lachen in ihrer Stimme gehört. Paul hatte sie durch die Tür zum Mitarbeiterraum entdeckt, wie sie das Mikrofon an ihren grinsenden Mund gehalten und ihren Kollegen kopfschüttelnd angesehen hatte, weil er versucht hatte, sie zum Lachen zu bringen. Paul hatte das Gefühl gehabt, eine andere Seite von ihr zu sehen, und er hatte zum ersten Mal seit Monaten wieder richtig gelächelt. Seine Nummer auf einer Serviette zu hinterlassen, war Teil dieser Realitätsflucht gewesen. Er hatte nicht damit gerechnet, dass sie anrufen würde, dass sie sich wiedersehen würden, außerhalb dieser Blase.

Er liebte es noch immer, wenn Steph einen Lachanfall bekam und ihre sonst so beherrschte Art dahinschmolz. Freya löste das in ihr aus sie konnten vollkommen die Beherrschung verlieren wegen etwas, das für jeden anderen schleierhaft war, und brachen jedes Mal wieder in Gelächter aus, wenn sie den Blick der jeweils anderen auffingen. Ihm fiel es schwer zu atmen, wenn er jetzt daran dachte. Wann war es das letzte Mal so gewesen?

»Ich soll einfach nur hier rumsitzen?« Steph machte einen Schritt auf ihn zu.

»Einer von uns sollte hierbleiben.«

»Sag mir, wo du hingehst, Paul. Du rennst wieder weg. Was geht verdammt nochmal in deinem Kopf vor?«

Die Worte ließen ihn zögern. In letzter Zeit fluchte sie eigentlich kaum noch. Sie hatten beide versucht, diese Angewohnheit abzulegen, als Freya klein gewesen war, weil sie jedes Wort wie ein Schwamm aufgesaugt hatte, mit einem unverschämten Gespür für die unanständigen Wörter. Paul hatte jetzt ebenfalls das Bedürfnis zu fluchen, und zwar so heftig, wie er nur konnte.

Er legte seine Hände auf Stephs Schultern, die ihm so

vertraut waren. *Du könntest es ihr erzählen.* Auf diesen Gedanken folgte das Gefühl großer Angst. Steph schien sich unter seinen Händen zu verändern: Ihre Schultern wurden dünner, ihr Haar dunkler, und ihre Wangenknochen verformten sich, sodass ihr Gesicht zu dem eines anderen Menschen wurde. Zu dem einer anderen leidenden Mutter auf der verzweifelten Suche nach Antworten. Mit einem Einatmen bäumte Paul sich auf.

»Es tut mir leid.« Seine Hände zitterten in der Luft. »Ich weiß selbst nicht, was in meinem Kopf los ist. Ich muss einfach hier raus, ich muss einfach *irgendwas* tun.«

Sie öffnete den Mund, jedoch schien sich ihre Erwiderung in Luft aufzulösen. Paul ging eilig zur Tür, Schuldgefühle zerrten an seinem Magen.

»Paul«, hörte er sie noch sagen, doch da donnerte er schon die Treppe hinunter.

Draußen sah er das Lächeln seiner Tochter an jedem Baum. Einige Nachbarn hatten die Plakate in ihre Fenster gehängt Steph musste sie darum gebeten haben und es sah aus, als hätten sie Freya in ihre geschmackvollen Wohnzimmer gesperrt. Eines der Plakate hatte sich losgerissen und wehte nun Pirouetten drehend in seiner neu erlangten Freiheit die Straße hinunter.

Paul widerstand dem Drang, ihm mit einem Hechtsprung nachzujagen. Er zwang sich mit einem Ruck, wegzuschauen, als ein Taxi die Straße entlanggefahren kam und Chris Watson herauskletterte. Pauls Kiefer verhärtete sich. In diesem ganzen Aufruhr hatte er Watson fast vergessen, die letzte Person, die Freya gesehen hatte. Hatte die Polizei ihn in die Mangel genommen? Der Kerl sah mitgenommen aus, dennoch irgendwie nicht mitgenommen genug. Chris ging zu seiner Tür, ohne die Plakate mit Freya darauf zu beachten, ohne ihren Vater zu bemerken, der ihn den ganzen Weg über beobachtete.

Paul dachte an die Meinungsverschiedenheit zwischen

Steph und Chris. Dachte darüber nach, dass Chris nicht gewillt gewesen war, Freya für die Prüfung anzumelden, obwohl sie das Autofahren so instinktiv beherrschte wie Ballspielen. Dachte an die Schule, die bei der Anwesenheitsliste Mist gebaut hatte, an die Videoüberwachung, die sich als nutzlos herausgestellt hatte, und dass es eine riesige Lücke in Freyas Nachmittag gab.

Er war so kurz davor, hinter Watson her zu schleichen: *Was wissen Sie über meine Tochter?* Doch ein Gedanke war noch stärker als all die anderen, schob sich vor sie.

Zwei vermisste Mädchen, damals und heute.

Während Paul an der Themse entlanglief, angetrieben von steigender Nervosität, spürte er Freya neben sich herlaufen. Im Seitwärtslauf, wie sie es immer tat, wenn sie dazu aufgelegt war, beim Joggen zu plaudern, mit schattenboxenden Händen und tanzenden Augen. Er hatte sich vor langer Zeit damit abgefunden, dass er und Freya nicht auf die gleiche, enge Weise verbunden waren wie sie und Steph. Vielleicht war es ein fest verwurzeltes Mutter-Tochter-Ding, oder vielleicht war es so, weil er von Natur aus zurückhaltender war, aber Steph war immer die Vertrauensperson gewesen, die Tränen trocknete, und Paul musste zugeben, dass er diese Dinge meist ihr überlassen hatte. Er war jedoch immer derjenige gewesen, mit dem Freya Wettrennen und Elfmeterschießen machen wollte, mit dem sie sich auf dem Sprungbrett messen wollte in ihrer Schwimmphase, als sie Flipper genannt worden war. Sie erweckte Teile in ihm wieder zum Leben, die seit seiner Zeit bei der Polizei verschwunden waren: Konkurrenzdenken, Energie, Tatkraft. Er musste diese Eigenschaften nun erneut wiederbeleben, und er betete, dass auch sie sie benutzte, sodass sie sich den Weg zueinander zurückerkämpfen würden.

Er entdeckte Yvette, bevor sie ihn sah. Sie stand auf der

Brücke und starrte hinunter aufs Wasser, während der Wind mit dem Saum ihres roten Mantels spielte. Ihr Haar war kürzer als früher und hatte einen gräulichen Schimmer. Sie strahlte noch immer Ruhe aus – hatten alle Psychotherapeutinnen diese Eigenschaft? Sogar der Flusslauf schien sich unter ihrem Blick zu verlangsamen, ganz anders als die schnell fließende Flussbiegung weiter vorn. Pauls Herzschlag pendelte sich auf einem ruhigeren Rhythmus ein. Yvette würde ihm sicher helfen können. Und er würde sich sicherlich nicht gegen ihre Hilfe wehren, so wie damals, als man ihn im Rahmen der polizeilichen »Fürsorgepflicht« zum ersten Mal zu ihr geschickt hatte.

Er dachte an ihr Therapiezimmer mit der Buche davor und an das Fenster, das immer einen Spalt breit geöffnet war. An die Bücher über PTBS, die ihre Regale füllten, an ihre Geduld, als Paul lange dort gesessen hatte, schweigend, bis er am Ende der Sitzung angefangen hatte zu kooperieren. Niemand anderes wusste so viel über ihn. Nicht einmal Steph und Freya, die wie neue Glieder und ein neues Herz für ihn gewesen waren, nach allem, was davor passiert war.

Jetzt fühlte es sich so an, als hätte man ihm eine seiner Gliedmaßen abgehackt, als Strafe dafür, dass er dachte, er würde es verdienen, wieder normal zu leben.

Als Yvette die Schritte näherkommen hörte, drehte sie sich um, und Paul erkannte, dass sie nicht so ruhig war, wie es auf den ersten Blick gewirkt hatte. Ihre faltigen, besorgten Augen schürten erneut die Flammen in seinem Herz.

»Paul«, sagte sie. »Was ist passiert? DI Glover hat mich gestern angerufen und mich gefragt, ob ich von dir gehört habe. Er wollte nicht sagen, warum. Dann habe ich deine Nachricht bekommen. Irgendwas stimmt nicht, oder?«

Der Wind peitschte gegen ihren Mantel und sie hielt ihn am Revers fest. Ein alter Instinkt wurde in Paul geweckt und er folgte ihren Händen mit seinem Blick. So oft hatte sie ihn gebeten, sich auf ihre rhythmischen, bedächtigen Bewegungen zu konzentrieren, während sie ihm seine verstörendsten Gedanken entlockt hatte. Desensibilisierung durch Augenbewegung nannten sie das.

Jetzt, da ihre Hände in den Taschen verschwanden, kamen die Ängste zum Vorschein, die sich in ihm angestaut hatten: »Du hast immer gesagt, dass ich mir vergeben muss. Aber was, wenn Sanderson mir nie vergeben hat? Was ist, wenn er nur auf den richtigen Zeitpunkt gewartet hat, mir alles zu nehmen ... so wie ich ihm seiner Meinung nach alles genommen habe?«

»Beruhige dich, Paul. Was wurde dir genommen?«

»Meine Tochter. Freya. Ich habe dir ein Bild geschickt, als sie erst ein paar Wochen alt war.«

Das war bis heute das letzte Mal gewesen, dass er Yvette kontaktiert hatte. Er hatte ihr das Foto achtzehn Monate nach Beendigung seiner Therapie geschickt, als ein Zeichen, dass es ihm gut ging. Sie hatte ihm eine Nachricht zurückgeschickt – er hatte sie immer noch , in der stand, dass Freya vor Temperament nur so sprühte, die Augen damals schon weit geöffnet, neugierig, wachsam.

Die Erkenntnis flackerte in Yvettes Gesicht auf. Vielleicht hatte sie etwas in den Nachrichten gehört, es aber nicht mit Paul in Verbindung gebracht. Vielleicht hatte sie eines der Plakate auf dem Weg bemerkt, aber nicht genau hingeschaut, nicht erwartet, dass es das Mädchen von dem Babyfoto war, das sie einst angelächelt hatte, in dem Glauben, einer ihrer Patienten hätte sein Happy End gefunden.

DREIZEHN

EMMA

»Was soll das heißen, geplatzt?« Emma lief mit ihrem Handy am Ohr durch ihr Wohnzimmer und stieß gegen herumstehende Lagerboxen, an deren Anwesenheit sie sich noch nicht gewöhnt hatte.

»Ich fürchte, die Käufer haben es sich anders überlegt«, sagte ihr Makler in vorwurfsvollem Ton. Vielleicht hatte Emma die Käufer ihres Ladens abgeschreckt, weil sie ihr Bedauern über den Kauf zu sehr zur Schau gestellt hatte. Vielleicht hätte sie einfach freundlich lächeln und ihnen Glück wünschen sollen, anstatt sie mit einem mürrischen Wie-könnt-ihr-es-wagen-mein-Leben-zu-kaufen-Blick herumzuführen. Im Grunde war es nicht ihre Schuld. Es war niemandes Schuld, erinnerte sie ihre Mum immer wieder. Warum also war sie so wütend?

»Sie haben beschlossen, einen anderen Weg einzuschlagen«, fügte der Makler hinzu.

»Was soll das überhaupt bedeuten?«

»Eine andere Immobilie, nehme ich an.«

Sie wollten ihre gebrauchten Elektrogeräte also woanders verkaufen. Wahrscheinlich an einem Ort mit niedrigeren

Betriebskosten und einer höheren Kundenfrequenz. Emma hatte sich nie mit der Vorstellung anfreunden können, ihren Laden mit neu verkabelten Fernsehern vollgestopft zu sehen, doch sie brauchte das Geld aus dem Verkauf. Sie brauchte es, um die Miete für ihre Wohnung und Rechnungen zu bezahlen, während sie sich einen neuen Job suchte. Um sich über Wasser und die Zügel in der Hand zu halten, bis Zeb nach Hause kam und alles wieder gut war.

Sie brachte es fertig, bis zum Ende des Telefonats nicht zu fluchen. Dann warf sie ihr Handy quer durchs Zimmer, wo es in einer Kiste mit Schmuck aus den 1920er-Jahren landete und dort in den glitzernden Tiefen verschwand. Plötzlich fühlte Emma sich eingeengt, spürte, wie die Lederhandtaschen, die aufgereiht an den Fußleisten standen, Hitze abstrahlten.

Sie brauchte einen Moment, bis sie begriff, dass ihr Handy wieder klingelte. Zwischen den Broschen und Haarnadeln in der Kiste klang das Vibrieren metallisch. Sie vergrub eine Hand darin und betete, dass die Käufer in den letzten dreißig Minuten einen drastischen Sinneswandel durchlaufen waren.

Doch es war nicht ihr Makler.

»Zeb!«

Sie versuchte, ihren Enthusiasmus zu zügeln, während sich ihr Finger in den Bildschirm bohrte. Keine Antwort. Nur ein Rauschen in der Leitung.

»Zeb? Kannst du mich hören?«

Dann hörte sie Stimmengewirr, schwach und bruchstückhaft, und etwas, das wie klirrendes Glas klang. Emmas Laune sank erneut. Das war eindeutig ein Hosentaschenanruf. Warum hörte es sich an, als wäre Zeb in einer Bar? *Um elf Uhr morgens an einem Samstag?*

»Hallo?« In ihr stieg Frust auf. »Zeb, bist du da?«

Ein blechernes Echo war in der Leitung zu hören. Sie legte auf und versuchte, ihn zurückzurufen – einmal, zweimal, keine

Antwort –, dann schickte sie eine Nachricht: *Ich will nur wissen, ob es dir gut geht.*

Sie beobachtete, wie eine Zustell-, aber keine Lesebestätigung erschien. Mit einem Knurren zielte sie diesmal absichtlich auf die Schmuckkiste und ließ ihr Handy wie einen Torpedo auf den Kistenboden sinken.

Sie musste raus hier. Sie zog ihre schmuddeligen Laufklamotten an (Wie schafften es die Jogger hier in der Gegend nur immer, so glamourös auszusehen?), steckte sich die Kopfhörer in die Ohren, drehte die Lautstärke ihres iPods auf und flüchtete in den Flur.

»Oh!« Fast wäre sie in zwei uniformierte Polizeibeamte gerannt, die genau vor ihrer Tür standen. »Tut mir leid.« Sie nahm die Kopfhörer wieder aus den Ohren. Schon allein der Gedanken an ihre unanständige Post-Punk-Playlist erschien ihr respektlos, verbrachten ihre Nachbarn doch gerade schon den zweiten Tag in ihrer persönlichen Hölle.

»Emma Brighton?«, fragte der männliche Polizist mit dem ernsten Gesicht.

Sie nickte. Ihre Kopfhörer rutschten ihr aus der Hand und sie tastete umher, um sie wieder einzufangen.

»Dürften wir Ihnen ein paar Fragen stellen?«

»Sicher.« Sie machte einen Schritt zurück in ihre Wohnung und hielt den beiden die Tür auf. »Bitte ...«

In der Wohnung schauten sich die Beamten mit zusammengekniffenen Augen um, als würden sie überlegen, ob Emma in den vielen Kisten vielleicht Raubkopien lagerte. Vorhin hatte sie Gilberts Futter verschüttet: Auf dem Teppich, wo die Polizisten in ihren wie vorgeschrieben schwarzen Schuhen standen, lagen Samen verstreut. Die Frau trug ihr kastanienbraunes Haar in einem ordentlichen Dutt, der Mann war ein wenig schlaksig und erinnerte sie an Zeb.

»Wie Sie vielleicht wissen, wird Ihre Nachbarin Freya Harlow bedauerlicherweise vermisst.«

Sie schluckte. »Ja, schrecklich. Gibt es irgendwelche …?«

»Wann haben Sie sie zuletzt gesehen?«

»Ähm, das müsste Donnerstagmorgen gewesen sein. Ich habe sie durchs Fenster gesehen, als sie zur Schule gegangen ist.«

Bei diesem Beinahe-Geständnis, sich für die Harlows zu interessieren, wurden ihre Wangen warm. Sie hasste dieses Bild von sich als neugierige Nachbarin oder als gelangweilte Beobachterin des Lebens anderer. Was war nur aus ihr geworden, seitdem ihr Laden geschlossen und Zeb gegangen war?

»Ist Ihnen etwas Ungewöhnliches aufgefallen?«

Emma schaute zu ihrem Fenster, als wollte sie ihren letzten Blick auf Freya nachstellen. Da stand sie in ihrer marineblauen Daunenjacke, ihr Zopf hing seitlich über ihre Schulter, während sie innehielt, um etwas auf ihrem Handy zu lesen. War Emmas Erinnerung durch die Tatsache, dass Freya verschwunden war, getrübt oder hatte das Mädchen wirklich so bedrückt gewirkt? Hatte sie wirklich die Schultern hängen lassen, als sie auf ihr Handy schaute?

Sie erinnerte sich jetzt, dass Steph aus dem Haus gekommen war und ihrer Tochter nachgerufen hatte. Freya hatte genervt gewirkt, ihr Handy in die Tasche geschoben und war herumgeschnellt. Steph hatte ihr etwas in die Hand gedrückt, das aussah wie ein paar Zwanziger, und ihren Arm berührt, bevor sie wieder gegangen war. Erinnerte sich Steph an diese beiläufige Berührung? Spielte sie die Szene unaufhörlich in ihrem Kopf ab? Vielleicht versuchte sie, wie Emma jetzt, sich einzureden, dass Freya nicht reagiert, sie vielleicht sogar abgewimmelt hatte.

»Ich schätze, ich habe sie schon mal glücklicher gesehen«, sagte Emma.

»War sie aufgebracht?«

»Nein, nein. Sie hatte nur nicht so Hummeln im Hintern, wie es sonst manchmal scheint.«

»Haben Sie an ihr in letzter Zeit andere Veränderungen bemerkt?«

»Ich kenne sie nicht wirklich.«

»Aber Sie haben bemerkt, dass sie am Donnerstag weniger … ›Hummeln im Hintern‹ hatte?« Die Polizistin sagte es, als hätte Emma sich diese Worte höchstpersönlich ausgedacht.

»Es war nur eine Beobachtung. Ich habe sie nur einen kurzen Moment gesehen. Und ich … ich würde ungern beurteilen, was für sie normales Verhalten wäre.«

Freyas Auftreten an jenem Morgen hatte jedoch *tatsächlich* ihre Aufmerksamkeit erregt, auch wenn ihr das jetzt erst klar wurde. Vor allem, weil Freyas unbeschwerte Lebhaftigkeit sie schon seit einer Weile fasziniert hatte. Ihre eigene Jugend war so anders gewesen, so sehr belastet von Selbstzweifeln und Unsicherheiten.

»Was ist mit ihren Eltern?«

Emma blinzelte. »Was soll mit ihnen sein?«

»Ist Ihnen irgendetwas an Mr oder Mrs Harlow aufgefallen?«

Es war, als hätte man Emma die Rolle der stillen Beobachterin zugewiesen. Doch selbst vor Freyas Verschwinden hatten sich die Eindrücke von den Nachbarn oft mit ihrer Stimmung gewandelt. Meistens schien ihr deren Familienleben wie aus purem Gold, aber an ihren bitteren Tagen – an die sie jetzt nur noch ungern zurückdachte – konnte sie sich leicht einreden, dass alles nur Fassade war.

»Sie machen gerade Unvorstellbares durch«, sagte sie. »Ich habe sie vorher noch nie streiten hören.«

Die Frau schaute sie scharf an. »Heißt das, sie haben sich seitdem gestritten?«

»Es … äh … ist ein bisschen lauter geworden. Verständlich unter diesen Umständen.«

Der Mann notierte sich etwas und wieder fühlte sich Emma unwohl. Hatte sie zu viel gesagt oder zu wenig? Würde Freya irgendetwas davon helfen? In letzter Zeit hatte sie manchmal das Gefühl, dass ihr Urteilsvermögen zu wünschen übrigließ. Sie hinterfragte mittlerweile ihre Instinkte in jeder möglichen Hinsicht, angefangen bei der Entscheidung, ihren Laden zu verkaufen, bis zur Formulierung ihrer Nachrichten an Zeb.

Und die anonymen Anrufe auf ihr Festnetztelefon. Nicht mal dahingehend konnte sie ihrem Instinkt trauen. Der erste Anruf war vor ein paar Tagen gekommen, dann ein weiterer, als Steph gestern Abend da gewesen war, und ein dritter ein paar Stunden später, gegen ein Uhr morgens. Jedes Mal hatte sie das leise, flüsternde Atmen vernommen, das ihr Gänsehaut bereitete. Sie bedeuteten jedoch keinen Grund zur Sorge, oder dass sie es wert waren, nachzuforschen, in all diesem Chaos, oder etwa doch?

»Eine letzte Sache noch«, sagte der männliche Polizist. »Ihr anderer Nachbar, Chris Watson.« Er deutete nach unten. »Erinnern Sie sich vielleicht, ob er Donnerstagnachmittag zu Hause war? Oder ob sein Auto hier war?«

In Anbetracht des Themenwechsels legte Emma die Stirn in Falten. Sie beschwor ein Bild von Chris herauf, mit dem sie seit ihrem Einzug nur wenig zu tun hatte. Ungefähr Anfang vierzig ... seine Frau war Krankenschwester ... Das war alles, was sie zusammenbekam. Er und Vicky schienen außerhalb der Wohnung eher zurückhaltend zu sein, abgesehen von Chris' mit Werbung beklebtem Auto und den selbstgedruckten Flyern, die er manchmal in die Briefkästen warf.

Vielleicht hatte sie ihnen aber auch einfach kaum Aufmerksamkeit geschenkt, obwohl sie direkt unter ihr wohnten. Offensichtlich galt ihre Faszination, seit ihr Leben in sich zusammengebrochen war, einzig und allein den Harlows.

Die Beamten warteten mit gezückten Kugelschreibern.

»Ich kann mich nicht erinnern«, sagte sie. »Tut mir leid, ich habe nicht bemerkt, ob er zu Hause war. Ist er in die Sache … verwickelt?«

»Wir fragen nur nach Menschen, die Freya kennen.«

Emma hatte noch viel mehr Fragen, aber die Polizisten machten sich schon bereit zu gehen. Sie blickten sich noch einmal schnell um und traten sich dann verstohlen die Füße auf ihrer Matte ab, vermutlich um das verschüttete Hamsterfutter wieder von den Sohlen loszuwerden.

Nachdem sie gegangen waren, rettete sie ihr Handy aus dem Broschensumpf. Sie war jetzt noch versessener auf eine Nachricht von Zeb als zuvor. Auf dem Bildschirm war nichts zu sehen außer einem scheußlich aussehenden Kratzer. Emma fuhr mit dem Finger darüber. Ihre Gedanken kreisten um Freya und Steph und Paul und Chris Watson und Zeb. Ihre Schläfen pochten mittlerweile, also entschied sie sich, einen Spaziergang zu machen und nicht mehr laufen zu gehen. Sie sehnte sich immer noch nach frischer Luft, fühlte sich jetzt jedoch langsamer und schwerer, als hätten die Fragen der Polizisten ihr zusätzliches Gewicht auf den Körper gelegt.

Sobald sie das Haus verließ, sprang ihr Freyas Gesicht entgegen, vergrößert und in Hochglanz ausgedruckt, hochaufgelöst und in Farbe. Ihre Augen sahen unnatürlich blau aus, die Medaille um ihren Hals war von strahlendem Gold und ihre Wangen waren so rot wie frische Erdbeeren. Die Wirkung war überwältigend und schürte in Emma unvermeidbar die Erinnerung an die strahlenden, sportlichen Mädchen, die Emma in der Schule zu gleichen Teilen bewundert und gehasst hatte. Unterhalb des Lächelns schrien einem die Worte entgegen: HABEN SIE FREYA GESEHEN?

Emma vermutete, dass nicht die Polizei für diese hochqualitativen Plakate aufgekommen war. Sie stellte sich vor, wie Steph, nachdem sie Emmas Wohnung verlassen hatte, die ganze Nacht durcharbeitete und den Drucker heißlaufen ließ. *Das hätte ich tun können*, dachte Emma. *Diese eine Sache hätte ich tun können.*

Ihr Blick wanderte zu Chris Watsons Auto. Sein einfarbiges Fahrschul-Logo war der Gegenpol zu den leuchtend bunten Plakaten. Emma senkte den Kopf und eilte weiter.

Freyas Bild bog mit ihr um die Ecke, kreuzte immer wieder ihre Strecke, bis sie den Fluss riechen konnte und sich schuldbewusst freute, dem grellen Teenagergesicht entfliehen zu können. Emma liebte diesen Weg am Fluss entlang. Die ankernden, schaukelnden Schmalspurboote, die einen Regenbogen bildeten, die Kneipengärten mit Lichterketten an den Zäunen, das deutsche Restaurant mit den Außenbänken, wo es Starkbier gab und sie ein paarmal mit Zeb und ihren Eltern zum Mittagessen verabredet gewesen war. Doch heute spiegelte sich im Wasser nur der finstere Himmel und die ganze Szenerie lag unter einem grauen Schleier.

Sie lief bis zur Kingston Bridge, wo sie einmal ein Banner mit der Aufschrift MO WILLST DU MICH HEIRATEN? hängen sehen hatte. Sie erinnerte sich daran, wie sie bei der Vorstellung an die Geschichte dahinter, die Reaktion des unbekannten Mo gegrinst hatte … doch heute blieb sie kurz vor der Brücke abrupt stehen.

Mitten auf ihr stand Paul Harlow und sprach mit einer Frau in einem roten Mantel. Sie standen dicht beieinander mit dem Rücken zu Emma und starrten flussabwärts. Man hätte sie für Fremde halten können, die zufällig am selben Fleck stehengeblieben waren, doch sie konnte am Winkel ihrer Köpfe und ihren Körperbewegungen erkennen, dass sie miteinander sprachen. Während Emma zuschaute, wurde die Konversation zwischen den beiden immer lebhafter. Die Frau griff nach

Pauls Arm, doch er riss sich los und stürmte zur gegenüberliegenden Flussseite davon.

Die Frau blieb auf der Brücke stehen. Sie legte beide Handflächen auf die helle Steinmauer und sah Paul nach. Dann drehte sie den Kopf und starrte wieder aufs Wasser. Ihre Schultern bebten und es sah aus, als würde sie weinen.

Auf dem Heimweg dachte Emma darüber nach, was sie da beobachtet hatte. Stand die Frau in einer Verbindung zu Freya? Wusste Steph von diesem anscheinend emotional aufgeladenen Treffen? Emma dachte an das Geschrei und das zersplitternde Glas gestern Nacht. Und an den Abend davor: Steph am Fuß der Treppe und wie sich Pauls Schatten über sie legte.

Emma wusste nicht, was sie von all dem halten sollte.

Während sie die Tür aufschloss, spähte sie erst zu den Fenstern der Harlows, dann zu denen von Chris. Nichts regte sich. Als sie die Tür aufstieß, machte ihr Herz einen Satz, denn die Tür schlug gegen etwas auf der anderen Seite ... oder gegen *jemanden*, um genau zu sein. Steph stand hinter der Tür und griff gerade in den Korb, der hinter dem Briefschlitz befestigt war. Sie wich zurück und hielt ein kleines weißes Päckchen in den Händen.

»Steph«, sagte Emma.

Das Gesicht ihrer Nachbarin war aschfahl, wie es da aus dem grünen Schal herauslugte. Emma versuchte sich zusammenzureißen und wollte sie fragen *Alles in Ordnung? Gibt es was Neues? Was hat die Schule gesagt?*, ließ es aber sein, als sie sah, dass Steph ein gebundenes Buch aus dem Umschlag hervorzog, den sie fest umklammert hielt.

»Haben Sie das bestellt?«, fragte Steph.

Emma war verblüfft über ihren drängenden Tonfall. »Ähm ... nein.«

»Das ist nicht Ihrs?«

Emma schielte auf den Titel. Die Worte verschwammen vor lauter Verwirrung vor ihren Augen. *Bessere Eltern werden.* Auf dem Cover waren eine Frau in einem gelben Kleid und ein Junge in den frühen Teenagerjahren zu sehen, die sich auf Sesseln gegenübersitzen und sich gegenseitig ansehen. Die Mutter lehnte sich zu dem Jungen nach vorn, als würde sie ihm aufrichtig zuhören.

»Ich glaube nicht«, sagte sie.

»Es wurde durch den Briefschlitz geschoben, aber es steht kein Empfänger drauf …« Stephs Augen wurden trüb, als würden ihre Gedanken rasen. Emma schaute erneut auf das Buch. In ihrem Hinterkopf regte sich ein Anflug von Angst.

Sie hatte es nicht bestellt. So viel war wahr. Also warum verhielt sie sich so seltsam?

Steph klappte das Buch auf und schnappte nach Luft, als eine orangefarbene Flüssigkeit aus der Buchmitte tropfte. Emma schreckte zurück und schlug sich eine Hand vor den Mund. Die Überreste eines zermatschten rohen Eis flossen von den Seiten des Buchs und sammelten sich in einer klebrigen Pfütze zu Stephs Füßen.

»Was zur *Hölle*?«, sagte Emma in ihre Handfläche.

Der Anblick des verschmierten Eigelbs auf dem Flurboden und des restlichen Glibbers, der vom Buch in Stephs Hände tropfte, brachte eine schmerzhafte jahrealte Erinnerung zurück. Steph stand stocksteif da, hielt das offene Buch in der Hand und starrte auf das Eigelb und die Schale, die an den Seiten klebten.

»Ich verstehe nicht …«, sagte Steph mit matter und heiserer Stimme. »Was hat das zu bedeuten?«

»Ich habe keine Ahnung.« Emma überlegte, ob ihre Nachbarin ihr heftig schlagendes Herz und die Paranoia, die sich in ihren Nacken krallte, sehen konnte. *Es gibt keinen Grund zur Annahme, dass das für dich bestimmt war*, sagte sie zu sich selbst. *Die Harlows sind hier die Opfer.*

»Unsere Haustür wurde vor zwei Wochen mit Eiern beworfen«, sagte Steph.

Emma schreckte auf. »Echt? Das habe ich gar nicht mitbekommen.«

»Ich habe mir damals nichts dabei gedacht.« Stephs Stimme bebte jetzt. »Ich dachte, es wäre einfach ein Streich gewesen, also habe ich es direkt sauber gemacht und es vergessen. Aber jetzt ... Das kann doch kein Zufall sein. Und dieses Buch ...« Sie schlug es zu und starrte den Titel an. »Vielleicht soll es uns etwas sagen. Dass es unsere Schuld ist.« Sie schloss die Augen und ließ ihr Kinn sinken, als ob etwas auf ihren Schultern gelandet wäre. »O Gott«, flüsterte sie.

»Vielleicht ist es nur ein Fremder, der gemein sein und Ärger machen will.«

Steph öffnete die Augen. Ihre Pupillen waren riesig. »Ich muss Paul anrufen. Und unseren Familienbetreuer.«

Emma nickte. Sie fand es nicht schlimm, dass Steph das Gespräch so eilig beenden wollte: Sie war noch immer sehr aufgewühlt. Sie fand es auch nicht schlimm, das Ei dort zu lassen, falls die Polizei es untersuchen wollte.

Ihr wurde schwindelig, als sie sah, wie Steph mit dem schmutzigen Erziehungsratgeber die Treppe hinaufrannte und die Wohnungstür oben hinter sich zuschlug. Emma ertappte sich dabei, wie sie ihr Haar und ihre Klamotten auf Sauberkeit überprüfte, auch wenn das Ei sie nicht mal berührt hatte. Sie ging schnell wieder in ihre Wohnung und wusch sich die Hände, bis sie scharlachrot waren.

VIERZEHN

KATE

Fünfundzwanzig Jahre zuvor

Es wirkt so, als würde das Hochhaus in meine Richtung schwanken. Wolken ziehen über mich hinweg und ich schaue auf die Antenne, die ganz oben auf der Hochhausspitze sitzt und in den Himmel zeigt. Dann bin ich zu nah dran und sie verschwindet. Als ich meinen Blick senke, bleibt er an einer vertrauten Jeansjacke hängen. Nick geht auf dem mit Müll übersäten Grünstreifen vor dem Haupteingang auf und ab. Er taucht jetzt immer früher bei uns auf, deshalb beeile ich mich, eher nach Hause zu kommen, aber es reicht nie.

Warum raucht er hier draußen und nicht auf unserem – oder seinem – Balkon? Er stapft über das braune Gras, drückt die Gräser platt, und klopft die Asche von seiner Zigarette, sodass sie vom Wind verweht wird. Ich weiß, dass er mich sieht, aber er tut so, als wäre es nicht so. Er starrt einfach auf die Straße, als würde er nach etwas Ausschau halten.

Ich wünschte, ich könnte die Haustür einfach hinter mir abschließen, ihn aus dem gesamten Block aussperren. Ich renne die Treppe hoch, bis mir der Schweiß in Strömen über den

Rücken läuft. Ich nehme meinen Rucksack ab und rufe nach Mum.

Sie antwortet nicht. Sie ist nicht in der Küche. Zwei unberührte, volle Teetassen stehen auf dem Tisch. Ich stürme in ihr Zimmer und sehe sie seitlich auf dem Bett liegen, zusammengekrümmt wie einer der blassen, blinden Welpen von Tante Rachs Hund.

»Mum?« Ich bin außer Atem. »Alles okay?«

Ihre Augen sind rotgerändert, ihr Gesicht weiß wie Schnee, das dunkle Haar liegt ausgebreitet über dem Kissen. »Hallo, Liebes.«

»Was ist los?« Ich setze mich auf die Bettkante, will ihr am liebsten das Arbeitsoberteil hochreißen, um nach weiteren blauen Flecken zu suchen.

Sie setzt sich behutsam auf, als würde ihr alles wehtun. »Ich bin einfach erledigt. Langer Tag.«

»Warum ist Nick draußen?«

»Er wollte zum Laden. Wir haben keine Milch mehr, kein Toilettenpapier ... eigentlich gar nichts mehr. Ich war zu nichts zu gebrauchen. Gott sei Dank haben wir Nick, was?«

Ich kann mich nicht dazu durchringen, ihr zuzustimmen. *Gott sei Dank haben wir Nick.* »Habt ihr euch gestritten?«

»Quatsch. Ich musste mich nur hinlegen und er hat angeboten, kurz loszugehen. Machst du uns jetzt einen Tee?«

»Ihr habt ja noch nicht mal ausgetrunken.«

Sie setzt sich anders hin und da sehe ich es wieder: ein Zusammenzucken vor Schmerzen. Doch sie zwingt sich, fröhlich zu klingen: »Die habe ich ganz vergessen. Mach mal lieber frischen, hm?«

Widerwillig gehe ich zurück in die Küche. Während der Kessel kocht, höre ich, wie die Kinder von nebenan kreischen und sich Mrs Begum auf der anderen Seite eine Gameshow ansieht. Ihr Ton ist so laut gestellt, dass ihre Lautsprecher ein Todesröcheln ausstoßen. Draußen vor dem Fenster zieht ein

Flugzeug seine fluffigen Streifen über den Himmel und ich denke an die Leute an Bord, wer sie wohl sind und wohin sie wohl fliehen.

Ich kann Mums Lieblingsteetasse nicht finden, die violette mit den Narzissen drauf, die ich ihr zum Muttertag gekauft habe. Es macht mich sauer, frustriert mich. Nichts läuft gut, nichts ist, wie es sein sollte. Ich gebe auf und nehme ihre zweitliebste Tasse, aber als ich die Teebeutel in den Müll werfen will, sehe ich eine violett schimmernde Scherbe im Abfallbehälter. Ich greife tief hinein und hole vorsichtig zertrümmerte Geschirrteile hervor. Gelbe Blütenblätter. Mums Lieblingstasse, zerbrochen.

Der Kessel pfeift und verstummt dann. Während ich noch auf den Müll starre, nehme ich langsam wieder die Geräusche in unserer Wohnung wahr. Mum bewegt sich in ihrem Zimmer, öffnet den Kleiderschrank und ich höre das Rascheln ihrer Kleider. Sie zieht sich um – das ist meine Chance. Ich lasse die Scherben zurück in den Mülleimer fallen und schleiche auf Zehenspitzen zu ihrer angelehnten Schlafzimmertür. Auch wenn es sich seltsam anfühlt, ihr nachzuspionieren, schiebe ich mein Gesicht vor den Spalt und spähe hinein.

Seit ich den Bluterguss gesehen habe, bin ich verzweifelt. Ich beobachte Mum. Beobachte Nick. Wie sie manchmal zusammenzuckt, wenn er sie berührt. Wie er sich dann zurückzieht. Wie sie mich beide ansehen. Wenn ich in der Schule bin und es langsam auf seinen Feierabend in der großen BT-Niederlassung im Industriegebiet zugeht, kann ich mich nicht konzentrieren, sondern muss ständig daran denken, was wohl gerade zu Hause passiert. Selbst im Englischunterricht, der von mir aus ewig gehen könnte, warte ich nur aufs Klingeln. Ich versuche, nicht traurig darüber zu sein, dass ich meine Lieblingslehrerin enttäusche, weil ich so abgelenkt bin.

Ich versuche alles, damit die beiden möglichst wenig Zeit zu zweit haben. Trotzdem ist es nicht einfach, sie davon abzuhalten, in den Pub zu gehen oder die Nacht bei ihm zu verbringen. Wenn sie dorthin verschwinden, habe ich das Gefühl, die Kontrolle zu verlieren, auch wenn sie nur ein Stockwerk tiefer sind. Wenn Mum zurückkommt, bewegt sie sich noch langsamer. Ich habe versucht, mich krankzustellen, damit sie bei mir bleibt, und manchmal klappt es auch beinahe. Doch dann taucht er auf, fragt sie, ob sie bereit ist, und zieht sie mit sich.

Wir brauchen ein bisschen Zeit für uns, Kate, sagt sie dann und streicht mir die Haare hinter die Ohren. *Du kommst doch ein paar Stunden allein zurecht, oder? Mach dir doch einen Film an. Ich bin nur unten.*

Dann sitze ich da, schaue mir alte schnulzige Sitcoms an und wünsche mir, er hätte eine andere Mum aus dem Block nach einem Date gefragt. Warum meine Mutter? Warum wir? Warum hatte sie Ja zu diesem ersten und dann zu noch einem Drink gesagt? Wir waren doch glücklich, so wie es war. Es hat nicht lange gedauert, bis daraus Abendessen bei uns, seine nackten Füße am Morgen und sein Rasierer neben dem Waschbecken geworden sind.

Als Becca vorgestern Abend anrief, sprudelten meine Bedenken über ihn nur so aus mir heraus. Eine Weile war es still am anderen Ende der Leitung. Dann folgte ein unsicheres Schnauben: »Das würde deine Mutter nicht auf sich sitzenlassen!« Aber sie hat Mum in letzter Zeit nicht gesehen, weiß nicht, wie sehr sie sich verändert hat. Ich habe Becca gesagt, dass das jedem passieren kann, und wenn sie spüren könnte, wie die Stimmung hier ist ... Ich glaube, als ich anfing zu weinen, hat sie das so schockiert, dass sie mich auf einmal ernstgenommen hat. »Tut mir leid, Kay-Kay«, sagte sie. »Wie wär's, wenn ich nächste Woche zu euch komme? Ich brauche eh mal eine Pause von dieser Scheiß-Jobsuche ... Ist schon gut, Kate, alles wird wieder gut.« Danach habe ich mich besser gefühlt. Becca ist achtzehn, also zwei Jahre älter als ich. Diese zwei Jahre geben ihr mehr Kraft, etwas dagegen zu tun.

Mum steht in Unterwäsche an ihren Kleiderschrank gelehnt und genießt einen Moment stiller Privatsphäre. Ich kann erkennen, dass keiner meiner Versuche in den letzten vierzehn Tagen irgendetwas gebracht hat. Sie hat Blutergüsse am Bauch sowie an Armen und Beinen. Manche sind grüngelblich wie Moderinseln, andere frisch und dunkel wie Rotweinflecken. Ich schlage mir die Hand vor den Mund und stolpere rückwärts. Hinter mir öffnet sich die Wohnungstür, und als ich mich umdrehe, sehe ich, wie Nicks große Silhouette unseren Flur verdunkelt.

FÜNFZEHN

CHRIS

Wie gut kennen Sie Freya Harlow?

Haben Sie beide ein freundschaftliches Verhältnis?

Aber da niemand bestätigen kann, dass Freya von der Stunde mit Ihnen zurückgekommen ist …

Chris stand im Flur und starrte ausdruckslos die grässliche Blumentapete an, die er und Vicky schon lange abkratzen und in einem akzeptablen, neutralen Farbton überstreichen wollten. Seine Augen folgten den pfirsichfarbenen Blüten und limettengrünen Blättern, während er die Polizeibefragung von vor ein paar Stunden in seinem Kopf abspielte. Langsam schwirrte ihm der Kopf. Unter den abgeblätterten Ecken der Tapete kam bröckelnder Putz zum Vorschein.

Als Chris' Handy klingelte, erschrak er sich zu Tode.

Doch es war nicht der Rückruf der Polizei. Es war Tamsin Spence, die in Nummer 82 wohnte und deren Tochter ebenfalls von ihm unterrichtet wurde. Er räusperte sich, versuchte in den Arbeitsmodus zu schalten und meldete sich stotternd mit seinem Namen.

»Ich fürchte, ich muss Lilys Stunde am Dienstag bei Ihnen absagen«, sagte Tamsin mit schriller Stimme.

Chris schluckte. »Oh …« Er tat sein Bestes, um seine Professionalität zu bewahren. »Wollen wir einen neuen Termin ausmachen?«

Tamsin stammelte etwas von zurückrufen und legte auf. Chris blinzelte auf sein Telefon, erschrocken über ihre Schroffheit. Unbehagen breitete sich in seiner Magengegend aus. Hatte es sich bereits herumgesprochen, dass er vorhin von einem Polizeiauto abgeholt worden war?

Vickys Stimme ließ ihn erneut zusammenzucken: »Wer war das?«

Er drehte sich um und sah sie in ihrem Schwesternkittel und einer ausgebeulten Strickjacke hinter sich stehen. Ihr kurzes Haar war jetzt anders gestylt als vorhin. Es sah hübsch aus, doch in den letzten Jahren hatte er verlernt, ihr das zu sagen. Sie hielt einen halbfertig gestrickten Schal umklammert. Was hatte es in letzter Zeit mit dem Stricken auf sich? Wer sollte all diese kratzigen Schals tragen?

»Eine Schülerin«, sagte er. »Warum bist du nicht bei der Arbeit?«

»Ich habe meinen Dienstausweis vergessen. Ich musste in meiner Pause nochmal herkommen.«

Hatte sie etwas über Freya gehört? Sie hatte bestimmt die Plakate bemerkt, die Chris, als er mit dem Taxi vom Polizeirevier zurückgekommen war, nicht einmal ansehen konnte. Vickys Gesicht war in letzter Zeit so ausdruckslos. Wenn sie auf dem Sofa lag und fernsah, hatte er manchmal tatsächlich Angst, dass sie nicht mehr atmete. Er ertappte sich dabei, wie er oft an die Vicky dachte, die er kennengelernt hatte. Lebenslustig, witzig und scharfsinnig. Sie konnte Bierflaschen mit den Zähnen öffnen, deshalb reichten die Leute auf Partys oft ihre San-Miguel-Flaschen direkt an sie weiter. Er hatte sich geehrt gefühlt, als sie nach ein paar Begegnungen auf Partys von gemeinsamen Freunden klargemacht hatte, dass sie ihn mochte. Und er hatte sich gefreut, ihre verletzlichere Seite kennenzulernen. Die Vorstellung, dass jemand wie sie jemanden wie ihn wollen oder sogar *brauchen* könnte, freute ihn.

»Ich dachte, du hättest den ganzen Morgen Fahrstunden?«, sagte sie.

Dann herrschte zwischen ihnen eine Stille, in der sie zu erkennen schienen, dass keiner von beiden erwartet hatte, dem anderen zu begegnen.

»Ich hol mir nur einen Kaffee.« Er deutete mit einem Kopfnicken zu der orangefarbenen Wolle, die wie ein totes Wesen in ihren Händen baumelte: »Was strickst du?«

Er hörte ihr nicht richtig zu, weil sein Blick von etwas Glitzerndem an ihrem Handgelenk angezogen wurde. Ein silbernes Armband besetzt mit weißen Edelsteinen und winzigen Perlen. Nicht ihr üblicher Stil. Nichts, was sie sich jemals selbst gekauft hätte.

Er starrte es immer noch an, nachdem sie ihren Satz beendet hatte. Dann zog sie ihren Ärmel runter und ging in die Küche.

Chris folgte ihr. Er musste aufpassen, was er sagte, wie er es sagte, aber es war schwer, sie nicht am Arm zu packen und sie anzuschreien.

»Neues Armband?«, fragte er lässig.

Sie hatte einen Schrank geöffnet und schaute auf Reihen aus Gläsern und Dosen. Sie drehte ein paar davon um, sodass die Etiketten zu ihr gedreht waren und Chris hörte, wie das Armband ihren Arm hochrutschte.

»Di hat es mir gegeben.«

»Oh, klar.«

»Ich sollte es lieber abnehmen, bevor ich zurück zur Arbeit gehe.« Er sah, wie sie nicht aufhören konnte, es zu berühren, es noch einmal kurz anzusehen, bevor sie ihren Ärmel wieder darüber zog.

»Echte Diamanten?«

Sie schnaubte. »Di ist doch nicht Krösus. Reicher als wir, das bestimmt, aber nicht *Diamant*-Niveau.«

Mit einem kleinen unzufriedenen Geräusch schloss sie den Schrank, in den sie geschaut hatte, öffnete sogleich den nächsten und betrachtete eine Packung Kekse. Chris wusste nicht, was sie suchte, aber anscheinend nicht gefunden hatte.

Als er sich zum Gehen wandte, sagte sie: »Wusstest du, dass das Mädchen von oben vermisst wird?«

Chris drehte sich zu ihr um. Sie sah ihn unverwandt an, mit aufrechter Haltung und wachsamen Augen, wie ein anderer Mensch. Er nickte.

»Jetzt fühle ich mich schrecklich«, sagte sie. »Dafür, dass wir ihnen diese ganzen Spitznamen gegeben haben, als wir frisch eingezogen sind.«

»Wir haben es nicht böse gemeint.«

Wir haben nur unsere Insiderwitze gemacht, wollte er hinzufügen, *als wir noch welche hatten, damals. Damals, als wir sie benutzt haben, um uns aneinander zu klammern, wenn wir uns wie Fische auf dem Trockenen gefühlt haben.*

Chris hatte tatsächlich den restlichen Morgen Fahrstunden – samstags war immer viel los – und außer dieser Routine gab es für ihn nichts weiter zu tun. Als er das Haus das zweite Mal verließ, war das Gefühl, dass die ganze Straße ihn beobachtete, bedrückender denn je. Er konnte noch immer nicht zu den Harlows hinaufblicken, nicht mal für eine Sekunde. Beim Einsteigen ins Auto zog er den Kopf ein wie ein Promi – oder ein Krimineller –, der die Presse meiden will.

Irgendetwas brachte ihn dazu, das Handschuhfach zu öffnen und nochmal hineinzusehen. Er griff tief hinein und tastete mit der Hand in dem ausgekleideten Fach herum. Er lehnte sich zurück und schnallte sich an, kam jedoch nicht zur Ruhe. Einst hatte sich dieses Auto wie sein sicherer Hafen angefühlt. Sein Herrschaftsbereich, wo er das Sagen hatte, wo er der Experte war. Er hatte es gemocht, allein im Auto zu sitzen, nostalgischen Soft Rock zu hören und kräftige Schlucke Kaffee aus seinem Reisebecher zu nehmen. Doch auch den ständigen Wechsel der Schüler hatte er gemocht, wie sie in festgelegten Zeiträumen kamen und gingen, wie Ebbe und Flut. In letzter Zeit jedoch hatte er sich eingesperrt gefühlt, wenn er zu viel Zeit im Auto verbrachte, so als würde die Luft darin dünn werden.

Seine Gedanken kehrten zu dem Gespräch mit Vicky und dem Armband, das an ihrem Handgelenk strahlte, zurück. Es war möglich, dass ihre Schwester es ihr gegeben hatte. Chris wusste, dass er Di nicht anrufen sollte, um sie zu fragen, aber der Drang es trotzdem zu tun, wuchs in ihm. Er musste zu seinem nächsten Termin und sich ablenken. Er würde Di noch zum wöchentlichen Mittagessen sehen. Vielleicht würde er –

Er richtete sich kerzengerade auf. Eine marineblaue Daunenjacke kam ihm auf der Straße entgegen.

Sein Blick stellte sich nur wenige Sekunden später wieder scharf, aber sein Herz raste weiter. Das Mädchen hatte rote, nicht blonde Haare, es machte keine langen sportlichen Schritte, sondern trippelte.

Es war Jess und nicht Freya.

Und auch der Mantel war eher schwarz als marineblau, ganz anders als der von Freya, jetzt wo er genauer hinsah.

Jess stolperte, als sie ihn entdeckte. Mühsam rappelte er sich wieder auf und ließ sein Fenster herunter. Sie hatte zwar angehalten, doch Chris bemerkte, dass sie ihm nicht zu nahekommen wollte. Das löste ein schmutziges und verdorbenes Gefühl in ihm aus.

»Alles okay?«, fragte er sie.

Sie schüttelte den Kopf und ihre Augen füllten sich mit Tränen.

»Tut mir leid«, sagte er. »Dumme Frage.«

»Ich wollte mit Steph sprechen.«

Jess sah jünger aus als sonst und Chris fiel auf, dass sie kein Make-up trug. Auch ihre Art zu stehen war kindlich: die Fußspitzen nach innen gerichtet und die Hände um die Ellbogen geklammert. Ein scharfer Schmerz der Trauer durchzuckte ihn. »Gibt es irgendetwas Neues?«, fragte er.

Sie streckte das Kinn vor. »Ich dachte, du weißt mehr als ich. Wenn man glaubt, was die Polizei gesagt hat.«

Chris zuckte zusammen, als hätte sie ihn durchs Fenster angespuckt. Er fragte sich nicht zum ersten Mal, was Freya ihrer Freundin über ihn erzählt hatte. Jess' Augen waren groß und anklagend, doch sie konnte ihn nicht direkt ansehen. Falten zierten ihre Stirn; im Allgemeinen sah sie eher verwirrt als streitlustig aus.

»Jess ... Ich weiß nicht, was die Polizei angedeutet hat, aber natürlich prüfen sie meine Geschichte und ziehen andere Möglichkeiten in Betracht – das ist ihr Job. Aber soweit ich weiß, ist sie nach unserer Stunde zur Schule zurückgegangen. Ich dachte *wirklich*, dass es so war.«

Stille breitete sich zwischen ihnen aus. Aus der Lüftung strömte kalte, abgestandene Luft. Jess schien nicht zu wissen, was sie denken sollte. Ihre Lippe zitterte.

»Ernsthaft.« Er lehnte sich nach vorne. »Ich wünschte, ich wüsste mehr oder könnte helfen.«

Sie stieß einen Seufzer aus, der ihre Wangen aufblähte. »Scheiße, das ist alles so komisch. Tschuldigung für die Ausdrucksweise.«

»Du musst dich nicht entschuldigen.«

Er lächelte sie an und schließlich lächelte sie unter Tränen zurück. Ihre Körpersprache wurde weicher. Chris ertappte sich dabei, dass er das Gespräch in die Länge ziehen und sie als Verbündete gewinnen wollte, so erbärmlich das auch war. Warum sollte wichtig sein, was sie dachte? Doch irgendwie war es das.

Jess wickelte sich eine Haarsträhne um den Finger und blickte zu Stephs und Pauls Wohnung. Chris traute sich nun auch endlich hinzusehen, schielte zu den Fenstern im Obergeschoss mit den schweren malvenfarbenen Vorhängen davor. Die Sonne flammte auf und er glaubte, ein bleiches Gesicht und einen blonden Zopf zwischen den Vorhängen zu sehen. Als er jedoch wieder zu Atem kam, waren sie verschwunden.

Er betrachtete den makellosen Anstrich der Harlow-Wohnung, der im Vergleich zu dem von seiner deutlich strahlender war. Das Haus schien immer mehr zu verwelken, je weiter man mit dem Blick nach unten wanderte. Wut überkam ihn wie eine Hitzewallung. Ein alter Groll vermischte sich mit etwas Neuem. Es war eine neue Art der Wut, in deren Zentrum Angst saß. Steph und Paul hatten alles und waren niemals dankbar dafür gewesen. Außerdem kannten sie ihre Tochter genau so wenig, wie sie sie kannte. Sie hatten Chris beschuldigt, ihnen das Geld aus der Tasche zu ziehen, wobei Freya doch diejenige war, die mehr Stunden nehmen wollte … *Es kam von ihr …*

»Ach, bevor ich es vergesse.« Jess durchbrach seine Gedanken und hielt ihm ein Bündel Bargeld unter die Nase. Eine Welle der Erinnerung flutete ihn, wie Freya das Gleiche tat: Scheine mit den kleine Autozeichnungen ihrer Mutter darauf.

»Was ist das?« Er starrte die angebotenen Scheine an und schob seine Hände unter seine Oberschenkel, um sein Zittern zu verstecken.

»Für die Stunde gestern. Ich habe dich nicht bezahlt.«

Er schüttelte den Kopf. »Ach Quatsch, wir hatten am Ende nicht mal wirklich eine Stunde.«

Sie zuckte mit den Achseln und steckte es wieder ein. »Danke, Chris«, sagte sie, und er spürte eine unerwartete Welle der Zuneigung, vielleicht ein verdrängtes Gefühl, vielleicht aber auch eine Reaktion darauf, dass jemand seinen Namen ohne Feindseligkeit in der Stimme aussprach.

Jess machte einen Satz zurück, als die Haustür aufflog. Chris spürte, wie ein Ruck durch seinen Körper ging, der Anschnallgurt einrastete und sich eng um seinen Hals legte.

Die blauhaarige Emma trat aus der Tür, keiner der Harlows. Er atmete laut aus und der Gurt lockerte sich. Er konnte jedoch sehen, dass Jess verunsichert war, weil sie dabei erwischt worden war, wie sie mit ihm redete, auch wenn es nur Emma war. War er bereits der Feind?

Jess ergriff die Flucht, ohne sich zu verabschieden. Emmas Blick lag auf ihm, während sie Jess die Tür aufhielt, dann stieg sie in ihr Auto. Als Chris eine erneute Bewegung hinter einem der Harlow-Fenster wahrnahm, ließ er den Motor an. Freyas erstarrtes Bild beobachtete von jedem Baum aus, wie er davonfuhr.

SECHZEHN

STEPH

Freyas alter einäugiger Teddybär war Nummer acht. Nummer zwölf: ihre bunten Psychologie-Notizzettel, mitten im Satz abgebrochen. Nummer siebzehn: ein halbvolles Fläschchen ihres Lieblingsparfüms von Lacoste.

Die Polizei hatte Freyas Dachgeschosszimmer durchsucht und überall kleine Nummernzettel hinterlassen, sogar auf ihren Handtüchern im Bad. Jetzt, wo Steph die Dinge wieder anfassen durfte, inhalierte sie den Duft des Parfüms, drückte ihr Gesicht in den Teddybären, strich mit den Fingern über die Zugtickets auf dem weißgestrichenen Schreibtisch. Vielleicht hatte die Polizei hier etwas übersehen, dessen Wichtigkeit nur Steph allein erkennen würde. Vielleicht würde Freya zu ihr zurückkehren, wenn sie die Dinge berührte.

Sie wünschte, sie könnte auch ihre Gedanken einfach vor sich ausbreiten, sie mit kleinen Nummern versehen und ihnen damit einen Sinn geben. Paul war noch nicht zurück und antwortete auch nicht auf ihre Nachrichten. Selbst wenn er hier war, war er meist abwesend und sein Gesicht beängstigend verschlossen. Die Polizei war während seiner Abwesenheit gekommen, um das zerbrochene Ei zu untersuchen, und hatte auch *Wie man bessere Eltern wird* beschlagnahmt. Vorher jedoch hatte Steph noch kurz einen Blick hineingeworfen und sich ein paar Ratschläge eingeprägt.

Gehen Sie offen und ehrlich mit Ihrem Kind um.

Machen Sie ihm deutlich, dass es Ihnen alles sagen kann. Lassen Sie es wissen, dass nichts, worüber es vielleicht reden will, tabu ist.

Vermeiden Sie Themen nicht, nur weil sie schwierig sind.

Jedes Wort hatte sich wie ein erhobener Zeigefinger angefühlt. *Aber wir haben immer miteinander geredet*, hatte Steph den Seiten zuflüstern wollen. *Sie hat mir immer alles erzählt.*

Nichts in dem Buch jedoch sagte, dass auch Eltern uneingeschränkt ehrlich zu ihren Kindern sein sollten. Oder zueinander. Ihr Gehirn hatte es jedoch zwischen die Zeilen gekritzelt.

Jess' Besuch, direkt nachdem die Polizei gegangen war, hatte Stephs Schuldgefühle nur noch verstärkt. Hatte Jess zuvor noch behauptet, sie wüsste, wenn Freya aufgebracht oder in Gefahr gewesen wäre, brach sie jetzt in Tränen aus und deutete an, dass Freya sich in letzter Zeit *tatsächlich* verändert hatte. Jess hatte mit Wörtern um sich geworfen wie *launisch*, *abgelenkt*, *überdreht*, *geheimnistuerisch*. Dabei hatte sie nicht bemerkt, dass sie Stephs Kopf damit zum Schwirren brachte und ihr das Herz brach.

Jetzt strich Steph mit den Fingern über die Buchrücken in Freyas Regal. Freya war bekannt für ihre Sportlichkeit, aber sie war auch eine Bücherliebhaberin, und Steph schätzte diese Seite an ihr sehr. Sie hatte ihr die Romane von Ursula K. Le Guin gegeben, die sie selbst als Jugendliche verehrt hatte und von denen sie hoffte, dass Freya ebenso in ihren Bann gezogen wurde. Sie hoffte es so sehr, dass sie sie noch nicht danach gefragt hatte – für den Fall, dass sie sie nicht mochte. Die Regale waren vor allem mit Büchern von Agatha Christie und Sherlock Holmes gefüllt: Freya hatte lange ein Faible für Kriminalliteratur gehabt. Neben ihrem Bett lag zurzeit jedoch ein

Harry-Potter-Band mit Eselsohren. Steph hatte einen Kloß im Hals. Sie wusste, dass Freya Harry Potter wieder las, wenn sie Trost brauchte, oder sich von dem beruhigenden Gemurmel der Hörbücher in den Schlaf wiegen ließ.

Ich muss die ganze Zeit daran denken, wie ich sie das letzte Mal Volleyball spielen gesehen habe, hatte Jess gesagt. *Sie war der Wahnsinn, wie immer, aber ... sie hat irgendwie wütend gewirkt. Ich bin bei jedem Schlag zusammengezuckt!*

Auch Steph war bei diesem Spiel gewesen. Sie hatte Freya nicht als wütend wahrgenommen, sondern eher entschlossen und stark. Steph und Paul hatten sie angefeuert, waren nicht zusammengezuckt. Hatten sie sich geirrt?

Sie war in letzter Zeit irgendwie nicht besonders begeistert wegen unserer Uni-Bewerbungen, hatte Jess hinzugefügt. Steph hatte sich ihren Protest verkniffen: *Natürlich ist sie begeistert!* Was wäre, wenn eigentlich Steph die Aufgeregte war, weil Freya nun ihren Traum lebte, den sie niemals leben konnte? Die zahllosen Prospekte, die sie für ihre Tochter bestellt hatte, lagen ganz hinten in Freyas Schreibtischschublade. Vielleicht hatte Steph zu viele angefordert und die Tatsache ignoriert, dass Freya jedes Mal kaum reagierte, wenn sie ihr ein Neues überreichte.

Vielleicht hatte sie eine Menge Dinge ignoriert.

Stephs Hände bewegten sich jetzt schneller. Sie öffnete Schubladen, nahm Deckel von Kisten, hob Kissen an. Sie erhaschte einen flüchtigen Blick auf ihr Abbild im Spiegel: Vorneübergebeugt wühlte sie in Freyas Sachen, verzweifelt. Um sie herum ließen die Narzissen, die sie Freya letzte Woche gekauft hatte, die Köpfe hängen. Fotos, die an ihrem Schrank klebten, beobachteten sie: Freunde bei Übernachtungspartys und auf Bowlingbahnen, Steph, Freya und Paul vor zwei Sommern auf ihrem Roadtrip durch Amerika, hinter ihnen die marmorierten, sich kräuselnden Farben des Grand Canyons.

Verdeckt unter den anderen Fotos hing – zu Stephs Überraschung – eines von ihren und Pauls Hochzeitsfotos. Als kleines Kind hatte sie immer darüber gekichert und war fasziniert gewesen von dem langen Spitzenschleier ihrer Mutter und dem altmodischen Haarschnitt ihres Vaters. Hier war das Foto also gelandet.

Stephs Gedanken wurden vom Türsummer unterbrochen. Sie ließ das Hochzeitsfoto in ihre Tasche gleiten, eilte zum Wohnzimmerfenster und sah hinaus. Noch bevor sie nachsah, wer an der Tür war, fiel ihr Blick auf die Parklücke, in der Chris Watsons Auto normalerweise parkte.

Was hältst du von ihm?, hatte sie Jess gefragt. *Mochte Freya ihn? Denkst du, er sagt die Wahrheit, dass sie zur Schule zurückgegangen ist?*

Jess hatte sich noch mehr verhaspelt, ihre Wangen waren rot und ihre Augen groß geworden. Dann kniff sie sie wieder zusammen. *Ich glaube, ich mag ihn … Ich weiß nicht … Ich glaube, Freya mochte ihn ganz gern …* Wieder waren ihr die Tränen gekommen und Steph hatte sich dabei ertappt, wie sie sie umarmte und so tat, als wäre sie Freya. Doch sie war es nicht, nicht im Ansatz, und Steph musste sie loslassen, bevor ihre Abneigung sie überwältigte.

Ihr Blick wanderte zum Bürgersteig, wo Pauls Eltern warteten. Heathers Lippen bewegten sich unablässig und Brian fummelte immer wieder an seiner Armbanduhr herum. Steph spürte einen Schwall Liebe, so wie es immer war, wenn sie die beiden sah, besonders weil sie selbst keine Eltern mehr hatte. Heute war sie sich nicht sicher, ob sie mit den Gefühlen ihrer Schwiegereltern und ihren eigenen umgehen konnte.

Sie atmete tief ein und ging zu ihnen, um sie hereinzulassen. In der Eingangshalle roch es dort nach Bleichmittel, wo das Ei aufgewischt worden war. Stephs Magen drehte sich um, als sie sich daran erinnerte, wie das Ei von den Seiten getropft war. Sie dachte auch wieder an den mit Eiern beworfenen Hauseingang vor zwei Wochen. Damals hatte sie noch keinen Grund gehabt, der Sache große Beachtung zu schenken. Damals war die Grenze zwischen bedeutungslos und unheilvoll noch nicht so verschwommen gewesen. Auch anderes hatte ihr zu schaffen gemacht, zum Beispiel die drei verfaulten Bananenschalen, die vor etwa drei Wochen an ihrem Geländer aufgespießt worden waren. Gab es hier ein Muster oder passierte so etwas einfach hin und wieder?

Kaum hatte Steph die Haustür geöffnet, war Heather auch schon bei ihr. Sie schlang ihre festen Arme so herzlich um Steph, dass diese spürte, wie etwas in ihr zerbrach. *Bitte sei nicht nett zu mir, sei nicht zu mütterlich.* Brian blieb hinter ihnen, wie immer etwas beherrschter. Er war wie Paul ein Ex-Polizist und wirkte auf Steph oft wie eine ältere, weniger komplexe Version seines Sohnes. Vielleicht war Letzteres aber auch unfair ihm gegenüber. Brian gab Steph einen Kuss auf die Wange und drückte ihr die Hand in einer solchen Ernsthaftigkeit, dass sie beinahe erneut zusammenbrach.

Ein verwirrter Gedanke schoss ihr durch den Kopf: *Frey wird enttäuscht sein, dass sie sie verpasst hat.* Wenn ihre Großeltern zu Besuch kamen, war sie eine jüngere Version ihrer selbst, ließ sich von ihnen mit Ingwerkuchen überhäufen und mit Kosenamen anreden, aus denen sie eigentlich längst herausgewachsen war.

»Oh, Steph«, sagte Heather immer wieder, während ihr Tränen über die Wangen liefen, als würde sie sie gar nicht mehr wahrnehmen.

Oben schauten sich Stephs Schwiegereltern verwirrt um. Die Wohnung fühlte sich fremd an ohne Freya, auch wenn ihre Leggings noch auf der Heizung und ihre Ugg Boots neben dem Sofa lagen, obwohl Steph sie mehrfach gebeten hatte, sie dort nicht liegen zu lassen.

»Wo ist Paul?«, fragte Brian.

»Er ist rausgegangen.«

Heather schaute sie an. »Wohin?«

»Ich … bin nicht sicher.«

»Oh …« Heather blinzelte hinter den Gläsern ihrer eulenhaften Brille. Steph hatte sie noch nie so verloren gesehen. Sie war eine ehemalige Sozialarbeiterin, mutig und besonnen. Heather setzte sich hin und stand augenblicklich wieder auf. Ihr rutschte das Drahtgestell ihrer Brille von der Nase. »Was hat die Polizei gesagt? Was unternehmen sie, um Freya zu finden?«

Es war eine Tortur, mit ihnen noch einmal alles durchzukauen und Fakten zu übermitteln, die sich anfühlten, als drehten sie sich um eine fremde Tochter, fremde Nachbarn, eine fremde Familie. Steph beobachtete Brians Reaktion, als sie erwähnte, dass die Polizei sie gefragt hatte, ob sie oder Paul Feinde hatten. Brian drehte wieder an der Uhr an seinem Handgelenk herum, das Armband verfing sich in den dunklen Armhaaren. In seinem Gesicht war eine seltsame Regung zu sehen, trüb, aber dennoch intensiv. Sie erinnerte sie an Paul, wie er sich in sich zurückgezogen hatte.

Du weißt etwas. Davon war sie plötzlich überzeugt. *Vielleicht nicht über Freya, aber über deinen Sohn. Weißt du etwas, das ich nicht weiß?*

Die drei saßen im Wohnzimmer und jeder von ihnen hatte eine Aufgabe. Steph ging ihr Adressbuch durch und ging alle Leute durch, die sie noch nicht zu Freyas Verschwinden gefragt hatte. Heather tat das Gleiche in ihrem weiteren Freundes- und Familienkreis. Brian führte ein langes Telefonat mit dem Familienbetreuer und fiel dann wieder in die Rolle des Kriminalbeamten. Er fertigte einen Zeitstrahl von dem Tag an, an dem Freya zuletzt gesehen wurde. Ein weiterer Gedanke ging Steph durch den Kopf: Freya hätte es geliebt, ihm dabei zu helfen. Hinweise aufschreiben, Spuren verfolgen, ein Puzzle lösen. Früher hatte sie immer gesagt, wenn sie groß ist, will sie

Detective werden. Dann war sie älter geworden und hatte anscheinend mitbekommen, wie ungern ihr Vater über seine Polizeikarriere sprach.

So viel dazu, dass kein Thema tabu ist, dachte Steph wieder und hatte dabei die Worte aus dem Erziehungsratgeber lebhaft vor Augen.

Sobald Heather den Raum verließ, um ein paar Anrufe zu tätigen, wandte Steph sich an ihren Schwiegervater.

»Brian, warum hat Paul die Polizei verlassen?«

Er sah bestürzt aus.

»Ich … Na ja, ich dachte, du …« Seine Finger zupften an den Knien seiner einst eleganten Hose, seine Hände waren wie die von Paul. »Warum fragst du?«

Er schien eher zu meinen *Warum fragst du* jetzt?

Steph antwortete nicht. Ließ ihre Frage zwischen ihnen beiden schweben. Sie erinnerte sich daran, dass es am Anfang Monate gedauert hatte, Paul richtig kennenzulernen. Die einzelnen Schichten abzutragen. So vieles durfte er ihr über seinen Job nicht erzählen, zum Beispiel, warum er auf unbestimmte Zeit freigestellt war und einmal pro Woche zur Therapie ging. Doch damals war sie davon überzeugt gewesen, dass sie seinen wahren weichen Kern gefunden hatte. Etwas anderes hatte sie nicht interessiert. Vielleicht hatte ihr auch die Idee eines Neustarts ohne zurückzublicken gefallen.

In bestimmten Nächten, wenn sie miteinander schliefen oder sich im mondbeschienenen Bett gegenseitig ansahen, wurde sie dennoch nicht das Gefühl los, dass Paul in seinen Gedanken etwas noch einmal durchlebte. Sie hatten zaghaft über frühere Beziehungen gesprochen und Paul hatte immer behauptet: »Da gab es nichts Ernstes, nicht, bis du da warst.« Sie hatte jedoch geahnt, dass da etwas war, und dass es sehr wohl ernst gewesen war, auf eine Weise, die sie sich gar nicht vorstellen wollte. Wie es mit seiner Polizeikarriere in Verbindung stand, wusste sie nicht. Sie hatte nichts forcieren wollen und irgendwann war es zu spät und schwierig gewesen nachzufragen.

Nichtsdestotrotz hatten sie weitergemacht, und waren glücklich gewesen, besonders als Freya in all ihrer Pracht, ablenkend und fordernd, hinzugekommen war. Paul war völlig vernarrt in sie und Steph hatte sich sicher und gesegnet gefühlt. Sie hatte aufgehört, die Vergangenheit als dritten Teil ihrer Beziehung anzusehen. Stattdessen war Freya zu diesem dritten Teil geworden. Sie war zu allem geworden.

Zur gleichen Zeit hatte allerdings eine andere Frage angefangen, Steph zu plagen. Sie plagte sie immer noch, wenn sie sah, dass der Schleier in Pauls Augen zurückkehrte, oder dass er unruhig zuckte und nicht in der Lage war, in Frieden mit seiner Frau und seiner Tochter zusammenzusitzen. Diese Frage konnte sie ihm aus vielen Gründen niemals stellen, doch sie kam ihr immer wieder in den Sinn. Genau wie die Antwort, die sie zu kennen glaubte und vor der sie solche Angst hatte.

Die Frage, die sie ihrem Schwiegervater gestellt hatte, hätte einfacher sein müssen.

»Ist irgendwas Bestimmtes passiert?« Steph blieb hartnäckig. »Er redet nie darüber. Und er scheint zu denken …« Die Worte blieben ihr im Hals stecken. »Es ist, als würde er denken, dass es eine Verbindung gibt zu …« Sie gestikulierte in Richtung des Freya-Zeitstrahls und Brians Notizen drumherum.

Ihr Schwiegervater starrte auf das, was er geschrieben hatte, als würde er es nicht wiedererkennen. Er senkte den Kopf und verschränkte die Finger ineinander, und wenn Steph ihn nicht besser gekannt hätte, hätte sie denken können, dass er betete.

Sie legte ihre Hände auf seine. »Bitte, Brian. Sag mir, was du weißt.«

Er hob den Kopf. »Es gibt nur eine Sache, die ich sicher weiß, Steph. Vor seiner Abschlussarbeit bei der Polizei hat Paul vor nichts Angst gehabt. Er hat immer gedacht, alle Dinge wären umkehr- oder reparierbar. Er hat sich den Knöchel gebrochen, als er jung war, aber er ist zusammengewachsen und sofort war er zurück auf dem Fußballplatz. Seine erste Freundin hat ihm den Laufpass gegeben, als er achtzehn war, aber er ist darüber hinweggekommen und an die Uni gegangen – sein nächstes Abenteuer. Das Leben ist einfach an ihm abgeprallt. Freya ist genauso, oder?«

Stephs Augen brannten. Sie konnte nicht ganz zustimmen. Freya war sensibler, als den Leuten bewusst war. Sie korrigierte Brian dennoch nicht: Das war mehr als sie ihn jemals hatte sagen hören – über seinen Sohn und auch sonst über irgendwas.

»Selbst in den Anfängen seiner Karriere haben die Fälle ihm nichts ausgemacht«, fuhr Brian fort. »Aber dann wurde er für diesen Einsatz ausgewählt … Wir haben ihn *drei Jahre lang* nicht gesehen, Steph. Wir konnten ihn nicht mal anrufen. Uns wurde gesagt, dass wir ihn ignorieren sollen, wenn wir ihm mal über den Weg laufen, damit seine Tarnung nicht auffliegt –«

»Moment, warte.« Steph starrte ihn an. »Seine Tarnung?«

Ihre Blicke trafen sich. Er blinzelte zweimal. »Nun ja … ja.«

Langsam kamen seine Worte bei ihr an. Steph fühlte sich, als hätte ihr jemand in den Bauch geboxt, spürte, wie ihr die Hitze in die Wangen stieg. Es war demütigend, etwas so Großes nicht über ihren Ehemann zu wissen. Ihr Bild von Paul veränderte sich einmal mehr.

»Er war undercover?«, fragte sie.

Brian sah jetzt erschüttert aus, bemerkte offensichtlich, dass diese Information ein Schock für sie war.

»Tut mir leid, Liebes«, sagte er. »Ich habe angenommen …«

»Ist nicht deine Schuld. Natürlich hast du angenommen, dass ich davon weiß. Paul hätte es mir sagen sollen!«

Brian rieb sich die Schläfen. Steph zog sich Freyas Schal über ihre Brust, als würde er ihr helfen, sich weniger entblößt zu fühlen. Warum hatte Paul nie etwas gesagt? Die Andeutungen und Fragen wollten nicht in ihren Kopf. In welchem Fall hatte er ermittelt? Wo hatte er gewohnt und mit wem, *als* wer? *Drei Jahre lang.* Nicht lange, bevor sie sich getroffen hatten.

»Diese Art von Einsätzen sind meistens streng geheim«, sagte Brian. »Wahrscheinlich dachte er, es wäre sicherer, gar nichts zu sagen.«

Steph reagierte nicht. Ein Teil des Lebens ihres Ehemanns war gerade unergründlich geworden. Noch mehr als sowieso schon. Und was bedeutete das für Freya? Waren auch unergründlich schlechte Menschen darin verwickelt?

»Ich kenne die Einsatzdetails nicht«, stammelte Brian weiter, als hätte er das Gefühl, etwas wiedergutmachen zu müssen. »Ich weiß nur, dass er verändert war, als er zurückgekommen ist. Ernster, vorsichtiger, stiller. Dann kamst du, Liebes, du und Freya ... und ihr habt ihn zurückgebracht. Trotzdem glaube ich, dass er immer denkt, er hätte dich nicht verdient. Er hat sich Sorgen gemacht, dass du ihm wieder weggenommen wirst.«

Steph ließ ihren Tränen freien Lauf. »Was ist, wenn Freya uns *tatsächlich* weggenommen wurde?«

Brian beugte sich vor. »Dann kämpfen wir jeden Tag und suchen an jedem Scheißort nach ihr, der uns einfällt, und bringen sie zurück.«

Steph versteckte ihr Gesicht in dem Schal. Plötzlich wirkte die Suche viel größer, als sie verkraften konnte, und überstieg ihre Kräfte bei Weitem. Freya und Paul entglitten ihr mit beängstigender Geschwindigkeit.

SIEBZEHN

KATE

Fünfundzwanzig Jahre zuvor

Becca ist da. Ihre Haarpflegeprodukte reihen sich in brombeerfarbenen Fläschchen am Waschbeckenrand auf und die schweren Hochglanzausgaben der *Vogue* liegen in meinem Zimmer auf dem Boden verteilt. Sie ist eine andere Becca als die, die ich an Weihnachten getroffen habe. Glatter und scharfsinniger. Ihr Haar trägt sie in einem glänzenden Bob, der hinten kürzer ist als vorne und dessen Spitzen sich nach oben biegen. Sie trägt dunklen Lidschatten und verführerisch aussehenden Lippenstift und starrt auf Modelfotos. Ihre Finger schnipsen in der Luft, während sie überlegt, wie sie die Frisuren nachmachen könnte. Sofort will sie mir einen Haarschnitt verpassen, um mich aufzuheitern, und ich versuche es nicht zu persönlich zu nehmen, als sie sagt, sie wolle meinen »Look aufpeppen«.

Es gibt trotzdem noch Überbleibsel der alten Becca. Sie liebt immer noch ihre Frühstücksbananenmilch, obwohl sie behauptet, sie trinke »mittlerweile schwarzen Kaffee« viel lieber. Sie schläft in einen Schlafsack eingekuschelt neben meinem Bett und nachts flüstern wir miteinander, wie in alten

Zeiten. Becca spricht über ihre Ziele und drängt mich, mir eigene zu setzen, etwas konkreteres als Geschichten schreiben und mit Worten arbeiten. Und das Beste ist: Ihre Anwesenheit scheint Nick fernzuhalten. Ich frage mich so langsam, ob Mum ihm gesagt hat, er solle nicht hochkommen, solange Becca hier ist. Vielleicht denkt sie, dass meine Cousine klüger ist als ich und eine Lösung für die Sache findet. Dann aber kommt er doch wieder zurück.

Wir drei Mädels sitzen am Küchentisch und durch das Rollo wirft der leuchtende Sonnenuntergang Lichtstrahlen ins Zimmer. Becca versucht Mum zu überreden, ihr ein Haar-Umstyling zu verpassen, sie will ihr einen »stufigen Bob« schneiden, der »total angesagt« ist. Mum hat jeder von uns ein kleines Glas Wein eingegossen. Die Stimmung in unserer Wohnung ist in den letzten paar Tagen aufgeklart, und ich habe mich davon mitreißen lassen und mir weniger Sorgen gemacht. Als er dann die Wohnungstür öffnet, kehrt der schwarze Schatten zurück.

»Ich glaube, das ist Nick und kein Einbrecher«, sagt Becca, während wir dem Gepolter im Flur lauschen.

»Jetzt lernst du ihn endlich mal kennen«, sagt Mum mit schriller Stimme. »Ich wette, du hast schon gedacht, dass ich ihn mir bloß ausdenke!«

»Dein junger Gespiele ist Hauptgesprächsthema in der Derby-Familie.« Becca grinst und ich wünsche, sie würde damit aufhören und nicht so flapsig über Nick sprechen.

Er kommt in die Küche, den Kragen seiner Jeansjacke bis zu den Ohren hochgeschlagen, und geht wie immer direkt zu Mum. Er greift in ihr Haar, als hätte er von Beccas Plänen gewusst, sie abzuschneiden. Dann dreht er sich mit einem Lächeln langsam zu Becca um. »Du bist also der kluge Kopf der Familie, wie man hört.«

»Mein Ruf eilt mir voraus.« Beccas Lachen sieht echt aus, ihre Augen ruhen auf Nick.

Ich sehe, wie sie ihn mustert, während sie sich die Hände geben. Mein Magen krümmt sich vor Angst. Ich will nicht, dass sie auf ihn reinfällt, will nicht, dass sie ihn auch nur für eine Sekunde mag.

Er hebt die Plastiktüte, die er mitgebracht hat, in die Luft. »Ich habe Schampus dabei, zur Feier, dass Becca hier ist.«

Becca johlt und Mums Miene hebt sich ein wenig. Nick zieht eine große Show ab und lässt die Korken so knallen, dass sie quer durch den Raum fliegen. Wir haben noch nicht mal den billigen Wein ausgetrunken, den Mum extra vom Eckladen mitgebracht hat, doch er gießt schon großzügig Champagner in unsere Gläser.

Die Bläschen bleiben mir im Hals stecken. Mum und besonders Becca wirken schon nach wenigen Schlucken aufgedreht. Nick erzählt, wie er den Champagner gekauft hat. Bei dem Ausdruck »Weinhändler« verzieht Becca das Gesicht und auch Mum lächelt.

»Weinhändler!« Becca gefällt es offenbar, auch wenn sie sich darüber lustig macht. »In dieser Gegend nennt man das wohl eher Schnapsladen, was, Kate?«

Ich zucke mit den Achseln und drücke den Stiel meines Glases mit den Fingern.

»Okay, ich geb's zu, es war ein aufgeblasener Schnapsladenverkäufer.« Nick stimmt in das Lachen mit ein. Er spielt wieder mit Mums Haaren herum, wickelt es um seine Hand. Ich stelle mir vor, wie er fest daran zieht und ihr Genick nach hinten knickt.

Ich ziehe mich früh in mein Bett zurück, aber die Lachanfälle der anderen dringen durch die Wand. Becca gibt Nick Styling-Ratschläge und bietet an, ihm die Haare zu schneiden. Ich sehe es schon vor mir, wie sie mit den Fingern über seinen Kopf fährt. Mums Stimme scheint zu verstummen, je weiter die Nacht voranschreitet. Alles dreht sich um Becca und Nick, Becca und Nick, hin- und hergeworfenes Geplänkel. Als Becca endlich ins Bett kommt, drücke ich mein Gesicht fest ins Kissen und tue so, als würde ich bereits schlafen.

Mitten in der Nacht wache ich auf und weiß nicht, wo ich bin. Das Bettlaken ist verdreht, ein Albtraum verblasst langsam und ich habe das kindliche Verlangen, nach meiner Mum zu schreien. Nach ein paar wackligen Momenten erinnere ich mich an Becca auf dem Fußboden.

Doch da liegt sie nicht. Durch meine dünnen Vorhänge sieht der Himmel schwarz aus, so schwarz, wie er in dieser Stadt nur sein kann, doch Beccas Schlafsack ist leer.

Nick hat sie, denke ich fieberhaft. Er hat sie umgarnt, ihr geschmeichelt, und sie glauben lassen, dass er Mum durch sie ersetzen will.

Ich rolle mich aus dem Bett und stehe mitten in meinem Zimmer. Als ich das Rauschen eines Wasserhahns höre, entspannen sich meine Schultern. Natürlich, sie ist zur Toilette gegangen. Ich will gerade zurück ins Bett gehen, da höre ich Würggeräusche.

»Bec?« Meine Stimme ist leise. Ich schleiche zum Badezimmer. »Alles in Ordnung?«

»Komm rein, Kate«, flüstert sie zurück.

Ich spähe zu Mums Zimmertür und stelle mir vor, wie Nicks Körper um ihren geschlungen ist. Ich denke daran, wie ich vor langer Zeit morgens immer in ihr Zimmer gestürmt bin und mich auf ihre schläfrige Gestalt geworfen habe. Dann habe ich mich unter der Decke vergraben und an ihren warmen Rücken geschmiegt. Ich fühle mich auf einmal schrecklich befangen und ausgeschlossen. Ich weiß nicht, wer sie ist, wenn sie mit ihm zusammen ist. Sie scheint nicht mehr zu mir zu gehören.

Im Badezimmer krümmt Becca sich über der Toilette. In der Schüssel schwimmen helle Brocken Erbrochenes. Der

Geruch ist so übel, dass ich mir den Kragen meines Schlafanzugoberteils über Mund und Nase ziehe.

»Tut mir leid«, sagt sie. »Eklig, ich weiß.«

»Wie viel hast du *getrunken*?«

»Nicht so viel. Aber es verträgt sich nicht so gut mit meinen Tabletten. Es verschlimmert die Nebenwirkungen. Mit den Pillen kippe ich schon nach ganz wenig Alkohol aus den Latschen.«

»Oh«, sage ich und erinnere mich. »Bringen sie denn was?«

»Die haben schon mehrere Kombis bei mir ausprobiert. Die jetzt scheinen was zu bringen. Die Nebenwirkungen nerven trotzdem.« Sie gähnt ausgiebig. »Die Müdigkeit macht mich ganz wirr.«

Ich bin abgelenkt. Ich erinnere mich an einen dampfend heißen Nachmittag vor fünf Jahren, in Tante Rachs und Onkel Jacks Garten. Als es passiert ist, waren alle Erwachsenen gerade drinnen und haben Bier getrunken, sich die kalten Flaschen aus dem Kühlschrank gegen die Wangen gehalten und Onkel Jacks Platten aufgedreht.

Becca und ich waren draußen und haben ein Spiel gespielt, bei dem der Ball möglichst lange in der Luft gehalten werden musste. Ich war nie gut darin, Becca war immer besser, aber wir hatten diesmal fast unseren Rekord gebrochen. Ich erinnere mich an den nervtötenden Moment, als ich ihr den Ball zugeworfen habe und er auf dem Boden vor ihren Füßen gelandet ist, weil sie nur stocksteif dastand. Ich kicherte und dachte, sie würde bloß herumalbern, doch dann kippte sie rückwärts auf den Rasen und fing an zu zucken. Sie verdrehte die Augen und schlug mit einem Arm um sich. Ihre Lippen färbten sich blau. Ich schrie nach den Erwachsenen, und versuchte sie davon abzuhalten, sich wehzutun, indem ich ihr die Hand unter den Kopf schob. Als ich erneut schrie, tauchte eine Nachbarin hinter dem Zaun auf. »Rufen Sie einen Krankenwagen!«, rief ich ihr zu. »Bitte!«

Als Becca zu sich kam, sah sie verwirrt und schläfrig aus. Die Sanitäter sagten, ich hätte alles richtig gemacht, und dass es meiner Cousine bald wieder gut gehen würde. Sie würde auf Epilepsie getestet und behandelt werden, falls nötig. Später lobten mich die Erwachsenen. Sie fühlten sich schuldig, weil sie nicht da gewesen waren und mich, während sie sich nett unterhalten und drinnen getanzt hatten, nicht gehört hatten.

Ich schätze, dieser Tag hat Becca und mich zusammengeschweißt und dazu geführt, dass wir gegenseitig auf uns aufpassen. Sie wuschelt mir oft durch die Haare und scherzt, dass ich ihr Leben gerettet habe und sie mir etwas schuldet, aber das stimmt nicht wirklich. Ich sehe es trotzdem noch so klar vor mir: Der rote Ball, mit dem wir gespielt haben, liegt auf dem obersten Regal in meinem Kleiderschrank. Ich weiß nicht, warum ich ihn behalten habe, warum ich ihn manchmal raushole und ihn zwischen meinen Handflächen hin und her rolle.

»Hast du immer noch Anfälle?«, frage ich sie jetzt.

»Schon eine Weile nicht mehr. Ich hoffe, ich habe meine letzte Dosis nicht ausgekotzt.«

»Du solltest vorsichtig sein, Bec.«

Sie lächelt mich an. Um ihren Mund glitzert Flüssigkeit. »Alles klar, Schwester Ängstlich.«

Sie rappelt sich auf, spritzt sich Wasser ins Gesicht, und reibt sich mit einem Finger Zahnpasta auf die Zunge. Ihre modische Frisur ist jetzt ganz verfilzt und feucht. Sie spült, klappt dann den Klodeckel runter und setzt sich darauf. »Du hattest Recht«, flüstert sie.

Ich hocke mich auf den Badewannenrand. »Womit?«

»*Nick.*«

Ich schaue sie überrascht an. »Ich dachte, du verstehst dich gut mit ihm.«

»Er *ist* charmant.« Becca fummelt an ihre Ohrläppchen herum. »Und gutaussehend. Ich verstehe, wieso deine Mum –«

»Igitt«, unterbreche ich sie. »Sag's nicht.«

»Bist du deshalb ins Bett gegangen? Warst du sauer auf mich?«

Ich zucke mit den Achseln. Ich will nicht zugeben, dass ich auf mein Kissen eingeschlagen und frustriert hineingeweint habe.

»Oh, Kay-Kay, ich habe ganz vergessen, wie sensibel du bist.« Becca kneift mich in die Wange und ich werde rot. Ich schiebe sie weg. »Ich habe ihn nur ausgehorcht«, fährt sie fort. »Und da ist irgendwas ... Ich weiß nicht. Wie er deine Mutter die ganze Zeit beobachtet.«

Meine Genervtheit verpufft. »Du hast es auch bemerkt?«

»Und als ich von der Toilette zurückgekommen bin, haben sie am Küchenfenster gestanden und irgendwas geflüstert. Als sie mich gesehen haben, hat Nick deiner Mutter diesen Blick zugeworfen und beide haben sofort die Klappe gehalten.«

Ich nicke mit Nachdruck. Sie ist also doch auf meiner Seite und ich muss dafür sorgen, dass das so bleibt. Dass sie es sieht. »Sie hören oft auf zu reden, wenn ich ins Zimmer komme.« Meine Stimme zittert vor Erleichterung, eine Verbündete gefunden zu haben. »Und ihre blauen Flecken ...« Tränen steigen mir in die Augen.

»Hast du mit ihr mal darüber gesprochen?«

Ich schüttele den Kopf. »Sie redet nicht mehr so mit mir wie früher.«

»Du musst es versuchen. Oder ... ich könnte es versuchen, wenn du willst?«

»Das würdest du tun?«

Becca rutscht vom Toilettensitz und krabbelt zu mir, wo ich auf dem feuchten Badewannenrand sitze. Sie legt ihren Kopf auf mein Knie und legt ihre Arme um mich. Ich kann ihre Porzellanhaut im Nacken sehen, dort, wo ihre Haare ihren kürzesten Punkt erreichen.

»Keine Sorge, Schwester Ängstlich«, sagt sie. »Wir kriegen das hin.«

ACHTZEHN

CHRIS

»Noch Hühnchen, Chris?«

Di schob den riesigen Vogel in seine Richtung und schien erst dann zu bemerken, dass sein Teller noch halb gefüllt war mit Fleisch und soßengetränktem Kartoffelstampf.

»Keinen Hunger?«, fragte sie und ihre Augen wurden schmal, oder bildete er sich das ein? Er hatte den ganzen Nachmittag nach Anzeichen dafür gesucht, dass Vickys Schwester ihn sonderbar behandelte, doch in seiner Paranoia schien plötzlich alles so bedeutungsvoll zu sein – ein Blick zwischen Jane und Di oder eine lockere Frage darüber, was er so getrieben hatte.

Der erste Teil des Gesprächs war geprägt von Diskussionen über Freya. Chris hätte damit rechnen müssen, dass sie das Hauptthema beim wöchentlichen Mittagessen sein würde, und hätte vorbereitet kommen sollen. Stattdessen war er verblüfft gewesen, als Dis iPad am Tisch herumgereicht wurde, der lokale Nachrichtensender auf dem Bildschirm, Freyas Foto unter schmierigen Fingerabdrücken.

»Es ist schrecklich«, sagte Di immer wieder, ihr Gesicht zu einem traurigen Ausdruck verzogen, »einfach schrecklich.«

Chris hatte vor Wut gekocht. Sie kannte Freya nicht mal. Warum tat sie so mitgenommen? Jane hingegen, die jüngere Schwester, konnte ihre Aufregung darüber, dass die Vermisste die Nachbarin ihrer Schwester und die Schülerin ihres Schwagers war, kaum verstecken.

Chris war erleichtert gewesen, als die anderen ihr Besteck aufgenommen und das iPad beiseitegelegt hatten. Jetzt stand allerdings seine Appetitlosigkeit im Rampenlicht.

»Bist du auf Diät?«, fragte Jane.

Chris' Hand fuhr reflexartig über seinen Bauch. Er war, wie immer, bestürzt über die weiche Wampe, die sich mit Eintritt in seine späten Dreißiger scheinbar über Nacht entwickelt hatte. Hinzu kam das sich lichtende Haar – wenn er es auf Fotos oder im falschen Winkel im Spiegel sah, zuckte er regelrecht zusammen. Aus diesem Grund trug er sein Haar in letzter Zeit kurz. War das auch der Grund, weshalb Vicky ihn nicht mehr auch nur ansatzweise attraktiv zu finden schien?

»Ich hatte eine große Portion«, log er.

»Da war der Magen größer als die Augen«, stellte Dis sechsjährige Tochter Polly fest.

»Andersrum, Pol«, sagte Di, »die Augen waren größer als der Magen.«

»Aber bei keinem sind die Augen größer als der Magen. Nicht mal bei Anna oder Elsa, und die haben *riesige* Augen ...« Polly demonstrierte dies, indem sie ihre eigenen Augen aufriss und ihre wackelnden Finger darüber hielt, als wären sie die Wimpern.

»Anna und Elsa?«, fragte Chris abgelenkt.

»Aus *Die Eiskönigin*!«, antworteten alle anderen am Tisch im Chor und schauten ihn an, als wäre er ein Alien.

Di schob nun das Hühnchen den anderen entgegen. Vicky nahm sich ein ganzes Bein und biss beherzt hinein. Wenn sie hier zu Besuch waren, schlang sie das Essen immer gierig hinunter. Vielleicht war es eine Angewohnheit aus der Kindheit, weil sich die drei Schwestern immer um das Abendessen streiten mussten. Di hatte das Kochen in jungen Jahren übernommen, weil ihre Mutter selten Lust dazu gehabt hatte. Vicky wurde immer noch emotional, wenn sie darüber sprechen musste, wie sie ihre letzte gemeinsame Mahlzeit gegessen hatten, bevor sie in unterschiedliche Pflegefamilien gegeben wurden. Käsemakkaroni konnte sie nicht mal ansehen – das hatte Chris bei ihrem dritten Date herausgefunden, als er es für sie gekocht und nichts von der Bedeutung für sie geahnt hatte. Damals hatte er zum ersten Mal hinter ihre harte Fassade blicken können.

Jetzt schaute er ihr zu, wie das Hühnerfett auf ihren Lippen glänzte, und spürte einen Anfall von Zuneigung. Vielleicht bemerkte sie es, denn sie lächelte ihn tatsächlich an. Dann wischte sie sich den Mund mit einer Serviette ab und lachte über ihre schlechten Tischmanieren.

Jane zerstörte den Moment, als sie sagte: »Also, wie ist sie so, Chris?«

»Wer?«

»Das Mädchen! Freya. Du musst sie ja ein bisschen kennengelernt haben in den Fahrstunden?«

Er fuhr mit dem Finger in die kalte Soße. »Nicht wirklich. Man plaudert nicht viel während der Stunden. In der Regel versuche ich uns beide bloß am ...« Er wollte schon *am Leben zu halten* sagen, bremste sich aber und eine ungemütliche Stille senkte sich zwischen ihnen.

»Ihre Eltern müssen krank vor Sorge sein«, sagte Jane.

»Na ja, vielleicht hätten sie besser auf sie aufpassen sollen.« Das war Di, plötzlich entrüstet, und brachte Chris damit wieder auf die Palme, auch wenn ihr ein Teil von ihm zustimmen wollte.

»Sei nicht so hart, Di«, sagte Vicky. »Schreckliche Dinge können jedem passieren.«

Wieder folgten Stille und eine stechende Spannung. Chris

spürte, wie die gemeinsame Vergangenheit der Geschwister aufgewirbelt wurde. Sie sprachen nun eigentlich über ihre Eltern und dass sie unterschiedlich weit waren, ihnen zu verzeihen.

Es war schließlich Dis Ehemann Gav, der die Situation entschärfte, indem er Teller abräumte und etwas von Nachtisch plapperte. Der Mann konnte ein ernsthaftes Gespräch nicht länger als ein paar Sekunden aushalten. Chris war ihm heute Abend dennoch dankbar. Die Stimmung beruhigte sich, während das Geschirr klapperte und es entspann sich eine heiße Diskussion über saftigen Dessertkuchen mit Sirup. Chris spürte Vickys Blick auf sich, doch als er hochschaute, sah sie ihn gar nicht mehr an: Sie hatte sich weggedreht und sprach mit Jane.

Nach dem Abendessen verweigerte Di jede Hilfe beim Abräumen. Chris hasste es, wie sie aufopferungsvoll in die Küche verschwand und jeden Teller abwusch, wegräumte, und ihre Gäste lautstark dazu aufforderte, sich zu entspannen. Die anderen Schwestern dachten sich nichts dabei: Di hatte schon immer die Rolle der Erwachsenen gehabt, und jetzt, wo sie das größte Haus von allen hatte, würde sich daran auch nichts mehr ändern.

Als Chris aus dem Bad zurückkam, steckte er seinen Kopf durch die Küchentür. Normalerweise vermied er es, Di seine Hilfe anzubieten, und weigerte sich, ihr eine weitere Gelegenheit zu bieten, heldenhaft abzulehnen, doch heute Abend musste er mit ihr reden.

»Willst du einen Kaffee, Chris?« Sie füllte den Kessel mit ihrer linken Hand auf, während sie mit der rechten ein Backblech schrubbte.

»Ich mache das schon.« Chris gelang es, ihr den Kessel zu entwinden und nahm die Tassen aus dem Schrank, die das gleiche Fleckenmuster hatten, wie seine und Vickys Tassen zu Hause. Di hatte ihnen ihre Übriggebliebenen geschenkt. Er entschied sich dafür, das als Aufhänger für das Gespräch zu benutzen, das er mit ihr führen wollte. Er machte Di erst ein holpriges Kompliment für ihre Großzügigkeit und ging dann über zu: »Das ist ein schönes Armband, das du Vicky da geschenkt hast.«

War das eine Pause? War das Scheppern der Bratpfanne eine Strategie, um Zeit zu gewinnen?

»Ja, ich dachte mir, dass es ihr stehen würde.«

Er starrte Dis Profil an, wie sie über die Spüle gebeugt dastand. Ihre Lippen waren aufeinandergepresst und hoben so ihren Überbiss hervor. Sie schrubbte jetzt noch energischer.

Chris wusste nicht, was er sich erhofft hatte. Natürlich würde Di Vicky decken, auch wenn das Armband gar nicht von ihr kam. Die drei Schwestern hatten ein gemeinsames Radar, wenn es darum ging, sich gegenseitig zu schützen.

Es steht ihr nicht, wollte er wütend knurren. *Ganz und gar nicht.*

»Hast du es für sie gekauft oder ist es deins gewesen?«

»Ich habe es gekauft.« Ihre Spülbürste kratzte manisch über die Pfanne. »Ich dachte, es würde sie ein bisschen aufmuntern.«

»Aufmuntern? Ist sie ... Hat sie dir irgendwas erzählt?«

»Sie wirkt einfach ein bisschen niedergeschlagen, seit sie die Station gewechselt hat, findest du nicht?«

»Station gewechselt?«

»Oh ...« Di unterbrach die Misshandlung der Pfanne und wurde rot. »Ich dachte, du wüsstest das.«

»Nein, ich –«

Sie wurden von Vicky unterbrochen, als sie in die Küche kam. Sie sah von einem zum anderen, wie um die Stimmung zu erspüren. »Alles gut?«

Di klinkte sich ein und sagte: »Alles gut! Chris ist so nett und macht Kaffee.«

Vicky hob eine Augenbraue. Damals, als er noch genügend Energie und Lust gehabt hatte, darauf zu bestehen, war der Kaffee nach dem Abendessen seine Aufgabe gewesen. Chris fragte sich, ob Vicky an das erste Mal dachte, als sie ihn mitgebracht hatte, und wie besorgt er gewesen war, ob ihre Familie ihn mögen würde. Ob sie daran dachte, wie sie sich danach im Auto geküsst und darüber gelacht hatten, dass Chris »Garth« zu Gav gesagt und Di ihn nach seinen Absichten mit Vicky ausgefragt hatte.

Nun schaute Vicky noch einmal zu ihrer Schwester und Chris, bevor ihr Gesicht wieder diese schreckliche Leere annahm.

»Welche ist meine?«, fragte sie mit einem Nicken zu den Tassen.

Chris war erleichtert, als Vicky vorschlug zu gehen. Wie immer gab es einen ewig langen Abschiedsablauf, zwischen Tür und Angel wurden neue Gespräche angefangen und Polly rastete aus, weil sie ihre Tanten nicht gehenlassen wollte. Chris wartete draußen auf dem Gehweg. Er hatte Vicky einmal gefragt, ob es für sie und ihre Schwestern wegen ihrer Trennung in der Kindheit so schwer war, sich zu verabschieden. Sie hatte gegrinst, in seine Wange gekniffen und gesagt: »Nö, wir machen das, um unsere Ehemänner um den Verstand zu bringen.«

Als Polly anfing, zur Ablenkung ihre Handstandkünste vorzuführen, schaute Chris sich prüfend in der Straße um, ob er sich hier, etwa drei Kilometer von seiner Straße entfernt, ebenso beobachtet fühlte. Die Vorhänge im Haus gegenüber waren geöffnet und gaben den Blick auf ein Pärchen frei, das mit ineinander verschlungenen Füßen an gegenüberliegenden Enden eines Sofas saß und verschiedene Teile einer Zeitung las. Chris spürte einen Stich in seinem Herzen, drehte sich um und ging zu seinem Auto.

Er erstarrte, als ihm etwas ins Auge fiel.

Unter die Scheibenwischer auf der Windschutzscheibe war ein Zettel geklemmt worden. Ein kalter Schauer lief ihm über den Rücken. Sein Blick schweifte erneut über die Straße, bevor er auf dem Zettel zur Ruhe kam. Das konnte nicht sein ...

Vicky tauchte neben ihm auf. »Geht's dir gut?«

»Ja, alles gut.« Er ging weiter und stolperte leicht über eine unebene Bodenplatte. Vicky zog ihr Handy heraus und las nachdenklich eine Nachricht. Dann hob sie den Kopf und entdeckte den Zettel. »Oh, was ist das?«

Chris schnappte ihn sich, bevor sie danach greifen konnte, und öffnete ihn außerhalb ihres Sichtfelds.

Fast verschluckte er sich an seinem eigenen Atem, der jetzt stoßweise ging. Es war bloß eine Nachricht von einem von Dis pingeligen Nachbarn, der sie mit »Sehr geehrte Damen und Herren« ansprach und darum bat, doch bitte nicht vor seinem Haus zu parken. Chris riss die Nachricht entzwei. In ihm prallten Erleichterung und Gereiztheit aufeinander.

»Hier gibt's keine Parkverbote, Freundchen«, murmelte er und spähte zu Nummer 52. »Dieser Parkplatz gehört dir nicht.«

Vicky rollte mit den Augen – Chris war sich nicht sicher, ob seinetwegen oder wegen des Nachbarn – und bedeutete ihm, den Wagen aufzuschließen.

Auf der Heimfahrt war Chris aufgewühlt und hoffte, dass Vicky nichts bemerkt hatte. Sie drehte das Radio auf, doch Chris stellte es wieder leiser. Überrascht sah sie ihn an.

»Warum hast du mir nicht erzählt, dass du die Station gewechselt hast?«, fragte er.

So liefen viele ihrer Gespräche ab: auf der Hin- oder Rückfahrt, beide gefangene Zuhörer des jeweils anderen.

»Habe ich nicht?«

»Stell dich nicht dumm, Vic. Das steht dir nicht. Wann war das?«

»Vor drei Wochen.«

»Und wo bist du jetzt?«

»Kardiologische Ambulanz.«

Er blickte zu ihr hinüber, doch sie starrte aus dem Fenster. »Haben sie dich gezwungen?«

»*Nein.*«

»Warum dann?«

»Ich hatte Lust auf eine Veränderung, okay?«

»Ist irgendwas passiert?«

»Ich sagte nein! Hör auf mit diesem Verhör.«

»Ich wünsche mir nur, dass du mir sowas erzählst.«

Sie stieß einen leisen Laut durch ihre Nasenlöcher aus.

»Was war das?«, fragte er.

»Was?«

»Du hast ein Geräusch gemacht. Sowas wie einen Nasen-Seufzer.« Früher hatte sie beide eine solche Wortneuschöpfung zum Lachen gebracht und die Spannung gelöst.

»Ich atme halt«, sagte sie. »Ich nehme an, das ist noch erlaubt.«

Sie drehte das Radio wieder auf. Chris fuhr wie auf Autopilot, seine Gedanken kreisten. Wie oft war er schon zwischen Dis und ihrem Haus hin- und hergefahren? Vorbei an dem Blumenladen, in dem er Vicky einmal in einem impulsiven Moment Tulpen gekauft hatte, vorbei an dem Plattenladen, wo er einmal zufällig Paul Harlow getroffen hatte und schmerzhaft unangenehmen Smalltalk führen musste. Wie würde es sich anfühlen, wenn ihm jemand sagte, dass er diese Fahrt niemals wieder machen würde, dass die Routinen, über die er sich so oft beschwert hatte, von jetzt auf gleich verschwinden würden?

»Fahr langsamer, Chris«, sagte Vicky.

Er bemerkte erst jetzt, wie schnell er fuhr, die Hände fest um das Lenkrad geklammert. Dennoch drosselte er sein Tempo nicht. Er fuhr sogar ohne zu bremsen um die nächste Kurve und Vicky wurde zur Seite geschleudert. »Chris, verdammt nochmal.«

»Ist irgendwas passiert?«, wiederholte er mit heißem Gesicht. »Auf der Station?«

»Nein! Hörst du mir gar nicht zu?«

Er beschleunigte weiter. Er wollte sie schütteln, sie *wach*rütteln. Dann sah er ihr erschrockenes Gesicht, ihre Finger, die sich am Türgriff festkrallten, und Scham stieg in ihm auf. Seine Speiseröhre füllte sich mit Galle, als sie sich für einen Moment in Freya verwandelte. Er trat aufs Bremspedal.

»Du erzählst mir auch nicht alles«, sagte Vicky, nachdem er eine Weile normal gefahren war.

»Wovon redest du?«

»Ich nörgele auch nicht ständig rum, warum du in letzter Zeit so schreckhaft und seltsam bist«, sagte sie, »also nerv du mich nicht, was bei mir auf der Arbeit los ist.«

Chris ließ seine Hände am Lenkrad hinabgleiten. Es war, als würde sie ihm einen Pakt vorschlagen. Einigen wir uns darauf, unsere Geheimnisse für uns zu bewahren. Lass uns so tun, als ob. Er fragte sich, wie dehnbar solch ein Pakt war. Was müsste passieren, um sie beide aus ihrer Verleugnung zu reißen?

NEUNZEHN

PAUL

Paul begriff erst, wie weit er gelaufen war, als Richmond Hill massig vor ihm aufragte. Er sah auf die Uhr, geschockt, dass es schon fast zwei Uhr nachmittags war: Zwei Stunden waren bereits vergangen, seit er Yvette auf der Brücke stehengelassen hatte. Er war ziellos am Fluss entlanggestreift. Mühsam hatte er versucht, einen klaren Kopf zu bekommen und herauszufinden, was er als Nächstes tun sollte.

Auf seinem Handy waren sechs Nachrichten von Steph. In jeder wollte sie wissen, wo er war. In der letzten stand: *Deine Eltern sind hier. Komm nach Hause.*

Paul wirbelte herum und wäre fast mit einer Radfahrerin zusammengestoßen. Dann rannte er los, zurück in Richtung Kingston.

Noch nicht einmal das vertraute Windrauschen um seine Ohren konnte die Schuldgefühle auslöschen. Er hatte nichts für Freya getan. Er hatte Stephs Sorgen nur noch verstärkt. Und vor allem hatte er die Beherrschung mit Yvette verloren. Es hatte eine Zeit gegeben, als er sie als seine einzige Freundin betrachtet hatte. Er wusste, dass es ihr Job war, dennoch war sie die Einzige gewesen, die ihn verstanden hatte. Die verstanden hatte, was es bedeutete, verdeckt zu ermitteln, und was es mit jemandem anrichten konnte.

Sie hatte geweint, als Paul ihr von Freyas Verschwinden berichtet hatte. Aber letzten Endes war er doch nur daran interessiert gewesen, ob sie wusste, wo Sanderson sich aufhielt. Seine Gefühle hatten ihn überwältigt, als sie behauptet hatte, Glover hätte ihr damals wie heute nur sehr wenig über Fälle oder Zielpersonen erzählt, gerade genug, damit sie die verdeckten Ermittler behandeln konnte. Glover wäre im Sanderson-Fall besonders verschlossen gewesen, hatte sie hinzugefügt, und Paul war, auch wenn er wusste, dass das der Wahrheit entsprach, trotzdem davongestürmt und in Wut und Misstrauen zurückgefallen. Die alte Paranoia hatte ihn wieder fest im Griff: Wer war auf seiner Seite? Wer war *echt*?

Denkst du, Sanderson wohnt vielleicht noch in Nottingham?, hatte er sie gedrängt. *Vielleicht sogar in derselben Siedlung?*

Yvette hatte ihn besorgt angesehen. *Du denkst doch wohl nicht darüber nach, dorthin zu gehen?*

Paul hatte nicht geantwortet. Schon vor langer Zeit hatte er sich geschworen, niemals dorthin zurückzukehren.

Während er an den Booten und paddelnden Schwänen vorbeirannte, die die Kulisse seines jetzigen Lebens ausmachten, konnte er die Chainwell-Siedlung nicht übersehen, die sich darüber emporreckte. Vollgesprayte Spielplätze, mit Brettern vernagelte Pubs, zerstörte Bushaltestellen. Und das Hochhaus, das drei Jahre lang Pauls Paralleluniversum gewesen war. In Gedanken tauchte er durch eines der Fenster im oberen Stockwerk wieder in diese Welt ein und wirbelte seine Erinnerungen auf. Hauptsächlich alltägliche Szenen, jedoch stimmten die Details jedes Mal nicht: ein Blick, Unruhe, die Stimmung.

Sandersons erdrückende Anwesenheit. Das Leid, das in der Luft gelegen hatte.

Nathalies Silhouette erschien im Küchenfenster. Sie kaute an ihren zerfetzten Nägeln.

Nathalie, Nathalie, Nathalie. Wenn er sich zugestand, an sie zu denken, passierte das meist fragmentarisch: ihre grünen Augen, die schmalen Handgelenke, das dunkle Haar auf einem hellen Kissen. In letzter Zeit jedoch hatten sich die Punkte miteinander verbunden und die Lücken sich gefüllt …

Es wurde abgerissen, hatte Yvette ihm als die einzige Information mitgeteilt, die sie hatte. *Das Hochhaus. Es wurde als unsicher eingestuft. Der Stadtrat in Nottingham hat es vor ein paar Jahren abreißen lassen.*

Paul wurde von ihren Worten eiskalt erwischt. Zuerst hatte er Erleichterung verspürt, dass er dieses Gebäude nie wieder betreten musste, dann folgte Verzweiflung, weil es für ihn eine weitere Sackgasse bedeutete. Schließlich kam ein wachsendes Gefühl des Unheils, dem er keinen Namen geben wollte, hinzu. Er hatte versucht, diesen Ort aus seiner Erinnerung zu tilgen, und nun konnte er sich des Gedankens nicht erwehren, dass er dessen Zerstörung auf seltsame Weise heraufbeschworen hatte.

Yvette hatte ihm nahegelegt, dass es keine Verbindung zwischen seiner Vergangenheit und Freyas Verschwinden gab. Genau wie Tom Glover, nur anders formuliert und aus anderem Antrieb – hoffte Paul zumindest. Dennoch hatten diese Worte keine Wirkung auf ihn. Die Parallelen zwischen damals und heute fraßen ihn langsam auf. Und doch war er bei der Suche nach seiner Tochter nicht weitergekommen und hatte nicht sicherstellen können, dass sie keine der tragischerweise spurlos Verschwundenen wurde.

Zu Hause angekommen, roch Paul das Elizabeth-Arden-Parfüm, das seine Mutter seit Jahren trug und das er ihr, einfallslos wie er war, jedes Jahr zum Geburtstag schenkte. Der Geruch spendete ihm einen Augenblick lang Trost. Er konnte seine Eltern im Gästezimmer hören – die Stimmen so vertraut, aber aufgebracht –, doch er ging zuerst ins Wohnzimmer und suchte nach Steph.

Es war leer. Er starrte auf die Papiere, die auf dem Couchtisch ausgebreitet waren. Listen mit Namen und Telefonnummern, abgehakt oder angekreuzt. Ein Zeitstrahl mit Anmerkungen in der Handschrift seines Vaters: *7.50 zur Schule gegangen (Steph hat ihr zum Abschied gewinkt + Geld für Fahrstunde gegeben); 8.45 Zadie vor der Schule getroffen (normal); 13.00 Fahrstunde; 14.00 von CW abgesetzt (keine Zeugen); 15.00 vielleicht nicht in letzter Schulstunde gewesen (Anwesenheitsliste fraglich)*. In Pauls Vorstellung ratterte ein Daumenkino von Freyas letzten Aktivitäten. Tränen stiegen ihm in die Augen.

Er schreckte auf, als er ein lautes Gepolter über seinem Kopf hörte, gefolgt von etwas, das wie Stephs Aufheulen klang. Während er zur Dachbodentreppe stürzte, hörte er noch andere Geräusche – Schlurfen und Quietschen –, die aus Freyas Zimmer zu kommen schienen.

»Steph?«, rief er. »Bist du das?«

Seine Mutter kam aus dem Gästezimmer und folgte ihm die Treppe hinauf. »Paul, da bist du ja wieder! Was ist los?«

Paul stieß die Tür zu Freyas Zimmer auf. Steph verbrachte im Moment viel Zeit zwischen den Sachen ihrer Tochter, das war also nicht unüblich. Sie stand jedoch über Freyas Bett gebeugt und zerrte wie eine Verrückte am Laken. Pauls Magen zog sich zusammen, als er die blutgetränkte Bettwäsche sah. Steph keuchte, als sie die zwei Lagen abzog. Die Matratze darunter war ebenfalls blutrot.

»Was zur Hölle?«, rief Paul. »Bist du verletzt?« Er suchte nach Schnitten oder Wunden an ihrem Körper, konnte aber nur rote Flecken an ihrem Ärmel sehen.

»Nein«, sagte sie. »Ahhh, ich bin so *doof* …«

Dann sah er das umgekippte Glas Kirschlimonade, Freyas

Lieblingsgetränk, das hier schon gestanden hatte, bevor sie verschwunden war. Steph musste es umgeworfen und über das Bett verschüttet haben. Mit einem zusammengeknüllten Laken wischte sie die kleinen Limonadenrinnsale auf, die sich ihren Weg in alle Richtungen bahnten. Pauls Mutter stellte das leere Glas wieder richtig hin – eigentlich eine sinnlose Geste, doch Paul wünschte sich, er hätte selbst daran gedacht, anstatt nur herumzustehen und mit ausgebreiteten Armen zu glotzen.

»Hier, lass mich das machen, Steph«, sagte er.

»Nein, ich mach das schon«, schnappte sie und schob das Bett von der Wand, damit sie die Seite abwischen konnte.

Dabei fiel etwas auf den Boden.

»Was ist das?« Paul machte einen Schritt nach vorne und hob es auf.

Seine Mutter und Steph hielten inne und schauten ihn an, weil er, wie er jetzt begriff, völlig stillstand und angesichts seines Funds die Stirn runzelte. Es war ein glänzender Streifen aus einem Fotoautomaten. Auf allen vier Bildern war rechts Freya zu sehen. Sie lächelte und im letzten streckte sie die Zunge heraus, in den Augen einen undefinierbaren Ausdruck. Paul brauchte einen Moment, um den Mann an ihrer Seite zu identifizieren. So wie die beiden sich die Arme gegenseitig um die Schultern gelegt hatten, schienen sie sich ziemlich gut zu kennen. Auf zwei der Fotos berührten sich sogar ihre Wangen.

»Wer *ist* das?«, fragte seine Mutter, während Steph schweigend und starr vor Schock neben ihm stand.

Paul hatte Mühe, dem Gesicht einen Namen zuzuordnen. Er hatte ihn noch nicht richtig kennengelernt und ihn auch seit einer Weile nicht mehr hier gesehen, erinnerte sich aber, dass sein Name ungewöhnlich war.

Es war Emmas Freund. Der Typ, der mit ihr zusammen unten wohnte, oder zumindest gewohnt hatte.

Paul wurde heiß. Warum sollte Freya ein Foto von diesem Mann hinter ihrem Bett aufbewahren?

TEIL 2

ZWANZIG

KATE

Fünfundzwanzig Jahre zuvor

Unsere Gelegenheit kommt früher als erwartet. Ich höre, wie Nick Mum etwas von einer »Arbeitssache« am Dienstagabend erzählt und er vermutlich nicht hier sein wird. Becca sagt, ich solle mich rar machen und sie die Dinge regeln lassen, also erzähle ich Mum, dass ich nach der Schule zu einer Freundin gehe, um an einer Hausaufgabe zu arbeiten. Ein Teil von mir ist eifersüchtig, dass Mum sich möglicherweise Becca und nicht mir öffnet, doch die Hoffnung ist größer als die Eifersucht. Es könnte unsere einzige Chance sein.

Tatsächlich habe ich nicht viele Freunde in der Schule. Die Leute wollen nicht meine Lernpartner sein, weil sie denken, dass ich eine Tagträumerin bin: Ich verliere mich zu oft in meinen Luftschlössern. Sie verstehen nicht, dass es, wenn ich mit jemandem allein bin – wie, sagen wir zum Beispiel Becca – so ist, als hätte jemand meinen An-Knopf gedrückt. Manchmal lachen Becca und ich über Nichtigkeiten, bis wir weinen. Und wenn wir uns zusammenreißen und uns auf etwas konzentrieren, so wie jetzt gerade, können wir Großes erreichen.

Ich verlasse die Schule und gehe nach Hause in die entgegengesetzte Richtung, laufe durch die Gegend mit den wundervollen, bunten Stoffläden, den würzigen Gerüchen und den in Saris gekleideten Frauen, die durch die Straßen flattern. Bald komme ich vorbei an grünen Wiesen, gesäumt von kaputten Zäunen. Das Gras unter meinen Füßen fühlt sich kühl an. Als in der Ferne Gebäude in meinem Sichtfeld auftauchen, begreife ich, dass ich am Rande des Flughafens angekommen bin. Ein Flugzeug hebt gerade ab und man erkennt nur noch die Silhouette im orangegefärbten Dämmerlicht. Ein weiteres folgt ihm und ich stelle mir vor, wie sie alle Schlange stehen und darauf warten, in den Himmel zu starten.

Ich denke darüber nach, was wohl zu Hause gerade passiert, und kreuze fest die Finger. Eine Sekunde lang zögere ich: *Kann ich ihr vertrauen?* Becca ist die letzten Tage so nett zu Nick gewesen, doch wenn er ihr den Rücken zudreht, werden ihre Augen hart. Dieses Hin und Her ist zwar ein bisschen nervig, jedoch muss ich ihr vertrauen. Ja, doch, ich vertraue ihr. Neben Mum ist sie meine beste Freundin auf der ganzen Welt.

Das nächste Flugzeug scheint in eine andere Richtung abzuheben. Als es aufsteigt, kann ich beide Flügel sehen, so ausgebreitet, als würden sie mich umarmen wollen, und ich begreife, dass es direkt über mich hinweggleiten wird. Ich spüre den Windstoß und höre das Dröhnen, recke meinen Hals, während der große Schatten mich verschluckt. Gerade als ich darüber nachdenke, dass ich zum ersten Mal den Bauch eines Flugzeugs gesehen habe, passiert etwas Verrücktes. Ein knisterndes Geräusch ist zu hören und plötzlich scheint der Himmel sich zu kräuseln und zu wölben. Es ist, als gäbe es ein Erdbeben, aber nicht am Boden, sondern eher am Himmel, oder so, als wäre ich in einer dieser elektrischen Kugeln gefangen, mit denen wir in Physik herumexperimentiert haben. Der vernünftige Teil meines Gehirns sagt mir, dass es eine Turbulenz gegeben haben muss, oder dass das Flugzeug die Atmosphäre stört, oder sowas *in der Art*. Ein anderer Teil jedoch denkt, dass sich so der Weltuntergang anfühlt.

Dann, auf einmal, ist es vorbei. Wie ein Sturm, der so schnell vorübergezogen ist, dass man denkt, man habe ihn sich nur eingebildet. Ruhe senkt sich über die Situation wie ein sauberes Laken.

Als ich zu Hause ankomme, bin ich müde und friere, doch mir schwirrt auch der Kopf von dem, was ich beobachtet habe. Die Art und Weise, wie das Flugzeug den Himmel aufgerissen hat und wie danach in Sekundenschnelle alles wieder normal war. Wie kann die Atmosphäre unversehrt bleiben, wenn sie jedes Mal so durcheinandergebracht wird, wenn ein Flugzeug hindurchschießt?

Sobald ich die Wohnung betrete, merke ich, dass sich auch hier die Stimmung verändert hat. Anspannung liegt in der Luft. Ich gehe noch einmal meine Erinnerung durch: Zwar habe ich mich auf dem Weg zum Hochhaus in Gedanken verloren, aber hatte ich Nicks Auto draußen gesehen? Was, wenn er unerwartet zurückgekommen ist und gehört hat, wie Becca mit Mum über ihn spricht? Mein Atem wird schneller: Warum habe ich nicht aufgepasst? *Mal wieder nur am Tagträumen, Kate.*

Ich schaue an die Stelle, an der er meist seine Schuhe abstellt. Sie sind nicht da. Als ich Stimmen in meinem Zimmer höre, haste ich durch den Flur und sehe, wie Becca aggressiv ihren Schlafsack einrollt. Zu ihren Füßen steht ihr Rucksack, prall gefüllt mit Klamotten.

»Gehst du?«, frage ich mit einem Funken Panik.

»Ich habe keine Wahl.« Sie versucht, den Schlafsack in seine viel zu kleine Hülle zu stopfen, doch er rollt sich immer wieder auf, lässt sich nicht bändigen.

»Warum?«

»Ihr hat nicht gefallen, dass ich mich eingemischt habe.«

Ich blinzele sie an. »Mum schickt dich weg?«

»Verdammt nochmal … Wie hat der hier jemals reingepasst?« Becca schlägt auf das Polyester ein, während es sich aufbläht und zur anderen Seite wieder rausrutscht. »Ich habe ihr gesagt, dass wir uns Sorgen um sie machen. Dass sie nicht sie selbst ist …«

»Hast du die Blutergüsse erwähnt?«

»Angedeutet. Sie ist ganz bleich geworden und meinte, sie stößt sich oft auf der Arbeit.«

»Sie arbeitet bei der Post!«

»Ich glaube, sie hat nicht kapiert, dass du sie an ihrem ganzen Körper gesehen hast.«

»Was hat sie sonst noch …?« Ich verstumme und spähe hinter mich, weil mir klar wird, dass Mum in der Nähe sein könnte.

»Sie ist auf dem Balkon«, flüstert Becca.

Auf Zehenspitzen schleiche ich zum Balkon und prüfe, ob sie immer noch draußen ist. Ich kann ihr Profil im Dunkeln erkennen, umgeben von Rauchkringeln.

Zurück in meinem Zimmer hat Becca ihren Kampf mit dem Schlafsack aufgegeben und sitzt auf meinem Bett. Sie ergreift meinen Arm, als ich mich neben sie sinken lasse. »Wir müssen ihr helfen, Kate. Ich konnte sehen, dass sie mir etwas sagen wollte, aber es war, als hätte sie Angst. Und dann ist sie stattdessen wütend geworden, hat gesagt, ich wäre scheiße dreist …«

»Hast du Nick erwähnt?«

Sie wird rot. »Ich habe vielleicht ein bisschen übertrieben.«

»Was meinst du?«

»Ich wollte sie nicht drängen, sondern nur fragen, ob er sie auch gut behandelt und habe gehofft, sie würde verstehen, worauf ich hinauswill. Aber sie hat den Köder nicht geschluckt. Hat einfach dicht gemacht. Also habe ich gesagt, dass ich ein ungutes Gefühl bei Nick habe. Dass ich mich bei ihm unwohl fühle … vielleicht habe ich ihn schmierig genannt …«

»Ich habe gedacht, du wolltest unauffällig fragen, Bec!«

»Habe ich ja versucht. Aber sie war so scheiße vorsichtig bei allem, was sie gesagt hat. Sie will nichts Schlechtes über ihn hören. Und ich weiß einfach, dass sie das sagt, weil sie Angst vor ihm hat. Ich habe es in ihrem Gesicht gesehen.«

Der Gedanke ist unerträglich. Meine mutige Mutter, die mich immer vor meinen Albträumen, vor bösen Kindern auf dem Spielplatz, vor den Monstern unter meinem Bett beschützt hat.

»Du kannst nicht gehen«, sage ich verzweifelt. »Ich rede mit ihr.«

»Sie ist sauer auf uns beide.«

Mir rutscht das Herz in die Hose. Ich hasse es, wenn Mum sauer auf mich ist. Ich hasse es, wenn sie vor Enttäuschung die Mundwinkel nach unten zieht. Ich würde fast alles tun oder sagen, nur damit sie mich wieder anlächelt.

»Wir entschuldigen uns«, sage ich. »Wir tun so, als ob wir nichts davon ernst gemeint haben und denken uns was Neues aus.«

Becca zuckt mit den Achseln. »Ist einen Versuch wert.«

»Ich gehe zu ihr.«

Vorsichtig gehe ich ins Wohnzimmer und sehe meine Mutter durch die schmierige Scheibe unbewegt draußen stehen, die verglommene Zigarette noch immer in der Hand. Sie dreht sich um und unsere Blicke begegnen sich. Da sind sie: Enttäuschung und Wut. Aber noch etwas anderes. Ich fühle, wie ihre Augen mich anflehen.

Sie schiebt die Tür zurück und betritt das Zimmer, so langsam, als würde sie auf dem Mond laufen.

»Was soll das alles, Kate? Ernsthaft!« Es fühlt sich jedoch an, als würde sie die strenge Mutter bloß spielen, selbst überzeugt von ihrem Ärger. Der hohle Klang ihrer Ermahnung flößt mir noch mehr Angst ein.

»Tut mir leid, Mum. Wir haben das anscheinend alles falsch verstanden.«

»Ich habe dir gesagt, du sollst dir keine Sorgen machen, Kate. Ich weiß, dass es hier manchmal stressig zugeht, und dass Nick und ich uns manchmal ...«, sie macht eine Pause, als würde sie nach dem richtigen Ausdruck suchen, »... zanken. Aber du musst deine Vorstellungskraft unter Kontrolle kriegen. Und hör auf, dich von Becca noch weiter anstacheln zu lassen.«

»Es war nicht ihre Schuld. Bitte schick sie nicht weg.«

»Sie macht dich ganz verrückt. Setzt dir diese Ideen in den Kopf. Ich weiß, dass du sie anhimmelst ...« Sie schaut an die Wand und senkt die Stimme: »... aber ich glaube nicht, dass sie der beste Einfluss auf dich ist. Sie macht nur noch mehr Ärger, wenn sie nicht aufhört, diese ... na ja, diese Dinge zu sagen, die man einfach nicht sagen sollte.«

»Wir haben einen Fehler gemacht.«

Mum legt die Hände auf meine Oberarme. Ihre eigenen Arme werden von ihrer Strickjacke verdeckt. Ich kann mich nicht daran erinnern, wann ich sie das letzte Mal in etwas Kurzärmeligem gesehen habe. »Du musst mich nicht retten oder dir Sorgen um mich machen, Kay. So ist das verkehrt herum! Ich will, dass du dich auf die Schule und die Prüfungen konzentrierst, such dir mehr Freunde ...« Ihre Finger drücken fester zu. »Ich will, dass du all die Möglichkeiten hast, die ich nie hatte. Dass du es hier irgendwann raus schaffst.«

Ich schaue auf meine Füße. Meine Schuhe sind übersät von nassen Grashalmen. »Lass Becca einfach noch ein bisschen bleiben. Bitte.«

Mum stöhnt und schließt mich in ihre Arme. »Ich denke darüber nach. Wenn du *versprichst*, all das sein zu lassen.«

Ich schlinge meine Arme um ihre Taille und will sie nicht

mehr loslassen. Wenn ich sie für immer im Arm halten würde, könnte er sich nie mehr zwischen uns drängen.

»Und noch was«, murmelt sie in meine Haare. »Du musst mir noch etwas versprechen.«

»Was?«

»Bitte …« Ihre Umarmung wird fester und ihre Stimme vibriert an der Seite meines Kopfes. »Bitte erwähn nichts hiervon gegenüber Nick. Du darfst nicht … Er würde ausrasten.«

Wieder spüre ich, wie mein Herz pocht und ihre Muskeln sich anspannen, je länger wir uns umarmen.

»Versprich mir, dass du ihn nicht wegen irgendwas beschuldigst, Kate.«

Vorsichtig lege ich meine flache Hand auf ihren Rücken und lausche auf ihr ersticktes, schmerzerfülltes Aufstöhnen. Sie wird steif und ich weiß, dass die blauen Flecken noch immer da sind. Ich kann sie unter ihrer Kleidung fühlen, wie sie mich drängen, nicht aufzugeben.

EINUNDZWANZIG

EMMA

Als sie ankamen, saß Emma gerade in ihrem Sessel, der in den letzten sechsunddreißig Stunden irgendwie näher an das Fenster gerückt und dort stehengeblieben war, und zeichnete. Sie malte ein Hamsterrad mit verschwommenen, sich bewegenden Speichen, eine auf einer Treppe zurückgelassene Schildplatt-Haarklammer, Zebs alte Sportschuhe, die mit herunterhängenden Schnürsenkeln noch immer in der Zimmerecke lagen ...

Als sie Schritte aus der Harlow-Wohnung hörte, hielt sie inne. Ihr Blick fiel auf ihren Zeichenblock und sie erschrak, als sie sah, dass sie auch ein alienartiges Mädchengesicht mit riesigen Augen gezeichnet hatte, das sie zurück in die Vergangenheit zu locken versuchte. Es war eine Art Selbstporträt. Eine Version ihrer selbst, von der sie – bis zuletzt – angenommen hatte, sie hinter sich gelassen zu haben.

Sie ließ ihren Bleistift fallen. Die Schritte waren vor ihrer Tür zum Stehen gekommen. Sie hörte zwei Personen miteinander tuscheln – Steph und einen Mann mit walisischem Akzent, wahrscheinlich der Polizist, den Emma in letzter Zeit häufig im Haus gehört hatte. Gestern war außerdem noch ein älteres Paar angereist. Emma war ihrem Äußeren nach davon ausgegangen, dass es Pauls Eltern waren. Sie hatte nur einen flüchtigen Blick durch ihr Fenster auf sie geworfen, doch die verstörten Gesichter hatten ihr eine weitere schlaflose Nacht beschert.

Es fühlte sich nicht wie ein frühlingshafter Sonntag an. Es war der dritte Morgen, an dem Freya verschwunden war.

Gerade als Emma zur Tür gehen wollte, fiel ihr ein, dass sie drei Glasperlenketten um den Hals und einen protzigen Ring an jedem Finger trug. Nachts durchforstete sie gerade ihre Ware und fischte Teile heraus, die sie an die Lieferfirmen zurückverkaufen konnte. Sie behängte sich mit ihren Lieblingsschmuckstücken, als wollte sie eine wandelnde Verkörperung ihres Ladens werden. Hastig entledigte sie sich der Halsketten und streifte die Ringe ab, bevor sie die Tür öffnete.

Steph trug wieder den grünen Schal, jedoch nicht um den Hals geschlungen, sondern offen, sodass die Enden an ihrem Körper herunterbaumelten. In ihren blutunterlaufenen Augen lag etwas Wildes, während der Mann neben ihr ordentlich und gelassen wirkte. Emma hatte niemals gedacht, dass *ordentlich und gelassen* jemals als Kontrast zu Steph benutzt werden könnten. Ihre Nachbarin wollte zum Sprechen ansetzen, doch der Mann übernahm und stellte sich als George, der Familienbetreuer der Harlows, vor.

»Dürften wir reinkommen?«, fragte er.

Sie waren kaum zur Tür hereingekommen, da drehte sich Steph auch schon ruckartig zu Emma um. »Ihr Partner … wo ist er?«

»Mein Partner?«

»Freund, Ehemann …« Steph blinzelte ungeduldig. »Wohnt er nicht mehr hier?«

»Steph«, sagte George, »vielleicht sollten wir uns alle erstmal setzen.«

Steph ignorierte ihn. »Kennen er und Freya sich?«

»Wie bitte?« Emma fühlte sich wie im falschen Film, ein Missverständnis, aus dem sie sich nicht allein befreien konnte, weil sie es nicht richtig einordnen konnte.

Steph griff in die Tasche ihrer Strickjacke und holte etwas heraus, das sie Emma zuschob.

Es war ein Fotostreifen. Emmas Verwirrung verwandelte sich in Schock, als sie es zwischen die Finger nahm. *Das ist … Aber sie …* Sie hatte Mühe, die Schnappschüsse, aufgenommen in einer Fotobox, einzuordnen. Zeb. Und Freya. In vier Bildern zusammengequetscht. Alberne Posen und betrunkene Augen.

Ihr Herz klopfte wie wild.

Steph stieß einen Finger in Zebs Gesicht. »Warum macht meine Tochter Fotos mit Ihrem Partner?«

Emmas Augen glitten zu denen ihrer Nachbarin. In ihrem Kopf herrschte noch immer Nebel, ihr Herz hämmerte, aber ein winziger Teil des Puzzles rückte an die richtige Stelle. »Oh … nein«, sagte sie. »Zeb ist nicht mein Partner. Er ist mein Sohn.«

Überraschte Stille breitete sich im Raum aus. Unbehagen kroch in Emmas Nacken. Nicht wegen der Erklärungen, die sie würde abspulen müssen, nicht wegen der Befürchtung, Steph könnte sie anstarren, wie es die Leute oft taten, die sich darüber empörten, wie es sein konnte, dass jemand wie sie, mit ihrer schmalen Figur und den knallblauen Haaren, einen ein Meter achtzig großen Sohn haben konnte. Sondern, weil es plötzlich so aussah, als hätte sie Zeb geheim gehalten. Emma hatte sich nicht anmerken lassen, dass sie etwas hatte, das ihre Nachbarn zu verlieren fürchteten, wenn auch nicht in greifbarer Nähe. Es war ihr nicht angemessen, oder nett, vorgekommen, es bei einem ihrer letzten Gespräche mit Steph zu erwähnen.

»Ich dachte …« Stephs Augen bewegten sich durch den Raum, zählten die Fotos von Zeb, denen sie beim letzten Mal anscheinend keine Beachtung geschenkt hatte. Emma spürte, wie sich etwas in ihrem Brustkorb ausbreitete, als wollte es all die Bilder umhüllen, all die zögerlich, verlegen, kostbar lächelnden Münder.

»Ich habe ihn mit fünfzehn bekommen«, sagte sie. »Er sieht älter aus, als er ist. Und ich schätze, ich sehe jünger aus ... solange man nicht zu genau hinsieht.«

Steph ging langsam im Zimmer umher und stupste gerahmte Fotos an, als würde sie jemandem gegen die Schulter stoßen, weil sie Streit suchte. Emma wünschte, sie würde aufhören, doch wie konnte sie dieser Frau, deren Kind noch mehr verloren war als ihr eigenes, irgendetwas abschlagen?

»Ich glaube, Sie haben ihn nie richtig kennengelernt«, versuchte Emma zu erklären. »Er war auf der Kunsthochschule und hat an den Wochenenden in einem Comicladen gearbeitet, er war also selten zu Hause. Und jetzt ist er ...«, sie verschränkte die Arme, »... weg.«

Endlich sagte Steph etwas: »Wie alt?«

»Achtzehn.«

Steph wiederholte die Zahl und starrte Emmas Sohn an, der eigentlich ihr ganzes Leben gewesen war, noch bevor sie selbst ganz erwachsen gewesen war. Sie und Zeb hatten bei Emmas Eltern gelebt, bis er dreizehn war, und dann ein Haus mit Garten und einem Pflaumenbaum gemietet, als es im Laden gut lief. Dann, als der Gewinn weniger wurde, tauschten sie es gegen diese Wohnung ein. Und dann ging alles sehr schnell den Bach runter, sowohl mit Zeb als auch mit ihrem Geschäft, als wäre beides miteinander verwoben, wie ihr Herz und ihr Hirn.

»Ich habe nicht gewusst«, sagte Steph, »nicht gewusst, dass Sie auch eine Mutter sind.«

Es war, als hätte Emma den Kummer ihrer Nachbarin mit diesem Geheimnis, das sie kaum bewusst für sich behalten hatte, noch verstärkt. Dann schien Steph wieder zu sich zu kommen und wirbelte herum, zeigte auf den Fotostreifen, den Emma noch immer in der Hand hielt. »Was hat er mit Freya *gemacht*?«

Wegen der Art, wie Steph das sagte, stellten sich Emmas Nackenhaare auf. In das Gefühl, ihren Sohn verteidigen zu müssen, mischte sich auch ein Anflug von Nervosität. Auch ihr war nicht klar gewesen, dass Zeb und Freya befreundet waren. *Mehr als befreundet?* Sie wirkten wie zwei grundverschiedene Jugendliche: Freya sozial und sportlich – Zeb eher introvertiert, kreativ und besessen von obskuren Bands und Marvel-Filmen.

»Ich habe keinen Schimmer«, gab sie zu.

George räusperte sich. »Könnten Sie Ihren Sohn kontaktieren, Miss Brighton?«

»Ja«, sagte Steph, das Wilde zurück in ihren Augen. »Rufen Sie ihn an.«

Wo war ihr Handy? Während Emma das Zimmer absuchte, bemerkte sie, dass ihr Skizzenbuch noch offen auf dem Tisch lag. Sie betete, dass Steph ihre Haarklammer zwischen den Zeichnungen nicht erkennen würde. Und die Fenster an den Seitenrändern – Emma konnte einfach nicht aufhören, Fenster zu zeichnen.

Sie entdeckte ihr Handy auf dem Sofa, griff danach und rief die Liste der zuletzt gewählten Nummern auf, die hauptsächlich Zebs Nummer war. Nachdem sie sich wochenlang danach verzehrt hatte, mit ihm zu sprechen, war sie nicht sicher, ob sie jetzt wollte, dass er dranging, während Steph und George sie anstarrten. Ihr Verstand raste, während sie es klingeln ließ: *Zeb und Freya? Zeb und Freya?*

»Geht keiner ran«, sagte sie und legte auf.

»Bitte versuchen Sie es weiter«, sagte George. »Könnten Sie uns seine Telefonnummer und seine aktuelle Adresse zur Verfügung stellen?«

Emma nickte, die Handflächen feucht, als sie eine Seite aus ihrem Skizzenbuch riss und die Informationen notierte. Stephs traumatisiertes Gesicht brachte ihre mütterlichen Ängste mit neuer Kraft an die Oberfläche. Emma hätte Zeb niemals gehen lassen dürfen. Sie hätte härter kämpfen müssen. Sie dachte an

Wie man bessere Eltern wird, den Titel des Buchs, das durch ihre Tür geschoben worden war, auf dem Cover eine Mutter und ein Jugendlicher. Dieses Cover hatte Emma seitdem verfolgt und sie hatte den Jungen darauf mit dem jüngeren Zeb verglichen, die Paranoia stärker als ihr Verstand.

Gab es in dem Buch Ratschläge, die entweder Steph oder ihr selbst geholfen hätten, ihre Kinder bei sich zu halten?

Steph streckte die Hand aus und Emma brauchte einen Augenblick, um zu verstehen, dass sie den Fotostreifen zurückhaben wollte. Eine Sekunde lang fühlte es sich an wie ein Revierkampf: Ihre beiden Kinder waren darauf zu sehen, warum sollte Steph also Anspruch darauf haben? Aber es war albern: Es waren Freyas Bilder. Und vielleicht waren sie jetzt Beweismittel. Ein Schauder durchzuckte sie. *Beweismittel für was?*

Wieder allein, wählte Emma Zebs Nummer noch dreimal und als wieder niemand antwortete, stieg erneut Angst in ihr auf. Sie schickte ihm eine Nachricht: *Muss dich sprechen, Z. Es ist dringend.*

Um sich abzulenken, blätterte sie eine neue Seite ihres Skizzenbuchs auf und zeichnete Zeb. Das samthaarige Baby, das randalierende Kleinkind, den schlaksigen Teenager mit dem braunen Lockenkopf. Sie fand es schwieriger, ihn so zu zeichnen, wie er jetzt war. Die Feinheiten seines Gesichts entglitten ihr immer wieder: manchmal grinsend und unschuldig, manchmal zurückgezogen und unvertraut. Sie hatte bereits so etwas wie Trauer gespürt, noch bevor er gegangen war, als er sich zurückgezogen hatte und ihre Beziehung in die Brüche gegangen war. Das war der Grund, wieso sie so eine Szene vor ihrem Laden gemacht hatte, als er die Bombe hatte platzen lassen. Sie zuckte zusammen, als sie sich daran erinnerte, wie die halbe Straße sie beobachtet hatte und Zeb kopfschüttelnd davongegangen war, als würde er sich für sie schämen.

Ihre Hand erstarrte, als ihr ein Bild in den Kopf schoss. Eine Zeichnung, aber keine von ihr. Sie sprang auf und lief in Zebs Zimmer, wo es nach Sprühdeo und muffiger Männlichkeit roch. Sie hatte keine Waren hier gelagert, hatte nicht beschreien wollen, dass er nicht wiederkam. Ein Teil seiner Kleidung hing noch im Schrank, Bandshirts und schwarze Jeans: ein Grund zur Hoffnung oder ein Zeichen, dass er in Eile gegangen war? Emma stellte sich vor, wie Steph in Freyas Zimmer gesessen und ihre Sachen, ihr Teenagerleben angestarrt hatte, und den Schock, als sie unerwartet die Fotos gefunden hatte.

Sie nahm Zebs Skizzenbuch aus der Schublade. Die Sozialarbeiterin an seiner Schule hatte vorgeschlagen, seine Vorliebe fürs Zeichnen als Umgang mit seinen »Aggressionsproblemen« zu nutzen. Emma bekam immer noch einen trockenen Mund, wenn sie an diesen Ausdruck dachte, diesen Widerspruch zu dem gezeichneten Baby Zeb. Das würde bestimmt wieder vorbeigehen, hatten seine Lehrer sie beruhigt. Eine Reaktion auf Stress, auf das Erwachsenwerden. Und wusste nicht gerade Emma, wie hart das sein konnte?

Zeb zeichnete meist mit Kohle, was seinen Bildern etwas Rauchiges und Dunkles verlieh. Emma blätterte die frischen Seiten um und saugte sich fest an den kunstvollen Bildern, die sie in seiner Abwesenheit schon dutzende Male betrachtet hatte. Sie blätterte an einer gezeichneten Hand vorbei, deren Finger sich zu einer Faust formten. An einer Jacke, die an einem Busch hängengeblieben war, der Ärmel zerrissen, der Busch voller Blumen und Dornen.

Schließlich blieb sie an dem Bild hängen, nach dem sie gesucht hatte. Diese Zeichnung war größer als die anderen, und Zeb hatte den Hintergrund mit dichten Strichen gefüllt, sodass die Figur im Vordergrund aus dem Blatt emporzusteigen schien.

Sie zeigte ein Mädchen, etwa in Zebs Alter, die auf etwas saß, was wie ein Karussell auf einem Spielplatz aussah. Das Mädchen hatte einen bleichen Zopf und trug einen Pullover und Leggings. Ihre schlanken Arme waren über dem Kopf in die Höhe gestreckt. Zeb hatte das Gesicht nicht so genau gezeichnet, nur geschlossene Augen und einen Klecks als Mund, doch die Person war Emma auf einmal so vertraut, dass ihr Herz einen Satz machte.

Als das Festnetztelefon klingelte, ließ sie das Buch fallen. Noch ein anonymer Anruf? Es waren jetzt schon fünf. Eigentlich wollte sie nicht abheben, dachte jedoch jedes Mal: *Was, wenn Zeb aus einer Telefonzelle anruft? Was, wenn er seine Meinung geändert hat, aber sein Handy verloren hat, was, wenn er Hilfe braucht?* Und hatte sie ihn nicht gerade eben gebeten, sich dringend bei ihr zu melden?

Sie eilte zum Hörer im Wohnzimmer.

»Hallo?«

Keine Antwort. Kaum ein Geräusch.

»Wer ist da?«

Kein Summen im Hintergrund. Nur sanftes, langsames Atmen.

»Sagen Sie was«, fauchte Emma jetzt verärgert.

Die Angst stieg in ihr hoch, ähnlich wie bei dem Ei, das aus dem Buch getropft war: das Grauen, von jemandem ins Visier genommen zu werden. Sie sagte sich selbst wieder und wieder, dass es keinen Beweis dafür gab, dass die Anrufe und der Erziehungsratgeber zusammenhingen. Dass sie keine Angst vor den Verbindungen zwischen Vergangenheit und Gegenwart haben musste ... zwischen ihrem Sohn und Stephs Tochter ... zwischen ihren eigenen Problemen und der Qual, die die Harlows durchmachten ...

»Lassen Sie mich in Ruhe!«, schrie sie und knallte den Hörer auf.

ZWEIUNDZWANZIG

CHRIS

Chris trat gedankenverloren aus dem Badezimmer und rubbelte sich die Haare energisch mit einem Handtuch trocken, als würde er so das Chaos aus seinem Kopf verbannen können. Als er den Arm senkte, sah er Vicky im Schlafzimmer in der Dunstwolke sitzen, die ihn aus der Dusche heraus verfolgt hatte. Sie trug eines seiner alten Oberteile, Jeans und ausgelatschte Socken. Das Shirt ließ sie klein erscheinen – in letzter Zeit versteckte sie ihren Körper vor ihm –, doch Chris freute sich, sie in seinen Klamotten zu sehen. Es signalisierte, dass sie immer noch ein Paar waren. Als wäre das hier ein ganz normaler, gemütlicher Sonntag.

Merkwürdigerweise saß sie jedoch vor dem Spiegel und trug grellroten Lippenstift auf. Sie trug fast nie Make-up, daher wirkte der scharlachrote Strich in ihrem Gesicht surreal. Chris sah ihr zu, wie sie sich die Lippen anmalte, sie dann zusammenpresste und schließlich ihr Werk inspizierte. Er näherte sich ihr und sah das glänzend goldene Chanel-Logo auf der Lippenstifthülle.

»Gewagte Farbe«, sagte er. Er konnte sich nicht dazu durchringen, ihr ein Kompliment dafür zu machen.

Vicky machte den Deckel wieder zu. Ihre Blicke trafen sich im Spiegel. Ihr restliches Gesicht war geisterhaft weiß. Er bemerkte, wie sie aufschreckte, als es an der Tür klingelte.

»Ich geh schon«, sagte sie und verschwand, bevor er etwas sagen konnte.

Chris blieb zurück und starrte sein eigenes ungesundes Spiegelbild an. Sein feuchtes, fleckiges Brusthaar im V-Ausschnitt seines Bademantels. In der Ecke des Spiegels klebte eine Spur Lippenstift. Er leckte seinen Finger an, um die Farbe wegzureiben, jedoch verteilte sie sich nur weiter und hinterließ Streifen, fast wie Blut.

»Es ist die Polizei. Sie wollen zu dir.«

Chris erstarrte. Vicky war wieder in der Ecke des Spiegels erschienen und blinzelte besorgt.

»Wirklich? Ich ... äh ... ziehe mich schnell an.«

Seine Haut war klamm. Er mühte sich ab, ein T-Shirt und eine Jeans darüber zu ziehen. Vicky sah ihm dabei zu, ihr blasser Blick fragte: *Was ist los?* Chris schob sich an ihr vorbei und stolperte den Flur hinunter, wo seine feuchten Füße über den protzigen Teppich schlitterten. Den Teppich, den sie kurz nach ihrem Einzug gekauft hatten und der so schrecklich war, dass er schon wieder großartig aussah.

»Hallo!«, sagte er zu den Detectives, die in der Wohnung herumstanden und unverfroren Blicke in jedes Zimmer warfen. Er wünschte sich jetzt, dass er Vicky in ihre vorherigen Nachforschungen eingeweiht hätte. Er hätte die Situation herunterspielen können – natürlich wollten sie ihn sprechen, den Fahrlehrer des vermissten Mädchens.

Sie war ihm gefolgt. »Worum geht es hier?«

»Freya, schätze ich.« Chris versuchte, den richtigen Ton zu treffen: beunruhigt wegen des Mädchens, aber nicht wegen seiner Situation. »Ich helfe gern«, zwitscherte er den Polizisten zu. »Sollen wir das auf der Wache erledigen?«

Alle blieben still und ließen seine Worte in der Luft

hängen. Dann sagte Ford: »Das wird nicht nötig sein.« Sie öffnete ihr Notizbuch, während Chris Luft holte. »Es geht um die Route, die Sie mit Freya am 15. März gefahren sind.«

»Moment«, sagte Vicky. »War das der Tag, an dem das Harlow-Mädchen *verschwunden* ist?«

Chris versuchte, sie zu übertönen. »Die Route … ich habe sie eingereicht …«

»Du hast sie an dem Tag *unterrichtet*, Chris?«

»Vicky.« Er warf ihr einen flüchtigen Blick zu. Das Herz schlug ihm bis zum Hals. »Können wir später darüber sprechen? Die Detectives sind sicher sehr beschäftigt.« Als er sich wieder den Detectives zuwandte, sagte er panisch: »Es ist eine gewöhnliche Fahrstundenrunde.«

»Also sind Sie sicher, dass Sie diesen Weg genommen haben?«

»Ja.«

»Würden Sie nochmal einen Blick darauf werfen?« Ford streckte ihm ein Stück Papier entgegen. Chris ließ seinen Blick über die Straßennamen wandern, die auf dem Blatt standen. Er war sich bewusst, dass Vicky prüfend über seine Schulter blickte. Er schaute zu ihr und wieder überraschten ihn die roten Lippen.

»Sie bleiben dabei?«, fragte Detective Johnson.

»Soweit ich mich erinnere. Ich unterrichte eine Menge Schüler, da verschwimmen die Stunden manchmal.«

»Wo könnten Sie noch gewesen sein?«

Sie gaben ihm die Möglichkeit, sich selbst zu retten. Irgendetwas hatte sie hierhin zurückgeführt. Chris konnte jedoch nicht klar genug denken.

»Ich … ich erinnere mich wirklich nicht.«

Ford riss das Papier wieder an sich. »Wir wollten das nur bestätigt haben.«

Die Polizisten wendeten sich zum Gehen und Chris

wischte sich seine Hände an der Jeans ab. Es wirkte wie eine absichtliche Finte der Detectives: Ford hielt auf halbem Wege durch die Tür inne und drehte sich nochmal um. »Wenn wir schon mal hier sind, könnten wir auch einen Blick in Ihr Auto werfen?«

»Mein Auto?«

»Wenn wir es mit Ihrem Einverständnis machen könnten, …«

»Warum?«, fuhr Vicky dazwischen. »Warum müssen Sie sein Auto durchsuchen?«

»Wir ziehen alle Möglichkeiten in Betracht.«

Chris spürte, wie Vicky seine Reaktion beobachtete. Er zuckte mit den Achseln, nickte und suchte umständlich nach seinem Schlüssel. Als er den Polizisten wieder auf die Straße folgte, kam es ihm vor, als würde er aus einem Bunker kriechen, misstrauisch und mit zugekniffenen Augen. Er versuchte Vicky zu überreden, in der Wohnung zu bleiben, aber natürlich ließ sie sich nicht darauf ein. So viel zu ihrem inoffiziellen Pakt, die Nase nicht in die schmutzigen Angelegenheiten des jeweils anderen zu stecken.

Er schloss seinen Wagen auf und die Detectives leuchteten mit ihren Taschenlampen hinein. Die Lichtstrahlen tasteten sich durch den Wagen, unter die Sitze und in die Fußräume – Orte, die selbst Chris selten zu Gesicht bekam. Es fühlte sich an, als würden sie sein Inneres untersuchen. Auch die Häuser in der Straße schienen sich nach vorne zu beugen, um das Auto ebenfalls genau zu beobachten, und Chris' Wirbelsäule kribbelte in dem Bewusstsein, dass die Wohnung der Harlows sich über ihnen auftürmte. Die Polizisten baten ihn, den Kofferraum und anschließend das Handschuhfach zu öffnen. Ihn befiel Panik, dass ein vollkommen leeres Handschuhfach eventuell abnormal wirken könnte. Dass sein Auto zu sauber war.

Er bereitete sich darauf vor, zu erklären, dass ein makelloses

Fahrzeug Teil seiner Professionalität sei. Die Detectives kommentierten jedoch nichts und waren schnell verschwunden, ließen nur das Versprechen zurück, »in Kontakt zu bleiben«.

Langsam blickte Chris seiner Frau ins Gesicht. Sie starrte ihn an wie einen Fremden, den sie nicht gleich erkannte und ihn versuchte einzuordnen. Ein Fremder, der Gänsehaut bei ihr verursachte. Es war niederschmetternd, dass sie ihn so ansah. Es war schlimmer als die Polizeiverhöre.

»Du hast nie erzählt, dass du an dem Tag eine Stunde mit ihr hattest. Oder dass du deine Route einreichen musstest.«

Chris ergriff ihren Arm. »Können wir nicht hier draußen darüber reden?«

»Warum?« Sie wand sich aus seinem Griff. »Hast du Angst, dass es jemand hören könnte?«

»Wollen wir wirklich das Pärchen sein, das seine Privatangelegenheiten durch die ganze Straße brüllt? Die Nachbarn halten uns jetzt schon für ein bisschen grob.«

»Das ist nicht privat, es geht um das Mädchen, das direkt *dort* wohnt.«

Noch immer wollte er weder nach oben noch in Vicky Gesicht schauen. Sie konnte ihren Blick anscheinend nicht von den Fenstern der Harlows losreißen.

Schließlich schüttelte sie den Kopf und schlich an ihm vorbei die Treppe zu ihrer Wohnung hinunter.

Im Flur wurde sie ruhig. Sie kratzte an einer trockenen Stelle auf ihrer Hand und er bemerkte, dass sie das Armband nicht mehr trug.

»Du hast Freya …«, schließlich kehrte ihr Blick zu ihm zurück, »an dem Tag unterrichtet, an dem sie sich in Luft aufgelöst hat?«

»Sie hatte an dem Tag mit vielen Leuten Kontakt. Ich wette, die werden von ihren Partnern nicht angesehen, als hätten sie jemanden umgebracht.«

»Wie kommst du darauf, dass sie tot ist?«

»Das war doch nur eine Redewendung! Mein Gott.«

»Wirst du verdächtigt?«

»Nein! Danke, dass du an mich glaubst.«

Sie stieß einen langen Seufzer aus. »Ganz ehrlich, ich glaube, das tue ich tatsächlich nicht mehr.«

Tief in sich spürte Chris, wie sich ein Schalter umlegte. Er konnte fühlen, wie das Gespräch an etwas viel Größerem rüttelte. Er war unschlüssig, ob er das Feuer noch anfachen oder es löschen sollte. »Das sagt die Richtige«, sagte er.

»Was soll das bitte heißen?«

»Das weißt du ganz genau, Vicky.«

Sie hob ihr Kinn, das Gesicht rot. »Lenk nicht vom Thema ab.«

»Hast du nicht vorgeschlagen, dass wir uns nicht gegenseitig ›in den Ohren liegen‹ sollen, was in unseren Leben los ist? Unseren getrennten Leben, in denen wir anscheinend nur zwei unglückliche Menschen sind, die zufällig im selben Haus wohnen und die sich einmal im Jahr gerade so wie ein Ehepaar verhalten …«

»Ach, so oft? Ist mir gar nicht aufgefallen.«

»Na ja, darum geht's doch!« Er breitete die Arme aus und machte sich bewusst größer, er wollte den gesamten Raum vor ihr ausfüllen. »Du schenkst mir kaum Beachtung, es sei denn –«

Wieder wurden sie von der Türklingel unterbrochen. Diesmal war es so laut im Flur, dass sie beide zusammenzuckten. Für einen Moment rührte sich keiner von beiden, dann ging Vicky zur Tür. Chris atmete aus, als sie sie öffnete, und war noch niemals so erleichtert gewesen, seine Schwägerin zu sehen.

Di schaute von einem zum anderen und sah vermutlich die geröteten Gesichter und spürte die Spannung in der Luft. »Störe ich bei irgendwas?«, fragte sie. »Ich war gerade in der Gegend.«

Vicky glättete ihr Haar. »Nein, nein, komm rein, Schwesterherz.«

Di hatte noch immer einen fragenden Gesichtsausdruck, als sie eintrat, doch Vicky lenkte sie ab, indem sie fragte, wo sie gewesen war. Sie fingen an, über Dis Einkaufsbummel zu reden – sie hatte immer eine Geschichte über schlechten Kundenservice parat – und Chris schlich sich unter dem Vorwand davon, Kaffee zu machen. Als er die Getränke im Wohnzimmer serviert hatte, blieb er draußen vor der Zimmertür stehen. Würde Vicky Di erzählen, was passiert war? Er dachte noch einmal über Fords und Johnsons Fragen nach. Es jagte ihm Angst ein, dass er nicht wusste, was sie dachten, mit wem sie noch sprachen, was die anderen Leute ihnen erzählt haben könnten und wie das Ganze auf sie wirkte. Ganz davon abgesehen, was sie als Nächstes tun würden: Wohnungsdurchsuchung oder vielleicht seine Finanzen überprüfen?

Der Gedanke trieb ihn ins Badezimmer, wo er die Tür abschloss und in den Wandschrank griff. Als er die Schachtel ganz hinten gefunden hatte, leerte er die Rasierutensilien aus und holte die Notizzettel heraus, die er darunter versteckt hatte. Es war wahnsinnig gewesen, sie aufzubewahren. Er riss sie in Stücke, warf sie ins Waschbecken und machte den Wasserhahn an. Freyas Worte zerflossen in schwarzen Strömen und das Papier erschlaffte zu Pappmaché, während er es tiefer in den Abfluss drückte.

Danach eilte er durch den Flur zu der prächtigen Kammer, die er sein Arbeitszimmer nannte. Er versuchte, leise zu sein, als er die Kisten mit Unterlagen aus diesem Jahr durchforstete und dabei Steuer- und Unterrichtsdokumente auf dem Boden verteilte. Was könnten diese Unterlagen – abgesehen von dem bemitleidenswerten Zustand, in dem seine Firma schon länger war, als er zugeben wollte – noch offenbaren?

Ein Geräusch ließ ihn hochfahren. Di spähte durch die angelehnte Tür zu ihm. Wie lange hatte sie schon dagestanden?

Er hatte sie nicht durch den Flur kommen hören. Der Spülkasten im Badezimmer hinter ihr gurgelte vor sich hin.

Chris kniete zwischen dem Papier- und Aktenchaos und fragte sich, wie durchgeknallt er aussehen musste. Als Di erkannte, dass er sie bemerkt hatte, wandte sie ihren Blick ab und verschwand aus seinem Sichtfeld.

DREIUNDZWANZIG

STEPH

Zeb Brighton, gab Steph in das Familien-iPad ein und tippte mit dem Fuß immer wieder hart auf den Küchenboden. Die Suche nach dem Nachbarssohn ergab nichts Relevantes. Sie war sich nicht einmal sicher, ob er auch denselben Nachnamen wie Emma trug. Heather wich nicht von ihrer Seite und stellte ihr Fragen, auf die sie keine Antworten hatte. Nein, sie wusste nichts über diesen Jungen, der seine Wange an die ihrer Tochter gepresst hatte. Oder über seine Mutter: Die Eindrücke, die in den paar Monaten im selben Gebäude an Form gewonnen hatten, waren nun zerfetzt und mussten neu geordnet werden. Ihre Nachbarin von unten, die scheinbar mehr Vintagemäntel als Verpflichtungen hatte, hatte auch einen jugendlichen Sohn.

Einen Sohn, den man nirgendwo sah und der Freya viel vertrauter war, als jemand von ihnen bemerkt hatte.

Steph rieb ihre Handflächen aneinander. Was sollte sie als Nächstes eingeben? Zu ihrer Schande, und zu Freyas endloser Belustigung, war Steph nicht sonderlich bewandert, was Technik anging. In ihrem Job, in dem es vor allem um erstklassigen Service, um die Aufrechterhaltung von Standards und ums Lächeln ging, war dieses Wissen nicht sonderlich gefragt. Seltsam eigentlich: Sie hatte sich niemals als geselligen Menschen gesehen, doch anscheinend war sie das oder hatte es sich zumindest antrainiert.

Wenn du an die Uni gehen willst, solltest du echt ein bisschen fitter mit dem technischen Zeug werden, Mum, hatte Freya vor ein paar Monaten gestichelt, als Steph ihr eröffnet hatte, dass sie überlegte, ein Teilzeitstudium zu absolvieren. Steph hatte zurückgestichelt, dass sie Freya an ihre Nummer-eins-Uni folgen würde und im selben Studentenwohnheim wohnen würde. Noch während sie das ausgesprochen hatte, hatte sie bei der Aussicht, dass Freya von zu Hause ausziehen würde, einen tiefen Schmerz in sich gespürt. Jetzt allerdings würde sie alles dafür geben, sie vermissen zu dürfen, auf diese bittersüße Weise, ganz nach dem Motto: So ist das Leben.

»Versuch noch einen Ort dazu«, drängelte Heather. »Gib Zeb Brighton, Kingston upon Thames ein.«

Dieses Mal erschien ein Link zu Emmas Vintageladen, doch als Steph daraufklickte, teilte die Seite ihr mit, dass der Laden nicht mehr existierte. Das erklärte, warum Emma so oft zu Hause war. Dennoch: immer noch nichts zu Zeb.

»Versuch nur Zeb, Kingston«, schlug Heather vor, »falls er einen anderen Nachnamen hat. Das ist schon ein ungewöhnlicher Vorname, oder?«

Wieder nichts. Steph durchforstete ihr Gedächtnis nach allem, was sie sich über ihn gemerkt hatte. Alles, was tatsächlich hängengeblieben war, war die tiefe Stimme, die sie manchmal aus der Erdgeschosswohnung gehört hatte und wegen der sie darauf geschlossen hatte, dass er viel älter sein musste. Sie war unaufmerksam und beschäftigt gewesen, mit ihrem Familienleben und ihren Privatangelegenheiten. Ihre Nachbarn waren lediglich Randfiguren. Jetzt fühlte es sich so an, als hätten diese einst unbedeutenden Nebenfiguren einen Anspruch auf Freya erhoben. Stundenlang allein mit Chris im Auto. Fotos mit Emmas Sohn.

Sie griff nach ihrem Handy und wählte Jess' Nummer. Nebenan sprachen Paul und Brian mit George und bedrängten ihn wegen Freyas Einzelverbindungsnachweisen. Steph versuchte zu verstehen, was sie sagten, als ihr Telefon in ihr anderes Ohr tutete. Ihre Gedanken schweiften wieder zu ihrer gestrigen Erkenntnis über Paul. Durch die Entdeckung des Fotostreifens war sie in den Hintergrund gerückt, pulsierte aber immer noch in ihrem Hinterkopf. »Steph?«, sagte Jess, als sie abnahm, atemlos und hoffnungsvoll.

»Kannst du etwas für mich tun?«, stieg Steph direkt ein.

»Natürlich.« Jess' Stimme wurde etwas leiser, als ihr klar zu werden schien, dass dies kein ekstatischer Anruf war, der Freyas Rückkehr verkündete.

»Kannst du nachschauen, ob Freya auf ihren Social-Media-Accounts mit jemandem namens Zeb befreundet ist?«

»Zeb?«

»Sagt dir das was?«

»Daran würde ich mich erinnern. Geht er auf unsere Schule?«

»Nein, er war auf der Kunsthochschule, glaube ich. Aber jetzt ... na ja, keine Ahnung. Er hat mal unter uns gewohnt.«

»Warten Sie ...« Steph konnte hören, wie Jess tippte, dann ihrem Vater zuschrie, dass sie am Telefon war, und wieder tippte. Rechts von ihr war Heather noch immer am iPad und probierte flink immer wieder neue Suchbegriffe aus.

Selbst Gran kann besser mit dem Ding umgehen als du, Mum, hatte Freya bei einem von Heathers Besuchen gesagt und dabei gelacht.

Warum sollte ich das nicht können?, hatte Heather sie herausfordernd angegrinst.

Steph sog die Luft ein, als Jess wieder am Apparat war.

»Freya ist mit niemandem befreundet, der so heißt. Ich habe gerade ein paar Leute auf WhatsApp gefragt, ob sie ihn kennen. Ich habe ein paar Kumpels an der Kunst- und Designhochschule die Straße hoch. Denken Sie, da ist er auch gewesen?«

»Ich weiß es nicht.«

»Warten Sie …«, sagte Jess wieder. »DAD, ICH TELEFONIERE IMMER NOCH! ES IST FREYAS MUTTER! LASS MICH IN RUHE!«

Plötzlich erinnerte sich Steph daran, wie sich Jess' Eltern vor etwa drei Jahren getrennt hatten, und Jess' Mutter mit ihrem neuen Partner nach Cornwall gegangen war. Freya war in Tränen aufgelöst nach Hause gekommen und hatte Steph angefleht, ihr zu versichern, dass ihnen das niemals passieren würde. Und – selbstverständlich – hatte Steph geschworen, dass *nichts* ihre Familie zerstören könnte. Sie würde diese Vergangenheitsversion von sich mit ihren leeren Versprechen gerne schütteln.

Jess' Stimme veränderte sich, als sie sagte: »Es hat schon jemand geantwortet … Mein Freund Lee sagt, er kennt einen Typen namens Zeb Brighton an der Uni.«

»Wirklich?« Stephs Fuß tippte wieder auf den Boden. »Was weiß er über ihn?«

»Nicht viel. Er ist mit ihm auf Facebook befreundet, aber eigentlich benutzt das keiner mehr. Ich sag Lee trotzdem, dass er ihn sich mal ansehen soll. Ist er … Was hat er mit der Sache zu tun?«

»Das weiß ich auch noch nicht«, sagte Steph. »Das muss ich rausfinden.«

»Okay, Lee schaut sich gerade sein Profil an …«

Steph stellte sich ein unsichtbares Netzwerk aus Linien vor, die Zeb mit Emma verbanden, Emma mit ihr, sie mit Jess, Jess mit Lee und ihn wieder mit Zeb. Wo war Freya in diesem Netz?

»Er hat im letzten Jahr nur zweimal was gepostet«, sagte Jess, »und es ist irgendwie komisch …«

»Komisch?« Stephs Tonfall ließ Heather vom iPad aufschauen.

»Der erste Post war vor etwa drei Monaten. Lee hat mir einen Screenshot geschickt …« Jess räusperte sich, als würde sie gleich eine Rede halten. *»Achtung, eine Bitte: Kennt hier jemand einen Robin Lyle? Ich glaube, er wohnt irgendwo draußen Richtung der South Downs. Ich freue mich über jegliche Info.«*

»Robin Lyle?« Steph schaute zu Heather, die das Stichwort hörte und sofort anfing, nach dem Namen zu suchen.

»Sein zweiter Post, vor ungefähr einem Monat, war ein Link zu Robin Lyle Construction. Keine Erklärung.«

»Robin Lyle Con–« Doch Heather hatte die Website bereits gefunden und hielt Steph das iPad hin. Es zeigte einen Mann Anfang bis Mitte dreißig, mit langen braunen Haaren, einem Schutzhelm und einer Warnweste.

Steph starrte ihn mit zugeschnürter Kehle an. Sie hatte ihn vorher noch nie gesehen. Wie sollte sie wissen, ob dieser Mann auch einen Platz in dem Netz hatte, das von ihrer Tochter ausging? Wie konnte sie wissen, wie weit es sich erstreckte? Über wie viele Kilometer, wie viele Menschen, welchen Zeitraum? Woher sollte sie wissen, ob die Antwort so naheliegend war, dass sie sie nicht bemerkte?

VIERUNDZWANZIG

KATE

Fünfundzwanzig Jahre zuvor

Ich darf das nicht zulassen. Ich darf sie nicht ins verlängerte Wochenende fahren lassen. Man stelle sich vor, was er meiner Mutter in drei ganzen Tagen weit weg von zu Hause antun könnte.

Er hat sie auf die Idee gebracht, gerade nachdem ich sie dazu überredet hatte, Becca noch bleiben zu lassen. Die ganze letzte Woche haben Becca und ich so getan, als hätten wir unsere Verdächtigungen vergessen. Becca hat sich von ihrer besten Seite gezeigt und versucht, Mum nicht aufzuregen, doch es liegt eine ganz bestimmte Spannung in der Luft. An manchen Tagen ist Mum kleinlaut und verhalten, an anderen aufgesetzt und quälend fröhlich. Auch Nick hat Stimmungsschwankungen. Manchmal führt er sich wie unser Beschützer auf: Dann repariert er Sachen in der Wohnung, kümmert sich um die zwielichtigen Gestalten, die vor dem Wohnblock herumlungern, besteht darauf, dass Mum die Füße hochlegt, während er Tee für sie kocht. An anderen Tagen schicken sie Becca los, um Pommes zu holen, ehe ich von der Schule heimkomme. Währenddessen raucht Nick auf dem Balkon und Mum ist hinter geschlossener Tür in ihrem Zimmer oder im Bad. Dann weiß ich, dass sie sich gestritten haben.

Und jetzt das.

Ein Überraschungsausflug als verfrühtes Geburtstagsgeschenk. Als Mum mir am Küchentisch davon erzählt, versucht sie, begeistert zu klingen, doch ich sehe die Leere in ihren Augen.

Geh nicht, will ich sagen. *Bitte geh nicht.*

»Die Cotswolds«, sagt sie und lächelt flüchtig. »Schön, was?«

»Ich dachte, wir machen was Besonderes, weil es doch Beccas letztes Wochenende hier ist«, sage ich.

»Na ja, das könnt ihr zwei doch machen. Ihr habt eh mehr Spaß ohne uns.«

Erinnert sie sich gar nicht an den Spaß, den wir alle zusammen gehabt haben? Vor ihm? Wie wir unser eigenes Kino im Wohnzimmer gebaut haben, im Dunkeln und mit warmem Popcorn? Wie wir ins Bibliothekscafé gegangen sind, nachdem Mum und Tante Rach ihren Gehaltsscheck bekommen haben, und Bananenmilchshakes getrunken haben?

»Sie hat gesagt, Tante Rach kommt vielleicht, um sie abzuholen«, lüge ich. »Willst du nicht hier sein, wenn sie kommt?«

»Ich dachte, Becca nimmt den Zug zurück.«

»Rach will dich sehen.«

Sie fixiert mich mit einem suchenden Blick, dann starrt sie zum Fenster. Zwei Furchen graben sich in ihren Nasenrücken.

Geh nicht, geh nicht, geh nicht. Du willst gar nicht gehen, ich kann es sehen.

»Rach wird mich wann anders besuchen müssen«, sagt sie forsch. »Nick hat sich viel Mühe gegeben, um das alles zu arrangieren.«

Becca und ich versuchen, einen Plan zu schmieden. Wir überlegen, Tante Rach einzuweihen, sie vielleicht zu fragen, ob sie Mum anruft und sie davon überzeugt, zu Hause zu bleiben, doch Becca ist nicht wirklich scharf darauf. Sie kommt mit ihrer Mutter im Moment nicht so gut klar, gibt sie zu. Sie geraten in letzter Zeit immer häufiger aneinander, streiten sich oder schweigen sich an (während Onkel Jack sich schön raushält), aber ich bin gerade zu gestresst, um sie näher danach zu fragen.

Keiner unserer Pläne scheint wirklich sicher zu sein. Manche sind lächerlich. Auf einen Plan kommen wir aber immer wieder zurück: zur Polizei gehen.

»Alles, was die machen, ist mit deiner Mum zu reden«, sagt Becca in ihrer abgeklärten Art, die mich manchmal beruhigt, manchmal aber auch in den Wahnsinn treibt. »Und wenn sie nichts zugibt, können die nichts mehr machen.«

»Sie könnten ihn festnehmen!«

»So funktioniert das nicht, Kay. Und weißt du überhaupt, wo die Polizeistation ist?«

Ich zögere. Natürlich nicht. Ich weiß überhaupt nichts. Ich bin nutzlos.

Ich stehe auf und schaue mich panisch in meinem Zimmer um, als würde sie sich irgendwo zwischen meinen Sachen verstecken. »Wir könnten 999 anrufen?«

»Die Nummer ist für Notfälle.«

»Das hier ist ein Notfall! Er könnte sie umbringen!«

»Kate.« Becca springt auf und legt ihre Arme um mich, wiegt mich beruhigend hin und her. Sie sagt mir, dass alles in Ordnung kommen wird. Ich schluchze in ihre Schulter und durchnässe den dünnen Stoff ihres Kleids mit meinen Tränen.

Den Rest der Woche schlafe ich kaum. Am Donnerstag hat Mum Frühschicht. Sie gibt mir einen Abschiedskuss und geht zur Arbeit, während ich noch im Schlafanzug und Becca noch im Bett ist. Nick ist sogar noch früher gegangen. Die Morgen fühlen sich leichter an, wenn er nicht mit am Frühstückstisch sitzt. Nachdem Mum weg ist, ist es still in der Wohnung und ich schlüpfe in ihr Zimmer.

Es fühlt sich intim an – falsch –, in ihrem Zimmer zu sein, wenn sie nicht da ist. Die zerwühlte Bettdecke gibt den Blick auf die zerknitterte Ecke des Bettlakens frei. Das Armband aus Falschgold, das ich ihr gekauft habe, liegt zusammengerollt ganz hinten auf ihrem Nachttisch und ist längst nicht mehr untrennbar mit ihrem Handgelenk verbunden. In diesem Licht sieht es billig aus, kindisch und schäbig, und die Scham darüber brennt auf meiner Haut.

Ich drehe mich auf der Stelle um, lasse meinen Blick über Fotos und Möbel wandern, die neuerdings so fremdartig aussehen. Ich weiß, was ich suche und gleichzeitig weiß ich es nicht. Dieses Zimmer fühlt sich auf einmal an wie ein fremdes Land. Zutritt verboten. Ich erinnere mich noch daran, wie es war, als es zwischen uns keine Grenzen gegeben hatte.

So sollte es doch sein zwischen Kindern und ihren Eltern, oder?

Als ich die Nachttischschublade öffne, keimen in mir Schuldgefühle auf. Darin befinden sich: eine schwarze Haarbürste, eine Packung Paracetamol, ein altes Magazin. Ich drehe mich zum Kleiderschrank um und lasse meine Finger über die Kleider und die hübschen Röcke gleiten, die sie nicht mehr trägt. Ich rieche am weichen Stoff, der ihren Geruch wie eine Erinnerung gefangen hält.

Gerade, als ich mich zurückziehen will, fällt mein Blick auf ein hellblaues Stoffbündel am Schrankboden. Achtlos zusammengeknüllt liegt es im Dunkel der hinteren Ecke. Ich greife nach unten und will es aufheben, doch als es sich entfaltet, schmeiße ich es erschrocken von mir. Es klatscht gegen den Spiegel und fällt zu Boden und da sehe ich es wieder: Es ist ein

T-Shirt mit einem dunkelrot verkrusteten Fleck auf der Vorderseite.

Benommen stehe ich da und mir schlägt das Herz bis zum Hals. Ich breite das Oberteil vor mir auf dem Boden aus, starre das getrocknete Blut an und fahre langsam mit meinen Fingerspitzen darüber.

Mir steigt Erbrochenes in den Hals, während meine Gedanken rasen, wahnwitzig und voller Panik. Meine Mummy, meine Mummy, meine Mummy.

Jetzt muss ich handeln. Ich stopfe das Oberteil in meine Schultasche und stürme hinaus. Ich würde mich mutiger fühlen, wenn Becca bei mir wäre, aber ich darf jetzt keine Zeit vergeuden. Ich will nicht, dass mein Mut wieder versagt.

Ich frage mich bei vier fremden Leuten durch, bis endlich einer weiß, wo die Polizeistation ist. Ich sage mir die Wegbeschreibung immer und immer wieder vor und stolpere durch die Straßen, bis ich an einem grauen Gebäude mit verspiegelten Fenstern ankomme. Ich hasse es, an neue, unbekannte Orte zu kommen: Ich weiß nie, wie ich mich vorstellen soll, wie ich mich verhalten soll. Ich erinnere mich an meinen ersten Tag auf der weiterführenden Schule, als ich aus Versehen ins Lehrerzimmer gelaufen bin und sich ein Dutzend Lehrerköpfe zu mir umgedreht haben.

Ich drücke mich durch die Eingangstüren und stehe einen Moment lang in der Eingangshalle. Helle Spiralen ziehen sich durch mein Sichtfeld und weil ich mich höllisch beeilt habe, ist mir glühend heiß. Zu meiner Linken ist ein Wartebereich, wo zwei Leute, ein Mann und eine Frau, in müder Stille sitzen. Die Frau hat einen Gipsverband um ihr Handgelenk und der Mann kaut aggressiv auf etwas herum – ich kann nicht erkennen, ob auf seinem Kaugummi oder auf den Innenseiten seiner Wangen.

Ich schlurfe zu der breiten Empfangstheke, die von durchsichtigen Glaspanelen umschlossen ist. Es sieht aus wie auf dem Postamt, wo Mum arbeitet, nur höher und breiter. Die Leute dahinter sind überraschend weit weg. Sie sitzen an unterschiedlichen Schreibtischen und tippen geschäftig. Ich versuche es mit Warten, bis mich jemand bemerkt. Dann klopfe ich schließlich gegen die Scheibe. Eine Frau schaut auf und hievt sich aus einem Stuhl hoch.

»Kann ich helfen?«

»Ich bin hier, weil ... Ich muss mit einem Polizisten sprechen ... oder einer Polizistin.«

»Vor dir steht eine.« Ihr Tonfall ist nicht fies, aber ich werde trotzdem rot und meine Zunge verknotet sich.

»Ich muss nur jemandem erzählen, dass ...« Meine Hand flattert zu meiner Tasche, in der Mums blutiges Oberteil zusammengeknüllt zwischen meinen Schulsachen liegt.

»Hast du ein Verbrechen beobachtet?«

Meine Hand zuckt zurück. »Nicht direkt.«

»Hast du was gemacht?« Sie legt den Kopf schief. »Gibt es etwas, das du gestehen willst?«

»Nein, nein!« Ich schüttele den Kopf, den Tränen nahe. »Ich will es nicht hier draußen sagen«, flüstere ich.

Ich weiß nicht, ob ich mir ihr ungeduldiges Schnalzen nur einbilde. Sie geht zu ihrem Schreibtisch und kommt mit einem Klemmbrett und einem Stück Papier zurück.

»Warum füllst du nicht dieses Formular aus?« Sie deutet mit einem Kopfnicken zu den Stühlen und ich weiche vor dem kauenden Mann und der Frau mit dem gebrochenen Arm zurück.

Normalerweise würde ich jede Gelegenheit ergreifen, etwas aufzuschreiben, auf Papier bin ich viel besser mit Worten. Aber die Kästen und gepunkteten Linien sehen so verwirrend aus: Woher weiß ich, dass ich das Richtige ankreuze? Kommt das dann in eine dauerhafte Akte?

»Kann ich allein mit jemandem sprechen?«, frage ich.

Die Frau seufzt. »Warte hier. Ich gucke, ob einer der Befragungsräume frei ist. Ich kann dir aber nichts versprechen. Ich sage denen immer wieder, dass die Räume hier nicht ausreichen, dass wir einen Anbau brauchen …« Sie schlendert davon.

Zuerst atme ich erleichtert auf, doch während sie weg ist, lasse ich mir ihre Worte durch den Kopf gehen. *Befragungsraum*. Ich stelle mir vor, wie zwei Polizeibeamte mich mit Fragen beschießen, sich zu mir herunterbeugen und Guter-Cop-Böser-Cop spielen. Rational gesehen weiß ich, dass es nicht so abläuft, trotzdem bricht mir der Schweiß aus und läuft mir übers Gesicht.

Ich stelle mir vor, wie sie Mums Oberteil mitnehmen und es für Untersuchungen einschicken. Mum wird merken, dass ich in ihrem Zimmer war und ihre Sachen durchwühlt habe. Die Polizei wird jemanden zu uns schicken und Mum wird wütend werden und ausrasten. Sie wird leugnen, was passiert ist, und wird mich damit aussehen lassen wie eine Lügnerin. Nick wird sehen, wie einfach es ist, meine Rettungsversuche niederzuschlagen. Es wird die ultimative Bestätigung sein, ein für alle Mal, dass Mum ihn niemals hintergehen wird.

Auf der anderen Seite der Trennwand beginnt ein Kopiergerät zu knurren und zu piepen. Der Mann im Wartebereich ruft: »Wie scheißlange denn noch?« Plötzlich beugt sich das Mädchen mit dem gebrochenen Arm nach vorne und kotzt auf den Boden, der Geruch steigt mir unmittelbar und scheußlich in die Nase.

Das hier ist nicht richtig. Es fühlt sich nicht mehr richtig an.

Noch bevor die Polizistin zurückkommt, bin ich verschwunden.

FÜNFUNDZWANZIG

EMMA

Zebs Profilbild bei Skype war auf dem Bildschirm eingefroren. Es verspottete sie, während das Symbol mit der Aufschrift »Zeb anrufen« in der Mitte auf und ab tanzte. Dann, wie durch ein Wunder, verschwand das bewegungslose Bild und wurde ersetzt durch einen Zeb, der atmete und sich bewegte. Sein Haar war länger und sein Gesicht wirkte schmal – seine Schultern sahen jedoch muskulöser aus. Hinter ihm war ein Fenster mit Blick auf einen staubigen Innenhof zu sehen. Es wirkte, als wäre er kopiert und in eine außerirdische Kulisse eingefügt worden.

Sie blinzelte ihre Tränen zurück und wünschte, sie könnte ihr Unbehagen abschütteln. Das war ihr Sohn. Ihr Zeb.

»Hallo Fremder!«

»Hey Mum.« Es half nicht, dass seine Stimme nicht synchron zu seiner Mundbewegung war. Es brachte ihr Gespräch aus dem Gleichgewicht.

»Wie geht's dir, Zebbie?«

»Mir geht's ... gut.«

»Ja?« Emma lehnte sich nach vorne, wollte sich unbedingt vergewissern. Sie versuchte, ihren Blick auf ihm ruhen zu lassen und nicht auf dem Hintergrund, doch es war schwer, sich nicht zu fragen, wer außer ihm noch anwesend war. »Wirklich?«

»Ja, Mum, wirklich.«

»Na, das ist doch super.« Es gab so viele Fragen, die sie stellen wollte, doch jede von ihnen war mit einem möglichen Konflikt belastet.

»Wie geht's dir?« Diese Rückfrage überraschte sie. »Du hast gesagt, es gibt was Dringendes?«

Emma überlegte, wo sie anfangen sollte. Ihre Augen suchten sein Gesicht nach weiteren Veränderungen ab und ihr Atem ging nur noch stoßweise, als sie die Entfernung zwischen ihnen beiden spürte, die Barriere des Bildschirms und das schwache Signal.

Plötzlich entdeckte sie ein dunkelrotes Mal auf Zebs Hand. Sie zeigte darauf und runzelte die Stirn: »Hey, was ist das?«

»Das?« Er hob die Hand und nun konnte sie es vollständig sehen: ein breiter, tiefer Schnitt in seiner Handfläche.

»Woher hast du das?«

»Hab mich geschnitten, als ich ein Paket aufgemacht hab.«

»Zeb, das sieht schlimm aus! Bist du ins Krankenhaus gegangen?«

»Wurde mit ein paar Stichen genäht.« Er ließ die Hand sinken. »Sieht schlimmer aus, als es ist.«

Sie wusste, dass es im Grunde nur ein Schnitt war, doch er schien all ihre Ängste zu verkörpern. *Du solltest nicht dort sein. Du solltest bei mir sein.*

Während sie versuchte, nicht mehr auf seine Hand zu starren, sah sie, wie sich hinter ihm etwas bewegte. Jemand war im Hof aufgetaucht: ein junger Mann mit langem braunem Haar in einem marineblauen Overall, der einen Sack Schotter in Richtung eines Schuppens trug. Emmas Herz überschlug sich. *Robin.* Zeb musste ihre nachlassende Aufmerksamkeit bemerkt haben, denn nun drehte er sich um und die zwei Männer winkten sich gegenseitig zu. Emma riss sich zusammen, damit sie, wenn er sich wieder umdrehte, vernünftig und ruhig aussah.

Das gestaltete sich allerdings schwierig. Ihr Mund war so unglaublich trocken.

»Zeb.« Sie konzentrierte sich auf ihn, nicht mehr auf den Hof. »Kennst du Freya, die über uns wohnt?«

Zebs Aufmerksamkeit schwenkte zu ihr zurück. »Das blonde Mädchen?«

»Ja.« Sie spähte zu ihrem Fenster, zu den zwei Baumreihen, die vom Wind durchgeschüttelt wurden und zu den Plakaten von Freya, die sich an Stämmen festklammerten. »Hast du … irgendwas im Netz über sie gesehen?«

»Ich war nicht viel online. Die Verbindung ist scheiße hier. Warum, was ist mit ihr?«

»Sie … sie wird vermisst.«

Der Bildschirm wurde schwarz. Überrascht zuckte sie zusammen.

»Oh! Zeb, bist du noch da?«

Ein Knistern war zu hören, dann erschien sein Bild wieder. »Ich glaub, das Bild war kurz weg«, sagte er.

»Ja …« Sie war durcheinander. Ein Teil von ihr wünschte sich, der Bildschirm wäre schwarz geblieben. Es wäre einfacher, das hier blind durchzuziehen. Um sicherzugehen, dass er die Wahrheit sagte, räumte ein winziger Teil von ihr ein, bevor sie den Gedanken beiseiteschob.

»Freya wird vermisst?« Zeb schien ihren Namen nun mit stärkerer Vertrautheit auszusprechen. »Echt?«

Emma nickte. »Seit drei Tagen.«

»Scheiße.« Zeb rieb sich mit dem Handrücken über den Mund und offenbarte so nochmal den Schnitt. Seine Finger waren schwielig und auf den Spitzen war weißer Gipsstaub zu sehen. Emmas Blick huschte zu Robin im Hintergrund, der sich jetzt auf einen Spaten lehnte und einen Stapel Gehwegplatten betrachtete.

Einen Moment lang schien er Emma direkt anzusehen. Ruckartig ließ sie ihren Blick wieder zu Zeb gleiten.

»Und ihre Mutter hat ein paar Fotos gefunden«, sagte sie eilig. »Von dir und ihr in einer von diesen Fotoboxen. Was mich verwirrt hat. Ich wusste gar nicht, dass ihr befreundet seid.«

»Sind wir nicht.«

Emmas Arme wurden kalt. In einer fast unterbewussten Geste griff sie nach links und drehte das Thermostat höher. Sie sollte sparsam damit umgehen, doch dieser Frühlingstag hatte es auf einmal in sich.

»Wir waren nur ...«, sagte Zeb, »... wir haben eine Nacht zusammen verbracht ... also, nicht *so*.«

Sie zwang sich, still zu sein, abzuwarten und ihren Atem zur Ruhe kommen zu lassen. Doch als Zeb wieder dichtmachte, konnte sie es nicht lassen, ihn zu ermuntern: »Was ist passiert?«

Er machte eine weitere lange Pause, ehe er endlich mit seiner Erklärung fortfuhr.

»Es war vor ein paar Monaten. Ich habe sie zufällig im Park getroffen. Ich habe auf der Bank gesessen und nachgedacht, und sie auch, wie es aussah. Ich hatte nicht vor, mehr als hallo zu sagen, aber dann habe ich gemerkt, dass sie *total* besoffen war.«

»Ach ja?« Emma konnte sich Freya nicht betrunken vorstellen. Die gesunde, goldige Freya. Zebs Zeichnung schoss ihr durch den Kopf: das Mädchen auf dem Karussell mit beiden Armen in der Luft.

»Ich dachte, ich schau mal besser nach, ob es ihr gut geht. Sie war anscheinend wütend – sie hat diese ganzen Sachen gesagt, hat alles nicht so richtig Sinn ergeben ... Sie hatte eine Flasche Gin dabei und hat mich gefragt, ob ich mit ihr trinken will.«

»Warum war sie wütend?«

»Das habe ich zuerst nicht so richtig verstanden. Ich hatte den Eindruck, dass sie niemanden zum Reden hatte, aber dass ich vielleicht ihre Probleme nachf–« Er unterbrach sich. Emma schaute ihn an. Er hatte sagen wollten »ihre Probleme nachfühlen konnte«. Ehe sie ihn fragen konnte, wie er das meinte, sprach er hastig weiter: »Irgendwann ist sie ein bisschen albern geworden. Sie hat auf dem Spielplatzkarussell gesessen und gelacht, hat gesagt, dass sie einen Plan hat …«

»Du hast sie gezeichnet«, schoss es aus ihr heraus, bevor sie es zu Ende denken konnte.

Zeb hielt inne und sein Gesicht verdunkelte sich. »Du hast meine Zeichnungen angeguckt?«

Emma wurde rot. »Ich dachte, es macht dir nichts aus. Sie sind wirklich gut, Zeb. Aber ich habe mich gerade gefragt –«

»Wühl nicht in meinen Sachen rum, Mum. Mein Zeichenbuch war in der Schublade. Ist nicht so, als hätte ich es einfach so rumliegen lassen.«

Sie sah zu, wie er einatmete, seine Augen sich schlossen und seine Lippen schmal wurden. Zählte er bis zehn? Hatte er das in seinen Anti-Aggressionskursen gelernt?

Was war mit dem kleinen Jungen passiert, der Luftgitarrenwettbewerbe mit seinen Großeltern veranstaltet hatte, der bei der Vermessung von Emmas Laden stundenlang das Ende des Maßbands gehalten hatte, der seiner Erzieherin erzählt hatte, dass er seine Mutter heiraten würde, wenn er groß war, als wäre es die einzige realistische Option? Und was war mit ihrem Teenager passiert, der Musik und Kochen und Comics liebte?

Du bist passiert, dachte sie, und sah Robins verschwommene Silhouette vor ihrem geistigen Auge, während Angst und Wut sich erneut in ihr zusammenbrauten.

Zeb öffnete die Augen. »Ich habe nicht viel Zeit«, sagte er jetzt schroff. »Im Garten gibt's noch viel zu tun, bevor es dunkel wird.«

Es war so verlockend, das Gespräch in den letzten paar Minuten auf etwas Leichteres zu lenken. Doch sie *musste* einfach das Ende der Geschichte hören und was er über Freya wusste.

»Was ist noch passiert, Zeb?«

Er schaute am Bildschirm vorbei und nicht wirklich in ihre Augen, es war jedoch schwer zu sagen, ob das eine Nebenwirkung von Skype oder eine bewusste Vermeidungsstrategie war.

»Wir haben noch ein bisschen auf dem Spielplatz rumgealbert, haben getrunken, uns gegenseitig das Klettergerüst hoch- und runtergescheucht. Dann wollten wir nach Hause gehen. Wir haben die Bilder in der Fotobox am Bahnhof gemacht, nur aus Spaß. Aber in der Bahn war sie dann wieder so aufgelöst. Hat angefangen, über ihre Eltern zu reden ...«

»Ihre Eltern?« Emma warf einen Blick zur Decke, als könnte sie in die Wohnung der Harlows sehen. Sie hörte das Knarzen einer Bodendiele, das Klopfen eines Rohrs. Zeb sah jetzt nachdenklich aus. Einen Moment ließ das Licht ihn nur noch als Silhouette erscheinen, wie in einem Fernsehinterview mit Schattenwand.

Emma verdrängte das Bild von Robin, das am Rande des Geschehens schwebte.

Als Zeb sie wieder ansah, waren seine Augen weit aufgerissen. »Eltern denken immer, sie könnten Sachen vor ihren Kindern geheim halten. Aber wir finden alles raus und dann ist es noch beschissener, wegen der ganzen Lügen.«

Sie fühlte sich, als hätte ihr jemand eine Ohrfeige verpasst. Während Zeb weitersprach und erzählte, was Freya ihm erzählt hatte, hatte sie Mühe sich zu konzentrieren. Sie wusste, wie wichtig das war, aber sie wollte angesichts seines angedeuteten Vergleichs nur noch heulen, sich verteidigen, sich entschuldigen, ausflippen.

SECHSUNDZWANZIG

CHRIS

Di war endlich gegangen und hatte halb drohend »Bis bald, Chris!« durch den Flur gerufen. Vicky hatte sich ohne ein weiteres Wort verkrochen und sich eine Weile hingelegt. Chris hatte sich davongemacht und fuhr jetzt durch einen regnerischen Sturm zu Freyas Schule.

Er würde dort natürlich nicht herumlungern. Er musste nur von dort aus starten, um die Route von vor drei Tagen noch einmal durchzugehen und nach Überwachungskameras Ausschau zu halten, die ihn und Freya vielleicht an jenem Nachmittag aufgenommen hatten. Der immer stärker werdende Regen erschwerte diese Mission erheblich. Chris' Scheibenwischer quietschten jedes Mal, wenn sie über die Scheibe glitten – er wollte sich schon seit Wochen neue Wischblätter zulegen. Er war peinlich stolz darauf, Vickys und sein Auto so gut zu pflegen. Es war die einzige Sache, die er gut konnte, und besonders mochte er, dass er es für sie tat. Sie verdrehte immer die Augen, wenn er ihr Vorträge über Ölstände und Kupplungsverschleiß hielt, doch eigentlich gefiel es ihr, das konnte er sehen. Inzwischen war es schwieriger geworden, sie zufriedenzustellen oder zu amüsieren, und noch schwieriger war es geworden, zu beurteilen, ob sie glücklich oder traurig war.

Der Gedanke daran, wie sie ihn, nachdem die Polizisten gegangen waren, angeschaut hatte, lastete schwer auf ihm. Einst hatte er geglaubt, dass sie ihn bedingungslos liebte, dass sie im Grunde zu einer Person verschmolzen waren. Diese naive Theorie wurde jetzt in einer Weise auf die Probe gestellt, die er nie für möglich gehalten hätte.

Sein Handy klingelte. Dis Name erschien auf dem Freisprechbildschirm. Ein Alarmsignal durchbohrte ihn – musste *bis bald* denn *so bald* bedeuten? Er fummelte an der Steuerung herum.

»Hi Chris.« Dis Stimme klang anders durch die Lautsprecher.

»Di«, erwiderte Chris. »Alles in Ordnung?«

Sie machte eine Pause. Er schaute mit einem Auge auf die vorbeiziehende Straße, während seine Finger nervös aufs Lenkrad trommelten.

»Na ja ...«, sagte Di, »ich wollte dich eigentlich dasselbe fragen.«

Er schluckte. »Wie bitte?«

»Ich meine ... ist mit dir und Vic alles in Ordnung?«

Seine Schultern spannten sich an. »Ich ...«

»Geld-technisch.«

Zuerst war er überrascht über die Frage, dann war er sich nicht sicher, ob er erleichtert oder besorgt sein sollte. Wenn Di ihn vor ein paar Monaten nach ihren Finanzen gefragt hätte, hätte er direkt abwehrend reagiert. Selbst jetzt noch antwortete er knapp: »Warum fragst du?«

»Na ja ... Ich habe dich heute in deinem Büro gesehen. Wie du Rechnungen durchgegangen bist. Du sahst sehr ... *besorgt* aus.«

Natürlich musste sie das erwähnen. Musste immer ihre Nase in fremde Angelegenheiten stecken. »Ich habe nach etwas gesucht«, sagte er. »Für meine Steuererklärung.«

»Du kannst mir erzählen, wenn ihr Probleme habt. Gav und ich würden gerne helfen.«

»Du hast Gavin davon erzählt?«

»Ähm …«

»Hast du es Vicky gegenüber erwähnt?«

»Nein, nein, ich wollte zuerst mit dir sprechen.«

Chris biss die Zähne zusammen. »Di, mit Vicky und mir ist alles in Ordnung. Ich passe auf sie auf, weißt du, auch wenn du und Jane das anders seht.«

»Ich wollte damit nicht andeuten, dass –«

»Ich muss los. Ich bin im Auto …« Er übertönte sie, als sie versuchte, ihm erneut ins Wort zu fallen. »Bis zum Mittagessen nächste Woche. Oder – wohl eher – vorher.« Der letzte Teil kam bösartiger aus seinem Mund, als er beabsichtigt hatte.

Als er den Anruf beendet hatte, stießen seine Scheibenwischer ein besonders hohes Quietschen aus, und Chris bemerkte, wie verschwitzt er war. Was zur Hölle dachte Di, wer sie war? Er war auch auf sich selbst wütend, weil er nicht diskreter gewesen war und sich von seiner Panik hatte übermannen lassen.

Sein Herz klopfte nun alarmierend schnell. Sein ganzer Körper war von dem Gefühl durchdrungen, dass noch jemand anderes im Wagen saß: Freya. Sie saß auf dem Beifahrersitz und schaute ihm beim Fahren zu. Ihr Blick hinterließ eine Gänsehaut auf ihm. Sie saß hinter ihm, schaute über seine Schulter, ihr Atem in seinem Ohr. Dann war sie auf der nassen Motorhaube und starrte ihm durch die Windschutzscheibe in die Augen. Sie hatte Dinge in den Händen, glitzernde Schmuckstücke, die in ihrer Größe anschwollen, und sie trug Vickys Armband, Vickys neuen blutroten Lippenstift …

Er konnte ihre Stimme kristallklar hören. Er sah, wie sie

lachte, wie sie ihr Haar über die Schulter warf und ihn mit ihrem überraschend scharfsinnigen Humor ebenfalls zum Lachen brachte. Dann war sie wieder kühl oder wütend, als wäre ein Schalter umgelegt worden, und sie gestikulierte mit beiden langfingrigen Händen, ließ dabei das Lenkrad los. Chris fuhr links ran. Er krümmte sich und schnappte nach Luft, während die Scheibenwischer nicht aufhören wollten zu kreischen.

Ich halte das nicht aus.

Er griff nach seinem Handy und suchte nach der Nummer, die er eigentlich hätte löschen sollen. Er drückte auf Anrufen.

Es klingelte und klingelte.

Geh ran, geh ran, geh ran.

Natürlich würde niemand antworten. Es war leichtsinnig, es zu versuchen, doch er brauchte … Er wusste nicht einmal, was genau er brauchte. Er wusste nur, dass er bald an seine Grenzen stoßen würde. Er feuerte das Handy auf den Beifahrersitz, drehte den Rückspiegel, sodass er sein Gesicht sehen konnte, und starrte in seine blutunterlaufenen Augen.

Reiß. Dich. Zusammen.

Sein Handy piepte und er lehnte sich vor, um die Nachricht zu lesen. *Meine Eltern wollen nicht mehr, dass du mich unterrichtest. Tut mir leid. Jess.*

Chris ließ sich zurücksinken und schloss die Augen. Seine Brust hob und senkte sich heftig. Ein Taubheitsgefühl legte sich langsam über seinen Körper.

Er wurde hellhörig, als er zuerst hörte und dann sah, wie eine Gruppe Polizisten aus dem Parkeingang auf der gegenüberliegenden Straßenseite kamen. Sie alle trugen Handschuhe und hielten Klemmbretter in den Händen, Deutsche Schäferhunde trotteten neben ihnen her und schnüffelten in der feuchten Luft herum. War das einer der Suchtrupps, die die Gegend nach Freya durchkämmten? Da er keine Fragen provozieren wollte, startete Chris sein Auto und fuhr schnell davon.

Er drehte eine Schleife zurück zu der Straße, in die er am liebsten niemals eingezogen wäre, und zurück zu seiner Frau, die ihn mit den gleichen misstrauischen Blicken verfolgte wie all die anderen.

Er wusste nicht, was er sonst tun sollte.

SIEBENUNDZWANZIG

EMMA

Nach ihrem Skype-Telefonat mit Zeb schweifte Emma ruhelos in ihrer Wohnung umher und fand sich schließlich erneut im leeren Zimmer ihres Sohnes wieder. Sie legte sich auf sein Bett und schaute auf das Deadpool-Poster an der Wand, während sie versuchte, das Gesagte von eben aufzudröseln.

Warum konnte sie nicht aufhören, über die Seltsamkeit von Zebs und Freyas Zusammentreffen im Park nachzudenken? Warum wurde sie das Gefühl nicht los, dass da mehr war, als Zeb preisgegeben hatte? Auch wenn er so wütend auf Emma geworden war, weil sie seine Zeichnungen durchgesehen hatte – neben all den anderen Dingen, wegen denen er wütend auf sie war –, stand sie nun auf und holte das Skizzenbuch wieder aus der Schublade. Sie untersuchte die Zeichnung von Freya, bis es schien, als würde das Mädchen auf dem Papier zum Leben zu erwachen, weinen und sich ihr anvertrauen.

Dieses »Warum« musste Emma jetzt an Freyas Eltern weitergeben, auch wenn es ein sensibles Thema war, auch wenn es viele Fragen aufwerfen würde. *Dann mach es auch*, rügte sie sich selbst. *Hör auf, es vor dir herzuschieben.*

Sie klappte das Buch zu und öffnete dann, schuldbewusst,

aber ohne zu wissen, warum genau, Zebs Schublade, um hineinzuspähen. Mit einem Anflug von Traurigkeit bemerkte sie, wie leer die Schublade war: Lediglich ein paar gefaltete T-Shirts, ein Sherlock-Holmes-Buch (seit wann war er Fan?), und seine Haustürschlüssel für hier, die er anscheinend nicht brauchte, lagen darin. Sie machte mit seinem Kleiderschrank weiter und ignorierte die Tatsache, dass sie jetzt aktiv herumschnüffelte. Als sie sein Skateboard sah, das in der Ecke lehnte, ein kurzlebiges Hobby, das schon Jahre her war und nur einen Sommer lang gehalten hatte, lächelte sie milde. Als sie bei seinem Nachtschrank angelangt war, ließ sie auch die Schachtel mit Zeichenkohle innehalten, die sie ihm letztes Jahr zu Weihnachten gekauft hatte. Emma berührte die dünnen Stifte, die dickeren Kohlestücke, die festen Blöcke. Dann bemerkte sie etwas an der Seite der Schachtel: ein langes, weiß glänzendes Rechteck.

Als sie es herauszupfte und umdrehte, wusste sie bereits, worum es sich handelte. Zeb und Freya grinsten ihr von dem Fotostreifen entgegen. Es war der gleiche, den auch Steph an diesem Morgen vorbeigebracht hatte. Viermal, lachend, mit zusammengesteckten Köpfen. Auf einem Bild kippte sich Freya aus einer Flasche Vodka in den Mund und sah dabei eher aus wie eine Hardcore-Partylöwin als ein aufblühender Sportstar.

Also hatte auch Zeb ein Andenken an ihr Treffen.

Emma versuchte sich selbst davon zu überzeugen, dass er die Bilder nicht *versteckt* hatte. Sie lagen bloß in seinem Nachtschrank. Daran war nichts falsch. Ihr Puls raste, als sie die Fotos zurücklegte und aus dem Zimmer ging.

Als sie schließlich an der Tür der Harlows klopfte, wurde sie noch nervöser. Sie hatte sich in der Vergangenheit nur selten die Treppe hinaufgewagt und wünschte sich jetzt, sie hätte es – für eine angenehme Nachbarschaft – öfter getan. Vielleicht würde es sich dann nicht so beängstigend anfühlen. Die Tür war in einem eleganten, sauberen Elfenbeinton gestrichen und in der Mitte befand sich ein glänzendes C aus Messing.

Als Paul an die Tür kam, rutschte Emma das Herz in die Hose. Sie hatte eigentlich gehofft, mit Steph allein sprechen zu können. Er sah erschöpft, aber immer noch verschlossen aus, selbst als Emma herausplatzte: »Ich habe mit Zeb über Freya gesprochen.«

Er ließ sie wortlos herein. Ihre Vermutung, Stephs und Pauls Wohnung wäre größer als ihre eigene, bestätigte sich. Sie gingen durch ein weitläufiges Wohnzimmer und Emma wurde von dem vielen Platz und der Helligkeit des Raumes abgelenkt. Hinzu kamen die lackierten Dielen, über denen Lampen wie Satelliten schwebten.

Die Helligkeit schien jedoch zu verblassen, als sie die Menschen wahrnahm, die im Zimmer herumsaßen. Steph saß gekrümmt auf einem Stuhl neben dem Fenster, beinahe eine Kopie von Emmas Stuhl im Erdgeschoss. Der Familienbetreuer, George, verteilte Tee, während eine ältere Frau mit Untersetzern auf dem Couchtisch herumhantierte. Eine grauhaarige Version von Paul umklammerte ein Bündel Papier und einen Stift und starrte ins Leere. Die Stimmung war gedämpft, aber erwartungsvoll, wie am Morgen einer Beerdigung.

»Emma ist hier«, verkündete Paul, und alle Köpfe drehten sich zu ihr, sodass die gesamte ängstliche Erwartung nun auf ihr lag.

Steph stand auf. »Hast du mit deinem Sohn gesprochen?«

Emma nickte. Ihr Herz hämmerte wieder. Sie war unsicher, ob sie vor all diesen Leuten sagen konnte, was sie sagen musste. George sah aus, als ob er etwas sagen würde, doch die Frau mit den runden Brillengläsern kam ihm zuvor. »Was weiß er über unsere Freya?«

Emma hatte im Stillen geübt, wie sie ihr Gespräch mit Zeb zusammenfassen würde, doch jetzt wirbelten ihre Gedanken durcheinander. Sie wusste nicht, wen sie ansehen sollte, also konzentrierte sie sich auf den Kunstdruck an der Wand: die Wirbel in Van Goghs *Sternennacht*. Ihr Blick wurde von Freyas Foto daneben angezogen. Das Mädchen darauf wurde von der Sonne angestrahlt und sah glücklich aus, ihr Lächeln unbedacht. Es war schwer, sich vorzustellen, wie sie sich Vodka in den Hals kippte, schwer zu begreifen, welche Geheimnisse oder Probleme sie von ihrem so sauberen und gemütlichen Zuhause weggeführt hatten. Besonders jenes, das sie Zeb anvertraut hatte und das jetzt in Emmas Kehle festsaß.

»Er ... er und Freya haben sich nachts zufällig im Park getroffen. Sie sind ins Gespräch gekommen, haben was zusammen getrunken, sie haben nichts –« Sie unterbrach sich, bevor sie *nichts Unanständiges* sagen konnte und die anderen damit auf Ideen brachte. »Nichts Schlimmes angestellt.«

»Wann war das?«, fragte Steph.

»Vor ungefähr zwei Monaten, ein Freitagabend. Freya hätte bei einer Freundin übernachten sollen, aber anscheinend hatte sie sich nicht danach gefühlt. Zeb hat gesagt, sie war ... aufgebracht.«

»Aufgebracht? *Warum*?«

Emma scharrte mit den Füßen über den Boden. »Na ja, Zeb hat gesagt, es ... es hatte etwas damit zu tun, was sie über ...«, sie deutete zu Steph und weitete ihre Geste dann auch auf Paul aus, »... ihre Eltern herausgefunden hat.«

Fassungslose Stille breitete sich zwischen ihnen aus. Steph starrte zu Paul, doch der blickte nach unten, presste die Hände gegen die Schläfen und schien sich auf seinen Fersen vor und zurückzubewegen.

»Was soll das heißen?« Stephs Tonfall war scharf, aber belegt.

Paul machte einen Schritt auf Emma zu. »Freya hat etwas über einen von uns herausgefunden?«

»Ja.«

»Was?«

»Ich … weiß es nicht.« Als die Lüge aus ihrem Mund kam, kniff Emma in die Enden ihres Cordkleids. Sie wollte hier jetzt nur noch raus. Sich zusammenraufen und später wiederkommen. Sie könnte horchen, wann Steph wieder allein war, und es ihr dann im Vertrauen erzählen, sie es erstmal in Ruhe aufnehmen lassen. »Vielleicht sollte ich nochmal mit ihm reden.«

»Er muss eine Aussage machen«, sagte George.

»Okay.« Emma schob sich zur Tür. Sie fühlte sich, als würde sie von allen bedrängt werden, doch in Wirklichkeit blieben sie alle auf ihren Positionen und schauten ihr dabei zu, wie sie sich langsam fortbewegte.

Als sie fast an der Tür war, ließ Stephs Stimme sie innehalten. »*Beide* Eltern?« Sie fummelte am Reißverschluss unter ihrem Kinn herum, schob ihn einen Zentimeter hoch, dann wieder einen Zentimeter runter, kleine kratzende Geräusche. »Welches Elternteil hat Freya gemeint?«

Emma versuchte ihr ein Zeichen zu geben, dass sie wiederkommen würde. »Ich weiß es nicht«, sagte sie nochmal. Ihr Magen drehte sich um, als sie sich fragte, ob das schon als Auskunftsverweigerung durchging. Das Unbehagen dieser Situation vermischte sich mit einem Gefühl der Beklemmung, das sie sowohl bei dem Gespräch mit Zeb gespürt hatte als auch bei der flüchtigen Sichtung von Robin und dem Fund des anderen Fotostreifens in der Schublade.

Wie konnte sie hier vor diesem Publikum stehen und etwas enthüllen, das die Harlows vielleicht auseinanderbringen konnte?

ACHTUNDZWANZIG

STEPH

Als Emma gegangen war, füllte der Raum sich mit Stille. Steph nahm am Rande wahr, dass zwei Glühbirnen in ihren Deckenleuchten ausgefallen waren, was das Wohnzimmer teilweise dunkler machte. Alle anderen schienen auf der erleuchteten Seite der Bühne zu stehen, während sie hinter der Kulisse verweilte, im Schatten. Sie schloss die Augen und ließ es gänzlich dunkel um sie werden. Sie versuchte, Emmas Worte zu begreifen und spürte, dass das, was sie nicht gesagt hatte, das eigentlich Wichtige war.

»Haben Sie irgendeine Ahnung, was Miss Brightons Sohn meinen könnte?«, fragte George in die Runde.

Niemand antwortete. Steph drehte sich zu Paul um. »Wir müssen reden.«

Paul nickte. Seine Haut war aschfahl und unter seinen Augen zeichneten sich dunkle Halbmonde der Erschöpfung ab. Stephs Anflug von Mitleid wurde von einer raschen Welle der Angst überschwemmt.

»Lass uns ein Stück gehen«, sagte Paul.

»Ich würde das gerne mit Ihnen beiden besprechen«, sagte George.

»Wir brauchen einen Moment.« Steph verließ die Wohnung, bevor George oder ihre Schwiegereltern noch weiter protestieren konnten. Paul holte sie draußen ein. Er hatte ihren Mantel mitgebracht und legte ihn ihr um die Schultern. Sie gingen zügig, zunächst ohne zu sprechen. Die Luft war aufgeladen, als drohte ein erneuter Wolkenbruch, und am bedeckten Himmel war das Surren eines Polizeihelikopters zu hören. Steph starrte jedes Auto und jeden Fußgänger an, die an ihnen vorbeikamen, und sie bemerkte, dass Paul das Gleiche tat. Sie hatte den flüchtigen, schrecklichen Gedanken, dass ihr Leben nun so aussah: dass sie in jedem abgewandten Gesicht oder schattigen Fenster ihre Tochter suchen würden.

»Ich verspreche dir«, sagte Paul, »egal, was Freya über mich herausgefunden hat, wo auch immer es sie hingeführt hat, ich werde sie nach Hause holen.«

Die Worte *tot oder lebendig* schnitten wie ein Messer durch Stephs Kopf und sie stieß sie gewaltsam von sich. Sie spähte zu Paul, beobachtete seine verschränkten Arme und die Intensität in seinem Gesicht. Was trug er mit sich herum, dass ihn so sicher machte, dass er die Schuld trug?

»Was gibt es denn da herauszufinden?«, fragte sie, während dicke Regentropfen kalt und sanft auf ihrer Stirn landeten.

Sie wartete seine Reaktion ab. Wusste er, was sein Vater ausgeplaudert hatte? Würde er jetzt ehrlich zu ihr sein?

Der Regen wurde immer heftiger und das Wasser rann ihr in Strömen über den Kragen. Tropfen hingen an ihren Wimpern fest.

»Komm, wir stellen uns da unter«, sagte Paul und zeigte zur Kirche.

Sie eilten den Weg hinauf. Die Tür fiel hinter ihnen zu und die Stille im Inneren war kühl, aber friedlich, der sonntägliche Morgengottesdienst längst vorüber. Der Regen tropfte von ihren Klamotten, während sie den Gang hinunterschritten; eine Parodie auf eine Hochzeit.

Als sie dann auf der Kirchenbank in der ersten Reihe Platz nahmen und das bläuliche Licht durch die Buntglasfenster hereinfiel, spürte Steph, wie *die Frage* aus ihrem Inneren heraufstieg. Die Frage, die sie ihm in all den Jahren nicht gestellt hatte. Jetzt, da sie die wahre Natur seiner Polizeiarbeit kannte, kam sie ihr noch wichtiger vor.

Trotzdem schluckte sie sie immer noch hinunter und sagte stattdessen: »Du hast verdeckt ermittelt. Drei Jahre lang.«

Sein Kopf schwenkte in ihre Richtung. »Woher weißt du das?«

»Dein Vater hat es mir erzählt.«

Paul presste eine Hand gegen sein Gesicht, dann hörte sie ihn ausatmen.

»Ich wünschte, *du* hättest es mir erzählt«, sagte Steph.

Er starrte auf den Boden. »Ich konnte nicht.«

»Ich weiß, die Einzelheiten sind sicher unter Verschluss, aber du hättest wenigstens –«

»Ich konnte nicht darüber reden, Steph!« Seine Stimme wurde laut. »Und nicht nur, weil es Verschlusssache war.«

Sie spürte, wie Tränen in ihr aufstiegen. Paul bewegte seine Hand, als wollte er die ihre berühren, doch er tat es nicht: Er ließ seine Fingerspitzen stattdessen über die abgenutzten Kanten der Kirchenbank wandern.

»Wie war dein Name?«, fragte sie leise. »Kannst du mir wenigstens das erzählen?«

Er machte eine Pause, ehe er sagte: »Paul Darren Jacobs.«

»Paul?«

»Es ist besser, seinen echten Vornamen zu benutzen, wenn es möglich ist. Weniger Spielraum für Pannen.«

»Oh.« Selbst dieser winzige Einblick überforderte sie, machte sie ratlos.

»Es ist schiefgegangen«, sagte er, »als ich undercover war. Ich dachte, das würde alles der Vergangenheit angehören, aber jetzt …«

Ein Schauer durchfuhr sie. »Inwiefern *schiefgegangen*?«

»Ich habe ... Menschen hintergangen. Schlechte Entscheidungen getroffen. Die Kontrolle verloren ...« Es schien, als ob er sich auf der Kirchenbank einrollte, die langen Beine gebeugt, die Wirbelsäule in der Form eines Fragezeichens. »Und dafür gab es Konsequenzen.«

Steph spürte, wie ihr gesamter Körper pulsierte. »Hatte es mit Drogen zu tun?«

Er schüttelte den Kopf. »Irgendwie wünschte ich mir, dass es so gewesen wäre. Drogendealer, das sind eindeutige Bösewichte – vielleicht hätte ich damit besser umgehen können. Aber es war komplizierter als das. Es war eher ...« Er suchte fieberhaft nach dem richtigen Wort, dann würgte er heraus: »Es war hart.«

»Hattest du eine Beziehung?«, fragte Steph und ersetzte damit die eigentliche Frage mit einer, die sie in all den Jahren fast genauso oft geplagt hatte, aber vielleicht aus anderen Gründen. Ihr war nicht klar gewesen, dass Paul mit jemandem zusammen gewesen sein könnte, der seine wahre Identität nicht gekannt hatte.

Sie spürte, wie sich die Kirchenbank bewegte und knarzte. »Warum fragst du das?«

»Ich hatte immer das Gefühl ...« Sie blickte zu dem Buntglasfenster. Darauf abgebildet waren drei Menschen, die Seite an Seite lagen. Sie war sich nicht sicher, ob sie beteten oder schliefen oder starben. »... dass du vor mir jemanden geliebt hast. Jemanden, von dem du mir nichts erzählen wolltest.«

Er drückte ihre Hand. »Ich liebe *dich*. Und Freya. Ihr seid meine ganze Welt.«

Traurigkeit explodierte in ihrem Körper. Der Mann, der ihre Lieblingspassage aus *Jane Eyre* für ihre Hochzeit auswendig gelernt hatte, der ihre Haut noch immer zum Kribbeln bringen konnte, wenn er ihren Hals küsste, der feuchte Augen an Freyas erstem Schultag hatte, entglitt ihr sogleich wieder. Vielleicht war es aber auch sie selbst, die zurückwich. Die sich verschloss, weil alles zu viel war.

Paul stand auf und ging auf und ab, wie ein leidenschaftlicher Geistlicher, der eine Predigt hielt, nur dass er immer und immer wieder »*Fuck*« murmelte. Seine Flüche hallten unter der Kirchenkuppel wider und es war, als würden sie sich dort oben sammeln.

»Hast du jemanden umgebracht?«

Die Frage hatte sich losgerissen.

Paul hörte blieb sofort stehen. »Wie bitte?«

Steph wollte die Frage nicht wiederholen. Sie bereute es bereits jetzt, sie überhaupt gestellt zu haben, und konnte es dennoch kaum abwarten, seine Antwort zu hören. Es war, als löste sie sich aus dem Gespräch heraus, um zwei unbekannte Personen zu beobachten, während sie sich fragte: *Was wird er jetzt sagen? Und was wird sie sagen?*

Dann schaute sie ihren Ehemann an und erkannte, was los war. Seine Schultern waren nach vorne gezogen und auf seinem Gesicht zeichneten sich Schmerzensfalten ab. Er versuchte, sich aufrechtzuhalten, wie jemand, der einen Schlag in die Magengrube abbekommen hat und nicht einknicken will.

Steph machte einen Schritt auf ihn zu, doch er zuckte zurück, als fürchtete er einen zweiten Schlag. Plötzlich war alles, was sie fühlte, nur noch glühende Schuld. »Paul, ich …«

Er richtete sich auf und sie sahen sich an. Dann schreckte ein lauter Piepton sie auf. Es war bloß ein Textnachrichtensignal, das aus Pauls Hosentasche kam, doch durch die Akustik in der Kirche und die Spannung des Moments fühlte es sich an wie eine kleine Explosion. Paul blinzelte, als würde er gerade aus einem verworrenen Traum aufwachen. Seine Hand schwebte über seiner Tasche, den Blick immer noch auf Steph gerichtet. Endlich brach er den Blickkontakt ab und zog sein Handy heraus. Der Moment schien in sich zusammenzufallen.

»Ich muss gehen«, sagte er, während er auf den Bildschirm starrte.

»Nein, Paul —«

»Tut mir leid.« Er war bereits auf dem Weg zur Kirchentür. »Aber diesmal muss ich wirklich. Ich habe gerade ein paar Informationen erhalten ... Steph, ich will dich da nicht mit reinziehen. Bitte geh nach Hause, pass auf dich auf. Und ich komme zurück, versprochen. *Mit* Freya.«

Sie sah, wie sich sein Gesicht verändert hatte. Er war nun in Rage, neu erwacht, doch alles, was das in Steph aufwirbelte, war eine neue Panik. Paul stieß die Kirchentür auf. Als er jetzt wieder verschwand, mit dem Vorhaben, den Schaden, den er seiner Überzeugung nach angerichtet hatte, wiedergutzumachen, wurde Steph von einem Gefühl des Zweifels überschwemmt.

»Warte!«, rief sie, doch ihre Beine zitterten zu sehr, um ihm zu folgen.

NEUNUNDZWANZIG

KATE

Fünfundzwanzig Jahre zuvor

Der Freitag ist gekommen. Der Tag, an dem Mum und Nick übers Wochenende wegfahren. In der Schule kann ich mich nicht konzentrieren, kann nichts essen, mich weder in Algebra noch Geschichte an das Gelernte erinnern. Nicht einmal zu Romeo und Julia fällt mir etwas ein. Als es klingelt, rase ich nach Hause und schere mich nicht um die unangetastete Brotdose, die mir auf dem Weg aus der Tasche fällt. Ich bin mir nicht sicher, warum ich glaube, dass ich Mum in der letzten Sekunde noch davon abhalten kann, wegzufahren. Vielleicht könnte ich nochmal vortäuschen, dass ich krank bin. Vielleicht könnte ich auch gar nicht erst zu Hause auftauchen, dann müssen sie ihren Ausflug verschieben, um nach mir zu suchen. Ich komme vor dem Hochhaus zum Stehen, stelle mir Mum vor, wie sie aufgeregt und hektisch die Nachbarschaft nach mir absucht. Wie sie meine Lehrer und die Mütter meiner Klassenkameraden anruft. Könnte ich das alles ins Rollen bringen?

In meinem Kopf formt sich ein wilder Plan. Doch dann hebe ich meinen Blick und sehe Nick, eingerahmt in unserem

Fenster, der auf mich herunterstarrt. Und winkt. In meinem Hals ist ein riesiger Klumpen und ich winke mechanisch zurück. Ich kann nichts anderes tun als hineinzugehen.

Das Gepäck steht in unserem Flur. Der Geruch von Speck dringt aus der Küche, als ich meinen Schulrucksack neben Mums Reisetasche fallen lasse. Mir schießt die letzte Möglichkeit durch den Kopf: Ich könnte ihre Koffer zerstören. Ich könnte sie aus dem Fenster werfen und dabei zusehen, wie sie vier Stockwerke in die Tiefe stürzen.

»Hi Kate«, ruft Nick aus der Küche.

Warum begrüßt *er* mich und nicht Mum? Ist sie nicht da? Und wo ist Becca? Meine Nerven tänzeln nervös, als ich die Küchentür aufstoße.

Nick brät Speck auf dem Herd. Man hört es brutzeln und in der Luft liegt der fleischige Geruch. Er pfeift, heute gutgelaunt, und trinkt ein Bier.

»Wo sind denn alle?«, frage ich.

»Deine Mutter wurde auf der Arbeit aufgehalten. Sie ist bald zu Hause und dann müssen wir auch schon los zum Zug. Aber ich bin am Verhungern.« Er grinst und wendet den Speck, das Fett spritzt aus der Pfanne. Dann schlägt er zwei Eier am Rand einer Schüssel auf.

»Becca duscht.« Er verquirlt das Ei mit einer Gabel. »Freut ihr beide euch darauf, sturmfrei zu haben?«

»Denke schon.«

Er dreht sich um und sieht mich an. In seiner Faust die Gabel, von deren Zinken gelber Schleim tropft. »Deine Mutter braucht diese Auszeit wirklich.« Darin steckt eine Warnung und sein Lächeln schrumpft: *Steh uns nicht im Weg.*

Ich spüre, wie Tränen in mir aufsteigen, und eile aus dem Raum, bevor er sie sehen kann. Als ich dann auf meinem Bett sitze, fahre ich mit den Fingern immer wieder über eine Laufmasche in meiner Strumpfhose, bis Becca erscheint, in einem

Bademantel und mit einem Handtuchturban auf dem Kopf. Sobald ich sie sehe, breche ich in Tränen aus.

»Kay-Kay.« Sie setzt sich neben mich. Das Handtuch rutscht von ihren Haaren und Wasser spritzt auf meinen Arm. Ich erkenne, dass sie ihr Haar lila gefärbt hat – auf dem weißen Handtuch sind indigofarbene Schlieren.

»Ich *muss* irgendwas tun«, sage ich.

»Polizei?«

»Nein, nein, du hattest Recht damit.«

»Ich könnte nochmal mit dir hingehen, dir helfen zu erklären ...«

Ich schüttele den Kopf, erschaudere bei der Erinnerung an mein gestriges Versagen. Nick hat uns in die Ecke gedrängt und ich bin zu mickrig, um uns da beide rauszuholen. Wieder höre ich ihn aus der Küche pfeifen und die sorgenfreie Melodie lässt mich beinahe vor Wut explodieren.

Dann bleibt mein Blick an etwas hängen. Ein kleiner Plastikbecher auf dem Nachttisch. »Deine Pillen.«

Becca späht zur Uhr. »Oh, du hast recht, ich muss welche nehmen.«

»Nein ...« Ich zögere, forme den Satz in meinem Kopf, ehe ich ihn ausspreche. »Könnten wir ihm nicht ein paar davon geben?«

»Was?«

Ich erinnere mich daran, wie Becca in der ersten Nacht hier brechend über der Toilette gehangen und die Schuld auf die Kombination aus Alkohol und Tabletten geschoben hat. »Wir könnten ihm welche ins Essen oder in sein Bier mischen. Wenn er krank ist, können sie heute Abend nicht losfahren.«

»Kate –«

»Es würde uns etwas Zeit verschaffen.«

»Aber –«

»Eine Dosis wird ihn nicht umbringen, höchstens seinen Magen ein bisschen durcheinanderbringen, richtig?«

»Wahrscheinlich.« Sie legt den Kopf schief, als würde sie mich gerade neu einschätzen. Ob ich dabei besser oder schlechter wegkomme, kann ich nicht genau sagen. »Ich weiß es nicht. Ich bin keine Expertin. Ich nehme sie nur.«

»Ist dir beim ersten Mal übel geworden?«

»Ich glaub schon, ein bisschen.«

»Es könnte ihn aus der Bahn werfen«, beharre ich. »Mit den Pillen und dem Bier … Vielleicht bleiben sie dann zu Hause, zumindest heute Nacht. Dann könnten wir uns einen neuen Plan überlegen, einen richtigen.«

Beccas Augen wandern zu dem Tablettenfläschchen. »Kate … das ist eine *Vergiftung*.« Ihre Lippen stülpen sich um das Wort, betasten es, als ob sie unsicher wäre, ob es ihr schmeckt oder nicht.

»Er wird denken, dass er sich einfach was eingefangen hat.« Ich ergreife ihre Hand. »Wenn wir zulassen, dass er Mum mitnimmt, habe ich das schreckliche, schreckliche Gefühl, dass sie nicht zurückkommen wird.«

»Mein Gott, Kate, ich würde alles für dich und deine Mutter tun, das weißt du. Aber das fühlt sich etwas … extrem an.«

Ich bin beinahe stolz. Wetten, dass sie niemals gedacht hätte, dass ich in der Lage wäre, so weit zu gehen? Fast nie war *ich* diejenige, die *Becca* überzeugen musste. Unser ganzes Leben lang war sie diejenige mit den gewagten Ideen, während ich meistens gezögert habe.

Ich greife nach den Pillen, doch sie ist schneller und presst sie an ihre Brust. »Kate, komm schon.«

»Du hast gesagt, du bist hier, um zu helfen.«

»Verdammte Scheiße, natürlich bin ich das. Aber einem Typen heimlich was ins Getränk mischen?«

»Er ist nicht einfach nur *ein Typ*. Er ist … er …« Meine Tränen kommen zurück und Becca streckt die Arme nach mir aus: Sie hat es noch nie ertragen, mich weinen zu sehen. Doch ich blinzele meine Augen wieder trocken und ergreife meine Chance, mir die Pillen zu schnappen. »Er ist der Typ, der meiner Mutter hunderte blaue Flecken beschert hat.« Ich schließe meine Finger um die Pillendose und das erste Mal seit Wochen, vielleicht auch das erste Mal jemals, fühle ich mich stark.

DREISSIG

PAUL

Paul stürmte nach Hause, der Regen prasselte immer noch nieder und sein Auto stand so weit entfernt, dass es ihn fast zum Verzweifeln brachte. In seiner Straße blutete die Farbtinte aus Freyas Plakaten und bildete groteske Regenbögen in den Pfützen. Er nahm mehrere Plakate ab, faltete sie behutsam zusammen und packte sie unter seinen Mantel, als könnte er seine Tochter so trocken halten. Als er zu seiner Wohnung hochspähte, stellte er sich seine Eltern und George darin vor, wie sie sich fragten, was hier gerade vor sich ging. Es gab keine Zeit für Erklärungen. Wo sollte er überhaupt anfangen?

Paul stieg in seinen Wagen und las noch einmal die Nachricht, die sein Gespräch mit Steph unterbrochen hatte.

Hier ist Yvette. Das ist meine private Nummer – benutz diese von nun an. Ich habe ein bisschen nachgeforscht. Sanderson wohnt immer noch in der Nähe der Chainwell-Siedlung. Kein Wort zu Glover. Sei bitte vorsichtig. Ich hoffe, ich tue hier das Richtige.

Sie hatte eine Adresse und eine Postleitzahl hinterhergeschickt. Paul tippte sie ungläubig in sein Navi ein und auch, als der Standort bestätigt wurde, konnte er es immer noch nicht fassen. Sanderson wohnte mittlerweile gerade mal etwas über drei Kilometer vom alten Hochhaus entfernt. Er war in all der Zeit dicht bei seinen Erinnerungen geblieben.

Danke, schrieb Paul als Antwort an Yvette. *Vielmals*. Seine Brust schwoll an vor Dankbarkeit und Hoffnung, und diese Gefühle überdeckten kurze Zeit seine Angst vor der Reise, die er nun antreten musste. Als er losfuhr, drängelten sich alte sowie neue Ängste hinzu. Stephs Frage, die wie ein Echo in der stillen Kirche widergehallt hatte.

Hast du jemanden umgebracht?

Wenn dieser Albtraum erst einmal vorbei wäre – und er musste einfach glauben, dass er vorbeigehen würde –, wie würde er seine Frau und seine Tochter dazu bringen können, ihn zu verstehen und ihm zu verzeihen? Wie könnte er sein früheres Leben, die verworrene Identität, die verworrenen Bindungen auch nur beschreiben? Er war der Kumpel eines Mannes gewesen, der mutmaßlich ein unverzeihliches Verbrechen begangen hatte, und einer Frau, die keinen Schimmer gehabt hatte, wer er war, nähergekommen, als er es hätte tun sollen. Wenn Freya und Steph davon wüssten, würden sie ihn sicherlich anders sehen, so wie er es immer befürchtet hatte.

Seine herumwirbelnden Gedanken begleiteten ihn auf der Autobahn und lenkten ihn von seinem Zielort, Nottingham, ab. Dann, plötzlich, schien es, als würde sich sein Ziel auf ihn zu bewegen und nicht andersherum, und er geriet in einen Teil der Stadt, mit dem er einst so vertraut gewesen war. Er wurde umschlossen von verfallenen Gebäuden und ausgebrannten Sozialvereinen. Vielleicht waren es die Jahre, die vergangen waren, oder das Leben, das Paul jetzt führte, doch das Viertel wirkte trauriger denn je. Von den Häusern blätterte die Farbe wie Schuppen ab und überall stank es nach verstopftem Abfluss.

Bei der nächstbesten Gelegenheit stellte er sein Auto ab und blieb einen Moment lang darinsitzen, weil er befürchtete, dass er, sobald er ausstieg, ein anderer Mensch sein würde. Ein Mensch, der in der Lage wäre, einen Schaden anzurichten, den man nicht wiedergutmachen konnte. Er dachte an Freya, an Steph, an den sauberen Geruch bei ihnen zu Hause und an den Wind, der an der Themse entlangwehte. Er dachte so lange darüber nach, bis er sich ruhig genug fühlte, um aus dem Auto zu steigen.

Als er, um Unauffälligkeit bemüht, den Weganweisungen seines Handys folgte, suchten seine Augen nach blonden Zöpfen, marineblauen Daunenjacken, Turnschuhen mit mintgrünen Sohlen. Stattdessen sah er Denkmale seines früheren Lebens, wie Objekte aus einem Traum: Die Straßen, die er geplagt von Schlaflosigkeit durchstreift hatte, und die Ecke, an der einst eine Telefonzelle gestanden hatte, aus der er Glover angerufen und ihm Lageberichte durchgegeben hatte. Er lief vorbei an dem stillgelegten Pub, in dem Sanderson – und er, als sie sich dann angefreundet hatten – trinken gegangen waren. Unzählige Stunde hatte Paul versucht, seine Zielperson betrunken zu machen, Geständnisse, Andeutungen, *irgendwas* aus ihm herauszukitzeln. An manchen Abenden ging er, wenn es ihm möglich war, allein mit Nathalie dorthin. Dann spielten sie Domino im Hinterzimmer, lächelten sich gegenseitig an und ihre Knie berührten sich heimlich unter dem Tisch. Und viel zu oft vergaß Paul dabei, sie etwas zu fragen, das mit der Ermittlung zu tun hatte. Vergaß, dass er noch ein anderes Ziel hatte, als zu versuchen, sie für ein paar Stunden etwas glücklicher zu machen.

Schmerz sickerte in seine Brust. Er rammte seine Faust dagegen und zählte seine Atemzüge. Er konnte jetzt keine Panikattacke bekommen. Er konnte nicht davonrennen, wie seine Gedanken es schreiend von ihm verlangten. Kopf hoch, hatte er in der Halbzeit des U11-Fußballspiels immer zu Freya gesagt, wenn sie ihn wegen der Niederlage hängenließ. Er hatte zugesehen, wie sie ihren Pony aus dem Gesicht gestrichen und ihr blaues Trikot zurechtgerückt hatte, weil sie niemals kampflos aufgab.

In diesem Alter hatte sie permanent aufgeschürfte Knie gehabt. Wenn Paul an ihre Kindheit dachte, dachte er an endlos viele Dschungeltier-Pflaster. Er stellte sich vor, jetzt eins über sein pochendes Herz oder seinen kaputten Kopf zu kleben. *Flick dich zusammen und mach weiter.*

Mit den Außenbezirken der Siedlung war er weniger vertraut. Er fand sich in einem Labyrinth aus verschlafenen Reihenhäusern wieder, unterbrochen von Geschäften, die weder sichtbar geöffnet noch geschlossen waren. Dann teilte ihm Google Maps nüchtern mit, dass er sein Ziel erreicht hatte. Es war eine unscheinbare Sackgasse mit einem verblichenen Schild davor, auf dem BALLSPIELEN VERBOTEN stand. Paul atmete tief ein, zog sich die Kapuze über den Kopf und versuchte sich daran zu erinnern, wie man sich unsichtbar machte.

Er duckte sich hinter einem Baum und starrte auf das gegenüberliegende Haus mit der Nummer 18. Ein kleines, unauffälliges Haus. Er wusste nicht, was er erwartet hatte. Mit seiner Handykamera zoomte er unauffällig ran und sah weder Licht noch Bewegung im Inneren. Als er zu einem dunklen Dachfenster schwenkte, war er sich nicht sicher, wieso das einen Adrenalinstoß in seinem Blut und den Drang auslöste, den Namen seiner Tochter zu rufen. *Freya, bist du da drin?* Er konnte sie nun überall spüren, selbst hier an diesem Ort, an den sie nicht gehörte.

Und jetzt? Abwarten, beobachten? Paul hatte fast vergessen, wie lange sich die Zeit hinzog, in der man in diesem ungewissen Zustand schwebte, und dass sie ein großer Teil der Ermittlungsarbeit war. Da war eine ständige, schwelende Angst – davor, entdeckt zu werden, zu versagen. Jetzt hatte er nicht einmal den Puffer einer falschen Identität, die Unterstützung am anderen Ende der Verkabelung. Tatsächlich fühlte er sich auf herzzerreißende Weise allein.

Er hatte nur einen einzigen Rettungsanker. Im Schatten des Baumes schrieb er Yvette schnell eine Nachricht:

Weißt du, ob Sanderson arbeitet? Wie stehen die Chancen, dass er gerade nicht zu Hause ist?

Dann wieder warten. Starren. Aufs Handy, aufs Haus, nach links und rechts die Straße runter. Bei jedem Geräusch hochschrecken.

Endlich, eine Antwort:

Er arbeitet in einer Werkstatt. Ich kenne seine Arbeitszeiten nicht, aber laut ihrer Webseite machen sie um 6 zu.

Paul überprüfte die Uhrzeit: vier Uhr vierzig.

In seinem Kopf machte sich jetzt Tom Glovers Stimme breit, die ihn fortschickte. Doch Paul war es mehr als egal, welche Konsequenzen auf ihn oder die Polizei warteten. Weiter die Straße hinunter fand er eine kleine Gasse, die mit Gras zugewuchert war und die ihn zur Hinterseite einer Reihe abgeschlossener Gartentore führte. Er zählte sie ab, bis er beim richtigen angekommen war, und suchte mit seinen Augen die Hinterseite von Sandersons Haus ab.

Während er sich seinen Mantel abstreifte, erinnerte sich Paul daran, wie er sich gefühlt hatte, als der Sanderson-Auftrag zu einem abrupten Ende gekommen war und er sich endlich aus den Klamotten schälen konnte, die er getragen hatte, während er »in der Rolle« gewesen war. Er hatte ein langes Bad in kochend heißem Wasser genommen, als könnte er damit auch noch das letzte Bisschen von Paul Jacobs wegbrennen.

Danach hatte er sich jedoch leer gefühlt. Der wahre Paul hatte nicht auf ihn gewartet, nachdem er die Schlangenhaut seiner falschen Persona abgestreift hatte. Monate waren vergangen und er hatte befürchtet, ihn nie wieder zu finden. Doch dann hatte er Steph getroffen und sie hatte ihm langsam und ohne es zu wissen dabei geholfen, zu glauben, dass da noch etwas in ihm war.

Der Gedanke an sie feuerte seine Entschlossenheit noch weiter an. Er streckte einen Arm aus und griff nach dem oberen Ende von Sandersons Zaun. Klimmzüge waren einst seine Stärke gewesen, doch jetzt wurden sie mit jedem Jahr, das verging, schwerer. Er biss die Zähne zusammen, federte auf der Stelle auf und ab und zog sich dann mit aller Kraft hinauf. Das Holz war scharfkantig und er versuchte, Halt zu finden. Sein linkes Bein blieb hängen und beinahe wäre er kopfüber hinuntergestürzt, schaffte es aber gerade noch, sich seitwärts auf dem feuchten Rasen abzufangen. Dort lag er dann, schweratmend und mit ächzenden Knochen, und prüfte mit zusammengekniffenen Augen, ob einer der Nachbarn aufmerksam geworden war. Nichts regte sich, also kroch er weiter zu Sandersons Hintertür.

Abgeschlossen. Paul wollte keine Scheibe einwerfen. Er würde sich auf sein Wissen über Sanderson verlassen müssen. Darauf, dass er ein Gewohnheitsmensch war, der niemals riskieren würde, sich aus seinem eigenen Zuhause auszusperren.

Paul tastete sich über die Terrasse und überprüfte die Bodenplatten. Keine ließ sich hochheben. Er klopfte die hintere Hauswand ab, fand jedoch keine losen Steine. Nachdem er die vernachlässigten Blumenkübel untersucht hatte, wandte er seine Aufmerksamkeit dem kleinen Schuppen zu. Er war auf einer hölzernen Plattform errichtet worden und hatte eine schmale Lücke zwischen der Plattform und dem Boden. Und da sah er ihn: ein metallenes Schimmern. Paul fand einen Stock und stocherte damit unter dem Schuppen herum. Als er den Schlüssel schließlich zu sich heranzog, atmete er befreit aus.

Er hastete zur Hintertür, schob den Schlüssel ins Schloss, und schon war er im Haus und stand in der Küche des Mannes, der ihn von allen Menschen auf der Welt am meisten hasste. Paul sah sich um und entdeckte eine dunkelblaue Kaffeetasse in der Spüle und eine übriggelassene Brotrinde auf einem Teller.

Nach mehr als zwanzig Jahren war er ein weiteres Mal in Sandersons Leben eingedrungen.

EINUNDDREISSIG

STEPH

Steph war sich nicht sicher, wie viel Zeit vergangen war. Sie hatte in der Kirche gesessen und ihr war immer kälter geworden. Jetzt stieg ein schlammiger Gestank von ihrer feuchten Kleidung auf. Das Buntglasfenster hatte sich vor ihren Augen verdunkelt, als wären die darauf abgebildeten Figuren ins Bett gebracht worden.

Pauls entgleiste Gesichtszüge, als sie ihm ihre Frage gestellt hatte, verfolgten sie. War sie auf die Wahrheit gestoßen oder war er lediglich entsetzt, dass sie so etwas von ihm denken konnte? Ihre Anrufe wurden direkt an die Mailbox weitergeleitet, und sie fühlte sich an Donnerstagabend erinnert, als sie versucht hatte, Freya zu erreichen. Ein ähnliches bedrohliches Gefühl, das sie nicht vollends greifen konnte, klammerte sich nun an sie. Darunter lag ein ansteigendes Gefühl der Schuld.

Als sie Kirche verlassen hatte, ging sie durch den erbarmungslosen Regen zurück. Mit jedem Schritt wuchs das Schuldgefühl. *Heuchlerin*, schienen die Bäume zu ihr zu sagen, als der Wind durch die nassen Blätter fuhr und noch kältere Tropfen auf sie herabschüttelte.

Pauls Auto stand nicht mehr in ihrer Straße. Steph zögerte,

als sie im Hausflur Heathers und Brians Stimmen über sich hörte, und bereitete sich innerlich darauf vor, nach oben zu gehen.

Sie erschrak, als sich die Wohnungstür der Erdgeschosswohnung öffnete und Emma heraustrat.

»Steph?«, sagte sie. »Ich habe Sie reinkommen sehen – Gott, Sie *triefen* ja.«

Steph war sich unsicher, ob das Nasse in ihrem Gesicht der Regen oder doch ihre Tränen waren. Ihre Muskeln zitterten jetzt unkontrolliert. Sie war zu erschöpft, als dass sie protestiert hätte, und Emma führte sie in ihre Wohnung und setzte sie aufs Sofa. Ihr wurde eine Tasse Kamillentee in die Hand gedrückt und die Wärme brachte langsam wieder Gefühl in ihre Finger. Steph wickelte Freyas Schal außen um ihre Handknöchel wie einen Verband.

Dann fühlte sie etwas Weiches an ihrem Ohr entlangstreichen. Überrascht begriff sie, dass Emma ein Handtuch geholt hatte und ihr die nassen Haarspitzen trocknete. Es fühlte sich so sanft an, dass Steph sich am liebsten an sie gelehnt hätte. Zum ersten Mal nahm sie ihre Nachbarin als Mutter wahr und spürte im selben Moment einen Anflug von Reue, dass sie sich nicht früher angefreundet hatten. Jetzt war es ganz sicher unmöglich. Ihre Leben waren nun auf die schlimmste Weise miteinander verknüpft.

Warum hast du keine Freunde, Mum?, hatte Freya sie einmal gefragt, mehr nebenbei, doch die Frage hatte Steph den Atem verschlagen.

Ich habe Freunde, hatte sie gesagt. *Ich habe meine Kollegen und andere Mütter aus der Schule … und meinen Buchclub …*

Doch in Wirklichkeit hatte sie zu keinem dieser Menschen eine enge Verbindung und zu dem Buchclub war sie bloß zweimal gegangen, ehe ihr klargeworden war, dass sie Bücher lieber las und im Stillen darüber nachdachte, als über sie zu reden und dabei Salzstangen zu knabbern.

Außerdem bist du meine beste Freundin, hatte sie mit einem Lächeln zu Freya gesagt. *Du und Daddy*. Freya war damals dreizehn gewesen, noch jung genug, um sich über diese Aussage zu freuen, anstatt dabei die Augen zu verdrehen. Die drei Seiten eines Dreiecks hatten sie sich immer genannt. Steph und Paul hatten Freya erzählt, dass dies die stärkste aller Formen war, und dann hatten sie Kartenhäuser oder Strohhalmbrücken gebaut, um es ihr zu demonstrieren.

Doch was blieb Steph jetzt noch? Sie hatte niemanden, dem sie sich anvertrauen konnte, außer ihrer Nachbarin von unten, einer Frau, die eigentlich eine Fremde war und deren Sohn auf unerklärliche Weise in die ganze Sache verwickelt war.

Es gab noch eine andere Person, die sie inmitten dieser Krise erwogen hatte anzurufen, doch sie hatte sich stets davon abgehalten. Das war etwas anderes, das war ... Sie konnte gerade nicht mal daran denken.

»Steph«, sagte Emma leise. »Ich muss mit dir reden.«

Sie nahm das Handtuch weg und ein Luftzug umwehte sie. Steph nippte an ihrem Tee und bemerkte zum ersten Mal das Bild von Frida Kahlo auf der Tasse, das temperamentvoll und unerschütterlich aussah.

»Mein Gespräch mit Zeb ...«, sagte Emma. »Was ich euch vorhin erzählt habe ... Da war noch mehr, aber ich wollte mit dir allein sprechen.«

Stephs Finger schlossen sich um die Tasse. »Was meinst du?«

Emma wurde jetzt rot und zögerte. Dann sagte sie schließlich: »Freya dachte, du hast eine Affäre.«

Stephs Lippen öffneten sich leicht. Einen Moment lang konnte sie nichts sagen. Dann sagte sie blödsinnigerweise: »Was?« und ihr wurde klar, dass ihr Mund offenstand.

Emma wickelte das Handtuch um ihre Finger. »Sie hat Zeb erzählt, dass sie dich irgendwo gesehen hat, als du eigentlich auf der Arbeit sein solltest. Vielleicht auch mehr als einmal. Und dass sie bemerkt hat, dass du dich komisch benimmst, dass du so geheimnistuerisch auf dein Handy geschaut hast, und dass du ihrem Vater Lügen erzählt hast. Ich glaube, dass sie angefangen hat, herumzuschnüffeln …«

»Wo?« In Stephs Schädel vibrierte es heftig. »Wo hat sie mich gesehen?«

»Einmal während einer Fahrstunde. Sie hat dein Auto aus der Stadt fahren sehen.«

Steph fühlte sich, als würde sie fallen.

Als du eigentlich auf der Arbeit sein solltest.

Ihrem Vater Lügen erzählt hast.

Aus der Stadt fahren sehen.

»Zeb hat gesagt, dass sie von einem eigenen Auto gesprochen hat«, fuhr Emma fort, »so bald wie möglich, um dir zu folgen –«

»Mir zu *folgen*?«

»Ich glaube schon. Viel mehr weiß ich nicht, fürchte ich …«

Emmas Kopf bewegte sich ruckartig, als würde sie sich plötzlich an etwas anderes erinnern. »Nur dass sie einen Plan erwähnt hat. Anscheinend ist sie wütend geworden, hat gesagt, dass es Dinge gab, auf die sie nicht stolz ist …«

»War der Plan, mir zu folgen?« Stephs kurzer Atem verzerrte ihre Stimme. »War es das, was sie gemeint hat?«

»Ich weiß es nicht. Und es tut mir leid, dass ich das nicht schon vorhin mitgeteilt habe. Es ist nur … die vielen Leute. Ich dachte, du willst es zuerst wissen.«

Steph fuhr sich mit einer Hand durchs Haar und zerrte an den Knoten. Die leisen Zweifel, die sie beschlichen hatten, als Paul die Kirche verlassen hatte, kamen nun in Übelkeitswellen an die Oberfläche. Alles war in Bewegung, veränderte sich, setzte sich neu zusammen.

Sie war es, von der Freya sich im Stich gelassen gefühlt hatte. Es war ihre Seite des Dreiecks, die nachgegeben hatte.

Nicht Paul. Du.

Freya hatte versucht, sie zu verfolgen. Einen Moment lang war Steph sich sicher, sich übergeben zu müssen. Als hätte sie es gespürt, reichte ihr Emma das Handtuch. Steph hielt es sich an die Nase und atmete ein.

»Sie hat das echt alles Zeb erzählt?«, fragte sie. »In dieser einen Nacht?«

»Scheint so.«

»Wo *ist* Zeb?«

Ein Teil von Steph wollte die Information anzweifeln, suchte nach einem Hinweis, dass Zeb nicht zuverlässig war. Sie versuchte, den Fokus auf Emmas Beziehung zu ihrem Kind zu lenken.

Denn, wenn das wahr war, bedeutete das, dass sie in einer Weise versagt hatte, die sie gerade nicht einmal begreifen konnte. Paul hatte alle Schuld auf sich genommen, handelte irgendwo da draußen dementsprechend, obwohl alles ihre Schuld war. Sie hatte das ihrer Familie angetan und sich geweigert, es als mögliche Option anzuerkennen.

»Er lebt bei seinem Vater«, sagte Emma. »Sie ... lernen sich kennen.«

Die Art, wie sie das sagte, hatte etwas Vorsichtiges an sich, doch Steph war zu benommen, um zu verstehen, was genau es war. Robin Lyle, erinnerte sie sich verschwommen. War er Zebs Vater? Der Mann mit dem Schutzhelm. Ein weiterer Fremder, dem Steph ihre eigene Schuld zugeschoben hatte. Sie stolperte zur Tür und griff nach der Klinke wie nach einem Rettungsanker. Als sie dort angelangt war, hielt sie inne und drehte sich nochmal um. »Danke, dass du es mir erzählt hast«, sagte sie.

Emmas blaues Haar leuchtete wie eine Gasflamme unter dem Deckenlicht. »Ich hoffe einfach, dass sie nach Hause kommt, Steph.«

Steph spürte, wie sich tief in ihr drinnen Tränen anbahnten: die Art von Tränen, die sie in Stücke reißen würden, wenn sie sie herausließ. »Dürfte ich … dürfte ich dich bitten, niemandem etwas davon zu erzählen? Ich kümmere mich darum.«

Emma nickte und zu Stephs Erleichterung drängte sie nicht auf mehr Informationen. Die Frauen schauten sich noch ein paar Sekunden lang an, zwischen ihnen eine stille Vereinbarung.

Steph flüchtete in den Hausflur und rang dort keuchend nach Luft. Ihr wurde jetzt das mögliche Ausmaß ihrer Fehleinschätzungen bewusst. Sie zwang sich, sich aufzurichten, ging aus dem Haus und stieg in ihr Auto. Als sie losfuhr, gingen ihr die letzten Gespräche mit Freya durch den Kopf, die Gelegenheiten, an denen sie ihre Mutter »irgendwo, wo sie nicht sein sollte« hätte sehen können, oder gesehen hatte, wie sie ihr Handy abschirmte oder einen Kontoauszug verbarg. Plötzlich hatte Freyas Schweigen beim Frühstück nichts mehr mit späteinsetzenden Teenager-Stimmungsschwankungen zu tun. Das alles waren keine Nebenwirkungen des Erwachsenwerdens: dass sie keine Küsse mehr am Ende ihrer Textnachrichten schickte, dass sie keine kuscheligen Abende mehr vor dem Fernseher und der Sendung *The Apprentice* miteinander verbrachten, dass sie Gespräche über Bücher führten – oder Gespräche überhaupt.

Und Paul war nicht der einzige Elternteil mit relevanten Geheimnissen.

Wie konnte sie so blind gewesen sein und wirklich denken, dass es so war?

Steph machte sich keine Illusionen darüber, was es für Freya bedeutet hätte, wenn sie die Ehe ihrer Eltern in Gefahr geglaubt hätte. Steph dachte wieder an die kleine Freya in ihrer ersten Wohnung, die ihren Brautschleier zusammen mit Pauls Schienbeinschonern getragen hatte und dabei alle paar Schritte über die herunterhängende Spitze gestolpert war. Und wie sie so mitgenommen gewesen war, so ängstlich, als Jess' Eltern sich getrennt hatten – das erste Mal, dass das jemandem in ihrem engeren Umfeld passiert war.

Sie hatte immer noch eins von unseren Hochzeitsfotos in ihrem Zimmer. Hatte Freya es kürzlich aus einem Album herausgenommen, während sie über ihren Vermutungen gebrütet hatte? Oder hatte sie es schon eine ganze Weile, einfach, weil es ihr gefiel?

So ein Betrug hätte Freya auch verletzt. Der Gedanke, ihre Mutter würde sie und gleichzeitig Paul anlügen, und ihr zur selben Zeit Narzissen kaufen, ihre Mutter-Tochter-Fernsehabende weiterführen und über die Bewerbung an denselben Universitäten herumblödeln …

Als auf der Fernstraße andere Autos an ihr vorbeirauschten, wurde Steph klar, dass sie immer langsamer wurde. Sie war sich nicht mehr sicher, ob das, was sie gerade tat, das Richtige war, und ob sie wirklich dorthin fahren sollte. Immer wieder stellte sie sich Freya hinter ihr vor, in einem Mini Cooper, wie die, die sie sich sonst gegenseitig immer gezeichnet hatten.

Ihr folgen.

Wie weit mochte sie gekommen sein?

An der nächsten Kreuzung bog Steph ab. Sie fuhr einmal um den Kreisel und dann wieder auf die M3, um schnell nach Hause zu kommen. Den ganzen Weg lang suchte sie die Landschaft nach einer Art Zeichen von ihrer Tochter ab. Wenn sie vorher blind gewesen war, musste sie jetzt ihre Augen offenhalten.

ZWEIUNDDREISSIG

PAUL

Paul durchsuchte Sandersons Haus und war in höchster Alarmbereitschaft, falls er nach Hause kam. Paul stellte sich vor, er würde Freyas Schulblazer in einem Schrank oder ein langes blondes Haar, das auf dem Teppich schimmerte, entdecken. Schwer atmend eilte er die Treppe hinauf. Die Zimmer waren seelenlos, nichts Persönliches oder von sentimentalem Wert war darin zu sehen. Dennoch ließen kleinere Luxusgegenstände darauf schließen, dass Sanderson Geld hatte. Ein Flachbildfernseher im Schlafzimmer und ein übergroßes Bett, das nur auf der einen Seite so aussah, als hätte jemand darin geschlafen. Vielleicht besaß er noch einen Teil der entsetzlich hohen Abfindung, die man ihm zugestanden hatte. Allerdings hatte er anscheinend niemanden, mit dem er sie teilen konnte.

Die Treppe zum Dachboden war steil und eng. Es war, wie einen schummrigen, staubigen Tunnel hinaufzuklettern – anders als die sanft gebogenen Holzstufen, die zu Freyas Dachgeschosszimmer führten. Als Paul ganz oben in Sandersons Haus angekommen war, zögerte er, nach dem Lichtschalter zu tasten.

Dann taumelte er rückwärts.

Sie war hier drinnen. Sie war überall. Fotos von Nathalie hingen an den Wänden: Sie biss sich lächelnd auf Lippe, versteckte sich vor der Kamera, entfernte sich von ihr und ging wieder auf sie zu. Ihre Gesichtsausdrücke waren ihm schmerzlich vertraut, und doch ließen die verblassenden Farben es wirken, als schaute man jemanden an, der ihr bloß lebhaft ähnlich sah. Ihre großen grünen Augen, wie ihr Haar fiel, die Falte über ihrer Nase.

Paul wich zurück, als die Traurigkeit in ihn eindrang. Andere Bilder nahmen Gestalt an, wurden lebendig und füllten die Lücken, die die Fotos nicht zeigen konnten. Nathalie, allein rauchend vor dem Hochhaus, und Paul, der sich ihr das erste Mal näherte, in der Gangart eines anderen Mannes, und ihr Feuer anbot. Der Schmerz, den sie stets in sich zu tragen schien, die Träume, die ihre Augenlider im Schlaf quälten. Und ihre Offenheit: immer so herzlich und hoffnungsfroh, trotz allem.

Pauls Augen wanderten zu einem Foto von Nathalie und Sanderson. Sandersons Blick schien aus dem Foto herauszublitzen, misstrauisch und besitzergreifend, den Arm fest um Nathalie gelegt.

Und plötzlich konnte er nicht mehr an ihn als Sanderson denken, so wie Glover und andere Kollegen sich auf ihn bezogen hatten, während sie am Rande über die Operation gewacht hatten. Er konnte sich nicht von den Hass- und Schuldgefühlen und der verwirrenden Nostalgie lösen, die in ihm ausgelöst wurden, wenn er Daniel in die Augen sah.

Er ist einfach ein überfürsorglicher großer Bruder, hatte Nathalie immer beharrlich behauptet. *Gerade nach allem, was wir durchgemacht haben.*

Hier oben gab es nur ein Foto von Nathalies Tochter. Daniels Nichte hing getrennt von den restlichen Fotos, eine Miniatur-Nathalie mit langen dunklen Wimpern und aufgedrehten Zöpfen. Billie. Ihre jungen Augen schienen Paul anzuflehen, schienen ihm Vorwürfe zu machen, und in einem verzweifelten Chor mit Freya zu ihm zu sprechen: *Finde mich.*

Paul kämpfte damit, seine Atmung unter Kontrolle zu halten. Hinter seinen Augenlidern flammten weiße Flecken auf. Wenn er sie nur ruhigstellen könnte, sodass sie sich nicht mehr bewegten ... Er hastete zum rückseitigen Fenster und drückte dagegen. Er war erleichtert, als frische Luft hereinströmte. Paul hielt sein Gesicht in die kühle Luft, doch als er die Augen öffnete, war er abermals schockiert.

Weil er es nicht bemerkt hatte. Weil er seine Orientierung verloren und sich nicht gut genug an die Geografie der Gegend erinnert hatte.

Man konnte von hier aus den Wald sehen. Er erstreckte sich über ein paar Kilometer hinter dem Haus wie ein dichter Teppich, und die Dämmerung tauchte ihn in ein violettes Licht. Die Bäume schienen sich dichter denn je aneinander zu drängen, als würden sie ihre Reihen schließen, um ihre Geheimnisse schützen.

Niemand geht mehr in die Nähe des Waldes, hatte Nathalie Paul einmal erzählt.

Es war verständlich, dass die Anwohner sich ferngehalten hatten, nach allem, was passiert war, oder dass sie in Ermangelung einer anderen Erklärung glauben konnten, die schwarzen Lücken zwischen den Bäumen hätten das kleine Mädchen verschluckt, sodass es niemals gefunden worden war.

In Wahrheit hatte Paul keinen Schimmer, was der fünfjährigen Billie in dem Wald vor fast fünfundzwanzig Jahren widerfahren war. Es war ein Tag gewesen, der seine eigene Zukunft verändert hatte. Davon hatte er jedoch nichts geahnt, als er die Entwicklung der Geschichte in den Nachrichten verfolgt hatte. Die einzigen Zeugen, Nathalie und Daniel, haben ausgesagt, Billie wäre beim Spielen zu weit in den Wald geirrt. Die Suche nach Billie im Waldgebiet hatte Monate gedauert und war ausgeweitet worden, ging dank des nicht abreißenden Spendenstroms aus dem Suchfonds unaufhörlich weiter, den Daniel ins Leben gerufen hatte, um seiner Nichte zu helfen.

Von dem Moment an, als Billies Verschwinden in den Nachrichten erwähnt wurde, hatte Daniel Sanderson die Leute in der Tasche. Die Öffentlichkeit stand geschlossen hinter ihm. Die Presse veröffentlichte Kampagnen, *Findet unsere wunderschöne Billie*, und nutzte Zitate ihres verzweifelten Onkels. Nathalie hatte das Rampenlicht gescheut und sich hinter Daniel versteckt, als die Presse die beiden beim Verlassen der Wohnung oder des Wohnblocks fotografiert hatte. Paul erinnerte sich noch daran, wie er damals, als er noch ein gewöhnlicher Polizist in Südlondon war, gedacht hatte: *Irgendetwas stimmt mit ihr, mit den beiden nicht*. Doch vor allem: *Irgendwas stimmt nicht mit* ihm.

Und wie er später herausgefunden hatte, hatte die Polizei in Nottingham den gleichen Gedanken gehabt. Nur, dass sie es für unmöglich befunden hatten, Daniel auch nur als Verdächtigen zu befragen – so stark war die öffentliche Unterstützung und die mediale Aufmerksamkeit. Daniel hatte eine Erzählung rund um Billie aufgebaut, die sie als Arbeiterklassenkind charakterisierte, und hatte behauptet, die Leute interessierten sich nicht für Kinder wie sie, weil sie tief in ihrem Inneren glaubten, Billies Familie hätte sich das selbst zuzuschreiben. Die Menschen wollten zeigen, dass sie nicht so dachten und spendeten.

Jedes Mal, wenn die Polizei Daniel oder Nathalie verhört hatte, waren die Spenden wieder in die Höhe gestiegen. Die Zeitungen stürzten sich auf die Voreingenommenheit der Polizei und die Schikanierung der leidenden Familie. Daniel hatte es geschafft, ein Kraftfeld um sich und seine Schwester herum aufzubauen, das stark genug war, die Polizei zurückzudrängen.

Die Polizei hatte Daniel dennoch nie aus den Augen gelassen. Hatte nie aufgehört, seinen Fonds *Findet unsere wunder-*

schöne Billie zu überwachen, der Frage nachzugehen, wofür das ganze Geld tatsächlich benutzt wurde, und ob der wunderschönen Billie etwas Schlimmes durch ihren vernarrten Onkel widerfahren war. Mehrere Jahre nachdem Paul seine Undercover-Ausbildung abgeschlossen hatte, war DI Tom Glover wegen eines Jobs auf ihn zugekommen, für den Paul seiner Meinung nach perfekt geeignet wäre.

Keine Drogen oder Gangs oder Aktivisten, wie die meisten Undercover-Aufträge. Sondern der Fall eines vermissten Kindes, der nicht mit traditionellen Methoden gelöst werden konnte. Der Fall erforderte es, sich einer Familie zu nähern, und er war heikel, musste genau richtig angegangen werden …

Pauls Gedanken wurden jetzt von einem Geräusch unterbrochen. Er sprang vom Dachbodenfenster zurück und erstarrte dann auf der Stelle.

Erst hörte er eine zuschlagende Autotür vor dem Haus, dann Schritte und das Rasseln eines Schlüsselbundes.

DREIUNDDREISSIG

KATE

Fünfundzwanzig Jahre zuvor

Ich zerstoße vorab zwei Pillen, kippe das weiße Pulver in eine kleine Dose, in der vorher Wattestäbchen gelegen haben, und stecke sie in meine Hosentasche. Ich nicke Becca zu. Sie hält inne und kurz denke ich, dass sie einen Rückzieher machen will und mich mit diesem Plan doch noch allein lässt. Aber ich weiß, dass sie das nicht tun wird, dass ihr Instinkt, mir beizustehen, zu stark ist. Sie atmet tief ein und lässt einen beeindruckend gellenden Schrei aus ihrer Kehle. Es gibt eine kleine Verzögerung, dann sind Nicks Schritte zu hören.

Er stürmt in mein Zimmer. »Was ist los?«

Becca springt auf das Bett. »Spinne!«

Er verdreht die Augen. »Ich dachte, jemand wäre umgebracht worden.«

»O Gott, ich kann die nicht *ausstehen*. Ich glaube, sie ist unters Bett gekrabbelt. Ich kann mich nicht entspannen, bis ich weiß, dass sie weg ist.«

»Du meine Güte«, grummelt Nick, ist aber in der richtigen

Stimmung, um den Helden zu spielen. Er greift sich ein leeres Glas vom Nachttisch und geht auf die Knie.

Schnell ist er vertieft in seine Mission, also schleiche ich mich aus dem Zimmer. Als ich gehe, fange ich Beccas Blick auf. Ich muss schnell sein – ich will die beiden nicht zu lange allein lassen. Ich kann mich nicht darauf verlassen, dass Nicks gute Laune ewig hält.

Ich ziehe die Küchentür hinter mir zu. Der Plan ist, die Hälfte des Pulvers in sein Bier und die andere Hälfte in sein Essen zu mischen. Zerstampfte Pillen in einen Flaschenhals zu füllen ist schwieriger als ich angenommen habe, besonders mit zitternden Händen. Ich tue, was ich kann, und benutze dann einen langen Löffelstiel, um alles so gut es geht umzurühren. Dann blicke ich mich nochmal um. Der Speck kühlt in der Pfanne ab, aber ich sehe nirgendwo Rührei. Ich reiße die Mikrowelle auf und finde eine Schüssel mit dem gelben Gemenge darin, das gerade anfängt, fest zu werden. Glücklicherweise ist es noch flüssig genug, um das restliche Tablettenpulver aufzulösen. Als ich die Schüssel zurückstelle, beschleichen mich Zweifel. Was, wenn ihm von einer normalen Tablettendosis noch nicht übel wird? Er ist viel größer als Becca: Die Wirkung könnte bei ihm viel schwächer sein. Und was, wenn er nicht die ganze Portion Rührei isst oder genug von dem Bier trinkt? Es könnte sein, dass am Ende nur ein Bruchteil des Pulvers in seinem Magen landet und ich dann dabei zusehen muss, wie er Mum wegbringt.

Ich zucke zusammen, als ich höre, wie seine Schritte wieder näherkommen, und weiche von der Mikrowelle, als die Küchentür knarzt.

»Konnte nichts finden«, sagt er und schlendert in die Küche. »Sie wird's überleben.«

Ich kann nicht sprechen. Meine Wangen brennen wie Feuer. Nick schaut mich neugierig an, dann bewegen sich seine Augen zurück zu seinem Speck, der kalt und fettig auf dem

Herd steht. »Hab keinen Hunger mehr.« Er hebt den Saum seine T-Shirts an und wischt sich damit ein wenig Staub vom Gesicht.

»Mum dreht durch, wenn du ihn verschwendest.«

»Stimmt! Wir wollen doch nicht mit schlechter Laune ins Wochenende starten.« Er holt einen Teller heraus und stapelt ein paar Speckscheiben darauf. Erst denke ich, dass ihm das reichen wird, doch zu meiner Erleichterung nimmt er auch die Eier aus der Mikrowelle, kippt alles aus und gibt braune Soße darüber, ehe er sich an den Küchentisch setzt.

Er zögert, als sich die Gabel seinem Mund nähert. »Willst du auch was?«

Ich schüttele den Kopf.

»Ich lass dir ein bisschen Geld da.« Die volle Gabel schwebt in der Luft. »Du kannst was bestellen, auf meine Kosten.« Und rein damit. Schmeckt es komisch? Ist die Konsistenz zu sandig? Er kaut langsam, schiebt sich dann noch eine Gabelvoll in den Mund und spült alles mit einem kräftigen Schluck Bier hinunter. Mir wird klar, dass ich ihn zu konzentriert beobachte und lenke mich mit Abräumen ab. Hinter mir sind weiterhin seine Ess- und Trinkgeräusche zu hören. Ich murmele etwas über Becca und fliehe dann aus der Küche.

Gerade als ich in mein Zimmer gehen will, klingelt das Telefon im Flur. Ich will nicht, dass Nick von seinem Essen weggeht, um ans Telefon zu gehen, also nehme ich den Hörer ab. »Hallo?«

»Hallo Liebes.« Es ist Mum. Mein Herz vibriert. Was würde sie sagen, wenn sie wüsste, was ich gerade getan habe? Würde sie entsetzt sein? Dankbar?

»Ich war gerade kurz einkaufen, damit du und Becca übers Wochenende versorgt seid«, sagt sie. »Die Tüten sind schwer, würdest du Nick bitten, zu Costcutter zu kommen und mir zu helfen? Aber frag ihn *nett*, Kate.«

Ich spähe zur Küchentür. »Er … ähm … er ist gerade

beschäftigt. Ich komme.« Bevor sie protestieren kann, lege ich auf. Ein paar Sekunden lang stehe ich da, der Atem in meinem Mund will nicht in meine Lungen.

Ich stecke meinen Kopf durch meine Zimmertür und flüstere Becca zu: »Ich muss Mum kurz helfen, die Einkäufe herzutragen. Dauert nicht lange.«

»Hast du es getan?« Sie ist bleich, als hätte sie tatsächlich Angst vor einer lauernden Spinne.

Ich nicke und halte meine gekreuzten Finger hoch.

»Isst er es?«

Ich nicke wieder. »Jetzt müssen wir abwarten und gucken, was passiert.«

Als ich gehe, ist mir schwindelig. Eine plötzliche Euphorie breitet sich in mir aus und der Schein der Abendsonne begleitet mich durch den Flur.

VIERUNDDREISSIG

STEPH

Steph saß im Auto vor ihrem Haus. Die Windschutzscheibe beschlug langsam und die schwarzen Gerippe der Bäume verschwanden hinter diesem Schleier. Jetzt, da sie von ihrer abgebrochenen Mission zurück war, wusste sie nicht, was sie als Nächstes tun sollte.

Sie konnte nicht aufhören, an die erste Nacht zu denken, in der Freyas Abwesenheit noch in Stunden und nicht in Tagen gemessen werden konnte, und die Polizei nach ihren und Pauls Feinden gefragt hatte. Pauls Gewissen hatte ihn seitdem eindeutig gequält und angetrieben. Doch Steph hatte sich geweigert, die Punkte zwischen ihren Geheimnissen und der Schutzsphäre zu verbinden, die sie wie einen Zauber um ihre Familie gelegt hatte. Wenn diese Punkte sich irgendwann verbanden, würde sich daraus ein Bild formen, das alles zeigen würde, wovor sie sich jemals gefürchtet hatte.

Jetzt gab es jedoch etwas, woran sie sich festklammern konnte. Ein Zeichen, dass sie diese Punkte verbinden und sich dem Undenkbaren stellen musste. Sie griff nach ihrem Handy und scrollte zu der Nummer, die sie unter »Arbeit 2« eingespeichert hatte. Ihr Finger verharrte auf dem Bildschirm, als sie von den gleichen Zweifeln wie auf der Autobahn geplagt wurde. Es schien ihr zu riskant, mit einem Kopfsprung in die Sache einzutauchen. Jeder Plan, über den sie nachdachte, barg Risiken: für Freya und Paul, für sie selbst, für ihre ganze Existenz.

Jeder Plan barg Risiken, falls sie falsch lag, und Risiken, falls sie richtig lag.

Minuten später hämmerte sie gegen Emmas Tür. Sie wusste, dass sie zu laut klopfte und dass es schon spät war, doch sie waren weit über nachbarschaftliche Etikette hinaus. Steph war längst an dem Punkt angelangt, an dem es sie nicht mehr kümmerte, was Emma über sie dachte – oder ob sie ihr überhaupt trauen konnte. Sie hatte einfach keine andere Wahl.

Ihre Nachbarin schaute aus der Tür in den Flur hinaus. »Steph?«

»Du musst etwas für mich tun.«

Emma blinzelte und winkte sie herein.

Steph verschwendete keine Zeit. Das Adrenalin schoss durch ihren Körper. Sie schob ihr ein Stück Papier entgegen. »Bring das zur Polizei.«

Emma schaute verdutzt. »Wie bitte?«

Steph schluckte. »Es – es ist eine Adresse. Sie müssen diese Wohnung unbedingt bewachen, ein Auge darauf haben. Aber erwähn mich dabei auf keinen Fall.«

Emma blinzelte noch ein paarmal. »Ich weiß nicht, ob ich –«

»Bitte!« Steph konnte sich nicht beherrschen und unterbrach sie. Sie hatte gehofft, ihre Emotionen im Zaum halten zu können, doch jetzt spürte sie, wie ihre Verzweiflung einen Nerv traf. Für einen langen Moment starrte ihre Nachbarin sie an. Steph konnte wieder das Knarzen des Laufrads hören, ein unheimlicher Soundtrack.

»Kannst du ihnen die Adresse nicht selbst geben?«, fragte Emma mit leiser Stimme.

»Nein ... nein.«

»Sie werden mir jede Menge Fragen stellen.«

»Ruf anonym beim Hinweistelefon an«, sagte Steph. »Stell einfach sicher, dass sie das ernst nehmen. Sag, du hast ein jugendliches Mädchen in einer marineblauen Daunenjacke gesehen, wie sie in dieses Haus gegangen ist. Ich kann nicht riskieren, dass sie meine Stimme erkennen.«

Es gab eine weitere Pause. Das Laufrad ratterte unaufhörlich weiter. Steph konnte nicht sagen, aus welcher Richtung das Geräusch kam, und so langsam ging es ihr auf die Nerven. Es fühlte sich an, als könnten es auch Zahnrädchen in ihrem Kopf sein, die sich unablässig drehten. Sie rieb an den Enden von Freyas Schal, der zu ihrer Schmusedecke geworden war. »Ich würde nicht fragen, wenn ich nicht müsste«, sagte sie.

»Wovor hast du Angst, Steph? Vor Paul?«

»Was?«

»Hast du Angst vor ihm?«

»Nein, natürlich nicht! Ich liebe ihn, deshalb ... deshalb kann ich nicht ...«

»Ich will helfen, aber du musst mir die ganze Geschichte erzählen.«

»Ich habe keine Affäre. Das ist es nicht.« Steph spürte eine weitere Salve der Angst. Sie machte einen Schritt nach vorn, um die Hand ihrer Nachbarin zu nehmen. Emma spannte sich an, zog sie jedoch nicht weg. Ihre Finger fühlten sich so zierlich an wie Freyas Finger damals, als Steph ihre Hand genommen hatte, um mit ihr die Straße zu überqueren oder durch den Park zu spazieren. Selbst als kleines Mädchen hatte Freya sich gegen das überbehutsame Verhalten ihrer Mutter gewehrt. Vielleicht hatte sie schon immer Stephs unterbewusste Ängste spüren können, die tiefer gingen als normale elterliche Sorgen.

Steph versuchte es ein letztes Mal und drückte Emma die Adresse in die Hand. »Bitte. Ich weiß, dass du verstehst, was ich durchmache. Das könnte meine Tochter retten.«

FÜNFUNDDREISSIG

EMMA

Emma schloss die Tür hinter Steph, lehnte sich dagegen und stieß einen langen Seufzer aus.

Sie fummelte den Zettel mit der Adresse in ihrer klammen Hand auseinander. Eine erdrückende Verantwortung lastete auf ihr. Sollte sie Stephs Bitte nachkommen? Oder sollte sie zur Polizei gehen, alles offenlegen und die Last bei ihnen abladen? Warum brachte der zweite Gedanke sie dazu, die Adresse fest und schützend an ihre Brust zu drücken?

Vielleicht hätte Steph nicht so viel Glauben in Emma gesteckt, wenn sie wüsste, dass sie selbst ein Chaos aus Geheimnissen und Ärger zu verbergen hatte. Oder vielleicht hatte sie sie gerade deshalb ausgewählt. Zwischen ihnen schien sich eine seltsame Anziehungskraft zu entwickeln, der sich Emma nicht entziehen konnte.

Sie zog ihr Handy heraus und suchte auf Google Maps und Streetview nach der Adresse. Sie zoomte an eine gewöhnliche Terrasse in der Nähe von Chertsey heran, nur zwanzig Kilometer entfernt. Sie wusste nicht, wie sie mehr herausfinden könnte. Sie bekam nicht aus dem Kopf, wie Steph vor Verzweiflung die Augen aufgerissen und ihre Hände an dem grünen

Stoff des Schals herumgefummelt hatten. Der Stoff sah bereits ziemlich abgenutzt aus ...

Etwas ließ Emma innehalten. Etwas klingelte bei diesem Gedanken. Der Schal ... Steph trug ihn, seitdem Freya vermisst wurde, doch Emma hatte ihn kürzlich schon einmal irgendwo gesehen.

Sie folgte ihrem Gedankenstrom in Zebs Zimmer und griff nach dem Fotostreifen auf seinem Nachttisch. Freya trug den Schal auf diesen Fotos. Natürlich – er gehörte Freya und seit sie verschwunden war, hing Steph an diesem Teil ... Wenn Emma so darüber nachdachte, hatte sie Freya schon früher einmal damit gesehen. Doch das war es nicht, was an ihr nagte.

Sie war sich sicher, dass Freya ihn auf dem Fotostreifen, den Steph ihr heute Morgen gezeigt hatte, *nicht* getragen hatte. Als Emma ihre Gedanken zurückwandern ließ, fielen ihr noch andere Unterschiede auf. Hatte Zeb in Freyas Version nicht seinen braunen Wintermantel getragen und in den Fotos, die sie jetzt anschaute, seine braune Lederjacke? Und war Freyas Haar nicht auch leicht anders gestylt als auf dem anderen Bild? Emma wünschte, sie könnte ihrer Erinnerung trauen oder zumindest die Streifen nebeneinanderlegen, um sie zu vergleichen. Jedes Mal, wenn sie dazu tendierte, sich das alles nur eingebildet zu haben, stimmte sie etwas anderes wieder um. Freya trank auf dem Bild in Emmas Hand Vodka; Zeb hatte in seiner Geschichte jedoch Gin erwähnt. Waren es also tatsächlich unterschiedliche Begebenheiten? Hatte Zeb sie angelogen, wie oft er und Freya sich getroffen hatten? Und wenn ja, *warum*?

Emma ging aus dem Zimmer und lief, wie zu oft in letzter Zeit, durch ihre vollgestellte Wohnung. Sie ging zum Fenster und öffnete es einen Spalt breit, um die kühle Nachtluft hereinzulassen und auf ihrem Gesicht zu spüren. Vorhin hatten die dunklen Bürgersteige durch den Regen gewirkt, als wären sie lackiert worden, und die Pfützen hatten ausgesehen wie

Tümpel aus flüssigem Gold. Als das Festnetztelefon klingelte, erschrak Emma noch heftiger als sonst und spürte dann einen Anflug brennenden Ärgers. Sie hatte die Nase voll von diesen anonymen Anrufen. Von *allem*.

Sie stapfte zur Küche und griff nach dem Hörer. Diesmal sagte sie nicht mal Hallo, sondern erwiderte das laute Schweigen der anderen Person. Zwischen dem Anrufer und ihr spannte sich ein langer und intensiver Moment.

»Robin?«, fragte sie fordernd.

Sie erwartete, dass ihr Gegenüber auflegen würde. Doch stattdessen wurde der Atem des Anrufers schneller. Vielleicht hätte Emma selbst aufgelegt, würden ihre Emotionen ihr nicht zu Kopf steigen. Was hatte Robin mit ihr vor, selbst nach so langer Zeit noch? Sie war nicht mehr fünfzehn. Und indem er sie fertigmachte – der Erziehungsratgeber, die Eier, die Anrufe –, machte er auch ein Paar fertig, das gerade die schlimmstmöglichen Qualen durchmachte.

Sie wollte ihren Ängsten nicht bis zum bitteren Ende folgen. Nicht bis zu der Verbindung zwischen dem, was sie über Robins Wesen wusste, und dem, was sie zunehmend über Zeb zu fürchten begann.

»Das muss aufhören«, sagte sie ins Telefon, während ihr die Hitze ins Gesicht stieg. »Hör auf mich zu verarschen. Hör auf, Sachen an diese Adresse zu schicken. Und …«, ihre Stimme hob sich unkontrolliert, »… und *gib mir meinen Sohn zurück.*«

Sie rief den letzten Teil viel lauter, als sie beabsichtigt hatte. Sie schmiss das Telefon mit einem Knall gegen die Wand. Schweratmend und zusammengekrümmt stand sie schließlich da, doch in ihr machte sich jetzt ein Gefühl der Erleichterung breit. Dann hörte sie wieder Schritte, die die Treppe herunterkamen. Sie schnappte nach Luft, als an ihrer Tür erst ein Klopfen und dann Stephs Stimme zu hören war: »Emma?«

Emma ließ sich in ihren Fensterstuhl plumpsen. Sie konnte Steph jetzt nicht gegenübertreten.

»Mir geht's gut«, rief sie. »Sorry.«

Sie hörte, wie Steph weiter vor der Tür stehenblieb. Emmas Kopf fühlte sich an, als würde er bald explodieren. Sie legte ihre Augenbraue gegen die kalte Fensterscheibe und hoffte, sie würde all ihre Gefühle wegfrieren. Dann zog ihre Nachbarin sich zurück.

SECHSUNDDREISSIG

PAUL

Paul presste sich flach gegen Daniels Dachbodenwand und lauschte angestrengt und mit flatterndem Herzen. Jemand, vermutlich Daniel, ging unten umher, Türen quietschten und schlossen sich. Seine Bewegungen schienen nicht eilig zu sein, also war er sich des Eindringlings noch gar nicht bewusst.

Paul starrte auf das hintere Dachbodenfenster. Es war immer noch einen Spalt breit geöffnet, dort, wo er nach frischer Luft geschnappt hatte. Es ließe sich wahrscheinlich noch weiter öffnen, doch wie würde er die Rückseite des Hauses hinuntergelangen? Er spähte hinaus und warf erneut einen Blick auf den Wald, wobei sich die Silhouette der am weitesten entfernten Bäume jetzt in einer stacheligen Kurve am Horizont abzeichnete. Er kroch zurück durch den Dachboden und starrte stattdessen die schmale Treppe hinunter. Sein Gehirn sprudelte über angesichts der vielen Möglichkeiten.

Als die Schritte lauter wurden, spannten sich seine Muskeln an. Daniel war jetzt direkt unter ihm, in der ersten Etage. Paul hielt den Atem an und drückte sich wieder gegen die Wand. Die Geräusche einer Toilettenspülung und das Vibrieren der Rohre füllten den Dachboden. Dann war das

Schwingen einer Tür zu hören, dann eine kurze Pause und schließlich das Geräusch sich entfernender Schritte.

Paul bahnte sich den Weg zur Treppe in den ersten Stock. In seiner Brust brannte es. Er konnte das Gemurmel des Fernsehers hören und als er einen Blick über das Geländer riskierte, konnte er erkennen, dass die Wohnzimmertür geschlossen war. Würde er es aus der Haustür schaffen, während Daniel im Wohnzimmer war? Paul schlich den letzten Treppenabsatz hinunter. Zwei der Stufen ächzten unter seinem Gewicht. Er erstarrte, als er das Quietschen von Sofasprungfedern und ein Husten hörte.

Er war jetzt nur noch drei oder vier Schritte von der Haustür entfernt. Seine Augen überprüften schnell die Türriegel und -schlösser. Es sah aus, als müsste man einfach den oberen Riegel nach oben drehen und die Klinke hinunterdrücken.

Also warum hechtete er nicht in Richtung Tür?

Aus Erfahrung wusste er, dass die Zeit, in der man die Optionen abwägte, den Unterschied zwischen Flucht und Entdecktwerden ausmachen konnte. Man musste einen kühlen Kopf bewahren, rationale Entscheidungen treffen und sie dann schnell und mit Überzeugung in die Tat umsetzen. Es war diesmal nicht die Versagensangst, die ihn zurückhielt. Es war eine viel größere Kraft – wieder Freyas Stimme, die in seinen Ohren klingelte. Warum war er in Daniel Sandersons Haus eingebrochen, wenn er dann doch nur wieder hinausschlich?

Dann ertönte ein Ruf aus dem Wohnzimmer, der Jahrzehnte übersprang: »Wer ist da?«

Eine Sekunde lang schienen sich die Jahre wie eine Mundharmonika zusammenzuziehen. Paul war kurz davor, als Paul Jacobs zurückzurufen, als würde er einfach so in Daniels und Nathalies Wohnung hineinschlendern: *Ich bin's nur! Hab Bier für uns alle besorgt.*

Doch die Zeit schnappte zurück und er ballte die Fäuste.

Ein kalter Luftzug wehte von der Eingangstür herüber, als wollte er ihn daran erinnern, wie nah der Ausgang war.

»Wer ist *da*?«

Paul hob die Hände, als Daniel mit einem Cricketschläger in den Händen in den Flur krachte. Daniel blieb abrupt stehen, als er Paul entdeckte. Der Schock schien sich wie eine Blase um ihn zu legen und hielt ihn an Ort und Stelle. Er sah aus wie ein bronzener Schlagmann auf einer Trophäe.

»Was zum ...« Einen Moment lang schien Daniels Abwehr geschwächt zu sein. Das wäre der richtige Zeitpunkt, um auf ihn zuzustürmen und ihn zu entwaffnen, doch auch Pauls Gelassenheit war wie weggeblasen. Er betrachtete das Gesicht, das er unendlich oft nach Zeichen der Unwahrheit abgesucht hatte. Das Gesicht, das er oft dabei erwischt hatte, wie es Nathalie manchmal anstarrte, mit einem Blick, der sanft und kalt, vertraut und berechnend zugleich war. Daniel musste jetzt dreiundfünfzig sein, doch die Schatten unter seinen Augen schienen dauerhaft, so als wäre er es leid, er selbst zu sein. Er war jedoch immer noch breit gebaut und wirkte kräftig, gekleidet in einen grauen Overall mit irgendeinem Logo auf der Brusttasche.

Daniels Gesicht verzog sich vor Schock, dann nahm es den Ausdruck finsterer Abscheu an. »Was zum *Teufel* machst du hier?«

Paul behielt die Hände oben. »Leg den Schläger weg.«

Daniel machte einen Schritt auf ihn zu und hielt den Schläger drohend über Pauls Kopf. Paul versuchte abzuschätzen, ob er danach greifen oder ihn abblocken konnte, doch noch sauste er nicht auf ihn hinunter, sondern schwebte nur in der Luft. »Ich sollte dich kaputthauen. Ich sollte dich umbringen.«

»Aber das wirst du nicht tun.«

Das wirst du nicht tun, wenn du meine Tochter hast, weil du kein Aufsehen erregen willst. Und ebenso wirst du es nicht tun, falls du Freya nicht angerührt hast, weil du dich sicher fragst, warum ich hier bin, nach all der Zeit, nach allem, was war.

»Wir haben eine Abmachung«, sagte Daniel. »Es gibt keine Ermittlungen mehr gegen mich. Ihr spitzelnden Bastarde habt zugegeben, dass ihr euch geirrt habt.«

»Deshalb bin ich nicht hier.«

»Warum dann? Noch nicht genug Schaden angerichtet?«

»Meine Tochter.« Paul wartete auf eine Reaktion, doch da war nur ein Flackern: Möglicherweise war er überrascht, möglicherweise wusste er etwas, möglicherweise hatte Paul sich das auch nur eingebildet. Er war schon zu lange aus der Übung, wenn es darum ging, Daniels Gedanken zu lesen.

»Wir könnten uns in Ruhe unterhalten«, wagte er zu sagen, als Daniel stumm blieb, »oder du schlägst mich und schaust, was passiert. So oder so gehe ich nicht, bis du meine Fragen beantwortet hast.«

Daniel sprang nach vorne und drückte den Schläger gegen Pauls Kehle. Ihre Körper standen sich genau gegenüber, als er ihn an die Wand presste. In ihrer früheren »Freundschaft« hatte immer eine unterschwellige Konkurrenz geschwelt, die wohl von ihrer ähnlichen Statur herrührte – und vielleicht auch daher, dass Paul sich Mühe gegeben hatte, Daniels Körpersprache und Sprechweise nachzuahmen. So etwas brachten sie einem in der Ausbildung bei: wie man jemanden dazu bringt, sich auf einen einzulassen. Doch es konnte auch ins Gegenteil umschlagen und einen zum Rivalen machen.

Ihre Blicke trafen sich, beinahe auf Augenhöhe. Das Holz drückte sich in Pauls Nacken.

»Wo ist meine Tochter?«, keuchte er. »Was hast du getan?«

Daniel stemmte sich mit seinem ganzen Körpergewicht gegen den Schläger. »*Du* bist hier der Böse. Ich kann's nicht fassen, dass du dich hier blicken lässt.«

Paul wurde kurz schwarz vor Augen. Er schloss die Lider und atmete flach.

»Du fühlst dich nicht mal schlecht wegen meiner Schwester«, sagte Daniel, »oder?«

Paul blinzelte. »Jeden Tag«, würgte er hervor. »Ich habe sie geliebt.«

Die Faust in seinem Magen überraschte ihn. Der Schläger war von seinem Adamsapfel gehoben worden. Luft schoss genau in dem Moment durch seine Luftröhre, als sie aus dem Bauchraum gehämmert wurde. Es war eine Mischung aus voreiliger Erleichterung und tiefem Schmerz.

»Jetzt sei ihr gegenüber nicht noch respektloser und erzähl hier irgendwelche Lügen!«, sagte Daniel.

»Ich lüge nicht! Ich habe Nathalie geliebt!«

»*Ich* habe sie geliebt!«

Indem du sie kontrolliert hast. Indem du ihre Trauer zu deinem Vorteil ausgenutzt hast. Doch hatte Paul nicht das Gleiche getan? Hatte er nicht gedacht, er wäre so *schlau*, als er sie als seinen Weg hinein benutzt hatte? Nathalie hatte Daniels Vorsicht nicht geteilt. Man konnte ihr ansehen, dass sie einen Verlust erlitten hatte und verzweifelt versuchte, die Leere zu füllen. Also hatte Paul, als er in sein neues Leben in der Chainwell-Siedlung versetzt worden war, ausgebildet und vorbereitet, ehrgeizig und naiv, sich zuerst mit ihr anfreunden wollen. Sie waren sich immer wieder »zufällig über den Weg gelaufen«, als ihr Bruder nicht da war, und Paul hatte geduldig ihr Vertrauen gewonnen. Er war der Gelegenheitsarbeiter, der aufgetaucht war, um den Kühlschrank in dem Café zu reparieren, in dem sie gearbeitet hatte, der Raucher, der mit Feuer vorm Hochhaus bereitgestanden hatte, der freche Kerl, der sie zum Lachen gebracht hatte, auch wenn ihre Augen immer noch traurig ausgesehen hatten. Paul hatte alles in seiner Macht Stehende getan, um Daniels Misstrauen gegenüber dem neuen Freund seiner kleinen Schwester zu überwinden. In mühsamer Kleinstarbeit hatte er sich in ihre Leben, ihre Wohnung, ihre Familie eingearbeitet, während er nach Hinweisen Ausschau hielt und versucht hatte, herauszufinden, was wirklich mit Billie geschehen war. Er hatte nicht bemerkt, wie seine Gefühle für Nathalie heranwuchsen, bis es schließlich zu spät war. Er hatte Scheuklappen getragen, hatte sich in seine Aufgabe verbohrt … und war noch nie zuvor verliebt gewesen. Er wusste nicht, wie sich die Verliebtheit um einen herumwickeln konnte, während man sich auf etwas anderes konzentrierte.

Paul sah den nächsten Schlag kommen, duckte sich jedoch nicht. Er ließ sich direkt ins Gesicht schlagen. Das war die Art von Bestrafung, die er ertragen konnte: einen Angriff auf sich selbst, nicht auf Freya oder Nathalie. Er blieb standhaft, während Daniel wieder auf ihn einschlug und der Schmerz sich auf seinen Wangenkochen ausbreitete.

»Sie war meine Schwester!«, brüllte Daniel. »Und du warst nichts! Niemand. Ein Bulle. Ein Lügner. Ein *Mörder*.«

Das letzte Wort bildete eine Faust um Pauls Herz. Für einen kurzen, schwindelerregenden Moment verspürte er Erleichterung, bevor der Cricketschläger seine Knie traf und er auf den Boden sank. Daniel trat ihm in die Rippen, und Paul ließ seinen Körper schlaff werden. In seinem Kopf wirbelten Stimmen durcheinander, vermischt mit Daniels Flut von Anschuldigungen.

Nathalie: *Wer zur Hölle* bist *du?*

Steph: *Hast du jemanden umgebracht?*

Freya: *Dad, du gibst doch nicht auf, oder?*

Er war tatsächlich kurz davor aufzugeben, seine Augen zu schließen und das hinzunehmen, was er verdiente. Doch was war mit Freya und Steph, was verdienten sie? Was war mit Yvette und allem, was sie für ihn versucht hatte zu tun? Sie hatte ihm zu der Erkenntnis verholfen, dass er zwar Fehler gemacht hatte, aber kein schlechter Mensch war. Was war damit?

Als Daniel das nächste Mal auf ihn losging, riss Paul seinen Oberkörper hoch und verpasste ihm einen Kopfstoß ins

Gesicht. Der Schmerz, der von dieser Bewegung ausgelöst wurde, ließ Paul die Galle in den Mund laufen. Er hatte es jedoch geschafft, Daniel aus dem Gleichgewicht zu bringen, und stieß ihm mit dem Bein gegen das Schienbein. Daniel taumelte gegen die Wand. Paul kam schwankend auf die Beine. Seine Rippen fühlten sich zertrümmert an. Er stürmte zur Tür, doch Daniel stand ebenfalls wieder aufrecht und versperrte ihm den Weg. Paul stürzte stattdessen in Richtung Küche. Daniel folgte ihm, das Gesicht lila, und hielt den Cricketschläger in den Händen, an dem Pauls Blut klebte.

Für Paul war es wie durch Wasser zu waten. Er steuerte auf die Hintertür zu. Der Schläger prallte zwischen seinen Schulterblättern auf und ließ ihn nach vorne kippen. Er griff nach der Küchenarbeitsplatte und drehte sich um. Er war erneut in die Ecke getrieben worden. Daniels Gesicht war so dicht vor ihm, dass es verschwamm. Noch mehr Anschuldigungen bildeten Speichelperlen in seinen Mundwinkeln: *Lügner. Verräter. Versager. Mörder.*

Etwas in Paul gab nach. Er konnte keinen weiteren Schlag ertragen, konnte nicht mehr weiter gegen Daniel und seine selbsternannte Unschuld anschreien. Schon als er in die Küche gestolpert war, hatte ein alter Instinkt ihn dazu gebracht, den Raum blitzschnell zu inspizieren. Er wusste, wo sich die Ausgänge befanden, hatte aber auch das Messerset an einem magnetischen Wandhalter bemerkt. Als Daniel erneut den Schläger schwang, griff Paul zur Seite. Seine Fingerspitzen berührten das Metall.

SIEBENUNDDREISSIG

KATE

Fünfundzwanzig Jahre zuvor

Die Nachbarschaft rauscht an mir vorbei, während ich den vertrauten Weg zu den örtlichen Läden gehe, um Mum zu treffen. Mein Instinkt sagt mir, dass ich mich beeilen muss, doch gleichzeitig will ich, dass alles langsamer abläuft und erst nach Hause zurückkommen, wenn die Pillen ihre Wirkung entfaltet haben. Ich stelle mir Nick vor, wie er über die Kloschüssel gebeugt dasitzt, sich den Bauch hält und stöhnt, dass es ihm nicht gut genug geht, um in den Urlaub zu fahren.

Mum wartet draußen vor Costcutter auf mich, eine Ansammlung von Tragetaschen zu ihren Füßen, die sich im leichten Wind kräuseln. Ich bin zu nervös, um mich auf dem Rückweg zu unterhalten. Auch Mum wirkt still, wie sie neben mir her stapft, und sie sagt, sie sei müde von der Arbeit. Die Henkel der Taschen schneiden mir in die Hände und der Abend fühlt sich feucht und klebrig an.

»Ihr kommt doch klar am Wochenende, oder, Liebes?«

»Ja«, murmele ich. »Alles gut.«

Auf halbem Weg nach Hause laufen wir Linda über den

Weg, der irischen Lady, die unter uns gleich neben Nick wohnt. Ich habe manchmal darüber nachgedacht, sie zu fragen: *Hören Sie jemals etwas? Geräusche, die sich nicht richtig anhören?* Aber Nick ist sicherlich zu clever dafür.

Wir plaudern eine gefühlte Ewigkeit mit Linda. Sie und Mum reden über Lindas neunzehnjährigen Sohn – Becca flirtet immer mit ihm, wenn sie zu Besuch ist. Ich kann nicht aufhören, zum Wohnblock zu gucken, und wünsche mir, ich könnte durch ein Fernrohr schauen. Dann ist das Gespräch endlich zu Ende.

Es dauert eine Weile, die Treppen hinaufzusteigen, denn der Aufzug ist immer noch kaputt. Ich nehme Mum noch eine Tasche ab. Die ganze Etage riecht nach Nicks Mahlzeit aus Eiern und Speck. Mum schnuppert in der Luft und ich habe Mühe, als ich ihr in einem bemüht lässigen Tonfall erkläre, dass er sich einen kleinen Imbiss gemacht hat.

Sie geht vor. Mein ganzer Körper versteift sich: Wird der Plan aufgehen? Oder wird Nick gleich pfeifend aus der Küche kommen und Mum fragen, ob sie sich auf den Weg machen wollen? Wie lange brauchen die Tabletten, um zu wirken, falls sie überhaupt eine Wirkung auf ihn haben?

Mum ruft einen Gruß in die Wohnung, aber niemand antwortet. Eine oder zwei Sekunden später kommt Becca aus meinem Zimmer. Sie sieht noch immer blass aus und ihr Lächeln sitzt nicht richtig. Ich versuche verzweifelt, ihren Gesichtsausdruck zu deuten und ihre Aufmerksamkeit auf mich zu lenken. Mir ist wieder heiß und der Waschzettel meines Schuloberteils kratzt in meinem Nacken.

»Wo ist Nick?«, fragt Mum.

»Badezimmer«, sagt Becca.

Mein Herz schlägt schneller. Bedeutet das …?

»Hast du dir die Haare gefärbt, Becca?«, fragt Mum, während ich versuche, nach Geräuschen hinter der Badezimmertür zu lauschen.

»Ja«, sagt Becca abgelenkt und wickelt sich eine violette Haarsträhne um den Finger.

Mums Blick wandert zu dem Handtuch, dass zusammengeknüllt auf meinem Teppich liegt. »Ich hoffe, die Flecken gehen wieder raus«, sagt sie mit der strengen Stimme, die sie in letzter Zeit häufiger benutzt. Es ist fast so, als würde sie ihren ganzen Stress an Becca auslassen. Sie will Nick nicht provozieren und zu mir ist sie gewohnheitsmäßig sanft; also muss jemand anderes ihren Stress abbekommen.

Der Schlagabtausch heute hat keine Chance sich hochzuschaukeln. Die Klospülung ist zu hören, dann ein Schlüssel, der im Schloss gedreht wird, und schließlich öffnet sich die Badezimmertür.

Und da ist Nick. Er sieht normal aus. Gut. Und er riecht nach Minzseife.

Er lächelt Mum an und küsst sie zur Begrüßung. »Ich habe mich schon gewundert, wo du bist. Kann es losgehen?«

Ich beobachte sie, wie sie sich auf den Weg machen. Sie sind zwei Miniaturfiguren, die vom Hochhaus zum Taxi laufen. Nick schafft es irgendwie, das ganze Gepäck allein zu tragen und gleichzeitig einen Arm um Mums Schultern zu legen. Sollten andere Leute sie von ihrer Wohnung aus beobachten, halten sie ihn sicher für einen fürsorglichen Freund. Ich presse mein Gesicht gegen die beschlagene Scheibe, als sich die Taxitür hinter ihnen schließt.

»Wir haben es versucht, Kate«, sagt Becca. »Vielleicht ist es das Beste, dass es nicht funktioniert hat. Es sind nur drei Tage … Deine Mutter kommt schon klar.«

Ich sage nichts, starre einfach nur auf die Pfanne und die Schüssel, in der vorhin noch sein Rührei war. Jetzt tropfen nur noch träge Schaumblasen auf das Abtropfgitter.

Abends zappen wir uns durchs Fernsehprogramm. Ich will Nicks Geld nicht dazu benutzen, uns etwas zu essen zu bestellen, also kramt Becca eine Pizza aus dem Gefrierfach hervor. Wir lassen sie zu lange im Ofen, bis sie schmeckt wie verkokelte Pappe. Sie trinkt eines von Nicks Bieren und der Geruch lässt es so wirken, als wäre er im Raum.

Warum hat Mum nicht angerufen, um zu sagen, dass sie gut angekommen sind? Hat sie versprochen sich zu melden? Ich kann mich gerade nicht daran erinnern. Alles ist durcheinander. Ich suche in der Küche nach einer Adresse ihrer Frühstückspension. Wo wollte Mum sie hinlegen? Ich wünsche, ich hätte besser aufgepasst. Ich war einfach so versessen darauf, sie davon abzuhalten, zu gehen.

»Ich kann die Adresse nicht finden«, sage ich, während ich Schubladen aufreiße und sie wieder zuknalle. »Ich weiß nicht mal, wo genau sie hingefahren sind!«

»Kate, du bist erschöpft.« Becca zieht mich von der Schublade weg, in der ich gerade herumwühle, und schließt sie sachte für mich. »Du solltest ins Bett gehen. Ich finde die Adresse bestimmt.«

Sie hat recht. Ich bin so müde. Schlaftrunken mache ich mich an meine Abendroutine, doch als ich mich in meine Bettdecke einrolle, weigert sich mein Gehirn, zur Ruhe zu kommen. In meinem Kopf führe ich eine fieberhafte Unterhaltung mit Mum, in der ich ihr sage, dass sie so weit weg von ihm gehen soll wie möglich. Dann flehe ich sie an, zurück nach Hause zu kommen.

Kurz darauf kommt Becca in mein Zimmer. Sie riecht nach dem Mandelöl, das sie jede Nacht in ihr Haar einmassiert, damit es immer glänzt. Es raschelt im dunklen Zimmer, als sie versucht, es sich in ihrem Schlafsack bequem zu machen. Ihre Atmung beruhigt sich sofort, und ich frage mich, ob sie wirklich genauso viel Angst hat wie ich oder ob sie einfach das Schauspiel genießt. Während die Nacht voranschreitet, vermischen sich meine Wach- mit meinen Albträumen: Ich sehe Nick, der vor meinem Bett steht. Dann höre ich eine gewalttätige Auseinandersetzung im Nebenzimmer. Ich kann kein Körperteil rühren, kann es nicht aufhalten.

Becca schläft. Ich fange gerade an, mich richtig aufzuregen, überzeugt davon, dass ihre tiefen, träumenden Schnarcher eine Art Verrat sind, als ich ihre Stimme höre: »Kate? Kate?« Ich höre, wie ihre Bettdecke zurückgeworfen wird und die Dielen knarzen. Dann spüre ich, wie Becca neben mich in mein Bett klettert und ihre warmen Arme mich fest an sie drücken. Das ist der Zeitpunkt, an dem mir klar wird, dass ich sie mit meinen Schluchzern aufgeweckt habe. Sie wischt mir die Tränen aus dem Gesicht und küsst mich auf die Wange. Ich kuschele mich an sie, wie ich es bei Mum früher morgens immer gemacht habe, nur wir zwei. Ich verstehe, dass ich nicht auf Becca sauer bin, sondern auf mich selbst, auf Nick und Mum und überhaupt die ganze Welt.

Ich weiß nicht, wie spät es ist, als ich das nächste Mal aufwache. Milchiges Licht wabert durch die Fenster und Becca liegt noch immer neben mir. Unsere Gliedmaßen sind ineinander verschlungen, ihr nach Mandel riechendes Haar kitzelt meine Nase. Es braucht noch einige Momente, bis ich begreife, dass das Telefon im Flur klingelt.

Das Telefon klingelt.

Innerhalb eines Wimpernschlags bin ich auf den Beinen, krabbele über Becca hinweg, die sich bewegt und leise vor sich hin murmelt. Ich flitze an der Uhr vorbei und erspähe die Uhrzeit: fünf Uhr morgens. Das ist nicht gut, das kann nicht gut sein. Mein Kopf dröhnt, als ich nach dem Hörer greife.

ACHTUNDDREISSIG

EMMA

Wieder einmal hatte Emma es nicht ins Bett geschafft. Mit gekreuzten Beinen saß sie auf dem Wohnzimmerboden und um sie herum lagen Fotos verstreut. Hin und wieder nahm sie eines davon hoch und hielt es ins Licht.

Von oben waren von Zeit zu Zeit Schritte zu hören. Steph war anscheinend auch noch wach und lauschte vielleicht genauso auf Emmas Bewegungen, wie andersherum. Vielleicht fühlte auch Steph die Anwesenheit der anderen Frau und versuchte zu erraten, was sie dachte. Emma schaute auf die Chertsey-Adresse, die hinter ihrem Festungswall aus Fotos lag – sie war eine Erinnerung an die Entscheidung, die sie zu treffen hatte. Jetzt, wo sie den Verdacht hegte, dass Zeb ihr nicht die ganze Wahrheit über Freya erzählt hatte, fühlte es sich noch komplizierter an. Immer wieder nahm Emma ihr Handy in die Hand, um ihm eine Nachricht zu schreiben, und legte es dann wieder weg. *Ich rufe ihn morgen früh bei Skype an. Schaue ihm in die Augen und frage ihn in aller Ruhe.*

Die Fotos, die sie durchging, waren hauptsächlich von ihm. Auf einem war er sechs Monate alt und saß auf ihrem Schoß. Da war sie selbst noch ein Kind gewesen. Das Baby sah aus, als würde es sie körperlich erdrücken. Vielleicht teilten die meisten Eltern ihr Leben auf in eine Zeit, bevor sie Kinder bekommen hatten, und in eine danach, doch Emma hatte öfter das Gefühl, dass sie ihr gesamtes Leben auf Zufallswiedergabe gelebt hatte. Manchmal fühlte sie sich uralt im Vergleich zu ihren Freunden, die ein Tinderprofil hatten, teure Cocktails tranken, und anscheinend niemals Angst verspürten. An anderen Tagen versuchte sie, sich auf ihre frühen Dreißiger einzulassen: Freunde arrangierten Dates für sie, vor denen sie sich dann aber meistens drückte. Dann sagte sie sich, dass sie Mutter und Karrierefrau war; dass es keinen Platz für Romantik in ihrem Leben gab.

Sie hielt wegen eines Fotos von sich in Schuluniform inne. Es war in der neunten Klasse aufgenommen worden, nicht lange, bevor sie schwanger geworden war. Unwillkürlich fing sie an, nach Fehlern an sich zu suchen. Ihre Arme waren unbeholfene dürre Zweige, ihre Brust das Gegenteil von üppig, die Augen zu groß für ihr Gesicht. Plötzlich war sie wieder dieses Mädchen: Diese empfindliche, entwicklungsverzögerte Jugendliche, für die es sich jedes Mal, wenn sie vom Klassenrüpel verhöhnt wurde, so anfühlte, als würde sich eine Hautschicht abschälen.

Tatsächlich nicht mal der *Klassen*rüpel. Ihr persönlicher Mobber, wie es den Anschein gehabt hatte, der sie unbarmherzig jedes Mal herauspickte. Er hatte immer zwei leise, grinsende Jünger im Schlepptau.

Alienmädchen hatte er sie immer genannt. Er malte Zeichentrickaliens mit Glotzaugen und ausgemergelten Gesichtern und ließ die Zeichnungen auf ihrem Tisch liegen oder klebte sie auf den Rücken ihres Schulpullovers. Sie hatten tatsächlich eine verblüffende Ähnlichkeit mit ihr – das konnte Emma ebenso erkennen wie ihre kichernden Klassenkameraden. Manchmal zeigte er vor der ganzen Schule auf ihre Brust ohne BH und erklärte, dass ihre Spezies offenbar keine Titten hätte. *Vielleicht sind alle deiner Spezies in Wirklichkeit Jungs, sogar die, die sich als Mädchen ausgeben. Was hast du da unten, Alien»mädchen«?* Sie erinnerte sich daran, wie seine Augen zu ihrem Rocksaum gewandert waren und seine zwei Freunde gebrüllt hatten vor Lachen, als sie schützend ihre Hand vor ihren Schritt gehalten hatte.

Einmal in der Mittagspause – und Emmas Magen verflüssigte sich bei dieser Erinnerung noch immer – war er hinter ihr hergeschlichen, während sie Sandwiches mit ihrer kleinen Freundesgruppe gegessen hatte. Plötzlich hatte sie etwas Kaltes und Nasses in ihrem Nacken gespürt. Überrascht schrie sie auf, doch ihr Mobber blieb einen Moment lang still und seine Finger wühlten sich durch ihr Haar und verteilten etwas Schleimiges darin. Sie versuchte zurückzuweichen, doch er drückte ihren Kopf nach vorne und schmierte den Schleim bis an ihre Haarwurzeln. Erst, als er seiner Finger wieder herausgezogen hatte, hatte sie sein vertrautes Wiehern gehört – das Stichwort für die anderen beiden, gehorsam zu kichern.

Später entdeckte sie, dass es ein großer Klumpen »Alien-Ektoplasma« aus dem Scherzartikelladen war. Es war grün und klebrig und roch intensiv nach Gummi. Den Rest des Tages verbrachte sie auf der Toilette und versuchte, den Schleim wieder aus ihren Haaren zu bekommen. Weinend hatte sie sich den Kamm ihrer Freundin geschnappt und das verknotete, klebrige Schlamassel war nur noch schlimmer geworden. Schließlich musste sie es mit einer stumpfen Schere herausschneiden. Zurück blieben ein paar kahle Stellen, die sie anschließend monatelang unter einem Hut verstecken musste.

Die junge Emma fühlte sich machtlos und wollte es weder ihrer Mutter noch den Lehrern erzählen. Selbst ihren Freundinnen versicherte sie, dass alles gut war, echt witzig, wirklich. Doch jedes Mal, wenn sie an ihre Grenze kam und etwas nicht länger mit einem Lachen abschütteln konnte, entschied er sich, eine Weile nett zu ihr zu sein. Dann setzte er sich auf ihren

Tisch, nannte sie »Em« und fragte sie nach dem Unterricht, was die Scheiße mit den quadratischen Gleichungen eigentlich sollte. Nach Monaten der Erniedrigung konnte ein freundliches Wort sie vor Dankbarkeit dahinschmelzen lassen. Sie konnte jedoch nie wissen, wie lange diese Perioden dauerten. Sie konnte niemals voraussagen, wann er sich den nächsten Scherz erlaubte und ihren Stuhl mit schwarzer Tinte (»Alienmädchen-Blut«) überschüttete oder mit einem toten Frosch mit herausgequetschten Glubschaugen wie ihre eigenen dekorierte.

Sie erinnerte sich noch an den Tag, an dem er ihr nach der Schule nach Hause gefolgt war. Sie erinnerte sich an das Wummern ihres Herzens, als sie gespürt hatte, dass er ihr auf den Fersen war, an den Schock und die Erleichterung, als er sie einholte und sich wie ein Kumpel verhielt. Als er ihr dann anbot, ihr die Tasche abzunehmen, war sie sich eigentlich sicher, er würde sie bloß in den Fluss werfen. Als er sie neckte, indem er ihr in die Rippen piekte, war sie auf einen Kommentar zu ihrer Figur gefasst.

Die Angst und gleichzeitige Faszination zogen sie in den Bann. Dieser schmale Grat zwischen Stolz und Angst, als sie mit ihm in den Pub ging und er es schaffte, ihnen alkoholische Getränke zu bestellen. Billiger Wodka sprudelte durch ihre Adern und er fragte sie, ob sie einen Freund hatte.

Ähm ... nein, habe ich nicht. Sie musste zugeben, dass sie sich geschmeichelt fühlte, dass er sowas überhaupt dachte.

Auf seinem Gesicht breitete sich ein langsam ein Lächeln aus. *Gut.*

Ihr Herz hämmerte und der Vodka machte, dass sie Sterne sah.

Gut, hatte er nochmal gesagt. *Robin mag dich nämlich wirklich.*

Sie verstand erst nicht; durch den Alkohol war ihr Gehirn langsamer geworden. Ihr Mobber, Andy, deutete mit einem Kopfnicken in die Ecke des Pubs und ihr Blick folgte seinem.

Dort saßen seine zwei treuen Untergebenen. Wann waren sie hier reingekommen? Emma nahm sie oft als eine Einheit wahr: Sie waren Andys Publikum, das sein Mobbing mit ihrer hingebungsvollen Aufmerksamkeit und ihrem gefühllosen Lachen bestätigte.

Jetzt, von der anderen Seite des Pubs, betrachtete sie die beiden zum ersten Mal getrennt voneinander. Robin war der Stillere von beiden. Er hatte braune Haare und Sommersprossen. Der andere war ein Rotschopf, dessen grässliches Grinsen die Füllungen in seinen Backenzähnen zur Schau stellte.

Emmas Blick wanderte zurück in ihren Schoß. *Ach, Quatsch.*

Im Ernst, sagte Andy beharrlich. *Er denkt, dass du echt sexy bist. Und er mag es, wie gut du in der Schule bist.*

Diesen Teil hätte sie ihm gerne geglaubt. Sie träumte oft von einem festen Freund, der sie ihrer Intelligenz wegen anhimmelte, anstatt sie damit aufzuziehen, und der sie trotzdem attraktiv fand und stolz darauf war, mit ihr gesehen zu werden. Nervös warf sie noch einen Blick zu Robin. Er sah die meiste Zeit zu Andy, warf ihr aber auch einen flüchtigen Blick zu, sodass sie kurz Augenkontakt hatten. Sie erinnerte sich an sein Schlurfen und seine unbeholfene Art. Sie erkannte seine Seltsamkeit und redete sich in ihrem benebelten Hirn irgendwie ein, dass sie einander ähnlich waren.

Andy winkte Robin zu sich. Er zögerte und Emma dachte schon darüber nach, einen Rückzieher zu machen und sich vor einer möglichen Erniedrigung in Sicherheit zu bringen. Doch sie blieb wie angewurzelt auf ihrem schweißnassen Stuhl sitzen, während Robin herübertrottete. Andy drängte Emma und Robin, sich nebeneinander zu setzen, und spreizte seine Beine neben ihnen, sodass sie noch dichter zueinander rücken mussten. Jetzt in der Rückschau war ihr natürlich klar, dass Andy sich noch an einem ganz anderen Kontrollspielchen geweidet hatte. Doch sie hatte damals die Aufmerksamkeit eingesaugt und war rot geworden, während Robin ihr nach Andys Anweisungen Komplimente machte.

Du magst, wie schlau sie ist, oder, Rob?

Vielleicht waren Robins nächste Worte der tatsächliche Wendepunkt gewesen. Die Augen auf den Tisch gerichtet, murmelte er: *Ja, und gut in Kunst.*

Ihre Wangen waren noch wärmer geworden. Robin hatte bemerkt, dass sie gut in Kunst war? Sie war sich ziemlich sicher, dass das kein Teil von Andys Drehbuch gewesen war. Doch seine Gedanken waren offensichtlich: *Sehr gut, Rob.* Denn danach stand er auf und verkündete, nun nicht mehr den Anstandswauwau spielen zu wollen.

Als Andy ging, bemerkte Emma sein anzügliches Zwinkern. Bis heute konnte sie es in ihrem Kopf abspielen. Doch damals hatte sie, noch das Leuchten von Robins Kompliment auf der Haut, beschlossen, es zu ignorieren.

Als sie dann allein waren, breitete sich eine seltsame Stille zwischen ihnen aus. Robin rückte ein paar Zentimeter von ihr ab, besonders als eine Gruppe beliebter Mädchen von ihrer Schule hereingebummelt kam. Emmas Leuchten erlosch. Erinnerungen kamen wieder hoch: der Frosch auf ihrem Stuhl ... hatte Robin ihn für Andy besorgt? Das Ektoplasma: Hatte Robin sie festgehalten, als Andy es ihr in die Haare geschmiert hatte? Oder war es jemand anderes gewesen? Hatte sie sich die Hand auf ihrem Arm etwa nur eingebildet? Die Gänsehaut auf ihrem Arm nahm ihr auch die letzte Wärme und sie war drauf und dran, die Flucht zu ergreifen. Doch dann murmelte Robin etwas.

Tut mir leid wegen ihm.

Emma wusste nicht, was sie sagen sollte. »Tut mir leid« war nicht genug, nicht mal im Ansatz, dennoch lag eine Kraft darin, es zu hören, die sie fast zum Weinen brachte. Sie fühlte sich leicht und weich und sonderbar, als er sie fragte, ob sie noch etwas trinken wollte, und sie hatte genickt.

Lass uns nach draußen gehen, sagte er. *Hier drinnen ist es zu heiß.*

Sie setzen sich auf eine Mauer in dem verlassenen Hausgarten hinter dem Pub und unterhielten sich relativ normal. Dann drückte er seine Kippe aus und rückte näher an sie heran. Der Kuss war zunächst unbeholfen, doch mit der Zeit entspannte er sich anscheinend. Sie versuchte, es ihm gleichzutun und ihren Gedankenstrudel unter Kontrolle zu bringen. *Das hier ist okay. Er ist nicht wie Andy. Er hat gesagt, es tut ihm leid. Er findet, ich bin gut in Kunst.* Sie kicherte sogar, als sie sich von der Mauer rollte und auf dem kalten Betonboden landete. Hinter der Mauer stand eine Reihe stinkender Mülltonnen.

Sie war so nervös, am nächsten Tag wieder in die Schule zu gehen, aber auf eine gute Art, denn sie würde ihn wiedersehen. Die anderen würden ihr sicher ansehen können, wie die letzte Nacht sie verändert hatte. Sie würden sicher sehen, dass sie sich gleichzeitig schämte und lebendig fühlte, dass sie ihrer Mutter nicht in die Augen sehen konnte und unter der Dusche geweint hatte. Ihr Geheimnis aber drückte sie fest an sich.

Als sie ins Klassenzimmer kam, kicherten die anderen. Sie warfen ihr hämische Blicke zu und grinsten hinter vorgehaltener Hand.

Auf Emmas Tisch lag eine neue Zeichnung. Darauf waren wie üblich ihre Glubschaugen und ihr schmale Körper zu sehen, doch diesmal hatte Andy die Lippen dicker, geschwollener, röter gemacht. Emma verfiel sofort in Panik. Das Gelächter schwoll an, als sie sich die Zeichnung schnappte und sie in der Faust zerknüllte. Sie brach ihre Nicht-Reagieren-Regel. Sie setzte sich auf ihren Stuhl – normalerweise würde sie das niemals tun, ohne ihn vorher zu überprüfen – und landete direkt auf einem aufgeblasenen Kondom.

Der ganze Raum war explodiert vor Lachen. Emma hatte so große Mühe, ihre Tränen zurückzuhalten, dass ihre Wangen geradezu pulsierten. Sie klammerte sich an den Tischkanten fest und erst, als sie sich ganz sicher war, dass sie nicht in Tränen ausbrechen würde, hob sie den Blick und hielt nach Robin Ausschau. Er sah sie mit ernstem und undurchdringlichem Gesicht an. Schämte er sich? Für das, was hier gerade passierte? Für das, was sie letzte Nacht getan hatten? Oder dafür, überhaupt mit ihr in Verbindung gebracht zu werden? Emmas Gesicht nahm einen flehenden Ausdruck an, doch als er bemerkte, dass Andy sie beide beobachtete, drehte er sich abrupt weg. Er lachte zwar nicht mit den anderen, doch er unternahm auch nichts dagegen. Er warf ihr nur noch einen letzten Blick zu, ehe er sich wieder an seinen Platz in der sozialen Hierarchie begab.

Von da an ignorierte Robin sie. Er sah sie nicht mehr an und sprach nicht mehr mit ihr, sondern sah nur weiter dabei zu, wie Andy ihr die Tage zur Hölle machte. Emmas Scham brodelte heiß und wütend in ihr. Für sie fühlte es sich so an, als wäre sie auf den großen, finalen Streich der beiden reingefallen. Es war, als wäre es der Höhepunkt der Mission gewesen, dass sie ihre Unschuld auf dem schmierigen Betonboden verlor.

Als Emma herausfand, dass sie schwanger war, war es bereits zu spät, etwas dagegen zu unternehmen. Die neunte Klasse war vorbei, der Schulstress wich einem trüben Sommer. All ihre Mitschülerinnen gingen Bikinis shoppen oder versuchten, nicht an die Abschlussprüfungen zu denken. Emma jedoch nahm all ihren Mut zusammen und beichtete ihren Eltern, dass in ihr etwas Lebendiges und Furchtbares heranwuchs. Ihr eigenes Alienbaby. Ihr Vater war besessen darauf zu erfahren, wer der Vater war, doch Emma weigerte sich, den Namen preiszugeben, oder Robin von der Schwangerschaft zu erzählen. Sie wollte diese Schule verlassen und ihn nie wieder sehen.

Und dann kam Zeb. Zeb, mit seinen winzigen sternförmigen Händchen, die er aus dem Deckenberg herausstreckte. Zeb mit dem zarten Wirbel am Hinterkopf und den winzigen, strampelnden Füßchen. Zeb, den sie nicht mit Mobbern oder einem Fleckchen Betonboden hinter einer Mauer aus Mülltonnen in Zusammenhang bringen wollte.

Fast achtzehn Jahre lang lebten sie in ihrer kleinen Blase. Robin erfuhr nie etwas von Zeb und Zeb war augenscheinlich zufrieden mit seiner Mutter, seinen Großeltern und dem Vater, der für ihn ein Fragezeichen blieb. Emma hätte wissen müssen, dass diese Blase irgendwann zerplatzen würde, jedoch hatte sie nicht damit gerechnet, dass es auf so spektakuläre Weise passieren würde. Vor fünf Monaten lief Robin zufällig einem alten Klassenkameraden über den Weg, der die Gründe für Emmas Schulwechsel kannte, und hatte, in der Annahme, dass Robin es ebenfalls wusste, beiläufig Emmas Geheimnis ausgeplaudert, das sie so lange für sich behalten hatte. Daraufhin hatte Robin Emma aufgespürt und bombardierte sie seitdem mit E-Mails. Er bestand darauf, sich mit ihr zu treffen, wollte sich mit ihr unterhalten und sogar wissen, wo sie wohnte. Er drängte sie auch dazu, ihm Fotos von Zeb zu schicken. Bei jeder neuen Nachricht auf ihrer Mailbox wurde wieder ihre alte Panik geschürt, die sie seit Schulzeiten nicht mehr gefühlt hatte. *Löschen, löschen, löschen. Einfach so tun, als würde das alles nicht passieren. Beten, dass es vorbeigeht.*

Was ihr jedoch nicht klargewesen war: Zeb hatte selbst eine Entdeckung gemacht. Als er älter geworden war und aufs College ging, neue Kontakte außerhalb ihrer Blase knüpfte, fing er an, sich Gedanken über seinen Vater zu machen. Als Emma nun zurückblickte, begriff sie, dass er versucht hatte, bei ihr etwas über seinen Vater in Erfahrung zu bringen, sie aber jedes Gespräch darüber im Keim erstickt hatte. Also war er dazu übergegangen, auf eigene Faust nach Hinweisen zu suchen. Schließlich, als er ein Gespräch zwischen Emma und ihrer Mutter belauschte, fand er heraus, wer Robin war.

Während Emma Robins E-Mails löschte, da sich ihr allein beim Anblick seines Namens auf dem Bildschirm der Magen umdrehte, googelte Zeb den Namen, postete ihn auf Facebook und versuchte so, den Mann zu finden, den Emma unbedingt aus ihrem Leben ausradieren wollte.

Sie hatte ihn nur nicht gründlich genug ausradiert. Eines Tages hatte sie ihren Laptop im Wohnzimmer stehengelassen, mit einer seiner E-Mails in ihrem Posteingang. Als sie gerade Wäsche in ihrem Zimmer sortieren, hörte sie Zeb schreien. *Was zum Teufel, Mum?* Sie erinnerte sich noch daran, wie sie erstarrt war, während sie ihre Lieblingsbluse aus den 1970ern aufhing und sie vom Bügel rutschen ließ, als ihr ihr Fehler bewusst wurde.

Wie konntest du mir meinen Vater vorenthalten?, hatte Zeb während des schrecklichen Streits gesagt, der gefolgt war – oder vielleicht sogar bei einem späteren, sie vermischten sich jetzt alle. *Wie konntest du mir nicht erzählen, dass er meinetwegen gemailt hat, während ich das ganze Scheiß-Internet nach ihm durchforstet habe?*

Das ist mit das Schlimmste, was du hättest antun können.

Danach hatte sie die Kontrolle über alles verloren. Zeb hatte Robins Mailadresse und war entschlossen, Kontakt zu ihm aufzunehmen. Als er mit gepackten Sachen zu ihrer Arbeit gekommen war und verkündet hatte, dass er bei seinem Vater einziehen würde, um ihm beim Renovieren eines alten, abgelegenen Hauses zu helfen, hatte Emma die Fassung verloren. Sie hatte nach jedem noch so kleinen Grund gegriffen, um zu erklären, warum sie ihn nicht gehen lassen wollte, ihre Stimme wurde draußen vor ihrem Laden immer höher und lauter. Das Haus klang nicht sicher, der Staub würde sein Asthma verschlimmern …

Nachdem er gegangen war, hatte sich Emma an der Schulter ihrer Mutter ausgeweint, und Julie hatte vorsichtig angedeutet, dass Robin vielleicht jetzt ein anderer Mensch war. Aber Emma ließ sich nicht noch einmal täuschen. Er hatte ihren Sohn genommen und schickte ihr Botschaften: dass sie einen Erziehungsratgeber nötig hatte, dass sie von Kleinigkeiten wie Atmen am Telefon oder rohe Eier – sicherlich als Erinnerung an Ektoplasma – aus der Fassung gebracht werden konnte. Dass sie genauso einfach ins Wanken geraten würde wie damals mit fünfzehn.

Emma legte das Schulfoto beiseite und blinzelte ihre Tränen weg. Wieder wurden ihre Augen von dem Adresszettel angezogen, den Steph ihr gegeben hatte. Schuldgefühle brachen über sie herein, weil sie untätig blieb.

Nachdem ich mit Zeb gesprochen habe, versprach sie, während sich ihr Magen nervös zusammenzog.

Sie wurde abgelenkt von einem heranfahrenden Fahrzeug. Sie ging zurück zum Fenster, wo die Morgendämmerung die Nacht zurückdrängte, und sah George aus einem Polizeiauto steigen. Emma runzelte die Stirn, als sie sein angespanntes, ernstes Gesicht bemerkte. Vielleicht war er einfach nur erschöpft und auch die ganze Nacht auf den Beinen gewesen, doch irgendetwas an seiner Haltung ließ ihr die Haare zu Berge stehen.

Sie beobachtete, wie er sich aufrichtete und auf das Haus zuging. Sie hörte den Türsummer im oberen Stockwerk ertönen, dann das Piepen der sich öffnenden Außentür und schließlich Georges schwere Schritte auf den Stufen. Augenblicke später kam ein schreckliches Geräusch von oben. Es drang durch die Decke und zerriss die Erinnerung an all die Geräusche, die sie jemals von oben gehört hatte.

Es war mehr als nur ein Schrei: Das Geräusch schien seine eigene Klangfarbe und sogar seine Textur zu haben, dunkel und rau.

Es war Steph, die aufheulte, als wäre ihr das Herz gebrochen worden.

Jegliche Atemluft strömte aus Emmas Lungen und ihre Arme streckten sich instinktiv der Zimmerdecke entgegen, als könnte sie ihre Nachbarin auffangen, falls sie stürzte.

TEIL 3

NEUNUNDDREISSIG

KATE

Fünfundzwanzig Jahre zuvor

Ich lege den Hörer zurück in seine Halterung. Unter meinen nackten Zehen fühlen sich die Dielen im Flur eiskalt an. Im Licht der Morgendämmerung sieht man die Staubschicht auf dem Spiegel. Das Ticken der Uhr klingt so, als würde jemand mit der Zunge schnalzen, ein gleichmäßiger, missbilligender Rhythmus.

Ich höre Schritte näherkommen, dann erscheint Becca und reibt sich die Augen. »Wie spät ist es? War das das Telefon?« Als sie in mein Gesicht blickt, lässt sie die Hände sinken. »Ist was passiert?«

»Das war Mum.«

Sie zuckt zusammen.

»Nick ist im Krankenhaus.« Irgendwie fehlt die Verbindung zwischen meinem Mund und den Worten, die herauskommen. »Er liegt im Koma.«

Becca starrt mich an. Ihre Lippen kräuseln sich, als würde sie sagen wollen *Was?* oder vielleicht *Warum?* Doch sie bringt kein Wort hervor.

Ich spreche stotternd weiter. »Auf dem Weg zum Hotel war noch alles in Ordnung, aber nachts ist er dann krank geworden. Müde und ihm war schwindelig, dann ist ihm übel geworden und er hat einen Hautausschlag bekommen ... Ich glaube, so hat Mum es gesagt ...« Der Anruf scheint bereits Stunden hinter mir zu liegen. »Und dann hatte er Atemprobleme. Mum hat ein Taxi zur Notaufnahme gerufen. Auf dem Weg ist er bewusstlos geworden.«

Irgendetwas wirft einen Schatten auf Beccas Gesicht. Die Uhr scheint immer lauter zu werden, durchbricht die Stille zwischen uns.

»Was ... war der Auslöser?«, fragt Becca schließlich.

»Sie machen noch Tests.«

Keine von uns will es aussprechen. Ich will es nicht mal denken.

»Das kann nicht sein«, murmelt Becca. Nur so nah können wir uns der Möglichkeit stellen. »Es war nur –«

»Genau«, falle ich ihr ins Wort und drehe mich dabei leicht weg. »Das kann nicht sein.« Ich starre in die Küche und sehe mich vor meinem geistigen Auge die zerstoßenen Tabletten in die Flasche füllen. »Es wird ihm schon gutgehen. Ganz sicher geht es ihm gut.« Meine Beine geben nach und ich sinke zu Boden, den Kopf zwischen meinen Knien.

»Selbst wenn ... was ist, wenn die Tests zeigen, dass ...?«

»Ich weiß es nicht. Ich weiß nicht mal, was für Tests sie genau machen.«

»*Scheiße!*« Becca tritt mit ihrem nackten Fuß gegen die Fußleiste. »Oh, Scheiße, Scheiße, Scheiße!«

»Ein Zufall«, sage ich wie ein Singsang. »Es ist nur ein Zufall.«

»Ich habe dir gesagt, dass das keine gute Idee ist.« Sie geht jetzt auf und ab. Ich kann ihre Füße im Flur hin- und hergehen sehen, abgeplatzter lila Nagellack auf ihren Zehennägeln. »Du musstest mich ja überreden … mit deinem Geheule! Du hast mir ein schlechtes Gewissen eingeredet …«

Ich springe auf. »Ich habe dir das nicht vorgespielt, Bec! Erinnre dich, warum wir es in erster Linie gemacht haben!«

Sie stoppt. Ihre Schultern hängen herab und sie presst eine Hand gegen ihren Mund.

»Wir haben es für Mum gemacht«, sage ich mit leiser Stimme. »Wir wollten ihm nur einen Schrecken einjagen.«

Sie nickt mit herabhängendem Kopf. Meine Augen brennen, mein Magen fühlt sich an wie ausgehöhlt.

»Es könnte ihnen bei seiner Behandlung helfen«, sagt Becca.

»Was?«

»Wenn wir es ihnen sagen.«

Die Angst in mir wird größer. Ich weiß, dass sie recht hat. Aber bei dem Gedanken an ein Geständnis würde ich am liebsten wegrennen und mich unter meinem Bett verstecken.

»Wir könnten das Krankenhaus anrufen«, sagt sie. »Wähl die 1471 auf dem Telefon.«

Ich packe sie am Arm. »Was sollen wir denn sagen?«

»Ich weiß nicht. Dass wir denken, er könnte aus Versehen welche von …« Sie hält inne, als sie in unser Zimmer schaut, vorbei an ihrem zerwühlten Schlafsack, auf den Becher, der noch immer schamlos auf dem Nachttisch steht, »… meine Pillen genommen haben?«

Wir starren nun beide auf den Becher und atmen schwer. Wieder sage ich mir, dass die Tabletten es nicht gewesen sein können, nicht bei dieser starken Reaktion. Ich stelle mir vor, wir würden gestehen und am Ende hat es gar nichts mit uns zu tun. Ich stelle mir vor, was Mum von mir denken würde, Tante Rach, meine Lehrer … Dürfte ich jemals wieder in die Schule gehen? Müssten wir ins *Gefängnis*?

»Sie werden uns nicht glauben.«

»Wir könnten sagen, dass uns gerade aufgefallen ist, dass welche fehlen. Sie werden nicht wissen, dass wir es waren.«

»Doch, das werden sie.« Meine Finger greifen ihren Arm jetzt fester. Sie blinzelt nicht, als sie mich angestrengt anschaut, auf ihren Augäpfeln rosafarbene Linien.

Dann befreit sie sich aus meinem Griff und streicht ihren Schlafanzugärmel glatt. Sie tut das Gleiche mit meinem, unnötigerweise, aber es ist wenigstens eine minimal tröstende Geste für uns beide. Es entsteht eine lange Pause, während ich sie dabei beobachte, wie sie die Optionen abwägt. Ich selbst kann vor lauter Angst nicht klar denken.

»Ich mache uns Tee«, sagt sie heiser.

Sie geht mit sanften Schritten in die Küche, als würde sie auf Zehenspitzen gehen. Der Wasserhahn zischt und eine Schranktür schwingt auf. Ich lehne mich gegen die zerfurchte Tapete und zittere in der Zugluft.

Kurz darauf sitzen wir stumm am Küchentisch und werfen uns heimliche Blicke zu, als hätten wir Angst davor, was wir uns gegenseitig ein- oder ausreden würden. Mein Tee ist zu heiß, dann zu kalt, doch ich nippe trotzdem immer wieder daran, wenn ich mich wieder daran erinnere, dass er vor mir steht. Der Tag ist nun angebrochen, doch das Sonnenlicht wirkt eher wie Mondlicht, weiß und kalt. Die Kinder nebenan wachen auf und schreien herum und die Geräusche des Straßenverkehrs steigen zu unseren Fenstern herauf.

Um halb acht klingelt das Telefon erneut. Ich komme auf die Füße und Becca folgt mir in den Flur, ihr Atmen in meinem linken Ohr, während ich das Telefon an mein rechtes drücke.

»Hallo?«

»Ich bin's«, sagt Mum.

Ein Schauer läuft mir über den Rücken. »Wie geht es Nick?«, kriege ich gerade so heraus.

»Er ist …«, sagt Mum zögerlich. »Er ist weg.«

Irgendetwas in meinem Gehirn blockiert die Bedeutung ihrer Worte. »Weg?«

»Er hat es nicht geschafft.«

Es gibt einen schwebenden Moment, fast wie eine Antiklimax, bis die Realität ihrer Worte mich wie ein Schlag in den Nacken trifft. »O mein Gott, Mum.«

»Es schien ihm besser zu gehen, er war fast wieder stabil, aber dann … Dann hat er aufgehört zu atmen. Es war alles so surreal … wie die Ärzte reingestürmt sind. Es war wie im Fernsehen, Kate.« Sie hört sich weggetreten an. »Nur, dass sie ihn nicht retten konnten. Normalerweise machen sie das doch, in den Serien, oder? Alles hat stillgestanden. Ich konnte es durch die Tür sehen. Ich habe gesehen, wie sie aufgegeben haben.«

»Warum ist das passiert?«

»Das wissen sie nicht. Es wird eine Obduktion geben.«

Neben mir tänzelt Becca aufgeregt herum. Ich hebe die Hand, damit sie damit aufhört. Ich bekomme kein Wort heraus.

»Willst du, dass wir zu dir kommen, Mum?«

»Ich … nein. Ich komme so schnell wie möglich nach Hause. Ich muss jetzt gehen. Es gibt viele Dinge zu klären … Gott, so viele. Ich kann es nicht glauben. Es fühlt sich nicht real an.«

Ihr Atem dringt weich und langsam durch die Leitung zu mir durch, das Echo des Krankenhausgewusels im Hintergrund. Dann ertönt das Freizeichen.

Ich lasse den Hörer scheppernd fallen. Beccas Augen werden groß und ich nicke langsam. Sie lässt eine Reihe an Flüchen raus, dann stopft sie sich die Fingerknöchel in den Mund. Ich fange an zu weinen und schwanke auf der Stelle. Jemand, der noch vor wenigen Stunden am Leben war, ist jetzt tot. Und es ist gut möglich, dass wir daran schuld sind. Dass ich daran schuld bin.

Becca tröstet mich nicht wie sonst, wenn ich vor ihr losgeschluchzt habe. Sie befühlt die Flecken, die auf ihrem Hals ausgebrochen sind. »Scheiße«, sagt sie. »Oh Scheiße, oh Scheiße, oh Scheiße!«

Ich halte mir die Hände vors Gesicht, die Finger so dicht aneinandergepresst, dass kein Licht durch die Ritzen dringen kann. Ich erinnere mich daran, wie ich gestern Abend nach Hause gekommen bin und Mums und Nicks Gepäck im Flur angestarrt habe. Ich erinnere mich daran, wie all die verzweifelten Pläne durch meinen Kopf gerattert sind. Wenn ich doch bloß stattdessen einen der anderen gewählt hätte.

Vielleicht hat er es verdient. Vielleicht hätte er Mum am Ende umgebracht, wenn er heute nicht gestorben wäre.

Ich will das glauben. Ich will mich selbst mit der Vorstellung trösten, das Leben meiner Mutter durch Nicks Tod gerettet zu haben.

»Bec?« Als ich meine Hände sinken lasse, bemerke ich, dass sie angsteinflößend schnell keucht und etwas krächzt, dass ich nicht verstehe: die Wörter *Pillen* und viellcicht *Verbrechen* oder *Versprechen*.

Ihr Körper wird steif und bäumt sich dann nach hinten auf. Ich reagiere nur langsam. Es dauert kurz, bis sich alles scharfstellt und ich sehe, wie sie sich auf dem Boden windet. Ihre Lippen werden blau. Ihre Glieder zucken schneller, als ich es vom letzten Mal in Erinnerung habe.

Ich falle auf die Knie. Ich stütze ihren Kopf, sein Gewicht, seine Wärme und ihr seidiges Haar sind mir so vertraut. Sollte ich einen Krankenwagen rufen? Ich erinnere mich daran, dass Becca gesagt hat, dass das nicht mehr unbedingt nötig ist, nur wenn sie nicht wieder zu Bewusstsein kommt. Aber heute fühlt es sich an, als könnte alles passieren.

Ich schließe wieder die Augen.

Wenn ich sie wieder aufmache, soll nichts hiervon wahr sein. Ich will, dass ich an meinem Schminktisch stehe und Mum mit ihrer Frisur helfe, ohne zu wissen, dass es Männer wie Nick überhaupt gibt.

Ich denke an das Flugzeug, dass an jenem Tag über mich hinweg geflogen ist, und wie auf den aufgewühlten Nachthimmel eine wunderschöne Ruhe gefolgt ist. Ich bin wieder dort und schaue nach oben. Ich werde mich nie wieder wegbewegen.

Beccas Anfall lässt nach. Ihr Gesicht ist jetzt weich und schläfrig und ihr läuft Speichel das Kinn hinunter. Schließlich liegt sie ruhig da. Ich sehe, wie sich ihre Brust normal hebt und senkt, kann ihren Puls am Handgelenk finden, und lasse erleichtert meinen Kopf sinken. Als sie wieder zu sich kommt, beneide ich sie fast, weil sie für einen kurzen Moment alles Geschehene vergessen hat. Ihr wurden ein paar Sekunden der Abwesenheit gegönnt.

Ich setze sie aufs Sofa. Der Anfall hat ihr Energie geraubt und einen Vorwand gegeben, nicht mehr nachdenken oder entscheiden zu müssen, was zu tun ist. Sie kann sich einfach hinsetzen und sich von ihrer eigenen kleinen Tortur erholen. Und das tue ich nun auch.

VIERZIG

CHRIS

Nie hatte sich Chris' Wohnung beengter angefühlt. Eine weitere schlaflose Nacht hatte ein ständiges krankhaftes Zucken in seinen Augen ausgelöst, von dem ihm übel wurde. Sein komplettes Wohnzimmer war erleuchtet, Bilder von Freya schienen sich wie ein Karussell um ihn zu drehen. Sie war auf dem Fernsehbildschirm, an dem Vickys Schwester klebte, und auf der Titelseite des *Surrey Comet*, aus dem Jane lauthals Ausschnitte vorlas. Wahrscheinlich konnte die gesamte Straße, inklusive der Harlows zwei Stockwerke über ihnen, ihre durchdringende Stimme hören.

»›Nach der Entdeckung von gestern Abend,‹«, sagte Jane und schob dabei ihr Kaugummi im Mund hin und her, »›erreicht die Suche nach Freya Harlow, die seit Donnerstagabend vermisst wird, einen kritischen Punkt. Die Polizei bittet erneut um Hinweise‹–« Sie brach ab und starrte Chris an. »Hey, geht's dir gut? Du bist ganz grün.«

Er versuchte eine Welle der Übelkeit wegzuatmen. »Alles gut«, krächzte er.

Seine Augen wanderten zu Vicky, die den ganzen Morgen kaum etwas gesagt hatte. Sie saß am Fenster und schaute auf die Straße, wo sich jetzt, angezogen von der zunehmenden Dringlichkeit des Falls, Reporter versammelt hatten. Vicky hatte gestern Nachtschicht gehabt und war seitdem nicht ins Bett gegangen; sie hatte Chris immer wieder stirnrunzelnd angesehen und ihn gefragt, warum er nicht bei der Arbeit war. Er hatte ihr nicht erzählen wollen, dass es in den letzten vierundzwanzig Stunden drei weitere Absagen gegeben hatte. Und dass er deswegen eigentlich erleichtert war.

Er wäre gerne aufgestanden und zu ihr gegangen, hätte gerne ihr Handgelenk berührt und den beruhigenden Puls gespürt, ohne dass das Armband dabei im Weg wäre, das doch gar nicht zu ihr passte. Er saß jedoch auf dem Sofa fest, eingezwängt zwischen ihren beiden Schwestern. Warum waren sie überhaupt hier an einem Montagmittag? Hatten sie in ihren Mittagspausen nichts Besseres zu tun? Jane kaute am laufenden Band Kaugummi und schickte unaufhörlich Nachrichtenlinks an ihre Arbeitskollegen und ihre On-Off-Beziehung. Als Detective Ford in ihrem besten Anzug auf dem Fernsehbildschirm erschien, brachte Di sie alle herrisch zum Schweigen, auch wenn sie bereits ruhig waren.

»Es werden noch Untersuchungen durchgeführt, doch wir gehen davon aus, dass es sich um Freya Harlows Jacke handelt«, sagte Ford mit Grabesmiene. »Und bedauerlicherweise nehmen wir an, dass es sich bei den Flecken darauf um Blut handelt.«

Chris ließ sein Kinn immer tiefer Richtung Brust sinken, tiefer und tiefer. Beim Geräusch der Türklingel erstarrte er.

»Ich gehe schon.« Ihm drehte sich noch einmal der Magen um, während er sich aus dem Schwägerinnen-Sandwich befreite. Er eilte hinüber in die Küche, um dort einen unauffälligen Blick aus dem Fenster zu werfen. Seine Befürchtungen bestätigten sich.

Nur war er nicht so unauffällig gewesen, wie er beabsichtigt hatte. Die zwei uniformierten Polizisten hatten ihn gesehen. Chris ging zurück in den Flur und knallte die Tür zum Wohnzimmer zu, damit Vicky und ihre Schwestern nichts von allem mitbekamen. Er hielt kurz inne, um sich zu sammeln, doch Körper und Geist weigerten sich, in Einklang zu kommen.

»Mr Watson, wir müssen Sie bitten, uns zur Polizeistation begleiten.«

Chris' Stimme war belegt, doch die Worte kamen seltsam förmlich heraus: »In welcher Angelegenheit?«

»Wir müssen sie noch einmal zu Freya Harlows Verschwinden befragen, offiziell.«

Chris konnte sich nicht bewegen. Ihm klebte sein T-Shirt am Rücken. Dann hörte er, wie sich hinter ihm eine Tür öffnete. Vicky und ihre Schwestern hatten sich lange genug gefragt, was hier vor sich ging, und nun strömten sie in den Flur. Er konnte sich nicht dazu durchringen, sich umzudrehen und in ihre Gesichter zu sehen.

»Was ist los?« Natürlich nahm Di die Sache in die Hand.

»Chris?« Jane klang zittrig.

Vicky sagte nichts.

Chris machte einen Schritt auf die Polizisten zu. Er wollte etwas zu seiner Familie sagen, etwas, das sie beruhigen würde, aber dennoch angemessen war: *Ich leiste nur meinen kleinen Beitrag zu der Ermittlung.* Aber er traute sich nicht zu, die Situation richtig einzuschätzen.

Innerlich bereitete er sich darauf vor, die Stufen hinaufzugehen, auf die gnadenlose Bühne der Straße. Vielleicht würde sie sich in ein Amphitheater verwandeln, mit hohen Tribünen voller Nachbarn, die nach seinem Blut dürsteten. Er warf einen Blick zurück auf Vicky und ihre Schwestern und erkannte, wie dumm er gewesen war, diesen beruhigenden Kommentar nicht zu machen. Sein Schweigen hatte auch sie alle zum Verstummen gebracht, sogar Jane. Sie sahen ihn an, als ob hier gerade etwas Bedeutendes geschah, und Vicky klammerte sich an den Rand des Flurtisches. Sie sah vollkommen verloren aus.

EINUNDVIERZIG

EMMA

Emma saß mit ausgeschaltetem Motor in ihrem kalten Auto und beobachtete das gardinenverhangene Fenster einer kleinen Maisonette-Wohnung. Seit einer halben Stunde stand sie hier und hatte noch keine Bewegung registriert. Das Haus wirkte heruntergekommen und dieser Eindruck wurde durch die mit Brettern vernagelte erste Etage noch verstärkt. Überhaupt wirkte die ganze Straße mit dem grauen Backstein und grauen Pflaster leblos.

Der Zettel mit der Adresse der Maisonette-Wohnung lag neben ihr auf dem Beifahrersitz. Emma konnte nicht aufhören, auf Stephs Handschrift zu schauen, und erinnerte sich dabei immer wieder an den Ausdruck in ihren Augen, als sie Emma den Zettel in die Hand gedrückt hatte. Auch an Stephs Aufheulen am nächsten Morgen erinnerte sie sich. Ihr war in jenem Moment, wie Emma später verstanden hatte, mitgeteilt worden, dass Freyas blutdurchtränkte Jacke etwa fünfzig Kilometer weiter nördlich in einem Straßengraben gefunden worden war.

Diese neue Entdeckung hatte alles durcheinandergebracht, einschließlich Emmas Überzeugung, wie sie mit der Adresse und auch mit Zeb umgehen wollte. Stephs animalisches Brüllen hatte sie in der Seele erschüttert. Das entsetzliche Bild von Freyas vertrauter Daunenjacke vor ihrem geistigen Auge, blutdurchtränkt, hatte den Einsatz auf einmal drastisch erhöht. Was war mit Freya geschehen? Warum hatte Steph Geheimnisse vor der Polizei und vor Paul? Warum hatte er Geheimnisse vor ihr? Und falls Zeb *tatsächlich* gelogen hatte, was die Anzahl der Treffen zwischen ihm und Freya anging, wie sehr würde das die Gewässer trüben, in denen die Polizei fischte? Selbst, wenn es nichts zu bedeuten hatte – was hoffentlich, *sicherlich*, der Fall war. Dann würde Emma sich wieder grundlegend Sorgen um Zeb machen, sich noch mehr Schnittwunden an seinen Händen vorstellen und sich selbst davon überzeugen, dass er unter unsicheren Arbeitsbedingungen schuftete, während Robin ihn unwiderruflich gegen sie aufbrachte.

Sie hatte aus dem Haus rausgemusst, aus ihrer Straße.

Etwas an der Maisonette-Wohnung erregte nun ihre Aufmerksamkeit. War es nur die Lichtveränderung? Sie wartete, ihre Atemzüge wurden kürzer, dann sah sie es wieder: ein Schatten hinter den schäbigen Gardinen im ersten Stock. Zuerst schien er formlos, wie er über das Fenster streifte, bis er zum Stillstand kam und die Umrisse eines Menschen annahm. Emma zückte ihr Handy und machte ein Foto. Der Schatten bewegte sich und wurde flüssig, verschmolz in der allgemeinen Dunkelheit im Inneren.

Sie wartete. Der Schatten tauchte nicht noch einmal auf und das Haus kehrte wieder zu seinem leblosen Zustand zurück. Sollte sie hingehen und klopfen? Bei dem Gedanken daran lagen ihre Nerven blank und je länger sie dort saß und nichts weiter entdeckte, desto mehr fragte sie sich, ob sie einer optischen Täuschung aufgesessen war. *Geh nach Hause, benachrichtige die Polizei, halte dich raus.* Doch sie war jetzt hier. Sie musste verstehen, was dieser Ort war, der Steph so in Aufruhr versetzte.

Mit klammen Händen überquerte sie die Straße und kam vor dem Haus zum Stehen. Sie zählte innerlich herunter, wie sie es früher in der Schule gemacht hatte, um ihren Mut für den Gang ins Klassenzimmer zu sammeln. Ihr gingen unterschiedliche Szenarien durch den Kopf, was sie tun würde, wenn jemand an die Tür käme. Doch es kam niemand. Weder beim zweiten noch beim dritten Klopfen.

Das Foto auf ihrem Handy war hoffnungslos verschwommen. Die Gestalt, die sie eingefangen hatte, könnte ein Mann oder eine Frau sein, aber genauso gut ein Fleck oder ein Geist.

Als sie nach Hause kam, fand sie eine Gruppe Journalisten auf der Straße vor, die Kaffee tranken und in ihre Handys redeten. Es waren viel mehr geworden als die zwei, drei Leute, die vorhin hier herumgehangen hatten.

»Miss Brighton«, brüllte einer von ihnen, als sie näherkam. Emma fühlte sich unbehaglich dabei, dass sie ihren Namen kannten. Sie versuchte sich an ihnen vorbeizuschieben, doch da wurde ihr schon ein Mikrofon vors Gesicht gehalten.

»Wissen Sie, wo Paul Harlow ist?«, fragte der Journalist.

Emma konnte nicht anders, als anzuhalten. »Wie bitte?«

»Er scheint nicht zu Hause zu sein. Wir fragen uns, warum.«

»Ist er in Untersuchungshaft?«, platzte eine weitere Reporterin dazwischen.

Emma überprüfte den Parkplatz, auf dem Pauls Auto gewöhnlicherweise stand. Es stimmte, wurde ihr klar. Er war seit gestern Nachmittag weg.

»Ich weiß es nicht.« Der Druck in ihrem Kopf wurde immer größer. Selbst in ihrer Verwirrung, wem sie überhaupt noch trauen konnte, platzten verteidigende Worte für die Harlows aus ihr heraus: »Können Sie sie nicht einfach in Ruhe lassen?«

»Was ist mit Chris Watson? Wurde er verhaftet?«

»Ich habe gesagt, ich *weiß* es nicht! Warum sollte ich auch?«

Sie schob sich durch das Gedränge, schaffte es ins Haus und schlug die Haustür hinter sich zu. Im selben Moment stieg ihr ein Geruch in die Nase. Es war der beißende Geruch einer bestimmten Ecke im Park, der Geruch von etwas Ekelhaftem, das man an der Schuhsohle klebend nach Hause schleppte. Sie überprüfte die Sohlen ihrer Stiefel, doch die waren sauber. Ihre Augen tränten und sie hielt sich die Nase zu, während sie sich im Hausflur umsah.

Ein Paket war halb durch den Briefschlitz gequetscht worden. Sie sah sofort, dass der Karton aufgeweicht und feucht war. Er hatte kleine Flecken an den Ecken, aus denen es braun hervorsickerte. Als sie an den Rändern zerrte, spürte sie ein schreckliches glucksendes Geräusch, und als sie das Päckchen aus den Klauen des Briefschlitzes befreit hatte, ließ sie es mit einem Aufschrei auf den Boden fallen.

Und jetzt noch Hundescheiße? Wirklich, Robin?

Widerlich. Kindisch. Armselig.

Doch auch diese Worte konnten ihr Entsetzen nicht mindern. Dieses Päckchen war der Tropfen, der das Fass zum Überlaufen brachte. Sie brach in Tränen aus.

ZWEIUNDVIERZIG

STEPH

Steph wusste, dass sie zuhören musste, was George sie gerade fragte, als er sich von ihrem Sofa zu ihr beugte und sie sich auf ihrem Fensterplatz zusammenkauerte. Doch in ihrem Kopf war nichts als Chaos, in ihren Ohren weißes Rauschen, in ihrem Bauch ein tiefes Loch der Trauer und gleichzeitig Wut auf diese Trauer, denn die blutgetränkte Jacke *bedeutete noch nicht das Ende.* Es half Freya nicht, jetzt vom Schlimmsten auszugehen, den Verlust zu betrauern, alle paar Sekunden den Atem anzuhalten, weil sich ein unvernünftiger Teil von ihr davor fürchtete, Atemzüge zu stehlen, die eigentlich ihrer Tochter gehörten …

»Steph, es tut mir leid, ich weiß, das ist hart … aber erkennen Sie diese Jacke wieder?«

George hielt sein iPad vor sie, auf dem Bildschirm ein Foto. Steph wollte nicht hinsehen. Das letzte, was er ihr gezeigt hatte, heute am frühen Morgen, war das Foto von Freyas Jacke gewesen, damit sie sie identifizierte. Halbherzig vergraben, mit Blut befleckt, und so zusammengefaltet, als läge jemand seitlich zusammengerollt. Steph war davon überzeugt gewesen, dass die nächsten Worte aus seinem Mund von Körperteilen oder

Knochen handeln würden. Sie verstand jetzt, was Leute meinten, wenn sie davon sprachen, dass die Zeit stehen blieb. Es war der schlimmste Moment ihres Lebens gewesen.

Jetzt erwartete George von ihr, dass sie sich noch ein anderes Foto auf dem Bildschirm ansah.

Gedanken schossen durch ihren Kopf. Sie musste zur Maisonette-Wohnung, hätte schon vor Tagen dorthin gehen sollen. Sie war so feige gewesen, es Emma zu überlassen. Jedes Mal, wenn sie den Mund öffnete, um George zu sagen, er solle seine Kollegen zu der Adresse schicken, ließ die Angst und der Gedanke daran, was das alles nach sich ziehen würde, sie erstarren. Wenn sie sich doch nur davonstehlen könnte, weg von den Menschen, die anscheinend die ganze Zeit um sie herum waren …

Und Paul war immer noch nicht wieder da. Er war nicht erreichbar und ahnte von alledem nichts. Immer wieder dachte sie, sie hätte ihn auf der Straße gesehen. Dann zog sich ihr Herz vor Hoffnung zusammen, doch meistens war es nur ein Journalist, der ihm ein bisschen ähnlich sah und sie ein paar Sekunden lang in die Irre führte.

»Steph?«

Schließlich schaute sie sich das Gezeigte an. Zuerst dachte sie, dass es bloß das Foto eines Zwanzig-Pfund-Scheins war, bis sie die Kritzelei in der oberen rechten Ecke bemerkte. Jetzt hatte das Foto ihre ungeteilte Aufmerksamkeit.

»Das ist … Freyas Fahrstundengeld.« Sie taumelte vorwärts und nahm George das iPad aus der Hand. »Ich zeichne immer ein Auto in die Ecke des Geldscheins, den ich ihr für die Stunde mitgebe. Es ist einfach eine …«, sie starrte auf ihre eigene alberne Zeichnung des Mini Coopers, »… eine Sache, die ich tue. Es ist ein Running Gag, weil Freya Minis so liebt.«

George nickte. »In der Jackentasche waren mehrere gefaltete Banknoten, auf jeder die gleiche Zeichnung. In der Summe ergeben sie fast dreihundert Pfund.«

»*Dreihundert?*«

»Geben Sie Freya das Geld im Voraus?«

»Nein, immer am Tag der Fahrstunde«, sagte Steph. »Ich verstehe das nicht … Warum hatte sie so viel Geld bei sich?«

»Wir hatten gehofft, dass Sie uns das sagen können.«

Steph musste den Blick von ihrer Zeichnung abwenden, ihre Augen taten weh. In ihren Gedanken grinste ihr jetzt Chris Watsons Gesicht anzüglich entgegen. Hatte Freya ihre Stunden nicht bezahlt? Oder hatten die Stunden überhaupt nicht stattgefunden?

George kam näher und wischte auf dem Tablet herum, das sie noch immer in den Händen hielt. Farben glitten durch ihr Sichtfeld. »Was ist hiermit?«

Es war das Foto einer runden Silberschachtel, deren Klappdeckel mit einer Reihe von Edelsteinen besetzt war.

»Was ist das?«, fragte Steph.

»Sie erkennen es nicht wieder?«

»Sollte ich?«

»Es ist eine Pillendose aus massivem Silber. Sie war auch in Freyas Manteltasche.«

Steph zoomte das Foto mit zwei Fingern auf dem Bildschirm heran, bis das Bild so verpixelt war wie ihre Gedanken. Sie schüttelte den Kopf. Sie fühlte sich matt.

»Hat Freya regelmäßig Medikamente eingenommen?«

»Nein.«

»Könnte es ein Geschenk gewesen sein?«

»Nicht, dass ich wüsste …«

In ihren Gedanken blickte George scharf zu ihr hoch und sagte: *Na ja, vielleicht wissen Sie es nicht. Weil Sie sie vielleicht nicht so gut kannten, wie Sie dachten. Und vielleicht hat sie diese Art Täuschungsmanöver von Ihnen gelernt.*

DREIUNDVIERZIG

KATE

Fünfundzwanzig Jahre zuvor

Als Tante Rach ankommt, um eine Weile bei uns zu wohnen, wird es in der Wohnung schlagartig eng. Sie ist fast genauso breit wie hoch, mit einer Brust wie ein Brett und einer in Haarspray eingehüllten Lockenpracht. Sie verteilt bekümmerte Umarmungen und ich lasse mich dabei in ihren teigigen Körper sinken und mich trösten. Becca tut das Gleiche, aber nur kurz: Sie klammert sich an ihre Mutter und löst sich dann schnell wieder, als wäre ihr eingefallen, dass sie sich vor all dem hier zerstritten haben. Manchmal frage ich mich, wie Becca diese Gefühlsachterbahn zwischen Krieg und Frieden aushält, in der sie und Tante Rach sich stets befinden. Ich könnte es nicht wie Becca aushalten, nicht mit meiner Mutter zu sprechen. Ich könnte es auch nicht ertragen, dass sie ihre Schwester anrufen muss, um sich über mich auszulassen, was für ein »Albtraum« ich sei.

Tante Rach besteht darauf, sich das Bett mit meiner Mutter zu teilen, weil sie laut ihr jetzt nicht allein sein sollte. Ich stelle mir vor, wie Mum am Rande des Bettes balancieren muss, während ihre Schwester den ganzen Platz einnimmt. Normalerweise würde ich loslachen, doch ich bezweifele, dass ich jemals wieder etwas lustig finden werde. Ich frage mich, ob Mum einen Schlafanzug tragen und ihre blauen Flecken verstecken wird und ob Tante Rach die Blutergüsse entdecken wird. Ich frage mich, wer auf seiner Seite schlafen wird.

Soweit ich es beurteilen kann, hat Mum bis jetzt noch nicht um Nick geweint. Sie starrt die Sachen an, die in der Wohnung herumliegen, hebt sie auf und inspiziert sie, als wären sie Mondsteine, die irgendwie ihren Weg zu uns gefunden haben.

Die Todesursache ist noch nicht geklärt. Die erste Phase der Obduktion war nicht eindeutig, daher wird es jetzt einen toxikologischen Bericht geben. Tante Rach erzählt uns eines Morgens davon, nach einem Telefongespräch mit dem Gerichtsmediziner oder vielleicht auch der Polizei. So langsam verliere ich den Überblick über all die beteiligten Personen. Ich habe noch nie etwas von einem toxikologischen Bericht gehört, kann mir aber denken, was es damit auf sich hat. Mein Blick schießt zu Becca: Sie starrt ohne zu blinzeln ins Leere.

Ich will fragen, worauf genau sie testen werden. Wie genau das abläuft. Doch ich presse meine Lippen fest aufeinander, während mein Puls wild pocht.

Tante Rach legt Mum eine Hand auf die Schulter. »Es könnte vier bis sechs Wochen dauern.«

Mum lässt den Kopf in die Hände sinken. »Was ist mit der Beerdigung?«

»Wenn sie alle Proben genommen haben, die sie brauchen, geben sie die Leiche für die Familie frei. Anscheinend braucht die Analyse so lange. Doch wahrscheinlich können wir die Beerdigung früher abhalten.«

Die Familie. Seit Nicks Tod ist mir klargeworden, dass er nicht im luftleeren Raum existiert hat und auch nicht aus dem Nichts erschienen ist, nur um uns das Leben zur Hölle zu machen. Er hat einen Vater und einen Bruder, die irgendwo im

Süden wohnen. Mum murmelt etwas vor sich hin, wenn sie mit ihnen telefoniert, unbeholfen und unsicher, weil sie sie nie kennengelernt hat; sie haben nur Kontakt zueinander, weil sie alle eine Verbindung zu jemandem hatten, der jetzt tot ist. Ich versuche mitzuhören und zu erraten, ob sein Vater weint, ob seine Familie ihn geliebt hat. Einmal höre ich, wie jemand seine Stimme am anderen Ende erhebt und danach erwische ich Mum, wie sie Tante Rach zuflüstert: »Sie wollen Antworten.«

Zurzeit bekomme ich die meisten Informationen durchs Lauschen. Ich sauge Gesprächsfetzen aus einseitigen Telefongesprächen auf. Nachbarn schauen mit beschlagenen Tupperdosen voller Essen vorbei und ich schleiche im Hintergrund herum und frage mich, was sie wohl dächten, wenn sie auch nur die halbe Wahrheit kennen würden. Die Polizei befragt uns zu den Wochen vor Nicks Tod: Ist er krank gewesen oder hat er sich komisch benommen? Zu meiner Erleichterung hält mich Mum aus dem meisten raus. Ich bekomme jedes Mal weiche Knie, wenn ich eine Uniform durch den Türspion sehe.

Ungefähr eine Woche nach seinem Tod taucht das Wort *Antidepressiva* immer wieder in den geflüsterten Gesprächen zwischen Mum und Tante Rach auf, wenn sie denken, dass Becca und ich bereits schlafen. Zuerst frage ich mich, ob Mum angefangen hat, welche zu nehmen: Ich überprüfe den Badschrank, finde jedoch nur eine abgekaute rote Zahnbürste und ein staubiges Stück Seife. Die Nacht darauf höre ich, wie sie wieder darüber sprechen, und dieses Mal gelingt es mir, den Gesprächsfaden aufzunehmen. Ich eile zu Becca und rüttele sie wach.

Ihre Augen öffnen sich. Wir fühlen uns gerade beide wie auf einer Rasierklinge, im Wartezustand. An manchen Tagen gelingt es mir, mich selbst davon zu überzeugen, dass niemand jemals herausfinden wird, was wir getan haben. An anderen Tagen prickelt das Geständnis wie zermahlenes Glas auf meiner Zunge.

Becca setzt sich abrupt auf. »Was ist?«

»Nick hat Antidepressiva genommen. Die Polizei hat sie in seinem Haus gefunden.«

Sie runzelt die Stirn. »Was?«

»Vielleicht war es eine Reaktion *darauf*«, flüstere ich, »nicht auf ... auf das, was wir ...«

Becca ist still. Ich kann hören, wie ihr Atem stoßweise geht.

»Meinst du nicht?«, frage ich.

»Vielleicht.« Sie zieht die Knie zu sich heran und schlingt ihre Arme darum. »Gut möglich.«

Ich schlurfe zurück ins Bett, doch meinen Gedanken kann ich nicht entfliehen. Ich wünsche, es gäbe jemanden, mit dem ich reden könnte, jemanden, der sich mit Medizin und Obduktionen und gerichtlichen Untersuchungen auskennt. Jemanden, der meine Fragen beantworten und keiner Menschenseele verraten würde, dass ich danach gefragt habe.

Tante Rach muss bald zurück zur Arbeit, also bereiten Becca und sie sich darauf vor, zurück nach Derby zu fahren.

Meine Augen füllen sich mit Tränen, als ich meinen Kopf fest gegen die dicken Schultern meiner Tante presse und dabei den Schaumfestiger in ihrer knusprigen Dauerwelle rieche. Ohne Becca fühle ich mich komplett allein, doch vielleicht bin ich dann in der Lage, für mich selbst zu denken. Vielleicht werden die Dinge dann klarer. Wir umarmen uns locker, ihr Körper ist dünn und kalt im Vergleich zu dem ihrer Mutter, und sie drückt mein Handgelenk, als Zeichen für ihre Solidarität.

Dann sind nur noch Mum und ich da, so wie es immer war. Nur dass ich noch immer Nicks Anwesenheit spüre. Noch immer zucke ich beim Anblick großer Schatten zusammen, oder wenn ich das Rasseln eines Schlüsselbundes höre oder wenn ich den Phantomgeruch von gebratenem Speck rieche.

Wir erwähnen nur selten seinen Namen, was an sich schon seltsam ist. Doch er ist immer noch hier.

An einem Freitagabend kommt Mum in mein Zimmer. Beccas Sachen sind verschwunden und ich kann wieder über meinen Teppich laufen, ohne über ihren Schlafsack steigen zu müssen. Auch meine Bücher sind wieder unter ihren Bergen an Modemagazinen aufgetaucht. Ihre Medikamente stehen nicht mehr auf meinem Nachttisch. Becca hat sie bereits am Tag nach Nicks Tod weggeschafft, als würde es unsere Probleme lösen, sie aus dem Sichtfeld zu entfernen.

Mum steht dort, wo Becca fast drei Wochen lang übernachtet hat, und breitet die Arme aus, als würde sie plötzlich erst all den zusätzlichen Platz wahrnehmen.

Sie atmet aus und sagt: »Ich habe dafür gesorgt, dass du Montag nicht zur Schule musst.«

»Montag?«

»Nicks Beerdigung.«

Eine unangenehme Stille senkt sich zwischen uns. Ich denke schon, dass sie geht, doch ihre Finger verharren in der Nähe der Tür. »Ich bin nervös«, sagt sie schließlich.

»Wegen der Beerdigung?«

»Ich weiß nicht, warum. Vielleicht der Gedanke an all diese Leute. Und ich fühle mich immer noch so ... Ich meine, Beerdigungen sind doch dazu da, dass man damit abschließen kann, oder? Das können wir doch aber gar nicht. Nicht, bis wir wissen, warum es passiert ist.«

Ich platze heraus: »Wofür ist der toxikologische Bericht?«

»Damit testen sie alles, was er in seinem System gehabt haben könnte. Die Ärzte denken, dass er irgendeine Reaktion hatte.«

»Wie eine allergische Reaktion?«

Sie zupft an ihrer Strickjacke. »Möglicherweise.«

»Könnten es ...«, ich weiß, dass ich still sein sollte, aber ich kann nicht, »... seine Antidepressiva gewesen sein?«

»Woher weißt du davon?«

»Ich habe dich und Tante Rach gehört.«

Sie macht ein verkniffenes Gesicht. Die dunklen Ringe unter ihren Augen sehen aus wie blaue Flecken und ich frage mich, ob die richtigen Blutergüsse noch auf ihrem Körper zu sehen sind, oder ob sie schneller als die Erinnerungen verblassen.

»Sie sind nicht sicher«, sagt sie leise. »Die Analyse dauert eine Weile, wenn sie nicht genau wissen, worauf sie testen müssen.«

Das ist eines der längsten Gespräche, die wir seit seinem Tod geführt haben. Ein Teil von mir wünscht sich, dass wir weitermachen – ich habe sie vermisst und will nicht, dass sie geht. Ein anderer Teil fürchtet sich davor, dass ich ihr alles erzähle, wenn wir weitersprechen.

Sie macht Anstalten zu gehen.

»Hatte er Schmerzen?«

Das wollte ich nicht sagen.

Mum hält inne. »Was?«

»Als er krank geworden ist.« Meine Stimme ist nur noch ein Flüstern. »Hat es so gewirkt, als hätte er starke Schmerzen?« Ich weiß nicht einmal, welche Antwort ich hören will.

Mum hebt ein Büschel ihrer Haare an und betrachtet es genau. Dünne Strähnen lösen sich zwischen ihren Fingern. »Oh, Liebes ... es ist alles so verschwommen.«

VIERUNDVIERZIG

PAUL

Es fühlte sich an, als hätte ein Korsett aus Schmerz Pauls Brustkorb ersetzt. Als er versuchte, die Augen zu öffnen, drohte sein Gesicht zu zerbrechen. Über ihm erstreckte sich eine weiße Weite, und ein stechender Schmerz durchfuhr seinen Schädel. Er bewegte seine Beine. Er lag in einem Bett in kühlen, weißen Laken. Eine Stimme rief seinen Namen, aber seine Augen wurden unwiderstehlich schwer, und er ließ sie wieder zufallen.

Das nächste Mal, als er erwachte, musste er geschrien haben. Besorgte Gesichter blickten auf ihn herab, drängten ihn sanft, sich wieder auf das Kissen zu legen. Er formte immer noch Worte mit den Lippen. Vielleicht ein Nachhall dessen, was er zuvor geschrien hatte und was die Menschen herbeieilen ließ.

Freya, Freya, Freya.

»Ist schon gut.« Es war eine Krankenschwester mit einem sanften Lächeln. »Erinnern Sie sich, wo Sie sind?«

Paul schaute sich um und nickte langsam. Er befand sich jetzt auf einer Station und nicht mehr im Chaos der Notaufnahme. Es war helllichter Tag. Wie lange hatte er geschlafen?

»Wie spät ist es?«, fragte er, wobei seine geschwollene Zunge die Worte zerquetschte.

»Halb drei Uhr am Nachmittag«, sagte die Schwester, während sie seine Temperatur nahm. »Mal wieder ein verrückter Montag! Sie sind wahrscheinlich noch ein bisschen benommen von den Schmerzmitteln. Ruhen Sie sich ein wenig aus.«

»Nein …« Er war schwach und ihm tat alles weh, doch das letzte, was er sich jetzt erlauben konnte, war Schlaf. »Freya … Steph … Daniel …« Er konnte nicht einmal mit Sicherheit sagen, ob er die Namen laut aussprach, doch die Schwester nickte pflichtschuldig.

»Wir informieren Ihre Familie, keine Sorge.«

»Nein, Sie verstehen nicht. Meine Tochter, sie … und meine Frau …« Es frustrierte ihn, dass er nicht ausdrücken konnte, was er sagen wollte. Seine Kopfschmerzen wurden noch stärker. »Ich muss sie anrufen …« Er drehte sich zum Nachttisch und war erstaunt darüber, sein Handy dort vorzufinden. Doch dieses Gefühl hielt nicht lange an, denn er bemerkte, dass das Display zersplittert war.

»Ich kann jemanden für Sie anrufen«, sagte die Schwester.

»Meine Frau. Steph.«

»Wissen Sie ihre Nummer aus dem Kopf?«

Paul verzog das Gesicht und krächzte dann die Ziffern heraus, die er noch besser kannte als seine eigenen. Die Schwester goss ihm etwas Wasser ein, aber er deutete aufgeregt auf die Nummer, die sie notiert hatte.

»Bitte beeilen Sie sich«, sagte er. »Sagen Sie ihr, dass es mir gut geht, aber sie soll nicht herkommen. Ich komme nach Hause. Und … fragen Sie sie nach Freya. Ob es irgendetwas Neues gibt.«

Neugierig starrte sie ihn an, dann nickte sie und wandte sich zum Gehen.

»Eine Sache noch«, sagte Paul und unterdrückte dabei ein

Husten. Seine Rippen schmerzten unerträglich. »Ich glaube, zeitgleich mit mir wurde noch ein anderer Mann eingeliefert, Daniel Sanderson?«

Er wollte nicht hinzufügen *Mit einer Stichwunde?* oder fragen, ob die Polizei dagewesen war, während er geschlafen hatte.

»Tut mir leid, das weiß ich nicht. Nur Sie sind aus der Notaufnahme hochgebracht worden. Ich werde sehen, was ich herausfinden kann.«

»Schon gut«, sagte Paul schnell. »Brauchen Sie nicht.«

Bevor sie ging, zögerte sie noch einmal und warf einen fragenden Blick über die Schulter. Paul hatte Mühe sich aufzusetzen und sein Körper protestierte. Er war erschöpft. Er war einem Zusammenbruch nahe, aus dem es kein Zurück mehr geben würde. Doch das konnte er nicht zulassen: Er musste hier raus.

Jetzt, da er allein war und seine Gedanken langsam klarer wurden, dachte er daran zurück, was passiert war. Das explosive Gefühl, als er das Messer in Daniels Schulter gestoßen hatte, auf das nur allzu schnell Panik und Reue gefolgt waren. Dann ein verzweifelter Versuch, die Blutung zu stoppen, ein Notruf, die Angst, dass er die Sache tausendmal schlimmer gemacht hatte. Er *konnte* nicht noch einen Tod verantworten, egal wie er zu Daniel stand. Er hatte ohnehin schon so viel Schuld zu tragen.

Die Krankenschwester kam früher zurück, als er erwartet hatte, und riss Paul aus seinen Gedanken.

»Es war besetzt«, sagte sie. »Ich versuche es später nochmal. Ist alles in Ordnung? Sie sehen extrem blass aus.«

»Ich bin okay.« Paul sank zurück in die Kissen, sein Herz hämmerte. Er spürte eine tiefe Sehnsucht nach Steph und wünschte sich, dass alles so wäre wie noch vor ein paar Tagen, dass er nur einen kleinen Unfall gehabt hatte, so wie damals, als er mit dem Rad gestürzt war und sie von der Arbeit gehetzt kam, um ihn abzuholen …

»Eine Kollegin vom Empfang hat mir das hier gegeben«, sagte die Krankenschwester und gab ihm einen Umschlag, auf dem *Paul Harlow* geschrieben stand. »Anscheinend hat eine Frau ihn vor einer Stunde hier abgegeben. Sie wollte nicht dableiben, aber sie hat darum gebeten, ihn Ihnen zukommen zu lassen, wenn Sie wieder wach sind.«

Paul starrte den Umschlag an. Wer um alles in der Welt wusste, dass er hier war, würde aber nicht dableiben? Er wartete ab, bis die Schwester sich höflich verabschiedet hatte, ehe er den Umschlag aufriss.

Ich warte auf der anderen Seite vom Blue Car Park.

FÜNFUNDVIERZIG

EMMA

Sie hatte ihn immer noch in der Nase, diesen schmutzigen, ekelhaften Gestank. Sie war sich nicht sicher, ob sie ihn tatsächlich noch roch oder ob sich einfach die Erinnerung in ihren Nasenlöchern festgebrannt hatte.

Natürlich war ihr erster Impuls gewesen, das widerliche Päckchen irgendwo weit weg von zu Hause in einen Abfalleimer zu werfen. Doch dann war ihr in den Sinn gekommen, dass sie es eventuell als Beweisstück brauchen würde. So abstoßend der Gedanke auch war, sie musste das stinkende Paket behalten, das nun vierfach in Plastiktüten eingewickelt darauf wartete, dass sie eine Möglichkeit fand, mit der Polizei zu reden.

Denn jetzt würde sie definitiv mit der Polizei reden. Der Gedanke, dass Robin, der Vater ihres Sohnes, tatsächlich so weit gegangen war, Hundescheiße aufzukratzen, sie in einen Umschlag zu stopfen und durch den Briefschlitz zu schieben ... Und Zeb lebte bei ihm und wurde durch ihn beeinflusst, so wie Robin vor all den Jahren eindeutig durch Andys Einschüchterungsversuche beeinflusst worden war.

Sie versuchte sich selbst abzulenken und zu beschäftigen, indem sie ihre Post und ihre E-Mails durchsah, die sie in den letzten vier Tagen vernachlässigt hatte. Es waren jedoch nur Rechnungen, die ihren Dispo in die Höhe treiben würden, eine E-Mail von ihrem Makler, der fragte, ob sie ihren Laden wieder zum Verkauf anbieten wollte, und eine Einladung zu einem Vorstellungsgespräch – deprimierenderweise in dem Geschäft, in dem sie gearbeitet hatte, als sie das erste Mal mit dem Gedanken gespielt hatte, ihren eigenen Laden zu eröffnen. Emma hatte jetzt keinen Kopf für diese ganzen Sachen. Sie vergrub ihren Laptop unter einem Haufen Schals, als hätte er sie ebenso verärgert wie der Hundedreck.

Als das nächste Mal ein Polizeiauto vorfuhr, warf sie einen verstohlenen Blick aus dem Fenster. Zwei uniformierte Beamte stiegen aus und wandten sich an die Journalistenschar. Emma fragte sich, ob einer der Journalisten mitbekommen hatte, wie ihr das widerwärtige Paket zugestellt worden war. Ein Streit schien sich anzubahnen; einer der Beamten blieb draußen auf dem Bürgersteig stehen, während der andere ins Gebäude kam und gereizt das Gesicht verzog.

Ehe sie es sich anders überlegen konnte, trat Emma aus ihrer Wohnung.

Der Polizist stand in der Eingangshalle und murmelte etwas in sein Funkgerät. Emma blieb unbeholfen stehen und schaute die Treppe hinauf zu der Tür der Harlows. Als er das Funkgerät zurück in seinen Gürtel gleiten ließ, fand sie ihre Stimme wieder: »Entschuldigen Sie, dürfte ich Sie um Rat fragen?«

Er sah beschäftigt, aber nicht unfreundlich aus. Unter der Hutkrempe hatte sich Schweiß gesammelt.

»Ich ... Ich möchte potenzielle Drohbriefe melden, die ich in letzter Zeit bekommen habe. Und ... noch andere Dinge. Telefonanrufe ...« Sie dachte daran, dass Steph davon erzählt hatte, wie der Hauseingang vor zwei Wochen mit Eiern beworfen worden war. »Vandalismus ...«

Jetzt hatte sie seine Aufmerksamkeit. »Hat das etwas mit Freya Harlow zu tun?«

»Ich glaube nicht. Nicht wirklich.« Emma wartete seine Reaktion ab. Sie war davon überzeugt, dass das Interesse aus seinem Gesicht gewichen war. »Ich bin mir nicht sicher, aber ich glaube, es ist … der Vater meines Sohnes. Wir haben eine schwierige Vergangenheit und ich glaube, er versucht mich zu verunsichern oder zu bestrafen. Ich weiß, dass Sie vielleicht nicht der richtige Ansprechpartner dafür sind, und das Letzte, was ich möchte, ist die Ermittlungen zu behindern …«

Er sah sie nachdenklich an. Emma hatte Sorge, dass er sie womöglich abschütteln und wegschicken würde – und das zu Recht. Doch stattdessen griff er in seinen Mantel und zog einen Notizblock hervor. »Können Sie mir mehr über die Post erzählen, die Sie in letzter Zeit bekommen haben?«

»Vor ein paar Tagen hat er ein Buch geschickt. Einen Elternratgeber, mit zermatschten rohen Eiern darin. Ich bin mir ziemlich sicher, dass das schon gemeldet wurde. Steph Harlow hat gedacht, dass es ihr und Paul gegolten hat, aber ich glaube, dass es vielleicht eher an mich gerichtet war …«

Der Polizist machte sich Notizen. Emma folgte dem Zucken des Stifts auf dem Papier. Alles verzahnte sich ineinander; sie wusste nicht mehr, was miteinander verbunden war und was unabhängig voneinander oder rein zufällig passierte. Die Haustür ging auf und der andere Polizist trat ein. Emma war froh über die kurze Unterbrechung, so konnte sie ihre Gedanken sammeln. Dann jedoch ruckte ihr Kopf herum. Durch die sich schließende Tür hatte sie eine vertraute Gestalt entdeckt, die jenseits der Pressemeute stand und auf die einst so stille Straße starrte, die mittlerweile im Chaos um das vermisste Mädchen versank.

Sie war so überrascht, dass sie sofort nach draußen stürmte. Ein paar Reporter knipsten Fotos. Vielleicht dachten sie, Emma würde auf das vermisste Mädchen zurennen, denn warum sonst sollte sie die Arme so ausbreiten? Warum sonst rollten ihr jetzt Tränen über die Wangen?

SECHSUNDVIERZIG

CHRIS

Chris war gefangen in einer Spirale aus den immer gleichen, sich wiederholenden Fragen, die sie ihm zu Freya bereits gestellt hatten. Doch diesmal stellten sie sie mit einer neuen Ernsthaftigkeit und vor einer Kamera, die alles von der Ecke des Befragungszimmers aus aufnahm. Dann folgten zusätzliche, persönliche Fragen. Sie schienen genau zu wissen, welchen Nerv sie treffen mussten, als sie ihn zu seiner Ehe und seinen Unsicherheiten befragten.

Jetzt wurde seine »angebliche Route« aus seiner letzten Fahrstunde mit Freya im Raum herumgewedelt. Chris fühlte sich, als wäre er verprügelt worden. Warum sagten sie nicht einfach, was sie sagen wollten?

Schließlich kamen sie zum Punkt.

»Ihr Nummernschild wurde von einer Radarkamera erfasst«, sagte Ford, »um dreizehn Uhr zweiundvierzig am 15. März. Fünf Kilometer von der Stelle entfernt, an der Sie zu dem Zeitpunkt hätten sein sollen, wenn man Ihrer Version der Route glauben mag.«

Chris rutschte auf seinem Stuhl herum. »Ich habe Ihnen

doch gesagt, dass meine Erinnerung vielleicht nicht ganz akkurat ist.«

»Aber hätten Sie zu diesem Zeitpunkt nicht auf dem Weg zurück zu Freyas Schule sein sollen? Stattdessen sind Sie in die entgegengesetzte Richtung gefahren.«

Chris' Gedanken schweiften ab. Konnte man durch eine Radarkamera erkennen, wer am Steuer gesessen hatte? Würde sie zwei Gestalten zeigen, die sich auf den Vordersitzen eines Autos stritten?

Wie viel von der Beziehung zwischen einem Fahrlehrer und seiner Schülerin konnte eine Kamera ans Licht bringen?

Chris griff zu Sarkasmus. »Ich weiß nicht, was Sie über Fahrstunden wissen, aber der Sinn dahinter ist eigentlich, gerade *nicht* die direkte Route zum Ziel zu nehmen. Es geht darum, fahren zu üben.«

»Sie hätten nicht genug Zeit gehabt, bis um zwei Uhr zu Freyas Schule zurückzufahren.«

»Wir waren ein bisschen spät dran, das passiert eben.«

»Das haben Sie bisher nicht erwähnt.«

»Habe ich nicht?«

»Nein. Gibt es noch etwas, das Sie nicht erwähnt haben?«

Chris war nun nicht mehr sarkastisch, sondern ließ seine Hände auf die Knie fallen und schüttelte den Kopf.

Gerade als er dachte, dass sie jedes Detail ausgeschöpft hatten, griff Ford nach einem iPad und zeigte ihm ihren Trumpf: das Foto eines zerknitterten, schmutzigen Geldscheins. Chris erkannte die Kritzelei in der Ecke wieder und ihm stockte der Atem.

»Warum hatte Freya noch dreihundert Pfund von ihrem Fahrstundengeld übrig?«, fragte Ford. »Warum war es in ihrer Jackentasche?«

»Ich habe keine Ahnung.«

»Hätte sie es nicht Ihnen geben sollen?«

»Ja ... Das hat sie getan.«

»Also hat sie Sie für die Stunden bezahlt?«

»Natürlich.« Ihm brannte der Schweiß in den Augen. »Vielleicht war das hier für kommende Stunden gedacht.«

Darauf folgte eine zähe Stille. Chris biss auf den Innenseiten seiner Wangen herum.

Schließlich ließ Ford das iPad sinken und legte es auf den Tisch. Links und rechts davon platzierte sie ihre Hände flach auf dem Tisch, als würde sie wollen, dass er die Umrisse ihrer Finger nachzeichnete.

»Ich glaube, Sie verbergen etwas, Mr Watson.«

Chris versuchte das Blickduell mit ihr zu gewinnen, doch in ihm machte sich die Angst breit. »Ich will einen Anwalt.«

»Schön.« Ein Lächeln umspielte Fords Lippen, als wäre es genau das, was sie von ihm hatte hören wollen. Wie ein Schuldeingeständnis.

Es war Vickys Gesicht, das ihm jetzt am stärksten in den Sinn kam und nicht etwa Freyas. Vicky, die ihn auf die Beine gezogen und zum Tanzen aufgefordert hatte, auf einer Party weit in der Vergangenheit voller lärmender Schwersternschülerinnen. Vicky, die gestern in ihren Schlafzimmerspiegel gestarrt und sich dabei den Mund scharlachrot mit einem Chanel-Lippenstift angemalt hatte. Und die Vicky von heute, die sich am Flurtisch festgehalten hatte, als die Polizisten Chris hinausgeführt hatten.

Die Pflichtverteidigerin, Ms Beaumont, war innerhalb einer halben Stunde da. Sie hatte unbewegliches schwarzes Haar und eine zügige effiziente Art. Als er mit ihr an seiner Seite den beiden Polizisten gegenübertrat, fühlte es sich gewissermaßen wie ein Neuanfang an. Jemanden an seiner Seite zu haben, brachte die Dinge wieder ins Lot.

»Es scheint, als wären meinem Mandanten irrelevante Fragen zu seinem Privatleben gestellt worden«, sagte Ms Beaumont. »Das wird nicht mehr vorkommen.« Sie klang, als würde sie zwei ungezogene Kinder zurechtweisen. »Und bitte informieren Sie meinen Mandanten darüber, ob er unter Arrest steht.«

Die Detectives tauschten einen Blick aus. Ms Beaumonts Kopf war erwartungsvoll zur Seite geneigt, ihr Haar saß wie ein schwarzer Metallhelm darauf. Gerade als Ford den Mund öffnete und antworten wollte, knarzte die Tür zum Befragungszimmer und ein großer Mann mit zusammengekniffenen Augen betrat den Raum. »DI Ford, auf ein Wort?«

»Wir beenden das hier noch«, sagte Ford und eine Welle der Erleichterung durchflutete Chris. »Kann es warten?«

Der Mann sah erst Chris, dann wieder Ford an. In seinem Blick lag ein fast unmerkliches Signal. »Nicht wirklich.«

Ford stand auf und verließ den Raum. Chris drehte sich zu Ms Beaumont und suchte Bestärkung, doch auf ihrer Stirn zeichnete sich eine M-förmige Falte ab. Er ließ sich zurück in den Stuhl fallen und spürte, wie sich die Stuhlbeine unter ihm bogen. Dann kam Ford mit einem zweiten iPad und neuer Zielstrebigkeit zurück und ließ sich wieder auf ihrem Platz nieder.

»Das Team hat Freyas iCloud-Speicher vollständig gesichtet«, sagte sie und Chris spürte, wie ihm das Herz in die Hose rutschte. Dann sah er das gefürchtete, aber unvermeidbare Ergebnis.

Natürlich hatte sie ein Backup in der Cloud. Manchmal fühlte es sich an, als könnte man gar nichts mehr für sich behalten. Geheimnisse schwirrten im Netz herum, alles lag außerhalb der eigenen Kontrolle. Er dachte an Vicky, wie sie Fotos aus Magazinen ausgeschnitten hatte oder wie sie ihr Armband berührt hatte, um sich zu vergewissern, dass es echt war. Versuchte sie, die Dinge greifbar zu machen? Die Kontrolle zu behalten, mittels einer Reihe von Sachen, die sie wirklich besitzen konnte?

Chris schaute sich das Foto auf dem iPad an. Es war schwer

zu glauben, dass ihn diese traurig aussehende Schnickschnack-Sammlung, die aus dem Handschuhfach quoll, in dieses Schlamassel manövriert hatte.

»Wenn ich mich nicht irre, ist das ein Foto aus Ihrem Auto.«

SIEBENUNDVIERZIG

KATE

Fünfundzwanzig Jahre zuvor

Am Montag fahren wir noch in der Dunkelheit los und lassen uns von dem ersten Bus des Tages durch die leeren Straßen schaukeln. Mum vergießt keine Träne und ist abwesend. Als wir am Bahnhof ankommen, muss ich sie anstupsen, damit sie es merkt, und uns dann zum richtigen Gleis führen. Ich konzentriere mich auf die praktischen Dinge, bis wir im Zug sind. Dort fängt das Blut an, in meinen Ohren zu rauschen.

Tageslicht sickert in den Himmel, während der Zug durch ein ganzes Farbspektrum rauscht, von tintenschwarz über blassen Bernstein bis hin zu blau. Mein schwarzes Kleid zerknittert unter meinen Oberschenkeln. Mum fummelt an der Armlehne herum, klappt sie hoch und runter, überprüft ihre Uhr und reibt sich die Augen. Als wir tuckernd in Basingstoke einfahren, drückt sie ängstlich meine Hand und ich versuche, meine Angst nicht zu zeigen.

Mein Herz überschlägt sich, als sie mir sagt, dass wir zuerst zu Nicks Bruder gehen. Wir sind eingeladen worden, in dem eigentlichen Trauerwagen mit seiner Familie mitzufahren. Wahrscheinlich sollte ich nicht überrascht sein, schließlich war Mum seine Lebensgefährtin, doch für mich fühlt es sich noch immer an, als wären wir Außenseiterinnen.

Wir erstarren gleichzeitig, als wir aus dem Taxi steigen. Der Mann, der uns begrüßt, sieht Nick unfassbar ähnlich. Er bewegt sich wie Nick, hat die gleichen Augenbrauen und den gleichen Mund. Als er sich als Richard vorstellt, höre ich, dass auch seine Stimme ähnlich hat. Es ist wie einem Geist die Hand zu schütteln.

Richards Haus ist groß, aber relativ leer: »minimalistisch«, würde Becca sagen. Ich wünschte, es wäre mehr Kram darin, damit ich besser darin verschwinden könnte. Man sieht zu viel von mir. Dann stehen wir im Wohnzimmer und werden Nicks Vater und zwei seiner Cousins vorgestellt. Auch Nicks Vater teilt die Familienähnlichkeit, nur weniger auffällig, weil er schon älter ist. Ich bin fast erleichtert, als die zwei schwarzen Autos ankommen. Ein reges Treiben kommt in die Situation und lenkt mich ab. Dann schaue ich aus dem Fenster und schäme mich, dass ich so erschüttert bin.

Natürlich steht in einem der Autos ein Sarg. Natürlich fahren wir mit Nick höchstpersönlich zur Beerdigung. Was habe ich gedacht, würde passieren?

Die einzige Beerdigung, auf der ich jemals gewesen bin, war die meines Großvaters. Sie hat in einer Kirche stattgefunden, mit Lobliedern und Lesungen aus der Bibel. Ich war erst sieben, aber ich erinnere mich daran, wie fasziniert ich von dem Mann war, der der Orgel ihre langsamen Töne entlockte. Nicks Beerdigung findet in einem Krematorium umgeben von Bäumen statt. Eine kleine Menschentraube versammelt sich draußen, doch als wir aus dem Auto steigen, sind da keine Gespräche, sondern bloß Stille. Der Sarg wird durch die Mitte getragen und wir gehen mit gesenkten Köpfen hinterher.

Während des Gottesdienstes erfahre ich mehr über Nick, als in der gesamten Zeit, die er mit Mum zusammen war. Er wollte der Royal Air Force beitreten, hatte aber zu schlechte Augen. Er mochte Boxen, als er jünger war – ich presse den Mund zusammen, um keine Reaktion zu zeigen. Sein Bruder hält eine Rede und an zwei Stellen zittert seine Stimme. Jede geteilte Anekdote und jeder gespielte Song verwirren mich noch mehr.

Ich kann nicht aufhören, den Sarg anzustarren. Ich erinnere mich, wie ich damals gedacht hatte, dass der meines Opas klein ausgesehen hatte – sogar für mich als Kind. Doch Nicks Sarg ist lang und breit und aus dunklem, glänzendem Kirschholz.

Nach der Andacht fahren wir zurück zu Richards sauberem, leerem Haus. Die Leute lockern ihre Krawatten und die Stimmen werden etwas lauter. Ich suche mir ein dreieckiges Sandwich aus. Es fühlt sich an, als würden meine Beine mich nicht länger halten. Schließlich sperre ich mich in der Toilette im unteren Stockwerk ein und lasse mir kaltes Wasser über die Handgelenke laufen.

Als ich zurück ins Wohnzimmer komme, sehe ich Nicks Dad auf meine Mutter zugehen. Ich bin gerade an ihrer Seite angelangt, als er ebenfalls vor ihr stehen bleibt. Er schaut mich kurz an, sucht dann den Blickkontakt mit meiner Mutter und sagt: »Es tut mir sehr leid.« Es wirkt seltsam, dass er das zu ihr sagt. Immerhin hat er seinen Sohn verloren. Irgendetwas stört mich an seinen Worten, irgendetwas, das ich nicht ganz greifen kann.

Mum beißt sich auf die Lippe. »Mir auch.«

»Können wir uns kurz unterhalten?«, fragt er. »Wollen wir ein bisschen an die frische Luft gehen?«

Mum schiebt ihre Handtasche von einer Schulter auf die andere. »Kann ich dich eine Minute allein lassen, Kate?«

Ich nicke, obwohl ich nicht glaube, dass sie das wahrnimmt. Sie tätschelt meinen Arm und Nicks Vater deutet zur Tür.

Auf dem Nachhauseweg frage ich sie, worüber sie in diesen fünfzehn Minuten, in denen ich nur sehen konnte, wie sich ihre Köpfe vor dem Wohnzimmerfenster bewegt haben, gesprochen haben. »Ach, nichts eigentlich«, sagt sie. »Nur über Nick.«

Ich traue mich nicht, weiter nachzufragen. Ich bin einfach nur erleichtert, schnell nach Hause zu kommen und vom holprigen Galopp des Zuges in einen Trancezustand geschaukelt zu werden.

Auch nachdem die Beerdigung vorbei ist, steigt meine Anspannung mit jedem Tag. Mein Puls schießt bei so vielen Dingen in die Höhe – es müssen nur das Telefon klingeln oder Besucher an die Tür kommen. Becca und Tante Rach kommen zurück, wann immer es geht, meistens an den Wochenenden. Dann bringt Tante Rach erdige Kartoffeln aus dem Garten ihrer Nachbarin oder kleine Brandyfläschchen für sie und Mum zum Teilen mit. Becca und ich versuchen, ein paar Momente zu zweit zu erwischen, aber das ist in dieser Wohnung so gut wie unmöglich. Außerdem bin ich mir nicht sicher, was wir zueinander sagen würden.

Als es endlich passiert, sitzen wir gemeinsam in der Küche und frühstücken. Das einzige hörbare Geräusch sind Zähne, die über verbrannten Toast kratzen. Es sieht nicht so aus, als könnten wir noch viel leiser werden, dennoch lösen sich alle restlichen Geräusche in Luft auf, als es dumpf an der Tür klopft. Es ist, als wüssten wir, dass diesmal kein weiterer Nachbar mit wässriger Hühnersuppe vor unserer Tür steht.

Tante Rach geht an die Tür und kommt mit zwei Polizisten zurück. Sie stellen sich vor, doch ich kann mir ihre Namen nicht merken – ich bin mir nicht mal sicher, ob sie vielleicht diejenigen sind, die ich bereits kennengelernt habe. Ich nehme nur halb wahr, dass ich meinen Toast auf den Teller fallen lasse, mit der Marmeladenseite nach unten.

»Wir sind hier wegen der Obduktion und des toxikologischen Berichts zu Mr Nicholas Wood«, sagt einer der Polizisten. »Wir müssen Sie zu einem Medikament befragen, das in seinem Körper gefunden wurde.«

Ich halte mich an den Rändern meines Stuhls fest. Ich weiß nicht, wo ich hinschauen soll oder wie ich meine Beine davon abbringen kann zu zucken.

»Antidepressiva?«, fragt Mum.

»Nun ja, ja, es wurde eine kleine Dosis Antidepressiva gefunden. Die Analyse von Mr Woods Blut und Urin, in Kombination mit seiner Krankenakte, zeigt, dass er sie seit etwa vier Wochen genommen hat. Aber es ist unwahrscheinlich, dass das zum Tod geführt hat.«

Tante Rach stellt die nächste Frage. »Aber was dann?«

»Nach mehreren Testdurchläufen hat das Untersuchungsteam ein krampflösendes Mittel in Mr Woods Körper gefunden. Sie schätzen, dass er es etwa acht bis zwölf Stunden eingenommen haben muss, bevor er krank wurde.«

Ich zwinge mich dazu, mich auf die Polizisten zu konzentrieren, und runzele leicht die Stirn. Ich hoffe, dass meine Wangen nicht rot werden. Der Kühlschrank in der Ecke spinnt mal wieder und macht summende Geräusche wie ein Insekt.

»Ein krampflösendes Mittel?«, wiederholt Mum.

»Carbamazepin.« Der Name von Beccas Medikament bringt eine neue Betonung in die Stimme des Polizisten. Als Tante Rach den Namen wiedererkennt, bewegt sie sich leicht, sagt aber nichts. Ich schaue zu Becca, erwarte, dass sie mich anblickt, erwarte, dass sich dies wie das unvermeidliche Ende anfühlt. Sie starrt stur geradeaus. Dann wird mir klar, dass sich alle Anwesenden mit mir in ihre Richtung gedreht haben und wir so einen Kreis erwartungsvoller Gesichter mit ihr als Mittelpunkt gebildet haben.

»Fällt Ihnen ein Grund ein, warum Mr Wood dieses Medikament genommen haben könnte?«, fragt einer der Beamten. »Es wird meistens zur Behandlung von epileptischen Anfällen angewendet.«

Ich senke meinen Blick und hoffe, dass es mir alle gleichtun. Tante Rachs Blick gleitet weg von ihrer Tochter, doch Mum starrt noch immer in Beccas Richtung.

»Meine Nichte hat Epilepsie.«

Becca richtet sich auf. »Aber ich nehme nicht dieses Medikament.«

Mein Blick springt zu ihr zurück. Glaubt sie wirklich, dass sie mit dieser Lüge davonkommt?

»Schauen Sie.« Sie springt auf und geht zu ihrer Handtasche, kramt darin herum und bringt eine Tablettenpackung zum Vorschein: Natriumvalproat.

Es kommt mir vor, als würde ich mir alles nur einbilden. Vielleicht habe ich mich geirrt. Vielleicht hat sie die ganze Zeit schon Natriumvalproat genommen. Aber das würde bedeuten, dass der toxikologische Bericht fehlerhaft ist.

Wahrscheinlicher ist, dass sie ihr Medikament gewechselt hat. Aus einem wirklichen Grund? Oder in dem verrückten Versuch, die Sache zu vertuschen?

Was hast du getan, Becca?

»Haben Sie schon immer genau dieses Medikament genommen?«, fragt einer der Polizisten, als er die Packung annimmt und untersucht.

Becca setzt sich wieder hin. Ihr Hals ist fleckig. »Eigentlich«, sie verzieht das Gesicht, als würde sie sich gerade erinnern, »habe ich tatsächlich mal Carbamazepin genommen. Aber ich nehme die anderen jetzt schon seit einer ganzen Weile.«

»Haben Sie Carbamazepin genommen, als Mr Wood krank

geworden ist? Könnten sich Tabletten in der Wohnung befunden haben, zu denen er Zugang gehabt hätte?«

Sie schüttelt entschieden den Kopf. »Nope, da habe ich tatsächlich gar nichts genommen. Ich war in einer Zwischenphase, zwischen den Medikamenten.«

Zwischen den Medikamenten? Ich traue mich nun, Tante Rach anzusehen: Sie macht ein komplett verwirrtes Gesicht. Auch Becca ist nun ganz blass, als würde sie bereits bereuen, diesen Weg eingeschlagen zu haben.

»Wir müssen der Sache nachgehen, Miss Fielding. Mit Ihrer Mitarbeit, hoffe ich? Und wir werden auch die Toxikologen konsultieren, um uns zu vergewissern, wie sicher sie sich mit dem genauen Typus des krampflösenden Mittels in Mr Woods Körper sind.«

»Wie viel wurde gefunden?«, fragt Mum.

»Es kann schwierig sein, die Konzentration im Blut zu messen, aber sie wurde ziemlich hoch eingeschätzt.«

»Hat ihn das umgebracht?«

»Das Toxikologenteam und unsere medizinischen Experten gehen davon aus, dass er durch eine ungewöhnlich starke Reaktion auf das Medikament gestorben ist. Die Antidepressiva könnten die Wirkung verstärkt und die Carbamazepin-Werte in die Höhe getrieben haben. Dazu noch der Alkohol in seinem Körper und dann der Synergieeffekt von allem drei ...«

Ich versuche gleichmäßig durch die Nase zu atmen. Ich kann hören, wie Becca unter dem Tisch mit ihren Fingerknöcheln knackt. Tante Rach zeigt keine Regung und ist ungewöhnlich still. Mum guckt stirnrunzelnd auf Beccas Tabletten in der Hand des Polizisten.

Die Stuhlbeine quietschen auf dem Linoleum, als einer der Polizisten aufsteht. »Wir würden gerne einzeln mit Ihnen allen sprechen. Es wäre einfacher, wenn Sie mit aufs Revier kommen. Würden Sie uns bitte folgen?«

Ich riskiere einen letzten Blick in Beccas Richtung. Sie ist in sich zusammengesunken, als hätte sie eine Niederlage erlitten. Als wüsste sie, dass die Lügen über ihre Tabletten eine weitere Entscheidung sind, die wir nicht mehr rückgängig machen können.

ACHTUNDVIERZIG

PAUL

Paul sagte dem Stationspersonal, seine Schmerzen seien auf »eine zwei oder eine drei« heruntergegangen. Er zwang sich zum Sitzen und Stehen, zum Essen und Trinken. Er tat das alles, damit sie keinen Aufstand machten, wenn er sagte, dass er »frische Luft schnappen« würde.

In Wahrheit schrien seine Rippen vor Schmerzen, wenn er zu schnell ging, und sein Kiefer knackte, als würde er nie wieder richtig funktionieren. Als er auf den Blue Car Park zuging, hielt er sich die Seite und spähte in alle Richtungen. Er dachte, er hätte die Schrift auf der Notiz, die für ihn abgegeben worden war, wiedererkannt, doch sicher sein konnte er nicht.

Dann sah er sie, wie sie – jetzt in einer hellbraunen Lederjacke und nicht mehr in dem scharlachroten Mantel von letztem Mal – nah an den überwuchernden Büschen auf der anderen Seite stand.

Wie hatte sie ihn gefunden? Warum war sie hier? Aus der Nähe hatte Paul Mühe, ihre Gedanken zu erraten, und ihm wurde klar, dass er das nie zuvor versucht hatte – nie zuvor hatte versuchen müssen. Yvette hatte so viel für ihn getan und wusste so viel über ihn, doch andersherum konnte man das nicht behaupten.

Sein Leben wimmelte nur so von solch einseitigen Beziehungen. Er durfte, oder konnte, nie genug von sich preisgeben. Sogar gegenüber seiner Tochter und seiner Frau.

Yvette umarmte ihn sanft und schüttelte den Kopf, als sie seine Verletzungen betrachtete. »Ich hätte dir niemals seine Adresse geben dürfen. Ich hätte wissen müssen, dass das nicht gut ausgeht.«

»Das ist nicht deine Schuld«, beharrte Paul. »Ich war fest entschlossen ihn zu finden. Es hätte mich verrückt gemacht, wenn ich es nicht getan hätte.«

»Was ist passiert?«, fragte sie ihn im selben Moment, als er sagte: »Woher wusstest du, dass ich hier bin?«

»Glover hat mich wutentbrannt angerufen«, sagte sie. »Er hat mich am Telefon beschimpft und gefragt, ob ich dir Sandersons Adresse gegeben hätte. Ob ich wüsste, was für eine Scheiße ich damit verursacht hätte. Typisch Glover – die pure Verschwiegenheit, bis er komplett die Beherrschung verliert.«

Paul nickte. Er hatte schon immer den Eindruck gehabt, dass Yvette Glover ebenso wenig leiden konnte wie er, doch als seine Therapeutin war sie zu professionell gewesen, als dass sie etwas gesagt hätte. Jetzt ließ sie alle Hemmungen fallen.

»Jedenfalls wusste ich, dass etwas passiert sein muss«, fuhr sie fort. »Ich habe online die ganze Zeit die Nachrichten aus Nottingham verfolgt, aber da war nichts. Letztendlich habe ich entschieden, dass ich das Risiko eingehe und zu Sandersons Adresse fahre. Einer seiner Nachbarn war draußen, total aufgelöst, weil ein Krankenwagen in der Straße gewesen ist. Da habe ich mir natürlich nur noch mehr Sorgen gemacht. Ich habe es dann geschafft, dich aufzuspüren, aber ich wollte nicht direkt zu dir kommen, für den Fall, dass Glover in der Nähe ist.«

»Aber woher wusste Glover, dass etwas passiert ist?«

»Ich bin mir nicht sicher. Er muss einfach alles über

Sanderson wissen. Er hat ständig Angst, dass die Wahrheit ans Licht kommt …« Sie hielt inne und verlor sich in ihren Gedanken. Als ihr Blick zu ihm zurückkehrte, betrachtete sie wieder die Hämatome in seinem Gesicht. »War das alles Sanderson?«

Paul nickte und senkte den Blick. *Aber ich habe ihm Schlimmeres angetan.* »Weißt du, ob er auch in dieses Krankenhaus gekommen ist?«, fragte er und wich damit der eigentlichen Frage aus: *Weißt du, ob er noch lebt?*

Sie schüttelte den Kopf. »War er auch verletzt?«

Paul nickte wieder. Er konnte noch immer Daniels Blut spüren, das kraftvoll aus seiner Wunde geflossen war. Paul hatte ihm drei Geschirrtücher auf die Schulter gedrückt. Er spürte noch die Wärme, und den Geruch, und die Angst in Daniels Augen. Es hätte sich eigentlich wie eine Genugtuung für ihn anfühlen müssen, doch so war es nicht. Es hatte gefühlt Stunden gedauert, bis Hilfe eintraf. Für Erklärungen oder Befragungen war keine Zeit gewesen, als die Notfallsanitäter Daniel eilig mit dem Krankenwagen abtransportiert hatten und Paul in dem kleineren Wagen ohne Blaulicht ins Krankenhaus gebracht worden war. Er hatte die ganze Zeit darauf gewartet, dass die Polizei an seinem Bett auftauchen und Fragen stellen würde, doch bis jetzt war niemand gekommen, und das war irgendwie noch zermürbender.

»Ich habe ihn niedergestochen«, antwortete er schließlich auf Yvettes Frage und hörte ihr überraschtes Einatmen. »Und dann habe ich versucht, ihn zu retten. Ich weiß allerdings nicht, ob ich es geschafft habe. Es ist alles ein verdammtes Chaos.«

Als er dort gekniet und versucht hatte, zu verhindern, dass Daniel verblutete, war das Adrenalin abgeklungen, das zuvor ihre Auseinandersetzung befeuert hatte. Paul war mit der starken Vermutung zurückgeblieben, alles wäre umsonst gewesen war. Ihn wiederzusehen, hatte in Daniel eine so starke Reaktion ausgelöst, dass Paul es nicht mehr mit seinem geplanten Rachefeldzug in Einklang bringen konnte. Es war purer, angestauter Hass gewesen, unerwartet freigesetzt von einem Besucher aus der Vergangenheit. Doch wenn Daniel sich Freya geholt hatte, wäre er dann nicht auf Pauls Besuch vorbereitet gewesen?

An seine Küchenschränke gelehnt, mit grauer Haut, hatte Daniel gelallt: *Ich habe deine Tochter nicht angerührt.*

Und dann: *Und Billie habe ich auch nichts getan. Wirklich nicht.*

Er hatte kleiner ausgesehen, trauriger, und sein Kopf hatte heruntergehangen. Es war schwer gewesen, diesem Mann, der offensichtlich dachte, er würde sterben, nicht zu glauben. Doch hätte Paul ihm letztendlich Glauben geschenkt, hätte das bedeutet, dass die gesamte Operation damals sinnlos gewesen wäre. Leben waren wegen falscher Theorien ruiniert worden.

In der Folge auf Nathalies Tod hatte Paul sich gequält und in Gedanken immer wieder seine Verbrechen aufgelistet.

Er hatte eine Frau betrogen, die versuchte, um ihr vermisstes Kind zu trauern. Und er war zu ihrem Bruder geschickt worden, ihrer einzigen Stütze, um gegen ihn zu ermitteln.

Er hatte jede Regel der Undercover-Ethik gebrochen: Er hatte sie geküsst, sie gefickt, ihr Versprechungen gemacht. Er hatte zugelassen, dass sie nackt vor ihm stand, dass sie ihm Babyfotos von Billie zeigte und dass sie sich in ihn verliebte, obwohl ihr Herz bereits gebrochen war. Und er hatte ihr kaum ein einziges wahres Wort über sich erzählt.

Er hatte geschworen, sie zu beschützen und dass sie eines Tages zusammen weggehen würden, irgendwohin, weit weg von Nottingham und all den schlimmen Dingen, die ihr widerfahren waren. Er hatte es halbwegs ernst gemeint, auch wenn er gleichzeitig gewusst hatte, dass es so gut wie unmöglich sein würde. Er hatte ihr seine Liebe gestanden – und das war vielleicht die einzige Wahrheit gewesen, die er ihr jemals gesagt hatte. Doch selbst das war nicht die reine Wahrheit.

Vor allem aber hatte er ihr nie wirklich vertraut. Ihn hatte der Verdacht beschlichen, dass sie mehr über das Schicksal ihrer Tochter gewusst hatte, als sie zugeben wollte.

Sie machte nächtliche Ausflüge, schlich ein- oder zweimal pro Woche am frühen Abend raus. Inzwischen kannte Paul den Geruch ihres Haars nach einer Schicht im Café, die Schlaflieder, die sie sang, wenn sie traurig war, die Art und Weise, wie sie an ihrem Ohrring herumnestelte, wenn sie nervös war – was, wie es schien, vor allem in der Nähe ihres Bruders der Fall war. Doch Paul hatte keinen blassen Schimmer, wohin sie an diesen Abenden ging.

In gewisser Weise hatten sie die Balance zwischen sich wiederhergestellt. Sie hatte nichts Wahres über ihn gewusst – sie dachte, seine Eltern wären tot und dass er schon immer mit Gelegenheitsjobs seinen Lebensunterhalt verdient hatte –, also war es vielleicht nur fair, dass sie auch ihre Geheimnisse hatte. Doch Paul konnte ihr diese mysteriösen Ausflüge nicht einfach so durchgehen lassen, ohne ihnen auf den Grund zu gehen. Besonders, als er bemerkte, dass Daniel ihr Geld zusteckte, ehe sie ging. Es war Pauls Pflicht gewesen herauszufinden, was sie trieb. Das hatte er sich seitdem immer wieder gesagt.

Paul schloss die Augen und sah das abgelegene Nebengebäude vor sich, zu dem er ihr eines Nachts gefolgt war. Sein Herz schlug so wild wie damals, als er gesehen hatte, wie sie hineinging, und sich das Schlimmste vorgestellt. Die Aussicht auf einen Durchbruch in diesem scheinbar hoffnungslosen Fall hatte ihn kurzzeitig erregt, doch das war schnell wieder verflogen. Er konnte Nathalie da nicht mit reinziehen. Daniel sollte es sein, nicht sie. Sie war unschuldig und sie würde frei sein, sobald sie ihren Bruder entlarvt hatten. Das war es, woran er sich während ihrer gesamten Beziehung festgeklammert hatte.

Die anderen Male, als er ihr gefolgt war, hatte er sich noch viel besser versteckt. Damals hatte er vielleicht unbewusst gewollt, dass sie ihn sah. Er wollte unbedingt wissen, was sich in dem Gebäude befand und was sie dort trieb.

Als sie ihn auf dem Weg hinaus dann bemerkte, wollte sie natürlich das Gleiche von ihm wissen.

»Was zur Hölle machst du hier, Paul?«

Er hatte seine Erklärung vorbereitet, so wie er es gelernt hatte, doch er hatte eine Sekunde zu lang in der Starre verharrt.

»Bist du mir gefolgt?«, hatte sie gefragt und dabei so ungläubig geguckt, dass Paul schon befürchtet hatte, alles völlig falsch verstanden zu haben.

»Warum solltest du das tun?« Sie stellte immer mehr Fragen, weil er ihr keine Antwort gab. Alles, woran er denken konnte, war, dass er sie nicht verlieren wollte und sich wünschte, die Zeit auf jede erdenkliche Weise zurückdrehen zu können.

Sein Blick musste zu dem Gebäude gewandert sein, aus dem sie gekommen war. Natalie drehte sich ebenfalls um. Als sie sich wieder ihm zuwandte, konnte er den Ausdruck in ihrem Gesicht, halberleuchtet von den schmalen Fenstern der Hütte, nicht deuten. Paul konnte nicht widerstehen und schaute noch einmal zurück, in dem Versuch, einen Blick ins Innere zu erhaschen.

»Was ist das für ein Ort?«, fragte er, als er endlich seine Stimme wiedergefunden hatte.

Im Nachhinein redete er sich ein, dass vielleicht alles in Ordnung gekommen wäre, wenn sie sich in jenem Moment nicht so aggressiv verhalten hätte. Bei der Art und Weise, wie sie die Augen zusammengekniffen und mit ihrem Ohrring gespielt hatte, waren seine polizeilichen Instinkte wieder erwacht und fügten sich mit seinem Wissen über ihre nervösen Ticks zusammen.

Er machte einen Schritt auf das Gebäude zu und beobachtete dabei ihre Reaktion. Wieder fragte er sie, was dort war.

»Was – denkst du, ich habe eine Affäre oder sowas? Vertraust du mir nicht?«

Vertraute er ihr? Vertraute er irgendjemandem?

»Du schleichst dich fast jede Woche hierher«, sagte er. »Und ich habe gesehen, wie Daniel dir vorher Geld gibt.«

»Na und?«

»Also ...« Er konnte sich noch immer daran erinnern, wie benommen er sich gefühlt hatte, in dem Wissen, dass er sich dicht am Abgrund bewegte: Er konnte entweder hinunterfallen oder sich wieder hinaufziehen.

Ehe er sich entschieden hatte, ob er die Worte sagen sollte – oder konnte –, riss eine äußere Kraft sie ihm regelrecht aus dem Mund: »Hat es was mit Billie zu tun?«

All ihre Gesichtsmuskeln spannten sich an. Sie sah jetzt, in diesem langwierigen Moment, verändert aus. Sie starrte ihn an. »Was meinst du damit?«

»Es ist in Ordnung.« Paul versuchte, ihren Arm zu berühren, doch sie zuckte zurück. »Du kannst es mir erzählen.«

»Was erzählen?«

»Falls ... falls Daniel dich zu irgendwas gezwungen hat. Falls er dich mit in seinen Plan hineingezogen hat.«

»Seinen *Plan*?«

Paul spürte, wie er in diesen ausgedachten Abgrund, in die tiefe Schwärze fiel. Er malte sich aus, wie er zu Glover sagen würde: *Ich dachte, es wäre an der Zeit. An der Zeit, sie wegen der Billie-Sache ein bisschen unter Druck zu setzen. Ich habe ihr Vertrauen gewonnen und gehofft, sie würde mir die Wahrheit erzählen.*

»Was auch immer mit Billie passiert ist, vielleicht war es ein Unfall. Ich weiß, dass Daniel die Gelegenheit gesehen hätte, damit Geld zu machen. Nicht du. Vielleicht ist sie aber auch noch am Leben, vielleicht kümmert sich jemand um sie ...« Wieder wanderte sein Blick zu dem Nebengebäude. »Vielleicht fühlst du dich jetzt, als würdest du in der Falle sitzen und als könntest du es nicht rückgängig machen. Aber das kannst du. Ich kann dir helfen. Ich liebe dich.«

Sie fing an, heftig zu zittern. Der Moment kam ihm ewig vor: Nathalie stand zitternd dort und ihr Brustkorb hob und senkte sich heftig.

Als sie schließlich etwas sagte, hörte sich ihre Stimme langsam und fremd an. »Wie kannst du sowas über mich denken?«

»Das versuche ich doch zu sagen. Ich weiß, dass Daniel dahinterstecken muss –«

Sie wurde lauter. »Wie zum Teufel kannst du das von einem von uns denken? Er ist dein Freund, und ich … ich …«

»Er ist nicht mein Freund.«

Das brachte sie zum Schweigen. Paul wusste sofort, dass er zu viel gesagt hatte. Nathalie starrte ihn wieder an und er atmete tief ein und aus, versuchte sich zu beherrschen, sich an seine Ausbildung zu erinnern und daran, wie viel auf dem Spiel stand.

»Wer zur Hölle bist du?«, fragte sie.

Die Frage erschien ihm so unvermeidlich, dass es sich wie ein Déjà-vu anfühlte. Als hätten sie dieses Gespräch schon oft in mehreren Parallelwelten geführt. Es lief immer auf diese Frage hinaus.

Bleib immer in der Rolle. Rede, gehe, fühle und träume in der Rolle.

Bleib bei deiner Geschichte, es sei denn, du kannst dir absolut sicher sein, dass du aufgeflogen bist.

Habe immer Erklärungen parat, falls dich jemand anzweifelt oder hinterfragt. Geh sie in deinem Kopf nochmal durch, bevor du schlafen gehst, wenn du aufwachst, wenn du dich rasierst, dich duschst, auf der Toilette sitzt …

»Du bist nicht der, der du vorgibst zu sein. Oder?«

»Doch, natürlich bin ich das, Baby –«

»Nenn mich nicht Baby!« Sie hob ihre Hand, um sicherzugehen, dass er ihr nicht näherkam. »Nicht nur ich schleiche mich raus.«

»Was?«

Handle immer vorausschauend. Du musst wissen, woher die Gefahr kommt, noch bevor du sie siehst.

Doch Paul war sich nicht länger sicher, wovor er am meisten Angst hatte: Nathalie zu verlieren oder die ganze Operation zu zerstören. War es ein und dasselbe? Immer wieder hörte er Glovers Stimme in seinem Kopf, die wieder verschwand, sobald er Nathalie ansah und spürte, wie sich sein Herz zusammenzog.

»Mir ist letztens was aufgefallen«, fuhr sie mit festerer, aber immer noch zittriger Stimme fort. »Du gehst jede Woche um die gleiche Uhrzeit raus zur Telefonzelle.«

Er täuschte halb amüsierte Verwirrung vor. »Mache ich das?«

»Um die *exakt* gleiche Uhrzeit.«

Er hatte viel zu viel Zeit mit ihr verbracht. Hatte sie mehr Zeit in seiner Wohnung verbringen lassen als in ihrer. Hatte ihre morgendliche Wärme in seinem Bett genossen.

Hatte ihr die Chance gegeben, seine Routinen zu beobachten.

»Ich bin ein Gewohnheitstier.«

»Und du benutzt nie die Telefonzelle, die am dichtesten dran ist. Ich bin dir auch einmal gefolgt, weißt du nicht mehr? Als du dein Portemonnaie vergessen hast und ich dachte, dass du Geld für die Telefonzelle brauchst. Du hast die in der Howe Street benutzt.«

»Ich dachte, die wäre am dichtesten dran.«

Sie hörte seinen Ausreden anscheinend nicht mehr zu. Später wurde ihm klar, dass sie sich während des Gesprächs alles ausgerechnet hatte. Dass sie die Bedeutung von Pauls kleinen Ausrutschern begriffen hatte, hier in der mondbeschienenen Einöde, in die er sie verfolgt hatte.

»Als du letzte Woche von der Telefonzelle zurückgekommen bist, hast du ein Stück Papier unter deiner Matratze versteckt. Ich habe dich dabei beobachtet und es mir später angeschaut. Wer ist G?«

»Willst du jetzt andeuten, dass *ich* dich betrogen habe?« Paul hoffte, das Gespräch so in eine andere Richtung lenken zu können. Eine andere Frau war eine bessere Erklärung für seine wöchentlichen Besprechungen mit Glover als die Wahrheit.

»Niemand tut sowas, es sei denn, man hat etwas zu verbergen. Damals habe ich es abgeschüttelt, aber jetzt ...« Sie war fast außer Atem und presste sich die Hand an den Hals. »Jetzt ...«

»Nat, lass uns nach Hause gehen und reden. Bitte. Es wird kalt und wir sind beide müde.«

»Ich bin nicht müde.« Sie richtete sich auf. »Ich will wissen, warum du mir nachgegangen bist. Warum du Fragen zu Billie stellst. Warum du geheime Telefonate führst und seltsam verschlüsselte Nachrichten schreibst, und warum du nie was von dir erzählst. Du wechselst immer gleich das Thema, wenn ich was zu deiner Familie frage oder ...« Dann lösten sich ihre Worte in Tränen auf und Paul wurde mit einem flauen Gefühl im Magen klar, dass sie es wusste. Er hatte sie zu nah an sich herangelassen und schlechte Entscheidungen getroffen, und sie balancierten längst nicht mehr am Abgrund zwischen Wahrheit und Lüge. Sie rutschten bereits ab in die Schlucht.

»Ich liebe dich«, flüsterte er.

»Wer bist du?«

»Ich will dich beschützen.«

Sie schrie: »*Sag mir, wer du bist.*«

Er berührte sie, um sie zu beruhigen, doch sie schrie wieder und trommelte mit den Fäusten gegen seine Brust. Er packte sie an den Handgelenken und versuchte, sie festzuhalten. Sie wand sich heraus und er spürte das Brennen ihrer Haut unter seinem Griff.

Als er selbst einen Schritt zurückmachte, merkte er, dass er auch weinte.

»Du bist von der Polizei«, sagte sie.

Paul gab sich noch einen Moment geborgter Zeit, ehe er nickte.

Nathalie beugte ihren Oberkörper nach vorne und bedeckte ihr Gesicht mit den Händen. »O mein Gott.«

»Es tut mir leid. Es tut mir so leid. Bitte glaub mir, dass ich dir nie wehtun wollte.«

»Das heißt, dass alles ... die letzten drei Jahre ...« Sie vergrub ihre Finger in den Haaren, als wollte sie ihren Schädel davon abhalten zu explodieren.

»Ich habe nicht gegen dich ermittelt. Sondern gegen deinen Bruder und den Such-Fonds. Daniel hat sich unantastbar gemacht. Das war der einzige Weg ...«

»O Gott.« Wieder ihre Hände vorm Gesicht. »Du Bastard. Du *Bastard.*«

»Meine Gefühle für dich sind echt«, sagte er verzweifelt. »So, so echt.«

»Drei Jahre meines Lebens. All die Dinge, die wir ... die ich ...«

»Ich liebe dich. Ich verspreche dir, ich liebe dich.«

»Hör auf das zu *sagen*! Ich kann kein einziges Wort mehr glauben, das aus deinem Mund kommt.«

»Nat –« Doch sie hatte natürlich recht, deshalb hielt er sich zurück. Nichts, was er sagte, war noch glaubwürdig oder würde es je wieder sein. Er war zum Lügen ausgebildet worden und jetzt wusste sie das. Es war das Einzige, was sie über ihn wusste.

Plötzlich packte Nathalie ihn am Arm. Er wurde zum Nebengebäude geschleppt und stolperte überrascht hinter ihr her. Sie hämmerte gegen die Tür, dann warteten sie, bis sie sich knarzend öffnete und einen orangefarbenen Lichtschein raus in die Finsternis warf. Dort stand eine Frau mit dunkler, lockiger Mähne, sie hatte sich einen Schal aus Spitze um die

Schultern gelegt und trug ein schwarzes, mit Rosen besticktes Kleid.

»Nathalie?«, fragte sie, während ihre schwarzumrandeten Augen zu Paul wanderten. »Ist alles in Ordnung?«

»Sag ihm, wer du bist«, sagte Nathalie.

»Und wer ist *er*?«

Nathalie schnaubte ein humorloses Lachen heraus. »Gute Frage. Er ist mein fester Freund. Und er ist ein Fremder.« Beim letzten Wort brach ihre Stimme und der untypische sarkastische Tonfall löste sich wieder auf. »Er will wissen, wieso ich so oft hierherkomme.«

Falls die Frau verstört oder verwirrt war, ließ sie es sich nicht anmerken. Sie schaute von Nathalie zu Paul und ging dann einen Schritt zur Seite, sodass Paul den kerzenerleuchteten Raum hinter ihr sehen konnte. Er versuchte, alles in sich aufzunehmen: die dünnen Vorhänge, die Schüsseln voller schimmernder Kristalle, die Karten auf dem Tisch.

»Emilia ist eine Hellseherin«, sagte Nathalie. »Ich habe gehört, dass sie anderen geholfen hat. Ich musste irgendwas versuchen …«

»Ich verstehe nicht«, sagte Paul.

»Ich dachte, dass sie mir vielleicht sagen kann, wo Billie ist.« Nathalie fing wieder an zu schluchzen. »Weil es offensichtlich niemand sonst kann.«

Es war, als hätte ihm jemand kochendes Wasser ins Gesicht geschüttet. Nathalie hatte diese Frau mit ihren Karten und den Kristallen aufgesucht: Es war ein letzter kläglicher Versuch zu erfahren, was mit ihrer Tochter geschehen war. Paul war der Kriminelle, nicht sie. Er war der Lügner, der es verdient hatte, sich zu schämen.

Nachdem Emilia die Tür geschlossen hatte, schien Nathalie sich ausgeweint zu haben. Und dann war die Wut zurückgekehrt. Sie sagte, Pauls Verhalten wäre ekelhaft gewesen. Behauptete, ihn niemals wirklich geliebt zu haben – sie wäre bloß einsam gewesen, er hätte irgendjemand sein können. Aus ihr sprudelten Beleidigungen hervor, die darauf abzielten, ihn zu verletzen, und er ließ sie wüten, bis ihre Stimme heiser war.

Die letzten Worte, die sie jemals zu ihm sagte, waren: *Du wirst bereuen, was du getan hast.*

Das Letzte, was er von ihr sah, war, wie sie im Mondschein von ihm davonlief, mit wehenden Haaren und geballten Fäusten, als wäre sie bereit, sich zu wehren, sollte er versuchen, ihr folgen.

NEUNUNDVIERZIG

EMMA

Zeb sagte kein Wort, als Emma ihn hineinschubste. Er wirkte benommen wegen der veränderten Atmosphäre draußen auf der Straße, wegen der Polizei, der Presse, wegen all dem, von dem er in dem abgeschiedenen Haus seines Vaters nichts mitbekam. Selbst, als sie bereits in der Wohnung waren, antwortete er nur einsilbig auf Emmas Fragen und ihre durcheinandergewürfelten Informationen zu ihrer vermissten Nachbarin. Sie entschied sich zu ignorieren, dass er kein Gepäck dabeihatte. Ihr Sohn war sicher zurück zu Hause und alles würde gut werden.

Sie machte ihm eine Tasse Tee und hoffte, dass er ihn immer noch stark mit einem halben Löffel Zucker trank: Es fühlte sich zu schrecklich an nachzufragen.

»Wie konntest du, Mum?«

Der Löffel bebte in ihrer Hand. »Wie bitte?«

»Deine letzte Nachricht an mich! In der du Dad für alles Mögliche die Schuld gibst!«

Mit einem mulmigen Gefühl ließ sie den Löffel in die Tasse fallen. Auf dem Höhepunkt ihrer Panik, ausgelöst durch die letzte ekelhafte Lieferung, hatte sie Zeb eine verzweifelte

Nachricht geschrieben, eine Aneinanderreihung von Begründungen, warum er nach Hause kommen sollte. Und da hatte sie sogar noch alle Fragen ausgelassen, die sie ihm über Freya stellen musste. Nun stand Zeb vor ihr.

»Glaubst du ernsthaft, dass er rohe Eier durch den Briefschlitz geschoben hat? Und Hundescheiße?«

»Ich –«

»Warum zur Hölle sollte er das tun?«

Weil er offensichtlich wütend darüber ist, dass ich ihm nie etwas von dir erzählt habe. Und er weiß, wie er mich aus der Fassung bringen kann. Er hat es lange genug mit eigenen Augen beobachtet.

»Versuchst du wieder, mich davon abzuhalten, ihn zu treffen?«

»Nein –«

»Ich will ihn in meinem Leben haben, Mum! Er ist mein Vater! Die letzten paar Wochen waren so toll, weil ich ihn endlich kennenlernen konnte. Ich kann es echt nicht fassen, dass du mir das nie gegönnt hast.«

Er sah so ernst aus, dass es ihr das Herz brach. Ihr war nie wirklich klar gewesen – vielleicht wollte sie es sich auch nicht eingestehen –, wie sehr ihm ein Vater gefehlt hatte. Sie hatte geglaubt, dass sie genug wäre. Die Erkenntnis, dass sie das nicht war, schien Risse in jeden Teil ihres Lebens zu reißen. Das Alienmädchen konnte keinen Sohn großziehen, ein Geschäft führen, Pfauenfederohrringe tragen und ihre Verachtung für ihre Schulzeit ausdrücken. Wie dumm von ihr, zu denken, dass sie das konnte.

»Ist er nett zu dir gewesen?«, sie konnte es nicht lassen danach zu fragen.

Zeb starrte sie an, als hätte sie den Verstand verloren. »Natürlich! Ich weiß nicht, warum du ihn so sehr hasst. Er erzählt nur Gutes über dich.«

Emma wurde kalt. »Er hat über mich gesprochen?«

»Denkst du, wir tun so, als würde es dich nicht geben? Er sagt, er hätte gerne, dass ihr beide Freunde seid.«

Emma schreckte vor dieser Vorstellung zurück und Zeb musste die Reaktion in ihrem Gesicht gesehen haben.

»Ernsthaft, Mum, was ist dein Problem mit ihm?«

»Ich …« Jedes Mal, als sie zu einer Erklärung ansetzte, entzogen sich ihr die Worte wieder. Sie fürchtete, dass es wie belangloser Schulunsinn klingen würde anstatt wie die schlimmste Zeit ihres Lebens, die sie so beeinflusst und verändert hatte. »Ich vertraue ihm einfach nicht.«

»Du kennst ihn ja nicht mal!« Er tippte sich mit dem Finger auf die Brust. »*Ich* kenne ihn jetzt. Und *mir* vertraust du, oder?«

Bei seiner Frage zog sich etwas in ihr zusammen. Plötzlich fühlte es sich so an, als wäre das Schlimmste, dass sie diese Frage nicht länger mit: *Natürlich tue ich das. Immer. Bedingungslos.*

»Du kennst ihn erst seit ein paar Wochen«, sagte sie.

»Lange genug! Es fühlt sich an, als würde ich ihn schon mein ganzes Leben lang kennen. Nur, dass das nicht so ist. Dafür hast du ja gesorgt.«

»Wenn du ihn schon dein ganzes Leben kennen würdest, hättest du vielleicht nicht so eine hohe Meinung von ihm.«

»Denkst du nicht, dass Menschen sich ändern können?« Zeb erhob die Stimme. »Ein Fehler und man ist bei dir unten durch?«

»Das ist nicht fair.«

»In deiner Nachricht hast du geschrieben, dass du ihn bei der Polizei verpfeifst!«

»Na ja, ich hatte *Angst*!«

Als sie das in den Raum warf, wurde ihr klar, wie viel Wahrheit darin steckte. Die letzten paar Tage, ja, sogar die letzten paar Wochen, waren von Angst geprägt gewesen. Sie dachte an das Gespräch mit dem Polizisten, das sie abgebrochen hatte, weil sie Zeb entdeckt hatte, und fragte sich, ob sie es wohl fortsetzen würden. Ob sie das überhaupt wollte, nachdem sie gesehen hatte, wie wütend Zeb war.

Ihr Eingeständnis schien ihn jedoch zu beruhigen. Egal, wie wütend er war, es ermutigte sie, dass ihn die Vorstellung, sie hätte Angst, beunruhigte. Sie nutzte die Gelegenheit, um näher an ihn heranzutreten und über seinen Arm zu streichen. Er roch nicht länger nach seinem Sprühdeo, sondern wie ein Handwerker, nach Maschinenöl.

»Ich will nicht, dass wir uns streiten«, sagte Emma. »Vor allem, wenn man bedenkt, was unseren Nachbarn gerade passiert.« Sie beobachtete die Reaktion in seinem Gesicht, während sie das sagte. Wieder schmerzte es, dass sie das Bedürfnis dazu hatte. Er schaute zu Boden. »Du bist so wertvoll für mich, Zeb. Aber alles war so ... verstörend. Die Sachen aus dem Briefkasten. Die anonymen Anrufe –«

»Die Anrufe kamen von mir.«

Sie trat zurück. »Was?«

Zeb straffte die Schultern, doch seine Wangen wurden rot und er konnte ihr nicht in die Augen sehen. »Ich habe dich immer wieder angerufen.«

Ihr Herz klopfte heftig. »Und dann hast du ... aufgelegt?«

Er presste sich die Faust gegen seinen Adamsapfel und rieb über die stoppelige Haut.

»Ich wollte nur reden«, sagte er schroff.

»Du kannst immer mit mir reden, Zeb.«

»Nicht über Dad. Wir konnten noch nie über ihn reden. Nicht mal über die Sache mit Freya. Es hat mich beschäftigt, aber ...« Jetzt rieb er heftiger, diesmal über sein Kinn.

Emma ertappte sich dabei, wie sie auf das Festnetztelefon schaute. Sie hatte Gänsehaut bei der Erinnerung an die Male, als es geklingelt hatte. Spät nachts. Früh am Morgen. Leises Atmen in der Leitung. »Ich verstehe das nicht«, sagte sie.

»Ich habe es jedes Mal in mich hineingefressen. Ich habe die Zähne nicht auseinanderbekommen. Also habe ich immer einen Moment lang abgewartet und gehofft, dass ich mich zusammenreiße. Dann habe ich Panik wegen der Stille bekommen und aufgelegt.«

»Aber …«, sie hatte Mühe, es zu begreifen, »… die Nummer war immer unterdrückt.«

»Muss die Einstellung in Dads Telefon sein. Es gibt so gut wie kein Handysignal da draußen, deshalb benutze ich meistens das Festnetz in seinem Büro. Ich wollte nicht über Skype mit dir reden – das ist zu seltsam. Ich wollte dir keine Angst machen oder so.«

Emma zog ihre Haare zurück und strich sie mit ihren Händen glatt. Sie versuchte, ruhig zu bleiben und nicht zu schreien: *Tja, du hast mir aber Angst eingejagt. Ich habe kaum geschlafen, um Gottes Willen.*

Gilbert war aufgewacht. Emma sah, wie Zeb über die Schnüffelgeräusche aus dem Wandschrank die Stirn runzelte. Er versuchte zu begreifen, was die Geräusche auslöste. Er hatte Emmas traurigen Versuch, die Wohnung zu beleben, damit sie sich nicht mehr so leer anfühlte, noch gar nicht kennengelernt. Wahrscheinlich dachte er, sie hätte sich ein Rattenproblem zugezogen.

»Und was ist mit dem anderen Zeug?«, fragte sie.

Er atmete durch die Nasenlöcher aus.

»Ich habe keine Ahnung. Ich bin nur sicher, dass es nicht Dad war. Er würde sowas nicht tun. Bitte, kannst du deinen Feldzug gegen ihn stoppen?«

Sie umklammerte seine Hand. »Ich habe immer nur versucht, dich zu beschützen.« Noch während sie das sagte, fragte sie sich, wieviel Wahrheit tatsächlich darin steckte. Hatte sie Zeb oder doch nur sich selbst beschützt? Sie konnte nicht anders, als wieder an Steph zu denken: Wen schützte *sie* mit ihren Geheimnissen?

Zeb ließ sie einen Moment lang seine Hand halten und schaute zu ihr herunter. Er war so groß und erwachsen, doch trotzdem hatte ihn diese starke, jugendliche Angst noch immer im Griff. Dann löste er seinen Arm und wandte sich zur Tür.

»Du gehst doch nicht?«, fragte sie erschrocken.

Er hatte bereits den Kopf eingezogen, als wäre er auf die Blitzlichter der Kameras vorbereitet. »Ich habe gesagt, was ich sagen musste.«

»Warte, Zeb! Ich muss dich noch etwas fragen!«

Er hielt inne und drehte sich um. Er zog die Ärmel seines Kapuzenpullovers um seine Daumen, eine Angewohnheit, die er seit seiner Kindheit hatte.

»Hast du dich öfter als einmal mit Freya getroffen?«

Seine Augenbrauen senkten sich, während er ihre Frage sacken ließ. Dann zuckte er mit den Achseln und ließ die Ärmel los, zog den Saum seines Pullovers gerade. »Um ehrlich zu sein, ja.«

Emma atmete langsam ein und aus.

»Wir sind sowas wie Kumpels geworden. Haben uns manchmal getroffen. War keine große Sache.« Seine Stimme stockte leicht und er schaute an die Decke.

»Warum hast du gesagt, dass du nur diesen einen Abend mit ihr verbracht hast?«

Noch ein Achselzucken. »Ich wollte es nicht zu kompliziert machen, glaube ich. Ich habe nicht gedacht, dass es von Bedeutung ist. Ich habe dir alles gesagt, was wichtig ist, was helfen könnte ...« Sie sah, wie er sichtbar schluckte. Sie wollte wieder näher an ihn herantreten, wagte es jedoch nicht. Das war alles, was sie tun konnte, um ihre Stimme ruhig zu halten.

»Also weißt du nicht mehr, als du gesagt hast?«

»Nein, natürlich nicht! Warum bist du so *misstrauisch*?«

»Ich frage nur.«

»Erst gegen Dad und jetzt geht es gegen mich!«

Plötzlich spürte Emma, wie sie ausrastete. Wann würde er damit aufhören, sie zu verteufeln und Robin anzuhimmeln, auf Kosten von allem anderen?

»Du gehst *nicht* zurück zu deinem Vater«, sagte sie. »Du bleibst hier und wirst der Polizei helfen.«

»Nein, werde ich nicht.« Er wandte sich erneut zum Gehen. »Ich habe getan, was ich kann. Ich gehe jetzt nach Hause.«

»Das hier ist dein Zuhause.« Sie hastete nach vorne und griff nach seinem Arm. »Ich habe die Nase voll, Zeb!«

Er schüttelte sie ab. Als sie flüchtig in sein Gesicht blickte, sah sie, dass er kurz davor war zu weinen.

»Zeb –«

Er stürzte aus der Wohnung. Erst lief Emma ihm nach, hielt jedoch im Flur wieder an, weil sie sich vorstellte, wie die Kameras ihren Streit festhalten würden – und wie Steph vielleicht aus ihrer Wohnung herunterschaute. Mit zitternden Beinen stellte Emma sich die Fragen vor, die folgen würden.

Also schaute sie aus ihrem Wohnzimmerfenster, wie sie es in letzter Zeit so oft getan hatte. Dieses Mal jedoch beobachtete sie ihren Sohn dabei, wie er sich seinen Weg durch die Journalistenmeute bahnte, vor den Freya-Postern zum Stehen kam und dann noch einmal zum Haus zurückblickte, ehe er verschwunden war.

FÜNFZIG

CHRIS

Auf dem Foto war ein Verlobungsring zu sehen, der wie ein Schatz aus den Trümmern eines Erdbebens herausstach. Nur waren die Trümmer auf dem Foto auf gewisse Weise ebenfalls Schätze, die Schätze aus dem Leben anderer Menschen: Schlüssel an einem Schlüsselbund in Delfinform, ein Manschettenknopf in Form eines Violinschlüssels, ein rotes Brillenetui von Prada. Und das silberne Tablettendöschen, das an jenem Tag als Erstes aus dem Handschuhfach in Freyas Schoß gefallen war.

Was sollen die ganzen Sachen hier drin?, hatte sie gefragt. Chris war erstarrt und hatte dabei zugesehen, wie sie das Fach durchsuchte.

Er hatte sich gerade eine Ausrede einfallen lassen – sie hatten zu Hause aussortiert, er wollte die Sachen zu einem Wohltätigkeitsladen bringen –, als sie die Tablettendose erkannte. Sie gehörte Jess' Cousine, die Chris ebenfalls unterrichtete. Anscheinend hatte sie sie letztens verloren und bei all ihren Freunden herumgefragt, ob jemand sie gesehen hatte, weil es ein Geschenk zur Taufe gewesen war, das sie seit ihrer Kindheit hatte. Chris konnte sehen, wie Freya die Verbindungen herstellte, seine Panik erkannte und begriff, dass sie sein seltsam intimes Beuteversteck entdeckt hatte.

Jetzt vermied Chris den fassungslosen Blick seiner Anwältin und die erwartungsvollen Augen der Detectives. Er starrte hinunter auf seine Hände auf dem Schreibtisch. Seine Venen schienen blauer als normal, als würde seine Haut in der Zeit, die er hier saß, immer dünner werden.

»Freya hat seit Dezember keine Fahrstunde mehr bezahlt«, sagte er.

Fords Augen wurden schmal. Johnsons Finger zuckte, als wäre er bereit, Chris Handschellen anzulegen.

»Warum?«, fragte Ford.

Chris sagte einen Moment lang gar nichts. Ihre simple Frage stand in der Luft.

»Sind Sie – oder waren Sie – in einer Beziehung mit ihr?«

»Nein.«

»Warum hat sie Sie dann nicht bezahlt?«

Chris schluckte. »Sie ... Na ja, ich schätze, man könnte es Erpressung nennen.«

»Sie hat *Sie* erpresst?«

Der Hohn in Johnsons Stimme ließ Chris erstarren. *Ein erwachsener Mann lässt sich von einer Siebzehnjährigen erpressen?* Chris' Blick blieb auf Ford geheftet: Sie mochte ihn offensichtlich nicht, aber immerhin lachte sie ihn nicht hinter vorgehaltener Hand aus.

»Sie hatte etwas gegen mich in der Hand«, sagte Chris und betete, dass sie ihm irgendwie ersparen würden, ins Detail zu gehen. »Sie hat damit gedroht, mich zu verpfeifen, es sei denn, ich lasse sie das Unterrichtsgeld behalten. Sie hat gesagt, sie braucht es, um sich ein eigenes Auto zu kaufen. Ich war eigentlich sicher, dass ihre Eltern ihr eins kaufen würden, aber sie hatte es damit so eilig.«

»Glauben Sie, dass sie damit irgendwohin wollte? Hat sie jemals einen Ausflug erwähnt oder den Plan, abzuhauen?«

Er schüttelte den Kopf.

»Denken Sie, dass das Geld für etwas anderes bestimmt war?«

Chris zuckte mit den Schultern. »Ich weiß nur, dass sie alles getan hat, um an Geld zu kommen.«

Er dachte an die beiläufigen Kommentare, die sie eingestreut hatte, wenn sie durch die Straßen gefahren waren. Sie hatte gesagt, sie könnte ihn ruinieren. Sie hatte gefaltete Zettel auf seiner Windschutzscheibe hinterlassen. *In letzter Zeit was Schönes mitgenommen? ... Habe immer noch die Fotos.* Manchmal hatte sie sich benommen, als wäre sie Teil einer Bürgerwehr, die der Öffentlichkeit einen Dienst erwies, indem sie ihn in Schach hielt. Doch in Wirklichkeit war sie nur ein Kind, das über das Geheimnis eines Erwachsenen gestolpert war und erkannt hatte, dass es dies als Waffe benutzen konnte.

Bis zu dem Tag, an dem sie das Handschuhfach geöffnet hatte und ihr der Inhalt in den Schoß gefallen war, hatte er sie eigentlich gemocht, trotz ihrer Überheblichkeit auf dem Fahrersitz, trotz seines angeborenen Misstrauens gegenüber aalglatten Menschen. Sie hatte Ecken und Kanten, ja: Sie war auf der einen Seite weder bescheiden noch engstirnig, auf der anderen Seite witzig und interessant. Vielleicht hatte sich die Veränderung bereits angebahnt, *bevor* sie diese Entdeckung über ihn gemacht hatte. Er erinnerte sich an ihre abgelenkte Mürrischkeit, die sich im Laufe mehrerer Wochen entwickelt hatte. Dann, nachdem sie die Gegenstände durchgesehen hatte, schien sie verstanden zu haben, dass sie dieses Wissen in Macht verwandeln konnte.

Chris warf einen Blick auf Fords iPad. Sein Blick blieb an der Tablettendose hängen. Freya hatte es geschafft, diesen einen Gegenstand aus dem Auto zu schmuggeln. Sie hatte es ihr Druckmittel genannt.

»Was haben diese Dinge für eine Bedeutung für Sie?«, fragte Ford.

Ms Beaumont drehte ihren Oberkörper zu Chris, als wäre ihre Taille festgeschraubt. »Chris, wir müssen uns unterhalten, bevor Sie weitere Fragen beantworten.«

»Sagen Sie uns einfach, weshalb Freya dieses Foto gemacht hat«, sagte Ford und ignorierte seine Anwältin. »Weshalb sie Sie erpresst hat. Weshalb sind Sie am Tag ihres Verschwindens mit ihr aus Kingston rausgefahren?«

Chris spürte eine Welle puren Erschreckens. Würde er tatsächlich dafür belangt werden? Ms Beaumont versuchte noch einmal, ihn zu überzeugen, sich von ihr beraten zu lassen, doch Chris wollte die Sache einfach nur hinter sich bringen. Er konnte bloß hoffen, dass sie sein Geständnis nicht mit einem Motiv dafür gleichsetzen würden, Freya etwas anzutun.

»Ich stehle Sachen«, sagte er leidenschaftslos. »Ich klaue kleine Dinge von meinen Schülerinnen und Schülern, wann immer ich kann.«

Johnson grinste wieder. Chris hatte sich noch nie so erbärmlich gefühlt. Ford krempelte sich die Ärmel hoch. »Verkaufen Sie sie? Läuft das Geschäft nicht?«

Hiernach bestimmt nicht mehr. Vielleicht war es verrückt, jetzt über seinen Lebensunterhalt nachzudenken, obwohl er kurz davorstand, für ein Verbrechen angeklagt zu werden. Aber er konnte nicht anders, als sich sein zukünftiges Leben vorzustellen, selbst wenn er das hier überstand.

»Es geht nicht ums Geld«, sagte er. »Ich glaube, es ist eine Art Zwang. Ich hätte gerne ein Stück ihres Lebens.«

Die Detectives starrten ihn beide an. Sie verstanden es nicht, und davon war er auch nicht ausgegangen. Sie mussten es auch wirklich nicht verstehen. Sie mussten ihm nur glauben.

»Also … haben Sie ihre Kunden bestohlen und Freya hat es herausgefunden?«

Er nickte widerwillig. »Sie hat gedroht, es zu erzählen, wenn ich ihr nicht die Zahlungen für ihre Stunden erlasse. Es war ein kleiner Preis dafür, dass ich mein Geschäft und meinen Ruf behalten konnte.«

»Aber Sie hatten schnell die Nase voll«, sagte Ford mit eiskalter Stimme. »Erpresst zu werden von einer Jugendlichen hat Sie einfach zu sehr geärgert. Vielleicht wollte Freya mehr Geld haben, hat ihnen mehr und mehr gedroht.«

»Das ist nicht –«

»Was ist am 15. März passiert?«

Chris stellte sich vor, in einen langen Tunnel hineinzuschauen, mit jenem Nachmittag am Ende. Er hatte *in der Tat* die Nase voll gehabt. Und er war nervös gewesen. Seine Stunden mit Freya mussten bald ein Ende haben: Sie konnte sie nicht ewig hinauszögern, und was sollte sie dann davon abhalten, den Leuten sein »kleines Geheimnis« zu erzählen? Für alle anderen war es Klatsch und Tratsch, doch ihn konnte es zerstören. Schlimmer: Es konnte Vicky zerstören, und das konnte er nicht zulassen, wo sie sich doch so abgemüht hatte, etwas aus ihrem Leben zu machen.

Chris hob sein Kinn. »Ich habe ihr gesagt, dass ich ihr nicht länger Geld geben kann. Und dass sie mir versprechen muss, dass sie nichts von meiner … Angewohnheit ausplaudern würde.«

»Haben Sie ihr gedroht?«

»Nein. Aber wir haben gestritten. Die Wut war nur so aus ihr herausgeplatzt und, um ehrlich zu sein, war ich nicht sicher, ob sie nur mir allein gegolten hat.«

»Was meinen Sie damit?«

»Nach einer Weile hat es sich so angefühlt, als würde sie nur noch Dampf ablassen. Es schien sich nicht mehr ums Geld zu drehen oder um meine Diebstähle. Sie schien wütend auf ihr Leben im Allgemeinen zu sein. Sie ist unberechenbar gefahren, hat meine Anweisungen nicht befolgt … Deshalb sind wir auch in die falsche Richtung gefahren, als wir eigentlich zu ihrer

Schule zurückfahren sollten. Ich konnte sie schließlich überreden, mich ans Steuer zu lassen.«

»Haben Sie versucht, sie davon abzuhalten, eine Szene zu machen?«

»Ich habe versucht, sie zu beruhigen.«

Ford lehnte sich nach vorne. »Wie?«

»Nicht mit Gewalt.«

»Sind Sie sich da sicher?«

»*Ja*.«

»Was ist dann passiert, nachdem Sie Plätze getauscht haben?«

»Sie ist ausgestiegen.«

Ford blinzelte nicht. »Wo war das?«

»Portsmouth Road. In Richtung Fluss. Ich habe versucht, ihr nachzurufen, aber sie ist weggerannt. Ich habe angenommen, dass sie allein zur Schule zurückgehen würde. Ich …« Seine Worte blieben ihm im Hals stecken. »Ich hätte niemals gedacht, dass das das Letzte sein würde, was ich von ihr sehe.«

»Warum sind Sie damit nicht früher rausgerückt?« In Fords Gesicht lag Groll, doch Chris konnte nicht erkennen, ob sie ihm glaubte und wütend darüber war, dass er Informationen zurückgehalten hatte, oder ob sie ihn noch immer als Hauptverdächtigen einstufte. Johnson gab sich keine Mühe, seine Verachtung zu verbergen. Ms Beaumont war augenscheinlich vom Gespräch ausgeschlossen worden und wütete im Stillen.

»Weil ich dann die Diebstähle hätte zugeben müssen«, sagte Chris. »Und ich wusste, dass es schlecht für mich aussehen würde – ich habe Freya als Letzter gesehen, sie hat mich erpresst, wir haben gestritten …«

Ford fuhr mit den Fingerspitzen über die dunkle Oberfläche des iPads. »Sie haben recht«, sagte sie. »Es sieht tatsächlich schlecht für Sie aus.«

EINUNDFÜNFZIG

PAUL

»Ich sollte wieder reingehen«, sagte Paul zu Yvette, als ein kalter Wind durch das Krankenhausparkhaus fegte. Er spürte, wie er unter der Last zu vieler Erinnerungen schwankte. »Geh nach Hause.«

Sogar als er Nathalie wieder in seinen Kopf ließ und sie erneut greifbar wurde, hielten Steph und Freya ihn fest und riefen ihn zurück nach London. Er konnte Nathalie nicht einmal die zweifelhafte Ehre zukommen lassen, die Liebe seines Lebens gewesen zu sein. Sie war eine Wunde am Rande seines Herzens, während seine Frau und seine Tochter den Rest einnahmen. Das würde immer so bleiben. Er wünschte sich mehr als alles andere, ihnen das noch einmal sagen zu können.

Wenn Daniel sich Freya nicht geholt hatte, wer dann? In Pauls Kopf waren die Fehler der Vergangenheit und die Krise der Gegenwart inzwischen eng miteinander verwoben. Doch er musste sich der Möglichkeit stellen: War diese Reise in sein früheres Leben vielleicht nichts als eine niederschmetternde Zeitverschwendung gewesen?

Yvette hakte sich bei ihm unter und riskierte es, dabei gesehen zu werden, wie sie ihn zurück durchs Parkhaus begleitete. Auf dem Krankenhausgelände herrschte der abendliche Besucherandrang und von den oberen Stationen wehte der Geruch von Großküchenessen herunter.

Pauls Blick wurde von einem schwarzen Auto angezogen, das am Eingang zu seinem Trakt parkte. Irgendetwas an den verspiegelten Fenstern erweckte seine Instinkte, gerade, als er dachte, sie hätten ihn wieder verlassen. Es überraschte ihn kaum, als sich die Tür öffnete und Tom Glover ausstieg.

»Hallo, ihr beiden.« Er begrüßte sie mit ausdruckslosem Gesicht. »*Yvette.* Schön, dich hier zu sehen.« Er warf ihr einen versteinerten, bedeutungsschwangeren Blick zu. »Stört es dich, wenn ich mir Paul ausleihe?«

Yvette sah Paul an. In ihren Augen flammte Besorgnis auf, doch er nickte ihr kurz zu.

»DS Nicholls kann dich zurück zur Arbeit fahren«, sagte Glover spitz und gestikulierte in Richtung des Autos.

»Nein«, sagte Yvette. »Ist schon in Ordnung.«

Sie warf Paul einen letzten Blick zu, bevor sie seinen Arm freigab und davonging.

Paul wollte nicht mit Glover in das Auto einsteigen. Stattdessen drehten sie langsame Runden um das Krankenhausgelände, vorbei an Rauchern in Rollstühlen und Patienten, die ihren Tropf mit sich herumschleppten. Pauls ehemaliger Chef gab vor, gekommen zu sein, um sich nach seinem Wohlbefinden zu erkundigen, doch offensichtlich hatte Glover noch andere Absichten.

»Warum spuckst du es nicht einfach aus, Tom?«

Etwas Verworrenes huschte über Glovers Gesicht. Er starrte ein Taubenpärchen an, das einen Weg auf das Gelände gefunden hatte und auf der Bushaltestelle des Krankenhaus-shuttles nistete.

»Ich habe alles mit der Polizei von Nottinghamshire geklärt. Es ist nie passiert. Du bist nie dort gewesen.«

Paul starrte ihn an. Er wusste nicht, weshalb er so geschockt war. Glover hatte ein Händchen dafür, Dinge aus seiner Akte verschwinden zu lassen. Paul sollte erleichtert sein, das wusste er. Doch es fühlte sich wie eine weitere Tat an, für die er nicht zur Rechenschaft gezogen werden würde und die ihn eines Tages einholen würde.

»Was zum Teufel hast du da gespielt?«, fragte Glover.

»Woher wusstest du, dass ich dort war?«, schoss Paul zurück.

»Glaubst du, ich behalte Sanderson gerade jetzt nicht im Auge? Und glaubst du, ich hätte nicht damit gerechnet, dass du dich auf eine dämliche Mission begibst? Ich hätte allerdings nicht gedacht, dass du so dumm wärst, in sein Haus einzubrechen und ihn *niederzustechen* … Wenn ich eine Stunde früher dagewesen wäre, hätte ich das alles verhindern können.«

»Du hättest mir helfen sollen, als ich das erste Mal zu dir gekommen bin.«

»Um Gottes Willen, Paul! Du weißt, dass wir keine Aufmerksamkeit auf dieses Scheißdisaster von Fall ziehen können. Jetzt werden wir uns Sandersons Schweigen nochmal erkaufen müssen –«

Pauls Kopf schnellte nach oben. »Er lebt?«

»Nun, ja. Er erholt sich.« Glover wandte seinen Kopf ruckartig in Richtung des Krankenhauses. »Er wird sich von jetzt an von dir fernhalten. Und du hältst dich von ihm fern. *Keine Ausnahmen.*«

Daniel hatte überlebt. Paul blinzelte langsam und nahm die Information auf. Sein Hals entkrampfte sich, als hätte jemand gerade von seiner Kehle abgelassen.

»Es ist wichtig, dass wir das für uns behalten«, sagte Glover weiter. »Wenn die Öffentlichkeit jemals herausfindet, dass wir einen Undercover-Ermittler geschickt haben, um diese Familie zu infiltrieren, oder dass Nathalie Sanderson gestorben ist, weil sie von diesem Ermittler verführt wurde, werden Köpfe *rollen*. Es wird eine riesige Untersuchung geben. Die Leute werden empört sein.«

»Das ist mit mittlerweile egal!« Pauls Schreien zog die Blicke eines vorbeigehenden Pförtners auf sie.

Glover blieb stehen, packte Paul und drehte ihn zu sich, damit er ihm ins Gesicht sah. Er trug nach all den Jahren immer noch das gleiche scharfe Aftershave mit der bitteren Anisnote. »Ich denke auch an die Komplikationen für dich, Paul. Ich nehme an, Steph weiß noch immer nichts von Nathalie?«

»Nein.« Paul spürte, wie er aufgeben wollte, doch dann glühte ein Funken Trotz in ihm auf. »Aber vielleicht wird es Zeit, alles ans Licht zu bringen.«

Glovers mitleidige Maske löste sich auf. Paul erinnerte sich an diesen Wechsel an jenem Tag, an dem Glover ihm von Nathalies Tod berichtet hatte. Diese Verwandlung vom ehrwürdigen Überbringer schlechter Nachrichten zum hartgesottenen Hüter polizeilichen Ansehens. Paul hatte zu dieser Zeit in einem Safehouse gewohnt. Nachdem Nathalie die Wahrheit herausgefunden hatte und damit zu ihrem Bruder gerannt war, hatte Paul Glover angerufen. Dieser hatte ein Verstärkungsteam geschickt, um ihn rauszuholen. Man hatte ihn versteckt gehalten, während die Dinge wieder unter Kontrolle gebracht wurden. Er erinnerte sich noch immer an den Geruch des Gipsstaubs, an die harte Matratze und an die Endlosigkeit seiner Gedanken, die nur von Glovers Besuchen unterbrochen worden waren. Daniel hatte sich einen Anwalt genommen und gedroht, die Polizei zu verklagen. Außerdem hatte es »Bedenken« in höheren Positionen darüber gegeben, wie Paul mit der Operation umgegangen war. Bedenken über seine unmoralische sexuelle Beziehung mit der Schwester des Verdächtigen.

Ein paar Tage später war Glover zum Safehouse gekommen und hatte Paul nicht in die Augen sehen können. Paul war davon ausgegangen, dass Glover ihm das Ende seiner Karriere verkünden würde, was er sich bereits ausgemalt hatte. Vielleicht würde er Paul sogar mitteilen, dass er zu seiner eigenen Sicherheit eine neue Identität bekommen würde und an einen Ort ziehen würde, an dem Daniel ihn nicht finden konnte.

Doch Glover erzählte ihm, dass Nathalie zurück in die Wälder gegangen war, in denen man ihre Tochter zum letzten Mal gesehen hatte. Dort hatte sie ihrer beider Schande vergrößert, indem sie sich tief im Wald erhängt hatte. Nachdem er diese Nachricht überbracht hatte, wirkte Glover erleichtert, als hätte er endlich alle Unannehmlichkeiten aus dem Weg geräumt. Dann fing er mit seinem Plan zur »Schadensbegrenzung« an. Er sagte, das alles könnte sich leicht zu einem Skandal hochschaukeln. Er sprach davon, dass Daniel wütend wäre, ausrastete, und dass er mit den »Fehleinschätzungen«, die seine Schwester das Leben gekostet hatten, ohne Zweifel an die Öffentlichkeit gehen würde, wenn sie ihn nicht großzügig auszahlten.

Paul starrte seinen Vorgesetzten an und fragte sich, in was für einen Mann er sein Vertrauen gesetzt hatte. Er stellte sich vor, dass Nathalie das Gleiche gedacht hatte, als sie Paul angesehen hatte und ihr klargeworden war, dass er ein Fremder, ein Schwindler, ein Mensch mit einem hinterlistigen Plan war. Er begriff nicht sofort, dass sie tot war. Die Schuldgefühle würden später kommen, ihn lähmen und verändern, doch in jenem Moment fühlte er nur Abscheu für den Mann vor sich.

Abscheu, die jetzt wieder hochkam.

»Ich glaube, du meinst das nicht so, Paul«, sagte Glover. »Ich glaube, du willst genauso wenig wie ich, dass die Wahrheit ans Licht kommt.«

Der Subtext des Gesagten war heute so klar wie damals auch: *Und ich habe die Macht, dafür zu sorgen.*

Doch Paul hatte selbst eine neue Art der Macht. Die unglückliche Macht von jemandem, der kaum noch etwas zu verlieren hat.

Glover rückte mit strengen Augen seinen Kragen zurecht. »Es hätte alles einfacher gemacht, hättest du Sanderson verbluten lassen.«

Paul trat an ihn heran und schloss die Lücke zwischen ihnen. »Das hätte dir so gefallen. Wie bequem, wieder ein Tod auf dem Gewissen eines anderen.«

Er ging davon und unterdrückte sein Hinken, bis die automatischen Krankenhaustüren sich hinter ihm leise geschlossen hatten.

In den Fluren war es voll geworden. Er nahm das Gedränge der Ellbogen und Taschen anderer Leute persönlich, als stießen sie absichtlich gegen ihn. Paul konnte sich kaum zurückhalten, er streckte die Arme aus und schubste die unschuldigen Fremden aus dem Weg. Ein emotionaler Aufschrei drohte aus ihm herauszubrechen und in seinen Gedanken nahm ein Geständnis Form an, eine Art Stellungnahme zu Daniel und Nathalie und Billie und allem.

Gerade, als er die Aufzüge erreicht hatte, griff jemand nach seinem Handgelenk. In einer instinktiven Selbstverteidigungsbewegung verdrehte er seinen Arm, erkannte jedoch im selben Moment, wer ihn da gepackt hatte. Yvette hielt ihn fest und sah ihn entschuldigend, aber entschlossen an.

»Yvette? Geht es dir gut?«

Sie zog ihn aus dem Menschenstrom zur Seite. »Was hat Glover gesagt?«

»Er will, dass ich die Klappe halte. Keinen Ärger mache. Und er hat mir gesagt, dass Daniel am Leben ist.«

»Das hat er?« Yvette rieb die Lippen aufeinander. »Jesus.« Sie wirkte zittrig und blass, ihre Augen glasig.

»Yvette? Was ist?«

Sie drehte ihren Kopf und starrte in sein Gesicht. Ihre Finger krallten sich in seine Handgelenke. »Ich muss dir etwas sagen, Paul.«

ZWEIUNDFÜNFZIG

KATE

Fünfundzwanzig Jahre zuvor

Ich befinde mich in einem Befragungszimmer. Mir gegenüber sitzen die beiden Polizisten. Sie haben die Hände um riesige weiße Kaffeebecher mit braunen Tropfen an den Seiten gelegt. Einer der beiden hat sehr grobe haarige Finger, der andere kippelt auf seinem Stuhl herum – wäre meine Geschichtslehrerin hier, würde sie ihn anschnauzen, das sein zu lassen.

Neben mir sitzt eine Sozialarbeiterin, die sie eine »angemessene Erwachsene« nennen. Offenbar muss sie bei meiner Befragung anwesend sein, weil ich unter achtzehn bin. Ich weiß nicht, was an ihr so angemessen sein soll – ihre grauen Haare, ihre Bluse mit den Blumen drauf? – oder wie eine unangemessene Erwachsene im Vergleich dazu aussehen soll.

Als die Befragung losgeht, sehe ich neben mir eine gespenstische Doppelgängerin von mir schweben. Die Doppelgängerin sagt die Wahrheit. Jeder Teil ihres Geständnisses macht sie leichter, sodass sie in die Luft schwebt, höher und höher, wie die Szene in *Mary Poppins*, die ich früher geliebt habe, in der der alte Mann an die Decke schwebt.

Nur, dass mein echtes Ich wie angewurzelt und mit schrecklicher Angst auf dem Stuhl sitzen bleibt. Ich streite alles ab. Bevor wir in unterschiedliche Räume geführt wurden, haben Beccas runde Augen mich ziemlich sicher darum angefleht. Die Polizisten fragen mich, ob ich weiß, welche Tabletten Becca zu jener Zeit genommen hat, und es scheint am wenigsten gefährlich, zu sagen, dass ich nicht sicher bin. Sie wollen wissen, ob Becca Nick gemocht hat. »Sie fand ihn in Ordnung«, sage ich ihnen. »Sie hat ihn nicht so gut gekannt.«

Dann wollen sie nochmal alles über Freitagnacht hören.

»Ich bin losgegangen, um mich mit Mum bei Costcutter zu treffen.«

»Um wie viel Uhr war das?«

»Ähm ... wahrscheinlich gegen fünf?«

»Kann jemand bestätigen, dass Sie zu diesem Zeitpunkt nicht zu Hause waren? Jemand anderes als Ihre Mutter?«

Ich habe Mühe, die Bedeutung ihrer Fragen zu begreifen. Ich will so nah wie möglich an der Wahrheit bleiben – abgesehen, von den Worten, die mein Geisterzwilling lautlos mit dem Mund formt.

»Linda. Wir haben unsere Nachbarin Linda Clarke auf dem Weg nach Hause getroffen.«

Die Polizisten notieren sich meine Antwort und verschwinden dann ohne Erklärung aus dem Raum. Mrs Angemessen bietet mir ein ermutigendes Lächeln an, doch mir schmerzen die Augen von den pinken Blumen auf ihrer Bluse.

Schließlich kehren die Polizisten zurück. »Vielen Dank, Miss Thomas. Sie können jetzt gehen.«

Wirklich? Ich kann gehen? Was hat das zu bedeuten? Was passiert als Nächstes?

Mrs Angemessen steht auf. »Ich bringe dich zurück zum Empfang, Kate.«

Mum wartet auf mich. Sie sieht klein aus, wie sie da zusammengesunken auf dem schwarzen Plastikstuhl vor der großen weißen Wand sitzt. Sie wurde direkt vor mir befragt, von denselben Polizisten, und wir durften zwischendurch nicht miteinander sprechen. Sie wirft mir einen prüfenden Blick zu, als ich näherkomme.

»Ich darf nach Hause gehen«, sage ich.

»Gut ... das ist gut.« Sie tätschelt meine Schulter, doch ihr angsterfülltes Stirnrunzeln bleibt an Ort und Stelle. »Lass uns von hier verschwinden.« Sie steht auf und schaut sich um. Ich muss an meinen Besuch hier vor fast zwei Monaten denken. Zum Glück scheint mich niemand von damals wiederzuerkennen.

»Was ist mit Becca und Tante Rach?«, frage ich.

Wie aufs Stichwort hören wir Tante Rachs Stimme. Wir drehen uns beide und sehen sie am anderen Ende des Empfangstresens, wo sie sich zu der Frau hinter dem Bildschirm beugt. Ihre Worte sind deutlich: »Ich will meine Tochter sehen.«

»Was ist los?«, frage ich Mum.

»Ich weiß es nicht, Liebes.« Mum geht weiter und ich schlurfe neben ihr her.

Als wir uns nähern, blickt Tante Rach zu uns auf. Ihr Gesicht ist rot und glänzt wie eine glasierte Kirsche.

»Sie behalten Becca hier«, sagt sie. »Ich glaube, sie braucht einen Anwalt.«

Alles verschwimmt. Alles, was ich sehen kann, ist ein verschwommenes Licht, auf dem die Negative von meiner Tante und Mum prangen.

Mum und ich gehen nach Hause, während Tante Rach auf der Polizeistation bleibt. Als wir in die Wohnung kommen, wird mir schlagartig eiskalt und ich kann nicht aufhören zu zittern. Mum bringt mich ins Bett, macht mir einen heißen Früchtetee und legt mir die Hand auf die Stirn, als wäre ich erkältet. Ich merke, wie sie etwas sagen will, bleibt dann aber still, ihre Hand wie eine schwere Decke auf meiner Haut. Als ich die Zimmertür über den unebenen Teppichboden schleifen höre, als sie sie hinter sich zuzieht, bin ich schon fast eingeschlafen.

Irgendwann in der Nacht werde ich von einem gezischelten Streitgespräch wach. Ich versuche, aus den Tiefen meines Schlafs aufzutauchen und mich aus dem Netz aus Albträumen zu befreien. Ich höre die Stimmen von Tante Rach und Mum … aber nicht Beccas.

Mum sagt: *Nur Ärger, seit sie hier ist …*

Und dann … *Pillen. Es waren Beccas Pillen und sie haben ihn umgebracht.*

Ich werde wieder vom Schlaf in die Tiefe gezogen. Als ich das nächste Mal die Augen öffne, ist da wieder undurchdringliche Stille. Dort, wo Beccas Schlafsack liegen sollte, ist eine große Fläche Teppich zu sehen. Ich schleppe mich aus dem Bett und stelle fest, dass auch Tante Rach weg ist. Ihre und Beccas Sachen sind ebenfalls verschwunden.

Die Nachricht erreicht mich ein paar Tage später. Die Zeit ist mittlerweile dehnbar geworden, ein Gummiband, das immer wieder droht, von dem Zeitpunkt, als ich die Pillen in das Bier und die Eier gemischt habe, zurückzuschnappen. Mum und ich reden kaum miteinander. Ich erwische sie oft dabei, wie sie mich mit fragendem Blick von der Seite ansieht. Sie ist genauso bleich und müde wie vor Nicks Tod und sie nimmt rasant ab.

Als ich im Bad bin, klingelt das Festnetztelefon. Ich höre, wie Mums Schritte sich darauf zu bewegen und den Hörer abnehmen, verstehe aber nicht, was sie dann sagt. Ich komme aus dem Bad, ziehe mir ein paar Klamotten über und gehe ins Wohnzimmer. Mum sitzt auf der Sessellehne und dreht eine nicht angezündete Zigarette zwischen den Fingern.

Ihr Blick gleitet zu mir. »Becca wurde angeklagt.«

»Was?«

»Für den Mord an Nick.«

»*Mord*?« Das Wort brennt. Ich kann es nicht herunterschlucken, muss es ausspucken, doch es bewegt sich nicht und mir geht die Luft aus. »Aber … nein … das ist doch verrückt …«

»Ist es das?« Mum kneift beide Enden der Kippe zusammen, sodass kleine Krümel Tabak herausfallen. »Becca war schon immer unberechenbar. Und seit sie hergekommen ist, ist sie besessen gewesen von Nick.«

Ich schüttele den Kopf. »Nein. Die Pillen … er hat sie ganz sicher aus Versehen genommen …«

»Warum sollte sie dann wegen ihrer Medikamente lügen? Warum sollte sie sie austauschen und dann versuchen, es zu vertuschen?«

In meiner Brust kribbelt es. »Ich weiß es nicht.«

Tränen glitzern in Mums Augen – ich sehe sie zum ersten Mal weinen, seit Nick gestorben ist. »Ich hätte sie wegschicken sollen, als sie angefangen hat, dieses ganze Zeug über ihn zu erzählen.« Sie schluchzt, beugt sich vorne über und weint dann so heftig, dass sie sich nicht mehr auf den Beinen halten kann.

Ich ertrage es nicht, sie so aufgelöst zu sehen, ertrage es nicht, an Becca in einer Gefängniszelle zu denken. Ich kann mir nicht vorstellen, was passieren wird, wenn ich erst einmal mein Geständnis abgelegt habe. Denn das muss ich nun tun. Wie kann ich sonst mit mir leben?

DREIUNDFÜNFZIG

STEPH

Endlich war sie allein. George und die anderen Polizisten waren gegangen, auch wenn die Suche andauerte und ein Helikopter weiterhin seine Kreise an Kingstons Nachthimmel drehte. Sogar die Journalistenmenge hatte sich vorerst aufgelöst. Heather und Brian fuhren umher und überprüfte noch einmal die Orte, an denen sich Freya oder Paul aufhalten könnten. Sie klammerten sich an Strohhalme, und Steph teilte ihre Verzweiflung, schloss sich ihnen jedoch nicht an. Sie musste ihre eigenen Spuren verfolgen.

Ihre nackten Zehen bahnten sich den Weg durch die leere Wohnung, in ihr Zimmer und zu ihrem Schrank. Ihre maßgeschneiderten Kleider und Seidenblusen wirkten wie Geister aus einer vergangenen Normalität, in der sie Make-up getragen hatte und mit Paul ausgegangen war. Sie griff unter die raschelnden Kleidersäume nach dem staubigen Rand eines Schuhkartons und zog ihn aus seinem langjährigen Versteck. In dem Karton befand sich ein weiterer Karton. Sie legte sich den zweiten auf die Knie und strich mit dem Finger über das ausgetrocknete, braune Klebeband, dass ihn verschloss.

Der Karton wirkte schwer in ihrem Schoß, glühte beinahe

von den Erinnerungen, die er enthielt und denen sie sich jetzt stellen musste. Sie musste wissen, ob sie es war, die ihrer Tochter, ihrer Familie etwas angetan hatte.

Steph leerte den Karton auf dem Bett aus. Der zerknitterte Zeitungsartikel. Der glänzende, rote Ball. Die alten, gekörnten Fotos, die im Kontrast zu dem gerahmten Familienfoto standen, das von der Wand herunterlächelte.

Sie streckte sich und nahm das neuere Foto ab. Es hinterließ ein helles Tapetenquadrat an der Wand, von der Sonne unberührt. Sie erinnerte sich an den Tag, an dem es aufgenommen worden war: Freyas fünfzehnter Geburtstag. Sie hatten ihr Ohrlöcher stechen lassen und waren dann Burger essen gegangen. Ihre neu verzierten Ohrläppchen sahen auf dem Foto rot und geschwollen aus, doch sie strahlte, vor ihr ein Bananenmilchshake. Das war auch Stephs Lieblingsgeschmack als Kind gewesen.

Sie legte das Bild zu den anderen Sachen auf dem Bett. Es war, als würde sie versuchen, ihr neues in ihr altes Leben zu integrieren, als würde sie versuchen, zu verstehen, wie beide miteinander kollidiert waren. In den Lücken stellte sie sich weitere Gegenstände vor: die Geldscheine mit ihren Zeichnungen darauf, die silberne Tablettendose, die Schnappschüsse von Freya und Zeb.

Das Bild von Freyas blutbefleckter Jacke warf einen Schatten über alles andere. Wo war die Jacke jetzt? In einem Labor, wo Proben von den für Freyas Arme etwas zu kurzen Ärmeln gekratzt wurden?

Und wo war Freya ohne die Jacke? Wieso sollte sie vergraben sein, wenn –

Steph fing sich und verdrängte den Gedanken, bevor er sie erdrücken konnte. Ihr flossen Tränen übers Gesicht, während sie alles wieder in den Schuhkarton stopfte. Wie hatte es so weit kommen können? Wann genau hätte sie die Kette der Ereignisse abwenden können? Sie war sicher, dass es so einen

Moment gegeben haben musste. Vermutlich sogar mehrere. Eine oder mehrere andere Entscheidungen, die *all* ihre geliebten Menschen in Sicherheit gebracht hätten.

Sie sprang vom Bett, hielt den Karton fest umklammert und verließ verwirrt die Wohnung. Am oberen Absatz der Treppe blieb sie stehen und ging zurück in die Wohnung. Sie machte einen Schlenker in die Küche und versuchte dabei, nicht zu sehr über das nachzudenken, was sie gerade tat: Sie öffnete eine Schublade, griff nach einem scharfen Messer und drückte es an ihre Seite, während sie durch die Wohnung eilte, unter dem anderen Arm noch immer den Karton. *Sicher ist sicher*, sagte eine Stimme in ihrem Kopf, ruhiger als sie sich tatsächlich fühlte. Sie zog sich Pauls Wachsjacke über und ließ das Messer in eine der tiefen Taschen gleiten, sodass sie vergessen konnte, dass es da war, wenn sie es nicht brauchte.

Während sie die Treppen hinunter stolperte, hörte sie, wie sich die Klappe des Briefschlitzes öffnete und wieder schloss. Als sie den Hausflur erreicht hatte, konnte sie sehen, dass ein Stück Papier hindurch geschoben worden war. Sie hielt inne und starrte es an. Ihre Nerven lagen blank. Da öffnete sich Emmas Wohnungstür und ihre Nachbarin erschien.

»Ich habe etwas gehört …«

Steph zeigte auf den Zettel. Beide Frauen zögerten, als wären sie unsicher, wer von beiden ihn untersuchen sollte. Emma zupfte ihn aus dem Briefschlitz und Steph stellte sich neben sie. Ihre Augenpaare flogen im Zickzack über die Großbuchstaben.

MUTTER DES JAHRES?
WOHL EHER LÜGNERIN DES JAHRZEHNTS.
UNSCHULDIGES OPFER?
NUR DU ALLEIN TRÄGST DIE SCHULD.

Steph stieß einen kehligen Laut aus. Ihr rutschte der

Schuhkarton aus dem Arm, sodass sein Inhalt sich auf dem Boden verteilte und der rote Ball gegen ihren Fuß prallte. Die Wahrheit, die in den Worten lag, traf sie zutiefst. Und der Mensch, der sie geschrieben haben musste. Steph konnte die Nachricht nicht länger leugnen, nicht das kleinste Bisschen. Sie sah zu Emma, die ebenfalls blass geworden war und die die Dinge, die Steph fallengelassen hatte, anscheinend gar nicht bemerkt hatte. Emma wirkte bloß verloren in ihrer eigenen Reaktion auf den Zettel.

Steph wollte die Sachen gerade aufheben, als es ihr auffiel. Der Zettel war persönlich eingeworfen worden. Der Überbringer war gerade noch hier gewesen. Steph stieß die Außentür auf und trat in die kalte Abendluft hinaus.

»Hey!«, rief Emma.

Steph schaute in die Richtung, in die Emma zeigte, und sah die Umrisse einer Person mit Baseballkappe und Kapuzenjacke am anderen Ende der Straße. Dann rannten die Frauen plötzlich los, jagten der Person hinterher, wichen Bäumen aus und stürmten über Straßen. Steph spürte, wie Emmas Arme gegen ihre eigenen stießen, hörte die andere Frau beinahe im Einklang mit sich selbst keuchen. Als Emma stolperte, streckte Steph eine Hand aus, um sie zu stützen. Als Steph außer Puste war, krallte sich Emmas Hand um ihr Handgelenk und zog sie weiter.

Es schien sich um einen Mann zu handeln. Mehr konnte Steph nicht erkennen. Ihr Kopf pulsierte und ihre Lunge schrie, deshalb hatte sie kaum Kapazitäten, um zu verarbeiten, was hier gerade passierte, und darüber nachzudenken, wer dieser Mann sein könnte. Sie wusste nur, dass er wahrscheinlich geschickt worden war, um sie zu bedrohen ... ja, sogar zu beschwören. Sie musste zu ihm gelangen.

Von diesem Gefühlsausbruch getrieben, überholte sie ihre Nachbarin. Dann hörte sie, wie Emma aufschrie, als wäre sie umgeknickt. Auch der Mann musste es gehört haben: Er warf einen kurzen Blick über die Schulter, doch auch jetzt konnte Steph nicht sein komplettes Gesicht erkennen.

»Nein«, sagte Emma hinter ihr. »*Nein* …«

Steph kam atemlos zum Stehen. Emma lag auf dem Bürgersteig und umklammerte ihr Bein, aber das schien nicht die Hauptursache für ihren Kummer zu sein. Sie gestikulierte in Richtung der verschwundenen Gestalt, schüttelte den Kopf und schluchzte.

VIERUNDFÜNFZIG

CHRIS

»Kann ich telefonieren?«

»Entschuldigen Sie bitte. Kann ich meinen Anruf tätigen?«

»Gehen Sie nicht weg! Ich habe das Recht auf einen Anruf!«

Chris hatte keine Ahnung, wie lange er schon in Gewahrsam war. Auf der Polizeistation gab es weder Tag noch Nacht. Er war wegen Diebstahls und Behinderung der Justiz angeklagt worden. Die Ermittlungen im Fall Freya Harlow dauerten an, sagten sie ihm, daher würde er noch nicht gegen Kaution freikommen.

Er war mit einem Mann in einer Zelle eingeschlossen, der versuchte, sich seine eigenen Zehennägel auszureißen. Chris spürte, wie er mit jedem Atemzug menschliche Fäkalien einatmete. Jedes Mal, wenn ein Polizist auf der anderen Seite der Gitterstäbe erschien, fragte Chris, ob er jemanden anrufen dürfe.

Endlich kam jemand, um ihn abzuholen und zum Telefon zu bringen.

Chris wählte die Nummer vom Krankenhaus – er war sich

ziemlich sicher, dass Vicky jetzt gerade Schicht hatte – und wurde zu ihrer Station durchgestellt.

»Chris?« Sie klang verzweifelt, als sie sich meldete. »Bist du noch auf der Polizeistation? Was ist los?«

Chris stellte sich vor, wie sie in ihrer Arbeitskleidung neben dem Empfangstresen stand, den schwarzen Pony mit einer Spange aus dem Gesicht geklammert, und die trockenen Haarspitzen zwischen ihren Fingern knetete. Sehnsucht wallte hinter Chris' Rippen auf. »Ich bin noch auf der Polizeistation«, sagte er.

»Und?«

»Ich werde zu Freyas Verschwinden befragt. Und ich wurde angeklagt wegen ... Diebstahls.«

»*Diebstahl*?«

Chris war sich bewusst, dass ein Aufseher ihn beobachtete und zuhörte. Er musste seine Worte weise wählen.

»Freya hat rausgefunden, dass ich Sachen geklaut habe«, sagte er. »Sie hat mich erpresst.«

»Du ...« Vicky brach ab und Chris stellte sich vor, wie sie auf ihrer Station herumschaute und sich vergewisserte, ob jemand lauschte. Ihre Stimme wurde leiser: »Rausgefunden, dass *du* Sachen geklaut hast?«

»Es tut mir leid, dass ich es dir nicht gesagt habe.« Chris fuhr mit Rücksicht auf den Wächter vorsichtig, aber deutlich fort. »Ich habe Sachen von meinen Schülern geklaut, nur Krimskrams, kleine Andenken ...«

Vicky verstummte. Vielleicht war sie völlig verwirrt oder vielleicht wurde ihr gerade klar, was er ihr versuchte zu sagen: *Lass mich das für dich tun.*

Eigentlich wollte er ihr sagen, dass er verstand, weshalb sie immer den Drang verspürt hatte zu stehlen. Von den anderen Kindern in ihrem Pflegeheim, von ihren Mitbewohnern auf der Schwesternschule und jetzt von ihren Patienten auf der Station. Er verstand ihr Verlangen nach Schmuckgegenständen anderer Leute, weil er wusste, dass sie mit dem Gefühl aufgewachsen war, dass ihr nichts gehörte. Doch nichts davon konnte er in diesem Moment aussprechen. Er konnte bloß versuchen, ihr eine Botschaft zu senden: Er würde sie niemals hintergehen, egal wie angespannt die Situation zwischen ihnen geworden war.

»Ich habe die Sachen in meinem Auto aufbewahrt«, sagte Chris und hoffte weiter, dass sie zwischen den Zeilen lesen konnte. »Ich hatte vor, sie loszuwerden oder sie ihren Besitzern zurückzugeben, wenn möglich. Aber Freya hat sie gesehen und ihre Chance ergriffen, mir das Geld aus der Tasche zu ziehen.«

»Du hast sie behalten«, murmelte Vicky und Chris wusste, dass sie langsam verstand, was er ihr sagen wollte. Er hatte die Sachen in ihrem Schlafzimmer gefunden und sofort gewusst, dass sie gestohlen waren und dass sie Vicky ihre Arbeitserlaubnis kosten konnten, falls jemand sie entdeckte ... Chris war panisch geworden und hatte die Sachen in sein Handschuhfach gestopft – dann hatte Freya sie entdeckt. Das Tablettendöschen, das Freya in der Annahme bestätigte, er würde klauen, bestätigte auch ihn in seiner Annahme bezüglich Vicky. Er wusste, dass Jess' Cousine eine Zeit lang auf Vickys alter Station gewesen war, weil ihr die Mandeln herausgenommen worden waren.

»Und sie denken, dass du etwas mit Freyas Verschwinden zu tun hast?«, fragte Vicky. »Deswegen?«

»Ich bin ein Verdächtiger.«

»O Gott –«

»Alles wird gut. Mach dir keine Sorgen.«

»Wie könnte ich mir keine Sorgen machen? Du bist da drin wegen –«

»Die Zeit ist um«, bellte ein Aufseher hinter ihm.

»Ich muss gehen«, sagte er zu Vicky.

Es folgte eine kurze Pause und Chris beugte sich so schützend über den Hörer, als würde das den Polizisten davon abhalten können, ihm das Telefon aus der Hand zu reißen.

»Ich komme dich abholen«, platzte Vicky heraus. »Wenn sie dich gehen lassen, bin ich da.«

Chris lächelte noch einmal und sah dann, wie der Polizist ihm einen Blick zuwarf, der in etwa bedeutete: *Was für einen Grund hast du denn, fröhlich zu sein?*

»Das wäre gut«, flüsterte Chris ins Telefon.

»Chris ... danke«, sagte sie. »Und es tut mir leid.«

Er schluckte. »Das musst du niemals zu mir sagen, Vic.«

Dann waren sie beide still und atmeten synchron, bis der Polizist den Hörer an sich riss und auflegte.

FÜNFUNDFÜNFZIG

KATE

Fünfundzwanzig Jahre zuvor

»Mum«, sage ich mit nervöser Stimme. »Ich muss dir was sagen.«

Ich weiß nicht, wie ich es ausdrücken soll oder wie sie reagieren wird. Wenn es erst einmal raus ist, gibt es kein Zurück mehr. Dann kann man es genauso wenig rückgängig machen, wie das, was ich Nick angetan habe.

Nach ihrem Heulkrampf verharrt sie noch immer in ihrer gekrümmten Haltung. Sie hebt ihren Kopf und ich erschrecke, als ich sehe, dass ihr Blut aus der Nase tropft. »Oh, Mum! Deine Nase blutet!«

Sie blinzelt und berührt mit einer Hand ihre Nasenlöcher. Das Blut rinnt ihr über die Finger, übers Kinn, auf den Kragen ihres grauen T-Shirts.

Ich stürze ins Badezimmer, um eine Rolle Toilettenpapier zu holen. Mum versucht, die Blutung zu stoppen und legt dann den Kopf in den Nacken, zwickt sich in den Nasenrücken. »Verdammt«, murmelt sie und es wirkt, als wäre es nicht das erste Mal, dass sie so heftiges Nasenbluten hat. Sie wirkt auch nicht überrascht, sondern nur genervt und frustriert.

Ich jedoch habe Angst, als ich sehe, wie viel Blut sie verliert. Ich bin verstört von dem roten Blutfleck, der sich auf ihrem Oberteil gebildet hat. Ich fühle mich unwohl, als ich mich an das andere Oberteil mit einem ähnlichen Fleck erinnere. Scharlachrot auf Hellblau.

»Alles okay, Mum?«, frage ich, als das Nasenbluten aufgehört hat. Sie sitzt zusammengesunken im Sessel und vergräbt ihre Füße in unserem schmuddeligen Blumenteppich.

»Oh, Kate«, sagt sie mit erstickter Stimme und schließt die Augen. »Was machen wir jetzt bloß?«

Ein Zittern durchfährt mich. »Was meinst du?«

Ihre Augen füllen sich wieder mit Tränen und quellen unter ihren geschlossenen Lidern hervor. Sie öffnet die Augen, wischt jedoch nicht darüber. Die Tropfen bleiben an ihrer Haut hängen.

»Vielleicht hatte Nick recht. Ich hätte es dir schon vor Monaten sagen sollen.«

»Was sagen?«

Sie massiert sich die Wangen mit den Handballen. Um ihre Nasenlöcher sind Klumpen aus getrocknetem Blut. Sie sehen aus wie kleine Farbkleckse.

»*Was*, Mum?«

»Die Dinge werden jetzt etwas schwierig werden, Liebes. Nick ist tot. Becca und Rach kommen nicht hierher zurück. Und es wird hart. Noch härter, als es geworden wäre, wenn ich nicht …, wenn ich nicht …« Sie lehnt sich nach vorne und ergreift meine Hände. »Ich bin krank, Kate.«

In mir gefriert alles. Ich spüre eine Tür in meinem Kopf zuschlagen, als würde mein Gehirn diese Information zurückweisen, ihr keinen Einlass gewähren.

»Man nennt es MDS, Liebes. Myelodysplastisches Syndrom. Es ist eine Krebsart.«

Ihre Worte dringen zu mir durch, doch ich kann nicht sprechen. Es ist, als wäre mein Mund betäubt.

»Ich wollte dich nicht beunruhigen, Liebes. Ich wollte deine Abschlussprüfungen nicht in Gefahr bringen. Ich dachte, es wäre das Beste …«

Nein, nein, nein. Das hätte ich gemerkt. Meine Augen suchen ihre Fassade nach einem Riss ab. Doch ich sehe nur ihre weiße Haut und ihre hervorstehenden Knochen. Sie ist krank. Krebs. In meiner Brust steigt Angst auf, etwas, das ich so noch nie gefühlt habe. »Wirst du sterben?«

»Die Ärzte tun alles in ihrer Macht, um mir zu helfen.«

Mir gefällt ihre Antwort nicht. Ich habe kein *Nein* gehört. Mir fällt alles aus dem Gesicht und sie zieht mich in eine Umarmung. »Es ist okay, Kate. Wir beide halten zusammen. Wir schaffen das.«

»Wann …?«

»Ich habe die Diagnose Anfang April bekommen. Nur Nick hat davon gewusst und ich wollte, dass es so lange wie möglich so bleibt.«

»Du hättest es mir sagen sollen!«

Sie antwortet nicht und ich fühle mich schrecklich, dass ich sie angeschrien habe. Ich will einfach irgendwen anschreien. Ich will gegen irgendetwas schlagen, bis meine Fingerknöchel brechen.

»Du erholst dich wieder, oder?«

»Ich nehme Medikamente, um die Krankheit zu verlangsamen.« Da ist sie wieder: die Nicht-Antwort. Ein ferner Teil von mir sammelt all diese Nicht-Antworten und ordnet sie neu als das an, was ich hören will. »Wenn sie nicht funktionieren, kann es sein, dass ich Chemo bekomme. Möglicherweise auch eine Stammzellentransplantation. Ich bleibe positiv, Kate, und das solltest du auch.«

Ich umarme sie noch fester, lechze nach dem Lilienduft des Parfüms, das Tante Rach ihr gekauft hat, und sogar nach dem

Zigarettengeruch, der an ihr haftet. Dann weiche ich zurück und blinzele ihr fleckiges T-Shirt an. Ein wiederkehrendes Déjà-vu.

Sie folgt meinem Blick. »Tut mir leid, wenn dich das Nasenbluten erschreckt hat, Liebes. Ich habe mich schon daran gewöhnt. Durch die Krankheit fange ich leicht an zu bluten oder bekomme blaue Flecken. Und diese beschissene Müdigkeit ... Ich bin echt erleichtert, dass ich es dir erzählt habe. Ich weiß nicht, wie lange ich das noch vor dir hätte verstecken können, gerade jetzt, wo Nick tot ist.«

Mein Herz zerschmettert meine Rippen. In mir keimt eine Erkenntnis auf, nimmt Form an.

Mum beobachtet mich, als könnte sie erkennen, was ich denke. »Ich weiß, dass du die angespannte Stimmung manchmal mitgekriegt hast«, sagt sie. »Es war alles so anstrengend. Die Symptome, die Termine, die Behandlungsentscheidungen ... Ich hätte es Nick nicht verübelt, wenn er sich komplett zurückgezogen hätte, aber das hat er nicht ... und er hat meine Entscheidung respektiert, es dir nicht zu erzählen, auch wenn er der Meinung war, du solltest es wissen. Wir haben viel deswegen gestritten. Und vielleicht hatte er am Ende doch recht.«

Ich presse mir die Hände auf den Mund, kann das Salz auf meiner Haut schmecken.

Die ganze Zeit war sie von etwas angegriffen worden, wovor ich sie nicht retten konnte. Vor dem ich sie immer noch nicht retten kann.

Als es zwischen uns still wird und wir dem Summen des Kühlschranks lauschen, der immer noch droht, jeden Moment auszufallen, rauschen immer mehr Erkenntnisse durch mich hindurch. Ich kann sie jetzt nicht mehr abwehren: Sie kommen einfach immer wieder, in heißen und kalten Wellen.

Er hat ihr gar nicht wehgetan. Er hat ihr geholfen, ihr

Geheimnis zu bewahren. Ich habe den einen Menschen getötet, auf den sie sich verlassen hat. Ich habe ihn ohne Grund umgebracht.

SECHSUNDFÜNFZIG

PAUL

Es war zehn Uhr nachts, als Paul schließlich nach Hause humpelte. Sein Körper fühlte sich kaputt an und auch sein Verstand ließ zu wünschen übrig. Er hatte sich gegen ärztlichen Rat selbst aus dem Krankenhaus entlassen und Yvette hatte ihn zu ihr nach Hause gefahren, ihm ein paar Klamotten ihres Partners geliehen und ihn dann, auf seinen Wunsch hin, in der Nähe seines Hauses abgesetzt.

Er musste sich mit einer neuen, fast unbegreiflichen Wahrheit arrangieren.

Ein Teil von ihm konnte immer noch nicht glauben, was Yvette ihm erzählt hatte, als sie vor ein paar Stunden seine Handgelenke auf dem Krankenhausflur gepackt hatte. Der andere Teil musste sich eingestehen, dass mit dieser Enthüllung alles Sinn ergab. Während des Gesprächs waren dunkle Gedanken, die schon seit Jahren in seinem Kopf umherschwirrten, ans Licht gekommen. Doch auch das hatte es nicht einfacher gemacht, die Informationen zu verarbeiten.

Sie wollte fliehen, hatte Yvette gesagt. *Vor Daniel, vor seiner Macht über sie, vor dem, was er Billie vielleicht oder vielleicht auch nicht angetan hatte. Und …*

Und vor mir, hatte Paul den Satz für sie beendet, auch wenn er noch immer nicht ganz verstanden hatte.

Yvette hatte zu Boden geschaut. *In gewisser Weise ja. Sie dachte, du würdest versuchen, ihr zu folgen oder sie aufzuspüren, wenn du davon gewusst hättest. Sie wollte einfach nur verschwinden, und wir dachten, das sind wir ihr schuldig. Ein neues Leben und Schutz.*

Atemlosigkeit hatte sich in Pauls Brust breitgemacht, als er langsam verstanden hatte.

Nathalie hatte sich nicht umgebracht.

Nathalie war am Leben.

Ich wollte es dir sagen, hatte Yvette gesagt. *So oft hätte ich es auch beinahe getan.*

Paul war in jenem Moment klargeworden, was so lange unterbewusst an ihm genagt hatte: Niemand war jemals wieder freiwillig in die Nähe der Chainwell Woods gegangen, nicht nach allem, was dort mit Billie geschehen war. Dennoch hatte Glover gesagt, dass Nathalie von einem ortsansässigen Spaziergänger mit Hund gefunden worden war. Es war ein klischeehaftes, unachtsames Detail in der Geschichte gewesen. Es hatte nie richtig gepasst, doch Paul hatte bis zu diesem Moment nicht begriffen, weshalb.

Glover weiß es?, hatte er Yvette gefragt.

Sie hatte genickt. *Es hat ihm gut in den Kram gepasst, Nathalie aus dem Weg zu räumen. Eine Person weniger, die den ganzen »Skandal« aufdecken könnte. Aber ich habe nicht seinetwegen mitgemacht. Es war für Nathalie … und dich.*

Mich?

Du musstest sie gehenlassen, Paul. Ich wusste, dass du das niemals tun würdest, solange du denkst, sie ist irgendwo da draußen.

Die Worte hallten in seinem Kopf nach: *irgendwo da draußen.*

Und doch wusste er nicht, was er fühlen sollte. Trauer?

Erleichterung? Wut? Tief in ihm drinnen wusste er, dass das, was Yvette ihm erzählt hatte, riesig war. Doch neben all dem anderen konnte er seine Reaktion nicht an die Oberfläche bringen. Er wollte nur sein Gesicht an das Haar seiner Frau schmiegen, die Augen schließen und, wenn er sie wieder öffnete, Freya hinter ihr stehen sehen, lächelnd und verschlafen, in ihrem gepunkteten Schlafanzug.

Man stelle sich nur vor, er käme nach Hause und würde Freya dort vorfinden. Man stelle sich vor, es gäbe eine so einfache Erklärung, dass er sie schlicht übersehen und in die falsche Richtung geschaut hatte.

Als er sich dem Haus näherte, bemerkte er, dass Stephs Auto nicht auf der Straße parkte. Stattdessen standen dort zwei Polizeiautos. Das war nicht ungewöhnlich: In den letzten Tagen waren dauernd Polizisten hier gewesen, doch etwas an ihnen deutete darauf hin, dass hier etwas passierte. Die Türen eines der Autos standen offen, sodass das Rauschen eines Funkgeräts hinausdrang. Aus dem anderen Fahrzeug stieg nun ein Polizist und näherte sich Paul.

»Mr Harlow.« Es war dunkel genug, dass er Pauls Verletzungen nicht bemerkte. Paul richtete sich so weit auf, wie er konnte. Er war gewappnet. »Es hat einen Vorfall gegeben.«

Pauls Herz stockte. Ging es um Freya? Noch bevor er etwas sagen konnte, fuhr der Polizist fort: »Eine beleidigende Mitteilung wurde durch ihren Briefschlitz geschoben.«

»*Beleidigend*? Was stand darin?«

»Sie wurde zur Untersuchung mitgenommen. Aber was darin stand ...« Der Mann leuchtete mit einer Taschenlampe auf sein Buch und las unbeholfen und ohne aufzublicken vor: »›Mutter des Jahres – Fragezeichen. Wohl eher Lügnerin des Jahrzehnts. Unschuldiges Opfer – Fragezeichen. Nur du allein trägst die Schuld.‹«

Paul hatte Mühe, die Worte zu verstehen. Lügnerin?

Schuld? Jedes Wort fühlte sich an wie eine Abrissbirne, die gegen seinen Schädel krachte.

Mutter?

Der Polizist räusperte sich. »Mrs Harlow und Ihre Nachbarin, Miss Brighton, haben den Mann verfolgt –«

»*Verfolgt*? Wie bitte? Geht es ihnen gut?« Er warf einen Blick nach links, wo Stephs Auto hätte stehen sollen, und ein Schauer der Beunruhigung, die zu seinem ständigen Begleiter geworden war, durchfuhr ihn. »Wo ist meine Frau?«

»Wir … wissen es nicht.«

»Was zur Hölle soll das heißen?«

»Miss Brighton ist gestürzt. Ein Krankenwagen hat sie ins Krankenhaus gebracht. Als wir dann an der Unfallstelle eintrafen, … war Mrs Harlow verschwunden.«

»*Verschwunden*?«

»In dem ganzen Trubel ist sie irgendwie entwischt. Bei Ihnen geht niemand an die Tür. Hat sie sich bei Ihnen gemeldet?«

Paul schüttelte den Kopf und verfluchte sein zertrümmertes Handy und seinen zerstreuten Zustand. Die Beunruhigung nahm nun eine ganz neue Farbe an: unheilvoller, verwirrender. Aber auch aufrüttelnd. »Wer war der Mann?«

»Ich fürchte, er ist geflohen. Wir tun alles in unserer Macht Stehende, um ihn aufzuspüren.«

Paul fluchte leise und drehte sich dann zu seinem Haus um. »Ich überprüfe die Wohnung.«

Er schloss auf, dann hielt er inne und schaute sich um. Auf dem Boden im Hausflur lagen Papiere und Fotos verstreut, in einer Ecke ein glänzender roter Ball und daneben ein Schuhkarton. Paul ging unter Schmerzen in die Hocke, um sich die Gegenstände genauer anzuschauen. Wer waren die Menschen auf diesen alten Fotos? Was hatte der Zeitungsausschnitt zu bedeuten? Wer hatte das alles hierhin getan?

»Steph?«, rief er, während er sich am Geländer die Treppe

hinaufzog. In der Wohnung war es kalt und still. Auch seine Eltern waren nicht mehr hier. Erneut rief er Stephs Namen durch die leere Wohnung.

Im Schlafzimmer bemerkte er, dass die Türen offenstanden und Schuhe sowie Schals aus dem unteren Regal gewühlt worden waren. Paul trat näher heran, konnte sich aber noch immer keinen Reim darauf machen.

Was war geschehen, während er wieder einmal von den Nachwirkungen seiner Vergangenheit verfolgt worden war?

In der Küche stand eine Schublade offen. Die, in der sie die Messer aufbewahrten. Pauls Herz klopfte heftig, als er versuchte herauszufinden, ob eines der Messer fehlten. Er war sich ziemlich sicher, dass ihr größtes Messer nicht mehr da war. Er überprüfte das Waschbecken und die Spülmaschine. Als er es auch dort nicht fand, wurde ihm eiskalt.

Die Erinnerung daran, wie er Daniel die Klinge in die Schulter gestoßen hatte, ließ ihn noch heftiger frieren. Der Gedanke, dass Steph so etwas tat, war unvorstellbar, doch vielleicht hätte sie das Gleiche über ihn gesagt, bevor all das hier passiert war. War sie durch ihre eigene Reihe zerstörerischer Ereignisse gestolpert, während er sich meilenweit entfernt in seine eigene gestürzt hatte?

SIEBENUNDFÜNFZIG

EMMA

Emma lag auf einem fahrbaren Krankenbett, vom Rest des Raumes mit Vorhängen abgetrennt und umgeben vom höllischen Treiben in der Notaufnahme zu dieser späten Stunde. Der Schmerz in ihrem Bein wurde durch starke Schmerzmittel gedämpft, die ihr auch ein matschiges Hirn und einen trockenen Mund bescherten. Es war unklar, worauf sie wartete – ein Röntgenbild, ein richtiges Bett, einen Arzt?

Eine Sache war jedoch selbst durch den Nebel hindurch klar. Und zwar die Erinnerung daran, wie sie auf dem kalten Bürgersteig lag, wie der Schmerz sie durchzuckte, wie sie endlich das Gesicht der Person sah, die sie und Steph verfolgt hatten. Emma war währenddessen noch immer fest davon überzeugt gewesen, dass es Robin war. Er schien die gleiche Größe und Statur zu haben wie der Verfolgte. Sie hatte gerade seinen Namen schreien wollen, da war sie gestolpert. Für den Bruchteil einer Sekunde war alles wie in Zeitlupe abgelaufen. Die Gestalt hatte sich in ihre Richtung umgedreht und eine Straßenlaterne hatte ohne Zweifel seine Identität offenbart. Als die Zeit wieder auf normale Geschwindigkeit geschaltet hatte, war sie schmerzhaft auf dem Asphalt aufgeschlagen. Dann war die

Gestalt verschwunden und sie war atemlos zurückgeblieben, fassungslos.

Sie erinnerte sich auch an Steph, die neben ihr gekniet hatte, als das Blaulicht des Krankenwagens nähergekommen war. Wie sie ihre Hand ergriffen hatte und mit dem Mund nah an Emmas Ohr gekommen war: »Ich muss gehen. Es tut mir leid.«

Emma war benommen gewesen. »Wie bitte?«

»Ich kann nicht mit ins Krankenhaus kommen.« Steph hatte schnell und leise gesprochen, ihr Atem hatte sich heiß auf Emmas Haut gelegt.

»Wo gehst du hin?«

Sie erinnerte sich an das Weiße in Stephs Augen, das im Dunkeln zu glühen schien. Ihr Haar war von der Verfolgungsjagd verschwitzt gewesen und hatte in Strähnen an ihrer Wange geklebt. In der Luft hatte der Geruch der Wachsjacke gehangen.

Emma hatte sich gefragt, ob Steph die Person, der sie gefolgt waren, ebenfalls erkannt hatte.

»Gehst du dorthin? Zu der Adresse, die du mir gegeben hast?«

»Erzähl es keinem«, hatte Steph sie angefleht. »Sag es bitte nicht der Polizei. Sag ihnen, dass sie Paul suchen sollen. Ich darf die beiden nicht verlieren. Das ist alles meine Schuld.«

»Steph –«

Als dann ein Sanitäter eingetroffen war, war Steph aufgesprungen. Um Emmas Hals lag jetzt eine Stütze: Sie konnte sich nicht bewegen oder ihren Kopf anheben, um zu sehen, wie Steph davoneilte. Es hatte ausgesehen, als würde sie sich in der Nacht auflösen.

Jetzt rauschte der blaue Vorhang zur Seite und eine Krankenschwester steckte den Kopf zu Emma herein. »Wie geht es Ihnen?«

»Ganz in Ordnung, aber ich muss wirklich –«

»Die Polizei möchte mit Ihnen sprechen.«

»Oh?« Emmas Magen wurde unruhig.

»Sie sind am Empfang und dann gleich bei Ihnen. Wenn sie fertig sind, bringen wir Sie runter zum Röntgen.«

Emma versuchte sich aufzusetzen und sich zu beruhigen, als zwei uniformierte Gestalten das Zimmer betraten. Einer von ihnen war der Mann, mit dem sie über die Hassnachrichten und anonymen Anrufe gesprochen hatte, bevor sie das Gespräch wegen Zebs plötzlichen Auftauchens abgebrochen hatte. »Miss Brighton, der Vorfall heute Nacht – könnten Sie uns sagen, was passiert ist?«

»Ich ... äh ...« Sie stellte fest, dass sie sich benebelter gab, als sie es von den Schmerzmitteln tatsächlich war. In Wirklichkeit wurde ihr Kopf immer klarer und sie begriff, dass ihr der dämpfende Nebel lieber gewesen war. »Steph und ich haben Geräusche gehört. Wir haben bemerkt, dass ein Zettel durch die Tür geschoben worden war. Draußen haben wir dann eine Person wegrennen sehen ...«

Einer der Polizisten nickte. »Wir haben den Zettel.«

Emma nickte ebenfalls und war froh über jede Information darüber, wie viel sie wussten.

»Also haben wir ihn verfolgt. Oder es zumindest versucht. Ich bin hingefallen und ich schätze, dass er so entkommen konnte.« Sie hielt den Atem an, bis einer der Polizisten bestätigte, ihn nicht erwischt zu haben.

»Haben Sie den Mann gesehen?«, fragten sie.

Emma zuckte zusammen und tat so, als wäre ein Schmerz durch ihre Hüfte gezuckt, um die Beamten von ihrem Gesicht abzulenken. Sie war noch nie eine gute Lügnerin gewesen. »Es war zu dunkel.« Sie mimte noch ein weiteres schmerzhaftes Stechen und hoffte, dass sie den Köder schlucken und sie in Ruhe lassen würden.

»Können Sie ihn beschreiben?«

»Er trug eine Baseballcap.« Sie ließ ihre Stimme langsam und verträumt klingen. »Normal groß. Tut mir leid, ich …«

Sie tauschten einen Blick aus. »Kein Problem.« Einer der beiden legte eine Visitenkarte auf ihr Kissen. »Rufen Sie uns an, wenn Ihnen noch etwas einfallen sollte.«

Emma sank zurück und spürte, wie das Kissen um ihren Kopf herum in sich zusammenfiel und die Karte so an ihr Ohr heran rutschte.

Zebs Worte blitzten vor ihr auf: *Dad würde sowas niemals tun.*

»Miss Brighton, würden Sie gerne mit Ihrem Anliegen fortfahren, über das Sie gestern gesprochen hatten?«

Sie versteifte sich wieder und starrte an die Decke. »Ich … Nein. Ich habe mich da wohl vertan.«

Sie hörte, wie die Beamten sich bewegten, wagte es aber nicht, zu ihnen aufzusehen.

»Sie glauben nicht, dass es etwas mit den Ereignissen von heute Abend zu tun hat?«

»Ich glaube nicht.« Sie sagte es zu schroff. Die Angst hatte ihr jegliches schauspielerische Talent geraubt, das noch übrig war. Sie wollte nicht mal über die möglichen Konsequenzen ihrer Lügen nachdenken. Welche Wahl hatte sie schon?

»Nun, falls Sie Ihre Meinung ändern …« Er stupste die Visitenkarte leicht an, sodass sie jetzt beinahe ihr Gesicht berührte.

Als die Polizisten sich zum Gehen wandten, richtete Emma sich auf. »Noch eine Sache.«

Sie hielten inne. Wieder flackerte ein Blick zwischen ihnen hin und her. Vielleicht stellten sie ihre plötzlich klare Stimme und ihren Energieschub infrage. Sie versuchte, wieder zurück in ihre weggetretene Rolle zu gleiten.

»Steph Harlow«, lallte sie.

Das erregte die Aufmerksamkeit der Beamten. Doch Emmas Worte verschwanden genauso schnell wieder, wie sie gekommen waren. Sie erinnerte sich an Stephs eindringliche

Stimme, die fast in dem Sirenengeheul untergegangen war: *Bitte erzähl der Polizei nichts.*

»Ist sie ... geht es ihr gut?«, fragte sie stattdessen lahm.

»Sie ist vom Tatort verschwunden, kurz nachdem Sie ins Krankenhaus gebracht worden sind. Wir versuchen noch immer herauszufinden, wo sie sich derzeit aufhält. Haben Sie eine Idee?«

Emma konnte sich genau an die Adresse der Maisonette-Wohnung erinnern. An Stephs verzweifeltes Gekritzel. Sie wusste nicht, was sich dort befand, ... doch Steph war Freyas Mutter. Plötzlich schien das alles andere in den Schatten zu stellen und ihr das Recht zu geben, alles zu tun, was sie für nötig hielt.

»Nein«, sagte Emma. »Tut mir leid.«

Die Polizisten schauten sie noch ein paar Sekunden lang an und gingen dann, als ihnen klar wurde, dass sie nichts hinzuzufügen hatte.

Sobald sie verschwunden waren, erlaubte Emma sich zu weinen. Sie spielte den Moment immer wieder in ihrem Kopf ab, in dem die Gestalt sich unter dem Laternenlicht umgedreht hatte. Erinnerte sich an den Schock, als sie sein Gesicht gesehen hatte.

Zeb.

Sie hatte weg- und dann wieder hingesehen, als wäre es eine optische Täuschung gewesen. In diesem kurzen unaufmerksamen Zeitfenster war er aus ihrem Sichtfeld gerannt. Aber er *war* es gewesen. Die Frage war nur: War er das *alles* gewesen? Eier und Hundescheiße und Elternratgeber und bösartige Zettel?

In ihrer Brust sammelte sich die Panik. Sie musste mit Zeb reden. Und was sollte sie wegen der Harlows unternehmen? Was, wenn Steph in Gefahr war und Emma die Einzige, die wusste, wo sie war?

Je mehr sie darüber nachdachte, desto klarer wurde ihr, dass ihre einzige Option war, Paul Harlow zu kontaktieren. *Ich darf die beiden nicht verlieren,* hatte Steph gesagt. *Das ist alles meine Schuld.* Stimmte das?, fragte Emma sich. Was war mit Pauls Schatten auf den Stufen in jener ersten Nacht, in der Steph mit blutendem Ohr am Fuß der Treppe gekauert hatte? Was war mit seiner erhobenen Stimme am nächsten Abend, dem zerbrechenden Glas, der Art und Weise, wie er die Frau auf der Kingston Bridge abgeschüttelt hatte?

Waren diese Bilder so lebhaft, weil Emma genau wusste, wie es sich anfühlte, von einem Mann bedroht zu werden? Wenn sie nur Andy und Robin einfach so aus ihrem System spülen könnte, wäre sie dann in der Lage, klar zu sehen, wem sie vertrauen konnte?

Auch Steph hatte sich oft seltsam benommen. Doch Emma empfand ihr gegenüber eine merkwürdige Treue. Vielleicht machte sie sie auf gewisse Weise zu ihrem Idol, weil sie wie eins der Goldmädchen in der Schule war, zu denen Emma nie gehört hatte, und noch dazu hatte sie die perfekte Goldtochter ...

Während sie versuchte, ihre Nachbarn zu verstehen und ihr Leben von ihrem eigenen zu trennen, schlug eine plötzliche Welle der Erschöpfung über ihr zusammen. Vielleicht waren Steph und Paul auch nur Eltern, die in einer tiefen Krise steckten. Vielleicht blieb Emma nichts anderes übrig, als alle Urteile und Loyalitäten fallenzulassen und ihnen die Chance zu geben, alles wieder in Ordnung zu bringen.

Und dann musste sie herausfinden, wie sie das Gleiche mit ihrem eigenen Kind hinbekommen konnte, und hoffen, dass diese beiden Ziele nicht im Widerspruch zueinanderstanden.

ACHTUNDFÜNFZIG

PAUL

Paul stieß sein Wohnzimmerfenster auf. Ihm schlug ein Hauch von Nachtluft in sein lädiertes Gesicht und weitete seine müden Augen. Er klatschte sich mit den Händen auf die Wangen, um sich wacher zu machen. Seine Tochter und seine Frau waren irgendwo da draußen, in dieser langen, merkwürdigen Nacht. Paul musste seinen Tunnelblick nun ausdehnen und versuchen, die Dinge zu sehen, die sein schlechtes Gewissen verdeckt haben könnte.

Er blickte auf den Zeitungsausschnitt in seiner Hand und überflog noch einmal die verblassten Zeilen.

Sie handelten von einer Vergiftung, damals in den Neunzigern. Der Reporter hatte eine große Sache aus dem umstrittenen Fall gemacht: Eine junge Frau wurde beschuldigt, einen älteren Mann umgebracht zu haben.

Er warf den Ausschnitt auf den Couchtisch und blätterte durch die Fotos, die ebenfalls im Flur verstreut gelegen hatten. Auf einem war ein jugendliches Mädchen zu sehen, mit einem dunklen Bob und einem selbstsicheren Lächeln. Dasselbe Mädchen war auch auf einem anderen Bild, auf dem sie zwischen einer übergewichtigen Frau und einem bärtigen Mann stand.

Und dann war da noch eine Geburtsurkunde. Er hob sie auf; das Papier war ganz dünn und zitterte leicht im Wind, der vom Fenster herüberwehte. Dieses Dokument war am verblüffendsten und verstörte ihn am meisten.

Das Geburtsdatum darauf stimmte mit Stephs überein. Der Name jedoch nicht.

Hatte jemand diese Gegenstände absichtlich zurückgelassen, damit sie gefunden wurden? Waren sie ein Hinweis? Eine Warnung?

Ihr Familienbetreuer steckte seinen Kopf durch die Wohnzimmertür. Paul sah, wie sein Blick wieder über seine Schnitte und blauen Flecken zuckte. Seit Paul George angerufen und ihn gebeten hatte, direkt vorbeizukommen, hatte er es geschafft, allen Fragen zu seinen Verletzungen auszuweichen. Er wusste, dass er sie früher oder später würde beantworten müssen, doch jetzt gerade gab es Wichtigeres zu tun.

»Ich habe das Team gebeten, nach Informationen zu Kate Thomas oder Rebecca Fielding zu suchen«, sagte George. »Sie schauen sich auch den Fall an, der in dem Artikel beschrieben wird. Und wir haben eine Fahndung nach Steph rausgegeben. Der Helikopter sucht nun nach ihr und Freya.«

Paul starrte zum Fenster und auf den sternenlosen Himmel, der sich über den Dächern der Vorstadt abzeichnete. War das, was er da sah, der Lichtstrahl des Helikopters, der über das Viertel hinwegfegte und die nächtlichen Geheimnisse ans Licht brachte?

Wo bist du, Steph?

Wer *bist du, Steph?*

Er kam nicht umhin, Nathalies Stimme zu hören, die ihn das Gleiche fragte. Wie ein umgekehrtes Echo durch die Zeit. Er konnte nicht damit aufhören, Spiegelungen in Gegenwart und Vergangenheit zu sehen: Steph und Nathalie, Freya und Billie …

Steph und *Kate*?

Als er durch den Korridor ins Schlafzimmer schritt, starrte Paul in den offenstehenden Schrank auf die Klamotten seiner Frau. Er fuhr mit den Fingern über vertraute Ärmel und Krägen. In diesen Strukturen steckte seine Ehe: Er hatte dieses Seidenhemd auf seiner Haut gespürt, wenn er Steph küsste. Er hatte seine Finger in die Gürtelschlaufen dieser Hose gesteckt, um sie an sich zu ziehen. Er hatte vage die Weichheit eines Pullovers wahrgenommen, wenn er neben ihr auf dem Sofa gesessen hatte, Freya auf der anderen Seite.

Es war nicht *möglich*, dass er so etwas Großes in all den Jahren nicht wahrgenommen hatte. Dennoch erwachten Erinnerungsfetzen in ihm: Fragen, die schon vorher immer wieder aufgekommen waren, die er aber immer wieder verdrängt hatte.

Paul war besessen gewesen von dem Leben, das er gehabt hatte, bevor Steph und dann Freya in sein Leben getreten waren. Von den Dingen, die er gezwungenermaßen vor ihnen hatte geheim halten müssen. Hatte ihn das für die Tatsache blind gemacht, dass Steph über ihre eigene Vergangenheit geschwiegen hatte? Hatte er übersehen, dass er nicht der Einzige war, der in der Lage war, unterschiedliche Masken zu tragen?

Wenn er eins in den letzten schrecklichen Tagen gelernt hatte, dann dass man sich nicht auf die Geschichten, die er sich selbst über sein Leben erzählt hatte – oder die andere ihm erzählt hatten –, verlassen konnte. Sie waren nicht starr, sondern fließend, unterschiedliche Perspektiven, die nebeneinanderher liefen. Er erkannte sich selbst kaum wieder. Für ihn fühlte es sich so an, als hätte er sich im Laufe der letzten Woche so sehr verändert wie in drei ganzen Jahren als verdeckter Ermittler. Doch Steph hätte die Konstante sein sollen. Sein Anker.

»Paul?« George tauchte wieder auf. »Das Team hat Informationen gefunden.«

Paul fuhr herum. »Ja?«

George gab ihm sein iPad und Paul überflog die E-Mail auf dem Bildschirm. *Epilepsiemedikament … Prozess … aus den Akten verschwunden …* Seine Sicht war unscharf, wie wenn er müde war und seine Lesebrille tragen sollte, mit diesem Film über seinen Augäpfeln.

Doch *irgendetwas* zwinkerte ihm durch den Nebel zu, wie ein einzelner Lichtpunkt.

Georges Handy klingelte. Er machte eine entschuldigende Geste und ging damit in die Küche. Während Paul weiter im Schlafzimmer herumstarrte, klingelte auch das Festnetztelefon. Er brach aus seiner Trance aus und eilte in die Küche, um ranzugehen.

»Hallo?«

»Ist da Paul?«

»Ja, wer ist da?«

»Emma Brighton.«

Ihre Nachbarin von unten? Sie sprach sanft und hatte Mühe, sich über die Geräuschkulisse hinweg Gehör zu verschaffen. Basierend auf Pauls neuester Erfahrung klang es ganz so, als wäre sie in einem Krankenhaus.

»Sie sind zu Hause«, sagte sie und wirkte dabei erleichtert. »Steph hatte Angst, dass Sie auch verschwunden wären.«

»*Sie* ist verschwunden.«

»Ich glaube, ich weiß, wo sie ist.«

Paul umklammerte den Hörer. »Ernsthaft?«

»Und ich … ich glaube, Sie müssen dorthin gehen, bevor es die Polizei tut.«

Sein Herzschlag beschleunigte sich. Er lauschte einen Augenblick lang, um sicherzugehen, dass George in dem anderen Zimmer noch beschäftigt war, dann presste er das Telefon dicht an seine Lippen. »Wo ist sie?«

Emma gab ihm eine Adresse durch. Paul schnappte sich ein Stück Papier und schrieb sie auf. Von diesem Ort hatte er noch nie etwas gehört und kannte auch niemanden, der in dieser Gegend wohnte. »Warum sollte Steph dort sein?«

»Ich weiß es nicht. Sie hat mir die Adresse gestern gegeben. Und mich gebeten, die Polizei bei ihrer Suche nach Freya in diese Richtung zu stupsen –«

»Freya?« Er konnte nicht verhindern, dass seine Stimme lauter wurde, und fürchtete schon, er könnte George beunruhigt haben. Er konnte jedoch hören, dass dieser noch immer in seinem eigenen Gespräch steckte. »Hat sie auch eine Verbindung zu diesem Ort?«

»Ich bin nicht sicher, inwiefern. Steph schien nicht zu wollen, dass jemand etwas davon weiß. Aber dann wurde Freyas Mantel gefunden und die Dinge haben sich geändert und ich ...«

Emmas Worte wurden immer bruchstückhafter, doch es lag nicht an der Verbindung: Es lag an dem Donnern, das in Pauls Schädel begonnen hatte.

»Freyas Mantel wurde gefunden?«, unterbrach er sie.

Es folgte ein Moment der Stille. »Das wussten Sie nicht?«

Paul krallte sich an der Lehne eines Küchenstuhls fest. »Wann? Wo?«

»Gestern. In einer ländlichen Gegend, in der Nähe von Slough, glaube ich. Er war ... vergraben.«

Paul war außer Atem. Warum hatte ihm das niemand erzählt? Vermutlich hatten George und die anderen Beamten angenommen, dass er es bereits wusste. Paul ging mit dem Telefon in der Hand auf und ab, kurze Strecken, immer hin und her. »Vergraben?«, wiederholte er. Plötzlich waren seine Wangen feucht und sein Bauch hohl.

»Es tut mir leid«, sagte Emma. »Darauf war ... Blut. Aber das heißt nicht ... Es gab keine ...« Er konnte spüren, wie sie nach den richtigen Worten rang. »Gott, es tut mir einfach so leid.«

Sie klang, als würde sie weinen. Paul schloss die Augen. Warum schien seine Nachbarin sich auf einmal so sehr für das Schicksal seiner Tochter zu interessieren? Alles geriet durcheinander. Er konnte hören, wie George sein Telefonat beendete. Es war kaum noch Zeit, doch alles, woran er jetzt denken konnte, war ein Grab mit der Jacke seiner Tochter darin.

Das einzig Konkrete war die Adresse auf dem Papier. Es war ein neuer Anhaltspunkt. Ein Fünkchen Hoffnung. Paul schüttelte energisch den Kopf, um die Verzweiflung zu vertreiben, die versuchte, ihn zu überwältigen. Er legte auf und schlich auf Zehenspitzen aus der Wohnung.

Als er draußen vor dem Haus gerade überlegte, wie er ohne Auto am besten zu der Adresse kommen würde, lief er seinen Eltern in die Arme.

»Paul!« Seine Mutter schlang die Arme um seinen Hals, wobei ihre Füße durch die Kraft ihrer Umarmung und aufgrund ihres Größenunterschieds beinahe die Bodenhaftung verloren. »Wo bist du gewesen? Bist du verletzt? Was ist passiert?«

Er löste sich aus ihrer Umarmung. Ihre Fragen folgten immer schneller aufeinander und er musste sie unterbrechen. »Mum, Dad, es tut mir leid, aber ich muss gehen.«

»Verschwinde nicht wieder, Paul«, sagte seine Mutter inbrünstig, fast wütend. »Bleib hier bei uns. Wir brauchen einander und Freya braucht uns alle.«

»Es tut mir leid. Kann ich euren Wagen nehmen? Ich erkläre es später. Haltet George einfach bitte kurz hin. Denkt euch was aus ...«

»Paul!« Seine Mutter sah verzweifelt aus, dennoch drückte sie ihm ihre Autoschlüssel in die zitternden Hände.

NEUNUNDFÜNFZIG

KATE

Fünfundzwanzig Jahre zuvor

Ich trage dasselbe Kleid wie an Nicks Beerdigung. Es ist das eleganteste Kleidungsstück, das ich besitze – ich hatte die Wahl zwischen diesem Kleid und meiner Schuluniform. Das Kleid sitzt lockerer als beim letzten Mal: Ich versinke geradezu in dem dunklen Stoff.

Wir sitzen in einem Raum mit rostrotem Teppichboden und getäfelten Wänden: ich, Mum und ein Mann, der für das Gericht arbeitet. Der Mann hat uns bereits erklärt, was passieren wird und hat uns unsere ursprünglichen Zeugenaussagen lesen lassen, als Erinnerung daran, was wir vor all den Wochen ausgesagt haben. Jetzt ist die Luft vom Warten zum Zerreißen gespannt, ein Gefühl, das mich schon so lange in Geiselhaft hält.

Die Tür quietscht und ein weiterer Mann erscheint, ein Klon des ersten, nur mit Schnurrbart. »Kate Thomas, wir sind jetzt bereit für Sie.«

Ich werfe Mum einen Blick zu und sie lächelt mich kurz

nervös an. Dann folge ich dem Mann durch einen hallenden Flur und meine Schnürsenkel klatschen auf den Boden.

Er öffnet eine weitere schwere Tür und dann sind wir in einem Gerichtssaal mit hohen Decken. Köpfe drehen sich von allen Seiten zu mir um, als ich hineinkomme. Ich lasse meinen Blick umherschweifen, ohne mich zu konzentrieren, und ich entdecke Becca auf der Anklagebank mit einer Glasscheibe um sie herum. Der ganze Saal riecht nach Möbelpolitur; ich habe das Gefühl, ein ganzes Fass davon eingeatmet zu haben.

»Ich erkläre feierlich, aufrichtig und wahrheitsgemäß, dass ich die Wahrheit sage, die ganze Wahrheit und nichts als die Wahrheit.«

Aus der verschwommenen Menge treten jetzt nach und nach Details hervor: eine Frau in der Jury mit einer violetten Strickjacke und ein Mann, der im hinteren Teil des Raumes etwas in ein Notizbuch kritzelt. Tante Rachs Lockenkopf und ihre breiten Schultern, Onkel Jacks ergrauter Bart. Und Nick, Nick ... nur, dass er es nicht wirklich ist, sondern sein Bruder Richard, der kerzengerade dort sitzt, als würde er von Fäden gehalten. Derjenige, der darauf gedrängt hat, den Fall vor Gericht zu bringen.

Ich erlaube mir, Becca noch einen Blick zuzuwerfen. Nur lang genug, um zu sehen, dass ihr Haar gewachsen und zu einem Pferdeschwanz gebunden ist. Ich sehe, wie sie sich an ihren Ellbogen festkrallt und zusammengekauert hinter der Glasscheibe sitzt. Wie muss es sich für sie anfühlen, dass sie diejenige ist, die vor Gericht steht, während ich im Zeugenstand sitze und von der Staatsanwaltschaft aufgerufen werde? Sie ist bei ihrer Taktik geblieben, alles zu leugnen. Das heißt, dass sie auch nie meine Beteiligung erwähnt hat. Es gibt nichts, das ich tun kann, außer dieselbe Geschichte nochmal zu erzählen und das Beste zu hoffen. Und sicher, sicher können sie nicht beweisen, dass Nick die Pillen nicht selbst genommen hat, oder?

Doch jetzt, wo ich hier bin, ein winziger Fleck im Auge des Gerichtssaals, ergreift mich die gleiche Machtlosigkeit wie damals, als ich befürchtet habe, Nick würde meine Mutter umbringen. Es fühlt sich an, als könnte an einem Ort wie diesem, wo schlaue Leute am Steuer sitzen, die weitaus mehr über Fälle und Beweismittel wissen als Becca oder ich, alles bewiesen werden.

Die Staatsanwältin erhebt sich. Sie trägt eine todschicke schwarze Robe, womit sie aussieht wie eine riesige Krähe. Sie tätschelt ihre Perücke und meine Befragung beginnt.

Später fühlt es sich an wie auf eine Klassenarbeit zurückzublicken und sich grob auszurechnen, ob man bestanden haben könnte. Ich kann mich nicht genau an meine Antworten erinnern. Ich kann nicht beurteilen, ob es die richtigen waren.

Die Staatsanwältin hat eindeutig versucht zu zeigen, dass Becca an jenem Freitagabend eine Weile mit Nick allein war, etwa zu der Zeit, als »die Pillen höchstwahrscheinlich eingenommen wurden«. Sie erkundigte sich auch nach anderen Dingen, fragte, ob es zwischen Becca und Nick ein »ungutes Gefühl« gegeben hatte, während sie bei uns gewohnt hat. Beccas Anwalt hat »Einspruch« geschrien und gesagt, das sei eine Suggestivfrage. Der Richter stimmte zu, also hat die Staatsanwältin die Frage umformuliert und schließlich gefragt, wie die Beziehung zwischen Becca und Nick war. Doch der Gedanke eines »unguten Gefühls« war nun raus und ich frage mich, ob die Jury meine geröteten Wangen bemerkt hat.

Mum hatte mir vorhin gesagt, dass ich nach Hause gehen sollte, sobald mein Teil vorbei wäre. Sie will, dass ich mich so weit wie möglich vom Prozess fernhalte, weil sie denkt, dass er für mich zu viel Stress bedeutet. Sie darf jedoch nicht in den Gerichtssaal, bis sie ihre Aussage gemacht hat, also kann sie mich nicht davon abhalten, in eine Ecke der öffentlich zugänglichen Galerie zu schleichen und zuzuschauen.

Es ist der zweite Verhandlungstag. Ich weiß nicht, was gestern passiert ist und ich verstehe auch nicht wirklich, wie das Rechtssystem funktioniert, doch ich kann sehen, wie die Staatsanwältin ihren Fall langsam aufrollt und ihre Gedanken einpflanzt. Und ich kann sehen, wie die Verteidigung versucht, die Verdachtsmomente aufzulösen, sobald sie sich bilden, so als würde man Seifenblasen vor dem Landen zerplatzen lassen. Beccas Anwalt hat ein rundes, aufgescheuert aussehendes Gesicht und ist mindestens einen halben Meter kleiner als die große, markante Staatsanwältin. Auch seine Stimme ist leiser und weniger selbstbewusst. Ich frage mich, ob das eine Rolle spielt. Und ich frage mich, wie Tante Rach und Onkel Jack sich überhaupt einen Anwalt leisten können.

Der nächste Zeuge ist Beccas Hausarzt. Mir dreht sich der Magen um, als er erzählt, dass Becca Carbamazepin genommen hat und dass sie bei ihm um eine Rezeptänderung gebeten hat. Ein Raunen geht durch den Gerichtssaal, als er nach dem Zeitpunkt gefragt wird.

Acht Tage nach Nicks Tod.

Sie muss in Panik geraten sein. Sie muss zurück nach Derby gefahren sein und beschlossen haben, ihre Tabletten zu wechseln, in der Hoffnung, dass das die Verbindung irgendwie verschleiern würde.

»Hat sie gesagt, warum sie plötzlich unbedingt ihr Rezept ändern wollte?«, fragt die Staatsanwältin.

»Sie sagte, sie habe Nebenwirkungen bekommen. Übelkeit und Schwindelgefühl. Sie wollte unbedingt etwas anderes ausprobieren, also habe ich zugestimmt.«

»Ursprünglich hat die Zeugin ausgesagt, sie habe zum Todeszeitpunkt des Opfers keine Epilepsiemedikamente genommen«, erwidert die Staatsanwältin. »Wussten Sic, dass sie ihre Medikamente abgesetzt hat, Dr. Holmes?«

»Nein, das wusste ich nicht.«

»Sie haben ihr nicht empfohlen, Carbamazepin abzusetzen?«

»Das hätte ich nicht empfohlen.«

»Warum nicht?« Die Staatsanwältin hat eine Art an sich, gleichzeitig fasziniert und beinahe schon überrascht zu klingen, auch wenn die Untersuchung eindeutig nach ihren Vorstellungen verläuft.

»Es ist gefährlich, sie abzusetzen. Man kann einen Rebound-Effekt erleiden. Die Dosis muss schrittweise gesenkt werden und gleichzeitig müssen alternative Medikamente eingesetzt werden.«

Die Staatsanwältin bittet die Jury, sich Dokument F in der Beweismittelmappe anzuschauen. Das Rascheln von Papier ist zu hören, gefolgt von einem Augenblick der Stille.

»Das ist eine Kopie der Krankenakte der Angeklagten«, erklärt sie. »Wie Sie sehen können, wurde ihr nur vier Tage, bevor sie zu ihrer Tante und ihrer Cousine gefahren ist, erneut Carbamazepin verschrieben.« Die Staatsanwältin dreht sich zurück zu Dr. Holmes. »Hat sie da erwähnt, dass sie das Medikament nicht länger nehmen möchte?«

»Nein«, sagt er. »Ich bin davon ausgegangen, dass sie die Einnahme fortsetzen würde.«

»Wissen Sie, ob sie die Carbamazepin-Tabletten mit zu ihrer Tante genommen hat?«

»Das weiß ich nicht«, sagt Dr. Holmes.

Die Staatsanwältin verweist die Jury wieder auf die Beweismittelmappen und auf den späteren Wechsel von Carbamazepin zu Natriumvalproat. Sie macht sie wieder auf das Datum aufmerksam und den Satz, den Dr. Holmes anscheinend in seinen Notizen vermerkt hat: *Medikation auf Wunsch der Patientin überprüft.*

Nach Dr. Holmes werden ein paar Zeugen hereingebracht, die über den »Charakter der Angeklagten« aussagen sollen. Auf gewisse Weise schocken mich diese Aussagen mehr als alles andere. Eine von Beccas alten Lehrerinnen erzählt, dass Becca in der neunten Klasse wegen einer Schlägerei und in der zehnten Klasse wegen Mobbing suspendiert worden ist. Ich habe von all dem nichts gewusst. Ich werfe Becca einen Blick zu: Sie hält den Kopf gesenkt und in der Glasscheibe, die sie umgibt, tanzen verzerrte Spiegelungen. Ihr Verteidiger nimmt die Lehrerin ins Kreuzverhör, um zu zeigen, dass Becca beide Male behauptet hat, eine Freundin verteidigt zu haben, die von anderen Beteiligten bedroht worden war.

»Wir konnten nie feststellen, ob das der Wahrheit entsprach«, sagt die Lehrerin. »Daher wurde Becca suspendiert.«

Als Nächstes ist ein Mädchen in Beccas Alter dran. Becca starrt sie an, als sie in den Zeugenstand kommt. Anscheinend sind sie zusammen zur Schule gegangen. Die Staatsanwältin fragt nach den »Vorfällen« in der neunten und zehnten Klasse.

Das Mädchen wendet sich direkt an die Jury. Mit ihren klimpernden Ohrringen wirkt sie selbstbewusst. Oder vielleicht vermeidet sie es auch nur, Becca anzuschauen. »Becca war immer der Meinung, dass sie Menschen verteidigen würde, aber manchmal hat sie es auf die Spitze getrieben«, sagt sie. »Sie hat sich in den Kopf gesetzt, dass man den Leuten eine Lektion erteilen muss. Ich glaube, sie hat sich selbst als eine Art Gerechtigkeitskämpferin gesehen.«

Ich schaue mich um und spüre, dass die Leute diese Worte in sich aufgesogen haben: *den Leuten eine Lektion erteilen muss.*

Es fühlt sich an, als wäre die Wahrheit über das, was an jenem Freitag und in den Wochen davor passiert ist, nur ein

Spielzeug, das hin und her geworfen und dabei verbogen wird. Die Art und Weise, wie die Staatsanwältin die Beweise präsentiert, ist so clever, dass sie sogar in mir Zweifel weckt. Ist Becca die starke, beschützende Cousine, zu der ich immer aufgesehen habe, oder die verblendete »Gerechtigkeitskämpferin«, zu der sie sie gerade machen?

Ich kneife die Augen zu und überlege, mir die Finger in die Ohren zu stecken. Dann höre ich, wie sie den Namen meiner Mutter aufrufen, und ich öffne meine Augen schlagartig wieder.

Ich erschrecke, als ich sie da so sehe, in dieser ungewohnten Umgebung. Sie sieht so krank aus. Sie trägt ein marineblaues Kopftuch, das hinten zu einem Knoten gedreht ist, ihre Haut ist im Kontrast dazu weiß wie Papier. Mit dünnen Fingern umklammert sie die Kanten der Zeugenbank und ihr Gesicht sieht in diesem Licht abgemagert aus.

Sie verblasst. Und das alles war doch eigentlich für sie. Ich will aufstehen und es herausschreien: *Wir haben es getan, aber nicht ohne Grund. Wir lagen falsch, aber wir dachten, wir lägen richtig.*

Irgendetwas veranlasst mich, nach links zu schauen und durch eine kleine Lücke in den Menschenreihen fällt mein Blick auf Nicks Bruder Richard. Es ist fast, als hätte er meine Gedanken gelesen und sich in genau diesem Moment zu mir gedreht. Die Scham brennt in mir und ich wende meinen Blick ab.

»Miss Thomas«, sagt die Staatsanwältin zu Mum, »können Sie bestätigen, dass sie mit dem Opfer und der Angeklagten in Verbindung stehen?«

»Ich war Nicks Lebensgefährtin«, sagt Mum, »und Becca, die Angeklagte, ist meine Nichte.«

»Hatten Sie eine gute Beziehung zu Mr Wood – Nick?«

»Ja.« Mums Stimme ist zittrig, aber formell. Nie schweift ihr Blick zu Becca oder Tante Rach und ich bin mir auch nicht sicher, ob sie mich entdeckt hat. »Wir waren nur etwa acht, vielleicht neun Monate zusammen, aber wir haben uns sehr geliebt.«

»Wie würden Sie Mr Woods Geisteszustand in den Wochen vor seinem Tod beschreiben?«

»Es war eine schwierige Zeit. Ich wurde mit einer Form von Krebs diagnostiziert und er wusste als Einziger davon.«

»Hatten Sie jemals den Verdacht, dass er selbstmordgefährdet war?«

Mum überlegt. »Nein. Ich glaube wirklich nicht, dass er das war. Verzweifelt, ja. Besorgt um mich. Aber ... er hätte mich mit all dem nicht allein gelassen. Wir haben beide versucht, positiv zu bleiben.«

Die Staatsanwältin hält kurz inne, dann erhebt sie wieder die Stimme: »Wie würden Sie die Beziehung zwischen Mr Wood und Miss Fielding beschreiben?«

Es ist die gleiche Frage, die auch mir gestellt wurde. Mein Herz pocht, während ich auf Mums Antwort warte.

»Becca hat mit mir über Nick gesprochen, nachdem sie schon ein paar Tage bei uns war«, sagt Mum. »Sie hat gesagt, er würde ihr ein *ungutes Gefühl* geben. Sie hat sogar angedeutet, dass er sich ihr gegenüber unangemessen verhalten hat.«

»Haben Sie das geglaubt?«

»Nein, gar nicht. Nick war nicht ... Er würde das nicht tun. Becca hat ziemlich mit ihm geflirtet, als sie angekommen ist, aber dann schien sie sauer zu sein.«

Dann trifft es mich wie ein Schlag: Mum will, dass Becca verurteilt wird. Sie glaubt, dass sie es getan hat. Oder vielleicht klammert sie sich auch nur an diese Erklärung, weil sie verzweifelt um einen Abschluss bemüht ist.

Trotzdem, ihre *Nichte*. Die Tochter ihrer Schwester.

Am Rande meines Verstandes flackert der Gedanke auf: *Besser als ihre eigene Tochter*. Sie hat nicht auch nur einmal erwähnt, dass auch ich ein *ungutes Gefühl* gegenüber Nick hatte.

In den letzten Wochen, während ich auf die Verhandlung gewartet habe, habe ich über die vielen falschen Schlüsse nachgedacht, die ich gezogen habe. Es ist erschreckend, wie man etwas in einem anderen Licht betrachten kann: die heimlichen Streits, die Geheimnisse, Mums veränderte Persönlichkeit und Nicks Stimmungsschwankungen. Wie er sie ständig beobachtet hat und ihr nicht von der Seite gewichen ist. Dass sie sich geweigert hat, mich mit ihm allein zu lassen … ihre Sorge, dass Becca und ich ihm keine Vorwürfe machen sollten. Ich glaube, sie hatte Angst, dass er einknicken und die Wahrheit ausplappern würde.

Unter unserem Dach herrschten also *tatsächlich* Angst und Bedrohung – ich habe es gespürt und ich hatte recht damit. Nur lag ich falsch, was den Grund betraf.

Manchmal werde ich so wütend, dass sie mir nicht einfach erzählt hat, dass sie krank ist. Inzwischen habe ich rausgefunden, dass selbst Nicks Vater davon wusste – darüber müssen Mum und er draußen bei Nicks Beerdigung gesprochen haben. Aber natürlich bin ich vor allem wütend auf mich selbst. Weil ich es nicht gemerkt habe. Weil ich so katastrophal dumm war.

Die Staatsanwältin nickt dem Richter zu, nachdem Mum den Zeugenstand verlassen hat.

»Keine weiteren Fragen.«

SECHZIG

STEPH

Die Maisonette-Wohnung in der Chertsey hatte niemals wirklich bewohnt ausgesehen oder sich so angefühlt. Keine Bilder an der Wand oder Pflanzen, die Farbe und Leben in die Wohnung brachten. Doch trotz des Mangels an Möbeln oder Dekoration (und Steph hatte zaghafte Angebote gemacht, die Wohnung »aufzupeppen«), hatte es sich immer beengt angefühlt. Es war, als wäre die Wohnung bereits überfüllt mit etwas anderem als den Alltagsgegenständen einer normalen Wohnung.

Auch wenn die Wohnung klein war, hatten die Miete und Instandhaltung in den letzten vier Jahren ein großes Loch in Stephs Einkommen gerissen. Die Miete war besonders hoch, doch im Gegenzug stellte der Vermieter keine Fragen. Sie durfte in bar zahlen, es gab keine offiziellen Papiere und sie musste nicht ihren echten Namen nennen. Gelegentlich, und dafür schämte sie sich, hatte sie sich etwas von dem Konto leihen müssen, auf dem Pauls kaum angerührte »Abfindung« von der Polizei lag, die sie für Freyas Studiengebühren, Hochzeit, Mietkaution aufgehoben hatten. Er hatte sie einmal etwas zu einer Abhebung gefragt und sie hatte sich mit einer Notfallreparatur am Auto herausgeredet. Paul hatte ihre Erklärung akzeptiert. Seine ursprüngliche Frage hatte gelautet: »Hast du siebenhundert Pfund von unserem Ersparten genommen?« Er hatte sie eher aus Neugier gestellt, und nicht, weil er einen Verdacht hegte.

Er hatte ihr vertraut. Auch, wenn er einst dazu ausgebildet worden war, misstrauisch und achtsam zu sein. Es schien, als wäre jetzt ihre Tochter diejenige mit diesen Eigenschaften.

Steph war übel, als sie hoch zu den Vorhängen vor den Fenstern der Maisonette-Wohnung blickte. Sie hatte das unzählige Male zuvor getan, immer wieder hatte sie beim Näherkommen zur oberen Etage geschaut, immer mit gemischten Gefühlen. Manchmal hatte sie sich auf eine seltsame Art und Weise auf die Besuche gefreut, doch da waren auch Bedenken und Schuldgefühle gewesen, das erstickende Gefühl der Verantwortung, der sie niemals entkommen würde. Das Ganze wurde nun noch verstärkt durch Angst und Wut ... und Hoffnung. Die schwindelerregende Hoffnung, dass Freya irgendwie dort sein könnte.

Ein blutiger Mantel bedeutet noch nicht das Ende, sagte sie sich einmal mehr.

Sie durfte einfach keine Zeit mehr verschwenden.

Dieser Gedanke und der Zettel, den sie und Emma gefunden hatten, brachten sie dazu, das Messer aus Pauls Jackentasche zu ziehen und es sich in den Ärmel zu schieben. Als das Metall ihre Haut berührte, erschauderte sie, legte den schweren Mantel ab und stieg aus dem Auto aus. Flüchtig erinnerte sie sich daran, dass sie den Schuhkarton mitsamt Inhalt im Hausflur liegen gelassen hatte – die Ausstellungsstücke ihrer Vergangenheit, die sie so sorgsam behütet hatte. Sie schob den Gedanken beiseite, bevor er sie ablenken konnte. Es war jetzt egal.

Es war so eine vertraute Bewegung, die Tür zur Maisonette-Wohnung zu öffnen, die Klinke hinunterzudrücken und den Schlüssel herumzudrehen, doch heute Nacht wusste sie nicht, was sie vorfinden würde. Der Flur roch wie immer nach alter Pappe und Wollmäusen. Im unteren Stockwerk befand sich eine steile Treppe mit einem bretterverschlagenen Laden auf der rechten Seite. Darüber lag der Ort, den Steph regelmäßig aufsuchte und von dem niemand etwas wusste. Außer vielleicht Freya. Sie hatte ihre Mutter offensichtlich gesehen, wie sie hierhergefahren war, als sie eigentlich auf der Arbeit hätte sein sollen. Und offensichtlich hatte sie die Lügen über Geld und Besorgungen und Überstunden bemerkt. Sie hatte die Unehrlichkeit erkannt, als sie sie gesehen hatte, auch wenn sie, was den Grund anging, falsch gelegen hatte. Wenn man Zebs Worten glauben mochte, hatte sich Freya sogar ein Auto kaufen wollen, um ihre Detektivarbeit voranzutreiben. War das Geld in ihrer Jackentasche dafür gewesen? Hatte sie es *tatsächlich* geschafft, Steph den ganzen Weg hierher zu folgen und sich in etwas verwickelt, das viel größer war, als sie erwartet hatte?

Stephs Herz klopfte wie wild, als sie die Treppe hinaufstieg. *Ich kann mich jetzt um alles andere kümmern. Ich will nur nicht zu spät sein.* Sie hätte früher kommen, die Polizei informieren, alles anders machen sollen. Zunächst hatten sie Verleugnung und Angst gelähmt. Dann hatte sie für einen kurzen Moment gehofft, sie könnte ihre Geheimnisse bewahren, ihr Leben behalten *und* Freya retten. Dumm, dumm, dumm. Doch jetzt war sie hier und bereit, alles zu opfern – nur ihre Tochter nicht.

Oben öffnete sie die Tür und fand ein verlassenes Wohnzimmer vor. Sie konnte in dem normalerweise aufgeräumten Raum einige Details ausmachen: eine herausgezogene Schreibtischschublade, Münzen auf dem Teppich darunter sowie eine schmuddelige Reisetasche auf dem Sofa, prall gefüllt mit Kleidung.

Als sie aus dem hinteren Teil des Hauses ein Knarren hörte, ließ sie ihre rechte Hand in den linken Ärmel gleiten und griff nach dem Messer. Vertraute Schritte bewegten sich durch den kleinen Flur, der das Schlaf- vom Wohnzimmer trennte.

EINUNDSECHZIG

KATE

Fünfundzwanzig Jahre zuvor

Am nächsten Tag weiß ich, dass ich zurückgehen werde. Ich werde mich aus der Schule schleichen, einen Bus in die Stadt nehmen, mich auf denselben Platz auf der Galerie setzen und solange auf meinen Nägeln herumkauen, bis warmes Blut unter meine Zunge sickert. Meine Mutter ist zu meiner Erleichterung nicht dort. Vielleicht kann sie Tante Rach und Onkel Jack nicht mehr entgegentreten, nach der Aussage, die sie gestern gemacht hat. Vielleicht kann sie hiervon gar nichts mehr ertragen.

Heute ist die Verteidigung an der Reihe: Der kleine, rundliche Mann, dessen Bauch aus der schwarzen Robe herausragt, die sich dadurch nicht mehr vollständig schließen lässt. Ich werfe meiner Tante und meinem Onkel einen Blick zu, die händchenhaltend auf der anderen Seite der Galerie sitzen, und frage mich, ob Beccas Anwalt bewusst ist, wie viel Hoffnung in ihn und seinen lockigen Perückenkopf gesetzt wird. Heute Morgen habe ich Trost in der Schulbibliothek gesucht und ein Buch über englisches Recht gefunden. Darin stand, dass die Verteidigung nichts beweisen, sondern lediglich »begründete

Zweifel« aufzeigen muss. Ich wälze diesen Ausdruck in meinem Hirn hin und her und versuche ihm etwas Zuversicht abzugewinnen.

Beccas Anwalt befragt zunächst Nicks Hausarzt.

»Weshalb haben Sie Mr Wood Antidepressiva verschrieben?«

»Er ist durch eine schwierige Zeit gegangen. Schlaflosigkeit, Angstzustände ... Es war nur eine temporäre Maßnahme.«

»Waren Sie besorgt um seinen Geisteszustand?«

»Ich glaube schon, ja.«

Ich verstehe, was der Verteidiger versucht. Er will die Jury daran erinnern, dass zumindest die *Möglichkeit* eines Suizids besteht. Denn Möglichkeit heißt auch Zweifel. Dann jedoch steht die Staatsanwältin auf, um den Arzt ins Kreuzverhör zu nehmen, und kommt direkt zur Sache: »Hielten Sie Mr Wood für selbstmordgefährdet?«

Der Arzt überlegt. »Das kann ich natürlich nie gänzlich ausschließen. Aber ich hatte tatsächlich den Eindruck, dass er sich um seine mentale Gesundheit kümmern wollte, um für seine Partnerin da sein zu können.«

»Falls Mr Wood tatsächlich vorgehabt hätte sich umzubringen, hätte er dann Ihrer Meinung nach nicht eine große Menge Antidepressiva, oder vielleicht so etwas wie Paracetamol genommen, anstelle einer Dosis eines ihm unbekannten Medikaments, das er gefunden hat?«

»Einspruch!«, ruft Beccas Anwalt. »Spekulation.«

Der Richter stimmt zu. Doch wieder zieht die Logik der Staatsanwältin durch die Luft wie Rauch.

Und obwohl ich annehme, dass der Verteidiger genau weiß, was er tut, werde ich das Gefühl nicht los, dass seine weiteren Andeutungen sich gegenseitig widersprechen. Vielleicht hat Nick die Pillen absichtlich genommen, vielleicht aus Versehen, vielleicht gehörten sie Becca, vielleicht aber auch nicht. Er versucht zu betonen, dass wir es nicht beweisen können.

Manches Mal klingt er überzeugend, manchmal jedoch reißt die Staatsanwältin seine Theorien mit ihren manikürten Fingernägeln direkt wieder ein.

Meine Hoffnung schwankt so oft auf und ab, dass mir schlecht wird.

Dann ist wieder ein Tag vorbei und ich fürchte schon, dass Mum weiß, wo ich den ganzen Tag war, doch sie sagt nichts. Ich mache Chicken Nuggets und verbrannte Kartoffelwaffeln, weil sie zu müde zum Kochen ist, und etwas an diesem kindlichen Essen tröstet mich und macht, dass ich mich in ihrem Schoß zusammenrollen will.

In dem Rechtsbuch aus der Schule habe ich etwas bezüglich der Aussage des Angeklagten gelesen. Die Person, die der Straftat bezichtigt wird, muss sich entscheiden, ob sie in den Zeugenstand treten und befragt werden will oder nicht. Mein erster Gedanke war: *Warum sollte man das nicht tun?* Es ist doch deine Chance, deine Seite der Geschichte darzustellen. Doch dann denke ich darüber nach, was das in Beccas Fall bedeutet: Sie müsste sich vor all diesen Leuten an eine Lüge klammern, würde von der Menschlichen Krähe ins Kreuzverhör genommen werden und unter noch genauerer Beobachtung stehen als alle anderen Zeugen.

Die Möglichkeit, dass sie zusammenbrechen und alles preisgeben könnte, hält mich die kommenden Nächte wach.

Ich träume wieder und wieder von diesem Augenblick, und als ich dann am letzten Tag zurück auf der Galerie bin und der Richter ankündigt, Becca werde die letzte Zeugin der Verteidigung sein, fühle ich mich wie in meinem eigenen Albtraum. Im Gerichtssaal wirkt die Luft diesig, die Stimmen der Leute sind verwaschen und meine Beine versinken wie gelähmt in der Holzbank. Becca ist einen Moment lang der einzige klare Punkt im Raum, als sie in den Zeugenstand geht und ihren Eid abgelegt.

»Miss Fielding«, fängt ihr Verteidiger an, »können Sie das Gericht aufklären, ob Sie zum Todeszeitpunkt des Opfers Carbamazepin genommen haben?«

Beccas Stimme ist heiser, als hätte sie sie länger nicht benutzt. »Ja, habe ich.«

»Warum haben Sie bei der Polizei ursprünglich – zu Hause bei Ihrer Tante und anschließend auf dem Polizeirevier – das Gegenteil ausgesagt?«

Sie räuspert sich. »Ich war verwirrt. Es ist so viel auf einmal passiert. Und ich habe darüber nachgedacht, die Tabletten abzusetzen, weil ich mich damit nicht gut gefühlt habe. Aber Dr. Holmes hat mir geraten, das nicht einfach so zu machen.«

»Hatten Sie das Medikament bei sich, während Sie bei Ihrer Tante und Ihrer Cousine gewohnt haben?«

»Ja.«

»Hatte Mr Wood Zugang dazu?«

»Sie waren in Kates Zimmer.« Als mein Name fällt, geht mein Atem heftiger. »Sie waren nicht weggeschlossen oder so. Also, ja, denke ich, dass er Zugang gehabt hat.«

»Und haben Sie nach jenem Abend bemerkt, dass etwas fehlt?«

»Nein, aber ich habe sie auch nicht gezählt, ich habe nur meine übliche Dosis genommen.«

»Haben Sie nach Mr Woods Tod bemerkt, dass Ihnen ein paar Tabletten gefehlt haben?«

»Nein. Ich habe die Packung aber auch nicht zu Ende genommen, bevor ich das Medikament gewechselt habe. Hätte ich das getan, hätte ich bemerken können, dass weniger Tabletten übrig waren als normal.«

Der Dialog wirkt eingeübt. Ich frage mich, ob ich es als Einzige bemerke, vielleicht weil ich Becca so gut kenne.

»Haben Sie Mr Wood Ihre Tabletten auf irgendeine Weise verabreicht?«, fragt der Anwalt und ich erstarre.

Becca antwortet mit fester Stimme: »Nein.«

»Sind Sie mit Mr Wood klargekommen?«

»Ja. Ich gebe zu, dass ich anfangs einen schlechten Eindruck von ihm hatte, aber als ich ihn dann besser kennengelernt habe, haben wir uns gut verstanden.«

»Also haben Sie mit Ihrer Tante gesprochen und ihre Bedenken über ihn geäußert?«

»Nur einmal. Danach habe ich meine Meinung geändert.«

»Es gab keine weiteren Meinungsverschiedenheiten?«

»Nein.«

Als die Fragen der Verteidigung vorüber sind, entspanne ich mich ein wenig. Es lässt sich zwar schwer sagen, aber ich glaube, es ist gut gelaufen. Ich stelle mir mich selbst als Geschworene vor: Was würde ich von der ganzen Sache halten?

Die Staatsanwältin steht auf und schreitet durch den Saal. Sie zieht das Tempo an. Sie stellt ihre Fragen im Eiltempo, eine nach der anderen, schlägt große Wellen im Gerichtssaal.

»Weshalb haben Sie Ihr Medikament gewechselt, Miss Fielding?«

»Weil ich mich davon krank gefühlt habe.«

»Nicht etwa, weil Mr Wood an einer Reaktion auf genau dieses Medikament gestorben ist?«

»Ich – Ich wusste nicht mal, dass er daran gestorben ist. Damals jedenfalls nicht.«

»Sie haben nichts geahnt?«

»Wie denn?« Becca zupft an ihrem Zopf herum. »Ich wusste nicht, dass er sie überhaupt genommen hat.«

»Sie haben nicht versucht zu vertuschen, dass es Ihre Pillen waren?«

»Nun, das würde es nicht vertuschen, oder?«

»Sagen Sie es mir.«

»Ich meine, das hat es nicht.«

»Also ist Ihr Plan nicht aufgegangen?«

»Nein – nein, es war nicht mein Plan. Aber wenn er es gewesen wäre, wäre es ein ziemlich dämlicher gewesen.«

»Ich verstehe.« Die Staatsanwältin hebt eine Augenbraue. Mir schwirrt der Kopf von den Fragen, die wie aus einer Maschinenpistole geschossen kommen. Becca sieht aus, als ginge es ihr ähnlich.

»Warum haben Sie der Polizei nicht die Wahrheit gesagt, welche Medikamente Sie nehmen?«

»Das habe ich doch schon gesagt. Ich war durcheinander.«

»Also, wenn ich das richtig verstanden habe, dachten Sie, Sie hätten *gar keine* Pillen für den Besuch bei Ihrer Tante eingepackt? Weil Sie, wie Sie der Polizei ursprünglich gesagt haben, ›zwischen den Medikamenten‹ waren?«

»Das habe ich gedacht –«

»Auch wenn Sie gerade bestätigt haben, dass die Pillen im Zimmer Ihrer Cousine waren, wo Sie auch übernachtet haben, damit Sie sie jeden Tag im Blick haben und sie nehmen würden?«

»Natürlich erinnere ich mich jetzt daran.«

»Aber als die Polizei – *zweimal* – gefragt hat, ob Mr Wood eventuell Zugang zu Carbamazepin gehabt hat, kurz bevor er gestorben ist, haben Sie verneint.«

»Ich war durcheinander.«

»Sie haben nicht versucht, etwas zu vertuschen?«

Der Richter unterbricht sie: »Bitte fahren Sie fort. Die Zeugin hat diese Fragen bereits beantwortet.«

»Natürlich, euer Ehren. Ich versuche lediglich, ein klares Bild zu zeichnen. Ich möchte nicht, dass die Geschworenen auch *durcheinander*kommen.«

Jetzt macht sie Scherze. Sie tanzt schon vor dem eigentlichen Ende ihren Siegestanz. Mir steigen Tränen in die Augen, doch ich verdränge sie: Noch ist es nicht vorbei.

Reiß dich zusammen, will ich meiner Cousine sagen, die

jetzt sichtbar zitternd im Zeugenstand sitzt. Ich erinnere mich daran, was in meinem Albtraum passiert ist, und ein kalter Lufthauch streicht mir über den Rücken.

»Hat Mr Wood Ihnen gegenüber sexuelle Annäherungsversuche unternommen?«

»Ähm, nein.«

»Warum haben Sie Ihrer Tante dann erzählt, dass es so war?«

»Habe ich nicht. Nicht direkt.«

»Aber Sie haben es angedeutet?«

»Vielleicht aus Versehen.«

»Waren Sie wieder durcheinander?«

Becca wird rot. »Ich … ich hatte einfach erst ein schlechtes Gefühl bei ihm und wollte …«

»Was wollten Sie?«

»Sichergehen.«

»*Sichergehen*?«

»Sichergehen, dass es Tante Laura gutgeht.«

»Und wenn es ihr nicht gut gegangen wäre, welche Maßnahme hätten Sie dann ergriffen?«

»Ich weiß es nicht …«

»Sie haben in der Vergangenheit gewalttätig reagiert, wenn Sie dachten, jemand, der Ihnen nahesteht, wird schlecht behandelt.«

»Nein.«

»Wir haben Aussagen zu Prügeleien gehört, Mobbing …«

»Das ist nur Schulkram! Das hat mit dem allem hier nichts zu tun!«

»Und was genau ist ›das alles‹?«

»Dieser – dieser Fall …« Beccas Stimme bricht und ihre Augen werden glasig.

»Einspruch!«, ruft ihr Anwalt. »Die Zeugin wird eingeschüchtert.«

Die Staatsanwältin hebt die Hände. »Keine weiteren Fragen.«

Becca scheint sich aufzuraffen und schluckt ihre Tränen runter. Gerade, bevor sie zu ihrem Stuhl hinter der Glasscheibe zurückgeführt wird, schaut sie zum ersten Mal in meine Richtung. Ihr Blick findet meinen, als wüsste sie genau, wo ich die ganze Zeit gesessen habe, doch vor lauter Panik senke ich meinen Blick wieder. In meiner Schulstrumpfhose klafft quer über den Oberschenkel ein Loch, an dem ich während der Befragung die ganze Zeit herumgenestelt haben muss.

Eine Energie wirbelt durch den Raum wie Staub, der sich nicht legen will. Beccas Anwalt springt von seinem Platz auf, als hätte er sich gerade daran erinnert, dass er etwas tun sollte, und sagt dem Richter, der Fall sei für die Verteidigung abgeschlossen.

ZWEIUNDSECHZIG

STEPH

»Was machst du hier?«, fragte Becca mit einem Hauch von Angst in den Augen. Dann änderte sie ihren Tonfall und versuchte, lässig zu klingen: »Dein nächster Besuch ist erst morgen fällig.«

Ungläubig starrte Steph sie durch das Wohnzimmer der Maisonette-Wohnung an. Würde Becca tatsächlich so tun, als wäre alles normal? Sie hatten nicht mehr miteinander gesprochen, seit Freya verschwunden war, also war ihre Cousine offiziell ahnungslos, doch das war jetzt sicher vorbei. Hatte Becca nicht erst vor einer Stunde jemanden mit einem Zettel zu Steph geschickt, um sie zu sich zu rufen? Um diese Gegenüberstellung und alles, wozu sie auch führen würde, zu provozieren?

»Du gehst.« Steph deutete auf die gepackte Tasche auf Beccas Sofa.

Becca öffnete den Mund und schloss ihn wieder. Steph erkannte die vertrauten roten Flecken auf ihrem Hals. Das Haar ihrer Cousine war jetzt lang und unfrisiert, ihre Haut fahl von der vielen Zeit, die sie drinnen verbracht hatte, ihre Kleidung schlicht. Immer, wenn Steph zu Besuch kam, wurde sie sich ihrer eigenen maßgeschneiderten Anzüge und salonfrischen Haare bewusst. Auf gewisse Weise war sie zu Becca geworden, hatte sich ihre gepflegte Art und ihre soziale Selbstsicherheit geborgt, als sie sich ihr neues Leben aufgebaut hatte.

»Wo ist sie?« Steph stürzte nach vorn, spuckte die Worte aus. »Wo ist meine Tochter?«

Becca wich zurück. »Wie bitte?«

»Ich weiß, dass du dahintersteckst. Ich wollte es erst nicht glauben ...« Stephs Augen suchten erneut den Raum nach einem Hinweis auf Freyas Anwesenheit ab.

»Ich weiß nicht, wovon du sprichst.«

»Warum rennst du dann weg?«

»Es ist für uns beide das Beste, wenn ich gehe. Du hast andere Dinge, über die du dir Gedanken machen musst.«

»Du lügst.«

Auf einmal stand Becca still und reckte ihr Kinn. »Na ja, darin bist du ja Expertin, *Kate*.«

Bei der Erwähnung ihres früheren Namens zuckte Steph zusammen. Manchmal, wenn Becca einen schlechten Tag hatte, schleuderte sie ihn ihr entgegen. Steph hatte all die Jahre eindeutig unterschätzt, wie tief Beccas Feindseligkeit ging. Es hatte Anzeichen gegeben, sicher: Manchmal hatten sich die Besuche angespannt angefühlt oder Becca hatte abwesend gewirkt und ihr den Rücken zugekehrt, um durch einen Gardinenspalt hinauszuschauen. Doch darunter lag auch Zuneigung. Das Gefühl, dass sie eine gemeinsame Reise hinter sich hatten und dass sie nach allem, was passiert war, noch immer Familie und unausweichlich miteinander verbunden waren. *Wir haben es zusammen getan*, hatte Becca einmal gesagt, als sie das erste und einzige Mal über das Verbrechen und ihre Verurteilung gesprochen hatten. *Ihnen zu sagen, dass du darin verwickelt bist, hätte nichts für mich verändert, auch später nicht*. Vielleicht hatte sie dabei aber auch nur versucht, sich selbst davon zu überzeugen. Sie hatte Steph nicht angesehen, als sie es gesagt hatte, hatte lange nicht darüber sprechen wollen.

»Sag mir die Wahrheit.« Jetzt konnte Steph ihre Lautstärke nicht mehr einschätzen: Sie konnte es geschrien oder geflüstert haben. Das Messer glitt ihren Arm hinunter und lugte aus dem Ärmel hervor. Becca sprang geschockt zurück.

Steph drückte sie gegen die Wand und hielt ihr das Messer an die Kehle. »Was hast du getan?«

Um sie herum schien die Luft zu vibrieren. Becca formte Worte mit dem Mund, als hätte sie Angst davor, sie mit der Klinge so nah an ihrem Hals laut auszusprechen. Steph kam noch näher. »*Sag* es mir.«

»O Gott«, sagte Becca leise.

»Sag es mir!«

»Bitte … es sollte nicht so weit kommen.«

Steph zog scharf die Luft ein. Eine Sekunde lang wurde ihr schwarz vor Augen. Sie berührte Beccas Kieferknochen leicht mit dem Messer. »Freya bedeutet dir alles –«

»*Ja*.«

»Du erzählst mir kaum etwas über dein Leben, aber du kannst es nicht lassen, von Freya zu schwärmen. Daher wusste ich, dass ich so an dich rankomme.«

Stephs Lungen wurden eng. Becca hatte es auf Freya abgesehen. Ihretwegen. Die Gewissheit ließ sie beinahe zusammenbrechen. Es kostete sie alle Kraft stehenzubleiben.

»Ich wollte dir bloß einen Schrecken einjagen.« Becca fing an zu weinen. »Dir das Gefühl geben, dass dein perfektes Leben angreifbar ist, dass es dir von jetzt auf gleich weggenommen werden kann, so wie mir meins genommen wurde …« Ihre Worte nahmen Fahrt auf und wurden schnell und wütend. »Ich war dein schmutziges Geheimnis hier in diesem Haus. Davor war ich für etwas im Knast, das *du* getan hast. Für etwas, vor dem ich dich beschützt habe, aus Loyalität und *Liebe* …«

»Ich –«

»Ich wollte, dass du zumindest ein bisschen nachfühlst, was ich durchmachen musste. Du hast doch keinen blassen Schimmer, wie es im Gefängnis ist! In all den Jahren hast du nicht einmal nachgefragt. Und ich bin immer noch eine Gefangene – ich finde keinen Job, habe keine Freiheit. Du kontrollierst mich und tust alles, damit ich deinem kostbaren neuen Leben nicht in die Quere komme …«

»Du hast gegen deine Bewährungsauflagen verstoßen. Du hättest dir ein neues Leben aufbauen und dich aus meinem raushalten können –«

»Du kapierst es nicht, oder? Mein Leben war in der Sekunde zu Ende, als ich verurteilt wurde. Es gab kein Zurück.«

Ein Bild tauchte in Stephs Kopf auf: Beccas blasses, erstauntes Gesicht, das sich zu ihr umgedreht hatte, als sie nach der Urteilsverkündung aus dem Gerichtssaal geführt worden war. Kurz darauf die Erinnerung an den Moment, in dem Steph aus ihrem gemütlichen Zuhause geschlendert war, während sie Freya eine Nachricht schrieb, um sich zu vergewissern, dass sie gut in der Schule angekommen war, und jäh stehengeblieben war, weil Becca vor ihr gestanden hatte. Sie sah älter aus und der Glanz war aus ihren Augen verschwunden. Sie verkörperte alles, was Steph versucht hatte, hinter sich zu lassen.

Becca hatte gegen die Bewährungsauflagen verstoßen, die Resozialisierungseinrichtung verlassen, in der sie seit ihrer Entlassung gewohnt hatte, und es sich zur Aufgabe gemacht, in das Leben ihrer Cousine einzutauchen. Sie hatte durch eine beifällige Bemerkung bei Stephs einzigem Gefängnisbesuch herausgefunden, wo sie arbeitete. Dort hatte sie Stephs neuen Namen erfahren und schließlich auch ihre Adresse. Steph hatte es nicht über sich gebracht, sie wegzuschicken, hatte sie nur ins Auto verfrachtet, um sie vor den Blicken der Nachbarn zu verbergen. Natürlich war sie gezwungen gewesen, ihr einen Ort und Geld zum Wohnen zu beschaffen, ihr auf seltsame Art Gesellschaft zu leisten und Schutz zu bieten. Was sie ihr nicht anbieten konnte, war ein Platz in ihrer neuen Familie. Hätte sie das getan, wären die Dinge vielleicht anders gelaufen.

Steph hatte Beccas inoffizielle Existenz jahrelang finanziert und sich über die Jahre so oft sie konnte zu ihr in die Maisonette-Wohnung geschlichen. Sie hatten sich eine Routine aus Teetrinken und Smalltalk angewöhnt, als wäre Becca eine ältere Verwandte, der Steph pflichtbewusste Besuche abstattete. Doch die Ungerechtigkeit hatte zwischen ihnen gestanden. Die Ungerechtigkeit, dass Steph frei und glücklich war, während Becca ein eingeschränktes Leben führte.

»Ich wollte Freya gegen dich aufbringen«, sagte Becca. »Um ihr zu zeigen, dass du nicht die bist, die du zu sein vorgibst. Das war alles.«

Steph schloss die Augen. Ihr zweiter großer Fehler war es gewesen, Becca den Namen ihrer Tochter zu verraten. Dass sie so stolz auf Freya war und nicht aufhören konnte, über sie zu sprechen …

»Du hast mir von deinem Streit mit Freyas Fahrlehrer erzählt.«

Stephs Augen gingen auf. »Wie bitte?«

Auf Beccas Hals waren noch mehr scharlachrote Flecken aufgetaucht. »Es hat mich so wütend gemacht, dass deine größte Sorge war, ob der Fahrlehrer deiner Tochter dich ausnimmt. *Ich* durfte nicht mal ein Auto haben, bis ich dich letztes Jahr wie ein kleines Kind darum angebettelt habe! Weil du Angst hattest, dass ich zu unabhängig werde …«

Steph wollte schon protestieren, doch die Worte lösten sich wieder auf. Becca hatte recht. Was sie einst verärgert hatte, klang jetzt unglaublich belanglos. Sie hatte tatsächlich versucht, die Freiheit ihrer Cousine einzuschränken – nicht, weil sie überfürsorglich war wie bei Freya, sondern aus Angst um sich selbst und aus dem Bedürfnis heraus, das einzudämmen, wofür Becca stand.

»Ich hatte Mitleid mit dem Fahrlehrer«, sagte Becca. »Ich habe mir diesen armen Kerl vorgestellt, wie er deine Forderungen und Anschuldigungen abkriegt … So sauer war ich auf dich, weil ich hier eingesperrt war und deine Geheimnisse für mich behalten musste. Ich glaube, da war meine Grenze erreicht. Eines Tages habe ich ihn gesucht. Und ... und habe ihn angerufen.«

Steph starrte sie an. »Du hast Chris Watson angerufen?«

Becca konnte ihr nicht in die Augen sehen. Ihre Trotzhaltung hatte sich in Luft aufgelöst. Wieder rollten Tränen über ihre Wangen. »Es war eine Kurzschlusshandlung, eine rücksichtslose Entscheidung.«

»Was hast du zu ihm gesagt?«

»Ich habe gesagt, dass ich gehört habe, dass es eine Meinungsverschiedenheit wegen einer seiner Schülerinnen gegeben hat. Und dass ich eine beteiligte Person bin, ... die ein Angebot für ihn hat.«

Steph konnte kaum atmen. In ihrem Mund breitete sich ein starker saurer Geschmack aus. »Ein Angebot?«

DREIUNDSECHZIG

CHRIS

Sein Zellengenosse war abgeführt worden. Es war schwer zu sagen, ob es ein guter oder schlechter Abgang war. Zu Hause oder Gefängnis? Danach war die Stille in der Zelle ebenso erdrückend wie der Gestank. Auch wenn Chris sich oft einsam fühlte, wurde ihm jetzt klar, wie wenig Stille er tatsächlich in seinem Alltagsleben hatte. In seinem Auto war immer das Radio an. Zu Hause war das Klick-Klack von Vickys Stricknadeln oder das Geplapper ihrer Schwestern zu hören. Die Stille jetzt fühlte sich gefährlich an und erlaubte seinen Gedanken, ziellos herumzuwandern.

Würden sie ihm noch einen Anruf erlauben? Wieder kitzelte ihn das Verlangen, die Nummer anzurufen, die er eigentlich hätte löschen sollen und die er vor zwei Tagen von seinem Auto aus angerufen hatte. Die Idee, sie von hier aus anzurufen, war absurd. Sie würde sowieso nicht rangehen. Diese Besessenheit von ihr, von dieser Frau, die ihn in diesen Albtraum hineingezogen hatte, musste aufhören, doch sie und Freya verfolgten jede seiner Bewegungen.

Er hatte eine Fremde sein Leben ruinieren lassen.

Hätte man ihn vor ein paar Monaten gefragt, hätte er

gesagt, es gäbe nicht mehr viel, was ruiniert werden könnte. Eine Ehe, in der die Liebe Tag für Tag verblasste. Ein Geschäft, dem in ähnlicher Geschwindigkeit das Geld ausging. Eine Familie, die ihn nicht respektierte, Gewohnheiten, die ihn herunterzogen. Jetzt aber sehnte er sich nach all dem. Er flüsterte das Versprechen in die Stille, dass er sich nie wieder darüber beschweren würde, wenn er das alles nur zurückbekäme.

Nachdem er mit Vicky gesprochen hatte, hatte er eine kurze Euphorie verspürt. Zumindest eine Sache hatte er richtig gemacht: Niemand ahnte, dass sie diejenige war, die die Dinge gestohlen hatte. Sie hatte so überrascht und bewegt gewirkt, dass er einen Moment lang geglaubt hatte, wieder in seine Ehe zurückgehen zu können und erlöst zu sein. Doch nun, in dieser kalten, stinkenden Zelle holte ihn die Trostlosigkeit wieder ein.

Er konnte nie wieder zurückgehen. Er verdiente es nicht. Alles, was er jetzt wollte, war die Abscheulichkeiten loszuwerden, die er in sich trug.

Genau wie er den Detectives gesagt hatte, hatte es mit den wertlosen Schmuckstücken angefangen. Als er begriffen hatte, dass Vicky wieder mit dem Stehlen angefangen hatte, hatte er dieses mulmige Gefühl verspürt, dieses vertraute Grauen, aber auch einen Anflug von Entschlossenheit. Er musste sie vor ihren eigenen Gewohnheiten schützen, damit sie dieses Mal keinen Schaden davontrug. Und das hätte er auch geschafft, wenn Freya ihm nicht im Weg gewesen wäre.

Er fühlte sich unwohl mit ihrer Abmachung, doch anfangs hatte sie ihnen beiden genützt. Freya würde niemandem etwas vom Diebesgut erzählen und dafür durfte sie das Geld behalten, das ihre Eltern ihr für die Fahrstunden mitgaben. Im Laufe der Wochen aber schien Freya ihre Abmachung immer skrupelloser auszunutzen, als wäre es für sie mehr als ein bisschen Extrageld für ein eigenes Auto. Sie hatte angefangen, auf Kosten ihrer Eltern zusätzliche Fahrstunden zu buchen, bis sie

Chris schließlich beschuldigt hatten, er würde sie übers Ohr zu hauen.

Das hatte ihm wirklich zu schaffen gemacht. Das Einzige, was ihm noch geblieben war, waren seine Seriosität und seine Kundenzufriedenheit, auch wenn er finanziell kaum Gewinn machte. Ein Teenager zog ihm das Geld aus der Tasche und ihre wohlhabenden Eltern beschuldigten ihn des Betrugs. Die heiligen Harlows, die wortwörtlich auf ihn hinabschauten, aus den riesigen Fenstern ihres vollausgestatteten Apartments.

Am Tag des Anrufs hatte er vor Groll innerlich gekocht. Vicky hatte an jenem Morgen die Art, wie er den Geschirrspüler einräumte, kritisiert und er war kurz davor gewesen sie anzuschreien: *Weißt du eigentlich, was ich deinetwegen durchmache?* Doch sie war schon gegangen, bevor er auch nur ein Wort aussprechen konnte. Vielleicht hätte er auch gar nichts gesagt, weil er das nie tat. Er ließ den Unmut einfach weiterwachsen, während er sich für all die Opfer beglückwünschte, die er gebracht hatte.

Er war aus dem Auto gestürzt und hatte festgestellt, dass Freya ihm eine weitere Notiz hinterlassen hatte. Einer ihrer spöttischen Hinweise, dass sie noch immer etwas gegen ihn in der Hand hatte: nicht nur das Wissen, sondern auch Fotos, und das Pillendöschen. Er hatte das Haus verlassen und war zur Arbeit gegangen, nur um sich daran zu erinnern, dass er vor dem Nachmittag keine Schüler hatte, was sein Gefühl der Wertlosigkeit nur noch verstärkte. Er verbrachte den Morgen damit, ziellos umherzufahren, Benzin zu verbrauchen, das er sich nicht leisten konnte, und die Wut in jeden Winkel seines Körpers eindringen zu lassen.

Der Anruf erreichte ihn auf seinem Arbeitstelefon. Wenn die Frau ihn an einem anderen Tag erwischt hätte, hätte er sie vielleicht als Verrückte abgestempelt. Doch an jenem Morgen sprach sie auf direkte Weise seinen Gemütszustand an, ob bewusst oder nicht.

»Wie ich höre, haben Sie Probleme mit der Familie Harlow.«

»Wie bitte?«, sagte er. »Wer sind Sie?«

»Jemand, der ihnen auch gern eine Lektion erteilen würde. Ich glaube, wir könnten uns gegenseitig von Nutzen sein.«

Er war neugierig, aufgeregt sogar. Als wäre ihm diese Verbündete von einem seltsamen dunklen Engel gesandt worden. Er hätte misstrauisch werden müssen, als sie ihm Geld anbot, doch an jenem Tag überzeugte es ihn nur noch mehr davon, dass diese Fremde *all* seine Probleme lösen könnte. Als er diesen Wendepunkt nochmal durchlebte, schämte er sich, wie leicht er sich hatte überreden lassen. Wie viel Leid er hätte verhindern können, wenn er das Gespräch abgebrochen hätte.

Der Plan war zunächst nichts Weltbewegendes. Diese Frau, die behauptete, Steph Harlow schon seit Jahren zu kennen, wollte Freyas Illusionen bezüglich ihrer Mutter zerstreuen.

»Sie belügt ihre Familie.« Die Stimme der Frau triefte vor Bitterkeit. »Sie müssen nur dafür sorgen, dass Freya das sieht.«

Sie gab ihm Zeit- und Ortsangaben. Er musste während Freyas Fahrstunden bloß zur richtigen Zeit am richtigen Ort sein. Manchmal verschätzte er sich natürlich – es war schwer, alles genau einzuhalten. Doch während einer anderen Stunde landeten sie ein paar Autos hinter Steph Harlows BMW und sahen, wie sie auf einer abschüssigen Straße in Richtung Autobahn davonfuhr. Freya richtete sich hinter dem Lenkrad auf und trat aufs Gaspedal.

»Ich wusste es«, sagte sie leise, aber mit solcher Leidenschaft, als hätte sie es geschrien.

Chris wurde klar, dass Freya ihre Mutter verdächtigte, ein doppeltes Spiel zu spielen. War das die Erklärung für ihre kürzliche Persönlichkeitsveränderung? Die Erpressung, die Wut? Plötzlich bemerkte er, dass Freya ebenfalls auf die Autobahnauffahrt zusteuerte, und musste jetzt selbst in die Pedale treten, um sie davon abzuhalten. »Die Frau« hatte ihm gesagt, Freya solle Steph nicht bis zu ihrem Ziel verfolgen, sondern sie nur an einem ihr unbekannten Ort sehen. Chris würde nie die Entschlossenheit in Freyas Haltung vergessen, den nach vorne geneigten Oberkörper, die weiß hervorstehenden Fingerknöchel auf dem Lenkrad. Sie wollte verzweifelt wissen, wohin ihre Mutter fuhr, und jetzt wirkte diese Verzweiflung erdrückend traurig. Er konnte nicht glauben, dass er sich mit einer Fremden zusammengetan hatte, um Freyas Situation auszunutzen.

Sie hätten an dieser Stelle aufhören sollen. Sie hätten zufrieden sein sollen, dass sie das Gleichgewicht der Familie Harlow ins Wanken gebracht hatten. Doch die Frau am Telefon schien niemals zufrieden zu sein.

Und er? Hatte er es für Geld getan? Hatte er für ein paar hundert Pfund Leben zerstört? Oder waren sie süchtig von diesem Plan geworden, als sie erst einmal damit angefangen hatten? Hatte er sich so das Gefühl von Macht zurückgeholt?

VIERUNDSECHZIG

STEPH

Steph drückte erneut mit der Klinge zu, so fest sie sich traute, ohne aber Beccas Haut über ihrem Schlüsselbein zu verletzen. Vor ihr stand der Mensch, der ihr beigebracht hatte, wie man einen französischen Zopf flechtet, ihr erzählt hatte, wie es war, einen Jungen zu küssen, und der sie getröstet hatte, wenn sie traurig gewesen war. Der Mensch, um den sich Steph während eines Anfalls gekümmert hatte und den sie im Gegenzug ebenfalls immer beschützt hatte. Und nun hielt Steph diesem Menschen ein Messer an die Kehle.

»Weiter«, sagte sie.

Sie musste alles hören, egal, wie weh es tat. Die Schuldgefühle gingen in ihren Körper über und schmerzten, türmten sich über ihr auf. Nachdem Becca außerdem enthüllt hatte, dass sie Chris Watson für seine Hilfe bezahlt hatte, sickerte ein neues Grauen hindurch. Beccas einzige Einkommensquelle war Steph. Hatte sie das hier mit ihrem Geld finanziert? Ihr gingen all die Situationen durch den Kopf, in denen Becca sie um zusätzliches Geld gebeten hatte, um Schokolade oder Bier zu kaufen, Dinge, die ihre einsamen Tage und Nächte aufhellen sollten.

Becca weinte so heftig, dass sie kaum sprechen konnte. »Ein paar Male konnten wir es so einrichten, dass Freya dich auf dem Weg zu mir gesehen hat. Wir haben gehofft, wenn sie dich immer an Orten sieht, an denen du eigentlich nicht sein solltest, dass sie dann denken würde, du hättest eine Affäre oder so. Und wie sich dann herausgestellt hat, hatte sie bereits einen Verdacht …«

Die Schuldgefühle hämmerten noch stärker auf Steph ein. Wie hatte sie denken können, dass ihre Geheimnisse keinen Einfluss auf ihre Familie haben würden? Dass sie ein Doppelleben führen konnte, ohne dass sie merkten, dass etwas nicht stimmte?

»Das sollte alles sein«, sagte Becca. »Das war alles, was ich wollte, aber …« Ein Schluchzen durchzuckte ihren Körper, sodass das Messer in ihre Haut drang. Es entstand ein winziger Schnitt, durch den ein kleines Rinnsal Blut über ihren fleckigen Hals rann. Steph schaute dabei zu, wie es über die zarten Fältchen lief. Sie waren beide gealtert und doch schien es, als hätte die Zeit keine ihrer Wunden geheilt.

»Es hat nicht gereicht«, sagte Becca. »Du *musstest* für mich leiden.«

»Also hast du *sie* leiden lassen?« Steph legte ihre Hand unter Beccas Kinn und drückte ihren Kopf zurück gegen die Wand.

Sie konnte die Spannung in Beccas gestreckter Kehle sehen und wie sie die Klinge überdeutlich wahrnahm. Die Stimme ihrer Cousine klang erstickt: »Chris sollte sie nur ein paar Tage wegbringen. Lange genug, um dich durch die Hölle zu schicken.«

Steph schlug Beccas Kopf gegen den Putz. »Er hat sie entführt?«

»Er sollte sie unversehrt wieder zurückbringen. So war das alles nicht geplant. Du musst mir glauben –«

»Wieso sollte ich? Wie konntest du das tun? Freya ist

unschuldig! Sie war Teil deiner Familie –« Dass sie unbeabsichtigt in die Vergangenheitsform gewechselt war, ließ etwas in ihr zusammenzucken. Und Beccas Erwähnung des Wortes *unversehrt* schien zu heißen, dass das Gegenteil der Fall war. Dass eine blutgetränkte Jacke vielleicht genau das war, wonach es aussah. Eine Schlussfolgerung, zu der Fremde, die davon in den Nachrichten gehört hatten, wahrscheinlich schon längst gekommen waren, weil ihre Welt durch die Annahme des Schlimmsten nicht zusammenbrechen würde.

Steph stieß ihre linke Hand in Beccas Gesicht und krallte sich in die empfindlichen Augenlider und den weichen Nasenknorpel. In ihrem Kopf rauschte es und sie nahm nur undeutlich wahr, wie ihre Cousine stöhnte. Steph tat ihr weh, doch sie wusste nicht, wie sehr oder ob sie damit aufhören könnte.

Becca wehrte sich: Steph spürte die Hand ihrer Cousine auf der Brust und wie sie versuchte, sie von sich zu stoßen. Ihre eigenen Hände schlang sie jetzt um Beccas Hals, das Messer ragte in einem steilen Winkel aus ihrer rechten heraus.

»Bitte, Steph«, keuchte Becca. »Du ... sie ...« Ihr linker Arm schlug bei dem Versuch nach dem Messer zu greifen wild um sich. Steph riss das Messer weg, dann griff sie in Beccas Haare und zog daran: ein kindlicher Gewaltakt, als wären sie wieder Teenager. Becca schrie laut auf und Steph spürte, wie sie sich innerlich zweiteilte: Ein Teil von ihr wollte, dass ihre Cousine all den Schmerz fühlte, der ihr eigenes Herz umschlossen hatte, der andere Teil war entsetzt darüber, Becca möglicherweise etwas anzutun. Steph hatte vor all den Jahren für ihre Mutter getötet und nun würde sie es vielleicht für ihre Tochter tun und dabei das zerstören, was von ihrem Leben noch übrig war.

Sie legte ihre Hand wieder über Beccas Nase und Mund. Becca schlug erneut mit ihrer linken Hand um sich und schrie etwas Unzusammenhängendes. Steph stellte sich vor, dass sie

sie in die Wand drückte, durch den Backstein, bis sie komplett verschwunden war.

Dann bewegte Becca sich nicht mehr.

Steph öffnete die Augen. Sie hatte nicht einmal bemerkt, dass sie sie zusammengekniffen hatte. Beccas Kopf lehnte an der Wand, ihr Gesicht schlaff und grau. Steph lockerte ihren Griff und das Messer fiel scheppernd zu Boden. Sie begriff nicht, was sie getan hatte.

Becca fing unter ihren Händen an zu zucken. Und als Steph ihrer Cousine ins Gesicht sah, wurde ihr klar, dass sie sie nicht erstickt oder erwürgt hatte. Becca hatte einen Anfall. Soweit Steph wusste, war es der erste seit über zwanzig Jahren. Im Gefängnis hatte sie keine Medikamente genommen, war aber anfallfrei geblieben. Anscheinend konnte so etwas vorkommen: Epilepsie konnte ohne sichtliche Erklärung ausbleiben. Becca hatte Steph letztes Jahr in einem ihrer eher aufrichtigen Momente erzählt, dass es sich für sie so anfühlte, als hätte sie ihren Zustand nur geträumt: *Es ist, als hätte ich das alles geträumt. Mum, Dad, Friseurin werden, die Epilepsie … mein Leben.*

Becca krampfte nicht wie bei ihren früheren Anfällen. Jedoch rollte sie mit den Augen und ihr linker Arm war noch immer angehoben, als steckte er in der Luft fest. Steph verlagerte sie auf den Boden. Der Anfall beschleunigte sich und Steph fühlte sich in ihre alte Küche zurückversetzt, oder vielleicht auch in Tante Rachs Garten, wo sie angsterfüllt versucht hatte, ihrer Cousine zu helfen. Alte Gewohnheiten übernahmen die Führung: Sie schob eine Hand unter Beccas Kopf. Einen verwirrenden Moment lang stand die Zeit still und sie wurde von Zärtlichkeit überflutet.

Es war, als pausierten die Dinge für den Zeitraum, in dem Beccas Anfall stattfand. Sobald er vorbei wäre, würde die Realität zurück sein, würden Entscheidungen getroffen werden müssen, würden Wahrheiten ans Licht kommen. Vor ihrem geistigen Auge sah Steph die Spannweite eines Flugzeugs vor einem wogenden Sternenhimmel. Sie fühlte einen Luftzug auf dem Gesicht und ein Rauschen in ihrem Inneren.

Helles Licht durchflutete den Raum. Es glitt über den Teppich und verwandelte die Wände in leuchtend weiße Leinwände. Alles war in Licht getaucht: die gebrauchten Möbel, die Steph für Becca gekauft hatte, das Sofa, auf dem sie so viele angespannte Gespräche geführt hatten, aber auch gelacht und in Erinnerungen geschwelgt hatten, selbst in letzter Zeit noch.

Steph wurde sich bewusst, dass jemand ihren Namen rief. Dann war da noch jemand im Zimmer und rannte auf sie zu. Das weiße Licht war verschwunden und Steph erkannte, dass es von einem Scheinwerfer unten auf der Straße gekommen sein musste.

Als sie sich nach links drehte, entdeckte sie Paul.

Paul ist hier. Steph kniete neben Becca, starrte sie an, wie ihre Cousine dort mit geschlossenen Augen ausgestreckt auf dem Boden lag. Steph hätte niemals gedacht, dass sich ihr Ehemann und ihre Cousine mal im selben Raum aufhalten würden. Sie hatte in den letzten vier Jahren alles dafür getan, dass sie sich nicht über den Weg liefen.

»Steph, bist du …? Was ist das hier? Wer ist diese Frau?«

Seine Fragen überfluteten sie.

»Du hast da Blut. Ist das deins? Oder ihrs? Ist Freya hier?«

Sie schwankte auf ihn zu und er streckte eine Hand aus, um sie zu stützen. Ihr Hals war von Tränen bedeckt. »Das ist meine Cousine.« Sie deutete auf Becca. »Sie und Chris Watson haben Freya das angetan. Meinetwegen. Es ist alles meine Schuld.«

FÜNFUNDSECHZIG

EMMA

»Bist du sicher, dass du nicht eine Weile bei mir unterkommen willst?«, fragte ihre Mutter, als das Auto langsamer wurde und sie sich Emmas Straße näherten.

In der dunklen Straße wimmelte es mittlerweile noch mehr von Polizisten. Lichter blitzten auf, Beamte gestikulierten miteinander. Die Fenster von Emmas Wohnung blickten wie zwei verängstigte Augen nach draußen.

»Das ist nicht die ideale Umgebung für Ruhe und Erholung«, gab ihre Mutter zu bedenken, während sie das Auto abstellte und Emma dann aus der Beifahrertür half. An die Krücken musste Emma sich noch gewöhnen. Sie humpelte über den Bürgersteig und war davon überzeugt, dass ein abgelenkter Polizist ihr aus Versehen die Krücke unter den Füßen wegtreten würde. Julie ging neben ihr und bestaunte das Chaos, das in der Nachbarschaft ausgebrochen war.

Emma spitzte die Ohren und versuchte, Informationen von den knisternden Polizeifunkgeräten zu erhaschen. Sie hörte die Namen der Harlows. Etwas über eine Fahndung. *Die Spur von Paul Harlows Wagen führte bis nach ...* Den Rest des Satzes verstand sie nicht.

»Ich glaube, wir sollten lieber zu mir zurückgehen«, sagte ihre Mutter. »Ich habe noch Gnocchireste im Kühlschrank. Ich könnte eine Soße zusammenrühren. Du musst am Verhungern sein.«

»Ich verdoppele mein Gewicht, wenn ich bei dir bleibe, Mum. Und es ist ein Uhr morgens, nicht gerade die beste Zeit für Gnocchi.«

»Du siehst zu dünn aus. Das Köchinnen-Gen scheint eine Generation übersprungen zu haben, Em.«

Emma ignorierte den Satz und schaute hinauf zur Wohnung der Harlows. Sie wirkte ruhig und bildete einen Kontrast zu der brodelnden Energie, die sie umgab. Sie fragte sich, wo Steph und Paul waren. Sie hoffte, dass sie beieinander und in Sicherheit waren, dass sie Freya in diesem Moment in eine tränenreiche Umarmung zogen. Die Entscheidungen, die Emma getroffen hatte, lagen ihr wie Steine im Magen. Würde sie jemals wissen, ob es die richtigen gewesen waren?

Ihr Blick fiel wieder auf ihre Wohnung.

»Es wird mir guttun, ein bisschen allein zu sein«, sagte sie zu ihrer Mutter. »Ich muss über meine Zukunft nachdenken.«

»Nun«, sagte Julie, »mit ›Alleinsein‹ würde ich an deiner Stelle jetzt nicht rechnen.«

»Du musst nicht bei mir bleiben.« Der Gedanke, dass ihre Mutter zu ihr ziehen könnte, bis ihre Hüfte verheilt war, beunruhigte und tröstete Emma zu gleichen Teilen.

»Hatte ich auch nicht vor.«

Julie deutete die Straße hinunter. Eins der parkenden Autos war kein Polizeiwagen: Es war ein kleiner weißer Van.

Daneben stand Zeb.

Emma drückte ihre Krücken fester an sich, als könnten sie mit ihnen auch ihren Wagemut stützen. Es schmerzte, Zeb anzusehen und zu sehen, wie sein lockiges Haar ihm ins Gesicht fiel, die Augen wachsam. Vielleicht war alles ein Missverständnis gewesen. Nur weil er weggerannt ist, musste das nicht heißen, dass er den Zettel durch die Tür geschoben hatte oder dass er für die anderen Dinge verantwortlich war. Sein ausweichendes Verhalten bezüglich seiner Freundschaft mit Freya musste nicht bedeuten, dass er noch mehr zu verbergen hatte.

Sie zuckte zusammen, als sie den langhaarigen Mann hinter ihm wahrnahm. Beinahe gaben ihre Krücken nach. *Robin*. Er schien sie anzugrinsen – oder bildete sie sich das ein? Wenn sie jetzt hinuntersah, hätte sie vielleicht wieder eine flache Brust und schlotternde Knie, und vorne in ihr Oberteil wäre vielleicht eine Alienmädchen-Karikatur geschoben.

Emma ertappte sich dabei, wie sie rückwärts schlurfte und in der Eile, von hier wegzukommen, fast ihre Mutter umstieß. Julie sah sie überrascht an. Dann stürmte Zeb nach vorne. Emma konnte nicht damit aufhören, ihren Kopf zu schütteln. »Ich will nicht mit dir reden«, rutschten ihre Worte heraus und trafen Zeb, bevor sie sie sortieren konnte. Sie warf Robin einen Blick zu. »Mit keinem von euch beiden.« Wieder kletterte ihr dieses panische Gefühl in die Kehle.

»Was ist hier los?«, fragte Julie.

»Bitte, Mum«, sagte Zeb. »Lass es mich erklären.«

»Ich weiß nicht mal, was ich zu dir sagen soll, Zeb.« Sie wünschte, sie hätte mehr Zeit, um sich darüber klarzuwerden, wie sie damit umgehen sollte. Ihre Emotionen überschlugen sich.

»Sie hat mich darum gebeten, diese Dinge zu tun«, sagte Zeb. »So hat es angefangen.«

»Wie bitte?« Emma schaute sich um. »Wer?«

»Freya.«

Die Erwähnung ihres Namens ließ einen Polizisten sich zu ihnen umdrehen. Emma packte Zeb am Arm. »Du solltest besser reinkommen.«

Sie stieß ihn in Richtung ihrer Wohnung. Ihre Mutter und

Robin, die sich vorher noch nie gesehen hatten, schauten sich unangenehm berührt an.

»Dad sollte das auch hören«, sagte Zeb. Emma erstarrte bei seiner Aussage.

Robin durfte nicht in ihre Wohnung kommen. Auf ihrem Sofa sitzen, aus ihren Tassen trinken ... *nein*.

»Bitte, Mum«, flehte Zeb. »Ich will mit euch beiden reden.«

»Emma.« Zum ersten Mal ergriff Robin das Wort. Ihn ihren Namen sagen zu hören, stellte ihr die Nackenhaare auf. Früher hatte sie es erschreckt, wenn Andy sie Emma anstelle von Alienmädchen genannt hatte. Es war, als wäre sie in Alarmbereitschaft: Würde er an diesem Tag nett zu ihr sein? Oder lullte er sie ein und vermittelte ihr ein falsches Gefühl von Sicherheit?

Sie erinnerte sich daran, wie Robin ihr in jener Nacht, in der sie Zeb gezeugt hatten, ihren Namen ins Ohr geflüstert hatte.

»Wir könnten uns auch in den Van setzen oder woanders hingehen, wenn du dich dann wohler fühlst«, sagte er jetzt.

Seine Stimme war tiefer und stärker ausgeprägt. Vielleicht mehr wie seine eigene, jetzt wo er Andy nicht mehr wie ein Papagei nachplapperte. Sie wusste, dass sich auch sein Aussehen verändert hatte, doch sie konnte ihn nicht direkt ansehen. Sie konnte nicht anders als sich zu fragen, welche Veränderungen er an ihr bemerken würde und wie ungepflegt sie nach der Nacht im Krankenhaus aussah.

Sie straffte die Schultern. Auf keinen Fall durfte sie ihn sehen lassen, wie sie jetzt zusammenbrach.

»Lasst uns reingehen.« Sie nickte in Richtung ihrer Wohnung. Vielleicht würde sie sich in ihrem eigenen Revier selbstsicherer fühlen. Sie musste zugeben, dass sie erleichtert war, als sie sah, dass ihre Mutter ihnen in die Wohnung folgte.

Es war genauso seltsam, Robin zwischen ihren Sachen zu sehen, wie sie es sich ausgemalt hatte. All die Fotos von ihr und

Zeb aus den Jahren ohne ihn. Die Kisten voller Ware, die es so aussehen ließen, als befände sie sich in einer chaotischen Übergangsphase. Gilbert war wach und schien sein Nest umzuräumen, aus dem Wandschrank drangen eifrige Geräusche. Emma drängte alle in die Küche. Zeb saß zwischen seinen Eltern – zum ersten Mal überhaupt –, während Julie sich beschäftigte, indem sie Tee kochte.

Alles an dieser Situation fühlte sich falsch an, falsch, falsch, falsch. Dies war eine ganze normale Familienkonstellation, für Emma jedoch nicht. Nicht für ihre Familie.

Zeb starrte auf den Tisch. »Ich habe Scheiße gebaut.«

»Erzähl's uns, Kumpel«, sagte Robin. Emma ballte die Fäuste, als er das sagte, um nicht der Wut zu erliegen, die sie bei dieser Anrede und seiner Erziehungsmethode spürte.

Es geht jetzt um Zeb, sagte sie zu sich selbst und heftete ihren Blick auf das Gesicht ihres Sohnes.

»In der Nacht, in der Freya und ich uns im Park betrunken haben«, sagte Zeb. »Du hattest recht, Mum, es war nicht das einzige Mal. Wir haben in dieser Nacht irgendwie eine Beziehung aufgebaut, weil wir keinen Bock mehr auf dieses Leben hatten. Danach haben wir uns öfter rausgeschlichen, zum Reden, Trinken ... Erst war es gut für mich. Ich wollte es dir nicht erzählen, weil es meine Sache war, meine Art, mit meinen Gefühlen umzugehen.« Er schaute zu Robin, dann zurück zu Emma, dann wieder auf den Tisch.

»Ich habe immer den Alk gekauft und die Musik mitgebracht, sie hat mir Bücher ausgeliehen. Manchmal haben wir nur Podcasts gehört und versucht runterzukommen. Aber manchmal war sie wütend oder aufgelöst – und manchmal war ich es. Sie hat mir erzählt, dass ihre Mutter eine Affäre hat und dass sie Beweise dafür sammeln will. Aber sie hat auch ...« Er hielt inne und hustete in seinen Ärmel. »Nun ja, sie hat mich sozusagen angeworben.«

»Wie meinst du das?«, fragte Emma ihn besorgt.

»Sie war so wütend und verletzt, weil sie ihre Mutter so sehr vergöttert hat und ihre Familie ihr immer dieses Bild verkauft hat, dass sie sich so nahestehen – ›drei Seiten eines Dreiecks‹ oder sowas. Und sie hat mich damit auf die Palme gebracht, noch mehr als ich es sowieso schon war. Sie hat mich davon überzeugt, ihrer Mutter eins auszuwischen ... Sie hatte diese Idee, ihr perfektes Haus ins Visier zu nehmen. Sie hat gesagt, es wäre wie Ironie oder so –«

»Aber das ist auch dein Haus, Zeb!«

»Ich weiß, Mum. Es war ein beschissener Plan. Aber ich war auch in einer Scheißsituation ...« Er tippte sich zwischen die Augen. »Ich war so sauer auf dich, weil du mich von Dad ferngehalten hast. Ich wollte dich auch bestrafen – es ging nicht nur um Freyas Mutter. Und als ich dann erstmal mit dem ganzen ekligen Kram angefangen hab, hat es irgendwie süchtig gemacht. Deshalb habe ich dich weiter angerufen, glaube ich. Ich wollte es beichten, wollte, dass du mich zum Aufhören zwingst. Aber dann habe ich immer wieder gekniffen.« Er presste seine Handfläche fest gegen seine Stirn.

»Kumpel –«, fing Robin an, doch Emma warf ihm einen schneidenden Blick zu, der ihn zum Schweigen brachte. Sie wusste selbst nicht, was sie zu Zeb sagen sollte. Ob sie ihn anschreien oder trösten sollte.

»Was ist passiert, nachdem Freya verschwunden ist?«, fragte sie. »Warum hast du mit diesen Sachen weitergemacht, obwohl du wusstest, was ihre Eltern durchmachen mussten?«

»Ich wusste es nicht, zunächst. Ich habe bei Dad gewohnt, niemand hat mich eingeweiht, ich habe einfach mit dem Plan weitergemacht, den Freya sich überlegt hat. Als du mir erzählt hast, dass sie verschwunden ist, dachte ich, dass sie den Plan auf das nächste Level gebracht hat. Ich hatte das Gefühl, dass ich die Aktionen auch steigern sollte. Ich bin jeden Tag wütender auf dich geworden, Mum, und nicht ruhiger ...«

Emma erinnerte sich an den fauligen Hundekotgeruch in

der Empfangshalle. Ihr Sohn war das gewesen. Ihr Sohn, der so etwas noch niemals getan hatte, zumindest, soweit sie wusste. Aber sie hatte die Zeichen ignoriert, oder? Seine Launen in letzter Zeit, wegen der seine Lehrer »ein paar Stunden Aggressionstraining« vorgeschlagen hatten, obwohl es nichts wäre, über das man sich »übermäßig Sorgen machen müsste«. Die Veränderung in ihrer Beziehung, seit sie ihn angelogen hatte.

»Als ich dann hergekommen bin und es mit meinen eigenen Augen gesehen habe – die Polizei und die Plakate und alles – ist mir klargeworden, dass es kein Scherz war. Dass sie wirklich weg war.« Zebs Stimme brach und Emma nahm unwillkürlich seine Hand. Sie bemerkte, wie auch Robin auf der anderen Seite seinen Arm nahm. Ihre Mutter hatte das Teekochen unterbrochen und stand nun ganz still vor dem heißen Kessel.

»Meine Wut ist einfach ... explodiert«, fuhr Zeb fort. »Ich glaube wegen des Schocks, dass das wirklich passiert ist, dass sie wirklich vermisst wird ... und dann haben wir gestritten, Mum, und du hast nicht mal eingesehen, dass du was falsch gemacht hast. Und ich weiß, dass ich auch im Unrecht war, aber ich konnte einfach nicht mehr klar denken. Ich habe diesen Zettel geschrieben und ich ...« Er brach schluchzend zusammen und ließ seinen Kopf in die Hände sinken.

»Die letzte Nachricht war an mich gerichtet?«, fragte Emma jetzt ebenfalls tränenerstickt.

»Ich wünschte, ich könnte es zurücknehmen. Alles.«

Emma sprang auf. Ihn so verzweifelt zu sehen überschattete ihre eigene Verletztheit. So wie jetzt hatte er nicht mehr geweint, seit er ein winziges Kind gewesen war. Sie nahm ihn von hinten in den Arm und vergrub ihr Gesicht in seiner Kapuze, die holzig und nach Lagerfeuer roch.

»Oh Scheiße«, sagte Zeb immer wieder, während er sich die Augen rieb. »Scheiße.« Schließlich stand er auf und rannte aus der Küche ins Badezimmer.

Emma schaute ihre Mutter an, primär, um den Blickkontakt mit Robin zu meiden. »Was machen wir jetzt?«, fragte sie.

Julie schien es das erste Mal überhaupt die Sprache verschlagen zu haben. Ihr Blick wanderte zu Robin, als wollte sie andeuten, dass sie nicht diejenige war, der Emma diese Frage stellen sollte. Emma spürte Robins Blick auf sich. In ihrem Kopf war es der gleiche leere Blick wie damals im Klassenzimmer, als er sich nicht für sie eingesetzt hatte, obwohl er zuvor in ihr gewesen war.

Dennoch zwang sie sich zurückzuschauen. Alles, was sie zunächst sah, war eine ältere Version von Andys Handlanger, der jeden grausamen Befehl befolgt hatte. Jetzt hatte er längere Haare und das sommersprossige, leicht wettergegerbte Gesicht von jemandem, der viel an der frischen Luft arbeitete. Nach ein oder zwei Sekunden jedoch konnte sie nicht anders, als Zeb in ihm zu sehen. Und sie musste sich eingestehen, dass er so traurig aussah, wie sie sich fühlte.

»Emma«, sagte er und noch immer erschauderte sie, wenn ihr Name über seine Lippen ging. »Wir müssen für ihn da sein.«

»Nein, *ich* muss für ihn da sein.«

»Emma.« Mein Gott, sie wünschte, er würde damit aufhören. »Es tut mir so leid, wie ich dich damals in der Schule behandelt habe. Ich war feige. Das ist unverzeihlich. Aber falls es einen Unterschied macht, ich habe dich wirklich gemocht. Du warst anders als die anderen. Du bist nicht der Menge gefolgt, wie ich diesem Arschloch Andy hinterhergelaufen bin.«

Emma machte ein ungläubiges Geräusch. Robin fuhr fort: »Ich will mich nicht herausreden. Ich war ein totaler Scheißkerl. Aber so bin ich nicht mehr, das schwöre ich. Ich kann nachts nicht schlafen, wenn ich darüber nachdenke, was Andy alles gemacht hat und wie ich ihn nicht daran gehindert habe. Als ich dann Jahre später rausgefunden habe, dass du von mir schwanger warst ... Das war der Schock meines Lebens. Ich kann dir nicht verübeln, dass du mich von Zeb fernhalten wolltest … aber du hast verdammt gute Arbeit geleistet. Er ist lustig und schlau, hat Leidenschaft und ist ein richtiger Künstler … So wie ich das sehe, ist er im Grunde du.«

Trotz allem wurde Emma rot vor Stolz. Ihr Starrsinn war natürlich sehr ausgeprägt (Zeb hatte diese Eigenschaft ebenfalls): Du *musst mir nicht sagen, dass ich gute Arbeit geleistet habe.* Doch sie musste zugeben, dass sie sich freute das zu hören, besonders weil sie in letzter Zeit so viel an sich selbst gezweifelt hatte. Im Hintergrund nickte ihre Mutter zustimmend wie verrückt.

»Aber wie er sich verhalten hat«, fügte Robin zögernd hinzu, »all diese seltsamen Dinge, die er getan hat … das sagt uns sicher etwas.«

Emma seufzte noch einmal laut. Durch die Lichter der Polizeiautos draußen schien ihre Wohnung aufzuleuchten und zu pulsieren. Von oben war es auffällig still. Sie dachte an die vielen Momente, in denen sie die Schritte und Stimmen der Harlows gehört hatte, das Dahinplätschern ihres scheinbar perfekten Lebens. Jetzt war es oben leer, doch Emma hatte jetzt die Chance, ihre eigene Familie zu retten.

Sie war jetzt erwachsen, genau wie Robin. Ihr Sohn stand auf der Türschwelle zur Küche und schaute hilfesuchend von einem Elternteil zum anderen. Wie seltsam es sich für ihn anfühlen musste, bis heute Nacht noch nie mit ihnen beiden gleichzeitig in einem Raum gewesen zu sein. Und wie viel Glück sie hatten, dass er hier war, in Sicherheit, mit einem ganzen Leben vor sich, das rundum besser sein könnte, wenn sie heute einen Neuanfang wagten. Wenn sie sich neu kennenlernten, ohne Geheimnisse voreinander zu haben.

»Ich habe es gehört«, murmelte Zeb.

»Wie bitte?«, fragte Emma, während sie versuchte, sich zu sammeln.

»Was Dad gesagt hat, dass er dich in der Schulzeit scheiße

behandelt hat. Wie schlimm alles für dich gewesen ist.« Er riss die Augen auf. »Ich wusste von all dem nichts.«

»Weil wir nicht darüber geredet haben«, räumte sie ein.

Zeb zog die Nase hoch. »Es hätte mir geholfen, alles zu verstehen ... deinen Standpunkt, weißt du.«

»Ich habe darüber nachgedacht, es dir zu erzählen, Zeb«, sagte Robin leise. »Aber ich bin davon ausgegangen, dass deine Mutter sicher ihre Gründe hatte. Und weil wir gerade so ehrlich sind: Ich hatte Angst, dass es unsere Beziehung zerstören würde, bevor sie überhaupt richtig angefangen hat. Ich wollte, dass du mich zuerst ein bisschen kennenlernst.«

»Na ja ... ich kann dich nicht verurteilen«, sagte Zeb und fummelte an seinem Ärmel herum. »Ich bin selbst der schlimmste Mensch auf der Welt.«

»Nein!«, legten drei Stimmen im Chor Protest ein.

Emma, ihre Mutter und Robin warfen sich gegenseitig einen kurzen Blick zu, ehe Emma es schließlich auf den Punkt brachte: »Das bist du nicht, Zeb. Du hast ein paar fragwürdige Entscheidungen getroffen, als du wütend warst. Das macht dich noch nicht zu einem schlechten Menschen.«

Sie erinnerte sich daran, was er in ihrem letzten Streit zu ihr gesagt hatte, als sie sich geweigert hatte, seinem Vater eine Chance zu geben. *Ein Fehler und man ist bei dir unten durch?* Zeb war nicht klar, dass er selbst derjenige war, der bei ihr unendlich viele Fehler machen konnte.

Emma wischte sich die Augen trocken und brachte ihr Haar in Ordnung. »Wir können das wieder in Ordnung bringen. Es könnte schwierig werden, aber wir kriegen das alles wieder hin ...« Ihr Blick huschte zu Robin und dann wagte sie den Sprung und fügte hinzu: »Wir alle.«

Als sie das sagte, spürte sie, wie unerwartet Hoffnung in ihr aufkeimte. Vielleicht könnte das hier wirklich ein Neuanfang für sie sein. Vielleicht könnte sie es dann sogar noch einmal mit dem Laden versuchen, ihr Selbstvertrauen und die Vision, die sie gehabt hatte, wieder aufbauen … Immerhin war sie noch immer die Besitzerin. Vielleicht gab es einen Grund, dass sie es rausgezögert hatte, den Makler mit dem Verkauf zu beauftragen.

Ihr Optimismus wurde noch ein bisschen stärker: Vielleicht wurde Freya auch gefunden. Dann würde Emma wieder das Gelächter von oben hören und frischgebackenes Brot und Lieferessen am Freitag riechen. Sie würde jetzt anders darüber denken. Sie würde nicht neidisch oder besessen sein oder sich ausgeschlossen fühlen, sondern erleichtert. Es würde ihr leidtun, dass sie ihren Teil zu dieser Tortur beigetragen hatte. Sie würde sich mit ihren Nachbarn verbunden fühlen, weil sie beide ihre Kinder verloren und dann letztendlich zurückbekommen hatten.

SECHSUNDSECHZIG

CHRIS

Ihm fiel ein riesiger Stein vom Herzen, als er die Entscheidung getroffen hatte, ein Geständnis abzulegen. Die Last fiel von seiner Brust und für einen flüchtigen Moment war er beinahe beschwingt. Erst als er etwas Flüssiges auf seinem Kragen wahrnahm und sah, wie Johnson ihn mit einem vernichtenden Blick ansah, wurde ihm klar, dass er weinte.

Sie waren zurück im Verhörzimmer, die Kamera war angeschaltet, und Chris saß allein auf seiner Seite des Tisches. Die Beschwingtheit fiel in sich zusammen, doch ihm war bewusst, dass er es jetzt durchziehen musste. Für seine eigene geistige Gesundheit, für Freyas Eltern, die in der Ungewissheit gefangen waren und *das hier* nicht verdient hatten. Und für Freya selbst.

Ford betete Datum, Uhrzeit und andere Details herunter. Chris wünschte, er könnte einfach sein Hirn für sie öffnen und ihnen die Erinnerung an jenen Tag zeigen, anstatt sie ihnen mit Worten beschreiben zu müssen.

»Wir haben nachgewiesen, dass Freya Harlow Sie erpresst hat«, fasste Ford unwirsch zusammen, »und dass Sie von einer fremden Frau kontaktiert wurden, die Ihnen Geld dafür geboten hat, Freya glauben zu lassen, ihre Mutter hätte eine Affäre. Die besagte Frau hat Ihnen dann mehr Geld angeboten, damit Sie Freya entführen.«

Chris nickte. Er stellte sich unaufhörlich Vickys Reaktion vor, wenn sie das hier hören könnte. Es wirkte absurd, wie viel Hoffnung er bei ihrem Telefonat zugelassen hatte, genauso wie die Versuche, seine Taten zu verbergen. Er würde Vicky von jeder Verpflichtung gegenüber ihm freilassen. Er wollte nicht, dass sie ihn im Gefängnis besuchte, auf ihn wartete, ihr Leben pausierte.

»Was uns zum 15. März führt«, sagte Ford. »Erzählen Sie uns, was passiert ist.«

Chris setzte sich so gerade auf wie möglich. Sein Körper fühlte sich weich und verwelkt an.

»Mein Plan war, dass wir uns während der Fahrstunde ›verfahren‹ und dass Freyas Handy irgendwie verloren geht, sodass lange genug Funkstille zwischen ihr und ihrer Familie herrscht, um ihre Eltern in Panik zu versetzen … Um ehrlich zu sein, wusste ich nicht, wie ich das anstellen sollte und war nicht wirklich überzeugt von dem Plan.

Letztendlich haben Freya und ich uns gestritten, bevor ich die Chance hatte, irgendetwas zu tun. Wie ich schon sagte, war sie generell wütend und hat angefangen rumzuschreien und wie eine Irre zu fahren. Also habe ich sie gezwungen, links ranzufahren und einen Fahrerwechsel zu machen, bevor sie uns beide umbringt.« Seine Wortwahl durchzuckte ihn.

Er zwang sich weiterzusprechen.

»Ich habe so getan, als würde ich sie zurück zur Schule fahren, aber stattdessen bin ich aus der Stadt gefahren. Als ihr klarwurde, dass wir in die falsche Richtung fahren, hat sie angefangen rumzubrüllen und versucht, aus dem Auto rauszukommen. Sie hat mir ein paarmal ins Lenkrad gegriffen. Ich habe es gerade so geschafft, die Kontrolle zu behalten.«

Er erinnerte sich daran, wie sein Verstand ausgesetzt hatte.

Er hatte nicht länger daran gedacht, wofür er bezahlt worden war, und nicht mehr überlegt, ob er den Plan durchziehen konnte. Er hatte nur noch versucht zu verhindern, dass sie einen Unfall bauten. In gewisser Weise war es eine Erleichterung gewesen, sich in dem Moment auf etwas so Unmittelbares konzentrieren zu können.

»An einem gewissen Punkt hat sie mit mir um das Lenkrad gekämpft, und das Auto ist ins Schlingern gekommen. Zu diesem Zeitpunkt waren wir in einer recht ruhigen Straße, aber wir hätten locker einen Baum treffen können, und wenn uns *tatsächlich* etwas oder jemand entgegengekommen wäre ... Ich habe sie angeschrien, dass sie damit aufhören soll, aber sie hat einfach nicht losgelassen, und ich schwöre, dass ich dachte, ich muss uns einfach nur am Leben halten und sie dann nach Hause bringen. Ich wusste, dass das alles zu weit gegangen ist.«

Chris stützte die Ellbogen auf dem Tisch ab und vergrub das Gesicht in den Händen. Seine Handflächen brannten.

Ich wollte sie wirklich nach Hause bringen.

Ihm wurde bewusst, dass er in Gedanken mit Vicky sprach und das sagte, was sie unbedingt wissen sollte.

»Sie wollte einfach nicht das Lenkrad loslassen«, sagte er in seine Handflächen.

»Könnten Sie bitte lauter sprechen?«

Er hob den Kopf und sah direkt in die Kamera. »Sie hat das Lenkrad nicht losgelassen, also habe ich sie weggestoßen. Ihr Kopf ist gegen das Fenster geschlagen ...« Er erschauderte, als das ekelerregende Krachen in seinem Kopf widerhallte. »Sie ist ohnmächtig geworden. Als ich sie dann angeguckt und versucht habe zu überprüfen, ob es ihr gut geht, habe ich bemerkt, dass wir kurz davor waren, gegen ein Straßenschild zu fahren. Ich bin ausgewichen ... aber sie war ohnmächtig und nicht angeschnallt, deshalb ist sie nach vorne geschleudert worden und ihr Kopf ist auf die Armatur gekracht ...«

Chris stotterte, als wäre er kurz davor zu ersticken. Die Luft in seiner Lunge fühlte sich giftig an.

Nach dem zweiten Schlag auf den Kopf hatte er gewusst, dass sie tot war. Das Einzige, was er in dieser Situation tun konnte, war weiterfahren. Er war wie ferngesteuert weitergefahren, während Freya zusammengebrochen und ihr das Blut aus dem Kopf gelaufen war. Diesen Anblick würde er nie wieder vergessen.

Er hatte auf einer verlassenen Straße angehalten und die Frau angerufen. *Es ist schiefgelaufen*, hatte er ihr mit einer ihm völlig unbekannten Stimme gesagt. *Komplett schiefgelaufen.* Sie hatte gefragt, wo er war und ihm gesagt, er solle sich nicht vom Fleck rühren. Als sie dann eine halbe Stunde später in ihrem alten Fiesta angekommen war, hatte er noch immer unter Schock gestanden. Er hatte sie nicht angeschrien, wie er es in seinem Kopf hundertmal durchgespielt hatte, hatte sie nicht gefragt, wer zur Hölle sie war. Sie hatte Hut und Schal getragen, so konnte er nicht ihr Gesicht, sondern nur ihre tränenden grünen Augen sehen. Als sie Freya erblickt hatte, hatte sie ein tiefes, schmerzerfülltes Stöhnen von sich gegeben. Während sie nach einem Puls gesucht hatte, hatte sie leise vor sich hingesungen. Sie hatte die Kopfwunde untersucht und Chris bedeutet, ihr dabei zu helfen, Freya in ihr Auto zu heben. Sekunden später war sie verschwunden gewesen und Chris war zurückgeblieben und am Straßenrand auf die Knie gefallen.

Er wusste nicht, wie lange er dort gekniet hatte und die Wahrheit nicht hatte erkennen wollen. Wie lange er gebraucht hatte, um aus dem Mief aufzutauchen und zu erkennen, dass Freyas Jacke noch immer auf dem Beifahrersitz lag, alles voller Blut. Dass er mit diesen schrecklichen, schrecklichen Tatsachen umgehen und dann in das Haus zurückkehren musste, in dem auch Freyas Eltern lebten.

»Es tut mir so leid«, sagte er laut und fühlte sich dabei, als würde er in winzig kleine Teile zerbrechen, die sich auf dem ganzen Tisch ausbreiteten. Er war sich nicht länger sicher, ob er sich bei Freya oder den Harlows oder Vicky oder sich selbst entschuldigte. All die Leben, die er zerstört hatte.

Der einzige Hoffnungsschimmer war, dass Vicky sich wieder erholen würde. Dass ihr Leben immer noch gut sein könnte. Chris würde sie freilassen und Di und Jane würden sich um sie kümmern und schließlich, hoffentlich, würde sie vergessen, dass sie ihn jemals gekannt hatte.

SIEBENUNDSECHZIG

STEPH

Steph starrte ihren Ehemann an, als sie sich neben ihre Cousine knieten, die jetzt halb bei Bewusstsein war. Sein Gesicht war voller Blutergüsse und sah aus, als würde es zusammenfallen, als hätten seine Muskeln vergessen, was sie zu tun hatten. Hatte er einen Schock? Hatte sie einen? In ihren Ohren knallte es und sie hatte das Gefühl, dass die Luft, die sie atmete, dicker wurde.

Sie wagte es, Becca anzuschauen und sah, wie ihre geschlossenen Lider zuckten und ihre Brust sich wieder hob: Zeichen der Genesung, auf die Steph in der Vergangenheit schon oft gewartet hatte.

»Wo ist Freya?«, flüsterte sie ihr zu, während sie sich nah zur ihr beugte. »Du hast es mir noch nicht gesagt.« Ihr kam die Eingebung, dass das, was noch zu finden war, ihre Leiche sein könnte. Bei diesem Gedanken schrie sie innerlich vor Schmerzen.

»*Nein*«, wimmerte sie leise zu sich selbst, zog sich von Becca zurück und kam auf die Beine.

»Steph?« Paul stand ebenfalls auf.

Steph taumelte einen Moment lang auf der Stelle, drehte

sich dann um und rannte in den hinteren Teil der Maisonette-Wohnung. Die kleine Küche war kahl, der winzige Tisch und alle Oberflächen sorgfältig abgewischt. Sie ging weiter durch den Flur in Beccas Schlafzimmer, rief dabei Freyas Namen und ließ die Fingerspitzen an den kalten Wänden entlanggleiten. Das Bett war zerwühlt, die Vorhänge zugezogen. Eine alte Zeitung, die Steph ihr vor einer Woche bei ihrem letzten Besuch mitgebracht hatte, lag ungelesen neben dem Bett.

Steph stürzte zum Gästezimmer und erstarrte, als sie versuchte, die Klinke hinunterzudrücken.

Die Tür war abgeschlossen.

Ihr Herz trommelte wie wild. Sie rüttelte an der Klinke und presste das Ohr gegen das Holz, versuchte, ihr Herz zu beruhigen, damit sie etwas hören konnte.

»Steph?« Paul tauchte neben ihr auf, doch sie bedeutet ihm, still zu sein, und lauschte weiter angestrengt.

Mit einer Hand über dem Mund richtete sie sich auf.

»Da ist jemand drin«, sagte sie zwischen zwei abgehackten Atemzügen.

Sie hatte ein Stöhnen gehört. Oder? Konnte es sein, dass sie sich das nur eingebildet hatte? Steph warf sich gegen die Tür und schlug mit beiden Fäusten dagegen. »Freya! Freya? Bist du da drin?«

Es kam keine Antwort, doch sie glaubte, ein weiteres, kaum hörbares Geräusch gehört zu haben. Steph rannte zurück ins Wohnzimmer. Irgendwo musste doch ein Schlüssel sein. Sie riss Schubladen heraus und schüttete den Inhalt auf den Boden, während sie Paul anschrie, das Schlafzimmer zu durchsuchen. Als Steph nichts fand, kehrte sie zu ihrer Cousine zurück, die sich mittlerweile wieder regte, und klopfte hektisch ihre Taschen ab.

Dabei ertappte sie sich, wie sie immer noch Beccas linken Arm niederdrückte, der ausgestreckt auf dem abgenutzten Teppich lag. Sie erinnerte sich daran, wie Becca mit der Hand herumgefuchtelt hatte, um das Messer abzufangen, und zu Beginn des Anfalls wieder damit angefangen hatte. Jetzt war die Hand zu einer lockeren Faust geballt. Der Zeigefinger ragte leicht hervor.

Becca hat nicht bloß gezuckt.

Sie hat auf etwas gezeigt.

Hat sie versucht mir zu sagen, dass Freya doch hier ist?

War Steph wieder einmal blind gewesen? Hatte sie noch mehr Zeit vergeudet?

»Paul!«, schrie sie. »Wir müssen in dieses Zimmer!«

Sie hörte seine raschen Schritte näherkommen, dann einen dumpfen Schlag. Während Steph den Flur entlang eilte, wiederholte sich das Geräusch. Sie sah, wie Paul sich mit der Schulter gegen die Gästezimmertür warf. Er keuchte vor Schmerz, nahm dennoch all seine Kraft zusammen und probierte es nochmal. Unter anderen Umständen hätte es Freya amüsiert, ihn dabei zu beobachten, wie er dieses Polizeiklischee erfüllte. *Du hast das offensichtlich schon mal gemacht, Dad. Da warst du aber wohl noch etwas jünger, was?*

Beim dritten Versuch gab die Tür schließlich nach. Sie sausten beide in das Zimmer. Stephs Sicht verschwamm, sie war nicht in der Lage, die Szene zu erfassen, die sich ihr bot. Einen Moment lang war sie so überfordert, dass alles zerbrach und sich verlangsamte.

Dann erkannte sie eine Gestalt auf dem Bett. Ein Gewirr von fettigem, blondem Haar auf dem Kopfkissen. Freya lag zusammengerollt und mit geschlossenen Augen dort, ihre Haut bleich und schweißnass. Sie hatte eine nässende rote Wunde am Kopf.

»O mein Gott.« Steph und Paul fielen beinahe übereinander, so verzweifelt versuchten sie, zu ihr zu gelangen. Steph griff nach ihrer Hand, berührte ihre Wange und sagte immer und immer wieder ihren Namen. Becca, oder jemand anderes, hatte offensichtlich versucht, Freyas Wunde zu versorgen – am Bett stand ein Antiseptikum –, doch es war unübersehbar, dass es Freya sehr schlecht ging.

Aber sie atmete. Sie war wunderschön. Jetzt öffnete sie ihre trüben Augen und ihr Blick konzentrierte sich auf Steph. Ihre trockenen Lippen bewegten sich.

»Oh, mein Schatz.« Steph küsste ihrer Tochter die klammen Finger, dann ihre Stirn, und benetzte ihre Haut noch weiter mit ihren Tränen. »Oh, Freya, oh Freya, oh Freya. Gott sei Dank!«

»Mum?«, krächzte Freya.

»Ich bin es. Wir sind es.« Steph streckte ihre Hand nach Paul aus und er beugte sich nah an sie heran. Er nahm Stephs und Freyas Hände in seine und führte sie an seine Lippen, während Tränen aus seinen Augen strömten.

»Wir sind jetzt hier, Frey«, sagte Paul. »Es wird alles wieder gut, Liebling.«

»Wir sind so, so froh, dich zu sehen.« Steph brach nun vollkommen zusammen und es war, als würde mit der Erleichterung noch etwas anderes ihren Körper verlassen, das sie Jahr für Jahr für Jahr zurückgehalten hatte.

ACHTUNDSECHZIG

CHRIS

Er teilte sich seine Zelle nun mit einer brutalen Schar an Erinnerungen. Sie gönnten ihm keine Ruhe. Sie kannten all seine Schwächen und wollten sehen, wie schnell sie ihn brechen konnten. Würde es so auch im Gefängnis sein? Nicht nur von wütenden Kriminellen bevölkert, sondern auch von all seinen Gedanken, denen er sich dann nicht mehr entziehen konnte?

Da war Vicky, eine jüngere Version von ihr, die vor ihm das erste Mal ein Geständnis abgelegt hatte: *Ich habe da so eine kleine Angewohnheit, ... mir Dinge zu nehmen, die mir nicht gehören.* In ihrem Gesicht lagen Angst und Provokation: *Ändert das etwas an deinen Gefühlen für mich?*

Und dann Freya, bei ihrer allerersten Fahrstunde, wie sie gefragt hatte, ob sie Radio Five Live anmachen könnten, weil gerade Arsenal gegen die Spurs spielte.

Steph, die sich, als sie zurückgekommen waren, vor dem Haus herumgetrieben und über sich selbst gelacht hatte, weil sie sich die ganze Stunde lang Sorgen gemacht hatte. *Aber sie sieht zufrieden aus. Und dein Auto ist noch heile! Und ich kann das nicht jedes Mal machen –*

»Watson.«

Als der Wachmann auftauchte, stieben die Erinnerungen auseinander, als wären sie Gefängnisschläger, die auf frischer Tat ertappt worden sind. Chris wusste, sie würden sofort zurückkehren, sobald er wieder allein war. Und dann würden sie noch grausamer sein.

»Folgen Sie mir«, sagte der Beamte.

»Wohin?«

Er bekam nur einen stechenden Blick als Antwort. Sie alle behandelten ihn seit seinem Geständnis mit Abscheu. Chris fühlte sich, als wäre ihm alles von seiner Persönlichkeit genommen worden, genau wie seine Habseligkeiten, die er in der kleinen Kiste am Polizeiempfang hatte abgeben müssen. Alles, was übrigblieb, war das Etikett *Mörder*. Nun würde er von allen Menschen, die er bereits kennengelernt hatte, und allen, die er noch kennenlernen würde, dementsprechend behandelt werden – zu Recht.

Der Beamte führte ihn zurück zu den Befragungsräumen. Während Chris den Flur entlangging, fiel ihm etwas ins Auge, das sein Herz beinahe zum Stillstand brachte. Er blieb stehen. Der Wachmann drängte ihn mit einem ungeduldigen Bellen zum Weitergehen.

Chris schlurfte vorwärts, warf jedoch einen Blick zurück über die Schulter. Er fragte sich, ob sie es wirklich gewesen war, die dort in einen der anderen Befragungsräume verschwunden war. Er hatte ihr Gesicht nie vollständig gesehen, doch er hatte das Gefühl, dass er sie überall wiedererkennen würde: das ungekämmte, hüftlange Haar, die dünnen Arme, die es fertiggebracht hatten, Freyas Oberkörper anzuheben, während er sie an den Beinen genommen hatte.

Die Frau.

Seine Gedanken drehten sich im Kreis, während er wieder gegenüber von Ford und Johnson Platz nahm. Er konnte kaum verstehen, was sie zu ihm sagten. Er konnte nur noch denken:

Haben sie sie gefunden? Heißt das auch, dass sie Freyas Leiche gefunden haben? Vor ihm blitzten die Bilder ihrer verdrehten Augen und der Blutfontäne auf, die aus ihrem Kopf geschossen war.

»Sie haben den Mord an Freya Harlow gestanden«, sagte Ford.

Chris nickte. Da war es wieder. *Mörder*.

Er war alles gewesen: ein Sohn, ein Schuljunge, ein Raucher, ein Schulabbrecher, ein Freund, ein Fahrlehrer, ein Ehemann, ein ehemaliger Raucher, ein Hausbesitzer, ein Unternehmer. Und jetzt auch ein Mörder.

»Freya Harlow wurde lebend im Haus von Rebecca Fielding gefunden.«

Chris' Kopf schoss hoch. »Was haben Sie gesagt?«

»Freya befindet sich im Krankenhaus und wird wegen einer ernsten Kopfwunde und einer daraus resultierenden Infektion behandelt.«

»Sie ... *Was?*«

»Sie lebt.«

Aber sie hatte so reglos da gelegen. Schwer und kalt. Die Frau hat sie weggebracht. Sie war tot.

»Ist das ... eine Falle?«, fragte er.

»Nein.«

»Sie war tot.« Er spürte, wie sich sein Mund verzog und seine Augen feucht wurden.

»Nun ja, das ist sie nicht«, sagte Johnson unverblümt. »Rebecca Fielding hat sie mit zu sich genommen, nachdem sich Ihre Wege getrennt haben und Freya wieder zu Bewusstsein gekommen ist. Fielding hat sie in ein Zimmer eingesperrt und, laut ihr, versucht, sich so gut es ging um sie zu kümmern, bis sie entschieden hatte, was sie tun wollte. Hatten Sie währenddessen auf irgendeine Weise Kontakt zu ihr?«

Chris knetete seine Wangen. Die Frau hatte einen Namen. Rebecca Fielding. Es spielte keine Rolle. Doch, es spielte eine

Rolle. Der Raum drehte sich. »Ich habe sie ein paarmal angerufen, aber sie ist nicht rangegangen. Ich habe gedacht …«

»Wir wissen, was Sie gedacht haben. Aber Freya Harlow ist nicht tot.«

Die Worte schienen endlich zu ihm durchzudringen.

»Sie haben dennoch mehrere Verbrechen begangen«, erinnerte Johnson ihn unnötigerweise.

Aber er hatte kein jugendliches Mädchen getötet. Er hatte ihr Leben nicht frühzeitig beendet und dem ihrer Eltern das Licht ausgeknipst.

Vielleicht verdiente er diese Erlösung nicht, doch er reckte sich ihr atemlos entgegen.

Er hätte wissen sollen, dass Freya Harlow sich, mit all ihren Talenten, ihren Maschen, mit all ihrer Energie und all ihrer Wut, zurück ins Leben kämpfen würde.

NEUNUNDSECHZIG

PAUL

Paul konnte nicht aufhören, in Freyas schlafendes Gesicht zu schauen. Ihr Haar lag ausgebreitet wie ein Heiligenschein um ihren Kopf auf dem Krankenhauskissen. Er hatte Angst, den Blick abzuwenden oder seine erschöpften Augen zu schließen, für den Fall, dass sie verschwinden würde, wenn er zurückschaute. Auf ihrer Haut waren Schnitte und Hämatome zu sehen und an ihrem Arm hing ein Tropf mit Antibiotika. Dennoch war das stetige Piepen des Herzmonitors das beruhigendste Geräusch, das er seit Langem gehört hatte.

Hör auf, mich beim Schlafen zu beobachten, Dad, würde sie wahrscheinlich sagen, wenn sie jetzt aufwachte. *Das ist komisch.*

So läuft das ab jetzt, Frey. Mum und ich lassen dich nie wieder aus den Augen.

O Gott. Das ist ja schlimmer als fast zu sterben.

Vielleicht würden sie das alles überstehen, wenn sie sich darüber lustig machten, doch es war schwer vorstellbar, dass die Anspannung so schnell aus seinen Muskeln weichen würde. Für Paul fühlte es sich so an, als wäre er durch einen wochenlangen Krieg geschleudert worden. Und nun war er irgendwie auf der anderen Seite, saß inmitten der Trümmer und versuchte, wieder zu Atem zu kommen und das Geschehene zu verstehen.

»Es tut mir so leid, Paul«, sagte Steph neben ihm. »Mehr, als ich in Worte fassen kann.«

Paul drehte sich zu seiner Frau um, die genauso geschockt aussah, wie er sich fühlte.

Seine Frau, die nicht wirklich Stephanie hieß. Die in ihrer Jugend einen Mann getötet hatte und damit indirekt all das hier losgetreten hatte. Diese Tatsachen erschütterten ihn jedes Mal, wenn er versuchte sie als real zu betrachten.

»Ich habe dich in dem Glauben gelassen, das alles wäre, deine Schuld«, sagte Steph unter Tränen. »Selbst ich habe das geglaubt. Ich wollte nicht wahrhaben, dass es etwas mit mir zu tun haben könnte. Ich hätte niemals gedacht, dass Becca … Ich hätte nicht gedacht, dass sie die Mittel hat, geschweige denn, dass sie mich so sehr verletzen will …«

Paul verschlang die Hände in seinem Schoß ineinander, seine Gefühle schwankten hin und her. »Wir hätten beide der Grund sein können, Steph.«

Sie stockte und tupfte sich die Augen ab. Um den Hals trug sie noch immer Freyas grünen Schal, der jetzt schmutzig war, von dem sie sich jedoch nicht trennen konnte.

»In der Kirche«, fing sie an. »Als ich dich gefragt habe, ob du schon mal jemanden umgebracht hast. Das war, weil ich etwas in dir wiedererkannt habe. Schon immer, schätze ich. Ich glaube, dass du genau wie ich weißt, wie es sich anfühlt, die dunkelste Art der Schuld mit sich herumzutragen.«

Paul sah sie unverwandt an und, nur für einen Moment, sah er Nathalies Gesicht in ihrem. Er konnte es noch immer kaum verarbeiten, dass sie nicht tot war. Doch eines Tages wäre er so weit und dann würde er sich vielleicht einen Funken der Erleichterung gestatten.

Er hatte Yvette nicht nach ihrem Aufenthaltsort gefragt. Sie hatte ihm nicht sagen wollen, wohin sie geflohen war, so viel war ihm klar gewesen, aber deshalb hatte er nicht widerstanden, sie danach zu fragen. *Irgendwo da draußen* war nun mehr als genug. Er betete einfach nur, dass sie ihr Glück und ihren Frieden irgendwie gefunden hatte. Vielleicht war auch Billie *irgendwo da draußen*. Die arme Billie, die vermutlich eine tragische, auf ewig unbeantwortete Frage bleiben würde. Hatte Paul sich geirrt, was Daniels Rolle im Falle ihres Verschwindens anging? Er sah jetzt, dass es gut möglich war. Sie hatten sich aus der Ferne zu lange gegenseitig gehasst, ihre Energie und ihre Leben verschwendet.

Paul schob seine Hand in die seiner Frau und ihre Finger schlossen sich um seine. All die Jahre hatten sie eine ähnliche Last mit sich herumgetragen. Hatten ihre Geheimnisse bewahrt und ihre Vergangenheiten vergraben. Es hatte sie beinahe alles gekostet.

»Du hast recht«, sagte er. »Ich habe auch einen Tod verursacht ... oder zumindest dachte ich das. Jemand, den ich geliebt habe und den ich angelogen habe. Jemand, den ich vor dir geheim halten wollte.«

Steph schloss die Augen. Ob aus Kummer oder Erleichterung, endlich davon zu hören, wusste er nicht mit Sicherheit.

»Ich weiß, was es mit dir macht«, fuhr Paul fort. »Du willst Vergebung, aber hast nicht das Gefühl, dass du sie verdient hast, sondern nur Bestrafung ... nur, dass du das auch nicht verlangen kannst. Und eigentlich würdest du es den Leuten gerne sagen, die du gefunden und mit denen du dir ein neues Leben aufgebaut hast ...« Er umschloss ihre Finger. »... aber du hast riesige Angst, dass sie dich dann nicht mehr lieben.«

Aus Stephs Augen flossen noch immer Tränen. »Selbst, als ich meine Strafe bekommen habe, habe ich sie nicht direkt erkannt. Jetzt wurden wir alle bestraft und Freya am schlimmsten.«

»Aber wir sind immer noch hier.« Paul rutschte näher zu

ihr heran und sie beide sahen wieder Freya an. »Wir können einander vergeben. Das müssen wir, oder?«

Steph legte ihren Kopf auf seine Schulter. Obwohl sie ihr Haar seit fünf Tagen nicht gewaschen hatte, roch es schwach nach Vanille. Sie war immer noch derselbe Mensch, auch nach der Namensänderung, trotz des Lebensabschnitts, von dem er nichts gewusst hatte – genauso, wie sie nichts von seinem geahnt hatte. Mitleid durchzuckte Paul, als er sich Steph als angsterfülltes junges Mädchen vorstellte, das einen Fehler gemacht hatte, der sie ihr ganzes Leben lang verfolgen würde.

Selbstverständlich wusste er, wie sich das anfühlte. Sie hätten sich schon vor langer Zeit gegenseitig – oder sich selbst – vergeben können.

Freyas Lider flatterten und Paul wurde von Liebe überwältigt. Die Erinnerung daran, wie sie sie schließlich gefunden hatten, eingesperrt in das winzige Gästezimmer, kam immer wieder zurück. Irgendwie war ihm eine dritte Chance gegeben worden. Und dieses Mal würde er sie nicht vergeuden und gedanklich in der Vergangenheit hängen bleiben. Dieses Mal würde er anwesend sein. Dankbar. Echt.

Er schlang die Arme um Steph. Dort saßen sie und ließen sich mit geschlossenen Augen vom rhythmischen Piepen des Herzens ihrer Tochter in den Schlaf wiegen.

SIEBZIG

KATE

Dreiundzwanzig Jahre zuvor

Heathrow ist eine Blase, in der die Realität aufgehoben ist. Die Leute trinken schon um sechs Uhr morgens prickelnden Wein und essen Burger, putzen sich ihre Zähne in den öffentlichen Toiletten und schlummern umgeben von fremden Menschen auf Plastikstühlen. Manche bewegen sich zwischen unterschiedlichen Zeitzonen – sie sind aus dem Morgen eingeflogen oder werden im Gestern landen. Alles fühlt sich anonym an, obwohl die Identität jedes Einzelnen hier strengstens überprüft wird.

Durch das alles schlängele ich mich hindurch und putze die Toiletten. Ich bin froh, dass ich so gut wie unsichtbar bin. Ich schnappe Gesprächsfetzen auf und bekomme Einblicke in andere Leben, während in meinem Ohr immerzu die Flugansagen in mehreren Sprachen dröhnen. Meine Haut riecht nach Bleiche und meine Fingerspitzen sind rissig.

Ich denke oft an den Tag vor fast genau zwei Jahren zurück, als ich am Rande eines anderen Flughafens gestanden und mit angehaltenem Atem beobachtet habe, wie Flugzeuge in die

Dämmerung aufgestiegen und über mich hinweggefegt sind. Ich erinnere mich daran, wie ich mich in den folgenden Monaten an das Bild des leuchtenden Sternenhimmels gekrallt habe, wenn ich es in der neuen Realität, die ich mir geschaffen hatte, nicht mehr ausgehalten habe. Die Realität, in der ich eine Mörderin und ein Feigling war.

Beides bin ich noch immer. Ich verstecke mich hier inmitten des alltäglichen Gewimmels von Reisenden, dann gehe ich mit geducktem Kopf nach Hause oder ins Krankenhaus. Manchmal denke ich, dass ich genau wie Becca eine Gefangene bin, fühle mich dann aber noch schuldiger: Woher soll ich wissen, was sie gerade durchmacht? Nur einmal habe ich mich getraut, sie im Gefängnis zu besuchen, wo mich ihr hartherziger Blick kalt durchbohrt hat.

Mittlerweile habe ich mir die Länge und den Rhythmus des Weges von Heathrow zum Krankenhaus eingeprägt. Als wir hierhergezogen sind, habe ich eine Weile gebraucht, um mich an das hektische Treiben in der U-Bahn zu gewöhnen. Keine Ahnung, warum Mum gedacht hat, London wäre ein guter Ort für einen Neustart. Sie hat von Fachkliniken gesprochen, aber vielleicht dachte sie auch, dass es ein guter Ort wäre, um nicht aufzufallen. Vielleicht ist ihr bewusst geworden, dass ich mich verstecken wollte. Ich frage mich immer noch, wie viel sie von dem ahnt, was wirklich mit Nick passiert ist. Sie hat den Gedanken an Becca als Mörderin voll und ganz angenommen. Doch was würde es bedeuten, wenn sie tief in sich drinnen *doch* weiß, dass ich etwas damit zu tun hatte? Stellt Mutterliebe das in den Schatten, was sie mit Nick hatte? Ist sie stark genug, um mir zu verzeihen, um mich sogar zu beschützen?

Tante Rach und Onkel Jack haben sich nie von Becca abgewandt. Becca hat sie jedoch von sich gestoßen und wollte sie nicht sehen. Mum vermutet, dass Becca ihnen die Schuld für ihren lausigen Verteidiger gibt, aber ich glaube, es steckt mehr dahinter. Ich weiß nicht, ob ich wollte, dass Mum mich im

Gefängnis besucht. Dass wir uns dann gegenüber an einem Tisch sitzen, wie in unserer Wohnung nach der Schule, nur dass wir dann von anderen Gefangenen umgeben wären und von Wärtern bewacht würden. Ich weiß nicht, ob ich das ertragen könnte. Bis heute strebe ich noch nach ihrem Stolz und ihrer Anerkennung.

Als ich im Krankenhaus ankomme, nimmt meine Nase den Wechsel von einem chemischen Geruch zum anderen wahr. Zitronenbleiche weicht alkoholischem Handdesinfektionsmittel, Reinigungsmittel weichen etwas Stärkerem, das meiner Mutter in die Venen gepumpt wird. Unsere Vermieterin, Dominique, sitzt an Mums Seite und mit ihren grauen Haaren sieht sie aus wie eine freundliche Hexe. Ohne Dom hätten wir das alles nicht geschafft, besonders, seit Mums MDS sich zu Leukämie entwickelt hat. Es war, als hätte Dom schon am ersten Tag, nachdem wir in die winzige Wohnung in Wembley gezogen sind, gespürt, dass wir eine verzweifelte kleine Einheit aus zwei Personen sind, die dringend Hilfe benötigt. Sie sieht nach Mum, wenn ich in der Arbeit bin, fährt sie zur Chemo, wenn ich es nicht schaffe, und hält ihre Hand, bis ich da bin. Manchmal gibt es gute Tage. Dann machen wir uns über die Ärzte lustig oder blättern in Zeitschriften. Aber es gibt auch dunkle Tage.

Ich muss weitergehen, muss einen Fuß vor den anderen setzen, während ich durch die hellerleuchtete Station gehe. Mum zählt auf mich.

Zwei Jahre später wird Mum tot sein. Ich werde nichts mehr haben, niemanden, um den ich mich kümmern kann, und ich werde wissen, dass es an der Zeit sein wird, ein Geständnis abzulegen. Dennoch werde ich es aufschieben. Ich werde weiterhin hart arbeiten, so viele Stunden wie möglich, um mir keine Zeit zu lassen, über die Vergangenheit nachzudenken. Meine Chefs werden mich von der Reinigungsfrau zur Kellnerin befördern, und dann in die Premium-Lounge. Sie werden mich als jemanden sehen, der niemals krank ist oder eine Schicht ablehnt. Ich werde jeden Tag die Reisenden beobachten und mich fragen, wie es wohl wäre, an ihrer Stelle zu sein. Irgendwann wird mich das Verdrängen auffressen und ich werde mich Stück für Stück als Stephanie Shaw neu erfinden, ein Name, den ich auf einer Bordkarte erhascht habe. Ein Name, der wie der einer Romanfigur klingt.

»Stephanie Shaw« hat schon immer in London gelebt. Sie ist unabhängig und lebt freiwillig allein. Auch, wenn es mir das Herz brechen wird, Dominique zurückzulassen, werde ich in eine Wohnung ziehen, die näher am Flughafen liegt, und eines Tages werde ich es offiziell machen: Ich werde rechtskräftig zu Stephanie Shaw werden. Kate Thomas wird nicht länger existieren.

Dann werde ich, ohne es darauf anzulegen, einen Mann kennenlernen. Ich werde mich von ihm angezogen fühlen, wie er gedankenverloren in der Premium-Lounge sitzt. Vielleicht werde ich spüren, dass er wie ich ein unbeschriebenes Blatt und ein Irrgarten voller Geheimnisse ist. Ich werde mich so schnell in ihn verlieben, dass ich gar nicht wissen werde, dass es gerade passiert, und eine Weile lang werde ich mir erlauben, glücklich zu sein.

Dann werden die Schuldgefühle zurückkehren, noch stärker als zuvor. Wie kann ich in einem gemütlichen Bett, in den Armen dieses Mannes liegen, während Becca im Gefängnis sitzt? Ich werde es wieder spüren: die Gewissheit, dass ich mich stellen muss, und die Angst vor allem, was folgen wird.

Weil es etwas gibt, das nur ich weiß.

Die Wirkung des Carbamazepin wurde nicht nur durch die Antidepressiva und den Alkohol verstärkt. Der Pegel in Nicks Blut schien höher zu sein als die Dosis, die Becca und ich verabredet hatten, weil sie es ganz einfach auch war.

Ich hatte solche Angst, dass es nicht reichen würde. Dass zwei winzige weiße Pillen keine Wirkung auf den großen, breiten Nick haben würden. Während er dann also darauf gewartet hat, dass Mum sich fertigmacht, und nachdem er das Taxi bestellt und letzte Sachen eingepackt hat, noch an einem zweiten Bier genippt hat, habe ich ihm noch zwei weitere Tabletten in sein Getränk geschmuggelt.

Diesen Teil der Geschichte habe ich noch keiner Menschenseele erzählt. Es ist der Teil, der Becca aus dem Knast holen, unsere Plätze vertauschen und den Lauf unserer Leben umkehren könnte.

Aber gerade, als ich meinen ganzen Mut zusammengenommen habe, werde ich etwas erfahren, das meine komplette Sicht auf die Dinge verändern wird.

Ich werde entdecken, dass ich schwanger bin.

Mein Leben wird sich stattdessen nur noch um das Baby drehen. Mir wird klar werden, dass es egal ist, was ich in der Vergangenheit versucht habe, für meine Mum zu tun, und was ich für Becca tun sollte: Es ist kein Vergleich zu dem, was ich für sie tun würde, für meine Tochter, meine Freya.

EINUNDSIEBZIG

STEPH

»Ist dir warm genug?«

»Ja.«

»Willst du meinen Mantel haben?«

»Mir geht's gut.«

»Tut dein Kopf weh?«

»Ein bisschen.«

»Wie sehr?«

»Ein bisschen! Das ist die genaueste Angabe, die ich dir geben kann, Mum!« Freya verdrehte ihre Augen, lächelte jedoch leicht, und beide Gesichtsausdrücke brachten Steph dazu, vor Erleichterung zu weinen. Sie war wieder da und sie war noch immer Freya. Wahrscheinlich war sie erschüttert und hatte in einer Weise Narben davongetragen, die sich erst noch zeigen würden, doch sie war immer noch Freya. Und Steph und Paul brachten sie nach den längsten zehn Tagen ihres Lebens nach Hause.

Steph zitterte vor Nervosität, als sie sich ihrem Viertel näherten, und ergriff – mehr für sich selbst als für sie – Freyas Hand. Steph und Paul hatten die letzten fünf Nächte in einem billigen Hotel in der Nähe vom Krankenhaus verbracht, da sie dicht bei ihr sein wollten. Jetzt fühlte es sich so an, als käme sie nach einem jahrelangen Auslandsaufenthalt nach Hause. Sicher würde sich jetzt alles anders anfühlen, fremd.

Es tut mir so leid, sagte sie wieder, zu ihrer Tochter und ihrem Mann, diesmal jedoch nur in ihrem Kopf, weil Paul ihr verboten hatte, es zu wiederholen. Sie wollte es jeden Tag für den Rest ihres Lebens sagen und sie fühlte sich an das Gefühl erinnert, das sie gehabt hatte, nachdem Becca ins Gefängnis gegangen war.

Ihre Cousine befand sich in Untersuchungshaft. Wieder. Und Steph war wieder, wie damals mit sechzehn, am Punkt des Wartens angelangt, an dem sie sich fragte, ob Becca sie belasten würde. Bis jetzt hatten keine Polizeibeamten gedroht, Steph aus ihrer Familie zu reißen, mit der sie gerade erst wieder vereint worden war. Die Fragen, die sie ihr gestellt hatten, betrafen weder die Beteiligung an Nicks Vergiftung noch die Tatsache, dass sie jemandem Unterschlupf gewährt hatte, der gegen die Bewährungsauflagen verstoßen hatte. Sie hatten ihr gesagt, dass Becca über ihre Beweggründe für den Versuch, das Leben der Harlows zu zerstören, Stillschweigen bewahrte. Sie hatte Eifersucht, alte Kränkungen, generell nichts Konkretes angegeben. Vielleicht behielt sie trotz allem Stephs Geheimnisse für sich.

Trotz der Angst, die Becca ihr eingeflößt hatte, bereitete Steph der Gedanke Unbehagen. War es jetzt nicht an der Zeit, die Wahrheit zu erzählen? Hatten andere Menschen nicht schon genug für ihre Fehler gelitten? Dann sah sie jedoch ihre Familie an und dachte: *Wie könnte ich sie jemals verlassen?*

Als sie in ihre Straße einbogen, wurde sie aus ihren Gedanken an dieses Dilemma gerissen. Sie und Freya saßen zusammen hinten, während Paul fuhr. Dann fing Freya an zu kichern. »Wir sind wie die Royals und Dad ist unser Chauffeur.«

»Geboren, um zu dienen«, sagte Paul von vorne und lupfte seine imaginäre Kappe.

Auch aus Steph sprudelte jetzt ein nervöses Lachen hervor. Als sich Freyas und ihr Blick trafen, war es völlig vorbei mit ihnen und auch Paul stieg in das Gelächter mit ein. Die Freude war wie eine Droge. Steph konnte nicht anders, als an die Lachanfälle denken, die sie früher mit Becca wegen nichts und wieder nichts gehabt hatte. Sie und Freya waren manchmal genauso, oder waren es zumindest gewesen, bevor Freyas Vertrauen in sie erschüttert worden war. Stephs Lachen wurde durch diesen Schmerz gedämpft. Sie konnte das alles hier nicht aufgeben.

Als Irene aus Nummer 12 aus dem Haus gestürmt kam, um sie winkend zu begrüßen und Freya das Winken ihrerseits sanft wie eine Prinzessin erwiderte, lachten sie noch heftiger. Doch die Heiterkeit verblasste, je weiter sie durch die Straße fuhren und sahen, wie anderen Nachbarn auf den Gehsteig stürmten, um sie zu Hause willkommen zu heißen. Die Leute klatschten. Weinten. Jemand war so umsichtig und freundlich gewesen, die VERMISST-Plakate von den Bäumen abzuhängen.

Der Kloß in Stephs Hals wurde immer größer. Sie warf Freya einen Blick zu und sah den Schock in ihrem Gesicht, die plötzliche Kindlichkeit ihrer blinzelnden Augen. Vielleicht war ihr gar nicht bewusst gewesen, wie viele Menschen sich gewünscht hatten, dass sie gefunden wurde. Wenn Steph ehrlich war, hatte sie selbst es in diesem ganzen Trubel ebenfalls nicht bemerkt. Sie erlaubte sich nicht, in die Richtung von Chris Watsons Kellerwohnung zu schauen, sich zu fragen, ob Vicky vielleicht zuschaute oder wie sie sich fühlen musste. Die dunkleren Schattierungen ihrer Straße und ihre Geschichte konnten für diesen kurzen glücklichen Moment ferngehalten werden.

Auch Emma war da, als sie aus dem Auto ausstiegen. Sie stand neben Zeb auf Krücken vor ihrem Geländer. Sie trug einen babyrosafarbenen Mantel aus den 1960ern, den Steph häufig bestaunt hatte, und ihr Haar war frisch in einem leuchtenden Blauton gefärbt. Steph hielt ihren Blick auf sie gerichtet und meinte zu sehen, wie Freya Zeb einen Blick zuwarf. Etwas Ungesagtes verband sie alle für einen Moment. Es wirkte so, als würde einer der beiden etwas sagen, wie sie es vielleicht alle wollten, doch Emma lächelte nur und blieb dicht an Zebs Seite. Steph legte ihren Arm um Freya, als sie zur Haustür gingen.

Dann bemerkte sie das Schild. ZU VERMIETEN.

Vor Erleichterung krampfte Stephs Magen sich zusammen. Natürlich wollte Vicky weg von hier. Würde sie einen Neuanfang wagen, so wie Steph es einst getan hatte? Würde sie ihr Leben mit dem Versuch verbringen zu vergessen, was ihr Ehemann getan hatte, oder würde sie zu ihm halten?

Steph blinzelte jedoch, als sie registrierte, was tatsächlich auf dem Schild stand: *Zwei-Zimmer-Erdgeschosswohnung*. Sie drehte sich zu Emma um. »Du ziehst um?«

Emma wurde ein bisschen rot und nickte. »Es ist alles ziemlich schnell passiert. Ich versuche es nochmal mit meinem Geschäft, drück mir die Daumen ... aber bis ich anfange, Geld zu verdienen, kann ich mir nicht auch noch die Miete für diese Wohnung leisten. Deswegen ziehe ich vorübergehend in die Wohnung über dem Laden. Zeb bleibt noch etwas länger bei seinem Vater. Die beiden helfen mir, den Laden wieder auf Vordermann zu bringen ... und dann sehen wir weiter.«

Steph war unsicher, was sie fühlen sollte. Es schien, als würde sich ihre Beziehung zu Emma – wie auch immer sie sie definieren mochte – wahrscheinlich nicht noch intensiver als jetzt werden. Und vielleicht würde sie sich auch nie weiterentwickeln, denn wie sollte es von hier aus weitergehen? Es wurde fast schon traumähnlich: Emma die Adresse anzuvertrauen, die sie jahrelang geheim gehalten hatte und bei einer Verfolgungsjagd eines Unbekannten neben ihr herzurennen. Jetzt waren sie wieder einfach zwei Nachbarinnen, die sich mit ihren Kindern an ihrer Seite höflich auf der Straße unterhielten.

»Nun, das ist großartig«, sagte Steph. »Viel Glück.« Um der

alten Zeiten willen fügte sie hinzu: »Deine Ohrringe sind atemberaubend.«

Emma berührte die herunterbaumelnden Pfauenfedern mit den Fingern. »Wenn du etwas Ähnliches suchst, komm doch in ein paar Wochen mal im Laden vorbei.«

»Ich weiß nicht, ob sie mir stehen würden«, sagte Steph und Emma lächelte in Anerkennung ihres früheren Drehbuchs.

»Willkommen zu Hause, Freya«, fügte Emma hinzu, als sie sich mit feuchten Augen zur ihr drehte. »Es ist eine solche Erleichterung, dich zu sehen.«

Freya murmelte Dankesworte und wirkte überfordert. Zeb nickte ihr unter seinem lockigen Pony zu und ein Moment der Stille senkte sich zwischen ihnen. Paul war derjenige, der sie brach, indem er vorschlug, Freya nach drinnen zu bringen, damit sie sich ausruhen konnte.

Steph schielte nur für einen kurzen Moment zur Kellertreppe, ehe sie Freya in ihren kühlen, ruhigen Hausflur schob.

An ihrem Wohnungseingang hielt Freya inne und atmete ein. Zweifelsohne lag der Geruch von Elizabeth-Arden-Parfüm in der Luft. Und hausgemachter Lebkuchen. Die Quelle beider Gerüche strömte aus dem Wohnzimmer, dicht gefolgt von Brian und Heather. Sie zogen Freya in ihre Arme. Heather küsste ihr ganzes Gesicht ab, Brian weinte fast so viel wie Heather, und Paul wurde ebenfalls in ihre chaotische, tränenreiche Umarmung gezogen.

Steph ertappte sich dabei, wie sie zögerte. Sie beobachtete ihre Familie und stellte sich, unter anderen Umständen, zwei zusätzliche Menschen vor: ihre Mutter und ihre Cousine. Lebendig und frei, wie sie sich gegenseitig verrückt machten, doch zwischen ihnen nichts Großes, für das sie um Vergebung bitten oder das sie einander vergeben mussten. Hätten ihre Mutter und Heather sich miteinander verstanden? Wäre ihre Cousine Freyas Tante Bec geworden? Was nützte es, sich das alles zu fragen?

Freya drehte sich nach ihr um und Paul streckte seinen Arm aus, um sie in ihre Mitte zu holen. Steph schüttelte ihre Traurigkeit ab und machte einen Schritt auf sie zu. Dies war noch so ein Moment, der nicht verdorben werden sollte, der ein Ausbruch der Freude sein sollte. Danach konnten sie damit anfangen, ihr Leben wieder in Ordnung zu bringen.

In jener Nacht kletterte Steph die Stufen zum Dachboden hinauf. Als sie zur Hälfte oben war, hielt sie an und schaute hinunter. Dort sah sie Paul durch die Wohnzimmertür, wie gewöhnlich in seinem Sessel und in seinen Veloursleder-Pantoffeln. Wie schnell sie wieder zu ihren Gewohnheiten zurückgefunden hatten: ihre festen Plätze vor dem Fernseher und um den Esstisch, Freyas Lieblings-Käsenudeln zum Abendessen. Gewöhnliche Dinge von außergewöhnlichem Wert.

Paul schaute hoch und bemerkte, dass sie ihn beobachtete. Er lächelte und in Stephs Bauch kribbelte es vor Liebe und Dankbarkeit und Restschuld. Als sie in dem Hotel nahe dem Krankenhaus gewesen waren, hatten sie stundenlang über ihre Leben als andere Menschen geredet. Dennoch gab es noch immer diesen einen Teil der Geschichte, den sie noch nicht mit ihm geteilt hatte und den sie vermutlich auch niemals mit ihm teilen würde. Es war kein Kapitel, nicht mal eine Seite, sondern ein Absatz, eher eine Zeile. Aber es war die Achse, um die sich die Geschichte drehte. Die zwei zusätzlichen Tabletten, die für Nick eventuell den Unterschied zwischen Leben und Tod bedeutet hatten.

Sie zeigte nach oben, um zu signalisieren, dass sie oben nach Freya sehen würde. Paul nickte und Steph schlich die letzten paar Holzstufen auf Zehenspitzen hinauf, um an die Tür ihrer Tochter zu klopfen. Ein Teil von ihr erwartete noch immer ein zorniges »*Lass mich in Ruhe!*«, doch Freya bat sie herein. Steph hielt einen Herzschlag lang inne, um – erneut –

die wundersame Tatsache zu würdigen, dass ihre Tochter wieder dort war, wo sie hingehörte.

Die Nachttischlampe tauchte den Raum in warmes Licht. Freya lag im Bett, umgeben von vielen Kissen. Als sie ihre Kopfhörer aus den Ohren nahm, drang das Murmeln des Harry-Potter-Hörbuchs aus ihnen hervor. Steph sah sich Freyas andere Bücher von Agatha Christie und Conan Doyle an und dachte an ihre Tochter, wie sie Detektivin gespielt und ihren Dad oder ihre Lieblingsfiguren nachgeahmt hatte. Wie sie ihren Fahrlehrer erpresst und sich auf eine Weise verhalten hatte, die nicht wiederzuerkennen waren. *Warum hast du mich nicht einfach gefragt, Frey?*

Aber warum hatte Steph sie nicht gefragt, ob irgendetwas nicht stimmte?

Warum hatte sie Paul nicht nach seiner Vergangenheit gefragt?

Diese Fragen zu stellen war nicht immer einfach.

Steph setzte sich auf Freyas Bett, strich ihr das Haar aus dem Gesicht und überprüfte ihren Wundverband. Sie konnte es nicht lassen, sich zum hundertsten Mal den Moment vorzustellen, in dem Freyas Kopf gegen Chris' Armaturenbrett krachte. Freya konnte sich nicht daran, oder an die vier Tage im Delirium in Beccas Gästezimmer erinnern, wo sie zwar versteckt, aber immerhin am Leben gewesen war. Anscheinend hatte Becca, kurz bevor Steph an der Maisonette-Wohnung aufgetaucht war, geplant, die Polizei über Freyas Aufenthaltsort zu informieren und dann zu verschwinden. Sie stritt ab, ihr den Zettel oder das Buch zugeschickt zu haben. Über diesen Dingen schwebte noch immer ein großes Fragezeichen.

Steph ließ Freyas Haar wieder zurückgleiten. Dann öffnete sie ihren Mund und erzählte ihrer Tochter plötzlich die Geschichte eines Mädchens namens Kate Thomas. Ein Mädchen, das nur etwas jünger gewesen war, als Freya jetzt, und das dachte, etwas verstanden zu haben und dass sie es in Ordnung bringen könnte. So wie Freya.

Es war eine verdrehte Gutenachtgeschichte. Steph spürte, wie sie sich während des Erzählens innerlich aufspaltete, so wie damals, als sie mit der Sozialarbeiterin, der »angemessenen Erwachsenen«, neben sich das erste Mal von der Polizei befragt worden war. Die Version von sich, die sich zu der vollen Wahrheit bekannte, schwebte zur Dachbodendecke und verschwand mit den zwei Tabletten in ihrer Faust durch die Dachluke. Es war Kate, die diesen Ausschnitt der Geschichte mitnahm und Steph mit ihrer Tochter auf dem Bett zurückließ, wo sie ihr nur so viel erzählte, wie sie zuzugeben bereit war. Nur so viel, wie sie auch Paul erzählt hatte.

Freya starrte ins Leere, während sie zuhörte. Dann bewegten sich ihre Augen zu Steph. Sie sah gefasst aus, doch ihr Hals war rot geworden, so wie Beccas, wenn ihre Emotionen an die Oberfläche stiegen.

»Du hast nicht mal Dad deinen richtigen Namen gesagt?«

Steph schüttelte den Kopf. »Ich wollte Steph Harlow sein. Und das war ich auch, wenn ich bei dir und Dad war. Ihr habt mich zu einem besseren Menschen gemacht und mir geholfen zu vergessen.«

»Du hast jemanden umgebracht.«

Steph schluckte. »Ja.«

»War es Absicht?«

Stephs Körper spannte sich an. Tatsächlich hatte sie diese Frage noch nie beantworten müssen. Sie dachte an das Adrenalin, das durch sie hindurchgeschossen war, als sie die Extradosis in Nicks Getränk gemischt hatte. An den dumpfen Schlag der Verzweiflung, als sie von Costcutter zurückgekommen war und ihn unversehrt vorgefunden hatte. Später, als ihre Mutter sie aus dem Krankenhaus angerufen hatte, hatte die Realität ihrer Tat sie hart getroffen. Doch hatte sie Nick, bis dahin, tief in sich drinnen, den Tod gewünscht?

Sie sah ihrer Tochter in die Augen, in denen eine Art beunruhigende Faszination zu liegen schien. Steph konnte nicht zulassen, dass Freya sie für eine Mörderin hielt. Sie hatte sich nie wirklich mit dem Gedanken abgefunden, dass ihre Mutter sie insgeheim vielleicht so gesehen hatte.

»Nein«, sagte sie. »Ich hatte Angst und war verzweifelt. Aber natürlich wollte ich ihn nicht umbringen.«

Freya zupfte an ihrer Bettwäsche herum. Steph wusste, dass sie ein Knautschgesicht machen würde, noch ehe sie es tat, und rutschte noch näher an sie heran, um sie zu umarmen und ihr über den Rücken zu streichen, während sie weinte.

»Es tut mir leid«, flüsterte sie ihr ins Haar. »Ich liebe dich so sehr, Frey.«

»Was passiert jetzt?«, fragte Freya. »Du gehst nicht ins Gefängnis, oder? Und du und Dad, ihr trennt euch nicht, oder? Bekomme ich Schwierigkeiten wegen der Erpressung?«

»Nein!«, beeilte sich Steph zu sagen. »Nichts davon wird passieren.«

Sie riss sich zusammen und erinnerte sich an all die Male, bei denen sie in der Vergangenheit zu viel versprochen und sowohl Freya als auch sich selbst davon überzeugt hatte, ihr zauberhaftes Leben wäre unantastbar.

»Zumindest gebe ich mein Bestes, damit das nicht passiert«, berichtigte sie sich vorsichtig. »Manche Dinge liegen vielleicht nicht in unserer Hand. Aber Dad und ich bleiben zusammen. Wir haben alle drei Fehler gemacht, aber wir haben ziemlich gründlich dafür bezahlt, findest du nicht?«

Freya nickte. »Ich ... ich habe auch noch mehr angestellt.«

»Was noch?«

»Die Eier, die Bananenschalen, das bescheuerte Erziehungsbuch ... Na ja, Zeb hat sie gemacht, aber ich hatte die Ideen.«

Steph konnte nicht verhindern, dass sich ihr Mund vor Schreck verdrehte.

»Das war alles Teil meiner Anti-Mum-Aktion«, sagte Freya. »Als ich mir erstmal in den Kopf gesetzt hatte, dass … aber ich finde nicht, dass du eine schlechte Mutter bist. Tatsächlich eher das Gegenteil.«

Es war noch eine Sache, die Steph verarbeiten musste. Ihre Gliedmaßen fühlten sich schwer an. Sie sank neben ihrer Tochter zusammen und Freya rutschte zur Seite, um ihr auf dem Bett Platz zu machen. Ein Rechteck Sternenhimmel schwebte über ihren Köpfen. Steph stellte sich vor, wie sich der Himmel aufgewühlt kräuselte und wie ihr atemloses jugendliches Ich das Chaos am Himmel beobachtete, ohne zu wissen, dass auch ihr eigenes Leben ähnlich durcheinandergebracht werden würde.

»Ich will nicht, dass Zeb Ärger bekommt«, sagte Freya, während sie nach oben sahen. »Aber ich will ganz ehrlich zu dir sein, so wie du es zu mir warst. Alles rauslassen.«

Steph drückte ihre Hand. Ihr nun vorherrschendes Gefühl war das Verlangen in einen traumlosen Schlaf zu fallen. Die Sterne funkelten und der Wind sang ein rauschendes Schlaflied. Sie erinnerte sich an sich als junge erschöpfte Mutter, wie sie Freya ins Bett gebracht hatte und neben ihr eingeschlafen war. Paul hatte das Gleiche getan, wenn er an der Reihe gewesen war. Sie hatte ihn dann friedlich schnarchend neben ihr entdeckt, so wie er sie zweifellos auch in einer Stunde entdecken würde, wenn er sich heranschlich, um nachzusehen, wohin sie gegangen war.

Hoffentlich würde er sie beide schlafen lassen. Wenn Steph aufwachte, würde die Frühlingssonne durch die Fenster scheinen und Freya würde noch immer bei ihr sein.

»Ich … bin nicht ganz ehrlich gewesen«, murmelte Steph.

Sie schloss die Augen, lauschte dem Wind und hinter ihren Lidern spielten sich die verschwiegenen Szenen der Schuld ab. Doch sie hatte leise gesprochen, fast im Flüsterton, und sie wusste, dass Freya bereits eingeschlafen war.

MEHR VON BOOKOUTURE DEUTSCHLAND

Für mehr Infos rund um Bookouture Deutschland und unsere Bücher melde dich für unseren Newsletter an:

deutschland.bookouture.com/subscribe/

Oder folge uns auf Social Media:

facebook.com/bookouturedeutschland
x.com/bookouturede
instagram.com/bookouturedeutschland

DANKSAGUNG

Ich habe unfassbares Glück, dass ich bei diesem Buch die Hilfe von so vielen talentierten und unterstützenden Menschen hatte. Ein riesiges Dankeschön geht an meine brillante Agentin, Hellie Ogden, für deine Unterstützung, deine Weisheit, deine Ratschläge und deine Inspiration, und dafür, dass du immer an mich geglaubt hast! Du hast mich wirklich weit gebracht. Danke auch an Will Francis, Kate Longman, Kirsty Gordon, und das ganze fantastische Team bei Janklow & Nesbit.

Danke an meine unglaublichen Lektorinnen: Kimberley Atkins bei Hodder, für deinen Weitblick und deinen Enthusiasmus seit Tag eins, und Danielle Dieterich bei Putnam, für die besonderen Einblicke. Ihr zwei habt ein erstaunliches Talent, das Beste aus einem Buch herauszuholen. Danke, dass ihr weder Zeit noch Mühen gescheut habt. Ihr habt so gutes Feedback gegeben, dass ich mich sogar auf das Umschreiben gefreut habe! Danke auch an Helen O'Hare, die das Potenzial dieses Buchs in den USA gesehen hat, und für deinen unschätzbaren Beitrag in der frühen Phase des Lektorierens. Danke an Hazel Orme und Madeline Hopkins für das scharfsinnige Lektorat, Amy Batley bei Hodder für deine großartige Hilfe, und Rebecca Folland und der Rechtsabteilung bei Hachette. Danke an Lewis Csizmazia, Libby Earland, Myrto Kalavrezou, Callie Robertson und an alle bei Hodder und Putnam, die den Ablauf extrem angenehm gemacht haben.

An Anna und John Cotton, und Charlotte und Sam Strong: Euer Feedback hat geholfen, dieses Buch ganz am Anfang zu formen, und unsere Schreibgruppentreffen waren ein großartiger Quell der Unterstützung und des Spaßes. (Die Pizzen waren auch ganz nett.) Ein herzliches Danke geht an all meine Freund:innen und Familienmitglieder, die in all den Jahren immer wieder nach meinem Schreiben gefragt haben, mich angefeuert haben, und mit mir gefeiert haben – ihr wisst, wer ihr seid, und ich hoffe, ihr wisst, wie viel mir das bedeutet hat. Danke an Jimmy für deine unermüdliche Unterstützung, für das Renovieren meines Büros, und für das Beantworten meiner Fragen zu Autos und Bodenbelägen! Und danke an euch, Mum, Dad und Gramms, die ihr alles, was ich jemals veröffentlicht habe, gekauft, gelesen und verbreitet habt, an Christine und Yass für eure Inspiration des Settings (und die Erwähnungen von Harry Potter), an Daisy für die Einblicke in Snapchat und andere Dinge, für die ich zu alt bin, und an meine Neffen, die mich immer zum Lächeln bringen.

Printed in Poland
by Amazon Fulfillment
Poland Sp. z o.o., Wrocław

46865768R00264